MINA GOLD

DER SOMMER DER *Inselblumen*

ROMAN

PENGUIN VERLAG

MIX
Papier aus verantwortungsvollen Quellen
FSC® C014496

Verlagsgruppe Random House FSC® N001967

PENGUIN VERLAG

3. Auflage

Neumarkter Str. 28, 81673 München
Dieses Werk wurde vermittelt durch die
Literaturagentur Dorothee Schmidt
Umschlag: bürosüd unter Verwendung von Motiven von bürosüd
Redaktion: Christina Riemann
Satz: Uhl + Massopust, Aalen
Druck und Bindung: GGP Media GmbH, Pößneck
Printed in Germany
ISBN 978-3-328-10470-4
www.penguin-verlag.de

Dieses Buch ist auch als E-Book erhältlich.

Für meine Schwester Emely

Und wüßtens die Blumen, die kleinen,
Wie tief verwundet mein Herz,
Sie würden mit mir weinen,
Zu heilen meinen Schmerz.

Heinrich Heine, Buch der Lieder

Schneeglöckchen

1

Als Erstes bestellte Anna immer einen Kaffee. Das war ihr Ritual. Erst wenn sie die dampfende Tasse auf dem Tablett zu einem Tisch am Fenster trug und die Fähre sich langsam in Bewegung setzte, konnte sie aufatmen.

Heute lag neben der Tasse Kaffee auch noch ein Zimtbrötchen. Der Zuckerguss lief glitzernd zu beiden Seiten hinunter und vermischte sich mit der Butter und den braunen Körnern. Eigentlich hatte sie mit dem Essen warten wollen, bis sie auf der Insel war, aber es sah zu verführerisch aus, und ihre Widerstandskraft war in sich zusammengefallen.

Der Duft, der von dem Gebäckstück ausströmte, ließ Annas Magen leise rumpeln, und schnell schälte sie sich aus ihrer Jacke. Sie war fünf Stunden durchgefahren und ausgehungert, ihre Vorräte hatte sie schon lange aufgebraucht. Bis auf das klein geschnittene Gemüse. Aber das schmeckte schon nach Tupperdose und war bereits trocken und schrumpelig geworden. Sie nahm immer viel zu viel davon mit, in der festen Absicht, sich auch unterwegs gesund zu ernähren, und dann kippte sie es meistens auf einem Rastplatz in den Mülleimer und holte sich doch einen Schokoriegel und ein belegtes Brötchen. Heute hatte sie sich keine Pause erlaubt, und das Gemüse faulte weiter in der Dose auf dem Beifahrersitz vor sich hin. Aber dafür hatte sie auch wie geplant die Nachmittagsfähre geschafft und würde auf Texel ankommen, bevor es dunkel war. Und deshalb gönnte sie sich nun diese dicke, zuckerbeschmierte Sünde. Wenigstens ihre Absicht war gut gewesen.

Sie biss ein so großes Stück ab, dass sie es unauffällig mit der Hand hinterherschieben musste, um es ganz in den Mund zu bekommen. Es schmeckte köstlich, der Hefeteig war noch warm.

Zwei bettelnde braune Augen trafen ihren Blick, und eine winzige Pfote legte sich zaghaft auf ihr Knie.

»Du darfst keinen Zucker, das weißt du genau!« Anna schubste Harry sanft auf den Boden zurück.

Der kleine Dackel winselte enttäuscht, rollte sich dann aber ergeben auf ihren Schuhen ein und legte seinen Kopf auf die Vorderpfoten. Er wusste, dass sie bei Süßigkeiten hart blieb, und hatte gelernt, nicht unnötig lange Zeit mit Betteln zu verschwenden. Seine Augen folgten dennoch stetig dem Zimtbrötchen, und wann immer sie es zum Mund beförderte, wanderten sie mit und verharrten für die Sekunde, die sie zum Abbeißen brauchte, sehnsuchtsvoll auf der Stelle, bevor sie sich wieder in Richtung Teller senkten.

Der Sitz unter ihr vibrierte, das Schiff hatte abgelegt. Anna hob den Blick und sah die Möwen. Die erste hatte sie bereits vor über einer Stunde auf dem Fahnenmast einer Autobahnraststätte erspäht. Bei jeder Fahrt wartete sie auf den Moment, in dem sie die erste Möwe auf den weiten flachen Wiesen oder in den kleinen Wassergräben entdecken würde. Dann wusste sie, dass es nicht mehr weit war. Die Möwen waren die Vorboten des Meeres, immer kam es ihr so vor, als würden sie nur auf sie warten, sie beobachten, einander zurufen, dass Anna auf dem Weg war. Jetzt wurde ihr Kreischen vom Dröhnen des Motors und dem Klirren und Stimmengewirr in der Cafeteria überdeckt, aber sie wusste, dass es da war, laut und schrill und beständig wie das Meer selbst. Durch das angelaufene Fensterglas wirkte es, als wären die Vögel in einem Aquarium gefangen. Sie folgten der Fähre in eleganten Schwingungen, umkreisten das Oberdeck in der Hoffnung auf Brotstückchen, die sie dann gekonnt im Flug auffingen und in einem Stück runterwürgten, während sie schon den nächsten Happen im Visier ihrer kleinen harten Augen hatten. Wie immer erinnerte Anna der Anblick der weißen Körper im Wind an früher, an die Überfahrten ihrer Kindheit, als sie die ganze Fahrt ans Geländer gepresst dagestanden und alle getrockneten Brotvorräte der letzten Wochen in den Wind geschleudert hatte. Stets hatte die beschützende Gestalt ihres Großvaters hinter ihr gewacht, sie an der Kapuze festgehalten, wenn sie sich zu weit nach vorne lehnte, und ihr neue Munition zugesteckt, wann ihre kleinen Hände es verlangten. Es war immer ihr Ziel gewesen, dass eines der Brotstückchen es zur Wasseroberfläche schaffte. Sie wollte sehen, wie es dort aufschlug, wollte sehen, wie die Wellen es erfassten und es in den Schaumkronen trieb. Aber die Möwen waren zu schnell. Sobald sie merkten, dass eine neue Futterquelle an Bord war, umkreisten sie Anna in wilden Scharen, schrien sich gegenseitig schrille Verwünschungen zu und fingen alles, was sie ihnen zuwarf, in Sekundenschnelle auf, noch bevor es überhaupt den Fall gen Wasser begonnen hatte.

Als sie nun an jenes kleine Mädchen dachte, das in einen roten Regenanzug gehüllt und mit einem Stoffhasen unter dem Arm dort gestanden hatte, und sie sich das geduldige, liebevolle Lächeln ihres Großvaters ins Gedächtnis rief, durchströmte sie jene traurige Sehnsucht nach ihrer Kindheit, die sie in den letzten Jahren so oft verspürte. Erst heute wusste sie zu schätzen, dass ihr Großvater jedes Mal mit der Fähre übergesetzt war, um sie auf dem Festland zu empfangen und mit ihnen zusammen die Überfahrt zur Insel anzutreten.

»Es ist vollkommen unnötig!«, hatte ihre Mutter immer gesagt.

»Es macht mir Freude«, hatte er mit ruhiger Stimme geantwortet, und sie konnte sich an kein einziges Mal erinnern, an dem er nicht auf dem Anlegesteg gewartet hatte, wenn sie mit dem Auto vorfuhren. Anna und Anouk hatten immer schon von Weitem nach seiner dunklen Gestalt Ausschau gehalten und hektisch zu winken begonnen, wenn sie ihn erspähten. Groß und unbeugsam wie eine Tanne im Wind, immer in die gleiche dunkle Wachsjacke gehüllt, hatte er wartend aufs Meer geblickt. Und erst wenn ihr Vater hupte, hatte er sich umgedreht, langsam, fast überrascht die Hand zum Gruß gehoben, und ein freudiges Lächeln hatte sein wettergegerbtes Gesicht in unzählige Falten gezogen.

Es war wirklich vollkommen unnötig, dachte auch

sie nun jedes Mal, wenn sie sich dem Schiff näherte, und dann spürte sie einen seltsamen Druck auf dem Herzen. Erst nachdem es passiert war, hatte er nicht mehr auf sie gewartet. Von da an war der Steg leer gewesen. Aber sie wusste nicht mehr, ob es ihr damals überhaupt aufgefallen war. Sie waren danach ohnehin nicht mehr oft gekommen, und in ihrer Erinnerung hatten diese Besuche auch nichts mehr mit der Insel, ihrer Kindheit und ihrem alten Leben zu tun. Es waren Besuche in einem anderen Land, einer anderen Wirklichkeit. Immer wenn sie jetzt mit dem Auto auf den Steg fuhr, vermied sie den Blick zu der kleinen Plattform für Fußgänger. Sie wusste genau, dass sie den Geist eines großen, alten Mannes in einer dunklen Wachsjacke dort stehen sehen würde, der für immer hinaus aufs Meer blickte und auf zwei kleine Mädchen wartete, die niemals wiederkommen würden.

Sie fuhr ihren knatternden Ford von der Fähre, es donnerte zweimal laut, als die Stahlplanken des beweglichen Anlegestegs unter den Rädern nachgaben, und dann war sie auf der Insel.

Ein seltsames Gefühl kroch in ihr hoch. Es war die ganze Zeit schon da gewesen, irgendwo im Hintergrund, und jetzt ballte es sich in ihrem Magen zu einem Knoten zusammen. Harry hatte sich auf dem Beifahrersitz aufgestellt und sah aufmerksam aus dem Fenster, als wüsste auch er, dass sie gerade im Begriff waren, etwas Ungewöhnliches zu tun. Seine Ohren waren gespitzt, und er beobachtete mit wachsamem Blick die Polder und Wassergräben, die vor dem Fenster vorbeizogen. Er kam nicht zum ersten Mal auf die Insel, Anna hatte ihn oft mitgenommen in den letzten Jahren, wenn sie ihre Großmutter besuchte, aber er spürte wohl, dass diesmal alles ein bisschen anders war.

Es hatte zu nieseln begonnen, und der Himmel hing schwer über den winzigen Häusern. Ein schönes Willkommen, dachte Anna, lehnte sich am Steuer nach vorne, um besser sehen zu können, und machte die Scheibenwischer an. Sie bemühte sich, die düstere Wolkenbank, die sich am Horizont zusammenballte, nicht als ungutes Vorzeichen zu empfinden.

Bevor sie zum Hof fuhr, wollte sie einkaufen und nahm deshalb die Straße nach Den Burg. Es war der größte Ort hier, der Ort, in dem sie auch ihren Laden aufmachen würde. Auf der Insel gab es mehrere große Lebensmittelgeschäfte, sogar ein paar deutsche Discounter verschandelten das Bild, aber sie mochte diesen Supermarkt am liebsten, weil sie hier früher nicht oft eingekauft hatten. Sie wollte keine Erinnerungen. Jetzt noch nicht. Gedankenversunken schob sie den Einkaufswagen durch die Regale und warf alles hinein, was ihr nützlich erschien.

Hoffentlich funktioniert der Strom, dachte sie und warf Toilettenpapier in den Wagen. Und … o Gott, das Licht! Entsetzt stellte sie sich vor, dass sie ganz alleine in einem verlassenen alten Bauernhaus schlafen sollte, in dem sie kein Licht machen konnte, um die Geister in ihrem Kopf zu vertreiben, und entschlossen nahm sie zwei große Packungen mit Teelichtern, eine Zehnerpackung Streichhölzer, und dann wuchtete sie noch zwei große, überteuerte Säcke Brennholz in den Wagen, die es hier in jedem Supermarkt gab, weil die Feriengäste sich gerne nach ihren langen Strandspaziergängen am Kaminfeuer wärmten. Gerne hätte sie auch eine Taschenlampe mitgenommen, aber sie fand keine.

Sie kaufte Kaffee, Schokolade, eine Zeitung und ein paar Lebensmittel und rannte dann noch einmal zurück, um zwei große Wasserflaschen und Apfelsaft zu holen. Gedankenversunken starrte sie in den Wagen, sondierte den kleinen Haufen und fragte sich, was sie wohl alles vergessen hatte. Harry war jedenfalls versorgt, für ihn hatte sie für die ersten Tage alles aus Deutschland mitgebracht. Er war so sehr an sein extrazartes Futter gewöhnt, dass es seinen kleinen Hundemagen zu sehr durcheinanderbringen würde, wenn sie es plötzlich umstellte. Die Gerüche, die er absonderte, wenn sie von seinem Essensplan abwich, hatten einen so grauenvollen Verwesungscharakter, dass sie da lieber kein Risiko einging. Vorsorglich hatte sie eine ganze Palette Dosen bestellt und im Kofferraum mitgebracht. Sie selbst hatte keinen Hunger mehr und würde wahrscheinlich bis morgen früh gar nichts mehr brauchen, aber die Vorstellung eines leeren Kühlschrankes behagte ihr nicht. Anna kaufte immer lieber zu viel Essen als zu wenig.

Als alles im Kofferraum verstaut war, knallte sie die

Klappe zu und stand dann einen Moment ratlos auf dem Parkplatz. Es war fast dunkel inzwischen, der Regen hatte nachgelassen. Menschen strömten geschäftig neben ihr auf und ab, schoben überfüllte Einkaufswagen durch die Pfützen auf dem Asphalt, plauderten fröhlich durcheinander. Sie wickelte ihre Jacke fester um sich und fühlte sich plötzlich allein. Sogar um diese Jahreszeit Ende Februar waren viele Feriengäste auf der Insel, die dem schlechten Wetter trotzten. Familien, Freunde, die zusammen eine schöne Zeit verbrachten, gerade fürs Abendessen einkauften und bald in ihre warmen, hell erleuchteten Häuser zurückkehren und gemeinsam kochen würden. Sie fühlte sich mit einem Mal ausgegrenzt, unsichtbar fast, als wäre sie ein Gespenst, das blass und durchsichtig zwischen den Menschen stand und nirgends dazugehörte, alles wahrnahm, aber selbst nicht gesehen wurde. Einen Moment lang spielte sie mit der Vorstellung, wie es wäre, mit einer dieser Familien ins Auto zu steigen, mit ihnen mitzufahren und Teil ihrer kleinen Einheit zu werden.

Sie rief ihre Mutter an und gab Bescheid, dass sie gut angekommen war.

»Wie ist es?«, fragte Gloria, und ihre Stimme klang angespannt.

»Komisch«, sagte Anna. »Anders.«

»Das war ja zu erwarten.«

»Ja.«

»Es wird schon werden. Wenn du dich einsam fühlst, ruf mich an, Annakind.«

Anna versprach es und legte auf. Dann konnte sie es

nicht länger aufschieben. Das ungute Gefühl in ihrem Magen wurde stärker, und kurz entschlossen öffnete sie den Kofferraum wieder und holte die Schokolade hervor, die sie gerade gekauft hatte. Wenn sie was auf das Gefühl drauf aß, würde es vielleicht verschwinden, dachte sie und biss ein großes Stück ab, bevor sie sich ächzend wieder hinters Steuer setzte. Sie machte die Scheinwerfer an und massierte einen Moment lang ihre Hüfte. Die lange Fahrt hatte sie mitgenommen, ihr Bein fühlte sich hart und steif an, und ein unangenehmer, stechender Schmerz bohrte sich schon seit einer Weile in ihren Oberschenkel und kroch langsam den Rücken hinauf. Es wurde Zeit, dass sie sich ein wenig bewegte, sonst würde sie die nächsten Tage gar nicht laufen können. Aber auch so würde die Hüfte ihr Probleme machen, das fühlte sie. So lange in derselben Position zu sitzen war noch immer ein Risiko, obwohl die OP nun über sechs Monate her war. Es war dumm von ihr gewesen, auf der Fahrt keine Pause zu machen.

Harry betrachtete die Tropfen, die am Fenster hinabliefen, und eine Weile waren die einzigen Geräusche im Wagen das Prasseln des Regens und das Rascheln von Annas Schokoladenpapier.

Dann fuhr sie los. Den Schlüssel für den Hof hatte die Femke, eine alte Bekannte ihrer Großmutter, die nur eine Straße weiter wohnte. Anna kannte sie noch aus Kindertagen, in den letzten Jahren hatte sie sie aber nur selten gesehen. Wenn sie an sie dachte, sah sie rote kurze Haare und weiße Clogs vor sich. Eigentlich hieß sie natürlich nur Femke, aber sie hatten schon immer ein »die« vor ihren Namen gequetscht.

Sie stand bereits vor dem Haus, als Anna zehn Minuten später in die Einfahrt holperte. Anna wurde klar, dass sie am Küchenfenster gewartet haben musste, bis sie ihr Auto die Dorfstraße hinaufkommen sah. »Ich hätte ihr sagen sollen, dass ich erst noch einkaufen gehe«, murmelte sie.

»Anna! Ich habe mir schon Sorgen gemacht, wo warst du denn so lange? Deine Mutter hat auch schon angerufen. Sie hat mir gesagt, dass du die Sechs-Uhr-Fähre genommen hast.«

»Ich war noch kurz einkaufen. Ich hoffe, du hast nicht auf mich gewartet.«

»Sicherlich habe ich gewartet.« Die Lippen der Femke waren ein bisschen gespitzt, und Anna entschuldigte sich noch einmal.

Die Femke sah aus, als wolle sie Anna noch einen Moment schmoren lassen, aber dann gab sie sich einen Ruck. »Ach, ist ja nicht schlimm. Aber nächstes Mal sagst du Bescheid.« Sie lächelte, und als sie weitersprach, war ihre Stimme freundlicher. »Egal, jetzt bist du ja da.« Bewundernd griff sie nach einer Strähne von Annas dunklen Haaren und fuhr mit den Fingern daran entlang. »Deine Haare sind ja sogar noch länger als früher.« Dann zog sie sie am Ärmel in Richtung Haustür. »Komm rein, komm rein!«

»Moment!« Anna befreite sich sanft aus ihrem Klammergriff und ging zum Auto zurück. »Ich muss noch Harry holen.«

»Oh, na, wen haben wir denn da?« Sie klang immer noch freundlich, aber Anna bemerkte, dass die Femke nicht mehr ganz so strahlend lächelte wie zuvor. Sie öffnete Harry die Tür, der schon aufgeregt auf dem Beifahrersitz hin und her lief, weil er Angst hatte, alleine im Auto zurückgelassen zu werden.

»Das ist Prinz Harry«, stellte Anna ihn vor, und die Femke beugte sich hinunter, um ihn zu begrüßen. Harry schnupperte kurz an der ihm dargebotenen Hand, grunzte herablassend und lief dann in den Vorgarten, um sich zu erleichtern.

»Ups!« Anna wunderte sich über seine untypisch kühle Art und schämte sich gleichzeitig, dass er ihrer Nachbarin ins peinlich gepflegte Gartenbeet pinkelte. »Harry, doch nicht hier!«

»Ach, das macht doch nichts, Anna. Aber wir haben eine junge Katze. Vielleicht solltest du ihn an die Leine nehmen.«

»Das ist kein Problem. Harry ist da ein wenig ungewöhnlich, er liebt Katzen!«

»Na, so was! Dann hoffen wir mal, dass die Katze ihn auch mag!«

Das Haus der Femke war Anna noch schemenhaft vertraut, obwohl sie es seit mindestens fünfzehn Jahren nicht mehr betreten hatte. Als sie im Flur ihre feuchte Jacke an die ordentliche Garderobe hängte, bemerkte sie, dass der Esstisch im Wohnzimmer gedeckt war.

Kerzen flackerten in schicken Leuchtern, und das gute Porzellan war aufgelegt worden. Sie wollte gerade versichern, dass sie sofort wieder verschwinden würde, wenn die Femke ihr nur schnell den Schlüssel für den Hof geben könnte, da begriff sie mit Schrecken, dass das Ganze für sie gedacht war.

»Wir sind ein bisschen spät für Kaffee, aber ich kann dich doch nach der langen Fahrt nicht einfach hungrig in ein leeres Haus gehen lassen«, rief die Femke aus der Küche. »Ich mache Tee. Setz dich, die Apfeltaschen sind noch warm.«

»Aber das wäre doch wirklich nicht…«, rief Anna zurück und hielt dann inne. Der Tisch war schon gedeckt, es wäre mehr als unhöflich, jetzt einfach zu verschwinden. Außerdem… Ein herrlicher Duft wehte zu ihr ins Wohnzimmer. Obwohl sie eben im Supermarkt noch überzeugt gewesen war, heute gar nichts mehr essen zu können, fühlte sie jetzt, dass sie für eine kleine Apfeltasche vielleicht doch noch Platz hatte.

Sie blickte sich um. Viel zu sehen gab es nicht, der Raum war klein, nahm aber trotzdem fast das ganze Untergeschoss des Hauses ein. Die Fransen des Teppichs schienen mit einem Kamm gerade gekämmt worden zu sein, und die riesige Scheibe der Fensterfront schimmerte streifenfrei und war offensichtlich frisch poliert. Anna fragte sich, ob hier nach jedem Regen die Wischtücher ausgepackt wurden. Aus dem Augenwinkel gewahrte sie eine Bewegung. Eine fette rote Katze lag auf dem Sessel vor dem Kamin und schielte gelangweilt zu ihr hinüber.

Was für ein Brocken, dachte Anna. Anders als ihr Hund mochte sie Katzen nicht besonders.

Harry kam aus der Küche, und Anna beobachtete mit angehaltenem Atem, wie die dicke Katze reagieren würde. Als sie ihn sah, fauchte sie laut, hievte sich überraschend agil aus dem Sessel, von dem Anna vermutet hätte, dass sie ihn sonst freiwillig nicht oft verließ, und schoss aus dem Raum. Harry blickte ihr enttäuscht nach.

»Anna! Du bist also gut angekommen!«

Ein junger Mann kam die Treppe hinunter. Er schien etwa in ihrem Alter, hatte braune Augen, dunkle Haare und trug trotz der Wärme im Haus einen dicken Norwegerpulli. Harry schoss freudig auf ihn zu, aber als er sich zu ihm hinabbeugte, reagierte er wie schon zuvor bei der Femke verhalten, schnupperte nur kurz an seinen Hosenbeinen und begann dann wieder damit, das Haus zu inspizieren. Anna fragte sich, was heute mit ihm los war.

Der Mann zuckte mit den Schultern, kam auf Anna zu und zog sie lächelnd in eine feste Umarmung.

Verwirrt versteifte sie sich und trat einen Schritt zurück. Sie konnte das »Kennen wir uns?«, das ihr schon über die Zunge rutschen wollte, gerade noch zurückhalten. Offensichtlich kannten sie sich, nur wusste sie leider nicht, woher.

Der Mann bemerkte ihre Verwirrung und lächelte. »Ich bin's, Sem! Wir kennen uns von früher… das heißt, du erinnerst dich wahrscheinlich nicht an mich, wie ich aus deinem verwirrten Blick schließe. Aber ich kannte deine ... Ich kannte Anouk.« Er verstummte und sah sie unsicher an, offensichtlich hatte er Angst, dass es ein Fehler gewesen war, ihre Schwester zu erwähnen. »Wir haben immer zusammen Dämme gebaut, weißt du nicht mehr?« Um den unangenehmen Moment zu überspielen, sprach er schnell weiter. »Tut mir leid, klar weißt du nicht mehr, wer ich bin, du warst ja jünger als wir, und wir haben uns ewig nicht gesehen. Aber ich erinnere mich noch gut an dich. Du hast uns immer hinterherspioniert.« Er lächelte. »Deine Haare waren schon damals so lang.«

Anna erinnerte sich nun tatsächlich wieder an Sem, Femkes Sohn. Sie hatte vollkommen vergessen, dass er existierte. In den letzten Jahren, als sie hin und wieder auf die Insel gekommen war, um ihre Großmutter zu besuchen, musste er auf dem Festland gewesen sein. Aber sie erinnerte sich an früher. Verschwommen sah sie einen blassen Jungen mit dunklen Locken und verschrammten Knien vor sich, der am Tisch ihrer Großmutter saß und mit ihnen zusammen Fleischklößchen aß und frische Erdbeermilch aus großen Gläsern trank.

Sie grinste. »Ihr habt mich immer von allem ausgeschlossen.«

Erleichterung flackerte über Sems Gesicht. »Du bist uns auf Schritt und Tritt hinterhergelaufen und hast uns immer bei deiner Großmutter verpetzt.«

»Daran kann ich mich nun wieder überhaupt nicht erinnern.« Anna lachte, obwohl sie genau wusste, dass es stimmte. Sie hatte immer alles machen wollen, was

Anouk machte. So war das nun mal mit großen Schwestern.

Harry kam wieder ins Zimmer und beschnüffelte nun ausgiebig den Katzensessel.

Sem beobachtete ihn. »Ist das ein Zwergdackel?«, fragte er.

»Sein Dad war einer, ja. Bei seiner Mutter muss noch irgendetwas anderes dabei gewesen sein. Ich vermute, Stinktier und Hase.«

Sem lachte. »Stinktier erklärt sich von selbst. Aber warum Hase? Wegen der Ohren?«

»Nein, weil er ein Feigling ist. Ich nenne ihn auch gerne Prinz Hasenherz. Außerdem kann er Haken schlagen wie ein Weltmeister, besonders, wenn er zum Tierarzt muss.«

Harry schien zu merken, dass sie über ihn sprachen, denn er kam zu Anna, blickte zu ihr hoch und wedelte erwartungsvoll mit dem Schwanz. »Kleiner Stinkwatz«, sagte sie liebevoll und gab ihm einen Klaps.

»Dein Niederländisch ist wirklich gut«, bemerkte Sem.

»Oh, ich bin total eingerostet. Aber es kommt bestimmt bald alles wieder. Zum Glück verstehen die meisten Menschen mich hier ja auch, wenn ich deutsch spreche.«

Die Femke kam ins Zimmer. Sie trug einen Teller mit Apfeltaschen vor sich her. Als sie Anna und Sem sah, die zusammen vor dem Kamin standen, huschte für einen Moment ein seltsamer Ausdruck über ihr Gesicht. »Oh, Sem.« Sie schien überrascht, ihren Sohn zu sehen. Ihr

Blick flackerte zwischen ihnen hin und her. »Ich dachte, du wärst... Ihr habt euch schon bekannt gemacht. Du erinnerst dich bestimmt an Anna?«

Zu Annas Erstaunen ignorierte Sem die Frage seiner Mutter. Er setzte sich hin und bedeutete Anna mit einem Lächeln, ebenfalls Platz zu nehmen. Sie ließ sich unsicher auf den Stuhl ihm gegenüber gleiten. Offensichtlich herrschte zwischen den beiden schlechte Stimmung. Vielleicht hatten sie sich kurz vor ihrer Ankunft gestritten. Plötzlich bemerkte sie, dass der Tisch nur für zwei gedeckt war. Der Femke schien es im selben Moment auch aufzufallen. »Oh, wartet, ich hole schnell noch ein Gedeck!« Eilig kramte sie in der Anrichte und stellte einen Teller und eine Tasse dazu. »Vielen Dank. Ich habe das überhaupt nicht erwartet. Du hättest dir nicht solche Mühe machen müssen«, sagte Anna verlegen.

Die Femke winkte ab. »Unsinn. Wir müssen dich doch auf der Insel willkommen heißen.«

Anna biss in eine Apfeltasche und merkte, dass die Femke selbst ihr Gebäck nicht anrührte. Sem hingegen hatte sein erstes Stück schon halb verschlungen.

»Es schmeckt sehr gut!« Anna lächelte wieder.

Die Femke nickte zerstreut. »Ich war gestern noch einmal auf dem Hof und habe nach dem Rechten gesehen. Es ist alles in Ordnung, die Heizung funktioniert, der Strom auch. Natürlich merkt man, dass das Haus schon länger leer steht, aber Sem hat ein bisschen für Ordnung gesorgt, und oben findest du frische Wäsche. Ich habe eine Ladung gewaschen, damit du in deiner ersten Nacht etwas Frisches hast und nicht wie eine Mottenkugel riechst.«

»Oh, das wäre wirklich nicht nötig gewesen!« Bestürzt setzte Anna ihre Tasse ab. Sie war erleichtert, dass der Strom funktionierte, aber es gefiel ihr nicht, dass sie nun in der Schuld der Femke stand.

»Das haben wir gerne gemacht. Wir sind sehr froh, dass du dich entschieden hast, auf die Insel zurückzukommen. Es tut mir jedes Mal weh, an dem Hof vorbeizufahren, wie er da leer und verwaist steht, mit seinen dunklen Fenstern. Dein Großvater hat schon früher immer gesagt, dass du eines Tages hierher zurückkehren würdest. Anna ist ein Inselkind, hat er immer verkündet. Und sieh, wie recht er hatte.«

Anna schluckte. Auch sie erinnerte sich an die Worte ihres Großvaters.

Sem rollte mit den Augen. Ihm war das pathetische Gerede seiner Mutter offensichtlich peinlich. Er versuchte, Anna komplizenhaft zuzulächeln, aber sie sah schnell weg.

Die Femke merkte nicht, dass ihr Sohn sich über sie lustig machte. Munter plapperte sie weiter. »Übrigens hat sich dein neuer Nachbar ein wenig um den Garten gekümmert. Er hat den Hof seit zwei Jahren. Biolandwirt. Vom Festland. Wenn du mich fragst, früher sind wir am Gemüse auch nicht gestorben. Er redet nicht viel, aber ich habe ihm gesagt, er kann seine Hühner auf eure Wiesen lassen, wenn er ab und zu den Rasen mäht. Er züchtet neue Apfelsorten und Gemüse. Keine Ahnung, wie er alleine mit dem Hof klarkommt. Seine

Frau ist ihm abgehauen. Niemand weiß, wo sie ist, sie war einfach eines Tages nicht mehr da, aber ich habe gehört, dass sie jetzt irgendwo eine Boutique betreibt. Man sagt, sie hat ihn betrogen, und er hat sie rausgeschmissen und ihr nicht mal erlaubt, ihre Sachen mitzunehmen. Ich habe mich mal ein bisschen umgesehen, als ich Eier bei ihm geholt habe. Im Flur hängt sogar noch ihr Mantel. Montags verkauft er auf dem Markt auf dem Groeneplaats in Den Burg. Wucherpreise, ich sage dir! Bei den Touristen kommt das natürlich gut an, die Leute sind ja froh, wenn sie sich ein gutes Gewissen kaufen können.«

Anna, die in Hamburg selbst nur im Bioladen einkaufte, sagte nichts. Das war aber auch nicht nötig. Es schien, als habe die Femke schon lange mit niemandem mehr geredet und müsste nun alles auf einmal loswerden. Aber Anna war dankbar für die Informationen. Also hatte der Muldershof wieder einen neuen Besitzer. Das war interessant. Dann wäre sie zumindest nicht ganz alleine.

Das Grundstück ihrer Großeltern lag zum Dorfende hin, ein paar Wiesen und Äcker trennten den Hof von den geteerten Straßen, aber auf der rechten Seite grenzte es an den Muldershof. So hatte er zumindest früher geheißen. Die Mulders und die De Brujins waren schon immer ein bisschen zerstritten gewesen, auch wenn Anna nie richtig verstanden hatte, warum. Es hatte sie aber als Kind auch einfach nicht sonderlich gekümmert. Sie wusste nur, dass man vom Muldershof kein Obst essen durfte, auch nicht das heruntergefallene, und man durfte auch nicht die Schafe mit Brot füttern oder in ihren Gräben Dämme bauen. Mal sehen, ob ich das Obst jetzt essen darf, dachte sie.

Die Femke plapperte unaufhörlich auf Anna ein. Als sie sich gerade darüber ausließ, wie viele neumodische Läden es mittlerweile in der Stadt gab und dass zahlreiche einheimische Händler in den letzten Jahren hatten schließen müssen, unterbrach Sem sie plötzlich.

»Letztes Jahr warst du in Griechenland?«, fragte er Anna, als wären sie mitten in einem Gespräch, und biss in seine dritte Apfeltasche. Ein wenig Apfelmus verteilte sich in seinem Mundwinkel, und Anna musste sich zwingen, nicht hinzusehen. Sie war ein wenig schockiert, dass er seine Mutter einfach so unterbrochen hatte, aber er lächelte, als sei nichts geschehen. Die Femke klappte erschrocken den Mund zu, wies ihren Sohn aber nicht zurecht.

Anna wollte ihn gerade fragen, ob er immer so unhöflich war, da begriff sie erst, was er gesagt hatte.

»Was?«, fragte sie und starrte ihn an. »Oh, hat Mama euch das erzählt? Ja. Ich war auf Kreta, mit meiner besten … mit einer alten Freundin.«

Sem nickte. »Ist es nicht toll dort? Diese weißen Felsen, die kleinen Fischerorte … Und die Menschen sind so freundlich. Ich war selbst vor ein paar Jahren einmal da.«

Anna wunderte sich sehr, dass ihre Mutter solche Details aus ihrem Leben erzählt haben sollte. Sie war eigentlich ein sehr diskreter Mensch, außerdem hatte sie die Femke nie besonders gemocht. »Zu neugierig«, hatte sie immer gesagt. »Sie tätschelt dir mitfühlend den Arm und erzählt deinen Klatsch dann im ganzen Dorf herum, so eine ist das. Aber für Connections ist sie unschlagbar. Sie kennt alles und jeden auf der Insel, deswegen müssen wir sie uns warmhalten.«

Die Worte ihrer Mutter noch im Ohr, hakte Anna nach. »Wann hat sie euch das denn erzählt, das ist doch schon so lange her? Als ihr wegen des Ladens telefoniert habt?«

Annas Mutter telefonierte routinemäßig alle paar Wochen mit der Femke, um zu hören, ob auf dem Hof alles in Ordnung war. Seit er leer stand und niemand von ihnen mehr auf der Insel lebte, hatte sich die Femke gegen ein kleines Entgelt um alles gekümmert. Bei ihrem letzten Telefonat hatte Annas Mutter schuldbewusst auf die vielen neugierigen Fragen der Femke hin ein wenig aus ihrem Leben erzählt und dabei erwähnt, dass Anna wegen ihres Beines ihre Arbeit verloren hatte. Ein paar Tage später hatte die Femke erneut angerufen und erzählt, dass ein Bekannter auf der Insel eine Ladenfläche zu vermieten hatte, in bester Lage und sehr preiswert, wenn es über sie liefe. Ob das nicht was für Anna wäre? Sie habe doch immer davon gesprochen, eines Tages zurückkommen zu wollen.

Annas Mutter hatte gelacht und gesagt, dass nichts auf der Welt Anna aus Hamburg wegbekommen könnte. Sie hatte ihr später von dem Gespräch erzählt und sich lange über den hirnrissigen Vorschlag ausgelassen. *Als hättest du kein Leben und könntest alles einfach stehen und liegen lassen und auf die Insel ziehen …*

Aber Anna war ganz still geworden am Telefon.

Hatte sie denn noch ein Leben in Hamburg? Und könnte sie nicht einfach alles stehen und liegen lassen? Als sie auflegte, hatte mit einem Mal diese Idee in ihr zu reifen begonnen. Diese Idee, die irgendwie schon immer da gewesen war, irgendwo tief in ihr drin.

Anna blickte zur Femke, weil sie immer noch auf eine Antwort wartete, aber die schien sie nicht gehört zu haben. Sie sondierte gerade den Inhalt der Teekanne, dann stand sie auf und ging in Richtung Küche davon. Anna wandte sich mit fragenden Augen an Sem. Er lächelte breit. »Oh, äh, nein, das weiß ich nicht von deiner Mutter. Ich habe es bei Facebook gesehen.«

Anna blinzelte. »Oh«, sagte sie langsam, und das Lächeln gefror ein wenig auf ihren Lippen. »Aber ... wir sind doch gar nicht befreundet, oder?«, fragte sie dann, obwohl sie es genau wusste.

»Nein, das stimmt«, gab er zu. »Tut mir leid. Das muss jetzt wirklich komisch geklungen haben.« Er lachte. »Keine Sorge, ich habe dich nicht gestalkt oder so, ich bin durch Zufall irgendwann mal über dein Profil gestolpert und habe es mir angesehen. Damals habe ich dir keine Freundschaftseinladung geschickt, weil ich nicht wusste, ob du dich überhaupt an mich erinnern würdest.« Er schien plötzlich ein wenig nervös und wich ihrem Blick aus. Seine Finger zerknäulten die gelbe Serviette neben seinem Teller.

»Ach, das hättest du doch ruhig machen können! Klar weiß ich, wer du bist!«, sagte Anna schnell und dann erinnerte sie sich, dass sie es eben noch nicht gewusst hatte, und sie fühlte, wie ihre Ohren heiß wurden. Sie räusperte sich.

»Und wie geht es deinem Freund? Simon heißt er, oder?«, fragte Sem.

Jetzt sah Anna ihn so durchdringend an, dass er ein bisschen rot wurde.

»Auch Facebook, ich geb's zu.«

»Ihm geht es gut. Aber er ist nicht mehr mein Freund«, sagte Anna langsam.

Die Überraschung trat etwa drei Sekunden zu spät auf Sems Gesicht. »Oh, das tut mir leid!«

Er wusste es schon, dachte Anna, und ein kleiner Schauer durchrieselte sie. Es war ihre eigene Schuld, ihr Profil war öffentlich, und sie hatte schon oft mit Simon darüber gestritten, der immer gesagt hatte, dass es naiv sei, sein Online-Profil nicht bestmöglich zu schützen. »Ich habe doch nichts, was ich schützen muss. Was sollen sie mir denn klauen?«, hatte Anna immer gesagt und musste sich nun eingestehen, dass sie es immer auch ein ganz klein wenig aus Trotz nicht gemacht hatte. Nur um Simon zu ärgern, der immer in allem recht haben musste. Tja, wie sich herausstellte, hatte er das wohl wirklich, und sie hätte besser daran getan, auf ihn zu hören. Creepy-Creeperson hier hatte ihre Sorglosigkeit jedenfalls ausgenutzt. Und wenn er noch wusste, wo sie letztes Jahr im Urlaub gewesen war, konnte sein Besuch auf ihrer Seite so kurz ja nun nicht gewesen sein. Und wenn er wusste, dass sie nicht mehr in einer Beziehung war, dann hatte er nicht erst vor ein paar Monaten das letzte Mal dort nachgesehen. Sie schalt sich einen Idioten und beschloss, ihre Privatsphäre-Einstellungen zu überarbeiten, sobald sie das nächste Mal WLAN hatte. Wer wusste denn schon, welche komischen Typen sonst noch so auf ihrem Profil herumschlichen.

Sem schien ihre Gedanken zu erraten. »Als ich gehört habe, dass du auf die Insel kommst, habe ich mir dein Profil noch mal angesehen«, gab er zu. Es schien ihm zumindest ein bisschen unangenehm.

Anna gab sich einen Ruck. »Ach, wir haben doch alle schon mal Profile von alten Bekanntschaften gestalkt. Dafür ist Facebook ja auch schließlich da!«, sagte sie und beschloss, die Sache nicht so ernst zu nehmen. Irgendwas ist komisch an ihm, dachte sie und beobachtete Sem heimlich. Er war auf eine jungenhafte Weise attraktiv, seine dunklen Locken hatten etwas Wildes, Nordisches, und wenn er lachte, hatte er Grübchen auf den Wangen, die ihn anziehend aussehen ließen, auch wenn er ansonsten eher unscheinbar war. Aber irgendetwas, wahrscheinlich die Art, wie er mit seiner Mutter umging, erschien Anna seltsam. Aber wenn ich mit ihr leben müsste, wäre ich vielleicht auch so, dachte sie dann und beschloss, ihn nicht gleich zu verteufeln. Vielleicht war er ja ganz nett und konnte nur seine Mutter nicht mehr ertragen, die in der Tat genug redete, um einen nach wenigen Minuten an Flucht denken zu lassen, und in der kurzen Zeit, die Anna hier am Tisch gesessen hatte, über jeden Inselbewohner hergezogen war, den Anna kannte, sowie über etliche, von denen sie noch nie gehört hatte.

Sem war in ihrem Alter, und sie konnte ein paar Freunde auf der Insel gut gebrauchen.

Anna blieb noch eine halbe Stunde – so lange, wie sie musste, ohne zu unhöflich zu wirken –, dann machte sie sich mit der Entschuldigung auf den Weg, müde von der Fahrt zu sein. Es war schwer, die Hilfsangebote der beiden abzulehnen, die sie unbedingt begleiten wollten, aber nach ein paar Minuten schienen sie zu verstehen, dass Anna allein sein wollte. Sie lud Harry wieder ins Auto und setzte rückwärts aus der Einfahrt hinaus. Als die erleuchteten Küchenfester im Rückspiegel verschwanden, fiel ihr auf, dass die Femke und ihr Sohn während des ganzen Essens kein Wort miteinander gewechselt hatten.

2

Selbst für holländische Verhältnisse war der Brujinshof klein. Eigentlich bestand er nur aus einem Haus, einem Schuppen und zwei geduckten Ställen, die langsam damit drohten, in den Wiesen zu versinken. Die Wände waren weiß getüncht, das Dach reetgedeckt, und im Garten bogen sich knorrige Apfelbäume in alle Richtungen, als wären sie mitten im Tanz erstarrte Kobolde. Der Hof war vor über 150 Jahren erbaut worden, und man sah ihm sein Alter an.

Als Anna die Tür aufschloss und das Haus betrat, schlug ihr sofort der vertraute Geruch entgegen. Kalk, altes Holz, Stein und Schafwolle. Er war verstörend stark, sie musste sich gegen die Empfindungen wehren, die auf sie einströmten und von denen sie nicht gewusst hatte, dass sie kommen würden. Mit einem Mal hatte sie das sichere Gefühl, es nicht zu schaffen. Es war, als habe ihr jemand in den Magen geboxt. Der Geruch schien sie mit allem auf einmal zu konfrontieren, Vergangenheit, Gegenwart, Zukunft. Die ganze Tragweite ihrer Entscheidung hierherzukommen, traf sie mit voller Wucht. Es war, als würden Welten aufeinanderprallen, die nicht zusammengehörten. Ihr Nacken prickelte. Was mache ich hier nur?, dachte sie. Frau Fischer, Sie sind doch verrückt.

Ein starker Drang überkam sie, umzukehren, die Tür zu schließen, sich wieder ins Auto zu setzen und, so schnell sie konnte, nach Hamburg zurückzufahren. Aber die letzte Fähre war ohnehin schon weg, und Harry war durch ihre Beine hindurch ins Haus gewischt, sie hörte seine kleinen Tapser auf dem Boden in Richtung Küche verschwinden. Nach ein paar Sekunden zwang sie sich, über die dunklen Wände zu tasten. Sie bereute es, Sems Angebot, sie zu begleiten, abgelehnt zu haben. Auch wenn sie ihn seltsam fand, wäre seine Anwesenheit besser, als mit dem stummen Haus alleine zu sein.

Als ihre Finger den Schalter fanden und das Licht der stoffbezogenen Flurlampe plötzlich über die Wände huschte, vertrieb es die Bilder in ihrem Kopf. Vorerst zumindest. Sie wusste, dass sie nur darauf warteten, erneut hervorzukriechen. Sie schloss die Tür hinter sich und schob den Riegel vor. Wie lange war sie nicht mehr hier gewesen? Drei Jahre? Vielleicht mehr. Nach dem Auszug ihrer Großmutter hatte Anna das Haus gemieden, wenn sie auf der Insel war. Leer und verlassen war es ihr immer falsch vorgekommen, und sie hatte nicht gewusst, wie sie mit einem Haus ohne Leben umgehen sollte.

Ein Mädchen saß auf der Treppe. Es hatte lange, dunkle Haare wie Anna und las in einem Buch. Es trug ein Sommerkleid, seine schmutzigen Füße bohrten sich in den Teppich. Anna hörte das Rascheln, als es mit zarten Händen die Seiten umblätterte. Als sie näher trat, war es verschwunden. War das ich oder Anouk, fragte sie sich und blickte auf die leere Stufe. Oder wir beide?

Sie ging den schmalen, dunklen Flur entlang und blieb an der ersten geöffneten Tür stehen. Die Wohnstube. So hatte ihre Großmutter den Raum immer genannt, um ihm einen feineren Glanz zu verleihen. Aber der Name konnte nicht über das einfache Mobiliar und den alten Holzboden hinwegtäuschen. Hier hatten sie und Anouk als Kinder kaum Zeit verbracht. Meistens waren sie in der großen Wohnküche gewesen oder im Garten und in den Schafställen. Dieses Zimmer hatte immer ihrem Großvater gehört. Abends hatte er hier die Nachrichten geguckt, die blechern aus dem schwarzen Uralt-Fernseher mit der Riesenantenne schallten, und dabei Karamellbonbons gelutscht. Ihre Großmutter hatte sich immer aufgeregt, dass er sich wie ein Waldtroll benahm, wenn er laut schmatzte und mit den Fingern in den Zähnen wühlte, um das klebrige Karamell zu entfernen. Aber trotzdem hatte sie selbstverständlich einmal im Monat einen ganzen Nachmittag lang Bonbons auf dem Küchentisch gerollt. Sie wurden in weißes Butterbrotpapier gewickelt und hatten einen festen Platz in einer großen Blechdose auf dem obersten Brett in der Speisekammer. Oft hatten Anna und Anouk heimlich einen Stuhl dort hineingeschoben, während sie kichernd versuchten, keine Geräusche zu machen, damit ihre Großmutter sie nicht erwischte und zur Strafe lachend mit dem Besen hinter ihnen herlief.

Anna sah ihren Großvater, wie er in dem Sessel saß, die Füße auf dem kleinen Hocker, die Zeitung auf den Knien, und fast konnte sie das Karamell riechen. Manchmal hatte er auch kleine Stücke seines eigenen Ziegenkäses gegessen, auf den er so stolz war und der bei allen anderen Menschen Brechreiz auslöste. Ihr Vater hatte immer gesagt, dass er den Käse nur machte, um Besucher vom Haus fernzuhalten. Anna fragte sich, wann ihr Großvater die Ziegen aufgegeben hatte. Sie konnte sich nicht erinnern, irgendwann hatte es einfach keinen Käse mehr gegeben.

Ihr Spiegelbild in der Scheibe stand allein im Türrahmen. Wie bei den meisten Häusern in Holland nahm das Fenster die halbe Wand ein. Anna hatte als Kind nie verstanden, warum die Fenster in Deutschland so klein waren und man sich in seinen dunklen Häusern und Wohnungen verschanzte, als wolle man die Welt draußen ausschließen. Hier war es, als wären die Wiesen und Bäume draußen ein Teil des Hauses. Annas Großmutter war immer stolz darauf gewesen, keine Gardinen und keinen Sichtschutz zu haben. »Wir haben nichts zu verbergen«, hatte sie gerne verkündet, und es war eine Warnung in ihrer Stimme gewesen, die jeden, der es wagen würde, das anzuzweifeln, sofort eines Besseren belehrt hätte. Anna erinnerte sich, wie sie abends oft zu ihrem Großvater auf die Couch gekrochen war und die Dunkelheit vor dem großen Fenster sie geängstigt hatte. Auch jetzt blickte ihr eine schwarze Wand entgegen. Sie hob eine Hand zum Gruß, und ihr Spiegelbild tat es ihr gleich. Dann knipste sie das Licht aus. Das war nicht ihr Raum.

Auch in der Küche war der vertraute Geruch so stark, dass sie es einen Moment lang kaum aushalten konnte. Auf den ersten Blick schien hier alles wie früher. Der große alte Holztisch in der Mitte des Raumes, das fleckige rote Sofa, das an der Wand zur Hintertreppe lehnte. Aber die Blumen fehlten, die in einem alten Bierkrug vor dem Fenster über der Spüle gestanden hatten, und die Gewürze in den Regalen. Die großen Einmachgläser mit Gurken in der Ecke fehlten, die Apfelkiste neben der Kammertür und die kleinen Schälchen mit Milch für die Katzen. Sie stand einen Moment einfach nur da und nahm die Atmosphäre des Raumes in sich auf. Dann ging sie zum Auto und holte die Einkäufe. Sie durfte nicht zu lange in der Vergangenheit verweilen, sonst würde sie es nicht schaffen. Ächzend wuchtete sie die Tüte mit den Lebensmitteln auf den Esstisch, dann lief sie hinaus und holte Harrys Kiste, sein Körbchen und ihr grünes Radio. Ein bisschen Musik würde die Erinnerungen schon vertreiben, dachte sie.

Als sie ein drittes Mal zurücklief, um ihre Tasche zu

holen, und an der dunklen Tür des Wohnzimmers vorbeieilte, blieb sie erschrocken stehen. Etwas hatte sich bewegt hinter der großen Scheibe, ein Schatten, den sie aus den Augenwinkeln wahrgenommen hatte. Sie trat einen Schritt zurück und lugte vorsichtig um die Ecke. Ihr eigenes Gesicht sah ihr entgegen, ihr Kopf im Türrahmen hob sich schwarz gegen den hellen Hintergrund des Flures ab. Aber sie konnte ohnehin nicht nach draußen sehen, die Spiegelung war zu stark. »Jetzt geht es schon los. Frau Fischer, Sie sehen Gespenster«, flüsterte sie.

Als sie erneut nach draußen trat, blieb sie einen Moment auf der Türschwelle stehen und blickte in die Inselnacht hinaus. Man konnte das Meer riechen, das Salz in der Luft. Der Kies knirschte laut unter ihren Schuhen, als sie zum Auto ging. Sie wuchtete ihre Tasche über die Schulter, warf einen prüfenden Blick in den Kofferraum, entschied, dass sie den Rest morgen holen könnte, und knallte den Deckel zu.

Wie aus dem Nichts stand Sem vor ihr.

Anna schrie auf und ließ ihre Tasche fallen.

»Oh, entschuldige!« Er sprang vor und hob die Tasche auf. »Ich wollte dich nicht erschrecken!« Schuldbewusst half er ihr, die Tasche wieder umzuhängen, dann überlegte er es sich anders und nahm sie selber über die Schulter. »Ich helfe dir.«

»Danke, nicht nötig!« Anna riss die Tasche wieder an sich, etwas schroffer als nötig, und er sah sie zerknirscht an. Ihr Herz klopfte immer noch, und sie kämpfte einen Anflug von Ärger hinunter. Warum zum Teufel musste er sich so anschleichen, dachte sie. Und warum habe ich seine Schritte nicht auf dem Kies gehört?

»Was gibt's? Hab ich was bei euch vergessen?«, fragte sie, immer noch etwas außer Atem.

»Nein, meine Mutter meinte nur, ich soll fragen, ob du nicht doch Hilfe beim Ausladen brauchst und ob alles in Ordnung ist.«

Anna, die an diesem Abend bereits fünfmal versichert hatte, dass sie alleine klarkam und sich melden würde, wenn sie Hilfe brauchte, merkte, dass ihr Ärger wuchs. Sie war generell empfindlich, wenn es darum ging, dass man ihr Dinge nicht zutraute. Eine Nachwirkung der letzten Jahre, in denen sie so sehr auf Hilfe angewiesen gewesen war und jede Sekunde davon gehasst hatte.

»Danke, das ist wirklich nett. Aber ich komme klar. Und ich habe ja eure Nummer, falls irgendetwas sein sollte!«

»Bist du sicher? Jetzt bin ich schon mal hier, ich kann dir helfen, das Auto auszuräumen!«

»Ich habe alles schon drinnen, den Rest mache ich morgen!«

Er sah sie kurz unsicher an, dann lächelte er. »Okay, gut. Es war schön, dich wiederzusehen, Anna. Vielleicht können wir ja bald mal was gemeinsam unternehmen.«

»Sicher … gern.«

Als sie so zögerlich reagierte, wackelte das Lächeln auf seinem Gesicht etwas, aber er sagte: »Ich … arbeite momentan nicht. Ich kann dir also gerne beim Renovieren helfen. Oder auch auf dem Hof. Du musst doch bestimmt dein Bein noch schonen. Sag einfach Bescheid! Ich bin jederzeit zur Stelle.« Er tippte sich an eine imaginäre Mütze.

»Das mache ich.« Sie wusste, dass es höflich wäre zu fragen, warum er nicht arbeitete, was er wieder auf der Insel machte, wie es ihm gegangen war in den letzten Jahren. Aber sie sagte nichts.

Einen Moment standen sie sich gegenüber, und während Anna wartete, dass er sich endlich verabschiedete, schien er dagegen keine Eile zu haben. Er steckte die Hände in die Jeanstaschen und sah sie fragend an, als wartete er, was sie zu dem Gespräch beitragen würde.

»Sag mal, warst du eben im Vorgarten? Beim Wohnzimmerfenster?« Sie dachte an den Schatten, den sie gesehen hatte.

Überrascht hob er die Augenbrauen »Ich? Nein, warum?«

Es klang ehrlich.

»Ach, nichts. Ich dachte, ich hätte da jemanden gesehen. Na, egal, ich muss rein, Harry hat Hunger. Vielen Dank noch mal für eure Hilfe!« Sie drehte sich um und ging mit einem letzten aufgesetzten Lächeln auf die Haustür zu. Sie hatte heute Abend keine Kraft mehr, noch länger höflich zu sein.

Eine halbe Stunde später stieg Anna die knarrende Treppe ins Obergeschoss hinauf. Das Licht der Deckenlampe reichte nicht, um das Treppenhaus zu erhellen.

Harry wieselte zwischen ihren Füßen durch und war oben, bevor sie auch nur die Hälfte der Stufen geschafft hatte. Er drehte sich auf dem Absatz um und wartete auf sie. Als sie zu lange brauchte, grunzte er ungeduldig.

»Hetz mich nicht, du weißt, ich bin nicht mehr so schnell.« Die lange Fahrt hatte wie erwartet ihren Tribut gefordert, und ihr Bein war steif und pochte. Zu Hause hätte sie jetzt ein langes Bad genommen und eine Ibuprofen. Aber sie versuchte, nur noch nach den Schmerzmitteln zu greifen, wenn es wirklich nicht mehr auszuhalten war, um ihren Magen zu schonen, der in den letzten Monaten zu viel mitgemacht hatte.

Als Erstes ging sie ins Blaue Zimmer. Es trug diesen romantischen Namen, weil es blau gestrichen war und irgendjemand, wahrscheinlich ihr Großvater, vor vielen Jahren einmal mit gelber Farbe einen großen Mond und unzählige Sterne an eine der Wände und die Decke gemalt hatte. Als Anna die knarzende Tür aufschob, fiel ihr sofort auf, wie blass die Wand wirkte. In ihrer Erinnerung war sie in strahlendem, leuchtendem Blau gestrichen, ein Nachthimmel, von dem golden die Sterne herabfunkelten. Nun wirkte es, als habe jemand das Zimmer mit einem dumpfen Schleier überzogen. Es roch anders hier. Sie betrachtete die beiden schmalen Betten, die ordentlich bezogen zu beiden Seiten der Tür standen. Dies war schon immer das Kinderzimmer gewesen, und nachdem ihre Mutter und Onkel Frans ausgezogen waren, war es das auch geblieben.

Das rechte war Annas Bett. Über dem Kopfende hing immer noch das kleine Bild, das sie als Kind so geliebt hatte. Ein Scherenschnitt von einer Meerjungfrau auf einem Felsen im schäumenden Meer. Auf eine seltsame Art hatte sie sich schon immer mit Meerjungfrauen verbunden gefühlt. Weil sie keine Beine hatten und an Land nicht laufen konnten.

Über Anouks Bett hingen noch ein paar verstaubte Poster, ein altes Foto ihrer Mutter als junges Mädchen und eine Konzertkarte, die mit einer Nadel an die Wand gepinnt worden war. Weder die Gesichter auf den Postern noch der Name auf der Karte sagten Anna etwas. Außer den Betten, zwei kleinen Nachttischen und einem Stuhl war das Zimmer leer. Sie hatten ihre Sachen immer in der kleinen Kommode im Flur aufbewahrt, weil es in dem winzigen Raum keinen Platz gab für weitere Möbel.

Anna zog die Tür fest hinter sich zu. Hier würde sie nicht schlafen. Nicht in diesem Zimmer, in dem Schatten durch die Ecken huschten und ganz sicher auch der eine oder andere vergessene Traum von früher.

Sie ging über den kleinen Flur in das niedrige Schlafzimmer ihrer Großeltern. Hier roch es vertrauter. Schon früher hatte sie Angst gehabt vor dem riesigen schwarzen Schrank, der ihr als Kind wie das Tor zur Unterwelt erschienen war. Die wenigen Male, die sie bei ihren Großeltern im Zimmer geschlafen hatte, hatte er sie in finsteren Albträumen geplagt. Die Kommode war auch nicht besser, dunkler Marmor, ein fleckiger alter Spiegel, in dem Anna aussah wie ein Zombie. Sie mussten beide von demselben depressiven Schreiner gemacht worden sein.

Auf dem großen Doppelbett lag wie versprochen die frische Bettwäsche und obenauf ein Stapel Handtücher. Harry sprang sofort in die Daunen, wühlte schnaufend darin herum und begann, sich ein Nest zu bauen. Ein paar kleine weiße Federn wirbelten auf.

»Ich muss noch die Laken draufmachen, du brauchst dich noch nicht einzurichten.« Anna packte ihn und hob ihn herunter. Er grunzte unwillig und sprang sofort wieder zurück.

Auch hier schien alles wie immer, als wäre es gerade erst verlassen worden. Nur bei näherem Hinsehen merkte man, dass Dinge fehlten. Wichtige Dinge. Ihr Großvater war schon so lange tot, dass sie an den Anblick seiner leeren Kommodenseite gewöhnt war, aber in den letzten Jahren hatten zumindest noch die Rosenseife und das Duftwasser ihrer Großmutter hier gestanden. Nun lag da nur noch ein Stapel sorgfältig gebügelter Stofftaschentücher.

Sie nahm ihr Schlafshirt und ihren Kosmetikbeutel aus der Tasche und ging ins Bad. Die ganze Zeit über versuchte sie, nicht auf das stille, leere Haus zu lauschen, dessen Gegenwart um sie her sie spüren konnte wie eine Hand im Nacken.

Auch Harry schien das alles nicht ganz geheuer. Als sie sich die Zähne putzte, sprang er auf den stoffbezogenen Klodeckel und sah ihr zu. Im oberen Stockwerk gab es noch zwei weitere kleine Räume. Sie schaute kurz in jeden hinein, nur um sicherzugehen, dass sie auch wirklich alleine war. Dann ging sie ins Schlafzimmer und ließ sich aufs Bett sinken. Wie lange musste sie hier wohl wohnen, damit es nicht mehr nach Einsamkeit und Verlassenheit roch? Harry sprang auf ihren Schoß, und sie zog ihn an sich. »Ohne dich würde ich das hier niemals machen!«, flüsterte sie in sein Fell und wusste, dass es stimmte. Harry war ihr Rettungsanker.

Harry schien zu denken, dass das ja wohl offensichtlich war. Er versuchte, ihr übers Gesicht zu lecken, und als sie ihn wegschubste – denn das gab es nicht, das war die einzige Regel, an der sie halbwegs streng festhielt –, rollte er sich auf ihrem Bauch ein, legte die Schnauze auf die Pfoten und blickte mit wachsamen Augen im Zimmer umher. So verhielt er sich nur dann, wenn er das Gefühl hatte, sie beschützen zu müssen. Zu Hause kroch er abends einfach neben ihr unter die Decke, presste sich an ihre Knie, stieß einen tiefen Seufzer aus und schlief in Sekundenschnelle ein. Aber wenn sie woanders waren, in fremder Umgebung, oder wenn er spürte, dass sie nervös war und sie etwas bedrückte, dann fühlte er sich genötigt, auf sie aufzupassen. Anna wusste, dass es ihre Aufgabe war, ihn von dieser eingebildeten Pflicht zu befreien, ihm zu signalisieren, dass sie alleine klarkam und er nicht über sie zu wachen brauchte. Aber es rührte sie jedes Mal wieder.

Sie hob die Decke und bedeutete ihm, auf seinen Platz zu gehen. Aber er ignorierte sie, betrachtete weiterhin aufmerksam den leeren Raum, die Ohren aufgestellt, den Blick angespannt, und wenn ein Schatten über die Wände geisterte, hob er den Kopf, und in seiner Kehle schwelte der Ansatz eines leisen, warnenden Knurrens.

»Siehst du wieder Gespenster?«, fragte sie und kraulte ihm die Ohren. Aber hier schien diese Frage, die sie ihm zu Hause so oft belustigt stellte, wenn er ins Leere starrte und Punkte in der Luft fixierte, in denen sie nichts sah, er aber eine gefährliche Bedrohung wahrzunehmen schien, plötzlich eine andere Bedeutung anzunehmen, und sie bereute es sofort, die Worte ausgesprochen zu haben. Ein Schauer fuhr ihr über den Rücken, und nun betrachtete auch sie den leeren Raum mit besonderer Aufmerksamkeit. »Ich sehe sie auch«, flüsterte sie traurig. Aber sie wusste, dass ihre Gespenster anders aussahen als seine.

Nach ein paar Minuten, in denen beide schweigend umherstarrten und ihren Gedanken nachhingen, gab sie ihm einen kleinen Schubs. »Los, du bist zu schwer, du drückst mir den Magen ein!« Als er nicht nachgab, zog sie Harry unter die Decke, wo sie ihn mit ihren Knien beschwerte, und nach ein paar kurzen Zapplern gab er auf, und sie merkte, wie sein kleiner Körper sich langsam entspannte und warm wurde.

Als sie das Licht ausknipste, wusste sie bereits, dass sie nicht schlafen würde. Sie starrte die weiße Spitzengardine an, die schief an den kleinen Klemmhaken hing und an den Rändern eine braune Moderfärbung angenommen hatte. Es war so dunkel. Auf der Insel wurde es nachts immer stockduster. Die wenigen kleinen Orte konnten die dunkle Nacht nicht erhellen, und außerhalb gab es keine Straßenbeleuchtung. Oft war der einsame Strahl des Leuchtturms, der über die Wiesen und Deiche geisterte, das einzige Licht, das die schwarzen Inselnächte durchbrach.

Nachdem sie sich eine Stunde lang hellwach im Bett hin und her gewälzt hatte, stand Anna auf. Vorsichtig schälte sie sich aus den Decken, um Harry nicht zu wecken, der inzwischen leise schnarchte. Ihre Hüfte schmerzte, wie sie es vorhergesehen hatte, und sie beschloss, eine Tablette zu nehmen. Schlaf war jetzt wichtiger als ein gesunder Magen.

Sie tapste nach unten. Als sie in die dunkle Küche trat und das Licht anknipste, sah sie aus den Augenwinkeln ihre Großmutter am Tisch sitzen. Ein Handtuch über den Knien, eine Schüssel mit Kartoffeln neben sich, eine alte Zeitung auf dem Boden ausgebreitet, die die Schalen auffangen sollte. Sie hatte ein Tuch um ihre weißen Locken geschlungen, und Anna wusste, dass sie ihr Lieblingsessen vorbereitete, Kartoffelbrei mit Sauerkraut. Als sie den Kopf drehte, war sie verschwunden. Weggehuscht in der halben Sekunde, die sie gebraucht hatte, um richtig hinzusehen. Der alte Holztisch lag verlassen da, nur der Apfelsaft und zwei Dosen Tomaten warteten darauf, an ihren Platz geräumt zu werden. Einen Augenblick lang starrte sie stumm auf den Stuhl, auf dem eben noch die Erinnerung ihrer Großmutter gesessen hatte. Dann ging sie zur Spüle, füllte ein altes Gurkenglas bis zum Rand mit Leitungswasser und trank es aus, ohne einmal abzusetzen. Es schmeckte nach Kalk und ganz zart nach Gurke, aber vielleicht bildete sie sich das auch nur ein. Während sie trank, blickte sie in den mondbeschienenen Garten, in dem immer noch das windschiefe Schaukelgerüst stand, das schon ihre Mutter als Kind benutzt hatte.

Ein leises Klingeln ertönte, dann Tapsen auf den Steinen, und Harry erschien im dunklen Türrahmen. Er hob den Kopf und sah fragend und ein wenig vorwurfsvoll zu ihr hoch, wie immer, wenn er aufwachte und feststellen musste, dass sie den Raum verlassen hatte, ohne ihm Bescheid zu sagen.

Sie trat zu ihm und nahm ihn auf den Arm. Er grunzte leise, ließ es aber geschehen. Trostsuchend presste sie ihre Nase in die Stelle hinter seinem Ohr, die immer warm war und immer ein wenig nach Welpe roch, auch wenn der Rest seines Körpers diesen Duft schon vor Jahren verloren hatte. Sie atmete ein paarmal tief ein und aus, sodass die warme Luft aus ihrer Nase sein Fell erglühen ließ. Er kannte das schon und ließ es geduldig über sich ergehen.

»Was machen wir hier nur, wir zwei?«, fragte sie ihn.

Harry gähnte herzhaft.

»Gut, dass du immer so verdammt cool bist«, sagte sie. »Wenigstens einer von uns muss ja die Nerven behalten.«

3

Der Laden lag mitten im historischen Zentrum von Den Burg. Holprige Backsteingässchen kringelten sich in umschlungenen Windungen um bunte Häuser, die so klein waren, dass sie Puppenstuben glichen und man durch die Fenster hindurch auf die dahinterliegenden Gärten blicken konnte. Souvenirshops verkauften Muscheln und Stofftierrobben und reihten sich zwischen Fischbuden, Cafés und Buchläden. Nahe bei der roten Backsteinkirche stand auf einem Platz eine riesige Kastanie, in deren Schatten sich Insulaner und Touristen bei gutem Wetter Waffeln mit Kirschen und kleine holländische Pfannkuchen einverleibten. Wenn man an der Kastanie vorbei links in die Burgwalgasse einbog, sah man das Haus. Anna hatte gleich ein gutes Gefühl. Es ist freundlich, dachte sie. Es wartet auf mich.

Es war schief und hatte ein rotes Schindeldach. Kahle Weinpflanzen rankten sich um die Ostseite. Vor langer Zeit war es wohl einmal blau gewesen, aber nun war der Putz verblasst und bröckelte in der Sonne. Trotzdem wirkte das kleine Haus fröhlich. Einladend irgendwie. Als sie ihr Rad näher schob, sah sie schon den Schriftzug über der Tür vor sich. Weiß würde er sein und verschnörkelt. *Anna Blume* würde darauf zu lesen sein, genau wie das Schwitters-Gedicht, das sie so mochte. Genau wie in dem gleichnamigen Laden in Berlin, in dem sie das Konzept von Blumen und Kaffee entdeckt und lieben gelernt hatte. Was gab es Schöneres, als zwischen duftenden Blüten einen Cappuccino zu genießen und eine Zeitung zu lesen?

Ich werde das Haus streichen, dachte sie. Es soll wieder strahlend blau sein, wie der Maihimmel, und wenn man um die Ecke biegt, soll es sofort den Blick einfangen und sagen: »Komm her, hier gibt es wunderschöne, duftende Blumen und herrlichen, frisch gebrühten Kaffee.« Auf der ganzen Insel werden sie sich erzählen: »Du weißt schon, der blaue Laden von Anna. Bei der großen Kastanie um die Ecke.« Und bald werden sie alle nur bei mir kaufen wollen.

So jedenfalls stellte sie sich das vor. Bis dahin war es allerdings noch ein weiter Weg. Als sie näher kam, sah sie, dass nicht nur der Putz bröckelte, sondern die Fassade auch Risse hatte. Das große Schaufenster, das fast bis auf die Straße hinunterreichte, war staubig, und das Buntglasgemälde über der grünen Holztür hatte ein Loch. Wie schade, dachte Anna und betrachtete die Splitter. Vielleicht finde ich jemanden, der es mir repariert. Sie wischte mit dem Ärmel über die Scheibe, versuchte, ins Innere zu spähen, aber der Schmutz schien von beiden Seiten am Glas zu kleben. Nichts außer flimmerndem Staub und den verschwommenen Umrissen eines leeren Raumes.

Die Maklerin war noch nirgends zu sehen, doch ein Blick auf die Armbanduhr gab eine Erklärung: Anna war fast eine halbe Stunde zu früh dran. Sie beschloss, sich erst noch einen Kaffee zu holen.

»Na, du bist ja ein Schnubbel!« Die rotwangige Bäckerin beugte sich über die Theke und warf verzückte Blicke auf Harry, der sich am Glas aufgestellt hatte und gierig die Gebäckstücke anstarrte. »Ich habe hier einen frischen Streuselkuchen, möchte der kleine Herr davon vielleicht mal kosten?«, fragte sie.

Anna wollte schon dankend ablehnen, aber dann dachte sie, dass sie die Bäckerin jetzt bestimmt noch öfter sehen würde, schließlich lag ihr Laden schräg gegenüber. Sie hatte irgendwo gelesen, dass man Essensangebote nie ablehnen sollte, wenn man sich mit dem Gegenüber gut stellen wollte. Zwar war das in einem Artikel über Bewerbungsgespräche gewesen, aber sie dachte, dass dies bestimmt eine allgemeingültig brauchbare Grundhaltung war. Und bestimmt galt sie auch für Dackel, beschloss Anna und stimmte lächelnd zu. Sie plauderte kurz mit der Bäckerin, die sich als Leentje vorstellte und angenehm überrascht schien, als Anna ihre Pläne für den Laden umriss, kaufte ein Stück Streuselkuchen für später, weil sie einfach nicht widerstehen konnte, und dann setzte sie sich auf die Steinstufen vor dem Laden und wartete. Wie immer stellte sie fest, dass holländischer Kaffee einfach besser schmeckte als hamburgischer. Es war ein ungewöhnlich warmer Tag für Ende Februar, und bald nahm sie ihren Schal ab und hielt ihr Gesicht in die Sonne.

»Frau Fischer?«

Anna hatte vor sich hin gedöst und die Augen geschlossen. Die geschäftige Stimme der Maklerin holte sie aus ihren Träumen. Schnell rappelte sie sich auf, die Frau kramte bereits in ihrer schicken Designertasche nach ihrem Schlüssel und versuchte Harry abzuwehren, der freudig an ihr hochsprang und ihre Feinstrumpfhose zerkratzte. Sie schloss die Tür auf und ließ Anna eintreten.

Kühl war es im Laden. Kühl und dunkel. Die schmutzige Scheibe ließ nur wenig Licht hindurch.

»Es riecht so seltsam.« Annas Stimme hallte in dem leeren Raum wider.

»Ja, die Steine haben den Geruch aufgesaugt. Hier drin war ein Geschäft für Souvenirs aus Schafwolle. Die gibt es ja überall auf der Insel, die Menschen lieben es. Alles machen sie aus dem Zeug, Seife, Cremes, Schuhe, Taschen. Der Geruch bleibt hängen. Aber ich bin sicher, wenn man hier ordentlich lüftet und durchschrubbt, ist das schnell in den Griff zu bekommen.«

»Ich finde den Geruch gar nicht schlimm. Irgendwie beruhigend.«

Die Maklerin sah sie an, als fände sie diese Bemerkung äußerst merkwürdig.

»Warum haben sie zugemacht?«

»Hm? Oh, es lief wohl nicht mehr so gut. Zu viel Konkurrenz.«

Anna versuchte, das nicht als schlechtes Omen für ihr eigenes Geschäft zu sehen. In Holland, dem Land der Blumen, einen Blumenladen aufzumachen, grenzte ja schon ein bisschen an Größenwahn, darüber war sie sich vollkommen im Klaren. Aber wo es viele Blumen gab, gab es wohl auch viele Menschen, die Blumen kauften. Davon ging sie zumindest aus. Muss ich eben besser sein als die anderen, dachte sie. Mein Laden muss schöner sein, mein Service persönlicher, mein Kaffee aromatischer, meine Blumen frischer und duftender und meine Sträuße moderner und liebevoller gemacht. Gar kein Druck also, Frau Fischer. Das kriegen Sie locker hin.

Der vordere Verkaufsraum war nichts Besonderes, niedrig und mit alten Holzdielen, als einziger Blickfang diente eine hohe Theke. Schön war eigentlich nur die alte Ladenkasse, die offensichtlich zum Inventar gehörte und mit der Theke verschraubt war. Doch als sie in das Hinterzimmer kamen, in dem ein alter Kamin in der Ecke stand und die Dielen noch ein wenig dunkler schienen als im Vorraum, entfuhr Anna ein entzückter Laut.

»Oh. Das wusste ich ja gar nicht!«, rief sie.

Die Maklerin, die vorweggegangen war, stand schon in der Mitte des kleinen halbrunden Raums. »Ja. Der Garten gehört auch dazu. Hatte ich das gar nicht erwähnt?«

»Nein. Auf den Fotos war davon nichts zu sehen.«

Im Moment war der kleine Garten leer und schmucklos, aber Anna sah sofort das Potenzial, das er für ihren Laden haben könnte. In ihrem Kopf formten sich bereits Bilder. Sie würde Tische aufstellen, auf denen man im Sommer seinen Kaffee genießen konnte, und ein kleines Blumenparadies erschaffen. Alle Kunden, die in das Hinterzimmer traten und hinausblickten, würden sofort denken, dass sie unbedingt sofort auch ihren eigenen Garten umgestalten und neue Pflanzen und

Blumen kaufen mussten. Die efeubewachsene Steinmauer des Nachbarhauses passte wunderbar ins Bild. Und war das nicht das noch kahle Geäst einer Glyzinie, das sie da entdeckte? In drei Monaten würde sie dicke fliederfarbene Blütenbüschel tragen, und der ganze Hof wäre von dem schweren süßen Duft erfüllt, der ankündigte, dass nun bald der Sommer kam. Harry war sofort hinausgewischt und schnupperte am Gras. Auch für ihn war das eine tolle Überraschung. Er würde sich hier frei bewegen können und wäre nun nicht den ganzen Arbeitstag drinnen eingesperrt.

»Es ist wunderschön!«, sagte sie und drehte sich zu der Maklerin um, die sie zerstreut anlächelte. Ihr war es offensichtlich vollkommen egal, wie der Laden aussah. Sie musste sich auch keine große Mühe geben, um Anna das Ganze schmackhaft zu machen, denn theoretisch hatte sie ja bereits unterschrieben. Anna beschloss, ihre Aufmerksamkeit zurückzuerobern. »Wo geht es denn da hin?«, fragte sie.

Eine kleine Holztreppe am Ende des Raumes führte nach oben zu einer schiefen Tür. Überhaupt war hier so einiges schief, das Haus war uralt, die Wände hatten sich mit der Zeit gesenkt, verschoben und in verschiedene Richtungen gestreckt. Anna fand das herrlich. Nur würde es vielleicht Probleme mit den Schränken geben. Aber darüber dachte sie jetzt einfach mal nicht nach. Sie hatte gar nicht bemerkt, dass es ein oberes Stockwerk gab, so fixiert war sie auf den tollen Innenhof gewesen.

Die Maklerin kramte in ihrer Mappe. »Hm. Dort oben befindet sich offenbar eine kleine Wohnung«, sagte sie, ihren Blick auf das Blatt geheftet. »Sie steht leer und ist nicht im Pachtvertrag inbegriffen, wird aber auch während der Laufzeit des Vertrags nicht anderweitig vermietet werden, Sie müssen sich also keine Gedanken machen. Sie ist renovierungsbedürftig, und der Vermieter will kein weiteres Geld hineinstecken, deswegen bleibt sie leer. Es sei denn, Sie möchten sie dazumieten? Dann müsste man neu verhandeln.«

»Nein, nein, ich denke nicht, dass ich sie benötigen werde. Ich habe ja ein Haus, und der Laden reicht an Größe vollkommen aus.«

Die Maklerin nickte. »Ja, das dachte ich mir. Sie werden natürlich trotzdem einen Schlüssel erhalten, aber bitte nutzen Sie die Wohnung nicht als Abstellraum, das wird versicherungstechnisch sonst schwierig.«

Anna nickte. Das alles kam ihr vor wie ein Traum. Irgendwo musste es doch einen Haken geben. Sie erinnerte sich an die Risse in der Fassade. »Wie steht es denn mit Renovierungsarbeiten am Haus? Wird da noch was gemacht?«

Die Maklerin schürzte die Lippen. »Nun ja. Der Vermieter ist natürlich eigentlich verpflichtet, das Haus in ordentlichem Zustand zu übergeben. Er wird es noch streichen lassen. Wenn Sie ihm da entgegenkommen und nicht zu viel verlangen, wäre das sicher gut fürs Klima. Er wird noch ein Laminat über die Dielen legen lassen und …«

»Auf keinen Fall!« Anna hatte die Maklerin empört unterbrochen, woraufhin diese erschrocken verstummte.

»Ich meine, das wäre doch furchtbar. Die wunderschönen Dielen. Da kann man doch kein Laminat drüberpacken!« Für Anna kam diese Idee einem Kapitalverbrechen gleich.

»Ich weiß nicht, ob er da mit sich handeln lässt. Laminat ist wesentlich billiger, als alles abschleifen und versiegeln zu lassen. Außerdem geht es schneller. Wenn Sie sich an den Kosten beteiligen, können wir da vielleicht was machen, aber sonst fürchte ich …«

Anna schluckte. Sie dachte an ihr Budget. Wie immer, seit sie von ihrer überraschenden Erbschaft erfahren hatte, stellte sie sich diese vor wie den Geldspeicher von Dagobert Duck. Ein Haufen Goldmünzen, den sie hüten musste wie einen Schatz. Nur leider konnte man in ihrem nicht baden. Nun sah sie einen nicht unerheblichen Teil dieser Goldmünzen ins Nichts verpuffen. Aber darum ging es hier schließlich, oder? Weise Investitionen in ihre Zukunft. Man musste Geld ausgeben, um welches verdienen zu können, da würde Onkel Dagobert ihr sicher auch zustimmen.

»Das ist es mir wert.« Entschieden straffte sie die Schultern. »Ich schlage vor, dass ich mich selber um die Dielen kümmere, wenn er die Fassade und die Wände streicht, das Fenster über der Tür neu verglast und …« Sie öffnete eine kleine Tür im hinteren Teil des Ladens, die, wie sie schon vermutet hatte, ein winziges Badezimmer verbarg. Sie drehte die rostigen Hähne auf und untersuchte die Toilette. »… und dafür sorgt, dass hier alles funktioniert. Das Waschbecken hat einen Sprung und muss ersetzt werden. Wenn er damit einverstanden ist, übernehme ich alles Weitere.«

Die Maklerin nickte. »Hier ist der Schlüssel. Ich bespreche die Änderungen und passe den Vertrag an, wenn der Vermieter einverstanden ist. Unterschreiben können Sie nächste Woche, und dann gehört der Laden Ihnen.«

Anna nahm wie in Trance den großen Schlüsselbund entgegen. Als die Maklerin zur Tür hinaus war, geschäftig in ihrer Tasche kramend und in Gedanken schon ganz beim nächsten Kunden, schlug Anna sie schwungvoll hinter ihr zu und drehte sich dann einmal im Kreis. Genussvoll atmete sie die Schafwollluft ein und schloss für einen Moment die Augen. Ihr neues Leben konnte beginnen.

Der Mann vom Fahrradladen sah Anna überrascht an. »Wat wolln Se?« Er kam offensichtlich aus Deutschland und hatte einen merkwürdigen nordischen Akzent, der Anna an daheim erinnerte.

»Ein altes Fahrrad, möglichst billig, leicht zu fahren, ohne Stange und mit einem großen Korb vornedrauf. In Dackelgröße. Rot wäre schön, muss aber nicht«, wiederholte sie ihre Bitte. »Haben Sie so was da?«

Der Mann kratzte sich am Kopf. »Tja, hab ich so was da? Gute Frage. Bissch'n speziell, der Wunsch, aber schau'n wir mal. Ist das der besagte Dackel, der in den Korb passen muss?« Er deutete auf Harry, der gerade im Begriff war, den Fahrradständer vor dem Laden zu markieren.

Anna zog schnell an der Leine, und er machte einen Hopserschritt nach vorne, sodass der Urinstrahl sein Ziel verfehlte. »Hupsa. Ja genau, das ist besagter Dackel.«

»Hm.« Wieder kratzte sich der Mann am Kopf. »Vielleicht 'n bissch'n rund für die normalen Frontkörbe. Die sind eigentlich nur für kleinere Einkäufe gedacht.«

»Vorsicht, er hat ein empfindliches Selbstwertgefühl!«

»'tschuldigung. Meins ja nicht so. Ist ja 'n lütter Jung. Steht ihm ja gut, det extra Polster. Aber mit dem Korb wird's trotzdem eng. Na, ich kann Ihnen da wohl wat basteln.«

»Das wäre toll! Danke!«

»Hintendrauf können Se ihn nich packen?«

»Nein, es muss vorne sein. Wenn er hinten sitzt, heult und zappelt er die ganze Zeit, das haben wir im Norderney-Urlaub herausgefunden. Es war schrecklich.«

Der Mann nickte mitfühlend. »Was ham Se'n vor mit dem Ratt? Ein bissch'n über den Deich schippern?«

»Nein, ich will damit zur Arbeit fahren. Wenn es nicht regnet, natürlich.«

»Zur Arbeit? Se wohnen hier?«

»Ja, ich wohne hier.« Anna lächelte, als er sie misstrauisch ansah. »Ab heute.«

»Soooo?« Er machte große Augen und blickte drein, als habe er gerade den Weihnachtsmann gesehen. »Na, det is' ja 'ne Neuigkeit. Und den Dackel nehm' Se mit?«

»Jawohl, den nehme ich mit.«

»Also, wenn Se mich fragen, dann kaufen Se keen Korb, sondern lassen ihn nebenherlaufen. Der schleift ja schon ordentlich am Boden.«

Anna ignorierte diesen gut gemeinten Vorschlag geflissentlich.

»Na, dann geh ich mal schauen, was ich für Se finden kann, nech? Wie viel wollen Se denn ausgeben?«

»Also, ich dachte so an fünfzig Euro?«

Er kratzte sich wieder am Kopf und rückte seine Mütze nach hinten. »Hm. Fünfzig, det wird schwierig. Schwierig. Siebzig könnte ich vielleicht machen. Aber ohne Korb, der jeht extra.« Er verschwand hinter dem Schuppen und kam nach etwa fünf Minuten mit einem Fahrrad wieder, das etwas klapprig wirkte, aber ungefährlich und langsam aussah. Anna bemerkte erleichtert, dass es keine Stange in der Mitte hatte.

»Also, rot ham wa nich. Aber gelb. Wäre det auch was?«

Anna lächelte. »Gelb ist wunderbar!«

»Und ich habe hier so 'ne Obstkiste. Ist Dackelgröße. Die kann ich Ihnen vornedran montieren. Dauert nur 'n paar Minuten.«

»Klasse, vielen Dank!«

Als er fertig war mit Montieren und Anna mit Harry eine kleine Runde durch die Gegend spaziert war, schob er ihr das Rad hin und bimmelte fröhlich an der Klingel herum.

»So jut wie neu. Dann steigen Se mal auf und dreh'n 'ne geschwinde Runde.«

»Nein danke, nicht nötig.«

Er sah sie entgeistert an. »Wie?«

»Nein danke, ich nehme es so mit. Was macht das?«

»Se wolln's nich' ausprobieren?«

»Es wird schon alles in Ordnung sein. Die Kiste sieht sehr schön aus, die wird Harry sicher gefallen.«

Der Mann stand verdattert da, und Anna fühlte sich zu einer Erklärung genötigt. »Ich bin lange nicht gefahren, wissen Sie. Ich habe vor ein paar Monaten eine neue Hüfte bekommen. Ich muss mich erst mal mit dem Rad anfreunden.«

Er blickte misstrauisch auf ihre Beine. »Sind Se dafür nich 'n bissch'n jung?«

Sie nickte.

Plötzlich schien er zu verstehen. »Deshalb die niedrige Stange?«

»Genau. Sonst krieg ich das Bein nicht drüber.«

Er kratzte sich einen Moment nachdenklich den Bart. Dann murmelte er: »Warten Se ma eben, ich will ma noch die Bremsen ansehen.« Er verschwand im Laden und kam nach kurzer Zeit mit einem verschmierten Koffer voller Werkzeug zurück. Er fummelte eine Weile am Fahrrad herum, dann machte er sich am Lenker zu schaffen.

»Was machen Sie denn da?«, fragte Anna neugierig.

»Och, nur kurz 'n bissch'n ölen. Und 'ne Lampe montieren. Die Dynamos an den Dingern sind solche Funzeln, da fährt Se am Ende noch einer platt im Dunkeln.«

»Was kostet die denn extra, die Lampe?«

»Geht aufs Haus. Will ja, dass meine Kunden zufrieden sind. Besonders, wo Se jetzt hier wohnen.«

Er verschwand wieder und kam gleich darauf mit einem Fahrradschloss wieder. »Det hat mal jemand vergessen. Kriegen Se dazu. Mit so ’nem schicken Korb wird Ihnen det sonst gleech wieder gestohlen. Ham ja auch noch andere Leute Dackel.«

Anna lächelte. Sie bezahlte fünfzig Euro, denn mehr wollte er plötzlich doch nicht annehmen, dann klingelte sie zum Abschied, winkte und schob das Rad vom Hof.

»So. Jetzt sind es nur du und ich.«

Anna hatte das Rad unter einigen neugierigen Blicken der Bewohner durch den Ort geschoben und stand nun auf einem Feldweg inmitten von grünen Schafweiden. Hier gab es keine Zeugen. Das hoffte sie zumindest. Harry hatte bis hierher im Korb gesessen und es offensichtlich genossen, geschoben zu werden wie ein König in seiner Sänfte. Aber nun hob sie ihn raus. Sein Gewicht brachte den Lenker zu sehr ins Schwanken, erst mal musste sie alleine fahren lernen.

»So, Frau Fischer, Sie machen das jetzt ganz langsam und bedacht, dann passiert auch nichts. Sie sind noch nie vom Fahrrad gefallen, und Sie werden auch heute nicht vom Fahrrad fallen. Erwachsene Frauen kippen nicht einfach so um. Das passiert einfach nicht, verstanden?«

Anna nickte verbissen. Sie wollte ihren eigenen Worten nur zu gerne glauben. Entschlossen hielt sie den Lenker umklammert und stand stocksteif da. Aber ihre

Füße wollten den sicheren Boden nicht verlassen. Nervös kaute sie auf ihrer Unterlippe herum, ihre Hände waren schwitzig, und sie putzte den Lenker mit dem Ärmel ab. »Los jetzt. Fahr einfach los.«

In ihren Ohren rauschte es ein bisschen. All die Ermahnungen schossen ihr durch den Kopf. Fahrradfahren war ein Risiko mit einer neuen Hüfte. Und besonders vom Fahrrad fallen war ein Risiko. Aber Anna wollte ihr altes Leben zurück.

»Jetzt mach schon, sonst stehst du heute Abend noch hier!«, sagte sie streng.

Aber immer noch passierte nichts.

»Frau Fischer, wenn Sie es nicht mal schaffen, auf ein lächerliches altes Klapperrad zu steigen, wie wollen Sie dann alles andere schaffen, was Sie sich vorgenommen haben? Wollen Sie gleich wieder nach Hamburg zurück?«

Das tat es. Anna atmete tief ein, dann stieg sie auf und fuhr im Schneckentempo los. Und siehe da, der Boden tat sich nicht auf und verschlang sie, sie fiel nicht runter, sie wackelte nicht, und auch sonst passierte nichts Aufregendes. Es war eigentlich, wie es immer gewesen war. »Ich kann es, Harry, ich kann es!«, rief sie aufgeregt und bimmelte mit der Klingel.

Harry sah kurz auf, grunzte anerkennend – oder herablassend, es war schwer zu deuten –, dann schnupperte er wieder am Boden nach Hasenkötteln, seinem Lieblingssnack.

Anna drehte eine jauchzende Runde auf dem Feldweg. Zwar fuhr sie nur etwa vier km/h, aber sie fuhr, und das war alles, was zählte. Ein wichtiger Schritt war geschafft.

Glücklich machte sie einen ausladenden U-Turn, immer noch in Zeitlupe, dann hielt sie an und lud Harry wieder ins Körbchen. Mit ihm vornedrauf war es etwas wackeliger. Der Fahrradmann hatte schon recht gehabt, Harry brachte einige Kilos auf die Waage, und der Lenker schwankte gefährlich. Sie hielt kurz den Atem an, als sie losfuhr, aber dann gewöhnten sich ihre Arme an das Gewicht, und bald beschleunigte sie von vier auf etwa neun km/h. In diesem Tempo brauchte sie fünfzehn Minuten, um zum Hof zurückzukommen. Genauso lange, wie sie zum Fahrradladen gelaufen war, aber darauf kam es ja nicht an.

Als sie in die Einfahrt einbog, hielt sie überrascht an, und der Kies knirschte unter den Rädern. Eine Schar Hühner blockierte den Weg. Sie gackerten um Annas Auto herum, eines saß sogar vorne auf der Motorhaube und hatte es sich dort gemütlich gemacht.

»Ja, also, geht's noch? Was macht ihr denn hier?« Anna blickte sich um, konnte aber nicht entdecken, woher die Hühner gekommen waren. Harry war zum Glück in seinem Körbchen eingeschlafen. Sie sah schon das Blutbad vor sich, das er veranstalten würde, wenn er die Hennen entdeckte, und vorsichtig schob sie das Rad um die Federmeute herum und parkte es außer Sichtweite hinter dem Haus. Dann trug sie Harry samt Korb in die Küche, stellte ihn auf die Ablage und ging wieder nach vorne. Es gab ein kurzes Gegacker und Geflatter, als sie um die Ecke kam, aber ansonsten ließen die Hühner sich von ihrer Anwesenheit nicht groß stören. Sie versuchte halbherzig, sie zu verscheuchen, aber eigentlich wusste sie gar nicht, wo sie sie hinscheuchen sollte, und so stoben sie nur kurz auseinander, guckten empört und fanden sich zwei Meter weiter wieder zusammen. Auch wenn sie Anna jetzt misstrauischer zu beobachten schienen als zuvor, machten sie keine Anstalten, ihre Einfahrt zu verlassen.

Anna stand etwas verloren auf dem Kies und überlegte, wie sie die Meute wieder loswerden konnte. Sie mussten vom Muldershof gekommen sein. Unschlüssig blickte sie sich um. Drüben konnte sie niemanden entdecken, alles lag da wie ausgestorben, aber nach kurzem Überlegen lief sie trotzdem über den Rasen auf das Haus zu.

Der Hof nebenan war größer als der Brujinshof, er war ein richtiger Bauernhof, wenn auch immer noch winzig im Vergleich zu deutschen Höfen. *Sonnenhoeve* stand auf einem Schild an der renovierten grünen Scheune. Der alte Mulders war also tatsächlich weg.

Sie läutete zweimal, aber im Haus blieb alles still. Neugierig stellte sie sich auf die Zehen und spähte durch das kleine Fenster in der Eingangstür. Wirklich ziemlich unordentlich, dachte sie. Es stimmte also wohl, dass ihm die Frau abgehauen war. Auch auf der Veranda vor dem Haus war es chaotisch, Blumenkübel stapelten sich auf dem Geländer, Säcke mit Erde standen an die Wand gelehnt, und mehrere Paar riesige, eingeschlammte Schuhe bildeten Stolperfallen, um die sie vorsichtig herumbalancierte.

Anna läutete noch zweimal und ließ den Finger extra lange auf der Klingel, aber im Haus rührte sich nichts. Na ja, er ist ja Landwirt, da wird er wohl irgendwo draußen sein, dachte sie resigniert. Sie ging um das Haus herum und näherte sich der kleinen Scheune, als sie plötzlich ein Geräusch zu ihrer Linken hörte. Es klang, als würde ein Riese Limonade durch einen Strohhalm einsaugen. Verwundert überquerte sie den schlammigen Hof, betete, dass ihr neuer Nachbar keinen Wachhund hatte, und blieb dann überrascht stehen. Ihr entfuhr ein verwundertes »Oh!«.

Zwei riesige goldene Wollschweine sonnten sich in einem stinkenden Pool aus grünem Schlamm. Sie hatten enorme Rüssel, aus denen die Schlurfgeräusche gekommen waren, und kleine schwarze Augen, die fast vollständig von ihren goldenen Locken verborgen waren. Als sie Anna näher kommen sahen, stemmten sie sich aus ihrem grünen Bad und wackelten freudig auf sie zu. Verzückt streckte sie ihre Hände durch den Lattenzaun und kraulte ihnen die krausen Kopfhaare. Die beiden grunzten vor Wonne. »Na, so was wie euch hab ich ja noch nie gesehen. Aus welchem Märchenland kommt ihr denn?«, fragte Anna. Die Wollschweine sahen mit ihren goldenen Locken aus, als wären sie einer Geschichte von Hans Christian Andersen entsprungen.

Sie kraulte noch ein paar Minuten weiter und hoffte, dass der Schweinebesitzer vielleicht noch auftauchen würde. Plötzlich fiel ihr ein, dass Markttag war und ihr Nachbar sicherlich gerade an seinem Gemüsestand in Den Burg saß und Biokartoffeln verkaufte. Und Kohl. Was anderes gab es ja eigentlich nicht um diese Jahreszeit. Außer er machte Wollschweinwurst, aber das wollte Anna sich lieber gar nicht erst vorstellen.

»Na, dann komme ich ein andermal wieder!«, informierte sie die Schweine. »Und dann bring ich euch Brot mit. Oder was ihr sonst so mögt. Nudeln vielleicht? Oder Schokolade?«

Die Wollschweine schienen beidem nicht abgeneigt, sie grunzten enttäuscht, als Anna sich umdrehte, starrten ihr eine Weile sehnsüchtig nach und planschten dann zurück in ihre Suhle.

Als Anna zurückkam, war von den Hühnern nichts mehr zu sehen. »Ein Problem, das sich von selbst erledigt. Na, das ist mal eine schöne Abwechslung«, sagte sie, als sie die leere Einfahrt sah, in der nur noch ein paar zurückgebliebene weiße Federn an die Belagerung erinnerten. Plötzlich flatterte neben ihr etwas, und ein vergessenes Huhn flitzte in Richtung Nachbarhof davon. »Ja, mach dich nur ab! Das ist mein Hof!«, rief sie ihm gut gelaunt hinterher.

Anna band sich ein Tuch über die Haare, holte ihr ältestes Paar Jeans aus der Tasche und begann mit dem Hausputz. Voller Elan schrubbte sie die Böden im Untergeschoss, nahm alle Gardinen von den Fenstern und stopfte sie in die Waschmaschine, entstaubte die Speisekammer und holte Brennholz herein, das sie zu einem schiefen Stapel neben dem roten Sofa in der Küche aufschichtete. Sie wusste, dass sie die Wohnstube mit ihren großen Fenstern, vor denen nachts die Dunkelheit wartete, auch in Zukunft nicht benutzen würde, und so schob sie in der Küche das Sofa von der Wand und platzierte es vor dem Kamin, was den Raum in zwei Teile teilte und einen kleinen Wohnbereich für sie erschuf.

Mit jeder weiteren Staubschicht, die sie entfernte, hatte sie das Gefühl, das Haus ein wenig von seiner alten Traurigkeit zu befreien und es ein Stückchen mehr zu ihrem Eigen zu machen. Zum Glück hatte sie einen Wischmopp gefunden, denn auf den Knien rumrutschen und Fliesen scheuern konnte sie noch nicht.

Als sie zwei Stunden später ein Knacken in ihren Schultern hörte und das Pochen in ihrem Bein sie daran erinnerte, dass sie noch vorsichtig sein musste, setzte sie Kaffee auf und beschloss, eine Pause einzulegen. Ihre Nase kitzelte schon jetzt von den vielen Flusen, die sie eingeatmet hatte.

In der Waschküche fand sie ein paar alte Gummistiefel. Als sie sie misstrauisch schüttelte, kamen zwei große Spinnen herausgerannt und flitzten panisch über ihre Hand. Vor Ekel führte sie einen kleinen Hopsertanz auf. Dann stärkte sie sich mit dem Gedanken, dass ihre Füße alle vielleicht noch verbleibenden Babyspinnen sicherlich sofort zerquetschen würden, zog die Stiefel über und ging in den Garten. Das Gras quietschte unter ihren Sohlen, es roch schwach nach modrigem Holz, Nebel und Tau, obwohl die Sonne schon hoch über den kahlen Apfelbäumen stand. Harry galoppierte freudig voraus, schnupperte unter den Büschen und Sträuchern und pinkelte an die Schaukel. So klein der Hof auch war, ihr Großvater hatte neben seiner Arbeit in dem Krämerladen, den er und Ada im Ort betrieben, wie die meisten Landwirte auf der Insel zuzüglich zur Agrarwirtschaft Ziegen und Schafe gehalten, und auch wenn in den letzten Jahren nach seinem Tod schon viele Wiesen verkauft worden waren, gehörte immer noch ein beachtliches Stück Land zu Annas Besitz.

Sie lief über die Apfelwiese zum Gemüsebeet. Es lag hinter einer Hecke verborgen, und Anna wappnete sich für den Anblick. Das Beet war immer der ganze Stolz ihrer Großeltern gewesen, sie kannte es nur in ordentlichen, gepflegten Reihen und mochte sich gar nicht vorstellen, wie es nach so vielen Jahren der Verwahrlosung aussah. Aber als sie um die Hecke bog, blieb sie erschrocken stehen.

»Das gibt's ja nicht!«, entfuhr es ihr. Vor ihr lagen gerade braune Reihen, die aussahen, als hätte sie jemand mit dem Lineal gezogen. An manchen Stellen ragten kleine Fähnchen aus der Erde, und in den letzten drei Reihen wuchsen, ebenfalls gerade wie Zinnsoldaten, grüne Pflanzen. Anna ging staunend näher und umrundete das Beet. Sie erkannte Wirsing, Schwarzwurzel, Lauch, Pastinaken und Kohl. So ziemlich alles, was man aus einem Freilandbeet im Februar herausholen konnte. Und kleinen Feldsalat, aber der war etwas kümmerlich und sah aus, als wäre er noch nicht ganz fertig gewachsen. Vielleicht hatte ihm der Frost zu schaffen gemacht. An der Hecke lehnte eine große Schaufel, und jetzt fiel ihr auch auf, dass jemand das Beet sorgfältig mit einem kleinen Zaun aus einem flatternden grünen Netz umspannt hatte. Gegen die Hühner, dachte Anna grimmig. Es sah ganz so aus, als wäre ihr Beet irgendwann in den letzten Jahren enteignet worden. Oder hatte die Femke nur vergessen, ihr davon zu erzählen? Hatte sie vielleicht einen Deal mit dem Nachbarn geschlossen, von dem Anna noch nichts wusste, und er verkaufte gerade ihr Gemüse auf dem Wochenmarkt?

Als ihre Hände vom Putzwasser ganz schrumpelig waren, holte Anna sich ein Fischbrötchen und setzte sich damit an den Hafen. Er lag in Oudeschild auf der Ostseite der Insel und war klein und unspektakulär, aber sie mochte die Atmosphäre hier, geschäftig und doch nicht hektisch. Außerdem liebte sie das Geräusch der klirrenden Fahnenmasten im Wind. Eine Weile sah sie einfach zu, wie die Boote kamen und gingen und die Möwen auf und ab watschelten, und dachte an ihren Großvater. Sie hatten so oft hier gesessen. Meistens an Sonntagvormittagen, wenn ihre Großmutter sie aus dem Haus haben wollte, um in Ruhe kochen zu können. Er hatte ihr alles über die Schiffe erzählt, die unterschiedlichen Masten, die großen, gefährlich aussehenden Netze. Immer hatte er für alles eine Erklärung parat gehabt und die große, erschreckende Welt damit für die kleine, ängstliche Anna ein bisschen weniger Furcht einflößend gemacht.

Ein alter Krabbenkutter legte direkt vor ihr am Kai an und verkaufte Tüten mit fangfrischen Garnelen über die Reling. Sie selbst fand Garnelen gruselig, die kleinen schwarzen Alienaugen und die durchsichtigen Mägen waren ihr nicht geheuer, aber die Leute schienen sie nicht so abschreckend zu finden, es gab großen Andrang auf die Ware, und im Hafen breitete sich schnell ein würziger Geruch aus.

Ihr Brötchen war frisch und fettig, und Anna aß mit großem Appetit. Sie hatte ihre Mühe, Harry davon abzuhalten, es ihr aus der Hand zur reißen. Fisch war sein Leibgericht, aber ähnlich wie beim Futter stellte er merkwürdige Dinge mit seinem Magen an, und sie gestand ihm nur ein paar winzige Happen zu. Harry fand das gar nicht witzig. Er winselte und fiepte, drehte sich im Kreis und sprang auf einmal auf die Bank neben ihr.

»Hey! Spinnst du? Also wir müssen mal reden, wir zwei. So geht das nicht weiter!« Anna schubste ihn energisch wieder herunter. Sie musste dringend ein Machtwort sprechen. Entschlossen stellte sie einen Fuß auf die Leine, sodass er nicht mehr hüpfen konnte. »Ich bin hier das Frauchen, verstanden? Du bist der Hund. Du machst, was ich sage! Ich weiß, es gefällt dir nicht, aber so läuft das nun mal!«

Harry schien das absolut lächerlich zu finden. Er bellte zweimal protestierend. Die Rangordnung in ihrer Beziehung war nie vollkommen etabliert worden. Es schien ein beständiges Hin und Her, in dem jeder mal verlor und mal gewann. Meistens jedoch hatte sie das

Gefühl, dass Harry sich klar als Anführer ihres Zweierrudels sah und den Umstand, dass sie sein Futterkontingent bestimmte, als eine seltsame Laune der Natur empfand, die er hinnehmen musste, aber nicht verstand. Sie war nicht streng genug, und wenn man den Lehrbüchern glaubte, eignete sie sich eigentlich nicht besonders als Hundehalterin. Aber irgendwie waren sie trotzdem immer gut ausgekommen, von kleinen Zwischenfällen mal abgesehen. Zum Glück war Harry eine kleine Wurst, die man im Notfall einfach unter den Arm klemmen und wegtragen konnte.

Plötzlich befreite er sich und sprang mit einem Satz auf ihren Schoß, sodass sie erschrocken die Arme hochriss und die Hälfte des Brötchens auf ihrem Pullover verteilte. Anna stöhnte genervt und begann, sich mit der Serviette abzutupfen, während Harry glücklich die herabgefallenen Fischstückchen von ihrem Bauch leckte.

Gerade rieb sie in Brusthöhe einen Klecks verirrter Remoulade noch tiefer in die Wolle, da räusperte sich jemand neben ihr.

»Isst du immer von deinem Pulli?« Sem setzte sich neben sie und wischte etwas Mayonnaise von ihrem Oberschenkel.

»Was machst du denn hier?«, fragte Anna. Es war ein seltsamer Ort, um jemanden zufällig zu treffen.

»Ich mag den Hafen«, sagte er nur und schien zu finden, dass das als Erklärung ausreichte. Sie plauderten eine Weile vor sich hin, während Anna sich weiter sauber machte.

»Deine OP hast du gut überstanden, oder?«, fragte Sem plötzlich wie aus dem Nichts und ließ seine Hand zwei Sekunden länger als nötig auf ihrem Arm liegen.

Anna zuckte kurz zusammen. »Ja, es ist alles gut gelaufen«, antwortete sie. »Es dauert nur einfach sehr lange, wieder richtig gehen zu lernen. Man sieht noch, dass ich ein bisschen humple. Aber das wird mit der Zeit immer besser, und ich bin wirklich froh, dass ich mich entschlossen habe, es durchzuziehen.«

»Es ist riskant, oder?«

»Wie meinst du das?«

»Na ja, ich meine, so jung eine neue Hüfte zu bekommen. Man kann den Eingriff nicht oft wiederholen, richtig?«

Überrascht nickte sie. »Das stimmt. Das wissen nicht viele Menschen, dass das zum Problem werden kann. Normalerweise bekommen ja nur alte Menschen neue Hüften, in meinem Alter ist das wirklich selten. In der Reha waren sie überhaupt nicht auf mich eingestellt, ich bin den ganzen Tag mit Rentnern und ihren Rollatoren im Kreis gelaufen. Es war furchtbar.« Sie erschauderte kurz. Obwohl ihre Worte witzig gemeint waren, dachte sie an die Zeit in der Reha nur mit Schrecken zurück. Sie hatte nach der OP große Schmerzen gehabt, war emotional sehr durcheinander gewesen, und da hatte es auch nicht geholfen, dass sie die einzige Reha-Teilnehmerin unter sechzig war und die Therapeuten offenbar nicht wussten, wie man mit einem Hüftpatienten in ihrem Alter umgehen sollte.

»Ich erinnere mich, dass du als Kind auch schon

immer ein wenig gehumpelt bist«, sagte Sem, und wieder war Anna überrascht.

»Wirklich, daran erinnerst du dich?«

»Anouk hat dich immer in Schutz genommen, wenn jemand etwas Blödes zu dir gesagt hat. Ich gebe zu, vielleicht war ich es auch, der mal was Blödes gesagt hat.« Er lächelte. »Aber Anouk hat mich immer schnell zurechtgewiesen.«

In Annas Herz regte sich ein kleiner, schmerzhafter Stachel.

»Und du hast deine Anstellung verloren, weil du operiert werden musstest? Das ist doch arbeitsrechtlich gar nicht erlaubt! Hast du dich nicht gewehrt?«

»Na ja, ich habe sie nicht wirklich verloren. Ich habe sie aufgegeben. Meine Chefin ist... war... unglaublich nett zu mir und hat mir immer versichert, dass wir das schon schaffen würden, aber es wäre einfach nicht gegangen, ich konnte nicht mehr acht Stunden lang stehen. Ich konnte anfangs überhaupt nicht stehen. Und auch nicht laufen. Ich habe in einer Gärtnerei gearbeitet, wir haben zwar auch Blumen verkauft, aber das meiste war harte Arbeit. Kübel schleppen, Erdsäcke stapeln, Beete umgraben. Meine Chefin hat mir angeboten, mich die erste Zeit nur hinter dem Tresen einzuteilen, zum Straußebinden und Kassieren, aber auch das wäre zu anstrengend gewesen. Ich wollte sie nicht in Schwierigkeiten bringen, sie hätte mich natürlich weiter behalten müssen, aber ich wusste, dass es eine große Belastung gewesen wäre.« Sie seufzte, als sie das alles noch einmal im Kopf durchspielte. »Und dann sind… andere Sachen passiert, und ich hatte das Gefühl, dass ich einen Neuanfang brauche. Na ja, und nun bin ich hier… und mache meinen eigenen Blumenladen auf.« Sie hielt einen Moment inne und ließ die Worte nachklingen, die sie selbst noch gar nicht richtig glauben konnte. »Und das habe ich eigentlich deiner Mutter zu verdanken. Ohne sie wäre ich nie auf die Idee gekommen! Es ist wirklich ein bisschen unglaublich, dass ich es tatsächlich gemacht habe. Dass ich jetzt wirklich hier sitze.«

»Ja…«, sagte er nur und blickte mit einem seltsamen Ausdruck in den Augen aufs Wasser hinaus, wo die Schiffe vor Anker lagen und sanft in den Wellen schaukelten. Plötzlich stand er mit einem kleinen Ruck auf. »Ich muss weiter. Es war schön, mit dir zu reden, Anna. Ich rufe dich an, dann können wir nächste Woche mal essen gehen!« Er winkte ihr zu und ging los. Anna starrte ihm nach. Sie hatte wohl etwas Falsches gesagt.

4

An nächsten Tag stand Anna im Laden und maß mit einem Zollstock die Wände aus. Ihr Notizblock füllte sich mit Listen von Dingen, die sie kaufen wollte, mit Zahlen und Ideen. Sie murmelte geschäftig vor sich hin, machte Fotos auf ihrem Handy und war ganz versunken in die Arbeit.

Nach einer Weile merkte sie, dass etwas fehlte. Sie

hielt inne und sah sich um. Wo war Harry jetzt schon wieder hingewatschelt? Sie steckte den Zollstock in den Gürtel ihrer Jeans und trat in den kleinen Hinterhof. Er war nirgends zu sehen, aber als sie seinen Namen rief, erscholl ein leises Klingeln, und nach ein paar Sekunden bewegte sich plötzlich eine der alten Holzlatten, die das Nachbargrundstück abgrenzten, und sein brauner Kopf schaute hervor. Er sah sie an, als wollte er sagen: »Was nervst du mich denn, ich hab zu tun!«, dann grunzte er und verschwand wieder.

»Hey! Harry, bleib sofort stehen!«

Aber Anna hörte nur noch das leise Bimmeln des Glöckchens an seinem Halsband, das sich entfernte, dann war alles still. Sie lief zum Zaun und spähte zum Nachbargrundstück hinüber. Die braunen Stängel einer Kletterpflanze versperrten ihr die Sicht. Als sie sie zur Seite schob, blickte sie in den Garten eines winzigen, reetgedeckten Backsteinhauses. Blumenfreunde, dachte sie und lächelte zufrieden. Jetzt lag der Garten kahl da, im Sommer würde er aber in Blütenpracht erstrahlen, das erkannten Annas geschulte Augen sofort. Er war trotz des scheinbaren Chaos sorgfältig und durchdacht angelegt. Ein kleiner Teich glitzerte in der Sonne, eine efeuumwucherte Laube lud zum Verweilen ein, und ein großes Rosenbeet umgab die Terrasse.

Blumenfreunde waren immer die besten Menschen. Man sagte das Gleiche zwar auch über Tierliebhaber, aber sie hatte da eine ganz eigene Meinung. Tierfreunde meinten es immer gut, waren aber nicht selten ziemlich verschroben und besserwisserisch. Sie selbst mal ausgenommen. Blumenfreunde waren da einfacher, eben geerdeter irgendwie. Am besten, beides kam zusammen, dann konnte man fast sicher sein, einen guten Menschen vor sich zu haben.

Nun sah sie auch Harry. Er thronte bäuchlings auf einem großen roten Kissen, das wiederum auf einer weißen Gartenbank lag. Neben ihm, dick in Decken eingepackt und fast bis zur Nase mit einem Schal umwickelt, saß eine alte, weißhaarige Frau. Sie schien sich mit ihm zu unterhalten, Harry blickte aufmerksam zu ihr empor, als lauschte er konzentriert ihren Worten. Anna beobachtete verdutzt das seltsame Bild. Es hatte etwas Friedliches und Vertrautes, wie die beiden da so beisammensaßen und die ersten Strahlen der Frühjahrssonne genossen. Sie konnte das Gesicht der alten Frau nicht erkennen, es war Harry zugewandt, aber etwas an ihrer Haltung hatte, trotz der vielen Decken, etwas Würdevolles. Sie schien sehr klein, ihre wippenden Füße berührten kaum den Boden, und durch die Decken wirkte sie rund wie ein Ball. Vor ihr auf dem verschnörkelten Tischchen stand eine Teekanne, und daneben lag ein Buch.

»Hat der kleine Prinz mal wieder einen royalen Platz gefunden, um sich verwöhnen zu lassen«, murmelte Anna und stemmte die Arme in die Hüften. Aber sie musste lächeln. Es war doch typisch, Harry wusste immer, wo man ihn am meisten verhätscheln würde, und er fand diese Orte stets mit unglaublicher Zielsicherheit. Manchmal war sie neidisch auf seine Fähigkeit, so schnell mit allem und jedem Freundschaft zu schließen. Mit alten Menschen hatte er sich schon immer bestens verstanden, was vermutlich an deren Affinität zu gefüllten Plätzchendosen und uneingeschränkter Großzügigkeit angesichts bettelnder Hundeaugen lag. Sie rief noch einmal nach ihm, aber er zuckte beim Klang ihrer Stimme nicht mal mit der Wimper. Dafür drehte sich die alte Dame zu ihr um. Sie schien Anna nicht gleich zu finden, sie war wohl zu sehr im Pflanzengewirr versteckt, daher hob Anna die Hand und winkte.

»Huhu. Tut mir furchtbar leid, ich hoffe, er hat Sie nicht belästigt!«

Nun hatte die alte Dame Anna erspäht. Auch sie hob eine Hand zum Gruß. »Ach, da bist du ja! Ich habe dich ja gar nicht gesehen in all dem Dickicht! Was versteckst du dich dahinten, komm rüber, trink einen Tee mit uns!«, rief sie heiter.

Anna zögerte. Aber sie musste sowieso rübergehen, denn sie konnte genau sehen, dass Harry sich freiwillig keinen Zentimeter von diesem Kissen bewegen würde. Wahrscheinlich versteckte sich in dem Deckengewirr der Frau der eine oder andere Leckerbissen. Außerdem wäre es vielleicht gar nicht schlecht, schon mal die Nachbarn kennenzulernen – und sich am besten gleich mit ihnen gutzustellen. Schließlich würden sie bald hoffentlich Scharen von kaufwütigen Kunden im Nachbarhof rumtrampeln sehen und deren neugierige Blicke über ihren Zaun ertragen müssen und wären darüber wahrscheinlich nur mäßig begeistert.

»Sehr gern!«, rief sie daher und sah sich dann suchend um. »Aber … wie komme ich denn zu Ihnen?«

»Oh, dahinten ist ein kleines Tor. Es wurde schon lange nicht mehr benutzt. Vielleicht musst du ein bisschen rütteln.« Die Frau zeigte in die Ecke des Zauns, und als Anna näher trat, sah sie ein kleines Törchen, das sie vorher nicht bemerkt hatte.

»So, hast du uns gefunden?« Die alte Frau strahlte sie an, als sie auf die Terrasse trat, und Anna merkte, dass sie unwillkürlich zurückstrahlte. Dann warf sie einen tadelnden Blick auf Harry, der diesen aber natürlich geflissentlich ignorierte und stattdessen zur Seite schielte. Die beiden saßen so zufrieden beisammen, als würden sie sich schon ihr ganzen Leben kennen. Die runzelige Hand der Alten kraulte Harrys Ohren, ihre Füße wippten ein paar Zentimeter über dem Boden fröhlich hin und her, und sie hatte einen Keks in der Hand, von dem sie offenbar gerade abgebissen hatte, denn sie crunchte vor sich hin. Harrys Augen verfolgten aufmerksam den Leckerbissen, und Anna dachte: Wusste ich's doch!, bevor sie der Frau die Hand entgegenstreckte. »Hallo. Es freut mich sehr. Ich bin Anna. Anna Fischer. Tut mir wirklich leid, ich habe nicht richtig aufgepasst, er ist durch den Zaun geschlüpft.«

»Ja, die Latte hat mein Mann damals extra gelockert, damit unser Morle durchkommen konnte. Wir haben sie nie wieder festgeschraubt. Und nun ist es ja auch nicht mehr nötig.« Anna bemerkte, dass die Frau diese Feststellung glücklich zu machen schien. »Es freut mich gleichfalls sehr, meine Liebe. Ich bin Roosalinda van der Meer. Aber alle nennen mich Roos, weil das wohl einfacher ist und man heute ja keine Zeit mehr hat, einen ganzen Namen auszusprechen.« Sie zwinkerte Anna aus hellblauen Augen schelmisch zu, und ihr schönes, runzeliges Gesicht verzog sich zu einem strahlenden Lächeln.

»Es freut mich sehr, Sie kennenzulernen, Roos. Ich bin die neue Pächterin des Ladens nebenan. Ich werde dort ein Blumencafé eröffnen. Also eigentlich einen Blumenladen. Aber es soll auch Kaffee dort geben und ein paar Sitzplätze, wo man in Ruhe Zeitung lesen und die Blumen genießen kann. So stelle ich mir das zumindest vor.« Anna wartete nervös, was ihre Nachbarin zu dieser Neuigkeit sagen würde.

»Aber das ist ja eine wundervolle Idee!« Die alte Dame klatschte in die Hände und verteilte dabei ein paar Kekskrümel auf der karierten Decke. »Ein Blumencafé, wie herrlich, das habe ich ja noch nie gehört.« Ihre blauen Augen erstrahlten noch eine Nuance heller, und Anna war es gleich leichter ums Herz. »Das musst du mir näher berichten. Aber nun geh erst einmal hinein und hole dir eine Tasse aus der Küche. Ich bin ja so eingewickelt, ich würde eine Stunde brauchen, bis ich dort bin. Und im Kühlschrank steht noch die Mohntorte, die bringst du auch gleich mit. Und zwei Teller. Wenn du Sahne willst, sie steht neben der Butter. Du findest schon alles, es ist nicht schwer.« Sie wies fröhlich zur Terrassentür und widmete sich dann wieder gurrend Harrys Streicheleinheiten, offenbar nicht im Mindesten bekümmert darüber, dass eine völlig fremde Person in ihrer Küche herumwuseln sollte. Anna stand verdutzt einen Moment da, dann folgte sie der Aufforderung von Roosalinda van der Meer – die im Übrigen den schönsten Nachnamen trug, den sie je gehört hatte – und betrat das kleine Backsteinhaus. Innen war es hell und freundlich. Man sah sofort, dass sie hier schon lange wohnte. Der Boden war aus warmem Eichenholz, und die Wände waren bedeckt mit Bücherregalen und Kunstwerken, die in ihrem bunten Durcheinander das Bild von chaotischer Gemütlichkeit bildeten. Sie durchquerte das kleine Wohnzimmer und kam direkt in die Küche. Hier duftete es schwach nach Gewürzen und Honig. Durch das Fenster blickte man auf noch mehr kahle Rosensträucher.

Anna nahm eine Tasse von einem Haken an der Wand, öffnete den großen roten Kühlschrank und sah sofort die Reste der Mohntorte, die mit einem Marzipanüberzug verziert war und unter einer Glashaube darauf wartete, verschlungen zu werden. Nach ein bisschen Suchen fand sie ein Tablett und belud es mit ihrer Tasse, Tellern, Gabeln, einem Schneidemesser, der Torte und dem kleinen Sahnekrug. Als sie es wackelig auf dem kleinen Tisch abstellte, sah Roos wohlwollend dabei zu. »Na, da hast du ja alles gefunden. Dann können wir es uns ja schmecken lassen. Nimm dir ein Kissen. Diese Stühle sind scheußlich kalt und ungemütlich.«

Anna folgte der Aufforderung und nahm dann eine dampfende Teetasse entgegen, die ihr Roos mit leicht zitternden Händen reichte.

»Vielen Dank. Das ist sehr freundlich von Ihnen, mich einzuladen. Haben Sie diese Torte selbst gebacken? Sie sieht köstlich aus.«

»Das ›Sie‹ lässt du mal gleich bleiben, meine liebe Anna. Wir Holländer sagen Du zueinander, und es verwirrt mich nur, wenn man mich plötzlich mit ›Ihnen‹ und ›Sie‹ anspricht, wie eine Prinzessin.« Sie kicherte leise über ihren Scherz. »Außerdem sind wir ja nun Nachbarn und keine Fremden mehr. Und die Torte habe ich selber gebacken, das glaubst du aber. Ich backe alle meine Torten selber. Ich hoffe, sie schmeckt dir. Das Mandelaroma ist diesmal ein wenig dominant, aber dafür ist die Mohncreme fantastisch gelungen. Nicht zu herb, kräftig aromatisch. Verfeinert mit ein wenig Orangenlikör. Ganz was Schmackhaftes! Ich hatte heute schon ein Stück, aber man soll das Leben ja nehmen, wie es kommt, nicht wahr?« Sie zwinkerte wieder, und Anna lächelte. Frau van der Meer war tatsächlich eine sehr sympathische alte Dame.

Anna beobachtete, wie ihr Gegenüber mit ihren feinen Händen grazil die Gabel nahm und ein Stück Torte zum Mund balancierte. Sie hielt dabei den Rücken gerade und den Kopf hocherhoben und beugte sich keinen Millimeter zum Teller hinunter. Ihre schlohweißen Haare waren zu einem Kranz um ihren Kopf aufgesteckt, und an den Ohren trug sie feine Goldperlen, die im Licht ab und zu hell aufschimmerten. Sie hat wirklich etwas von einer Prinzessin, dachte Anna. Eine Tortenprinzessin. Dann schob sie sich ein eigenes Stück Torte in den Mund.

»Das ist ja himmlisch«, schmatzte sie, als sich Mohn- und Mandelaroma in ihrem Mund ausbreitete, und wischte sich mit einer Serviette ein wenig verirrte

Sahne von der Oberlippe. »Sie… *du* bist eine fantastische Bäckerin.«

Roos nickte ernst und kaute. »Ja, das wird mir oft gesagt. Backen ist meine Leidenschaft. Aber nun erzähl mal. Ein Blumencafé, das klingt aufregend. So etwas hat man hier noch nie gesehen. Wie bist du denn überhaupt auf diese Idee gekommen? Und was macht ein Mädchen aus Deutschland hier auf der Insel?«

Und so fand Anna sich an diesem Tag im Garten einer völlig fremden alten Dame wieder, der sie über zwei Stücken Torte und einer großen Kanne Jasmintee an einem Nachmittag ihre ganze Lebensgeschichte erzählte. Die Luft roch nach Salz und Regen, am Himmel kreischten die Möwen, und über den Reetdächern des kleinen Ortes wanderte die Sonne langsam in Richtung Meer, ohne dass es eine von ihnen bemerkt hätte. Erst als es dämmrig wurde und die Schatten der Gartenlaube schon die Terrasse erreichten, brach Anna auf. Sie wusste später gar nicht, wie das passiert war. Sie war doch sonst nicht so redselig, und eigentlich hatte sie so viel zu tun gehabt. Aber Roos van der Meer hatte so aufmerksam zugehört, so viele Fragen gestellt und ihr mit ihren neugierigen blauen Augen, die so gar nicht zu ihrem Alter zu passen schienen, so viel Verständnis entgegengebracht, dass Anna einfach losgelassen hatte. Es hatte gutgetan, alles zu erzählen, alles einmal auszusprechen. Sie hatte so viel in sich vergraben, immer nur im Kopf hin und her gewälzt, dass es sie fast überraschte, wie viel sie in letzter Zeit beschäftigt hatte. Und die alte Frau hatte wissend genickt und gelächelt, ab und zu empört geschnaubt und zuletzt bestürzt den Kopf geschüttelt und hatte Anna nicht unterbrochen. Erst als sie zu ihren Großeltern gekommen war, von dem Hof erzählt hatte und dass sie ihn restaurieren wollte, wenn der Laden erst mal lief, da hatte sie plötzlich gerufen: »Moment mal, sprichst du etwa von Ada de Brujin? War sie deine Großmutter?«

»Ja, genau!« Überrascht setzte Anna ihre Tasse wieder ab, die sie gerade zum Mund heben wollte. »Kanntest du sie etwa?«

Roos nickte eifrig. »Aber ja, ich kannte sie. Natürlich. Meine Tochter wohnt doch auch in De Waal. Ada war natürlich ein paar Jahre älter als ich, aber wir haben früher oft bei ihr Gemüse gekauft. Sie hatte die besten Kürbisse. Eine tüchtige Frau, ehrlich und fleißig.«

»Ja. Das war sie.« Anna war sehr überrascht. Dabei war es nicht abwegig. Die Insel war klein, der Hof ihrer Großeltern nur ein paar Fahrminuten entfernt. Man kannte sich hier.

»So. Dann bist du die Enkelin der alten Ada vom Brujinshof.« Roos betrachtete Anna, als sähe sie sie plötzlich in ganz neuem Licht, und der Ton zwischen ihnen wurde noch eine Spur vertraulicher. Als würde die Tatsache, dass Roos früher einmal Gemüse von ihrer Großmutter gekauft hatte, sie auf unsichtbare Weise miteinander verbinden. Und irgendwie tat es das auch.

»Wo genau wohnt denn deine Tochter? Vielleicht kannst du ja mal bei mir vorbeischauen, wenn du sie besuchst. Dann kann ich mich für den Tee und die Torte revanchieren.«

Ein Schatten huschte über das Gesicht der alten Frau. »Ach, ich besuche sie nicht mehr, Anna. Wir haben keine gute Beziehung. Meine Tochter… sie hat große Probleme mit meinem Enkelsohn. Wir haben uns vor einiger Zeit zerstritten über ihre Art… mit ihm umzugehen. Ich habe sie schon lange nicht mehr gesehen. Es ist wohl auch besser so. Wir sind doch sehr verschieden.« Nachdenklich legte Roos ihre Gabel hin, mit der sie zuvor Kuchenreste auf dem Teller hin und her geschoben hatte, und einen Moment lang hing ihr Blick leer über dem kahlen Garten und den Rosensträuchern. Anna sah, dass es nicht besser so war.

»Das tut mir wirklich leid.« Anna fragte nicht weiter nach. Sie spürte, dass es Roos wehtat, über ihre entfremdete Tochter zu sprechen. Aber sie wollte auch nicht einfach übergehen, was sie ihr gerade erzählt hatte. »Vielleicht kannst du mich ja trotzdem mal besuchen! Ich backe zwar nicht so gut wie du, aber ich würde dir ganz frisches Bananeneis machen!«

Roos sah gleich wieder fröhlicher aus. Der melancholische Schleier verschwand aus ihren Augen. »Bananeneis? Wie unerhört neumodisch. Aber leider, liebe Anna, kann ich kein Auto mehr fahren und bin auch sonst nicht mehr so wacker auf den Beinen. Aber deinen Laden, den werde ich mir anschauen, sobald er fertig ist. Da hab ich's ja nicht weit. Weißt du, dass das Haus früher einmal meiner Familie gehört hat? Meine

Tochter hat es schon vor Jahren verkauft. Ich freue mich, dass es nun wieder genutzt wird.«

»Ja, das musst du!« Anna lächelte. »Und ich hole dich gerne jederzeit mit dem Auto für eine kleine Spritztour ab!«

Roos hatte geantwortet, dass sie dieses Angebot gerne annehmen würde, und dann waren sie aufgestanden. Sie hatten sich mit einer Umarmung verabschiedet, und Anna hatte der kleinen alten Frau geholfen, sich aus ihren vielen Decken zu schälen.

»Komm bald wieder, liebe Blumen-Anna vom Brujinshof mit dem Bananeneis«, hatte Roos zum Abschied gesagt und ihr gewunken, als sie durch das kleine Gartentürchen zurück in den Laden ging. Und Anna hatte es versprochen. Harry würde ohnehin ab jetzt jeden Tag seinen Weg auf das rote Kissen zurückfinden, da hatte sie keinen Zweifel. Einmal eine Keksquelle ausgemacht, wurde er nicht müde, diese bis zum Versiegen auszuschöpfen. Noch lange schmeckte sie das Orangenmarzipan auf der Zunge, und als sie wieder zu Hause war, hatte sie das Gefühl, den Tag mit einer alten Freundin verbracht zu haben.

5

Das erste Licht der Morgensonne fiel in schrägen Strahlen in die Küche und zeichnete Muster auf den Kachelboden und die Arbeitsplatten. Anna saß mit einer Tasse Kaffee am Tisch. Zum Schutz gegen die frische Morgenluft hatte sie ihren Bademantel um sich geschlungen und dicke Wollsocken an den Füßen. Harry lag in der Ecke in seinem Körbchen auf dem Rücken. Im Tiefschlaf hatte er alle viere von sich gestreckt, sein kleiner rosa Bauch hob und senkte sich im langsamen Rhythmus seines Atems, und ab und zu röchelte er leise im Schlaf. Vor Anna auf dem Tisch lag aufgeschlagen die Lokalzeitung. Wenn in diesem Moment jemand durch die kleine hölzerne Seitentür in die Küche gekommen wäre, so hätte es für ihn ausgesehen, als würde sie konzentriert die Artikel studieren. Aber Annas Augen waren geschlossen. Sie hatte den Kopf in die Hand gestützt, und gerade sank dieser langsam, ganz langsam auf die Tischplatte zu. Ihre Stirn fand schließlich Halt auf einem Leserbrief über die Renovierung des Strandmuseums im Nachbarort.

Nach ein paar Minuten kam vom Herd ein angesengter Geruch; ihr Porridge hatte auch das letzte bisschen verbleibender Milch aufgesaugt, und die Haferflocken brannten sich mit einem lauten Knistern in den Boden. Aber das merkte Anna nicht, ihre Nasenflügel bebten nur leicht, als sie in den Tiefen ihres Traums den Brandgeruch wahrnahmen. Sie gab einen leisen Schnarcher von sich und sank noch ein weniger tiefer in den Schlaf.

Plötzlich hallte ein ohrenbetäubendes Krähen durchs Haus. Anna schreckte quietschend hoch, und ein großer Platscher heißen Kaffees landete auf ihren Beinen und besprenkelte die aufgeschlagene Zeitung.

»Mist!«, rief sie erschrocken und betrachtete ein paar Sekunden lang verwirrt die braunen Flecken auf dem Tisch und dann die nun fast leere Tasse in ihrer Hand. Dann hörte sie das Knistern. Sie stützte sich an der Tischplatte hoch und lief zum Herd. »Mist, Mist, Mist!« Schnell warf sie den rauchenden Topf in die Spüle und ließ kaltes Wasser hineinlaufen. Dann beugte sie sich traurig schnuppernd über den Hahn und begutachtete den Schaden. Sie seufzte. Da war nichts mehr zu retten. Der Porridge war schwarz.

Anna warf einen neidischen Blick auf Harry, der immer noch seelenruhig schlief und inzwischen halb aus seinem Körbchen auf den Boden gerutscht war. »Typisch, dass du einfach weiterpennst…«, grummelte sie. »Dieser Hahn hat einfach ein Rad ab. Er kräht mitten in der Nacht und mitten am Tag.«

Das Landleben, das ihr immer so idyllisch erschienen war, erwies sich als tückisch. Wie sich herausgestellt hatte, besaß ihr ominöser Nachbar nicht nur einen Haufen verrückter Hühner, sondern auch einen Hahn. Einen großen, Furcht einflößenden Hahn, mit einem feuerroten Kamm und glänzendem grün-schwarzem Gefieder. Sie war sich nicht sicher, ob er ihn neu angeschafft oder ihn erst nach ihrem Einzug strategisch direkt unter ihrem Fenster platziert hatte. An den ersten Tagen im Haus war er jedenfalls noch nicht da gewesen, aber nun gab es kein Entkommen mehr. Der Hahn war ein Frühaufsteher, und er mochte es offensichtlich nicht, alleine aufzustehen. Lange vor Sonnenaufgang krähte er sich die Seele aus dem Leib. Es schien, als wolle er mit seinem Geschrei die ganze Welt aufwecken.

6

Anna betrachtete die Wäschespinne, auf der sich gerade die Bettlaken vollsaugten, die sie heute Morgen dort aufgehängt und dann vergessen hatte. Nun war der Regen gekommen, der sich schon den ganzen Tag in wabernden Schwaden am Himmel angekündigt hatte. Sie stand auf der Veranda, wo sie sich eben zu einer kleinen Nachmittagspause hatte niederlassen wollen, und besah sich den Schaden.

»Na, Frau Fischer, da können Sie heute Abend direkt noch mal waschen«, seufzte sie.

Zeit ihres Erwachsenenlebens war Anna von ihren Freunden dafür ausgelacht worden, dass sie sich in Krisensituationen selbst gerne als »Frau Fischer« betitelte. Sie wusste auch nicht so genau, wann sie sich das angewöhnt hatte. Ihre Mutter machte es genauso, aber wer es sich von wem abgeschaut hatte, war beiden ein Rätsel. Anna konnte nicht anders. »Ganz toll, Frau Fischer«, sagte sie, wenn ihr etwas runterfiel. »So was von typisch, Frau Fischer«, wenn sie etwas vergaß. »Frau Fischer, das geht so nicht weiter!«, wenn irgendwas passiert war, das ihr mal wieder suggerierte, dass sie einfach komplett alltagsuntauglich war und sich von Grund auf bessern musste. »Wir müssen ein ernstes Wörtchen reden, Frau Fischer«, wenn die Waage ein paar Kilo zu viel anzeigte oder sie den Wocheneinkauf auf dem Esstisch ausbreitete und plötzlich merkte, dass sie zauberhafterweise viel weniger Obst und Gemüse gekauft hatte als geplant, dafür aber doppelt so viele Erdnusskekse und mehr Nougatschokolade, als auch die schlimmste Nervenkrise oder die stärksten Regelschmerzen jemals erfordern könnten.

Aber wenn sie traurig war, dann nannte sie sich nur Anna.

Anna mochte den Regen.

»Du bist komisch«, hatte Simon immer gesagt. »Wer mag denn Regen?«

»Regen ist gut für die Blumen«, hatte sie geantwortet, und die schillernden Tropfen beobachtet, die in hypnotisierender Langsamkeit am Fensterglas hinunterliefen. »Und gut für die Seele.« Sie verstand nicht, was man an Regen nicht mögen konnte. Er intensivierte die Gerüche der Erde, der Pflanzen, der Luft. Er beruhigte sie, er ließ sie tief und traumlos schlafen, er wusch alles rein, er veränderte die Welt, die sich seinen Regeln unterwerfen musste und still lauschte, bis er plötzlich wieder weg war und alles wieder laut und hektisch wurde. Aber Simon hatte das nie so recht verstanden. Irgendwann zum Geburtstag hatte er ihr mal so ein Dings geschenkt. Zwölf Stunden am Stück imitierte es Regengeräusche. Man sollte es zum Einschlafen neben sein Bett stellen, ein schwarzes Plastikteil, das aussah wie ein Radiowecker. Es gab verschiedene Variationen: Regen auf Autodach. Regen auf Mulch. Regen im Tropenwald. Regen mit Donner. Regen mit Wind. Nur echten Regen, den gab es nicht.

Sie hatte sich überschwänglich bedankt, gerührt von der Geste, gerührt davon, dass er ihr zumindest zugehört hatte, und das Paket dann ganz hinten im Schrank vergraben, wo eine alte Ikea-Kiste mit Sachen gefüllt war, die sie irgendwann, wenn sie mal ganz viel Langeweile hatte, bei Ebay einstellen wollte.

Wenn Simon sie fragte, warum sie das Dings nicht benutzte, antwortete sie, dass sie es natürlich nur brauchte, wenn er nicht da war. »Dein Schnarchen ist Geräuschkulisse genug«, neckte sie, und er glaubte ihr, wie er ihr immer glaubte, und lachte in sich hinein.

Das Dings hatte es nicht auf den Mitnehm-Haufen geschafft. Und bei Ebay war es auch nie gelandet. Nun lag es im Keller ihrer Mutter, vergraben in den vielen Kisten, die ihre Besitztümer für sie hüteten, bis sie sie abholen und in ihr neues Heim bringen würde.

Ich mag nur echten Regen, dachte sie jetzt und trat mit ihrer Kaffeetasse auf die Veranda. Was sollte sie anfangen mit Kunstregen aus dem Radio? Wo war der Geruch, wo war die kühle Frische in der Luft, wo die Tropfen, die auf den Blättern abperlten? Das Einzige, was der Kunstregen bei ihr bewirkt hatte, war, dass sie pinkeln musste.

Sie atmete tief ein und genoss den Geruch der nassen

Wiesen und des Strohdaches. Das Wasser lief am Vordach hinab, bildete einen durchsichtigen Vorhang und machte die Terrasse zu einer Höhle. Es regnete nicht so oft auf der Insel, wie man es erwarten würde, und schon gar nicht so stark. Meistens nieselte es, der Himmel war grau und verhangen, und es entstand dabei kaum ein Geräusch, weil der Regen senkrecht zu Boden fiel und von den Wiesen aufgesogen wurde. Manchmal stürmte es auch dazu, sodass man nicht mal das Prasseln hören konnte, sondern nur das wütende Heulen der Böen und ab und an Zweige, die gegen die Fenster geschleudert wurden. Doch dieser klare, intensive, laute Regen, ohne Wind, das war ein Geschenk. So einen Regen gab es nicht oft.

Sie zog ihre Wollsocken bis zum Knie und steuerte den alten weißen Holzschaukelstuhl an, der hier schon stand, seit ihr Großvater das Haus gekauft hatte. Zumindest hatte er das immer behauptet. Sich dort hinzusetzen war ein schwieriges Unterfangen für sie. Sie hätte beide Hände gebraucht, um sich abzustützen, aber sie konnte die Tasse nirgends abstellen, hatte ihr Buch unter den Arm geklemmt und nur eine Hand frei. Um bis zum Boden zu kommen, bedurfte es einer Verrenkung, der sie sich momentan nicht mächtig fühlte, und die Armlehne des Stuhls war zu wackelig, um etwas darauf abzustellen.

Einen Moment lang stand sie hilflos da, die Tasse erhoben, den Hintern schon ein wenig zum Stuhl gesenkt, voller Angst, sich fallen zu lassen. Was, wenn der Schaukelstuhl wegrutschte? Was, wenn sie die

Hüfte zu stark anwinkelte? Aber dann zwang sie sich, durchzuatmen und innezuhalten. Und schließlich war es gar nicht schwer. Als sie saß, die Tasse immer noch sicher in der Hand, ohne einen Tropfen verschüttet zu haben, lächelte sie. Einen Hof konnte sie alleine bewohnen, einen Laden alleine eröffnen, alleine in ein neues Land ziehen – und dann hatte sie Angst, sich alleine hinzusetzen!

»Sei nicht immer so hart zu dir selbst, Anna«, hatte Frau Hartstein jedes Mal gesagt, wenn die Therapiestunde beendet war, und dieses seltsame Lächeln gelächelt, an das sie sich nie so ganz gewöhnen konnte. »Frage dich immer: Wenn deine beste Freundin das so machen würde, fändest du es dann schlimm? Würdest du es verurteilen? Gönn dir mal eine Pause, registriere deine Gedanken und Gefühle und lasse sie zu. Wertfrei ist das Stichwort!« Und mit der Zeit, langsam, schrittweise, Stückchen für Stückchen, hatte sie gelernt.

Noch einmal dachte sie an Frau Hartsteins merkwürdiges, sanftes Lächeln, das immer auf eine Antwort zu warten schien, ohne eine Frage gestellt zu haben. Ich bin froh, dass das erst mal vorbei ist, dachte sie. Ohne die Therapiestunden wäre sie heute nicht hier, das war ihr bewusst, aber sie verband die Zeit auf dem Samtsofa in der Hamburger Innenstadt mit einer anderen Anna. Einer Anna, die sie hinter sich gelassen hatte, der sie entwachsen war. So ähnlich wie man ein altes Schulfoto von sich betrachtet und sich fragt, was man sich nur bei dieser Frisur und dieser unmöglichen Jeans gedacht hatte, und der Mensch auf dem Foto einem vollkommen fremd erscheint. »Glücklich sein ist eine Entscheidung, Anna!«, hatte Frau Hartstein gesagt. Und irgendwann hatte sie es verstanden.

Sie zog das gute Bein an, streckte das andere aus und lehnte sich zurück. Langsam trank sie einen Schluck Kaffee und starrte auf die Wiesen hinaus. Es hatte auch geregnet an dem Tag, als sie Simon mit Karin im Bett erwischt hatte. Anna erinnerte sich, wie die grauen Fäden am Fenster abgeperlt waren. Wie die Küche dunkel und verlassen dalag und sich das Trommeln der Tropfen auf dem Dach mit den Geräuschen aus dem Schlafzimmer vermischt hatte. Sie erinnerte sich, wie sie fassungslos eine Weile dagestanden hatte, das Donnern des Gewitters im Ohr, und mit aufgerissenen Augen den Sturzbächen zugesehen hatte, die ihr Leben wegzuwaschen schienen. Das Schlimmste war, dass sie nicht mal wegrennen konnte. Es war kurz nach der OP gewesen, sie hatte noch Krücken gehabt, fing gerade erst wieder an, laufen zu lernen. Den ganzen Weg zu ihrem Auto waren sie neben ihr hergegangen und hatten sie angefleht, ihnen zu verzeihen, sie gebeten, zu bleiben und über alles in Ruhe zu sprechen, auf sie eingeredet, sie festgehalten. Und den ganzen langen, mühseligen Weg hatte Anna die Tränen zurückgehalten, hatte starr geradeaus geblickt, sie nicht angesehen, nicht auf ihre Worte reagiert, hatte innerlich ihre Hüfte verflucht, die sie so langsam machte, ihre Beine, die sich einfach nicht schneller bewegen wollten. Sie hatte unendlich lange gebraucht, das Auto zu erreichen, und dann noch einmal eine gefühlte Ewigkeit, um den Schlüssel in ihrer

Tasche zu finden. Autositze waren am schwierigsten, so weit unten, so schwer, sich gleichzeitig hinzusetzen und die Hüfte zu verdrehen, um sich in den Fahrraum gleiten zu lassen. So demütigend war es gewesen. Unverzeihlich, das hatte sie damals gedacht. Unverzeihlich hatte auch Simon seine Untreue genannt und sie dann doch angebettelt, ihm zu verzeihen.

Simon … Nichts konnte ihn aus der Ruhe bringen. Inmitten einer Alien-Invasion würde er zerstreut von seinem Laptop aufblicken und ein verwirrtes »Oh, cool« murmeln, ohne dass seine Augen den glasigen, konzentrierten Ausdruck verloren, den sie so an ihm mochte und der sie zuweilen in den Wahnsinn trieb.

Sie dachte daran, wie er oft noch spätnachts an seinem Schreibtisch gesessen hatte, der Rücken krumm wie der eines alten Mannes, sein Gesicht geisterhaft beleuchtet vom weißen Schein des Computers, die Stirn über der Brille in grüblerische Falten geworfen und die Haare zerzaust, weil er sie sich ständig raufte, wenn einer seiner Studenten mal wieder etwas geschrieben hatte, das ihm kleine verzweifelte Schreie entlockte. Simon war Dozent für Neuere deutsche Literatur, und für ihn war nichts schmerzhafter, als wenn seine Zöglinge in ihren Hausarbeiten ihre Unwissenheit und Gleichgültigkeit über die Autoren bewiesen, die er über alles liebte. Als einmal ein aufstrebender Lehramtskandidat in einem Aufsatz Goethe mit J.K. Rowling verglich, hatte Simon sich auf den Boden geschmissen und auf den Teppich eingeprügelt, und Anna hatte vor Lachen ihren Apfelsaft über die Couch gespuckt.

Anna war nicht geschaffen für die Uni. Es war nicht so, dass sie zu dumm gewesen wäre oder zu faul oder Bücher nicht gemocht hätte. Aber sie lehnte den Wettkampf ab, das Streben danach, immer zu brillieren. Sie hatte zwar stets angenommen, dass ihr Werdegang ein akademischer sein würde, aber irgendwann hatte sie es eingesehen, die Uni geschmissen und angefangen, in der Gärtnerei zu jobben, in der auch Karin arbeitete.

Sie hatte heute Morgen eine Nachricht von Simon bekommen und diese bisher ignoriert. Nun zog sie zögerlich ihr Handy aus der Tasche ihrer Fleecejacke.

Können wir uns diese Woche sehen? Nur auf einen Kaffee. Freitag vielleicht?

Sie zögerte, als sie erneut die Nachricht las und dabei sah, dass er gerade online war.

Geht nicht. Ich bin nicht mehr in Hamburg…, schrieb sie.

Seine Antwort kam schnell. *Bist du im Urlaub?*

Ich bin in Holland.

Auf der Insel???

Ja. Ich wohne jetzt hier.

Ein paar Sekunden war das Handy still. Er war online, er hatte die Nachricht gelesen, aber er schrieb nicht zurück. Sie wusste, dass er wahrscheinlich geschockt auf den Bildschirm starrte, den Mund leicht geöffnet, die Augenbrauen zusammengekniffen, die Gläser der Brille grünlich schimmernd durch die reflektierenden Strahlen des Handys.

Was?, schrieb er dann schließlich, und hinter dem

Wort schwebten mindestens zehn imaginäre Fragezeichen in der Luft.

Tja, was? Wie sollte sie dieses ganze große *Was* in einer Nachricht erklären? Sie entschied sich erst mal für die nüchternen Tatsachen.

Ich bin hierhergezogen. Vor ein paar Tagen. Ich werde jetzt hier wohnen, ich… Sie hielt inne. Es war zu unwirklich, in so kurzen, knappen Worten ihre Zukunft zu beschreiben, unmöglich, die Tragweite darzustellen, die diese Veränderung für ihr Leben bedeutete – und irgendwie letztendlich ja auch für seines.

… Ich mache hier meinen eigenen Blumenladen auf. Wie ich es immer wollte.

Eigentlich war das immer ihr gemeinsamer Traum gewesen. Karin und sie hatten, seit sie sich kannten, davon gesprochen, einmal gemeinsam ein Geschäft zu besitzen, Unternehmerinnen zu sein, gemeinsam den Traum der Unabhängigkeit zu leben.

Es hat sich eine gute Gelegenheit geboten, und ich habe es einfach gemacht. Und ich renoviere den Hof. Ich habe ihn ja geerbt. Der Laden war ganz billig zu mieten. Er ist in der Nähe der Kirche in Den Burg. Du bist bestimmt schon mal dran vorbeigelaufen. Ich habe es einfach spontan entschieden. Und jetzt bin ich hier.

Es klang seltsam. Es WAR seltsam. Das war nicht ihr Leben, oder? Diese Worte machten keinen Sinn.

Simon fand das anscheinend auch. Jetzt kamen seine Antworten schnell, abgehackt hintereinander. Er hatte offensichtlich den ersten Schock überwunden.

Anna … Meinst du das ernst?

Du machst Witze, oder?

Das ist verrückt.

Es gibt doch niemanden mehr auf der Insel.

Bist du da jetzt ganz alleine?

Sie sah die Worte ein paar Sekunden an und schloss dann kurz die Augen. Es stimmt, dachte sie. Es gibt niemanden mehr hier. Sie werden nie mehr wiederkommen. Nur noch ich bin da.

Ja, ich bin hier ganz alleine, dachte sie, aber sie brachte es nicht über sich, die Worte auszuschreiben. Stattdessen tippte sie: *Ich bin auf dem Hof. Und ich bin nicht allein, ich hab Harry. Und die Menschen hier sind sehr nett. Ein paar kenne ich auch noch von früher.* Dass sie diese nicht besonders mochte, musste sie ihm ja nicht gleich auf die Nase binden.

Ein Hund kann doch keine Freunde ersetzen, Anna.

Ja, das weiß ich auch, dachte sie wütend. Aber du hast mir ja meine Freunde weggenommen, also was soll ich deiner Meinung nach tun? In diesem Moment hätte sie am liebsten das Handy gegen die Wand geschleudert.

Wahrscheinlich war ihm auch gerade klar geworden, wie viel Mitschuld er an der Situation hatte, denn er schrieb: *Ich weiß, dass es schwer war für dich in Hamburg in letzter Zeit. Aber einfach abhauen – das ist doch wirklich übertrieben. Verrückt ist das. Einfach alles hinschmeißen. Das passt nicht zu dir. Wir wollten doch noch*

Er hörte auf zu schreiben, war aber noch online. Sie wusste, was er hatte sagen wollen. Wir wollten doch noch mal über alles reden. Vielleicht noch mal von vorne anfangen.

Aber das stimmte so nicht. ER wollte noch mal über alles reden. ER wollte noch mal von vorne anfangen. Sie wollte das nicht. Sie wusste gar nicht, was sie wollte. Aber wenn sie nur an die beiden dachte, fühlte sie eine wütende, brodelnde Übelkeit in ihrem Magen aufsteigen. Es würde nichts bringen, noch mal über alles zu reden. Sie war zu wütend, zu verletzt. Es war einfach zu schlimm gewesen. Es war vorbei. Erst mal zumindest. Erst mal für lange Zeit. Sehr lange Zeit. Wenn Anna ganz ehrlich zu sich war, dann konnte sie ein »für immer« aber auch noch nicht zulassen. Es schien zu endgültig, auch wenn sie das Gefühl hatte, ihm nie wieder in die Augen blicken zu können. So lange hatte er zu ihr gehört, war wie ein Teil von ihr gewesen. Es tat einfach zu weh, sich so radikal von einem Leben zu verabschieden, von dem sie geglaubt hatte, dass es für immer ihr gehören würde. Einfach wieder da anzufangen, wo sie aufgehört hatten, kam nicht infrage, aber es war auch zu schmerzhaft, einen klaren Schlussstrich zu ziehen. Also war sie abgehauen. Das hatte alles irgendwie offengelassen und doch beendet.

Feige, dachte sie. Es war feige.

Plötzlich schrillte ihr Handy, und sie zuckte zusammen. Simon war des Schreibens offensichtlich müde geworden und wollte nun reden. Sie blickte auf seinen Namen, der grün auf dem Display aufblinkte.

Das kann ich jetzt nicht!, dachte sie und fühlte die

Panik in sich aufsteigen. Dann wischte sie schnell mit dem Daumen nach links. Es hörte auf zu läuten.

Ich muss jetzt los, tippte sie. *Keine Zeit zu reden.*

Anna!!!, schrieb er, weil er genau wusste, dass sie log.

Sie antwortete nicht, starrte nur auf seinen Namen und biss sich auf die Lippen.

Als sie nicht reagierte, schrieb er: *Schön, ich rufe morgen noch mal an.* Sie stellte sich vor, wie er frustriert seufzte, während er die Worte tippte.

Das kannst du gerne tun, aber auch morgen werde ich nicht abnehmen, dachte sie trotzig. Und auch übermorgen nicht. Es hat gar keinen Sinn und wird nur dazu führen, dass ich nachts nicht schlafen kann und die ganze Zeit über dich nachdenke.

Sie wollte tippen: Lass mich einfach in Ruhe! Aber ihr Daumen schwebte ein paar Sekunden über den Tasten, dann drückte sie den Knopf an der Seite des Handys und schob es von sich. Ein paar Sekunden starrte sie es an, wie es da neben ihrer Kaffeetasse lag, die einen dunklen Ring in das alte Holz des Stuhls gefärbt hatte. Es blieb ruhig. Simon hatte für den Moment offenbar aufgegeben.

Gut, dachte sie und atmete aus. Gut, gut. Aber als sie mühsam aufstand, spürte sie einen seltsamen Druck in der Brust. Entsetzt stellte sie fest, dass Tränen in ihr aufwallten. Sie kniff die Augen zusammen und kämpfte einen Moment mit ihren Emotionen. Und nach ein paar Sekunden hatte sie die Tränen unter Kontrolle. Ich werde NICHT mehr wegen ihm heulen, sagte sie sich und stampfte wie ein kleines Kind mit dem Fuß auf. Dann musste sie lachen, weil es so lächerlich war.

Als sie in die Küche kam, lief Harry ihr entgegen. »Na, kleiner Prinz, wo geht's hin?«, fragte sie und streckte die Hand nach ihm aus, aber er wischte an ihr vorbei und würdigte sie keines Blickes. »Ich hab dich auch lieb!«, rief sie ihm hinterher. Es rappelte, die Katzenklappe quietschte, und sein viereckiger Hintern war verschwunden.

Was macht er nur neuerdings immer so viel im Garten?, fragte Anna sich, leicht angesäuert, weil er sie so offen ignorierte. Hatte er vielleicht ein Stelldichein mit der Nachbarskatze?

Mit gerunzelter Stirn lief sie ihm hinterher zur Tür und schob den Riegel auf. Sofort wehte ihr der frische Märzwind entgegen, und ein paar leichte Regentropfen benetzten ihre Wangen und ließen sie zurückweichen. Harry hasste Regen. Baden liebte er mit hundeuntypischer Leidenschaft und geföhnt werden umso mehr. Sie kam sich immer vor wie eine Sklavin, die ein Palmblatt wedelte, wenn sie ihm stundenlag das Fell trocknete, aber er genoss es so sehr, dass sie nicht anders konnte. Doch bei Regen wurde er zum Ziegenbock. Wenn Kälte ins Spiel kam, war mit Harry nichts mehr anzufangen. Mimosenhaft huschte er unter jeden Strauch und in jeden Hauseingang, um den feindlichen Tropfen zu entkommen, und Anna musste ihn manchmal jaulend hinter sich herziehen, und schon mehr als einmal war es passiert, dass sie ihm den Regenschirm überlassen hatte, während sie selbst nasse Haare bekam und sich den Arm verrenkte, um ihn zu schützen. Es gab nur eines, was Harry dazu bewegen konnte, im Regen nach draußen zu gehen: die Aussicht auf Essen.

»Wo treibst du dich rum?«, flüsterte sie in den Wind, und suchte mit den Augen den Garten ab. Die kahlen Johannisbeerbüsche hinter der Schaukel raschelten im Wind, die alte Wäschespinne knarzte und drehte sich hin und her. Was konnte es hier draußen geben, das ihn so anzog? Sie rief nach ihm, aber er kam nicht. Erst eine Viertelstunde später hörte sie, wie die Klappe quietschte und er sich an seinem Napf zu schaffen machte.

7

Ein schriller Schrei hallte durchs Schlafzimmer. Anna fuhr hoch, presste reflexartig eine Hand an die Hüfte, saß elektrisiert im Bett. Dann war sie wach, und ein wütendes Grollen entfuhr ihrer Kehle. Sie fletschte die Zähne.

»Dieser Hahn!«, knurrte sie. »Dieser vermaledeite Dreckshahn! Dieses Miststück! Ich will ihn töten! Töten, töten, töten, töten, töten!«

Sie packte das Kissen mit beiden Händen, presste es auf ihre Ohren und schrie ihren Frust in die Matratze hinein. Vor ihrem geistigen Auge sah sie Bilder von Suppentöpfen und knusprig gebratenen Hähnchenschenkeln, und die Vorstellung gab ihr ein wenig Genugtuung. Aber nur bis zum nächsten Schrei. Er klingelte in ihren Ohren wider und bohrte sich wie eine Nadel in ihr Trommelfell.

»Ich muss schlaaaaafen!!!! Halt die Klappe, halt die Klappe, halt die Klaaaappe!!!«

Sie strampelte frustriert mit den Beinen, jagte damit eine kleine Schmerzwelle durch ihren Körper und ließ Harry, den sie für ein paar Sekunden ganz vergessen hatte, erschrocken aufspringen. Er bellte zweimal und ging offensichtlich davon aus, dass sie ihn gerade zum Spielen aufgefordert hatte. Sein Schwanz peitschte freudig durch die Luft, und er sprang um sie herum und versuchte, sie in die Knöchel zu knuffen.

»Harry, es ist fünf Uhr morgens! Jetzt wird nicht gespielt!« Sie drückte ihn auf die Matratze zurück, und er hielt verwirrt inne und drehte sich dann opportunistisch unter ihrer Hand auf den Rücken, damit sie ihn am Bauch kraulte.

Sie begrub ihn unter der Decke, ließ sich wieder in die Kissen sinken und schloss die Augen. Vielleicht war es jetzt überstanden. Man konnte ja hoffen!

Aber nach ein paar Sekunden trügerischer Stille, in denen sie schon fast wieder eingeschlummert war, hallte erneut das Krähen durch das Haus. Laut wie ein Nebelhorn, aber zehnmal so schrill.

Anna atmete einmal tief ein und aus.

»Okay, jetzt reicht's!«

Sie sprang aus dem Bett, so schnell es ihr Bein zuließ, und rannte die Treppe hinunter. Die alten Dielen ächzten protestierend, als sie sich, immer zwei Stufen auf einmal nehmend, wie ein wütender, humpelnder Dinosaurier ihren Weg bahnte. Ich kill ihn, dachte sie und stob auf die Veranda! Ich dreh ihm den Hals um! Ich mach Nuggets aus ihm und füttere sie Harry zum Frühstück!

Irgendwo hinter dem Gewirr aus kahlen Heckenzweigen zum Nachbarsgrundstück musste das Ungetüm lauern.

Ah, perfekt, da war ja jemand im Garten!

Könnt ihr auch nicht schlafen, was?, dachte sie giftig. Ist ja auch kein Wunder bei dem Höllenlärm!

»Hey, Sie!«, schrie sie über den Zaun in den dunklen Garten, lauter und wütender, als sie beabsichtigt hatte! »Hallo! Sie da! Ist das Ihr Hahn?«

Hinter dem Gewirr regte sich etwas. Sie sah doch ganz deutlich, dass da jemand war. Warum antwortete er nicht? Die Spitze eines Hutes wanderte hinter der Hecke auf und ab.

Ein weiterer, markerschütternder Schrei ertönte und fachte ihre Wut erneut an. »Hey!«, rief sie noch einmal. »Hey! Hallo!« Als wieder niemand reagierte, verließ sie die Veranda und hüpfte auf Zehenspitzen durch das nasse Gras zu dem einzigen Stück Zaun, das nicht überwuchert war, und presste sich gegen das Gitter. »Haaaaalloooo!«

Er musste in der Erde vor den Latten gekniet haben. Plötzlich erhob sich der Hutbesitzer direkt vor ihr, und sein Gesicht war dem ihren von einer Sekunde auf die andere unangenehm nahe. Sie zuckte zurück.

»Ja?«, sagte eine tiefe, unfreundliche Stimme. Vor

ihr stand ein großer Mann mit erdverschmierten Händen. Sein Gesicht konnte sie nicht erkennen, das Licht der Straßenlaterne reichte nicht bis hierher, und er hatte den Schäferhut so tief in die Stirn gezogen, dass seine Augen im Schatten lagen. Nur ein brauner, ziemlich wild wuchernder Bart spross unter dem Hut hervor.

Einen Moment lang war sie eingeschüchtert. Dann riss sie sich zusammen und fragte erneut, diesmal etwas leiser, wenn auch nicht weniger mürrisch: »Hallo. Guten Morgen. Ist das Ihr Hahn, der da so kräht?«

Der Mann antwortete nicht sofort. Er hatte eine kleine Schippe in der Hand, und neben ihm am Boden stand ein Korb.

»Warum?«, fragte er schließlich, und an seinem Ton merkte sie, dass er sich zu amüsieren schien.

Sie wurde gleich noch ein wenig wütender. Was war denn hier bitte so lustig?

»Warum? Weil ich wissen will, wem er gehört, damit ich mich beschweren kann!«

»Beschweren?«

Sie hatte es sich nicht eingebildet, er lachte sie aus, unter seinem blöden Hut.

»Ja, beschweren!« Sie fauchte jetzt. »Es ist fünf Uhr dreißig! Ich wohne jetzt hier seit sechs Tagen, und jeden einzelnen Morgen hat er mich aus dem Schlaf gerissen. Es ist noch nicht mal hell! Hähne krähen bei Sonnenaufgang! Irgendwas stimmt nicht mit dem Vieh! Das ist Ruhestörung! Wissen Sie eigentlich, wie laut das Ding ist?«

Wieder ein leises, dunkles Lachen. Der Mann zwirbelte mit den Fingerspitzen seinen Bart. »Ich habe Ohren«, sagte er dann. »Ich weiß, wie laut das *Ding* ist.«

»Dann wissen Sie ja selber, dass das so nicht geht!«

Wieder reagierte er nicht, und sie meinte, ihn erneut in sich hineinlachen zu hören. »Und was willst du dagegen tun?«, fragte er schließlich nach längerer Stille.

Anna schnappte nach Luft. »ICH? ICH will gar nichts dagegen tun! SIE sollen etwas dagegen tun! Es ist ja schließlich *Ihr* blöder Hahn!« Zugegeben hatte er das zwar noch nicht, aber sein Verhalten ließ ziemlich deutlich darauf schließen, dass er der Besitzer des Federviehs war. Außerdem konnte es gar nicht anders sein, es gab kein anderes Haus mehr hinter seinem.

»Tja, also wenn ich mich recht entsinne, dann war Attila zuerst da.« Der Mann bückte sich jetzt seelenruhig wieder nach seinem Korb, der offensichtlich gerade geerntetes Wurzelgemüse enthielt, als wäre das Gespräch mit dieser Feststellung beendet.

Hatte sie sich gerade verhört?

»Was soll das heißen?«, schnappte sie und beugte sich über den Zaun.

Er richtete sich wieder auf, sodass sein Hut fast gegen ihre Stirn gestoßen wäre, und sie wich unwillkürlich erneut ein Stück zurück.

»Das soll heißen, wenn du mit dem Landleben nicht umgehen kannst, hättest du vielleicht nicht hierherkommen sollen. Der Hahn kräht hier schon seit zwei Jahren, und er wird jetzt bestimmt nicht damit aufhören, nur weil du hier plötzlich antanzt und dich aufspielst.«

Mit diesen Worten drehte er sich um und ging mit großen, gemächlichen Schritten auf das Haus zu.

Anna stand da wie festgefroren. Sie konnte nicht fassen, dass er so unverschämt war. »Hey!«, schrie sie, aber in diesem Moment erklang erneut ein spitzer Hahnenschrei, und ihr nächstes, wütendes, lang gezogenes »Heeeeeey!«, bei dem sie sich auf die Zehen stellte und ihre Hände in die Latten des Zauns krallte, mischte sich mit Attilas Kreischen, und ein paar Sekunden lang lieferten sie sich auf derselben Tonlage ein schrilles Duett. Der Mann drehte sich nicht um, hob nur die Hand als Signal, dass er sie gehört hatte, aber nicht reagieren würde, und verschwand um die Hausecke.

»Das gibt's doch nicht!« Anna schnaubte. Der ließ sie doch tatsächlich einfach hier stehen, dieser blöde Sepp mit seinem blöden Schäferhut! Einen Moment lang widerstand sie dem Drang, hinter ihm herzustürmen und ihm den besagten blöden Hut vom Kopf zu reißen. Aber irgendetwas an seinem Verhalten ließ sie darauf schließen, dass sie es sich damit wahrscheinlich ziemlich mit ihm verscherzen würde. Sie sollte sich erst mal beruhigen. Schließlich war er ihr einziger direkter Nachbar, und sie würde in Zukunft noch auf sein Wohlwollen angewiesen sein, wenn es erst mal ans Renovieren ging. Wütend haute sie noch einmal mit der flachen Hand auf den Lattenzaun, fluchte, weil das einen stechenden Schmerz ihren Arm hinaufjagte, und ging schließlich wutschnaubend zurück ins Haus.

Am späten Nachmittag, als Anna müde und schlecht gelaunt aus der Stadt wiedergekommen war, klopfte es plötzlich an die Küchentür. Sie stand gerade auf einem kleinen Hocker und wühlte in dem Fach über der Spüle. Ausgerechnet jetzt konnte sie den Kaffee nicht finden. Das war heute nun wirklich noch der Tropfen, der das Fass zum Überlaufen brachte, wo ihr immerhin drei Stunden Schlaf fehlten. Nun auch noch kein Koffein? Das war voll und ganz inakzeptabel. Sie merkte bereits, wie es hinter ihrer Stirn leise zu pochen begann. Ärgerlich schob sie die Dosen und Packungen auf dem Regalbrett hin und her. Die Tüte mit Zucker fiel um, und die weißen Körnchen regneten wie ein Wasserfall auf den Boden und auf Annas Füße.

»Scheiße!« Sie fluchte inbrünstig, beachtete den Zucker aber nicht, sondern wühlte einfach weiter, während sich auf ihren flauschigen Hausschuhen weiße Hügel bildeten.

»Wo bist du, du Miststück?«, murmelte sie durch die Zähne. Wo zur Hölle war der Kaffee? Er hatte doch keine Beine. Der Kaffee war immer in dem Fach über der Spüle. Wie konnte es sein, dass sie ihn immer wieder verlor?

Als das Klopfen durch die Küche hallte, fuhr sie erschrocken herum. Der Hocker kippte zur Seite, und sie hielt sich mit einem leisen Quietscher an der Schranktür fest. Unsicher blickte sie in Richtung des Geräusches. An dieser Tür hatte es noch nie geklopft. Sie führte auf die seitliche Terrasse hinaus.

»Wer ist da?«, rief sie und schielte zu dem Messerblock auf der Ablage. Auch wenn Einbrecher und Psychokiller ja für gewöhnlich nicht anklopften.

»Ich bin's.«

Anna runzelte die Stirn, als die tiefe Stimme erklang. Wer war denn bitte *Ich bin's*?

»Äh, wer?«, rief sie.

Ein Räuspern. »Luuk … Der Nachbar.«

»Oh.«

Natürlich. Der Hahnensepp. Na, das war wirklich das Letzte, was sie jetzt noch brauchte. Sie stöhnte auf und ging leise vor sich hin schimpfend zur Tür, wobei sie sich den Zucker aus den Hausschuhen schüttelte und eine weiße Spur auf die Fliesen malte.

Sie riss die Tür auf. Es war tatsächlich der Hahnensepp. Nur jetzt ohne Mantel und Schäferhut.

»Ja, bitte?«, fauchte sie. Ihr Ton machte unmissverständlich klar, dass sie immer noch stinkwütend war. Sie funkelte den Mann, der ihr gegenüberstand, so feindselig an, dass dieser unwillkürlich einen Schritt zurücktrat. Anna registrierte es mit leiser Genugtuung. Sie hatte nicht vergessen, wie er sie heute Morgen einfach abserviert hatte.

»Hallo«, sagte er, leicht zögerlich.

»Hallo.« Anna verschränkte die Arme vor der Brust. »Was gibt's?« Plötzlich bemerkte sie, dass auf dem Arm ihres Gegenübers ein kleines Huhn saß. Perplex starrte sie den hellgelben Fellbausch an, der leise vor sich hin gluckste. Der ist wirklich irre, dachte sie erstaunt.

»Ich bin Luuk. Wir haben uns noch nicht richtig vorgestellt.«

»Das ging ja auch nicht, dazu war es zu laut.«

Er lachte leise, und sie sah ihn wütend an. Plötzlich durchrieselte sie ein kleiner Schauer. Mist, der sieht ja gut aus!, dachte sie. Und nachdem sie zwei Sekunden mit ihrer Überraschung gekämpft hatte, machte sie das noch ein bisschen wütender. Es stimmte. Heute Morgen war es zu dunkel gewesen. Aber nun ließ es sich nicht mehr leugnen, ihr unverschämter Nachbar sah leider auch unverschämt gut aus und war zudem wesentlich jünger, als sie erwartet hatte. Ein brauner Bart, grüne Augen, lange braune Haare, die im Nacken einen wuscheligen Knoten bildeten. Er war nicht auf eine klassische Art schön, aber sein Gesicht hatte etwas Kantiges, Attraktives. Verdammt. Genau ihr Typ. Und der jeder anderen Frau. Sie dachte daran, wie er sie im Nachthemd und mit zerzauster Sturmfrisur und Knautschgesicht gesehen hatte, und unterdrückte ein weiteres Fluchen.

Er räusperte sich, als sie nichts sagte. »Also… hast du auch einen Namen?«

Anna riss sich zusammen. Vielleicht war er ja gekommen, um Frieden zu schließen. Ihr Schlaf lag in seiner Hand und somit auch ihr Seelenheil. Sie sollte sich vielleicht erst einmal anhören, was er wollte. »Anna. Ich bin Anna«, sagte sie, immer noch grummelig, aber nach ein paar Sekunden streckte sie ihm die Hand hin. Er schüttelte sie und brachte durch die Bewegung das Huhn auf seinem Arm dazu, panisch zu flattern.

»Schschsch.« Er presste den Kopf des Huhns unter seine Lederjacke, und es wurde still. »Wenn es dunkel wird, werden sie sofort ruhig. Sie denken, es wäre Nacht. Nicht die allerschlausten Viecher«, erklärte er.

Anna nickte, als wäre das eine ganz normale Information, die man mal eben so zwischen Tür und Angel mit dem Nachbarn bequatschte, und beobachtete das seltsame Zweiergespann misstrauisch. Er zog das Huhn vorsichtig wieder hervor, das sich mit rollenden Augen unsicher umschaute, als die Nacht so plötzlich wieder vorbei war, dann hielt er es Anna entgegen.

»Für dich.«

Sie starrte ihn an. »Äh. Was?«

»Als Entschuldigung. Für heute Morgen. Ich werde Attila auf die hinteren Wiesen bringen. Da war er auch die letzten Wochen. Ich rotiere immer ein bisschen, wegen des Grases. Du wirst ihn wahrscheinlich immer noch hören, aber nicht mehr so laut. Ist das ein Kompromiss?«

»Oh, wirklich?« Anna hätte ihm um den Hals fallen können. »Ja, das ist auf jeden Fall ein Kompromiss! Danke!« Er lächelte unwillkürlich zurück, als ihr Gesicht von der wütenden Grimasse in ein strahlendes Leuchten überging.

»Luuk also, ja?« Anna lehnte sich gegen den Türrahmen. »Warum bist du plötzlich so nett? Heute Morgen warst du noch ein richtiges Ekel.«

Wieder lachte er leise. »Tja, das stimmt wohl.« Er zuckte mit den Schultern. »Nachbarn müssen zusammenhalten.« Immer noch hielt er ihr das Huhn hin.

Anna machte keine Anstalten, es ihm abzunehmen, sondern trat stattdessen einen kleinen Schritt zurück.

»Sie ist ein Geschenk. Du kannst sie einfach im Garten herumlaufen lassen, sie findet schon einen Schlafplatz. Und so hast du jeden Tag frische Eier. Es ist meine eigene Zucht, die Schalen sind grün, das ist Absicht, also wundere dich nicht. Die besten Eier der ganzen Insel. Garantiert. Sie schmecken nur ein wenig fischig, wegen des Futters. Die Schalen kannst du kompostieren. Sehr kalkhaltig, gut für den Garten.«

Anna fragte sich, was zur Hölle sie mit grünen Eiern sollte, die nach Fisch schmeckten. »Aber ich kenne mich gar nicht aus mit Hühnerhaltung!«, sagte sie.

»Du kannst mich jederzeit alles fragen, aber sie holen sich ihr eigenes Futter, wenn du sie frei herumlaufen lässt. Auf der Insel gibt's nicht viele Füchse, also muss man nicht groß aufpassen. Und die anderen laufen sowieso tagsüber frei herum, da wird sie sich ihnen anschließen.«

Anna dachte an die Hühnermeute in ihrer Einfahrt und wusste nicht, wie sie zu dieser Auskunft stand.

In diesem Moment kam ihr Harry zu Hilfe. Er tauchte plötzlich zwischen ihren Füßen auf und stieß ein leises Knurren aus. Sie schubste ihn mit den Zehen nach hinten, und ein wenig Zucker rieselte auf den Boden. »Klappe, Harry! Tja, wie du siehst, habe ich einen Hund. Und er mag anscheinend keine Hühner, auch wenn ich nicht glaube, dass er zuvor schon mal eines gesehen hat.«

Zu ihrem Erstaunen bückte sich ihr Nachbar und streckte Harry freundschaftlich seine Hand entgegen. Der hörte auf zu meckern und schnupperte interessiert, dann leckte er ihm kurz über die Finger, und Luuk kraulte ihm die Ohren.

»Verräter!«, knurrte Anna leise.

»Was?«

»Ach, nichts!«

Luuk nahm jetzt das Huhn und hielt es Harry entgegen. Der wich erschrocken zurück, dann trat er vorsichtig näher und schnupperte. Er bellte einmal kurz, drehte sich aufgeregt im Kreis und schnupperte wieder. Er schien entzückt.

»Ich glaube, sie werden sich verstehen.« Luuk schubste das Huhn auf den Boden, es machte ein paar unsichere Schritte, wackelte mit dem Gefieder und schüttelte die Flügel aus. Dann ging es nickend auf einen Erkundungsstreifzug über Annas Veranda. Die stand da und beobachtete fassungslos, was hier gerade passierte.

»Äh. Kann ich dir vielleicht einen Kaffee anbieten?«, fragte sie, weil es das Einzige war, was ihr einfiel. Sie hatte vergessen, dass der Kaffee ihr momentan abhandengekommen war.

»Nein, danke, ich trinke kein Koffein. Nicht gut fürs Gehirn.«

Anna riss die Augen auf. Gut aussehend, tierlieb UND gesundheitsbewusst? Das war zu viel. Irgendwo musste es da einen Haken geben. Obwohl, heute Morgen hatte sie ja gesehen, dass er auch ziemlich stinkig sein konnte. Vielleicht war er bipolar? Oder ein Choleriker?

»Ja, das stimmt«, sagte sie. »Aber leider bin ich über die Phase hinaus, in der ich das freien Willens entscheiden kann. Mein Hirn ist schon abhängig, schon viele, viele, viele Jahre. Manchmal kann ich es mit koffeinfreiem Kaffee reinlegen, aber das hilft immer nur ein paar Stunden, dann kommt es dahinter, dass ich es ausgetrickst habe, und rächt sich doppelt so schlimm mit dröhnenden Hammerschlägen auf meine Schläfen. Für mich gibt es kein Entkommen. Aber gut, dass du dich retten konntest, bevor es zu spät war.«

Luuk lachte, ein wenig überrumpelt, weil sie plötzlich so viel redete. Dann tippte er sich an den nicht vorhandenen Schäferhut. Sie registrierte beiläufig, dass er auf der Hand ein Tattoo hatte, das in seinem Ärmel verschwand, aber sie konnte nicht genau sehen, was es darstellte. »Also dann. Ich muss los. Wenn du Fragen hast, ich bin fast immer da. Wenn du mich im Haus nicht findest, schau in der Scheune nach. Übrigens hast du Zucker auf den Schuhen. Freut mich, Anna.« Er lächelte, drehte sich um und ging davon.

»Aber …!« Perplex sah Anna ihm nach. Das kleine gelbe Huhn kam vorsichtig auf sie zu, dann trippelte es an ihr vorbei, ging mit nickendem Kopf über die Fußmatte und spazierte in die Küche. Harry lief in aufgeregten Kreisen um es herum und wedelte mit dem Schwanz.

Anna tapste benommen hinter den beiden her. Viel seltsamer konnte ein Nachmittag wohl nicht werden. Als sie die Tür hinter sich schloss, sah sie die Tüte mit den Kaffeebohnen auf der Anrichte des Kamins stehen.

»Wie zum Teufel …?«, fluchte sie leise. Sie schüttelte den Kopf. Egal. Hauptsache, er war da. Jetzt brauchte sie erst mal einen Doppelten, bevor sie sich des Federproblems annahm.

8

»Du bist schief.« Die junge Frau packte Annas Schultern, drückte die linke nach unten und schob die rechte nach hinten.

»Ja, ich weiß. Deswegen bin ich hier.«

»Hm. Das gefällt mir nicht. Machst du deine Übungen?« Sie ließ ihre Schultern wieder los, die sofort in die alte Stellung zurücksackten, und ging einmal um sie herum.

Anna zog eine schuldbewusste Grimasse. »Eigentlich schon, aber in letzter Zeit bin ich nicht so viel dazu gekommen…«

»Lauf einmal durchs Zimmer und zurück, bitte!«

Britt beobachtete mit scharfem Blick Annas Schritte. Die große blonde Physiotherapeutin stemmte einen Arm in den Kittel und machte sich Notizen auf einem Klemmbrett. Annas Gang war schlecht in Anbetracht der Tatsache, dass die OP schon ein halbes Jahr zurücklag. Um darüber hinwegzutäuschen, versuchte sie, so normal und gerade wie möglich zu laufen, aber sie sah an Britts Blick, dass es ihr misslang. Ihr Körper wusste einfach nicht, wie man normale Schritte machte, ihr Kopf hatte nicht die richtigen Signale dafür. Sie war ihr Leben lang leicht gehumpelt, das würde nicht so schnell weggehen. Und schon gar nicht, wenn sie sich weiterhin vor der Krankengymnastik drückte.

»Das geht so nicht. Du musst deine Übungen jeden Tag machen!«

»Ja, ich weiß…«

»Nicht wissen! Machen!« Britt, die eigentlich sehr nett war, wenn sie ihre Patienten nicht gerade streng ermahnte, lächelte und strafte ihren harten Ton Lügen. »Aber mach dir keine Sorgen, wir kriegen das hin! In sechs Monaten wird niemand mehr sehen, dass etwas nicht stimmt! So, und jetzt schaue ich mir noch einmal die Narbe an.«

Anna zog ihre Hose aus, und die Therapeutin strich mit sanftem Finger einmal die große rote Furche entlang, die von der Mitte ihres Oberschenkels zu ihrer Hüfte verlief. »Sie ist gut vernäht. Hier ist die Stelle, an der sie nach der OP wieder aufgerissen ist?«

Anna nickte.

»Und das ist die alte Narbe?« Wieder strich sie zart über Annas Bein, diesmal über die Narbe ihrer ersten OP. Sie sah ganz anders aus, gröber durch die veraltete Nähart, war inzwischen weiß geworden und hatte sich an manchen Stellen verhärtet.

»Hier müssen wir massieren. Keine Sorge, auch das wird besser werden. Da kann man viel machen, das Gewebe hat sich innen verhärtet. Aber ich kriege das schon gelöst. Ich habe Wunderhände, weißt du?« Sie lächelte Anna an, und Anna lächelte zurück, auch wenn sie den Worten der jungen Frau nicht wirklich glaubte. Dafür hatte sie zu viel Erfahrung.

Fünf Jahre alt war sie gewesen bei der ersten OP. Ein halbes Jahr hatte sie die dicken Stahlschrauben im Oberschenkel getragen, und sieben Wochen lang waren beide Beine eingegipst gewesen. Aber genutzt hatte es nichts. Nur ein Aufschub war es gewesen. Mit Mitte zwanzig hatten die Schmerzen angefangen. Knochen hatten auf Knochen gerieben, es gab nichts mehr, was den Verlauf aufhalten konnte. Ende zwanzig hatte sie nur noch mit Schmerztabletten überlebt, und mit Anfang dreißig hatte es keine andere Lösung mehr gegeben. Die neue Hüfte war eingesetzt worden. Die Entscheidung hatte sie große Überwindung gekostet, viele Tränen, viele dunkle Träume. Es war ein großer Eingriff, und die künstlichen Hüften hielten nur einen begrenzten Zeitraum. Man würde die OP wiederholen müssen, aber die Hüfte konnte nur zweimal erneuert werden. Dreimal Maximum. Wenn die Prothese nicht hielt, sie sich eine Entzündung einfing oder aus irgendwelchen Gründen die zweite OP schon bald gemacht werden musste, bliebe nur noch der Rollstuhl. Aber die Alternative wäre ein Leben voller Schmerzen und Einschränkungen. Sie hatte irgendwann morgens nicht mehr richtig aufstehen können, sich nicht mehr ohne Mühsal hinsetzen. Ihr Magen war dauerentzündet von den hoch dosierten Tabletten. Anna bereute die OP nicht. Im Gegenteil, sie bereute es, sich nicht früher für die neue Hüfte entschieden zu haben. Ihr Leben war jetzt so viel besser. Die erste Zeit war hart gewesen, keine Frage. Alles musste sie neu lernen. Laufen, hinsetzen, aufstehen. Anfangs war es deprimierend, besonders, weil die Schmerzen nach der OP immer noch groß gewesen waren. Aber mit der Zeit hatte es sich gebessert, die Narbe begann zu verheilen, die Schmerzen ließen nach, und irgendwann kam der Tag, an dem sie morgens einfach die Beine aus dem Bett schwang und aufstand, ohne darüber nachzudenken, wie sie die Bewegung am besten koordinieren konnte. Als sie realisierte, was gerade passiert war, waren ihr die Tränen gekommen. Und nun… nun konnte sie sogar wieder Fahrrad fahren.

Zum Glück war die Insel voller Rentner, und Therapiemöglichkeiten waren in großer Zahl vorhanden. Sie hatte Britts Praxis nach den guten Google-Bewertungen ausgesucht, die die junge, engagierte Physiotherapeutin lobten (nicht wenige stammten von Männern, und Anna konnte sich vorstellen, dass Britts gutes Aussehen seinen Teil zu den euphorischen Bewertungen beigetragen hatte), und war froh, dass sie nur ein paar Hundert Meter von ihrem Laden entfernt lag. So konnte sie die verhasste wöchentliche Krankengymnastik nach der Arbeit gleich erledigen. Es hatte schon Vorteile, auf einer Insel zu leben, die genauso viele Einwohner hatte wie Blankenese.

»Hast du gehört? Du musst die Übungen machen, sonst kriegst du irgendwann Probleme!« Britt sah Anna erneut mahnend an, und ihre Nase kräuselte sich in strenge Falten.

»Ja, das mache ich…«

Britt hörte das Zögern in Annas Stimme und zog eine Augenbraue in die Höhe.

»Es ist nur… ich renoviere ja gerade den Laden. Und ich muss einiges selbst machen, um Kosten zu sparen. Streichen zum Beispiel. Und die Dielen abziehen und…«

»Nein!« Britt hatte sie scharf unterbrochen.

»Nein?« Erschrocken sah Anna auf.

»Du kannst keine Dielen abziehen. Bist du verrückt? Willst du gleich wieder unters Messer?«

»Nein, aber…«

»Nein!«, sagte Britt noch einmal und schüttelte ihren Kopf so heftig, dass das Klemmbrett mitwackelte. »Du machst das nicht. Nur über meine Leiche. Aber weißt du, wer es machen kann?«

»Wer?«, fragte Anna und ließ sich überrumpelt auf die Plastikfolie der Liege sinken.

»Mein Bruder. Und zwar zu einem sehr guten Freundschaftspreis.«

Anna erinnerte sich an jedes Wort dieses Gesprächs, als sie auf die breiten Schultern des riesigen weißblonden Mannes blickte, der nun vor ihr kniete und von einer feinen Holzstaubwolke umnebelt wurde.

Ich glaube, Britt hatte Mitleid mit mir und wollte mir einen Gefallen tun, dachte sie und nippte genüsslich an ihrem Kaffee, während sie sich weiter in die Betrachtung des Bruders ihrer Physiotherapeutin vertiefte, der offensichtlich die gleichen schwedischen Schönheits-Gene mitbekommen hatte wie seine Schwester.

Sie dachte wohl, ich brauche etwas, um mich aufzumuntern. Wie kann man nur so gut aussehen und auch noch handwerklich begabt sein? Die Talente auf dieser Welt sind wirklich nicht gerecht verteilt. Und das ist nicht mal sein richtiger Job, er macht das nur nebenbei.

Heimlich suchte Anna seine Hände nach einem Ring ab. Als sie keinen fand, trank sie zufrieden noch einen Schluck Kaffee. Nicht, dass sie sich nach etwas Neuem umsah. Auf keinen Fall. Das stand außer Frage. Die ganze Sache war noch viel zu frisch, und sie hatte viel zu viel zu tun und überhaupt, Männer brachten Unglück, hatte sie das nicht gestern noch gedacht? Aber gucken durfte man ja.

Gerade als sie ihren schönsten Schmachtblick aufgesetzt hatte und wahrscheinlich aussah, als hätte ihr jemand ein duftendes Stück Marzipantorte vors Gesicht gehalten, blickte er auf, und ihre Augen trafen sich. Sofort wurde Anna rot und verschluckte sich am Kaffee. Hustend tat sie so, als habe sie Holzstaub eingeatmet, und klopfte sich ein wenig zu theatralisch auf die Brust. Mist, erwischt, dachte sie, aber dann musste sie lachen.

Ole stellte das Schleifgerät aus, nahm den weißen Mundschutz ab und wischte sich den Holzstaub aus den Haaren, den man aber gar nicht sehen konnte, so hell waren sie. »Na, Pause?«, fragte er und deutete auf die Wand im Hinterzimmer, die Anna eigentlich gerade streichen sollte. Nur stand sie momentan etwa zehn Meter zu weit links, ihr Pinsel lehnte einsam und vergessen an der Wand und tropfte vor sich hin. Sie war immer wieder so abgelenkt gewesen von seinem Anblick, dass sie irgendwann ihre Wand einfach im Stich gelassen, sich an den Türrahmen gelehnt und ihren neuen Hilfsarbeiter betrachtet hatte, der ein wenig an eine Mischung aus Bullerbü und einem freundlichen Wikinger erinnerte. Zumindest hatte sie den Kaffee in der Hand. Der war eine gute Ausrede.

»Ich … äh … brauchte meine Koffein-Dröhnung!« Schnell hob sie erklärend die Tasse hoch. »Alle halbe Stunde muss ich für Nachschub sorgen, sonst werde ich zur Furie. Willst du auch einen? Es ist noch welcher in der Kanne.«

Er lachte. »Gern. Allerdings habe ich da eine Spezialmethode, wenn es dir nichts ausmacht.« Er ging an ihr vorbei zu dem umgestülpten Umzugskarton, den sie momentan als Küche benutzte. Darauf standen ein Wasserkocher, eine winzige rostige Uralt-Kaffeemaschine vom Flohmarkt und ein paar angeschlagene Tassen. Während der Kocher zu brodeln begann, ließ Ole eine unglaubliche Menge Kaffeekörner direkt in die Tasse rieseln. »Ich mag ihn nicht gebrüht«, erklärte er über die Schulter.

»Aha«, sagte Anna und beobachtete ungläubig, was er dort fabrizierte. Er häufte zwei große Löffel Zucker in die Tasse, die eigentlich, so dachte Anna, längst schon überquellen müsste, und goss eine halbe Kanne Kondensmilch obendrauf.

»Äh, und Wasser soll da auch noch reinpassen?«, fragte sie, und er lachte wieder, sagte aber nichts.

»Also, du bist aus Hamburg?«, fragte er im Plauderton und lehnte sich an die Wand, während er wartete, dass der Kocher aufhörte zu rattern. »Wie ist es da so?«

»Es ist herrlich.«

Interessiert musterte er sie. »Ja? Ich hab gehört, es riecht nach Fisch. Und was hat dich dann vom herrlichen Hamburg hierher in die Einöde verschlagen?«

»Meine Großeltern und meine Mutter sind von der Insel. Ich habe früher sehr viel Zeit hier verbracht. Außerdem ist es hier auch herrlich. Nur auf eine andere Weise. Und es riecht nicht nach Fisch. Wer dir das erzählt hat, ist ein Idiot. Höchstens am Fischmarkt, aber wenn man keinen Fischgeruch mag, muss man da ja auch nicht hingehen.«

»Ist ja interessant. Das hat Britt gar nicht erwähnt. Du bist also quasi von der Insel.«

Anna guckte verdutzt, als er eine Minute später das heiße Wasser über seine Körnermischung goss und klingelnd umrührte. Es überraschte sie, dass der Löffel darin nicht stehen blieb.

»Also, das ist wirklich speziell.«

Ole wartete, bis die Körner sich ein wenig abgesetzt hatten, und nahm einen Schluck. »Vor ein paar Jahren ist mal meine Kaffeemaschine kaputtgegangen. Irgendwie war ich immer zu faul, eine neue zu besorgen, und irgendwann hatte ich mich so daran gewöhnt, dass ich die neue nie benutzt habe«, erklärte er. »Es schmeckt einfach besser so. Und ist weniger Aufwand.« Anna würde in der nächsten Zeit lernen, dass weniger Aufwand für Ole immer ein Verkaufsargument war.

»Aber ist das nicht… ein wenig bröselig?«

»Jup. Es knirscht ganz herrlich zwischen den Zähnen.« Er grinste, als Anna das Gesicht verzog. »Nur am

Anfang. Die Körner lösen sich auf, und wenn du richtig rührst, sinken sie auf den Boden, und du hast aromatischen, völlig unbröseligen Kaffeegenuss. Ich weiß auch nicht warum, aber irgendwie muss ich dabei immer an Cowboys denken, die an einem einsamen Feuer in der Prärie sitzen und in der Morgendämmerung ihren Kaffee in delligen Blechtassen anrühren. Sie konnten ja schließlich keine French-Press mit sich in der Satteltasche schleppen. Über ihnen kreisen die Geier, und in der Ferne geht über dem Monument Valley die Sonne auf.«

»Wie in der Marlboro-Werbung?«, fragte Anna.

Ole kratzte sich nachdenklich am Kopf. »Ja, genau. Vielleicht hab ich es auch daher und bin gar nicht so ein romantischer Poet wie ich immer dachte, sondern war nur zu oft im Kino. Willst du?« Er hielt ihr die Tasse hin. »Wenn du es dir richtig vorstellst, schmeckt es noch besser.«

Anna trat einen Schritt zurück. »Nein, danke.« Sie hob ihre eigene. »Bin versorgt.«

»Du verpasst was.«

»Da bin ich sicher.«

Er lachte in seine Tasse. »Also, Britt hat erzählt, dass dein Kerl dich sitzen gelassen hat?«

Anna hätte fast ihren Kaffee wieder ausgespuckt. Das war mal ein knallharter Themenwechsel. Von wegen romantischer Poet, dachte sie entrüstet. Von Feingefühl hast du wohl noch nie was gehört.

»Nein, hat er nicht. Ich habe *ihn* sitzen lassen«, antwortete sie kalt.

»Oh.« Ole schien nicht besonders beeindruckt. »Aber hat er dich nicht betrogen oder so?«

»Also ich habe Britt das eigentlich im Vertrauen erzählt.«

»Ich bin ihr Lieblingsbruder, wir haben keine Geheimnisse voreinander.«

»Soweit ich weiß, bist du ihr einziger Bruder.«

»Das eine schließt das andere nicht aus. Außerdem musste sie es mir erzählen, um für dich meinen Spezialsupersonderpreis zu erbetteln. Ich verkaufe mich hier schwer unter Wert, alles nur, um dein gebrochenes Herz zu heilen.«

Anna musste gegen ihren Willen lachen. »Na, wenn das so ist, das ist sehr ritterlich von dir, aber nicht nötig. Mein Herz ist schon wieder ganz gut verheilt, danke.«

»Dann also der reguläre Preis? Ganz wie du magst.«

»Na ja, wenn ich's mir so richtig überlege, ein klein wenig leide ich schon noch.«

Er nickte ernst. »Das sieht man«, sagte er, und für einen Moment wusste Anna nicht, ob er Scherze machte, und ihr Lächeln entglitt ihr ein wenig.

»Alles klar.« Gut gelaunt trank Ole seine Tasse in einem Zug leer. »Also bis du über den Scheißkerl hinweg bist, kriegst du meinen Herzensbrecherrabatt. Danach gibt es aber Aufschläge und Zusatzhonorare, und zwar nicht zu knapp.«

»Ich sage Bescheid, wenn es so weit ist.«

»Ich vertraue darauf, dass du meine Güte nicht ausnutzt. Ich bin immer dafür, einer verzweifelten Dame zu helfen, aber alles hat seinen Preis.«

Anna spürte ein leises Beben im Magen, als seine hellblauen Augen sich spöttisch in die ihren bohrten. Da bimmelte plötzlich die Ladenglocke, und eine sehr hübsche, sehr junge, sehr blonde Frau mit roten Wangen kam hereingewirbelt. Als sie Ole entdeckte, winkte sie freudig, und ihr Blick sagte Anna sofort, warum sie hier war. Überrascht stellte sie fest, dass ihre Laune plötzlich sehr viel schlechter war als noch vor ein paar Sekunden.

»Hey!« Ole gab der Blonden einen schmetternden Kuss, und sie klammerte sich verliebt an ihn. »Anna, Mia. Mia, Anna. Ich mache kurz Mittag, wenn's okay ist, Boss. Bin in einer Stunde wieder da.«

Anna nickte steif. »Klaro.«

»Sollen wir dir was zu essen mitbringen?«, fragte Mia. Sie war liebenswürdig, aber etwas an ihr war Anna unsympathisch. Sie war einfach eine Spur zu niedlich. Oder vielleicht war es die Art, wie sich ihre Hände in Oles Hemd verirrten.

»Nein, danke. Ich habe ein Käsebrot dabei.« Sie zwang sich, ebenfalls zu lächeln.

»Käsebrot.« Oles Mundwinkel zogen sich verächtlich nach unten. »So ein Schwachsinn. Ich bring dir eine Pizza mit.« Er warf sich seine Jeansjacke über die Schulter und zog Mia aus dem Laden. »Geht auf mich. Mario ist ein Kumpel von mir. Ich krieg die Pizza bei ihm für die Hälfte.« Er zwinkerte ihr zu, und noch bevor sie protestieren konnte, waren die beiden hinter der klingelnden Ladentür verschwunden.

»Wer ist Mario?«, rief sie ihnen hinterher, aber die Tür war schon wieder zugefallen.

Mario war der ortsansässige italienische Pizzabäcker zwei Straßen weiter, und wie sich herausstellte, bekam nicht nur Ole, sondern auch seine Schwester Britt das Essen bei ihm für die Hälfte. Am nächsten Tag rauschte sie in der Mittagspause in den Laden und hatte in ihrem Fahrradkorb eine Dreikäsepizza, eine Auswahl an Nudeln und mehrere Stangen duftendes Knoblauchbrot.

»Er hat mir einfach alles aufgedrängt. Ich konnte nichts tun.« Gut gelaunt packte sie die vielen weißen Tüten aus und schwang sich auf die Theke, ein Stück Pizza in der Hand, von dem glänzende Käsefäden tropften. Sie hatte ihren Kittel noch an und schien ausgehungert, denn das erste Stück war verschlungen, noch bevor Anna sich überhaupt einen Überblick über das Essen verschafft hatte.

»Er schuldet mir was, ich hab ihm mal aus der Klemme geholfen.« Ole setzte sich neben seine Schwester und benutzte sein Brot als Gabel, um sich gigantische Berge an Nudeln in den Mund zu schaufeln. »Außerdem steht er auf dich«, nuschelte er mit vollem Mund in Richtung Britt.

»Ich weiß.« Genüsslich saugte Britt einen Käsefaden ein. »Sehr praktisch. Aber müsste seine Schuld bei dir nicht langsam abbezahlt sein?«

Ole winkte ab. »Keine Sorge. Da fehlen noch etwa 200 Pizzen.«

Anna nahm sich ein Stück Knoblauchbrot, betrachtete einen Moment die hohe Theke, auf der die beiden es sich gemütlich gemacht hatten, dann holte sie einen

Blumeneimer, drehte ihn um und setzte sich vorsichtig darauf.

Ole klopfte neben sich auf das Holz. »Wir beißen nicht.«

»Geht nicht. Bein.«

»Klar geht das.« Britt hatte aufgehört zu kauen. »Ich bin deine Therapeutin, ich erlaube es dir.«

»Schon gut, der Eimer ist sehr bequem.«

»Quatsch.« Ole legte den Styroporbehälter mit den Nudeln beiseite, und bevor Anna wusste, wie ihr geschah, hatte er sie vom Eimer gezogen, hochgehoben und auf die Theke geschwungen, wo sie erschrocken mit einem leisen Plopp auf dem Hintern landete.

»Huch. Äh. Danke.«

Er grinste. »Ab morgen wird geübt. Für solchen Service verlange ich nämlich normalerweise auch etwas extra. Das kannst du dir nicht jeden Tag leisten.«

»Mal ehrlich, Anna.« Britt ignorierte ihren Bruder, reichte Anna ein Stück Pizza aus dem Karton und biss selber in ihr drittes. »Du darfst nicht zu viel Angst haben. Geht dir das öfter so, dass du dich was nicht traust oder bestimmte Bewegungen vermeidest?«

Anna wurde ein bisschen rot. »Na ja, schon. Aber so lange ist die OP ja noch nicht her. Ich muss aufpassen. Das hast du selber gesagt.«

»Du darfst nicht den ganzen Tag auf den Knien rumrutschen und Dielen abschleifen, das ist richtig. Aber eigentlich kannst du alles machen, solange du dich nicht übernimmst.«

»Ich habe wieder Radfahren gelernt!« Stolz warf

Anna sich in die Brust. »Ich radele jeden Tag hierher. Sogar mit Harry vorne drauf.«

Britt nickte bedächtig und blickte zu Harry, der seinen Kopf gerade in eine der Tüten versenkte und das Fett vom Plastik leckte. »Das ist schon mal super! Und wie sieht es mit Sport aus?«

»Ich mache deine Übungen fast jeden Abend.«

»Das meine ich nicht. Was hast du früher gemacht? Und das ›fast‹ überhöre ich jetzt einfach mal.«

Anna zögerte. »Yoga. Ich liebe Yoga«, antwortete sie. »Und ich war laufen, mehrmals die Woche. Aber das ist jetzt irgendwie…« Undenkbar, hatte sie sagen wollen, aber das Wort blieb ihr im Hals stecken. Es war nicht undenkbar, das war das Problem. Es sollte eigentlich längst wieder zu ihrem Alltag gehören. Aber sie hatte das Gefühl, als wären das alles Erinnerungen aus einem anderen Leben. Ihr Körper war jetzt anders. Sie konnte sich nicht vorstellen, dass er jemals wieder zu seiner alten Form zurückfinden würde.

»Musst du dich eben dran gewöhnen«, war zu ihrem Mantra geworden. Sie hatte sich bestimmt schon Hunderte Male im Kopf ausgemalt, wie sie die sandigen Dünenwege entlang joggte, wie ihr Körper wieder ihr gehörte, ihr gehorchte, sie nicht im Stich ließ, wie ihre Hüften samtig weich ihre Schritte lenkten, sich ihre Füße in den Sand eingruben. Wie alle Menschen, denen etwas Selbstverständliches genommen war, über das andere ganz natürlich verfügten und daher nicht zu schätzen wussten, haderte sie oft mit dem Schicksal. Aber sie versuchte beständig, es sich abzugewöhnen und stattdessen dankbar zu sein für alles, was sie *hatte.*

»Ich verstehe dich.« Britt hatte ihren strengen Ton von vorher abgelegt und schien ihre Gedanken zu lesen, denn sie lächelte und drückte aufmunternd Annas Bein. »Das tue ich wirklich. Aber du darfst deine Ängste nicht die Oberhand gewinnen lassen. Wenn Sport früher für dich so wichtig war, dann musst du langsam wieder damit anfangen. Du sollst ja keinen Marathon laufen. Fang doch am Strand an und steigere dich langsam. Auf dem Sand kann dir gar nichts passieren. Und mit Yoga ist es genauso. Nur nicht überdehnen. Ich werde dir ein paar Übungen zusammenstellen, die du problemlos machen kannst.«

Nachdenklich aß Anna eine Nudel aus Oles Schüssel. »Ja …«, sagte sie, aber es klang nicht überzeugt.

»Wie kam das eigentlich mit deinem Bein?«, fragte Ole. Er hatte den mitfühlenden Ton seiner Schwester nicht übernommen, sondern klang völlig neutral, als würde er über das Wetter reden. Seltsamerweise tat Anna das gut. Es machte das Ganze kleiner, unbedeutender irgendwie.

»Angeborener Hüftfehler«, erklärte sie ebenso beiläufig, und dann erzählte sie ihm in knappen, emotionslosen Worten ihre doch recht lange Leidensgeschichte. Als sie mit der schiefgelaufenen OP und der Narbe, die nicht verheilen wollte, endete, konnte sie an seinem Blick sehen, dass er verstanden hatte, wie schwer die letzten Jahre für sie gewesen waren.

»Du solltest lieber nicht so viel Knoblauchbrot essen.« Britt zeigte plötzlich nach draußen auf die Gasse. Mia winkte durch die Scheibe. »Das ist für dich, glaube ich.«

Ole sah auf und hob zerstreut die Hand. Anna stellte fest, dass er nicht besonders begeistert schien, seine Freundin zu sehen.

»Ach, was gibt es Besseres als frischen Knoblauchatem?« Er stopfte sich den Rest Baguette in den Mund. »Gleich wieder da«, nuschelte er und war schon zur Tür hinaus. Anna versuchte, nicht zu neugierig durch die Scheibe zu starren.

»Sind die beiden schon lange zusammen?«, fragte sie beiläufig und trank einen Schluck Grapefruitsaft aus dem Tetrapack, den Britt ihr reichte. Sie zog eine Grimasse. »Wäh, bitter.«

»Aber gesund. Die beiden? Keine zwei Minuten. Ich weiß nicht mal ihren Namen.«

»Oh.« Erstaunt ließ Anna das Getränk sinken.

»Letzte Woche war es eine Coleen, davor eine Rachel und davor eine Laura. Die anderen aus diesem Jahr habe ich vergessen. Wahrscheinlich weiß er selber nicht mal mehr die Namen. Man müsste Buch führen, um da mitzukommen.«

»Oh«, sagte Anna wieder.

Britt fing ihren Blick auf und räusperte sich. »Du musst da vielleicht etwas wissen über meinen Bruder.« Sie schien nach den richtigen Worten zu suchen. »Jetzt, wo ihr so eng zusammenarbeitet, ist es besser, ich erkläre dir das gleich. Pass auf. Er ist der beste, wirklich der beste Kerl, den es gibt. Er macht alles für dich, wenn er dich mag, und er fragt nicht nach einer Gegenleistung. Er ist immer gut gelaunt, er ist klug, er kann so gut wie alles. Nichts bringt ihn aus der Ruhe. Die Frauen lieben ihn. Na ja, er hat ja auch mein Aussehen«, setzte sie grinsend hinzu. »Und glaube mir, er weiß es. Bescheidenheit ist nicht sein stärkster Zug.« Sie blickte durch die Scheibe, wo ihr Bruder und seine anscheinend brandneue Eroberung gerade in einem leidenschaftlichen Kuss versanken. »Das arme Ding, er muss höllisch stinken«, murmelte sie.

Sie blickte wieder zu Anna und schien sich zu erinnern, dass sie ihr gerade etwas erzählen wollte. »Er war nicht immer so. Mit den Frauen, meine ich. Aber dann ist etwas passiert… Seine Verlobte hat ihn sitzen lassen. Direkt vor der Hochzeit.«

Sie nickte traurig, als Anna einen bestürzten Laut von sich gab. »Ja, keiner hat es kommen sehen. Die beiden waren so verliebt, es war richtig ekelhaft. Sie waren schon ewig zusammen. Wir alle dachten, dass es kein besseres Paar geben könnte. Sally hieß sie. Erwähne bloß nie ihren Namen. Die beiden hatten alles geplant, Haus, Kinder, Rente. Und dann war sie einfach weg. Ihr Brautkleid hängt immer noch bei meinen Eltern im Keller. Sie hat wohl Panik bekommen oder so. Ich weiß es nicht, er spricht nicht darüber. Hat er auch damals nicht, obwohl jeder sehen konnte, dass es ihm das Herz zerriss. Die erste Zeit hat er nicht mehr geredet, nicht mehr gelacht. Er war wie eine Hülle ohne Inhalt. Er ist dann erst mal eine Weile weggefahren mit seinem Campingbus. Und seit seiner Rückkehr ist er wieder der alte, fröhliche Ole. Er klagt nicht, und er redet nicht darüber. Aber etwas ist anders.« Sie seufzte leise. »Er hat seitdem jede Woche eine neue Freundin, ich weiß auch nicht, wo er die alle immer herbekommt, sie scheinen ihm von alleine in die Arme zu springen. Aber keine bleibt lange und … es ist schwer zu erklären, aber es ist, als hätte er keine Emotionen mehr. Er will sich nicht mehr verlieben, er will nur noch seinen Spaß.« Verächtlich schob sie sich ein halbes Stück Pizza auf einmal in den Mund. Als sie wieder sprechen konnte, setzte sie hinzu: »Nicht, dass er mir das so erklärt hätte, aber na ja, Männer sind ja nicht unbedingt bekannt dafür, dass sie gut ihre Gefühle interpretieren können. Ich weiß, dass es so ist. Seither sind alle Frauen für ihn austauschbar. Einmal hat er sogar ihre Namen verwechselt. Lena war eigentlich Lisa oder so. Und die beiden kannten sich auch noch. Das gab eine schreckliche Schreierei. Aber selbst schuld, habe ich ihm gesagt. Sobald er etwas empfindet, haut er ab. Oder schon vorher. Es passt nicht zu ihm, er ist eigentlich nicht oberflächlich, und er ist auch kein Mistkerl. Mit Sally war er acht Jahre zusammen und hat nicht mal eine andere angeguckt. Aber um seine Gefühle zu betäuben oder gar nicht erst zuzulassen, benimmt er sich … na ja. Eben so.« Sie nickte mit dem Kinn in Richtung Scheibe.

Anna musste nicht hinsehen, um zu wissen, was sie meinte.

Britt holte tief Luft. »Was ich damit eigentlich sagen

will…«, plötzlich schien sie ein wenig verlegen. »Lasst die Finger voneinander, okay?«

Überrascht zuckte Anna zusammen. »Ich hatte nicht vor…«

»Ich weiß, ich weiß«, unterbrach Britt sie schnell. »Das musst du auch nicht. Glaub mir, er hat genug Charme, um dich ganz schnell anders denken zu lassen. Aber, er ist, na ja, sehr, sehr verletzt. Und wenn er wüsste, dass ich dir das gesagt habe, würde er mich übrigens kaltmachen. Er verdrängt das Ganze völlig. Und er hasst es, wenn man versucht, ihn zu analysieren. Natürlich mache ich es trotzdem. Einer muss es ja tun. Er will nicht alleine sein, aber er will auch nichts mehr fühlen, damit ihm so was wie mit Sally nicht noch mal passieren kann. Es hat ihm wirklich, ehrlich und vollkommen das Herz gebrochen. Und ich glaube, wenn ihr euch näherkommen würdet, wäre das gar nicht gut. Ich kenne dich noch nicht so lange, aber ich will, dass wir Freundinnen werden. Und das geht nicht, wenn du dich mit meinem Bruder überwirfst.« Sie zwinkerte Anna zu, und die lächelte überrascht und ein wenig gerührt zurück.

»Und die Sache mit deinem Typen ist ja auch noch nicht lange her. Ihr sitzt beide im gleichen Boot, und glaube mir, es wäre ein Desaster.«

Anna nickte. »Danke übrigens, dass du das gleich weitergetratscht hast.«

Britt gluckste, kein bisschen schuldbewusst. »Es war für einen guten Zweck. Außerdem muss er es wissen, damit er die Finger von dir lässt. Ich werde auch mit ihm noch mal reden.«

Wieder wollte Anna etwas einwenden, aber wieder unterbrach Britt sie. »Doch, das werde ich. Vertrau mir, es ist zu deinem Besten. Oder willst du eine leidenschaftliche Affäre mit einem sehr gut aussehenden, aber emotional verkrüppelten Mann, die nach einer Woche in verletzten Gefühlen und Streit endet? Und dir danach jemanden suchen, der dir deine Dielen für den dreifachen Preis abschleift? Und wahrscheinlich auch eine neue Physiotherapeutin. Denn glaube mir, er kann nachtragend sein. Und Pizza gibt's dann auch nicht mehr. Obwohl, wenn Mario dich sieht, vielleicht schon.«

Anna musste tatsächlich kurz überlegen, ob die kurze, aber leidenschaftliche Affäre mit einem sehr gut aussehenden Mann es nicht vielleicht wert wäre, aber die letzten beiden Argumente überzeugten sie dann doch. »Nein. Das will ich auf keinen Fall«, sagte sie fest.

Britt nickte erleichtert. »Gut. Dann wäre das geklärt. Halt dich von ihm fern, denn wenn es um Beziehungen geht, hat er einen Dachschaden.«

»Okay, Warnung ist angekommen. Aber du musst dir keine Sorgen machen. Ich habe sowieso die Nase voll von Männern. Für mich gibt's nur Harry. Ich will mich jetzt ganz auf mich konzentrieren. Auf den Laden.«

»Aufs Gesundwerden.«

»Genau.«

»Sehr gut. Männer sind auch überbewertet. Aber als Kumpel ist mein Bruder unschlagbar.«

»Gut, ich kann ein paar Freunde brauchen.«

Bei dieser Bemerkung sah Britt neugierig auf – Anna hatte ihr zwar von Simon erzählt, die Beteiligung ihrer besten Freundin an dem Drama aber bisher ausgelassen –, doch in dem Moment tauchte ein Mann vor dem Laden auf. Er hielt überrascht inne, als er Ole und Mia sah, die jetzt gegen die Scheibe gelehnt ungehemmt knutschten.

Es war Sem. Er hielt eine große braune Tüte in der Hand, und nach einem weiteren irritierten Blick auf die beiden winkte er in Richtung Anna.

»So, du willst dich also von Männern fernhalten, ja?«, sagte Britt.

»Das ist nur ein Bekannter«, lachte Anna. Sie ließ sich vorsichtig von der Theke gleiten und hielt einen Moment die Luft an, als ihre Füße in der Luft baumelten und sie sich die letzten Zentimeter fallen lassen musste. Aber natürlich ging alles gut, sie landete weich auf den Zehen und stieß erleichtert den Atem aus.

»Komm rein!«, rief sie und winkte durch die Scheibe.

»Ich glaube, den kenn ich von irgendwoher«, murmelte Britt.

»Ich denke, hier kennt sowieso jeder jeden. Er wohnt in der Nähe des Hofes. Er war, glaube ich, die letzten Jahre nicht auf der Insel, deswegen habt ihr euch …« Anna unterbrach sich, denn die Ladenglocke bimmelte, und Sem trat ein.

»Hey.« Er zog sich die Mütze ab und lächelte. Sein Blick flackerte eine Sekunde zu Britt hinüber, die ihn freundlich begrüßte, aber er nickte ihr nur flüchtig zu, dann sah er sofort wieder zu Anna. Ihr fiel erneut auf, dass er eigentlich gar nicht schlecht aussah. Nicht auf eine Ole-Art, er war kleiner und unauffälliger. Aber wenn er lachte, hatte sein Gesicht etwas jungenhaft Freundliches. »Ich war in der Nähe und wollte fragen, ob du mit mir was Kleines…« Er brach ab, als er die Pizza auf der Theke sah. »… essen willst!«, schloss er und deutete auf die Tüte in seiner Hand.

Anna lachte. »Oh, tut mir leid, da waren die anderen schneller. Ich bin pappsatt. Aber setz dich doch zu uns, wir haben noch ganz viel übrig.« Sie machte ihm Platz auf der Theke und hielt ihm einen Pizzakarton hin, aber plötzlich veränderte sich etwas in seinem Gesichtsausdruck. »Oh, danke, aber mir fällt gerade ein, dass ich etwas Dringendes vergessen habe«, stotterte er. »Ich muss doch gleich weiter. Aber vielleicht ein anderes Mal in der Mittagspause?«, fragte er und sah sich unruhig im Laden um.

»Äh, ja, sicher, gerne«, sagte Anna verunsichert.

Er nickte und verabschiedete sich hastig. Dann bimmelte die Glocke, und er war auch schon wieder verschwunden.

»Was war denn das?«, fragte Britt verwundert.

»Keine Ahnung. Er ist ein bisschen schüchtern, glaube ich«, sagte Anna, die ihm ebenfalls etwas verdattert nachsah.

Die Glocke bimmelte erneut, und Ole kam wieder herein, eine frische Röte auf den Wangen und Lippenstift um den Mund geschmiert.

»Du siehst aus, als hättest du ein Schaf gerissen«,

sagte Britt, und er wischte sich unbekümmert mit dem Handrücken über den Mund. »Noch Pizza da?«, fragte er.

»Hast du nicht gerade genug gegessen?«, fragte seine Schwester und zog den Karton an sich. »So tief wie deine Zunge in ihrem Mund war, hast du da doch bestimmt auch noch was von ihrem Frühstück abbekommen.«

»Du bist ekelhaft!«, sagte er gut gelaunt, kniff ihr mit der einen Hand in die Rippen, sodass sie quietschte und sich krümmte, und entriss ihr mit der anderen den Karton.

»Schwein!«, sagte Britt freundlich, als sie wieder atmen konnte.

»Wer war das eben?«, fragte Ole und deutete mit dem Stück Pizza, das er sich genommen hatte, in Richtung Gasse, wo Sem verschwunden war.

»Ach, ein Bekannter«, sagte Anna, die keine Lust mehr hatte, über ihn zu sprechen.

»Von irgendwoher kenne ich ihn!«, sagte Ole nachdenklich und stopfte sich das ganze Stück auf einmal in den Mund, sodass seine nächsten Worte untergingen.

»Ja, ich auch!«, sagte Britt. Sie sprang von der Theke und stellte sich in bettelnder Haltung vor ihren Bruder. »Nur noch eins! Bitte! Ich hab so Hunger! Du kannst doch deiner kleinen Schwester nicht das Essen wegessen!«

Er rollte mit den Augen und gab ihr ergeben den Karton.

Britt grinste triumphierend. »So kriegt man ihn immer!«, erklärte sie.

»Siehst du, wie sie mich manipuliert?«, fragte Ole in Richtung Anna, die lachte und sich ebenfalls noch ein Stück nahm. »Du hast eben ein weiches Herz«, sagte sie, und er nickte grimmig.

»Ich weiß. Eines Tages wird es mein Untergang sein.«

Anna saß mit ihrem Huhn auf dem Schoß auf der Veranda. Sie hatte beschlossen, ihm einen traditionellen holländischen Namen zu geben und es Enie zu nennen.

»Enie, du weißt gar nicht, wie viel Glück du hast, dass ich jetzt deine Mama bin«, gurrte sie und strich vorsichtig über den Federrücken. »Bei mir landest du nicht im Suppentopf!« Sie versuchte, ihr den Nacken zu kraulen, aber der Schnabel war ihr dann irgendwie doch zu spitz, und mit einer vorsichtigen Geste schubste sie den Hühnerpo von ihrem Schoß. Enie flatterte gackernd davon. Ein glitschiger Haufen blieb auf Annas Knie zurück.

»Na, das fängt ja gut an!« Mit gerümpfter Nase überlegte sie, wie sie das Malheur am besten von ihrer guten Strumpfhose entfernen sollte, ohne dass es auch noch auf ihre Schuhe tropfte. Zum Glück war es nicht auf dem gesunden Bein gelandet, so konnte sie wenigstens noch hoppeln. Sie hüpfte einbeinig und vor sich hin schimpfend in die Küche und nahm eine Rolle Küchenpapier zu Hilfe. Der gelbe Schleim roch nicht unbedingt angenehm, und sie entschied, dass Enie kein Haushuhn werden würde. »Du bleibst bei den anderen«, erklärte sie ihr, aber die Übeltäterin war schon weggetrippelt. Anna war es recht. Als Hundemama musste sie schon genug mit Kackebeuteln hantieren, da brauchte sie wirklich nicht auch noch gelbe Schleimwürste auf ihrem Küchenboden. Es war zwar lieb gemeint gewesen von ihrem mysteriösen Gärtnernachbar, aber sie würde Enie erst mal wieder in die Herde eingliedern. Sie konnte sich die Eier ja bei Bedarf abholen.

Als sie eine halbe Stunde später mit dem Huhn unter dem Arm bei Luuk klingelte, zog er verwundert die Augenbrauen hoch. Aber als Anna ihm Enie mit einer kurzen Erklärung entgegenstreckte, nahm er sie ihr fraglos ab. »Komm rein!«, sagte er und ging voraus in die große Wohnküche. Er setzte Enie ins Waschbecken, wo sie neugierig am Spülschwamm herumpickte, und zog seine Stiefel an, die auf einer Matte an der Hintertür standen. Anna sah sich um. Das Haus war hell und freundlich und ganz eindeutig nicht von Luuk eingerichtet worden. Die Spuren einer weiblichen Hand waren überall zu sehen. Vom Kaminsims lächelte ihr aus einem silbernen Rahmen eine schöne, dunkelhaarige Frau entgegen, die neben einem etwas jüngeren und etwas weniger bärtigen Luuk stand und in die Kamera strahlte. Anna ging näher und betrachtete das Foto. »Ist das …«, sie zögerte kurz, »… deine Frau?« Offiziell wusste sie nichts über Luuks Privatleben, und sie wollte nicht, dass er sie für eine Tratschtante hielt, die, kaum auf der Insel, bereits sämtlichen Klatsch über die Nachbarn durchgekaut hatte.

Luuk nahm Enie, die den Schwamm noch im Schnabel hatte, aus der Spüle, entwand ihn ihr sanft und trat dann neben Anna. »Ja, genau, das ist sie«, sagte er, mit einem kurzen Blick auf das Bild. Er klang weder wütend noch so, als wäre ihm gerade das Herz gebrochen worden. Die nächste Frage lag Anna schon auf der Zunge, aber Luuk schien keine Lust zu haben, sich weiter zu unterhalten. »Komm, wir bringen sie nach draußen zu den anderen!«, sagte er und öffnete die Tür zur Veranda.

»Was macht sie beruflich?«, fragte Anna, als sie nebeneinander über den schlammigen Hof liefen.

Luuk sah verwirrt auf, als wäre er in Gedanken bereits ganz woanders. »Hm? Oh, sie arbeitet für eine Zeitung. Meistens freiberuflich … aber jetzt in Amsterdam.« Bei diesen Worten verschloss sich sein Gesicht, und Anna warf ihm einen Seitenblick zu. Er schien aber keine weitere Erklärung abgeben zu wollen.

»Als Journalistin?«, fragte sie.

»Genau!«

Sein Ton machte deutlich, dass ihm das Gespräch nicht angenehm war, und Anna fragte nicht weiter. Sie waren beim Hühnerpferch angekommen, und Luuk warf Enie über den Zaun. Es gab ein kurzes Geflatter und Gegacker, ein paar Federn stoben auf, weil die Hühner aufgeregt auseinanderrannten, als Enie so plötzlich angeschossen kam, dann beruhigten sie sich wieder und pickten vor sich hin. Enie integrierte sich scheinbar mühelos wieder in ihre Herde ein, fast als sei sie nie weg gewesen, und nach ein paar Sekunden wusste Anna schon nicht mehr genau, welcher Federpo jetzt eigentlich zu ihrem Huhn gehörte.

»Sie ist die mit dem Fleck am Hals.« Luuk hatte ihren suchenden Blick bemerkt.

»Ach ja. Stimmt. Sie sehen alle so gleich aus.«

»Am besten merkt man sich eine Besonderheit in der Färbung, dann kann man sie leicht unterscheiden. Du kannst dir die Eier abholen kommen. Sie legt etwa alle zwei Tage eins. Aber du kannst jederzeit kommen. Eier gehen aufs Haus.«

Anna sah ihn von der Seite an. Ihr kam es sehr komisch vor, dass er plötzlich so nett zu ihr war. Vielleicht war er ein Morgenmuffel und konnte erst ab einer bestimmten Uhrzeit freundlich sein?

»Danke!«, sagte sie.

Er nickte. »Übrigens, wegen des Gemüses …«, begann er, und plötzlich wurde ihr klar, woher sein seltsamer Stimmungswandel kam.

»Ja?«

»Ich hatte da mit dieser Frau, Femke heißt sie, die sich um den Hof gekümmert hat, also wir hatten da einen Deal. Ich mähe den Rasen und na ja … Das Beet war unbenutzt und schien mir sehr fruchtbar. Ich weiß nicht, ob du es schon gesehen hast, aber ich habe es wieder in Betrieb genommen, sozusagen. Es war ja sehr verkümmert, aber mit ein bisschen Arbeit konnte ich die Erde retten …« Er brach ab und schien plötzlich sehr auf die Hühner konzentriert.

Anna hatte mit einem Mal das sichere Gefühl, dass die Femke von dem Deal gar nichts wusste. »Ich habe es gesehen«, sagte sie trocken. »Ich dachte, ihr hattet abgemacht, dass du dafür die Wiesen für die Hühner nutzen kannst…«

Er räusperte sich. »Na ja, so genau haben wir die Details nicht geklärt. Aber ich verstehe natürlich, wenn du es selber nutzen möchtest. Ich kann es wieder säubern, wenn du willst. Es wäre allerdings sehr schade um die Pflanzen, der Kohl hat unglaubliche Ausmaße angenommen, die Erde muss wahnsinnig gut sein. Und ich hatte ein paar Pläne für Erdbeeren und Wildkräuter, und im Herbst wollte ich eine neue Kürbiszüchtung versuchen. Zucchini würden hier auch sehr gut wachsen, ich habe schon ein paar Bohnenstangen im Schuppen, und über Tomaten kann man auch nachdenken, obwohl dafür ein Gewächshaus besser wäre… Jedenfalls ist es sehr guter Boden«, schloss er und sah Anna hoffnungsvoll von der Seite an. »Meine eigenen Beete kommen dagegen nicht an.«

»Ich weiß«, sagte sie. »Meine Großeltern waren berühmt für ihr Gemüse.« Sie zögerte kurz. »Ich sag dir was. Du machst damit, was du willst, und pflanzt an, was dein grüner Daumen dir sagt, und ich halte mich da raus, aber im Gegenzug darf ich mir für den Eigenbedarf nehmen, was ich brauche.«

Luuk sah geradezu lächerlich glücklich aus. »Na, sicher!«, rief er. »Auch mehr, wenn du willst. Wir können fifty-fifty machen, ich will niemanden ausnehmen!«

Anna lachte, weil er so strahlte. »Was soll ich mit so viel Gemüse? Es reicht mir vollkommen, wenn ich mir zum Kochen holen kann, was ich brauche. Aber ich warne dich, ich mache jeden Tag grüne Smoothies. Ich werde tiefe Lücken in dein Beet reißen.«

»Deine Smoothies werden revolutioniert, du wirst sehen! An meinen Spinat kommt niemand ran.«

»Kann ich auch Bestellungen aufgeben?«, fragte Anna. »Ich mag gerne Grünkohl, und Karottensaft liebe ich auch.«

Luuk nickte ernst. »Na klar. Ich kann alles anbauen, worauf du Lust hast. Schreib mir eine Liste!«

Sie grinsten sich an.

»Deal?«, fragte er.

»Deal!«, sagte Anna und schlug ein. Als er ihre Hand schüttelte, sah sie, dass das Tattoo eine Pflanze war, die aus seinem Ärmel herauswuchs. Sie fragte sich, wie hoch sie wohl seinen Arm hinauflief, dann fing sie seinen Blick auf und sah schnell weg.

Plötzlich fiel ihr etwas ein. »Ich will den Hof eigentlich verkaufen«, sagte sie. »Es wird noch eine Weile dauern, ich muss einiges renovieren lassen, außerdem brauche ich ihn vorerst noch, weil ich mir noch keine Wohnungsmiete leisten kann. Aber für immer werde ich ihn nicht haben, und was die neuen Besitzer dann mit den Wiesen und den Beeten machen, kann ich leider nicht vorhersagen. Vielleicht solltest du also nicht zu viel Aufwand investieren? Es kann sein, dass du dann in ein bis zwei Jahren dein Gemüse wieder hergeben musst.«

»Ich habe schon gehört, dass du verkaufen willst. Es stimmt also. Na, wir werden sehen. Es kann schwierig werden, einen Käufer zu finden. So viele Häuser auf der Insel stehen leer, und die meisten Landwirte übernehmen irgendwann den Familienhof und kaufen sich nichts Neues. Aber natürlich wünsche ich dir, dass du erfolgreich verkaufst!«, fügte er hastig hinzu. »Und es wäre schade, die Zeit bis dahin nicht zu nutzen!«

Anna lächelte trotz seiner düsteren Prognose. »Na gut, dann ist es abgemacht!«

Sie plauderten noch eine Weile, dann verabschiedete sie sich.

»Übrigens, die Apfelbäume kann man auch leicht wieder flottmachen!« Luuk rief ihr hinterher, als sie über den Hof davonging, und sie drehte sich wieder um. »Das ist eine alte Sorte, die sind unglaublich zäh. Man muss sie nur einmal kräftig zurückschneiden, dann hast du nächstes Jahr wieder einen reichen Ertrag. Tonnen, sage ich dir! Du kannst Saft keltern!«

Anna lachte abwehrend. »Also, dafür habe ich wirklich keine Zeit! Aber wenn du magst, tob dich aus! Ich liebe Apfelsaft… und Apfelkuchen!«

Sie ließ einen verträumt vor sich hin blickenden Luuk zurück, der schon darüber nachzusinnen schien, was die Bäume alles abwerfen würden.

Auch Anna hatte das Gefühl, einen guten Deal geschlossen zu haben. Gemüse, so viel sie wollte, und Eier noch dazu. Wenn sie nun Harry geschickt einsetzte und noch die Bäckerin um den Finger wickelte, würde sie bald gar nicht mehr einkaufen müssen.

9

Am nächsten Tag aß Anna alleine zu Mittag. Ole arbeitete heute auf dem Kutter seines Freundes, und Britt hatte ihren freien Tag. Draußen regnete es, was die trübe Stimmung, die schon seit dem Morgen an ihr klebte, noch untermalte. An Tagen wie heute fühlte sie sich schwach und einsam. Sie spürte, wie zerbrechlich ihre neuen Kontakte auf der Insel noch waren, wie wenig Halt sie ihr gaben. Ein Tag ohne Menschen um sich und schon drohte sie in einem dunklen Loch zu versinken. Sie versuchte, es positiv zu sehen und Verständnis für ihre Gefühle aufzubringen, wie Frau Hartstein es sie gelehrt hatte. Sie war alleine in ein anderes Land gezogen. Sie hatte alles hinter sich gelassen, was sie sich in den letzten zwölf Jahren aufgebaut hatte. Es war klar, dass es Zeit brauchte, bis sie sich hier angekommen fühlte. Aber eigentlich, dachte sie dann, als sie so darüber nachgrübelte, eigentlich habe ich mir gar nichts aufgebaut. Einen Freundeskreis hatte sie, ja klar, aber durch die Trennung von Simon war dieser ziemlich zerrüttet worden. Die meisten ihrer Freunde waren Paare, es war schwer, da unparteiisch zu bleiben. Außerdem hatte sie gemerkt, dass ihr an diesen Freundschaften nicht viel lag. Von ihren paar Semestern Biologie hatte Anna noch Unibekanntschaften, aber der Kontakt war in den letzten Jahren auch immer weniger geworden. Wenn man sie vor zehn Jahren gefragt hätte, wo sie sich mit Anfang dreißig sähe, hätte Anna bestimmt geantwortet, in einem schönen Haus in Blankenese mit einem Kind und einer Südterrasse. Dass sie alleine mit ihrem Hund nach Holland ziehen, ihre Arbeit, ihre Beziehung, ihre Freunde und ihre Wohnung aufgeben würde, hätte sie bestimmt nicht gedacht. Aber sie musste zugeben, dass ihr ihr Leben in den letzten Jahren langweilig geworden war. Immer die gleichen Restaurants, immer die gleichen Konversationen, immer die gleichen Urlaube. Die schöne Vorstellung eines Mutterdaseins in einem beschaulichen Hamburger Vorort war nach und nach verblasst, ohne dass sie sich bewusst dagegen entschieden hätte. Sie hatte einfach gemerkt, dass sie etwas anderes wollte. Und nun hatte sie den Schubs bekommen, der nötig gewesen war, um sie aus dem Spinnennetz aus Gewohnheiten zu befreien. Es ist gut, wie ist es!, sagte sie sich. Nur der Verlust von Karin wog schwer, auch wenn sie versuchte, nicht darüber nachzudenken. Und der von Simon. Aber über den durfte sie erst recht nicht nachdenken.

Sie war gegen Mittag nach Hause geradelt, weil sie eine kleine Pause vom Renovieren gebrauchen konnte, und war natürlich nass geworden. Jetzt hatte sie ein Handtuch um den Kopf gewickelt und ihren Bademantel über die Jeans gezogen, saß am Küchentisch und betrachtete die hängenden Köpfchen der Tulpen, die sie zusammen mit etwas Heidelbeergrün in einer Vase arrangiert hatte. Noch keine vier Tage waren sie alt, und schon neigten sie sich gen Boden. »Ich bin ja auch selbst schuld, wer Blumen aus Afrika kauft, hat es nicht besser verdient!«, sagte Anna zu den Tulpen und zerrieb mit den Fingern ein heruntergefallenes Blütenblatt. Die Blumen waren klein und rochen seltsam und waren um die halbe Welt gereist, aber sie hatte ein solches Verlangen nach Frühling verspürt, dass sie nicht widerstehen konnte. »Morgen kaufe ich ein paar Chrysanthemen! Oder vielleicht ein paar Milchsterne, die gibt es das ganze Jahr«, versprach sie den Tulpen. Anna ging nie über einen Markt, ohne sich Blumen mitzunehmen, und sie konnte sich einen Küchentisch ohne Vase nicht vorstellen, aber eigentlich hatte sie klare Regeln, was den Kauf von nicht saisonalen, importierten oder – Gott bewahre – eingefärbten Blumen anging. Doch um diese Jahreszeit musste man die Regeln eben manchmal ein wenig biegen, denn ein Haus ohne Blumen war auch keine Lösung, und sie hatte die Nase voll von Nelken und Lilien. Bald würde in Holland die Tulpensaison beginnen und damit das spektakuläre Schauspiel der wogenden bunten Felder. Aber bis dahin musste sie eben noch ein wenig warten und mit ihren unmoralischen Tulpen vorliebnehmen.

Mit einem leisen Seufzer zog sie die weiße Plastiktüte zu sich heran, die noch von vorgestern Abend auf dem Küchentisch lag und zart nach Bratfett roch. Die kleine Asiatin im Imbiss hatte sie angestrahlt und ihr dann gleich eine ganze Handvoll Glückskekse zu ihrem einsamen Mahl dazugepackt. Wahrscheinlich sah ich so aus, als ob ich es gut brauchen kann, dachte Anna trübsinnig. Oder sie hatte Mitleid mit mir und wollte mir zeigen, dass sie gewiss nicht denkt, dass ich einsam und alleine daheim sitze und mich mit Bergen fettiger Asia-Nudeln vollstopfe, sondern für eine Familie oder Freunde mit einkaufe, die auch alle Kekse haben wollen.

Tja, da hätte sie nicht falscher liegen können. Anna hatte die Nudeln ganz alleine gegessen. Und nun waren die Kekse dran.

Sie öffnete eine der kleinen Packungen, und Krümel fielen ihr entgegen. Der Keks war zerbrochen. Ein schlechtes Omen, wenn sie sich richtig erinnerte.

Sie sind schwungvoll und optimistisch, besonders in der kommenden Woche, stand auf dem Papierschnipsel, den sie aus den Trümmern fischte.

Anna zog skeptisch die Augenbrauen hoch. »Na dann…«, sagte sie zu dem Keks und biss hinein. »Auf den Schwung warte ich zwar noch…«, fügte sie hinzu und spuckte ein paar nasse Krümel auf den Tisch. »Aber der kann ja noch kommen.«

Doch sie war misstrauisch. Auf ihrem letzten Keks hatte gestanden: *Ihre Ideen sind Erfolg versprechend und können Sie reich machen.* Im Moment schien eher das genaue Gegenteil einzutreffen, und während sie kaute, dachte sie, dass man vielleicht auch nur ein gewisses Kontingent an monatlichen Glückskeksen zur Verfügung hatte. Sonst wurde es zu beliebig. Man forderte das Schicksal heraus, die Nachrichten kamen sich in die Quere, wussten nicht mehr, welche sich zuerst erfüllen sollten, und das war dann ganz schlecht fürs Karma. Man durfte sicherlich nicht einfach die Nachricht raussuchen, die einem gerade am besten passte.

Auch nicht, wenn es sie gratis zum chinesischen Essen dazugab.

»Vielleicht darf ich nicht zu viel erwarten. Und reich sein war sowieso nie geplant«, sagte sie im Plauderton zu Harry, diesmal ohne Krümel, denn sie hatte den Keks schon geschluckt. »Aber vielleicht verhilft mir der Schwung ja dann zu dem Reichtum!«, schlug sie nach kurzem Nachdenken vor, und er schien diesen Gedanken nicht abwegig zu finden, denn er wedelte kurz aufmunternd mit dem Schwanz. Sie merkte, dass sie sich gleich schon ein wenig schwungvoller fühlte, was aber höchstwahrscheinlich am Zucker lag. »Na, egal, wo es herkommt, Energie kann man immer brauchen«, verkündete sie. Aber diesmal reagierte niemand, denn Harry hatte sich inzwischen in seinem Körbchen eingerollt und war nicht mehr ansprechbar.

Dann stand sie auf. Wie immer langsam, wie immer stützte sie sich an der Tischplatte ab, wie immer wartete sie auf einen Schmerz, der nicht kam, dessen Androhung aber stets da war, wie immer fragte sie sich, wann das anders werden würde, ob sie sich jemals wieder jung fühlen würde, ob sie jemals wieder eine Bewegung machen würde, die sie nicht vorsichtig planen musste, ob die Angst zu fallen sie je verlassen würde, ob es für andere Menschen so aussah, wie es sich für sie anfühlte, als wäre sie eine alte Frau, die mit ihrem Körper nicht mehr zurechtkam. Dann stand sie, verlagerte das Gewicht, und als ihre Beine nicht nachgaben, sie nicht hinfiel und ihr Hüftknochen nicht aus dem Gelenk sprang, nickte sie. Wird schon, dachte sie.

»Wird schon, Anna. Musst du dich dran gewöhnen. Es braucht einfach Zeit. Hetz dich nicht so!« Sie seufzte. Sie musste wirklich aufhören, immer mit sich selbst zu reden. Oder mit ihrem Hund. Oder ihrer Kaffeetasse. Das hatte in letzter Zeit ziemlich überhandgenommen.

10

»Meine Schwester hat gestern ein ernstes Wörtchen mit mir geredet.« Ole und Anna saßen auf dem Boden im Laden und betrachteten andächtig die bereits abgeschliffenen Dielen. Das inzwischen beinahe schwarz gefärbte, abgetretene Holz der noch nicht bearbeiteten Seite bildete einen krassen Gegensatz zu dem hellen, matten Teil vor dem Schaufenster, den Ole bereits geschafft hatte.

»Ja, mit mir auch.«

»Ach, wirklich?« Überrascht blickte er auf. »Sie muss wohl gesehen haben, wie du mich angeschmachtet hast, und hat sich gedacht, dass sie da lieber schnell einschreitet, bevor du vollends den Kopf verlierst.«

Anna prustete. »So muss es gewesen sein!« Sie stand auf und warf einen Schwamm nach ihm. »Sie hat recht, Bescheidenheit ist nicht deine Stärke. Du kannst ganz beruhigt sein, ich werde mich zügeln, so gut ich kann, und dich nicht belästigen. Ich will mit Männern sowieso nichts mehr zu tun haben.«

Er fing den Schwamm auf und schmetterte ihn

zurück, Anna wich aus, und er knallte gegen einen Eimer, der daraufhin scheppernd umfiel.

»Ein bisschen verbittert, was? Na ja, wie dem auch sei, ich habe meinem Schwesterherz versprochen, dass ich die Finger von dir lassen werde. Sei also nicht traurig, wenn keine Annäherungsversuche von mir kommen, es liegt nicht an dir. Wahrhaftig nicht.« Sein Blick, der den Worten folgte, brachte Anna leicht zum Schwanken, auch wenn er nur gespielt war. Ihr war schon klar, warum ihm die Frauen buchstäblich in die Arme sprangen. »Aber ich habe mein Ehrenwort gegeben. Sie meint, ich könnte mit einer Frau wie dir nicht umgehen.« Sein Ton machte deutlich, was er von dieser lächerlichen Behauptung hielt.

In Wahrheit hatten sich Britts mahnende Worte an ihn etwas anders angehört. *Sie ist viel zu verletzt. Zwar spricht sie nicht viel darüber, aber so wie ich es herausgehört habe, ist sie unter anderem deshalb hier. Sie ist abgehauen. Und sie hat echt viel mitgemacht, nicht nur mit dem Bein. Ihre Schwester ist gestorben, hast du das gewusst? Es war hier, auf der Insel. Es wurde nie ganz geklärt, was mit ihr passiert ist. Ich glaube, wir haben das damals mitbekommen, Mama hat uns die Berichte in der Zeitung vorgelesen. Ich wollte es noch mal im Internet suchen. Aber wie auch immer. Ich mag sie. Sie ist witzig. Es kommen nicht oft neue Leute auf die Insel, und beinahe alle meine Freunde sind auf dem Festland. Ich warne dich, wenn du es dir mit ihr verscherzt und ich sie nicht mehr sehen darf, werde ich sehr, sehr, sehr ungehalten sein. Halt dich an deine kleinen Mias und*

Lenas und wie sie nicht alle heißen. Anna ist nichts für dich!

»Auch wenn es schwer zu verkraften sein wird, ich werde wohl darüber hinwegkommen.« Annas Stimme tropfte vor Hohn.

»Nur, weil du noch nicht weißt, was du verpasst.«

»Ich kann es mir vorstellen.«

»Ach ja?« Er war plötzlich ganz nah an sie herangekommen und betrachtete sie mit schief gelegtem Kopf. »Kannst du das?«

Anna stupste ihm einen Finger in den Bauch. »Abstand. Schon vergessen?«

Er trat einen Schritt zurück. »Hm. Das wird schwerer, als ich gedacht hatte.« Er kratzte sich am Kopf, und seine Augen blitzten spöttisch. »Vielleicht hätte ich mein Versprechen nicht so leichtfertig geben sollen. Du musst dich wirklich zügeln und deine Gefühle für mich unterdrücken, sonst muss ich am Ende noch mein Ehrenwort brechen.«

Anna lachte unfreiwillig, was ihr in seiner Gegenwart ziemlich oft passierte. »Du brauchst dir keine Sorgen zu machen. Britt hat mich sehr deutlich gewarnt, dass ich keinen billigeren und besseren Arbeiter bekommen kann. Ich werde dir also nicht allzu sehr hinterherschmachten. Nach der Renovierung kann ich aber natürlich für nichts garantieren«, setzte sie hinzu und blinzelte verführerisch.

»Oho. Na, dann werde ich also einfach abwarten.«

»Mach das. Und bis dahin hast du ja Mia zur Ablenkung.«

Er guckte kurz verdutzt, und Anna wurde klar, dass er wohl tatsächlich für ein paar Sekunden vergessen hatte, dass er eine Freundin hatte.

»So ist es.« Er räusperte sich und trat nun wirklich einen Schritt zurück. Anna verbarg ihr Grinsen.

»Also, dann ist es abgemacht. Wir lassen die Finger voneinander, auch wenn es uns sehr schwerfällt, denn ich habe ein gebrochenes Herz, und du hast eine Mia, und wir beide haben einen Laden, der renoviert werden muss, und eine Britt, die uns sonst die Hölle heiß macht«, sagte sie und hielt ihm die Hand hin.

»Abgemacht«, sagte er, ebenso mit Grabesmiene, und schlug ein. Sie schüttelten sich die Hände und grinsten sich an, und Anna dachte, dass sie ganz bestimmt besser damit fuhr, Ole als Freund zu haben statt als kurze, aber leidenschaftliche Affäre. Aber ganz kurz durchfuhr sie ein Schauder des Bedauerns.

»Also, da nun geklärt ist, dass wir füreinander tabu sind, kannst du mir ja einen Kaffee machen. Du hast ja gesehen, wie es geht.«

»Na, du bist ja schnell über mich hinweggekommen.«

»Ich verschwende meine Gefühle eben nicht da, wo es keinen Sinn hat.«

»Sehr romantisch.«

»Zwei Löffel Zucker. Und nicht an der Milch sparen.«

»Zu Befehl, der Herr.« Anna rollte mit den Augen, aber sie stand lachend auf und machte Ole seinen Kaffee.

Als sie fürs Erste mit der Arbeit fertig waren, schmerzte Anna der Rücken, und Harry, der den ganzen Tag in seinem Körbchen gelegen und einen Stoffhasen zerkaut hatte, sprang winselnd an ihren Beinen hoch.

»Oje, er hat Bewegungsmangel. Dann rastet er immer vollkommen aus. Ich fürchte, wir müssen noch mal ans Meer, was Kumpel?«, sagte Anna, halb zu Ole, halb zu Harry.

»Ich komme mit euch, ich kenne eine sehr schöne Strecke an der Südspitze der Insel. Und ein bisschen frische Luft wäre genau das Richtige nach all den Farbdünsten«, sagte Ole. »Ich surfe dort manchmal an ruhigen Tagen. Aber hast du nicht vielleicht einen Pulli für Harry oder so etwas? Es ist sehr windig dort unten.«

»Na ja, ich hab eine Steppjacke für den Winter. Und seinen Parka. Aber er hasst das Ding. Wenn er ihn anhat, bleibt er alle zwei Meter stehen und guckt nach unten, weil er rausfinden will, was da um seinen Bauch hängt. Und ich weiß nicht, warum, aber wenn er ihn trägt, wälzt er sich in allem Ekligen, was er finden kann. Ich denke manchmal, er macht das absichtlich, damit ich den Parka waschen muss und er ihn nicht wieder anziehen kann.«

Ole nickte. »Ist ihm zuzutrauen. Ich würde ihn aber trotzdem mitnehmen. Da unten pfeift es wie verrückt.«

Sie parkten Oles Jeep inmitten von weichen hellgrünen Hügeln und zogen sich im offenen Kofferraum sitzend die Wanderschuhe an. Anna packte Harry in seinen roten Parka, und als sie ihm die Kapuze überzog, sah er aus wie ein grummeliges Wichtelmännchen, das jemand in den Dünen ausgesetzt hatte. Dann stiefelten sie um die Südspitze De Hors herum, von wo aus man auf die Noorderhaaks blickte, einen kleinen goldenen Streifen im Meer, der eigentlich eine fünf Quadratkilometer große Sandbank zwischen der offenen Nordsee und der Insel war, die sich ihr jedes Jahr klammheimlich ein kleines Stück näherte, um sich ihr irgendwann anzuschließen. Wahrscheinlich in einer Nacht ohne Mond, wenn keiner es merkte.

Hier unten war der Strand golden und so breit, dass sein Ende mit dem Horizont verschmolz und man nicht sagen konnte, wo das Wasser anfing und das Land aufhörte. Wenn ein Schiff vorbeikam und durch den Molengat fuhr, das Stück Meer zwischen Texel und den Noorderhaaks, gab es manchmal einen seltsamen Fata-Morgana-Effekt, der es wirken ließ, als fahre das Schiff mitten auf dem Strand. Der Wind fegte ungebremst auf die Dünen zu und presste den Sand in psychedelische Muster, die Anna und Ole genussvoll mit ihren Wanderschuhen aufwühlten. Sie mussten sich beim Laufen vorlehnen und gegen die Böen stemmen. Bald band Anna ihren Schal wie einen Turban um den Kopf, um ihre Ohren gegen die kalte Luft zu schützen. Ole rief ihr zu, dass sie wie die Witwe Bolte aussah, aber aus seinem Mund klang es, als wäre das etwas durchaus Erstrebenswertes. Harry peste hin und her und versuchte, sich des verhassten Parkas zu entledigen, indem er sich inbrünstig an Holzpfählen und Strandgut scheuerte. Einmal blieb er mit der Kapuze an einem großen

Baumstumpf hängen und jaunerte kläglich, bis die beiden es bemerkten und zu ihm zurückkehrten, um ihn zu befreien. Anna hatte das Gefühl, dass der Wind und der Blick auf das weite, offene Meer etwas in ihr freipusteten. Sie fühlte sich gelöst, ruhig beinahe. Ein Gefühl, das sie schon lange nicht mehr gehabt hatte. Sie redeten nicht viel, der Wind erlaubte es nicht, und keiner von beiden schien es zu vermissen.

Als sie wieder im Auto saßen, war es bereits fast dunkel. Anna versuchte, ihr lautes Magengrummeln zu überdecken.

»Was war das?«, fragte Ole erstaunt.

»Der Motor!« Anna sah mit rotem Gesicht aus dem Fenster.

»Ich habe das Auto noch nicht gestartet …«

»So? Na, dann weiß ich auch nicht. Vielleicht ein Tier?«

Als sie Ole ein paar Sekunden später heimlich einen Seitenblick zuwarf, sah sie, dass er sich anstrengte, ein Lachen zu unterdrücken. Nach einer Weile lenkte er den Jeep den Deich hinauf und bog kurz darauf auf einen großen, von Dünen umgebenen Parkplatz ab. Auf Annas fragenden Blick hin erklärte Ole: »Der Strandpavillon gehört meinem Freund Tom. Er macht den besten Seetangburger, den du je gegessen hast!«

»Ich habe überhaupt noch nie einen Seetangburger gegessen!« Anna schnallte sich ab.

»Dann wird's Zeit.«

»Ich wusste nicht mal, dass so etwas existiert. Klingt eklig, um ehrlich zu sein.«

Ole holte Harry vom Rücksitz, der natürlich wieder eingeschlafen war und wenig erfreut grunzte, als er aus seinem Jackennest geschält wurde. Aber weil es Ole war, der ihn weckte, wackelte er natürlich trotzdem freudig mit dem Schwanz und leckte ihm über den Arm. Anna schüttelte ein wenig eifersüchtig den Kopf. Die beiden waren geradezu lächerlich vernarrt ineinander.

Ole trug Harry auf der Schulter ins Restaurant, das auf Pfählen auf dem Strand erbaut war. Anna lief hinter den beiden her und lachte über Harrys wippenden Po neben Oles blauer Mütze.

Der Seetangburger war tatsächlich unglaublich lecker. Anna fand, dass sie selten etwas Besseres gegessen hatte. Die Portion war riesig, und als sie fertig waren, hatte sie das Gefühl, jeden Moment aus ihrer Jeans zu platzen.

»Das war gut!«, sagte sie zufrieden und aß ein letztes Pommes. »Richtig gut!«

»Meine Spezialität.« Tom, ein rothaariger Seebär in den Fünfzigern mit einem breiten Lächeln und noch breiterer Zahnlücke, war hinter ihnen aufgetaucht und haute Ole liebevoll auf die Schulter. »Das freut mich sehr, dass du mal ein Mädchen herbringst, das richtig essen kann, Ole!«, sagte er. »Die Burger gehen aufs Haus. Und das hier auch.« Er stellte zwei große Eisbecher vor sie, die mit Obst und Sahne beladen waren.

»O Gott. Das schaffe ich nicht, meine Hose hat keinen Stretch!«, sagte Anna panisch.

Ole, der schon angefangen hatte zu löffeln, winkte ab. »Immer her damit. Bei mir ist noch Platz.«

Anna sah fasziniert zu, wie nach und nach das Eis verschwand. »Du bringst also oft Frauen hierher zum Seetangburger-Essen, ja?«, fragte sie.

Er ließ genüsslich einen dicken Strom Karamell vom Löffel in den Mund laufen und ließ sich mit der Antwort Zeit.

»Nur welche, denen ich zutraue, dass sie den Burger auch schaffen«, sagte er dann.

»Na, ich hab mich nicht schlecht geschlagen, oder?«

Er lachte. »Sagen wir, du bist im oberen Drittel.«

»Bekommst du das Essen hier immer geschenkt?«

»Nicht immer, dann wäre Tom schon pleite!«, sagte Ole ernst, und Anna dachte, dass das wahrscheinlich stimmte. »Tom ist ein alter Freund meines Vaters, und wir kennen uns schon mein ganzes Leben. Er hat mir das Surfen beigebracht!«

»Oh!« Fasziniert drehte Anna sich um und beobachtete Tom, der nicht so aussah, als hätte er in seinem Leben schon mal auf einem Surfboard gestanden. »Bist du sicher, dass das dieser Tom war?«, fragte sie mit einem Blick auf den beachtlichen Bauch, den er unter einer Strickjacke vor sich hertrug.

Ole lachte und ließ klirrend den Löffel fallen. »Puh, jetzt ist bei mir aber auch dicht«, sagte er und rieb sich den Magen. »Ja, früher sah er ein wenig anders aus, das stimmt schon.« Gutmütig schmunzelte er in Richtung Tom. »Seit er das Lokal hat, ist nicht mehr viel mit Wellenreiten.« Tom war näher gekommen, um ihre Teller abzuräumen, und hatte den letzten Satz gehört.

»Lästerst du etwa über deine guten alten Freunde?«,

fragte er augenzwinkernd. Und zu Anna gewandt fügte er hinzu: »Pass nur auf, in ein paar Jahren hat er genauso eine Wampe über der Schürze wie ich. Du hast ja gesehen, wie er essen kann!«

Anna nickte. »Allerdings. Er vernichtet alles, was ihm vorgesetzt wird«, sagte sie, aber sie konnte den ehrfürchtigen Klang nicht ganz aus ihrer Stimme verbannen.

»Anna will auch surfen lernen!«, sagte Ole und haute ihr aufmunternd auf den Oberschenkel. »Sie traut sich nur noch nicht!«

»Alles zu seiner Zeit!«, brummte Tom und zwinkerte Anna zu. »Du bist nicht von hier, oder?«, fragte er dann. »Wo hat Ole dich gefunden?« Er zog sich einen Stuhl heran, setzte sich zu ihnen, und Anna erzählte es ihm.

Tom sah sie neugierig an. »Ich glaube, ich kenne den Hof. An der Kirche links ab und dann die Gasse entlang, bis es nicht mehr weitergeht, oder?«, fragte er aufgeregt, und Anna nickte begeistert.

»Ja, sicher, wir haben früher dort Gemüse gekauft!«, rief er. »Und den Laden kenne ich auch noch! Dein Großvater stand immer hinter der Theke und hat irgendwas poliert, und manchmal hat er mir saure Gummifrösche geschenkt.«

»Die mochte ich als Kind am liebsten!« Anna hatte sich begeistert nach vorne gelehnt. »Die haben einem so schön den Mund verätzt.«

Tom winkte seinem Kollegen, der schnell ein kleines Tablett mit Schnäpsen brachte. »Darauf trinken wir einen!«, sagte er. »Auf die Frösche von deinem Großvater!«

Sie tranken nicht nur einen, sondern mehrere. Tom blieb lange bei ihnen am Tisch. Seine Augen wurden irgendwann rührselig und wanderten in die Vergangenheit. Er erzählte ihr von seiner Kindheit auf der Insel, Anna erzählte von ihren Großeltern und dem Hof, Ole lehnte sich zufrieden zurück, massierte seinen Bauch und hörte ihnen zu, und am Ende des Abends hatte Anna das Gefühl, ein bisschen mehr auf der Insel zu Hause zu sein als zuvor.

Wie immer im März kamen still und leise die Schneeglöckchen. Wie immer merkte man nichts von ihrem Anmarsch, bis sie plötzlich da waren, in Scharen, überall, und einem klar wurde, wie schnell mal wieder die Zeit vergangen war. Plötzlich war der Winter vorbei.

Anna saß auf der hinteren Veranda, eine Decke um die Schultern, eine Tasse Tee umklammert, und sah zu, wie die Blumen im Wind tanzten. Ihre zarten weißen Köpfchen wurden auf fast brutale Weise hin und her geschleudert, und wie jedes Mal wunderte sie sich, dass ihr Tanz so geräuschlos vonstattenging. Man müsste doch ein Klingeln hören, wenn sie aneinanderstießen und eine neue Woge sie niederdrückte, fand Anna. Aber sie bewegten sich vollkommen stumm, in weißer Einheit, richteten sich nach jeder Böe wieder auf und standen reglos und still wie zuvor.

Sie sind wie ich, dachte sie und trank langsam einen Schluck Tee. Zart und verletzlich, und es scheint, als könnten sie bei jeder Schwierigkeit zerbrechen. Aber das ist nur Show, eigentlich sind sie zäh. Sie kommen immer wieder, und du kannst sie nur kleinkriegen, wenn du sie zertrampelst und sie ihrer Wurzeln entreißt.

Anna hatte schon immer in Blütezeiten gedacht statt in Jahreszeiten. Sie hatte es von ihrem Großvater übernommen, dessen innere Uhr sich nach seinem Garten und seinen Wiesen richtete. »Die Stachelbeeren blühen, jetzt ist der Winter endgültig vorbei. Du wirst sehen, als Nächstes kommen die Kirschen und Birnen, und dann ist der Garten ein Meer aus Blüten, kleine Anna«, hatte er gesagt und ihr die kleinen rosa Knospen gezeigt, die aussahen wie Rosen im Winterschlaf. Anna wusste, dass der richtige Frühling erst begann, wenn die Luft duftete wie ein offenes Honigglas, der Flieder sich heimlich in die Gärten schlich und die Apfelbäume weiße Blüten regneten. Sie wusste, dass man auf den Klatschmohn achten musste und auf die dicken, weißen Dolden der Holunderbüsche, wenn man wissen wollte, ob der Sommer noch weit war. Ihre Familie kam immer pünktlich zu Beginn der Heuernte, wenn die ersten Kornblumen auftauchten und der Garten so viel abwarf, dass sich das Gemüse in der Waschküche stapelte. Und immer wenn die Rosen im Garten ihrer Großmutter in vollster Blüte standen, packten sie das Auto und fuhren zurück nach Deutschland. Die Ferien waren vorbei und damit die freie, unbeschwerte Zeit eines Sommers auf der Insel. Wenn sie ein paar Wochen später zurückkamen und das Heidekraut, die Calluna, die ganze Insel lila färbte, dann stand der Herbst schon in den Startlöchern, und ihre Großmutter hatte bereits die dicken schwarzen Holunderbeeren von den Sträuchern geholt und zu Saft und Likör verarbeitet. Dann halfen sie dabei, die Kartoffeln aus der Erde zu holen und den Garten winterfest zu machen, was Anna stets als eine ebenso schöne wie traurige Arbeit empfand. Es war wie ein Abschiednehmen von einem guten alten Freund, den man erst mal für längere Zeit nicht mehr wiedersehen würde.

Im Betondschungel der Stadt war es nicht leicht, die Zeichen der Natur zu lesen. Aber wer genau hinsah, konnte sie auch dort entdecken, versteckt in den Gärten, den Parkanlagen und Uferwiesen. Anna hatte nie damit aufgehört genau hinzusehen, auch nicht, wenn die Insel und ihre Kindheit und alles, was damit zusammenhing, ganz weit weg schienen.

Sie seufzte. Die Schneeglöckchen blühen, und ich bin ganz alleine, dachte sie. Ich habe keine Freunde hier. Mein Laden existiert noch nicht, an die Renovierung des Hofes kann ich noch nicht mal denken, ich kann keinen Sport treiben, um mich abzureagieren, und ich habe keine Ahnung, wie ich das alles meistern soll.

Sie seufzte erneut. Lass uns abwarten, was ist, wenn der Flieder blüht, Frau Fischer. Dann ist bestimmt alles besser.

Sie sann darüber nach, welch schöne Töpfe sie bepflanzen könnte, wenn der Laden nur schon eröffnet wäre. Wenn sie sich doch nur schon ans Werk machen könnte. Es juckte ihr in den Fingern. Sie sah genau ihr dekoriertes Schaufenster vor sich, die vielen bunten Körbe und Töpfe, die die kleinen Steinstufen vor dem Laden schmücken würden. So lange schon hatten ihre Hände nicht mehr in Erde gewühlt, so lange hatte sie keinen Strauß mehr gebunden. Sie konnte es nicht erwarten, endlich loszulegen, die Kreativität brodelte in ihr. Sie zog die Decke noch ein wenig fester um sich und blickte hypnotisiert auf die Wiesen. Sie hatten noch nicht den saftigen Grünton des Frühlings, sondern waren noch dunkel und ockerfarben vom Winter. Aber bald würde es beginnen, bald würde das leuchtende Inselgrün hervorkommen, und eines Morgens würde sie aufwachen und wissen, dass jetzt endlich Frühling war. Die Schneeglöckchen waren immer das erste Zeichen.

Flieder

11

»Fertig!« Anna setzte einen letzten zarten Pinselstrich.

»Ich wusste gar nicht, dass du so künstlerisch veranlagt bist.« Britt blickte ihr anerkennend über die Schulter. »Das sieht wunderschön aus!«

»Ich habe das im Internet gesehen. Ist also eigentlich nur nachgemacht.« Trotzdem war Anna ziemlich stolz auf das kleine Metallschild. Sie hatte es auf einem Flohmarkt gefunden, unter Oles Anleitung den Rost abgeschliffen und neu bemalt. »Jetzt muss ich es nur noch draußen aufhängen. Ich hab schon gegenüber im Schnapsladen gefragt, sie leihen mir ihre Leiter.«

»Das lässt du schön bleiben.« Ole war ebenfalls hinter sie getreten und betrachtete das Schild. Er schien nicht ganz so beeindruckt wie Britt, sagte aber auch nichts Negatives, was Anna als Erfolg verbuchte. Männer mochten nun mal keine romantischen Blumenschilder. Und falls doch, dann durften sie es auf keinen Fall zugeben.

»Du hast Farbe an der Backe«, sagte er statt eines Lobes.

Anna hob schnell einen Zipfel ihres fleckigen T-Shirts hoch und wischte sich übers Gesicht. »Ich will es aber selbst machen, das ist ein historischer Moment. Ich muss doch mein eigenes Schild an meinen Laden hängen«, protestierte sie.

»Jetzt hast du noch mehr Farbe drangeschmiert.« Ole trat zu ihr und rubbelte ihr mit dem Daumen über die Backe. In Annas Magen flatterte es leicht, als er ihr so nahe kam, aber er wischte so unromantisch fest, dass das Gefühl sofort wieder verschwand und sie seine Hand wegschlug. »Aua! Es sind ja nicht mal zwei Meter.«

Ole betrachtete sie kritisch, als schätze er ihre Fähigkeiten ab, dieses Manöver zu überstehen, ohne sich dabei den Hals zu brechen. »Also, ich kenne dich ja noch nicht lange, aber ich glaube, ich kann sagen, dass Leitern und du nicht gut zusammenpassen. Zu viel Spielraum für Unfälle«, sagte er.

Als eine halbe Stunde später der Siegellack getrocknet war, erklomm Anna mit wackeligen Beinen die Stufen der alten Holzleiter, denn natürlich hatte sie ihren Willen durchgesetzt. So ganz sicher war sie sich inzwischen nicht mehr, dass das eine gute Idee gewesen war. Der Boden erschien ihr auf einmal schrecklich weit weg, ebenso wie Britts und Oles besorgte Gesichter. Die Leiter hatte schon bessere Jahre gesehen und knackte beängstigend, als Anna sie mit ihrem Gewicht belastete, außerdem fand sie auf dem alten Kopfsteinpflaster keinen sicheren Halt. Auch Anton, der Besitzer des Schnapsladens gegenüber, machte sich offensichtlich Sorgen. Er lugte hinter seinen Flaschen hervor und beobachtete sie wachsam durchs Schaufenster. Anna verfluchte ihren Starrsinn und kämpfte einen Moment mit einem aufsteigenden Schwindelgefühl. Aber als sie dann oben angekommen war, vorsichtig das Schild in die Haken hängte – wobei sie sich mit einem Arm panisch an die Leiter krallte –, erfüllte sie plötzlich ein so intensives Glücksgefühl, dass sie die Arme hochriss und rief: »Hurra! Es ist geschafft! Mein ganz eigener Laden!«

»ANNA!«

Britt und Ole schrien gleichzeitig auf und breiteten die Arme aus, als Anna kurz das Gleichgewicht verlor und sich gefährlich nach hinten neigte.

»Huch. Alles gut, sorry!« Sie fing sich wieder und grinste auf die beiden hinunter. »Es hat mich kurz mitgerissen!«

»Komm da sofort wieder runter, du bist für so was nicht geeignet!« Britt funkelte ärgerlich zu ihr hoch, die Arme immer noch zu einem Rettungsnetz ausgebreitet. »Es gibt keine Hüftchirurgen auf der Insel, und ich habe keine Lust, dich heute noch nach Hamburg zu fahren.«

»Ich wusste, sie kann das nicht«, knurrte Ole. Er hatte die Leiter mit beiden Armen umklammert. »Runter jetzt!«

»Ich mach ja, ich mach ja!«

Sie war selbst erleichtert, als sie heil unten angekommen war.

Anna und die Blumen stand in blauer Schnörkelschrift auf dem alten, rostigen Messing. Sie hatte sich in letzter Sekunde doch umentschieden. Es fühlte sich nicht richtig an, den Namen zu klauen. Der Laden war ihr Traum, und er sollte einen Namen haben, der allein ihm gehörte. Um den Schriftzug herum hatte Anna Blumen gemalt. Rosen und Veilchen, Astern, Kornblumen, Mohn und Ranunkeln. Alle ihre Lieblingsblumen. Und einen winzigen Dackelkopf, der hinter einer Blüte hervorguckte. Aber den entdeckte nur, wer ganz genau hinsah. Zusammen mit der frisch gestrichenen Fassade – die immer noch Risse hatte, nun aber in herrlichem Himmelblau erstrahlte und so über diese Tatsache hinwegtäuschte – ergab das Schild einen wunderschönen Blickfang. Jeder, der die Gasse entlanglief, würde es sehen.

»Anna und die Blumen«, sagte sie leise vor sich hin und betrachtete voller Stolz das Schild.

Leentje und Anton kamen aus ihren Läden und stellten sich zu ihnen. Anna sah, wie Leentje Harry heimlich ein Stück Streuselkuchen zusteckte, das er mit panischem Blick auf Anna in Sekundenschnelle hinunterwürgte.

»Endlich müssen wir nicht mehr jeden Tag auf diese traurige graue Ruine gucken.« Leentje lächelte anerkennend mit strahlend runden Backen. Anton brummte zustimmend. Er war kein Mann großer Worte, das hatte Anna bereits gelernt, aber hilfsbereit und freundlich. Er hatte ihr gesagt, dass sie jederzeit rüberkommen könnte, wenn sie etwas brauchte, und sie war so gerührt gewesen, dass sie ihm einen Kuss auf die Backe gedrückt hatte, der ihn dunkelrot anlaufen ließ.

»Meine Fassade könnte auch einen Anstrich vertragen«, sagte er jetzt zu Ole. »Suchst du einen Job, wenn du hier fertig bist?«

»Dann kannst du bei uns gleich weitermachen. Die Bäckerei wurde seit zwanzig Jahren nicht renoviert«, mischte Leentje sich ein.

»Hey, zieh mir nicht meine Belegschaft ab!«, rief Anna lachend. »Ich brauche ihn noch.«

Ole warf ihr einen finsteren Blick zu. »Belegschaft? Werd mal nicht frech!« Zu Anton und Leentje sagte er: »Na, wie ihr seht, bin ich bereits ausgebucht. Und ich habe ohnehin nicht mehr lange Zeit, in ein paar Wochen wird es ernst für mich.«

Verwundert sah Anna zu ihm auf, aber genau in diesem Moment blieb eine Passantin neben ihnen stehen und betrachtete das Schild. »Oh, ein neuer Blumenladen! Das ist ja ein besonderer Name. Hat er schon geöffnet?«, fragte sie und betrachtete die Fassade.

»In zwei Wochen!«, erwiderte Anna strahlend, und bevor die Frau weiterging, versicherte sie, dass sie jeden Samstag frische Blumen kaufte und auf jeden Fall vorbeischauen würde.

Anna hätte am liebsten sofort das Schild an der Tür von »Geschlossen« auf »Offen« gedreht. Beschwingt lief sie in den Laden, wühlte im Kühlschrank herum und kam gleich darauf mit einer grünen Flasche und fünf Pappbechern wieder hinaus. »So, Leute, das feiern wir jetzt!« Sie drehte an dem Verschluss des zugegebenermaßen billigen Sekts – was Besseres konnte sie sich momentan nicht leisten –, und als sie den Korken herauszog, schoss er empor und knallte mit einem lauten »Klong« gegen das Schild. Alle fünf johlten, und der Sekt schäumte auf den Asphalt.

Eine Weile standen sie vergnüglich beisammen und schwatzten. Britt holte Roos dazu, die eine süße Duftwolke hinter sich herzog und nur für eine mehlige Umarmung bleiben konnte, weil sie gerade einen Kuchen im Ofen hatte. Sie trank aber trotzdem einen schnellen Schluck Sekt, kicherte wie ein kleines Mädchen, als Ole verkündete, er fände ihr Schürzenkleid ganz passabel, und versprach, zur Feier des Anlasses den Kuchen zu stiften. »Aber erst morgen, er muss durchkühlen«, erklärte sie und trippelte mit roten Wangen zurück ins Haus. Auch Leentje und Anton mussten wieder zu ihrer Kundschaft, und so blieben Anna, Ole und Britt allein zurück. Gerade machten sie Witze darüber, wie reich Anna wohl werden würde mit ihrem Laden und wann sie eine zweite Filiale eröffnen würde, da blieb wieder eine Passantin neben ihnen stehen. Auch sie blickte auf das Schild. Anders als die Frau zuvor schien sie aber gar nicht erfreut.

Mit finsterem Gesicht drehte sie sich zu ihnen. »Anna. Bist du das?«

»Ja, das bin ich.«

Sie betrachtete Anna aufmerksam. »Du bist nicht von hier«, sagte sie dann. Es war keine Frage.

»Ich komme aus Hamburg, aber …« *Meine Großeltern sind von der Insel*, hatte sie sagen wollen, aber die Frau ließ ihre keine Zeit.

»Und du schämst dich nicht, einfach hierherzukommen und den Menschen ihre Arbeit wegzunehmen?« Die Stimme der Frau war schneidend und abfällig, und sie sah Anna an, als wäre sie ein ekliges Insekt.

»Warum bist du nicht da geblieben, wo du herkommst, hier brauchen wir dich bestimmt nicht!«

Anna merkte, dass Ole etwas Entrüstetes erwidern wollte, aber die Frau rümpfte die Nase, warf Anna noch einen vernichtenden Blick zu und ging einfach weiter, bevor einer von ihnen auch nur den Mund hatte öffnen können.

»Ach, herrje!« Anna stand da wie mit Wasser übergossen. Entgeistert blickte sie der Frau nach, die ihr Einkaufsnetz umklammerte und mit steifen Schritten die Gasse entlang davoneilte.

Britt legte ihr einen Arm um die Schulter. »So eine Kuh. Anna, mach dir nichts draus. Das ist die Evers. Sie hat auch einen Blumenladen, du hast ihn bestimmt schon mal gesehen, in der Nähe vom Markt. Nur ein paar Straßen von hier. Eine richtig eingestaubte Bude, sie machen eigentlich schon lange nur noch Grabgestecke und ab und zu mal was für eine Feier. Kein Wunder, dass die so verbittert ist.« Britt sah der Frau kopfschüttelnd hinterher. »Alte Giftspritze.«

Anna hatte den Laden tatsächlich schon einmal gesehen. Er war klein und dunkel und wenig einladend, und sie erinnerte sich, dass sie erst gedacht hatte, er habe geschlossen, dann aber erstaunt festgestellt hatte, dass eine Kundin mit einem Strauß im Arm herauskam.

»Die hat doch nur Angst, dass du ihr auch noch die letzten Kunden wegnimmst mit deinem Superladen.« Ole wollte Anna anscheinend aufmunternd durchs Haar wuscheln, verfing sich aber mit den Fingern in ihrem zerzausten Haarknäuel und zog sie dabei unsanft am Kopf. Erneut schlug sie seine Hand weg. »Aua! Du Grobklotz! Aber … ich will ihr doch wirklich keine Kunden wegnehmen.«

»Na ja, was hast du denn gedacht, wie das läuft? Dass es hier keinen einzigen anderen Blumenladen gibt und alle auf der Insel verzweifelt darauf warten, dass du kommst und ihre Vasen rettest?« Ole sah spöttisch auf sie herab. »Wir sind in Holland. Hier wurden die Blumen erfunden. So läuft das nun mal, Annachen. Fressen oder gefressen werden. Dein Laden ist neuer, moderner, hat eine bessere Lage und die attraktivere Verkäuferin. Klar wirst du ihr die Kunden abziehen, und zwar massenweise. Und das weiß sie genau, deswegen ist sie ja so stinkig.«

Anna wurde rot. Aber Ole schien gar nicht zu merken, dass er ihr eben ein Kompliment gemacht hatte. »Nenn mich nicht Annachen!«, sagte sie böse. »Aber ich will nicht, dass sie mich hasst.«

»Es kann einen nun mal nicht jeder mögen. Annachen.«

»Aber denkt ihr, dass alle hier das so sehen werden? Werden die überhaupt bei mir kaufen? Am Ende halten die alle zusammen und boykottieren mich.« Anna wurde blass bei dem Gedanken. »Dabei bin ich doch halb von hier.«

Britt nahm die Sektflasche, die verwaist auf dem Kopfsteinpflaster stand, und goss mit ordentlichem Schwung Annas Becher wieder voll. »Ach, so ein Quatsch. Jetzt mach dir darum mal keinen Kopf. Natürlich werden sie bei dir kaufen!« Und nach einer kleinen Pause fügte sie hinzu: »Und es gibt hier ja auch vor allem Touristen. Wenn die Inselleute nicht kommen, dann kommen eben die, wirst sehen!«

Anna bemerkte, dass Britt nicht ganz so überzeugt wirkte, wie ihr Ton es verheißen ließ. Sie sah Anna nicht ins Gesicht und konzentrierte sich ganz auf die Sektflasche. Ihr kam der Verdacht, dass auch sie diese Möglichkeit schon in Betracht gezogen hatte.

Resigniert blickte sie auf ihr Glas hinab und nahm dann viel zu schnell zwei große Schlucke. Die Perlen stiegen ihr in die Nase, und sie musste husten. »Aber Touristen kaufen doch keine Blumen für ihre Ferienhäuser. Ich brauche die Inselleute. Wenn die nicht bei mir kaufen, kann ich gleich wieder zumachen!«, sagte sie gequetscht und kniff mit zwei Fingern die Nase zu, um die Sektperlen zu vertreiben.

»Jetzt hör auf damit!« Britt klopfte ihr auf den Rücken. »Dein Laden ist wunderschön, du bist super sympathisch, siehst aus wie Schneewittchen, und außerdem bietest du noch Kaffee und Zeitungen an und hast Harry als Blickfang. Du setzt ihn einfach ins Schaufenster, und dann kommen sie scharenweise. Natürlich wird es ein Erfolg! Bald kauft die ganze Insel bei dir. So, und jetzt denkst du nicht mehr drüber nach, freust dich über dein tolles Schild, und wir gehen Pizza essen!«

Doch natürlich dachte Anna noch weiter darüber nach. Sie hatte das Gefühl, dass mit einem Mal wie aus dem

Nichts eine unheilvolle Wolke am Horizont erschienen war, die sich nicht vertreiben ließ, sosehr sie das Problem im Kopf auch hin und her wälzte. Nicht mal Marios schmachtende Blicke und sein gespendetes Knoblauchbrot konnten sie aufheitern.

Nach dem Pizzaessen, bei dem sie sich mehrere Flaschen Wein geteilt hatten und die Stimmung dann trotz düsterer Gedanken schnell heiter geworden war, ging Anna mit Harry allein noch einmal zum Laden zurück. Es war inzwischen dunkel geworden, und auch am echten Himmel türmten sich Wolkenberge. Finster blickte sie nach oben und wickelte ihren Parka enger um sich. Sie hatte es ja gewusst, das Schicksal war gegen sie. Die Augen der Frau kamen ihr wieder in Erinnerung. Sie waren so wütend gewesen, fast schon hasserfüllt. Wie konnte es sein, dass dieser Blick ihr gegolten hatte, sie war doch nett, sie tat niemandem etwas Böses, sie wollte nur ihren Traum erfüllen. Anna konnte sich nicht erinnern, je in ihrem Leben schon einmal so angesehen worden zu sein.

»Tja, Frau Fischer. Fressen oder gefressen werden. Da ist wohl was dran«, murmelte sie traurig in ihre Kapuze, die sie über dem Gesicht zugebunden hatte, sodass nur die Nase herausschaute. Aber es machte ihr mehr aus, als sie zugeben wollte. Sie wollte nicht fressen, und sie wollte auch nicht gefressen werden, sie wollte nett sein und von allen gemocht werden, so wie immer. Sie schloss den dunklen Laden auf, und Harry schoss sofort an ihr vorbei und kugelte sich in sein neues Körbchen. Er hatte genug, es war nach elf und damit lange nach seiner Bettzeit. Er stieß einen tiefen Seufzer aus und schlief augenblicklich ein.

»Du wirst mich hassen, wenn ich dich in zwei Stunden wieder in die Dunkelheit scheuche, und wir durch den Regen heimradeln«, sagte Anna.

Er öffnete ein Auge und blickte sie mehr als vorwurfsvoll an. Dann drehte er ihr den Rücken zu und machte damit klar, dass er nicht mehr angesprochen werden wollte.

Anna stellte das Radio an, zog ihre alte, fleckige Jeans und ihr Arbeitsshirt über und suchte die Farbdosen heraus. Sie hatte sich vorgenommen, in jedes Detail des Ladens Liebe und Zeit zu stecken, und nun werkelte sie fast jeden Tag bis spätnachts an der Ausstattung. Der Geruch der Farben und die Konzentration auf die Arbeit würden ihr helfen, das wusste sie. Malen war wie eine Seelentherapie.

Sie sah sich um und betrachtete den Raum. Er hatte sich schon sehr gemacht, die Dielen schimmerten, und die alten Wände waren bereits frisch verputzt und mussten nun nur noch Farbe bekommen. Und doch war noch einiges zu tun. Vor allem mussten Lampen angeschlossen werden, denn im Moment musste sie mit einer einzigen Lichtquelle im Laden zurechtkommen. Alle anderen Anschlüsse bestanden aus verdrehten bunten Kabeln, die aus der Wand und der Decke ragten. Aber Ole hatte ihr mit sehr finsterem Gesicht gedroht, dass sie nicht einmal daran denken sollte, die Drähte selbst anzufassen, also war das zumindest ein Problem, um das sie sich momentan nicht kümmern musste. Ein alter Baustrahler lieferte ihr bis dahin die Helligkeit, die sie zum Arbeiten brauchte. Sie hatte ihn durch ein Kabel in Roos' Schuppen mit Strom versorgt. Außerdem hatte sie den kleinen alten Ofen wieder flottgemacht, und nachdem sie sein verrußtes Fensterchen poliert hatte, strahlte er nicht nur eine behagliche Wärme aus, sondern auch ein gemütliches, orangegoldenes Licht.

Auf einer Versteigerung hatte sie zwei große alte Eichenholztische erstanden. Beide wollte sie in die Mitte des Ladens stellen, einen als Pflanztisch und einen zum Sträußebinden. Sie hatte das alte Holz in liebevoller Kleinarbeit an den Rändern mit Blumengirlanden bemalt und die kunstvoll gedrechselten Beine grün angestrichen. Das Bad mit der schiefen Balkendecke musste auch noch kernsaniert werden. Der Vermieter hatte Wort gehalten und das Waschbecken austauschen lassen, und Ole mühte sich momentan damit ab, den schrecklichen alten Fliesenboden herauszuklopfen und die gesprungenen Kacheln von den Wänden zu schlagen. Sie konnte den Göttern gar nicht genug danken, dass sie ihn gefunden hatte – oder dass Britt ihn ihr quasi ungefragt in den Laden gesetzt hatte. Sie wusste genau, dass sie sonst versucht hätte, so viel wie möglich selbst zu machen, um Kosten zu sparen, und sich dabei wahrscheinlich nicht nur Hüfte und Rücken ruiniert, sondern sich auch noch mit den Elektrokabeln selbst gegrillt hätte. Außerdem hätte sie für jede einzelne Aufgabe jemand anderen finden müssen, der ihr half, und wäre dabei bestimmt schrecklich abgezockt worden. Ole konnte anscheinend alles, kannte sich nicht nur mit Dielen und Kacheln, sondern auch mit Elektrik aus, führte ohne zu murren aus, was sie sich überlegte, und arbeitete für einen geradezu lächerlichen Stundensatz. Zwar konnte er nicht so viel Zeit investieren, wie Anna es gerne gehabt hätte, denn an zwei Tagen die Woche half er zusätzlich im Hafen auf einem Krabbenkutter aus, und außerdem renovierte er gerade sein eigenes Haus, aber sie beklagte sich nicht. Wie Britt es vorausgesehen hatte, waren sie nach kurzer Zeit Freunde geworden, und nachdem sie nun schon seine zweite Eroberung kennengelernt hatte – Mia war von Helena abgelöst worden –, war ihr das auch recht so. Aber sie mochte es, ihn um sich zu haben, er war auf seine ruhige Art immer gut gelaunt, sie ließen beim Arbeiten Hörbücher laufen und teilten sich nach Feierabend gern eine Pizza oder frittierten Fisch mit Pommes von der Bude um die Ecke. Auch Britt schaute oft bei ihnen vorbei, und Anna mochte sie mindestens genauso gerne wie ihren riesigen, charmanten Bruder. Roos hatte sich ebenfalls angewöhnt, mindestens einmal am Tag auf eine Tasse Inspektionstee rüberzukommen, wie sie es nannte, und die Renovierungsarbeiten zu begutachten. Sie brachte fast immer etwas Essbares mit, was besonders Ole dazu brachte, ihren Besuchen mit Begeisterung entgegenzufiebern. Anna hatte einen Korbstuhl aus der Wohnstube vom Hof in einer Ecke im Hinterzimmer aufgestellt, und da saß sie dann, wippte fröhlich mit den Füßen, die den Boden nicht berührten, und schäkerte abwechselnd mit Harry und mit Ole.

Anna arbeitete noch zwei Stunden konzentriert weiter, Harry schnarchte, das Feuer knackte. Sie hörte einen Mystery-Crime-Podcast und war bald versunken in die Story. Gegen halb eins hatte sie endlich die zarte Girlande aus Gänseblümchen fertig gemalt, das Skelett aus dem Podcast war identifiziert und der Mörder gefasst. Sie war sehr zufrieden mit ihrem Werk. Zwar hatte es ewig gedauert, und Ole hatte sie mehr als einmal darauf hingewiesen, dass sie ihre Zeit mit unnützem Kleinkram vertrödelte, den niemand bemerken würde, aber jede einzelne Blüte war ein Kunstwerk für sich, und einen schöneren Schrank gab es mit Sicherheit auf der ganzen Insel nicht.

Sie gähnte und streckte sich, und ihr Nacken knackte bedrohlich. Nach einem Blick auf die Uhr beschloss sie, es für heute gut sein zu lassen. Es machte ihr nichts aus, die Abende im Laden zu verbringen, es war besser als auf dem Hof, wo mit der Dunkelheit auch die Erinnerungen kamen und sich hartnäckig breitmachten. Aber trotzdem musste sie morgen wieder fit sein. Es war schon mehr als einmal passiert, dass Ole auf der Ladentreppe auf sie gewartet hatte, weil sie nicht rechtzeitig aus dem Bett gekommen war. Zum Glück dämpfte das seine gute Laune nicht im Mindesten, meistens lag er halb ausgestreckt auf den Stufen, las ein Buch oder tippte auf seinem Handy herum und empfing sie mit einem grinsenden: »Na, wieder gut gezecht gestern Abend? Ich hab dir doch gesagt, du sollst mich anrufen, wenn du um die Häuser ziehst«, das sie meistens nur mit einem trockenen Schnauben beantwortete.

Anna hatte schon lange nicht mehr gezecht, und um die Häuser zog sie schon gar nicht.

Sie packte die Farben zusammen, wusch sorgfältig die Pinsel aus und legte sie nebeneinander zum Trocknen auf ein altes Handtuch.

Über ihr knarrte es.

Anna hob den Blick zur Decke. Ein paar Sekunden blickte sie misstrauisch auf die schiefen Balken. Als es still blieb, riss sie sich einen Müsliriegel auf, setzte sich auf eine Kiste und biss herzhaft hinein. Die Pizza lag lange zurück, und sie hatte Hunger.

Da knarrte es wieder, diesmal lauter.

Sie runzelte die Stirn. Eigentlich komisch, dass ich mir die Wohnung oben noch gar nicht angesehen habe, überlegte sie dann.

Einen Moment zögerte sie, ob es die beste Idee war, diese Erkundungstour allein und mitten in der Nacht zu unternehmen, aber dann zuckte sie die Achseln. Ich hab ja Harry, dachte sie und warf ihm einen Blick zu.

Im Moment hielten sich Harrys Beschützerqualitäten allerdings eher versteckt. Er lag platt wie eine Flunder in seinem Korb, und seine Beine zuckten ab und zu, weil er im Traum gerade ein Eichhörnchen jagte.

Anna stopfte sich den Rest des Müsliriegels in den Mund und griff sich den Schlüsselbund, der in der Eingangstür steckte. Als sie, immer noch kauend, die alten Stufen emporstieg, knarrte es wieder, zweimal hintereinander.

Sie blieb stehen.

Wenn ich nicht wüsste, dass das absolut nicht sein

kann, würde ich sagen, dass das gerade nach Schritten klang, dachte sie.

Ein kaum wahrnehmbarer Schauer durchfuhr sie. Nachdenklich starrte sie die dunkle Holztür an. Als sie zögerlich eine weitere Stufe erklomm, plötzlich gar nicht mehr sicher, ob sie die Wohnung dort oben wirklich unbedingt sehen musste, ertönte ein Rumpeln über ihrem Kopf. Ein wirklich lautes Rumpeln.

Anna quiekte und wich erschrocken wieder zwei Stufen zurück.

»Hallo?«, rief sie nach ein paar Sekunden. »Hallo? Ist da jemand?« Dann flüsterte sie zu sich selbst: »Sei nicht lächerlich, natürlich ist da niemand. Das war bestimmt nur das Holz. Oder vielleicht eine verirrte Maus.« Sie lief die Treppe hinauf, stocherte einen Moment mit dem Schlüssel im Schloss umher, dachte, dass das aber eine dicke Maus gewesen sein musste, die so laut rumpeln konnte, und drehte ihn dann entschlossen herum. Es knackte laut, und Anna drückte vorsichtig die Klinke herunter. Die Tür bewegte sich nicht.

»Was?« Verwundert rüttelte sie an der Klinke. »Aber der Schlüssel hat doch gepasst!«

Sie stemmte sich jetzt mit aller Gewalt gegen das alte Holz, doch die Tür gab keinen Millimeter nach.

Plötzlich klingelte es leise hinter ihr. Harry war aufgewacht und kam die Treppe hinauf. Seine Beine waren zu kurz für die Stufen, und er musste hopsen, um sie zu erklimmen. Es gab ein schleifendes Geräusch, wenn sein Bauch über das Holz schabte. Als er oben angekommen war, presste er seine Schnauze in den Spalt unter der Tür. Er schnaubte ein paarmal laut, dann begann er plötzlich zu knurren. Er drehte sich zweimal um sich selbst und schnüffelte dann immer noch knurrend unter der Tür durch. Schließlich bellte er.

Erschrocken hob Anna ihn hoch. »Spinnst du, Harry? Was ist denn los?« Er zappelte so sehr in ihren Armen, dass sie ihn wieder runterließ, woraufhin er sofort an der Tür hochsprang, wild am Holz kratzte und noch lauter knurrte als zuvor.

Bestimmt hat sich da irgendwas eingenistet, Ratten oder Eulen, grübelte Anna. Oder vielleicht ein Marder. Das würde Harrys seltsames Verhalten erklären, mit Mardern stand er nämlich auf Kriegsfuß.

Sie versuchte noch einmal mit aller Kraft, aber ohne Erfolg die Tür zu öffnen. Dann packte sie den immer noch knurrenden und sich wild gebärdenden Harry um die Mitte und trug ihn die Treppe hinunter. Weil er sich nicht beruhigen wollte und nun die Decke anbellte, schloss sie ihn kurz ins Bad ein, während sie sich umzog und das Licht ausmachte. Sie wollte es sich nicht eingestehen, aber ihr war ein wenig seltsam zumute, und plötzlich wollte sie möglichst schnell nach Hause. Wie jeden Abend prüfte sie den Ofen, bevor sie ging. Das Feuer war inzwischen runtergebrannt, aber sie rückte trotzdem vorsichtshalber die Pappkisten ein Stück weit weg. Sie hatte noch keine Brandschutzversicherung abgeschlossen. Dann wickelte sie Harry – den sie praktisch auf dem Hintern aus dem Laden ziehen musste, so energisch stemmte er sich gegen die Leine – in eine Decke ein, presste ihn in den Korb und radelte heim.

12

»Bist du sicher, dass das der richtige Schlüssel ist?« Ole stemmte seine Schulter gegen die Tür und rüttelte mit aller Kraft an der Klinke.

»Hast du ihn gerade im Schloss umgedreht oder nicht?«

Er warf ihr einen düsteren Blick zu. »Geh mal zurück!«

Anna, die hinter ihm stand und ihn gespannt beobachtete, trat zwei weitere Stufen hinab. Harry hatte sie im Laden angebunden, damit er nicht wie am Vorabend zum Werwolf mutierte und die Tür anfiel. Heute war er aber ganz ruhig, beobachtete das Geschehen von seinem Körbchen aus und hatte aufmerksam die Ohren gespitzt. Anna fragte sich, was er wohl gerochen hatte bei seinem Anfall. Es gab nicht viel, was Harry aus der Fassung brachte.

Ole stemmte sich mit beiden Armen an den Seiten des schmalen Treppenaufgangs ab.

»Hängst du an dieser Tür?«, fragte er.

»Nicht besonders.«

Er nickte, prüfte kurz, ob er sicheren Halt hatte, und trat dann mit voller Wucht gegen das Holz. Im Raum dahinter schepperte es laut.

»Irgendwas blockiert hier«, stellte er überflüssigerweise fest. Er warf einen Blick über die Schulter, um sicherzugehen, dass Anna noch immer außer Reichweite war, dann holte er ein weiteres Mal mit dem Fuß aus. Diesmal ertönte ein Krachen, das Holz um das Schloss zersplitterte. Etwas Großes, Schweres, das offenbar von innen gegen die Tür gelehnt war, rumpelte laut, als es von der Wucht des Trittes über den Holzboden geschoben wurde. Nun war ein kleiner Spalt sichtbar.

»Ich muss schon sagen, du bist wirklich nützlich, so als Rammbock!« Anna, die einen kleinen, erschrockenen Schrei ausgestoßen hatte, als es so laut knallte, kam schnell die Treppe hinauf. »Hoffentlich ist nichts kaputtgegangen.« Sie war plötzlich wahnsinnig neugierig auf die Wohnung, an die sie in den letzten Wochen nicht mal einen Gedanken verschwendet hatte, und versuchte, sich eilig durch den Spalt zu schieben.

Ole packte sie am Arm und zog sie zurück. »Nope.« Er drückte sich gegen die Tür und verbreiterte den Spalt. Immer noch musste er sich anstrengen, um den Gegenstand zu bewegen. »Das ist ein altes Haus. Ich gehe vor.«

»Ach ja, sicher. Die Tapete könnte mich anfallen und versuchen, mir das Blut auszusaugen!« Genervt trat Anna zur Seite. Sie kannte ihn inzwischen gut genug, um zu wissen, dass diskutieren keinen Sinn hatte. Wieder würdigte er sie keiner Antwort, er zwängte sich durch den Spalt, was angesichts seiner Größe gar nicht so leicht war, und verschwand hinter der Tür.

»Seltsam. Wie ist die denn dahin gekommen?« Seine Stimme klang gedämpft aus dem Spalt.

»Was denn?« Anna beeilte sich und drängte sich ebenfalls hindurch.

Hinter der Tür lag eine umgestürzte, massive Kommode.

»Aber … wenn die hinter der Tür stand, wie kann sie dann geschlossen worden sein? Jemand muss die Kommode ja dort hingeschoben haben.«

Ole betrachtete nachdenklich das schwere Möbelstück. »Es muss noch einen anderen Eingang geben.«

Bis auf einige wenige Möbelreste und eine alte Küchenzeile war die Wohnung leer. Es roch modrig und abgestanden. Irgendwann musste sie einmal gemütlich gewesen sein, aber nun wirkte sie traurig und beinahe gespenstisch. Anna sah sich um. In der Mitte des größten Raumes war auf dem Boden ein dunkler Fleck, der sich in das alte Holz gegraben hatte. Sie kniete sich vorsichtig hin und fuhr mit den Fingern darüber. Sieht aus wie Blut, dachte sie, und ein Kribbeln fuhr ihren Körper hinab.

Sie fanden nichts, außer ein paar Zigarettenkippen und zwei leeren Colaflaschen, die in einer Ecke standen. »Seltsam, die sehen so neu aus.« Anna nahm eine der Flaschen und drehte sie um, sodass das Tageslicht aus dem Fenster darauf fiel.

Ole trat neben sie. »Hier ist auch kein Staub drauf.« Er fuhr nachdenklich mit dem Daumen über die Flasche und blickte sich dann suchend um. In der Ecke stand ein großer, alter Schrank, der aussah, als würde er bald auseinanderfallen. Als Anna näher hinsah, bemerkte sie, dass er ein wenig von der Wand weggerückt war, sodass an einer Seite ein tiefer Schatten entstand. Ole war es ebenfalls aufgefallen, er ging darauf zu und blickte in den Spalt.

»Geheimnis geklärt.« Er packte den Schrank und

schob ihn mit Gewalt zur Seite. Es knirschte laut, zwei Bretter fielen heraus, landeten scheppernd auf dem Boden und zersplitterten in modrige Teile. Dahinter erschien eine kleine grüne Tür.

»Oh.« Staunend trat Anna näher. »Die sieht aus wie für Heinzelmännchen.«

Ole rüttelte bereits an der rostigen Klinke. »Zu«, stellte er fachmännisch fest. Er holte mit dem Fuß aus und wollte dagegentreten, aber Anna packte ihn erschrocken am Ärmel.

»Hey. Stopp!«

»Was?« Erstaunt hielt er inne.

»Du kannst hier doch nicht einfach alles eintreten, du weißt doch gar nicht, wo die hinführt. Ich glaube, sie gehört zum Haus nebenan. Und da ist ein Laden drin. Willst du einfach bei denen ins Geschäft fallen?«

Ole sah aus, als würde er nur schwer einsehen, warum das ein Problem sein sollte. »Hast du noch einen Schlüssel?«, fragte er.

»Nein, die Maklerin hat mir nur einen gegeben.« Anna probierte ihn aus, aber es war sofort deutlich, dass das Schloss einen viel kleineren, zarteren Schlüssel verlangte.

»Also, ich würde vorschlagen, du rufst diese Maklerin an und fragst nach, warum hier eine Tür in deinem Haus ist, zu der andere Leute Zugang haben, aber nicht du. Und dann gehst du nach nebenan und fragst, was sie gestern auf deinem Dachboden verloren hatten. Und ich fahre in den Baumarkt und besorge einen schönen, dicken Riegel. Wir machen die Bude einfach von unten dicht, dann können sie hier nachts rumschleichen, soviel sie wollen. Obwohl …« Er wippte auf und ab. Es knirschte unter ihm. »Es könnte passieren, dass sie dir irgendwann durch die Decke fallen.«

»Also, das kann ich gar nicht gebrauchen.«

»Ach, das passiert nur, wenn sie hier Partys veranstalten.« Er grinste. »Und davon wüsste ich. Keine Inselparty ohne mich. Und jetzt raus hier, ich fühle mich wie ein Riese in einem Hasenbau.«

Er konnte tatsächlich kaum aufrecht stehen, so niedrig war die Decke. Sie schoben den Schrank wieder vor die Wand, diesmal richtig, sodass man ihn würde wegdrücken müssen, um die Heinzelmännchentür zu benutzen. Dann gingen sie nach unten, Ole nahm seinen Bohrer und jagte genussvoll eine dicke Schraube durch den Türrahmen.

»So. Das hält fürs Erste.« Er rüttelte prüfend an der Klinke. »Da kommt keiner durch. Außer vielleicht mit einer Axt. Und jetzt hole ich den Riegel.«

»Ich komme mit!« Anna schnappte ihre Jacke. Auf keinen Fall würde sie allein hierbleiben mit der unheimlichen Tür und der seltsamen Wohnung über ihrem Kopf.

»Was ist, hast du Schiss?«

»Natürlich nicht. Ich brauche neue Pinsel. Und außerdem liebe ich Baumärkte, es riecht immer so gut nach Farbe und Holz.«

Das stimmte nur zur Hälfte. Anna liebte Baumärkte tatsächlich, aber Pinsel hatte sie noch in Hülle und Fülle.

Ole machte ein vielsagendes »Von-wegen«-Gesicht, und sie knuffte ihn in die Rippen. »Idiot. Los jetzt.«

Er packte Harry und setzte ihn sich auf die Schulter. »Also schön. Können wir einen kleinen Umweg machen und Pommes holen?«

»Wir haben vor einer Stunde Mittag gemacht.«

»Ich bin groß, falls es dir noch nicht aufgefallen ist. Ich brauche viel zu essen.«

»Du bist einfach nur unglaublich verfressen.«

»Nicht mehr als du.«

»Ich stehe wenigstens dazu. Außerdem, wer wollte hier Pommes?«

»Du willst also keine?«

»Das habe ich nicht gesagt.«

»Frauen.« Schnaubend hielt er ihr die Ladentür auf.

Sie setzten sich in seinen Jeep und fuhren zur Pommesbude und dann weiter zum Hafen, weil Ole plötzlich auffiel, dass er ganz dringend auch ein Fischbrötchen brauchte und es dort bei einem seiner unzähligen Kumpels angeblich die besten gab. Anna protestierte zwar der Form halber ein wenig, aber eigentlich machte es ihr nichts aus. Es war schön, mit Ole auf der Insel unterwegs zu sein und eine Pause vom Renovieren zu haben. Sie drehten die Musik auf und kurbelten die Fenster runter. Harry sprang auf Oles Schoß und hielt die Nase in den Wind, und als sie im Baumarkt angekommen waren, hatte Anna die Tür schon fast wieder vergessen.

13

»Wenn der Typ von der Immobilienfirma einen Termin festlegt, um den Hof zu besichtigen, dann sag Bescheid. Ich komme rüber. Der haut dich übers Ohr, wenn du das alleine machst.« Luuk lag in Annas Bad auf dem Boden und schraubte am Abfluss des Waschbeckens herum, der immer wieder verstopfte und das Becken überlaufen ließ.

Anna sah überrascht von der alten Illustrierten auf, in der sie geblättert hatte. Sie saß auf dem flauschigen Klodeckel und leistete moralischen Beistand. Zuvor hatte sie ganz emanzipiert versucht, die Sache selbst zu reparieren, aber die Metallschnalle am Abflussrohr hatte sich keinen Millimeter bewegt, egal wie sehr sie sie auch verfluchte und mit dem Fuß dagegentrat, und irgendwann hatte sie grollend aufgegeben und Luuk angerufen. Er war sofort rübergekommen und hatte eine riesige, gefährlich aussehende Rohrzange mitgebracht. Sie verstanden sich inzwischen gut und hatten sich in der letzten Zeit sogar ein wenig angefreundet. Wenn Markttag war und Luuk auf dem Groeneplaats an seinem Stand Gemüse verkaufte, schlenderte Anna manchmal bei ihm vorbei, um zu sehen, wie sich ihr Kohl so machte. Und wenn er in der Stadt war, kam Luuk im Gegenzug ab und zu in den Laden, um Hallo zu sagen oder einen Tee mit ihr zu trinken. Er hatte stets ein paar Tipps für die Renovierung parat, aber da er und Ole sich aus irgendeinem Grund nicht besonders zu mögen schienen, war Anna lieber vorsichtig damit, sie anzunehmen.

»Ach, echt? Kennst du dich mit so was aus?«, fragte sie jetzt und legte die Zeitschrift beiseite. »Er kommt nächsten Donnerstag um zwei, für ein Erstgutachten.«

Luuk nickte und griff nach einem Waschlappen, den er um den Ring wickelte, weil die Zange immer wieder abrutschte. Anna sah zufrieden, wie viel Mühe er hatte, denn es machte ihre eigene Niederlage weniger peinlich. Es lag nicht daran, dass sie eine schwache, handwerklich nicht begabte Frau war, die ohne Mann nicht zurechtkam. Diese Schnalle war einfach ein verrostetes kleines Miststück.

»Gut. Ich werde da sein. Wird er dir auch sagen, was du noch alles machen kannst, um den Wert zu steigern?«

»Ich denke schon. Hoffentlich kennt er sich auch wirklich aus und erzählt mir nicht einen Haufen Mist. Ich hab schon Angst, was da alles rauskommt. Wahrscheinlich wohne ich mitten in einer Termitenkolonie, habe Asbest unterm Dach, Schimmelpilze in den Wänden und verseuchtes Grundwasser.«

»Optimismus ist nicht so dein Ding, was?«

Anna seufzte. »Das WAR optimistisch. Ich fürchte wirklich, dass er mit Hiobsbotschaften nur so um sich werfen wird. Und Gespenster gibt es auch. Das Haus wird ein echter Verkaufsschlager.«

Luuk zog eine Augenbraue hoch. »Gespenster?«

»Ach, nichts. Ich höre manchmal so komische Geräusche, und Harry bellt regelmäßig die Luft an. Wahrscheinlich ein Poltergeist.«

»Na, Termiten gibt es, glaube ich, eher in trockeneren Gefilden, und Asbest unterm Reetdach ist auch unwahrscheinlich.« Luuk verzog das Gesicht, als er versuchte, den verrosteten Ring am Abflussrohr zu lösen, der wahrscheinlich schon seit hundert Jahren nicht bewegt worden war. »Geister haben wir dafür viele auf der Insel. Man muss Hausspuk bei Verkaufsgesprächen aber, soweit ich weiß, nicht angeben.« Er lächelte. »Hauptsache, sie bleiben hier und verfolgen dich nicht in deine neue Wohnung.«

Anna zuckte zusammen. »Na, vielen Dank. Diese Möglichkeit hatte ich noch nicht bedacht.«

Plötzlich gab es einen Ruck, und der Ring bewegte sich. »Aha.« Luuk drehte triumphierend das Rohr heraus, sprang schnell zur Seite und ließ den Inhalt in einen Eimer fließen, den Anna bereitgestellt hatte. »Klare Sache, würde ich sagen.«

»Ihh, das ist ja ekelhaft.« Schaudernd betrachtete Anna den riesigen, schleimigen Klumpen Haare, der aus der Biegung des Rohrs herauskam – zusammen mit anderen, undefinierbaren Dingen, die sie sich lieber nicht so genau anschauen wollte. Sie würgte laut, und Luuk musste lachen. »Na, was hast du denn erwartet? Ich würde sagen, du solltest in einen Rohrreiniger investieren. Gibt's im Baumarkt. Sie sind teuer, aber hier hat sich einiges angesammelt, und ich habe keine Lust, in zwei Wochen schon wieder als Held mit der Zange anzurücken.«

»Wie jetzt? Hat dir das etwa keinen Spaß gemacht?«

Luuk schmunzelte. »Und kauf dir gleich ein Sieb für den Abfluss. Bei deinen Haaren gibt das sonst irgendwann einen Rohrbruch.«

Anna musste lachen. Dann hielt sie sich die Nase zu, weil ein pestartiger Verwesungsgestank zu ihr emporstieg.

Als Dank für die Rettung lud sie Luuk zum Abendessen ein, aber er lehnte ab.

»Ich muss heute noch mal aufs Feld. Aber ein anderes Mal gerne«, sagte er, als er seine Zange schulterte, und lächelte sie an. Anna wurde plötzlich klar, wie sehr sie sein Lächeln mochte. Es erhellte sein ganzes Gesicht, das ansonsten eher ernst und finster wirkte, und gab einem somit ein warmes Gefühl, wie wenn man mit eiskalten Fingern eine Tasse Tee gereicht bekam. Es schien ihr kaum möglich, dass es zu dem Fiesling gehörte, der sie an jenem Morgen im Beet so unverschämt abgefertigt hatte. Inzwischen war sie zwar sehr froh, dass er nebenan wohnte und nicht mehr der üble alte Mulders. Besonders, wenn er sie so anlächelte wie jetzt. Und sein Tattoo fand sie inzwischen auch gar nicht mehr so lächerlich. Natürlich hätte sie sich eher die Zunge abgebissen, als ihm das zu sagen, aber sie ertappte sich in letzter Zeit des Öfteren dabei, wie sie es anstarrte und sich fragte, wie weit die Pflanze sich wohl an seinem Arm nach oben rankte.

»Abgemacht!«, sagte sie und lehnte sich gegen den Türrahmen.

»Ist es eigentlich gut so mit dem Hahn?«, fragte er jetzt und stützte eine Hand neben ihr an der Wand ab, sodass er ihr einen Moment sehr nahe kam und sie die kleinen honigfarbenen Sprenkel in seinen Augen sah.

»Äh, ja, bestens«, sagte Anna, unruhig, weil plötzlich so wenig Raum zwischen ihnen war. Attila und sie waren sich inzwischen ein wenig nähergekommen. Freunde waren sie zwar noch nicht wirklich, aber immerhin auch keine Todfeinde mehr. Es war ein Fortschritt. Luuk hatte ihn wie versprochen vorerst auf die hinteren Wiesen verbannt, und sie hatte sich Ohrenstöpsel gekauft. Es war ein Kompromiss, mit dem alle Beteiligten ganz gut klarkamen. Immerhin liefen jetzt nicht mehr jeden Morgen brutale Szenen in ihrem Kopf ab, in denen sie den Hahn mit einer Axt in der Hand verfolgte, bis sie sein Geschrei in einer blutigen Orgie ein für alle Mal beendet hatte.

»Danke für deine Rettung!«, fügte sie hinzu, weil er nichts mehr sagte und sie nur auf diese intensive Art ansah, die sie ein wenig zappelig machte.

»Jederzeit!« Er lächelte und wandte sich zum Gehen. »Aber kauf dir ein Sieb!«

14

»Was hast du eigentlich neulich gemeint?«

»Hm?« Ole grunzte abwesend. Sie standen zusammen im Laden, Anna hatte gerade Kaffeepause – die vierte heute –, und er machte mit der Renovierung des kleinen Bads weiter, für das sie helltürkise Tonkacheln ausgesucht hatte, eine Blumentapete und eine Bordüre aus Holz. Sein Kommentar zu ihrer Wahl war ein trockenes »Na, wem's gefällt« gewesen, aber er verrichtete klaglos die komplizierten Fugenarbeiten und hatte die Bordüre bereits geschliffen und mehrfach mit einem duftenden Holzöl eingerieben.

»Als du gesagt hast, bald wird es ernst für dich, was hast du damit gemeint?«

Ole ging in die Knie, packte einen Karton mit Fliesen und wuchtete ihn auf den Tisch. Er zog die Arbeitshandschuhe aus und nahm einen Cutter zur Hand. »Ach, das. Na, in zwei Monaten übernehme ich die Praxis von meinem Vater. In De Koog.« Er lächelte, als hätte er nicht soeben einen vollkommen unverständlichen Satz von sich gegeben. Dann schnitt er das Klebeband durch, das den Karton zusammenhielt.

Anna schüttelte den Kopf. Sie hatte sich gerade sicher verhört.

»Äh. Was? Du machst *was*?«

Ole sah irritiert auf, dann wiederholte er seine Worte, diesmal etwas langsamer, als sei Anna schwer von Begriff – was sie ja auch offensichtlich war, denn anders war nicht zu erklären, was hier gerade passierte.

»Ich – übernehme – die – Tierarztpraxis – von – meinem – Alten. Das hat Britt dir doch sicher erzählt.«

»Du …?« Überwältigt ließ Anna sich auf einen umgestülpten Karton sinken. Sie registrierte nicht einmal, dass sie sich gerade einfach so auf einen niedrigen Gegenstand gesetzt hatte, ohne vorher darüber nachzudenken, wie ihr Körper das anstellen sollte. »Du machst …? Aber … Nein, sie hat mir gar nichts erzählt.«

»Sicher?«

»Ich glaube, das hätte ich mir gemerkt.«

Er runzelte die Stirn. »Komisch. Über was redet ihr denn, wenn ihr stundenlang Kaffee trinkt? Alles klar bei dir? Du siehst irgendwie bleich aus. Kipp mir nicht vom Karton.«

»Aber du bist doch kein Tierarzt!«

»Nein?« Ole lachte leise. »Warum nicht?«

»Na ja, du bist…!« Anna wusste nicht, wie sie es diplomatisch formulieren sollte. »Äh… extrem untierärztlich.«

»Und was genau meinst du damit? Ich liebe Tiere.«

»Ja. Aber Tierärzte sind erwachsen. Und verantwortungsbewusst.«

»Ja, und weiter?«

Anna schnaubte in ihren Kaffee, und Ole blickte finster drein. »Womit genau habe ich dieses Urteil verdient?«

»Na ja, ich weiß gar nicht, womit ich anfangen soll. Du wohnst in einem Bauwagen…«

»Nur, bis meine Bude fertig ist. Und es ist ein Campingbus.«

»Du gehst ständig auf Sauftouren mit deinen Kumpels.«

»Nur, wenn es was zu feiern gibt.«

»Du hast jede Woche eine neue blonde Freundin am Arm hängen.«

»Das…«, sagte Ole mit Nachdruck und ratschte durch ein besonders dickes Stück Karton, »ist absolut gelogen. Ylva hatte rote Haare.«

»Du bist jede freie Minute am Strand zum Surfen.«

»Was hat das mit irgendwas zu tun?«

»Ich weiß auch nicht… es ist einfach nicht, wie man sich einen Tierarzt vorstellt.«

»Und wie stellt man sich die vor?«

»Ernst und verantwortungsbewusst, grüblerisch, mit einem weißen Kittel und Bart und Brille, und überarbeitet mit einer Frau und Kindern und einem Familienwagen… ich weiß ja auch nicht. Aber nicht so wie du!«

»Dafür, dass du aus einer Großstadt kommst, sind deine Vorstellungen erschreckend spießig. Außerdem habe ich ja noch nicht angefangen zu arbeiten. Der Kittel kommt also noch. Überarbeitet bin ich sicher auch ganz schnell. Bart, Brille kann ich mir jederzeit zulegen. Nur der Familienwagen muss aber vielleicht noch etwas warten.«

Anna war sich immer noch sicher, dass er sie nur aufzog. Ole konnte kein Tierarzt sein. Das ging einfach nicht.

Er nahm einen Stapel Fliesen und trug ihn ins Bad. Dabei pfiff er vor sich hin und lächelte immer noch auf diese seltsame Art, die Anna ganz auf die Palme brachte, so, als hätte er ihr nicht gerade etwas vollkommen Unglaubliches offenbart und damit ihre ganze Realität durcheinandergerüttelt. »Also, wo sollen die grünen hin und wo die weißen?«, rief er, und seine Stimme hallte dumpf in dem leeren Raum wider.

Anna stand verdattert auf. »Jetzt mal langsam!« Sie ging ins Bad, wo er jetzt auf dem Boden kniete und die Kacheln ausbreitete, und tippte ihm energisch auf den

Rücken. »Du willst mir wirklich erzählen, dass du Tierarzt bist?«

Er setzte sich auf den Boden und blickte Anna geduldig an. »Allerdings.« Sie konnte sehen, dass er ihre Empörung ziemlich amüsant fand. »Was ist? Bin ich jetzt plötzlich doch interessant für dich? Jetzt, wo ich nicht mehr nur der arme Handwerker bin, sondern ein Mann von Bildung und Stand?«

»Wo hast du studiert?«

»In Amsterdam. Und in Australien. Obwohl ich da eigentlich mehr gesurft habe als studiert. Und Australierinnen gedatet. Ziemlich fit, die Mädels da drüben.«

Anna ignorierte die letzten Sätze sowie sein leicht anzügliches Zwinkern und fragte im Verhörton: »Seit wann bist du fertig?«

»Etwa ein halbes Jahr. Seitdem warte ich, dass mein Vater in den Ruhestand geht. Die Praxis ist zu klein für zwei. Wenn ich mich auf Großtiere spezialisiert hätte, hätten wir sicher mehr zu tun. Aber ich bin nun mal Hundemensch durch und durch. Und ich hatte einfach keine Lust, jeden Tag meinen Arm bis zum Ellbogen in Kuhhintern zu versenken.«

Anna verzog angewidert das Gesicht. »Eklig. Und warum arbeitest du im Hafen?«

Ole zuckte die Achseln. »Das Schiff gehört einem Kumpel. Ich brauchte was für zwischendurch. Ich mag die Seeluft. Warum auch nicht? Hier arbeite ich ja auch. Irgendwo muss die Kohle für die Renovierung ja herkommen.« Anna durchzuckte kurz das schlechte Gewissen, denn Ole hatte sich bisher geweigert, sich von ihr bezahlen zu lassen. »Erst wenn du Gewinn machst«, hatte er immer abgewunken.

»Und warum zur Hölle hast du das nie erwähnt?«, stellte sie die wichtigste Frage von allen.

Ole stand auf und klopfte sich den Staub von der Hose. »Na ja«, sagte er und lächelte wieder auf diese seltsame, ein wenig überhebliche Weise. »Du hast nie gefragt.« Und damit ließ er sie stehen und machte sich fröhlich pfeifend daran, den nächsten Kasten mit Kacheln aufzuschneiden.

Anna starrte ihm ungläubig nach. Das Schlimmste war, dass er recht hatte. Sie hatte nie gefragt.

15

An den kühlen Frühjahrswochenenden, wenn der Wind über die Wiesen pfiff und der Regen den Insulanern eine kleine Pause gönnte, durchstreifte Anna die Flohmärkte und Antikläden. Eingepackt in dicke Schals, Windjacken und Gummistiefel trotzte sie dem Grau und schleifte den grummelnden Harry hinter sich her. Manchmal kam auch Sem mit, der eine Leidenschaft für alte Elektrogeräte hatte. Aber er löcherte sie immer so sehr mit Fragen und war im Gegenzug so sparsam, fast verschwiegen, wenn es um sein eigenes Leben ging, dass Anna es schwer fand, sich mit ihm zu unterhalten. Daher sagte sie ihm auch nicht immer Bescheid, sondern zog oft alleine los.

Der größte Flohmarkt der Insel fand immer montags in einer alten Scheune statt, wurde von freundlichen Rentnern organisiert, die ehrenamtlich ihre Vormittage opferten, und bot all das feil, was die Inselbewohner aus ihren Kellern ausgruben. Man konnte hier die kuriosesten Sachen finden und, wenn man Glück hatte, auch den einen oder anderen Schatz. Der Markt war nicht profitorientiert, denn die Gewinne kamen der Kirche zugute, und Anna erstand an einem besonders erfolgreichen Montag eine ganze Wagenladung antikes Geschirr für unter dreißig Euro. Wenn sie Harry mitnahm, bekam sie oft noch ein paar Sachen umsonst obendrauf, weil er die Rentnerherzen reihenweise zum Schmelzen brachte.

Auch heute war sie lange unterwegs gewesen und hatte eine beachtliche Kiste mit Keramik gekauft und viele kleine Vasen, die sie im Laden anbieten wollte. Sie hatte Sem zunächst abgesagt und sich in letzter Sekunde dann doch entschieden hinzufahren. Nun plagte sie ein wenig das schlechte Gewissen, weil sie ihm nicht Bescheid gegeben hatte.

Als sie am Abend gerade die Haustür abschließen wollte, knirschten draußen Schritte auf dem Kies. Verwundert hielt sie inne, den Schlüssel schon in der Hand. Ein Schatten erschien vor dem kleinen Fenster in der Tür, dann klingelte es.

Als sie öffnete, hielt Sem ihr eine Flasche Rotwein entgegen. »Ich dachte, du hast vielleicht Lust auf ein Gläschen. Wo wir ja heute nicht auf dem Flohmarkt waren.« Anna trippelte nervös hin und her. Sie fühlte sich schuldig. Aber nicht so schuldig, dass sie deshalb Lust hatte, Wein mit ihm zu trinken. Sie hatte sich auf einen ruhigen Abend mit ihrem Buch gefreut.

»Lässt du mich hier draußen stehen?«, fragte er und lächelte, als käme gar nichts anderes infrage, als dass sie ihn hereinbat.

»Also, es ist ja schon ziemlich spät, und ich wollte morgen früh in den Laden, vielleicht ein …«, versuchte sie, sich herauszureden, aber er war schon eingetreten.

»Ach, ich bleibe nicht lange!«, sagte er gut gelaunt und ging an ihr vorbei in die Küche. Harry begrüßte ihn freudig und schleckte ihm die Hände ab. Anna schloss widerwillig die Tür.

Er holte Gläser aus dem Schrank und schenkte ihnen Wein ein. Anna, die sich jedes Mal, wenn sie ihn sah, vornahm, netter zu ihm zu sein, lächelte und bedankte sich für den Wein. Sie unterhielten sich eine Weile, aber es war wie immer. Er stellte ihr Fragen und war unglaublich interessiert an ihrem Leben, aber von sich wollte er nichts erzählen. »Ich bin so langweilig, das willst du alles gar nicht wissen«, winkte er ab, als sie ihn nicht zum ersten Mal fragte, was er die letzten Jahre über so gemacht hatte. Als er aufstand, um Wein nachzuschenken, zuckte Anna zusammen. Auf der Anrichte stand die Kiste mit dem Geschirr. Im selben Moment fragte Sem bereits: »Was ist denn das?« Er nahm eine alte Zuckerdose hoch und musterte sie interessiert. »Wann hast du die denn gekauft?«

Schnell überlegte sie, ob sie sich eine Ausrede einfallen lassen sollte. Aber er hatte die Wahrheit schon an ihrem Gesicht abgelesen. Sie hatte noch nie gut lügen können.

»Warst du heute doch auf dem Flohmarkt?«, fragte er.

»Ich … na ja, es war eine ganz spontane Entscheidung. Es hat dann ja doch erst später geregnet …« Anna war rot geworden.

Sem nickte und ließ die Zuckerdose wieder sinken.

»Ich dachte, du hast bestimmt schon was anderes vor!«, sagte sie hastig.

»Schon gut!« Er lächelte steif. »Das hatte ich tatsächlich.« Einen Moment lang blickte er auf sein Glas und drehte es nachdenklich in der Hand hin und her. »Ich muss dann los!«, sagte er plötzlich, obwohl er eben noch Wein hatte nachschütten wollen.

»Ach, schon?«, fragte Anna, und sie merkte selbst, dass ihre Stimme erleichtert klang.

Er sah sie traurig an. »Ja, es ist spät.«

»Ja …« Sie war aufgestanden und lief ein wenig verdattert hinter ihm her zur Tür. »Vielleicht klappt es ja nächste Woche mit dem Flohmarkt?«, fragte sie und lächelte ihn so warm an, wie sie es angesichts der Situation zustande brachte.

Er zog die Jacke über. »Sicher. Das wäre schön«, sagte er kühl.

Dann öffnete er die Tür. »Gute Nacht, Anna.« Ohne sich noch einmal umzudrehen, ging er davon.

Anna schloss die Tür und lehnte sich mit einem leisen Stöhnen dagegen. »Shit!«, murmelte sie und rieb sich die Stirn. Dann holte sie die angebrochene Weinflasche aus der Küche und nahm sie mit ans Bett.

Am nächsten Morgen fühlte Anna den Rotwein noch nach, und als es um elf Uhr unerwartet klingelte, wankte sie mit rot geränderten Augen und metallenem Geschmack auf der Zunge verschlafen zur Tür.

»TADAAAAA!«

Anna machte vor Schreck einen kleinen Satz. »Mama?«

»Überraschung! Na, was ist, freust du dich?«

Eine strahlende Gloria Fischer stand vor der Tür, wie immer in super enge Jeans und eine helle Bluse gekleidet, einen Batikschal um den Hals und teure blaue Ökoschuhe an den Füßen. Sie hielt eine große Kiste in der Hand, die sie nun fallen ließ, um ihre schockierte Tochter an sich zu drücken.

»Mama … was machst du hier?«

»Na, helfen, Annakind, helfen. Was denkst du denn? Ich kann dich das doch nicht alles alleine machen lassen. Das würde ich mir ja mein Leben lang anhören müssen, wie ich dich damals mit allem im Stich gelassen habe, als du es so schwer hattest.«

»Aber … du musst doch arbeiten?« Leise sickerte die Erkenntnis in ihr Bewusstsein. Ihre Mutter war hier?

»Ich habe Urlaub genommen. Eine Woche. Die kommen in der Galerie auch mal ohne mich zurecht. Sollen sie mal sehen, wie das ist, wenn sie niemanden haben, der ihnen mit allem hinterherrennt. Wie schaust du denn aus, warum bist du noch im Bademantel? Es ist elf Uhr, musst du nicht längst im Laden sein?« Gloria Fischer blickte ihre Tochter unter rot geränderten Brillengläsern hervor tadelnd an.

Anna seufzte leise. So begann es also ... eine Woche mit ihrer Mutter. Eine. Ganze. Woche.

Verschiedene Emotionen kämpften in ihr. Sie freute sich, ihre Mutter zu sehen. Es war rührend, dass sie sich extra Urlaub genommen und die lange Fahrt gemacht hatte, nur um ihr zu helfen – auch wenn ihre Motive ein wenig fragwürdig schienen. Aber sie beide eine Woche lang alleine in ein Haus einzusperren, das war ... gefährlich.

»Ich wollte heute mal ein bisschen ausschlafen.« Und da war er schon, ihr Verteidigungston. Er hatte sich schon so lange nicht mehr gezeigt, dass sie fast vergessen hatte, wie er sich anhörte. Aber ihre Mutter schaffte es immer, ihn innerhalb kürzester Zeit aus ihr herauszukitzeln.

»Denkst du denn, dass du dir das momentan schon erlauben solltest?« Gloria Fischer riss vielsagend die Augen auf, sodass ihr blauer Lidstrich Anna entgegenstrahlte. »Du bist jetzt dein eigener Boss, da zählt jede Minute. Wenn du nicht arbeitest, verdienst du auch nichts.«

»Der Laden ist ja noch nicht mal auf, Mama.«

»Eben, Anna. Eben. Na, jetzt bin ich ja da, da geht alles doppelt so schnell. Hilfst du mir beim Ausladen?« Gloria schaufelte die überladene Kiste in Annas Arme und drehte sich gut gelaunt zu ihrem türkisen Honda um, der hinter Annas Ford parkte und die Einfahrt blockierte.

Als sie die Sachen ins Haus trugen, ging ihre Mutter genau wie Anna an der Stube vorbei direkt in die Küche. Sie blieb einen Moment im Türrahmen stehen, und Anna konnte sehen, dass sie die Veränderung in sich aufnahm, die der Raum durchgemacht hatte. Auch sie war lange nicht mehr hier gewesen. In ihrem Gesicht spiegelten sich für ein paar Sekunden die Emotionen, aber dann gab sie sich einen sichtlichen Ruck. Ihre Mutter war kein Mensch, der lange der Vergangenheit hinterherweinte.

»Na, das sieht ja schon sehr wohnlich aus hier. Du hast es dir gemütlich gemacht.«

»Ich weiß, es ist anders.«

»Natürlich.« Ihre Mutter drehte sich zu ihr um und lächelte ihr mit einem seltsamen, traurigen Ausdruck in den Augen zu. »Natürlich, Anna. Es muss ja anders sein.«

Dann trugen sie gemeinsam die Sachen die Treppe hinauf.

»Wer schläft wo?«, fragte Gloria und zog den Kopf ein. Mit ihr zusammen schien der Flur noch niedriger als gewöhnlich. Anna wurde von ihrer Mutter um gut zehn Zentimeter überragt.

Als Anna ihr stumm die Tür zum blauen Zimmer öffnete, rief Gloria: »Du glaubst ja wohl nicht, dass ich mich in dieses Zwergenbett quetsche?«

Anna seufzte. Sie hatte es schon geahnt. Zähneknirschend grummelte sie: »Schön, dann rücken wir eben zusammen. Aber wehe, du schnarchst.«

»Pah«, zufrieden wuchtete Gloria ihre Tasche auf Annas Seite des Bettes.

❋

Es wurde ein wirbelnder Tag, der so gar nicht zu Annas dröhnendem Kopf passen wollte. Ihre Mutter übernahm sofort das Ruder und zog sie mit in den Strudel ihres vollen Stundenplans, in dem jede ungenutzte Minute eine verschenkte Minute war. Sie hatte Anna all ihre Pläne unterbreitet, noch bevor die müde und bereits leicht gestresst ihre Schuhe angezogen hatte.

»Du bist doch eine ganze Woche hier, musst du denn alles gleich am ersten Tag erledigen?«, fragte sie und unterdrückte ein Gähnen. Warum nur war ihre Mutter immer so schrecklich effizient?

»Na, ich halte mir eben den Rest frei, um dich zu unterstützen. Ich kann mir vorstellen, dass noch einiges zu tun ist, so wie ich dich kenne.«

»Ich habe alles im Griff.«

»Da bin ich sicher, Liebes. Aber trotzdem kann eine helfende Hand ja nicht schaden.«

Sie fuhren in den Laden, den ihre Mutter als »entzückend, aber ja wohl noch im Rohzustand« qualifizierte, obwohl Anna fast fertig war mit allem. Dann drehten sie eine Runde durch die Stadt. Vor dem Reformhaus kam ihnen Britt entgegen, in einen rosa Kunstfellmantel gehüllt und einen großen Korb mit Einkäufen vorne auf dem Rad. Sie klingelte fröhlich zur Begrüßung. Anna stellte ihre Mutter vor, und nachdem die beiden sich bekannt gemacht hatten, sagte Gloria: »Wundervoll, dass wir uns treffen. Da kann ich dich ja gleich einladen, du kommst doch sicher zur Einweihungsparty? Ich dachte an übermorgen um sechs?« Sie drehte sich zu Anna um. »Das passt dir doch, oder? Ich habe schon ein paar Leuten Bescheid gesagt, aber wir können den Tag noch ändern, wenn Donnerstag besser ist.«

Anna starrte sie an. »Einweihungsparty?«, fragte sie, aber ihre Mutter hatte sich schon wieder an Britt gewandt.

»Du kannst es ruhig allen sagen, der Laden soll ja voll werden«, rief sie freudig.

»Okay, mache ich!« Britt lächelte Anna besorgt an. »Alles klar bei dir?«

Anna nickte benommen. »Ich bin nur ein wenig überrascht«, sagte sie steif.

Als sie weitergingen, zog sie ihre Mutter am Ärmel in eine kleine Seitengasse. »Was war denn das gerade?«, zischte sie.

Verblüfft blickte Gloria sie an.

»Was war was?«

»Na, das mit der Einweihungsparty? Wovon sprichst du da, bitte? Ich mache keine Party!«

»Ach, Anna, jetzt stell dich doch nicht wieder so an! Es sollte eben eine kleine Überraschung sein.« Sie lächelte aufmunternd. »Willst du, dass der Laden ein Erfolg wird oder nicht?«

Zwei Stunden später saßen sie schweigend nebeneinander in der Küche auf dem Sofa, jede in eine Ecke gequetscht, eine Tasse Tee in der Hand. Nur das Feuer knackte, und Harrys leises Schnarchen drang unter der Decke hervor. Auf der Anrichte standen Pappkartons mit chinesischem Essen. Sie waren noch fast voll. Keine von ihnen hatte viel gegessen. Ein Geruch von gebratenem Gemüse und Reis hing in der Luft, der so gar nicht hierherpassen wollte.

Nach einer gefühlten Ewigkeit endlich, als die angespannte Stille bereits den ganzen Raum zu erfüllen schien, sagte Gloria: »Ich wollte mich nicht einmischen.«

Anna nahm einen Schluck Tee. »Doch. Wolltest du.«

Sie zog die Augenbrauen hoch, und ihre Lippen wurden einen Moment lang spitz. Sie legte den Kopf schief und sah in die Flammen. »Helfen und einmischen ist nicht dasselbe, Anna.«

»Nein. Ist es nicht.«

Ihre Mutter warf ihr einen vorwurfsvollen Seitenblick zu. Wieder schwiegen sie eine lange Zeit. Keiner schien bereit, klein beizugeben.

»Wenn du willst, dass ich fahre, dann fahre ich. Ich bin schließlich nur wegen dir hier.« Jetzt klang sie eindeutig beleidigt.

Anna seufzte. Ihre Mutter würde den Spieß nicht wieder umdrehen. Diesmal nicht.

»Nein, ich will nicht, dass du fährst. Darum geht es gar nicht. Ich will, dass du mir hilfst, ohne mir vorzuschreiben, was ich zu tun habe. Du kannst gerne Vorschläge machen, jederzeit. Aber du weißt genau, dass du immer alles an dich reißt. Das ist schließlich kein neues Problem. Ich freue mich wirklich, dass du hergekommen bist, aber du musst mich das hier so machen lassen, wie ich es will. Das ist mein Projekt, mein Traum. Ich muss das auf meine Art hinkriegen oder gar nicht, verstehst du?«

»Aber ich meine ja nur …«

»Mama!«

Gloria seufzte. »Schön. Schön.« Sie klang immer noch beleidigt, und Anna rollte mit den Augen.

»Aber ich habe es nur gut gemeint.«

»Das weiß ich ja.« Das war das Schlimme an ihrer Mutter. Sie meinte es immer nur gut.

»Also, machen wir die Feier?«

Anna seufzte tief. »Schön. Schön, wir machen die Feier. Wenn es dir so wichtig ist.«

»Dir sollte es auch wichtig sein!«

»Ist es ja. Ich hätte nur vorher gerne etwas davon gewusst!«

»Dann wäre es doch keine Überraschung mehr gewesen!«

»Schon gut, schon gut!« Anna schüttelte entnervt den Kopf.

Ihre Mutter stand auf. »Also, ich gehe jetzt ins Bett. Ich habe immer das Gefühl, dass einem diese Salzluft hier die ganze Energie aus dem Körper zieht.« Sie gab Anna einen Kuss aufs Haar. »Alte Grummeltante!«, sagte sie liebevoll, und Anna musste lächeln.

Ächzend stand Gloria auf. »Mir tut jeder Knochen weh. Ich sag dir eins, ich bin froh, wenn ich wieder in

Hamburg bin. Wie hältst du es um diese Jahreszeit nur hier aus? Alles ist kalt und klamm und grau.«

Anna sah ihr nachdenklich hinterher, als sie mit ihrer Teetasse die Treppe hinaufstieg. Schon als Kind hatte sie oft das Gefühl, dass ihre Mutter nicht die gleiche Insel sah wie sie. Sie schien die Schönheit um sie herum nicht wahrzunehmen, die goldenen Strände, das weite, grüne Land, die Freiheit des Himmels, den ganz besonderen, erdigen, grasigen Geruch der Luft. Ihr Blick schien über all das hinwegzugleiten. Stattdessen sah sie andere Dinge. Die Stille und Einsamkeit im Winter, die lauten, nervenden Touristen im Sommer. Und dann später, nachdem es passiert war, sah sie die Insel als den Ort, an dem sie ihre Tochter verloren hatte. Das, dachte Anna, hatte sie beide immer unterschieden. Sie hatte es der Insel nie angelastet. Es hatte für sie nichts mit dem Ort zu tun und alles mit den Menschen. Und die waren überall gleich.

Während ihre Mutter und ihr Vater sich seither noch mehr von der Vergangenheit und ihrer Zeit als glückliche kleine Familie distanziert hatten, war es für sie umgekehrt gewesen. Nur hier hatte sie noch das Gefühl, Anouk nahe zu sein, ein kleines bisschen von ihr nachzuspüren. Sie war hier, in der Luft, in den Gerüchen, in den Erinnerungen. Aber vielleicht empfanden ihre Eltern das genauso. Nur war es für sie nicht tröstlich, sondern schmerzlich.

16

Am nächsten Morgen wurde Anna von dem ihr mittlerweile vertrauten Kreischen geweckt. Sie zuckte gewohnheitsmäßig kurz zusammen und wollte nach den Ohrenstöpseln greifen, die auf dem Nachtschrank lagen, da traf sie ein harter Schlag in den Bauch.

»Uff!«, machte sie erschrocken und stieß die Luft aus. Sie blickte gerade rechtzeitig auf, um zu sehen, wie ihre Mutter orientierungslos durchs Zimmer taumelte und dann mit einem lauten Rums gegen den Schrank stieß.

»Mama, du hast deine Maske noch auf!«

»Was um Himmels willen ist das?« Gloria Fischer rieb sich benommen die Stirn und nahm die Schlafmaske von den Augen. Ihre sonst makellosen Haare standen igelartig vom Kopf ab, und sie hatte einen panischen Ausdruck im Gesicht.

Anna drehte sich stöhnend um und zog die Decke wieder hoch. Grummelnd rieb sie sich den schmerzenden Magen.

»Das ist Attila.«

»Bitte was?«

»Das ist Attila. Ein Hahn. Ich habe vergessen, dass er diese Woche wieder auf den vorderen Wiesen ist, sonst hätte ich dir Ohrenstöpsel gegeben.«

Ihre Mutter war inzwischen zum Fenster gelaufen und hatte es hochgeschoben. Eisige Luft drang ins Zimmer, und Anna zog die Nase unter die Decke.

»Mach das sofort wieder zu!«

Wütend schmetterte Gloria das Fenster wieder runter, dass die Scheiben nur so klirrten. »Das kannst du dir doch nicht bieten lassen. Das ist Ruhestörung. Terror! Terror, jawohl!« Sie blickte auf die Uhr, und ihr Gesicht wurde noch grimmiger. »Sag mir nicht, das passiert hier jeden Morgen. Ist das der alte Mulders? Ich dachte, der wäre längst abgekratzt.«

»Nein«, murmelte Anna, die sich gerade das Wachs in die Ohren gestopft hatte und schon wieder halb im Schlaf versunken war. »Nur ab und zu. Wegen der Wiesen. Und es ist nicht der Mulders, der ist wirklich schon längst abgekratzt, es ist der Neue. Leg dich wieder hin, du kannst da jetzt nichts machen. Im Nachtschrank sind Ohrenstöpsel. Mach sie lieber rein, das dauert jetzt 'ne Weile.«

Sie hatte zwar die Augen geschlossen, doch sie wusste genau, dass ihre Mutter sich nicht einfach wieder hinlegen würde. Ihr restliches wütendes Gezeter hörte sie aber nur noch gedämpft, denn sie drückte die Stöpsel noch ein wenig tiefer und kuschelte sich unter die warme Decke. Fünf Sekunden später war sie wieder eingeschlafen.

Als Anna vom Klingeln des Weckers erneut geweckt wurde, war die Betthälfte neben ihr leer. Gloria saß in der Küche vor ihrem Laptop und hatte, wie es aussah, die Gunst der ungewollt frühen Stunde genutzt. Es herrschte eine ungewohnt energetische Stimmung in dem Raum. Jede Oberfläche glänzte, der Ofen bollerte, im Herd gingen Hefeschnecken auf, und es duftete nach Zimt und ein wenig nach Zitronenspülmittel.

»Du warst ja schon fleißig«, krächzte Anna verschlafen und tapste im Nachthemd zum Ofen. »Ich hab neulich erst Großputz gemacht, das wäre wirklich nicht nötig gewesen. Das duftet ganz herrlich. Krieg ich schon was?«

»Das Internet funktioniert nicht.« Wütend hämmerte ihre Mutter auf die scheinbar unbrauchbaren Tasten ein. »Und irgendetwas musste ich ja tun, ich kann ja schlecht zwei Stunden lang Däumchen drehen. Pass auf mit den Fliesen, es ist frisch gescheuert.«

»Ich hab noch keins.« Anna taumelte und hielt sich an der Ablage fest.

»Ich sag doch, es ist rutschig. Kein was?«

»Internet. Was hast du mit dem Boden gemacht? Es ist spiegelglatt.«

»Wie kann es sein, dass du kein Internet hast? Lebst du in der Steinzeit? Wie machst du deine Bestellungen? Ein klein wenig Bohnerwachs ins Wischwasser. Wirkt Wunder.«

»Ach, deswegen glänzt hier alles so. Wo hast du denn um die Zeit Bohnerwachs her? Die Box ist schon da, ich habe es einfach noch nicht geschafft, alles einzurichten.«

»Es war noch was im Keller. Was meinst du mit ›nicht geschafft‹? Was kann es Wichtigeres geben als Internet?«

»Ich hatte am Anfang so einen Stick, aber der ist aufgebraucht. Sind die Schnecken schon fertig?«

»Gib ihnen noch zwei Minuten. Wirklich Anna, deine Prioritäten sind mir einfach schleierhaft. Und dass du in diesen lächerlichen Hausschuhen nicht auch ohne Bohnerwachs ständig auf die Nase fällst, ist mir ein Rätsel. Eine Scheußlichkeit ist das.« Offensichtlich war ihre Mutter in bester Stimmung.

»Was hast du denn gegen meine Hausschuhe?«, brummelte Anna und blickte auf ihre flauschigen rosa Puschen. Wenn ihre Mutter sich aufregte, teilte sie gerne schwungvolle Rundumschläge aus und fixierte sich auf Dinge, die mit dem eigentlichen Problem nichts zu tun hatten. Anna nannte das »unfähig, die eigenen Emotionen zu reflektieren«. Ihre Mutter nannte es »effizient und direkt«.

Sie nahm die größte Tasse aus dem Regal, die sie finden konnte, und füllte sie bis zum Rand mit Kaffee. Sie konnte schon an der Farbe sehen, dass er ihr zu dünn sein würde. Dann ließ sie sich seufzend auf einen Stuhl sinken. Das waren mehr Worte in zwei Minuten gewesen, als sie normalerweise bis zum Nachmittag sprach. Sie fühlte sich fast schon wieder erschöpft, obwohl sie gerade erst aufgestanden war.

»Weißt du, grüner Tee hält viel länger wach, hab ich gelesen. Die Koffeinkurve ist da eine ganz andere.« Missbilligend blickte Gloria auf Annas Monstertasse.

Anna schnaubte und nahm einen demonstrativ großen Schluck. »Du bist doch der größte Kaffeejunkie, den es gibt. Willst du mir jetzt erzählen, ich soll auf Tee umsteigen?« Ihre Mutter hatte neben ihren Rundumschlägen auch schon immer die Angewohnheit, freimütig Tipps und Lebensweisheiten an andere Leute zu verteilen, diese aber selbst vollkommen zu ignorieren.

»Ich sage nur, was ich gelesen habe.«

»Das interessiert mich nicht, vielen Dank.«

»Na, du bist ja in wundervoller Stimmung.«

»Ich bin in ganz herrlicher Stimmung. Du bist doch die, die meckert, seit ich den Raum betreten habe.«

»Ich meckere nicht. Ich stelle nur gewisse Missstände fest. Wie zum Beispiel, dass meine erwachsene Tochter, die ihr eigenes Unternehmen führen will, zu faul ist, ihre Fritz-Box anzuschließen, ohne die sich Ersteres kaum durchführen lässt.«

»Ich sagte doch, ich hatte bis vor Kurzem noch Internet!«

»Ja, aber Anna …«

»Kann ich bitte jetzt einfach eine Schnecke essen und meinen Kaffee trinken? Wir können danach weiterstreiten, über meine Hausschuhe, meinen Laden, meine Haare, mein Liebesleben, was auch immer du willst. Aber gib mir zehn Minuten, okay?«

»Welches Liebesleben?«

»Mama!«

»Schon gut, schon gut!«

Ihre Mutter ging zum Herd, nahm die Topflappen und holte die Schale mit den Schnecken heraus.

»Gibt's auch Vanillesoße?«

»Selbstverständlich.«

»Gut.« Ihre Mutter machte keine halben Sachen. Es hatte auch seine Vorteile.

Eine Stunde, drei Schnecken und zwei kleine Streite später verstaute Anna gerade Harry im Auto, da bemerkte sie mit einem Mal voller Entsetzen, dass ihre Mutter sich davongemacht hatte und auf Luuks Haus zupreschte. Der stand gerade vor der Tür und zog sich die schlammigen Gummistiefel über. Er sah erschrocken auf, als Annas Mutter auf ihn zugestoben kam.

»Gloria Fischer.« Sie streckte Luuk die Hand hin, und er schüttelte sie perplex. »Der Hahn muss gehen!«

»Ähm…« Luuk war offenbar zu verschreckt von der batikschalumwickelten Erscheinung auf seiner Veranda, um etwas erwidern zu können. Er schielte mit leicht panischem Blick an Gloria vorbei zu Anna hinüber, die ihr nachgelaufen war und jetzt schnaufend hinter ihr auftauchte.

»Mama! Ich hab dir das doch erklärt. Ab und zu muss Attila vorne auf den Wiesen sein, wegen dem Gras.«

»Attila. Ein bescheuerter Name für einen Hahn«, verkündete ihre Mutter voller Inbrunst.

»Äääähm…«, sagte Luuk wieder. Es war schwer zu deuten, ob er ihre Mutter amüsant oder Furcht einflößend fand. Anna tippte auf eine Mischung aus beidem.

»Aber ich kann verstehen, warum Sie ihn gewählt haben, denn hunnenartige Massaker sind noch harmlos gegen die Dinge, die einem in den Kopf schießen, wenn er loskräht.« Gloria blickte Luuk streng an. Jetzt war sie in Fahrt. »Also, junger Mann, ich nehme an, Sie haben mehr als eine Wiese?«

Luuk nickte vorsichtig.

»Ist es Ihnen möglich, das Vieh während der nächsten fünf Tage auf eine dieser anderen Wiesen zu bringen, ohne dass es zu einer ökologischen Katastrophe auf Ihrem Hof kommt?«

Luuk nickte wieder.

»Dann schlage ich vor, dass Sie das tun. Bevor ich das Problem selbst in die Hand nehme. Schönen Tag!« Und nach einem sehr eindeutigen Blick unter ihrer roten Brille hervor, drehte sie sich um und ging mit wehendem Schal zum Auto zurück.

»Sorry!« Anna grinste. »Wenn's um ihren Schlaf geht, ist sie empfindlich.«

»Ja, da kenne ich noch jemanden.«

Anna wurde rot, als sie an ihren eigenen morgendlichen Hahnenauftritt zurückdachte, der noch gar nicht lange her war.

Luuk sah ihrer Mutter mit einem Blick nach, in dem fast so etwas wie Anerkennung schwang. »Ganz schön Power hat sie, deine Mutter.«

»Ja. Sie kann aber auch wirklich nett sein.«

Sein Blick verriet, dass er das bezweifelte. »Ich bringe ihn später rüber. Halt sie von meinen Hennen fern, okay?«

»Ich kann nichts versprechen!«

Er nickte, als sei ihm das auch klar. Dann ging er ins Haus zurück, und Anna beeilte sich, hinter ihrer Mutter herzukommen, die schon im Auto saß und den Motor gestartet hatte.

»Das hättest du wirklich auch ein wenig diplomatischer angehen können«, zischte sie, als sie sich schnaufend auf den Beifahrersitz quetschte und Harry nach hinten schob, der es sich schon auf ihrem Platz gemütlich gemacht hatte.

»Diplomatie ist reine Zeitverschwendung.« Gloria fuhr mit quietschenden Reifen los, ehe Anna die Autotür schließen konnte. »Das hab ich dir schon immer gesagt. Mit solchen Menschen muss man Tacheles reden.«

»Mit ›diplomatischer‹ meinte ich ›netter‹, Mama. Du hättest das auch *netter* regeln können.«

»Nett? Nett? Ist es vielleicht nett *von ihm*, uns wissentlich um fünf Uhr morgens aus den Betten zu scheuchen?«

»Nein«, gab Anna zu. »Nicht wirklich. Aber er ist nun mal Landwirt. Und er muss die Wiesen abwechseln.«

»Pah.« Ihre Mutter schnaubte. »Dass ich nicht lache.«

Dann warf sie Anna einen taxierenden Seitenblick zu. »Er gefällt dir!«

»Wie bitte?«

»Mach mir nichts vor. Was für die Augen ist er ja. Flott, für einen Landwirt. Der muss bestimmt nicht zu *Bauer sucht Frau*. Ein echtes Upgrade zum alten Mulders. Wenn auch auf den Mund gefallen.«

»Du hast ihn ja nicht zu Wort kommen lassen.«

»Er hat es nicht versucht.«

»Mama!«

»Ich weiß genau, dass er dir gefällt. Aber lass dir nicht von dem auf der Nase rumtanzen. Am Ende hüpfen seine Hühner in deinem Garten rum, und er erntet deine Äpfel, und haste nicht gesehen, hat er sich den ganzen Hof einverleibt. Ich kenne die Sorte.«

»Du spinnst ja!« Anna dachte mit Unbehagen daran, wie nahe ihre Mutter mit dieser Prognose an den Tatsachen lag. »Er ist mein einziger direkter Nachbar, und ich darf es mir mit ihm nicht verscherzen. Und er mäht mir den Rasen!«, fügte sie hinzu und ärgerte sich, dass ihr das nicht früher eingefallen war.

Das schien ihre Mutter ein wenig zu besänftigen. »Na, das ist immerhin ein Ausgleich zu dem Geschrei. Und was gibst du ihm dafür?«

Anna räusperte sich. »Gemüse«, nuschelte sie.

»Wie bitte?«, fragte ihre Mutter laut.

»Gemüse! Er darf das Gemüse ernten«, gab Anna zu und rollte mit den Augen.

Ihre Mutter warf ihr einen entsetzten Blick zu, der gleichzeitig bedeutete »Hab ich's nicht gesagt?« und »So weit ist es also schon gekommen«.

»Ich brauche es ja nicht, und er hat sich so gut um das Beet gekümmert.«

Daraufhin erwiderte ihre Mutter nichts. Eine Weile schwiegen sie beide.

»Er findet dich auch gut«, sagte sie dann plötzlich.

»Was?«

»Dein Biobauer. Er findet dich auch gut.«

»Woher willst du das denn wissen? Und er ist nicht *mein* Biobauer.«

»Noch nicht.« Um Gloria Fischers Lippen spielte jetzt ein wissendes Lächeln, als sie über einen Zebrastreifen raste und ein Pärchen in gelben Windjacken dazu brachte, erschrocken aufzukreischen und panisch die letzten Meter zum Bürgersteig zu rennen. Sie hupte genüsslich. »Aber ich habe bemerkt, wie er dich angesehen hat.«

»Ich wiederhole: Du spinnst ja.« Anna war rot geworden, und ihrer Mutter war es nicht entgangen. »Könntest du bitte versuchen, heute Morgen noch keine Touristen umzufahren? Du hast extra noch mal Gas gegeben! Das ist mir zu viel vor meinem zweiten Kaffee.«

»Denk an meine Worte, Annakind. Dieser Mann findet dich gut. Ziemlich gut, würde ich sogar sagen. Und sie sind selber schuld, wenn sie so trödeln. Außerdem hat ein kleiner Sprint noch niemandem geschadet.«

Anna beschloss, das Gespräch an dieser Stelle lieber zu beenden.

Sie hatte schon den ganzen Morgen überlegt, welche Aufgaben sie ihrer Mutter geben konnte, denn Gloria neigte dazu, Dinge kompliziert zu machen und in letzter Minute umzuplanen. Von den meisten To-dos auf ihrer Liste wollte sie sie daher lieber fernhalten. Eigentlich, dachte Anna, war es für sie mehr Stress als Hilfe, dass ihre Mutter hergekommen war. Aber dann schämte sie sich sofort für den Gedanken.

Sie fuhren in die Stadt, und weil Anna noch Besorgungen machen musste, erklärte sie ihrer Mutter, was im Laden zu tun war. Gloria entschied sich, dass sie die Theke streichen wollte, und Anna ließ sie mit gemischten Gefühlen und genauen Instruktionen alleine.

Als sie zwei Stunden später mit Tüten beladen zurückkam, bot sich ihr ein seltsamer Anblick.

»Mama!«

Ihre Mutter trug Annas blauen Overall mit den Farbflecken und bizarrerweise einen gelben Kapuzenpullover darunter.

»Was?« Gloria sah auf und malte versehentlich die Luft an.

»Du siehst aus wie ein Minion!«

»Ein was?«

»Ein … ach, nichts.«

Der Anblick ihrer Mutter, wie sie auf der Zeitung kniete, während sich die weißen French-Tips ihrer perfekt manikürten Finger himmelblau färbten, war plötzlich zu viel für Anna. Sie schlang die Arme um den Rücken ihrer Mutter und drückte ihr einen Kuss aufs Ohr. »Danke, dass du mir hilfst und dass du extra hergekommen bist. Und danke, dass du aussiehst wie ein Minion.«

»Huch.« Überrascht lachte ihre Mutter auf und schwankte leicht unter Annas Gewicht. »Ich habe keine Ahnung, wovon du sprichst. Dieser Pullover war nicht billig.«

»Kann ich mir denken. Er ist ganz toll. So gelb.«

Wieder lachte ihre Mutter. »Spotte nicht, Kind! Mach dich lieber nützlich!«

Anna küsste sie noch einmal und stand dann auf.

»Warte!« Sie nahm Oles riesige, durchsichtige Schweißerbrille und hielt sie ihrer Mutter hin. »Kannst du die kurz aufziehen und dich auf die Theke setzen?«

»Warum denn das, um Himmels willen?«

»Ach, nur so, ich will schnell ein Foto machen, als Erinnerung an die Renovierung.«

»Anna Isabell Fischer. Du machst dich über deine arme, alte Mutter lustig!«

»Bitte, Mama! Bitte, bitte, bitte! So eine Chance krieg ich nie wieder!«

So anstrengend sie auch sein konnte, für einen Spaß war Gloria Fischer immer zu haben. Es war einer der Gründe, warum Anna ihr noch nicht den Hals umgedreht hatte. Sie schwang sich auf die Theke, setzte die Brille auf und warf sich in Pose. Später rahmte Anna das Foto und hängte es hinter der Ladentheke auf, neben die Korkwand, an der sie Bestellungen und Aufträge festpinnte.

17

»So, Champagner haben wir jetzt zum Abwinken!« Annas Mutter kam schnaufend in den Laden, in den Armen einen klirrenden Karton, den sie ächzend auf die Theke schob. »Ich hab noch zwei davon im Auto.« Als sie Annas runde Augen sah, fügte sie hinzu: »Keine Sorge, es ist die billige Sorte.«

Anna atmete aus.

»Außerdem ist er eine Spende von mir.«

»Mama, das musst du n…«

»Ich weiß, ich muss nicht. Aber ich mach's. Wo du mich ja sonst schon nichts tun lässt.« Einen Moment lang blitzte es in Glorias Augen, und ihre Blicke duellierten sich, dann lachte sie und gab ihrer grimmigen Tochter einen Kuss auf die Wange. »Scherze, Annakind. Scherze. Deinen Humor hast du wohl in Hamburg vergessen. Na, ich mach mich mal an die Deko. Wir müssen das Ganze hier schon noch ein bisschen rausputzen, viel macht es noch nicht her. Und besonders festlich ist es auch nicht, hast du denn keine Kerzen oder so?«

»Ich wusste ja bis vor ein paar Stunden nicht, dass es ein Fest gibt!«, verteidigte Anna sich und stellte fest, dass ihre Stimme einen ihr bisher unbekannt schrillen Ton angenommen hatte. »Und ich muss noch so viel vorbereiten und alles putzen. Schließlich ist übermorgen Eröffnung. Es werden sowieso nicht viele Leute kommen, ich kenne hier ja fast niemanden.«

»Aber ich.« Gloria köpfte schwungvoll eine Flasche Champagner, nahm zwei Tassen aus dem Regal und füllte sie. »Zumindest von früher. Ich habe dir doch gesagt, ich kümmere mich um alles. Und ich habe mir die Freiheit genommen, ein bisschen herumzutelefonieren. Schließlich wollen wir dich ja bekannt machen. Das wird sozusagen dein Einstand. Und keine Sorge wegen der Kerzen, ich muss sowieso noch mal einkaufen.«

Anna bemühte sich, diese neuen Informationen zu verdauen. »Na, solange du keine Zeitungsannonce aufgegeben hast…«, murmelte sie dann.

»Noch nicht. Aber das solltest du unbedingt noch tun! Mach doch eine Rabattaktion zur Eröffnung. Fünfzig Prozent auf alles, wie bei den Möbeldiscountern.« Sie drückte Anna eine Tasse in die Hand, stieß ihre klirrend dagegen und kippte die ersten Schlucke hinunter, als sei es Selterswasser.

»Ich bin kein Möbeldiscounter, Mama. Ich will nicht rüberkommen wie ein Ramschladen. Der erste Eindruck ist wichtig.« Vorsichtig nippte Anna an ihrem eigenen Champagner. Er war warm, aber vielleicht würde er ein wenig gegen das Lampenfieber helfen, das allmählich in ihr hochstieg.

»Na, wie dem auch sei. Publicity ist alles.« Gloria stemmte die Hände in die Hüften und sah sich im Laden um. »Ich denke, es werden etwa dreißig Personen kommen, plus/minus. Wo machen wir die Bar auf?«

Anna hielt sich entsetzt an ihrer Tasse fest. »Dreißig Personen?« Ihr wurde kurz schwindelig. »Wir haben doch gar kein Essen für so viele Menschen. Und schon gar keine Bar. Mama, ich habe nicht mal Gläser!«

»Ja, denkst du denn, ich lade Leute ein, ohne zu wissen, wie ich sie bewirte? Es ist alles geregelt. Lieferservice ist bestellt, natürlich nur Horsd'œuvres, es muss sich ja niemand auf unsere Kosten vollschlagen. Pappteller für das Essen, das ist heute absolut akzeptabel. Kuchen von Roos, Gläser und Besteck von der Femke. Sie stellt alles im Wohnzimmer bereit, wir können es nachher abholen. Zu schade, dass der alte Lästerdrachen nicht kommen kann, sie würde schon für Publicity sorgen. Wenn auch wahrscheinlich für schlechte.«

»Ich glaub's nicht.« Vollkommen überrumpelt blickte Anna ihre Mutter an.

»Du kannst mir später danken. Jetzt machen wir hier erst mal klar Schiff. Hast du dir schon überlegt, was du anziehst? In diesen zerfetzten Jeans machst du jedenfalls niemandem Eindruck, so viel kann ich dir schon mal sagen. Und deine Nägel haben schwarze Ränder. Wirklich, Anna. Der natürliche Look steht dir ja ausgesprochen gut, aber man kann es auch übertreiben mit dem Hippieflair. Benutzt du eigentlich noch Conditioner für die Haare?«

Anna zählte innerlich ganz langsam bis fünf. Und als sie dann prüfend in sich hineinhorchte, noch einmal bis acht. Nur zur Sicherheit.

Ihre Mutter meinte es gut, das wusste sie. Und deswegen verzichtete Anna darauf, ihr zu erklären, dass Floristen nun mal mit den Händen in der Erde wühlten. Sie biss die Zähne zusammen und fuhr dann nach Hause, um zu duschen, sich umzuziehen und ihre Nägel mit der Wurzelbürste zu bearbeiten. Doch als sie die teure Flasche Conditioner ihrer Mutter im Duschkörbchen entdeckte, regte sich in ihr der Widerstand. Sie wusch sich die Haare wie gewohnt, steckte sie zu einem wuscheligen Knoten auf und kramte dann eine dunkle Hose und eine grüne Tunika hervor. Sie überlegte kurz, ob sie nicht doch ein Kleid tragen sollte, aber dann ließ sie es bleiben. Sie wollte ihrer Mutter nicht zu viele Triumphe gönnen.

Als sie zwei Stunden später zurück in den Laden kam und sich fühlte, als müsse sie zu einer Prüfung antreten, blieb sie verblüfft stehen, als die Tür gegen die kleine Klingel an der Decke stieß. Der Raum war wie verwandelt. Er erinnerte mehr an eine Cocktaillounge als an ein Floristikgeschäft. Kerzen leuchteten zwischen den Blumen, auf der Theke im vorderen Raum war eine kleine Bar aufgebaut, und leise Musik spielte. Plötzlich kam Britt auf sie zu, ein Tablett in der Hand, auf dem eine Auswahl kleiner Häppchen auf Spitzenpapier bereitlag. Entgeistert blickte Anna sie an.

»Madame, isch bin Chérie und isch werde Sie eute Abend bewirten. Darf isch Ihnen unsere 'auseigenen Kreationen anbietén?«, flötete sie mit schrecklichem französischem Akzent. »Es gibt Grünés mit Krabbén, Beigés mit Knoblauch und irgendwas Pinkés, das isch lieber nischt anrühren würdé, weil es sehr seltsam riescht.« Sie verbeugte sich tief und hielt Anna das Tablett entgegen.

»O Gott«, stöhnte Anna lachend und machte die Ladentür hinter sich zu. »Bitte sag mir nicht, dass sie dich als Servicekraft angeheuert hat!«

»Na ja, angeheuert ist vielleicht das falsche Wort. Sie hat mir das Ding in die Hand gedrückt und gesagt, ich solle mich mal nützlich machen, wenn ich schon zu früh und ohne Gastgeschenk zu ihrer Party antanzen würde«, sagte Britt trocken, jetzt wieder in ihrer normalen Stimme.

»Es tut mir so leid!« Entsetzt nahm Anna ihrer Freundin das Tablett ab und stellte es auf die Theke neben die Gläser. »Sie ist manchmal unmöglich. Ignorier sie einfach. Du bist mein Gast. Einer meiner Ehrengäste. Du brauchst doch kein Geschenk. Und ich will nicht sehen, dass du heute Abend noch mal ein Tablett anfasst, verstanden?«

Wieder verneigte Britt sich. »Wie Madame Chérie befehlén!«, flötete sie, und Anna gab ihr einen Klaps.

»Anna, da bist du ja endlich!« Gloria Fischer rauschte aus dem Hinterzimmer in den Laden. Sie trug ein blaues Leinenkleid, Sandalen mit kleinen Absätzen und hatte ihren Schal gegen eine große purpurfarbene Kette eingetauscht, was ihren Hals seltsam nackt wirken ließ. Ein schwerer Duft nach Veilchen wehte hinter ihr her, und Britt verzog unwillkürlich das Gesicht.

»Die ersten Gäste sind schon da. Wenn auch zu früh«, fügte Gloria mit einem Blick zu Britt hinzu, die den Seitenhieb lächelnd einsteckte.

»Ich bin direkt nach der Arbeit hergekommen, weil ich dachte, dass ich noch etwas helfen kann«, erklärte Britt.

»Und immerhin hat sie es trotzdem geschafft, sich ein schönes Kleid anzuziehen.« Gloria betrachtete über den Brillenrand Annas dezentes Outfit. »Was man von dir nicht behaupten kann.«

»Und wo hast DU dich umgezogen, wenn ich mal fragen darf?«, lenkte Anna ab.

»Im Bad!«, verkündete ihre Mutter stolz. »Ich habe die Sache schließlich durchdacht.«

Annas Mundwinkel zuckten leicht, aber sie erwiderte nichts. Wozu auch, es hätte sowieso nichts genützt. Sie nahm sich grummelnd ein Häppchen und stopfte es sich in den Mund. Leider erwischte sie ein pinkes. Britt hatte mit ihrer Warnung richtiggelegen, es schmeckte so seltsam, wie es roch. Kauend beobachtete Anna ihre Freundin. Britt sah bezaubernd aus in ihrem hellgrünen Kleid mit ihren langen, blonden Elfenhaaren. Auch ohne die missbilligenden Blicke ihrer Mutter fühlte Anna sich dunkel und schrecklich unscheinbar gegen ihre lichtvolle nordische Erscheinung.

»Du hast dich ja wirklich fein gemacht. Wunderschön siehst du aus!«, sagte sie und brachte damit die Augen ihrer Freundin zum Strahlen.

»Na ja, wie du vielleicht schon gemerkt hast, steppt auf der Insel nicht unbedingt der Bär. Man muss die Möglichkeiten auskosten, die man kriegt. Sehr oft komme ich nicht dazu, mich in Schale zu werfen und meinen Kittel daheim zu lassen. Du siehst übrigens auch toll aus.«

Anna wusste, dass das nicht stimmte. Sie zuppelte unbehaglich an ihrer Tunika herum, während ihre Mutter durch den Laden lief und hier und da noch letzte Hand anlegte. »Wollen wir Harry nicht ein Schleifchen umbinden? Das wäre doch festlich!«, rief sie begeistert, und Anna verdrehte die Augen und warf Britt einen Hilfe suchenden Blick zu.

»Na, komm, wir trinken jetzt erst mal ein Gläschen.« Gut gelaunt schenkte Britt zwei Gläser bis zum Rand voll mit Champagner. »Alles ist besser nach einem ordentlichen Schluck Prickelndes.« Sie drückte Anna das Glas in die Hand und klonkte ihres schwungvoll dagegen, setzte es an und trank es in einem Zug leer. Dann knallte sie es auf die Theke. »So. Einmal nachmachen, bitte!«

Anna setzte gehorsam das Glas an, trank aber nur einen zaghaften Schluck.

»Na, das üben wir noch mal. Und jetzt: Lächeln! Es wird super, du wirst sehen. Ole ist auch schon da. Er baut die Tische um. Deine Mutter fand, es ist warm genug, dass wir auch draußen etwas servieren können und…«

»O Gott!«, rief Anna erneut, ließ Britt stehen und lief schnell ins Hinterzimmer. »Mama, würdest du bitte sofort aufhören, meine Gäste wie Servicepersonal zu behandeln?«, rief sie über die Schulter und nahm nun doch noch einen Schluck, bevor sie das Glas ins Regal knallte und Ole zu Hilfe eilte, der sein Jackett ausgezogen hatte und mit hochgekrempelten Ärmeln unter Roos' Anleitungen draußen die Tische hin und her schob.

Als wenig später die ersten echten Gäste eintrudelten, hatten Anna und ihre Mutter sich bereits ein paar heftige geflüsterte Wortgefechte hinter dem Blumenregal geliefert, und in der Luft um sie her brodelte es ein wenig. Anna war stinksauer, dass ihre Mutter einfach alles bestimmte, ohne sie nach ihrer Meinung zu fragen. Gloria war stinksauer, dass Anna ihr Engagement nicht zu würdigen wusste und – wie sie es ausdrückte – mal wieder nur meckern konnte. Beide hatten sich Champagner zu Hilfe geholt, um ihre angespannten

Nerven zu beruhigen, und ihre Mutter schwebte nun durchs Vorderzimmer und hielt Hof bei den Gästen, während Anna verschüchtert mit Ole, Britt und Roos im Hof stand und sich nicht traute, die ihr unbekannten Menschen, die ihren Laden bevölkerten, anzusprechen. Zum Glück kannte Roos fast alle und brach mit ihrer unbeschwerten Art das Eis. Sie stellte Anna vor, erzählte den Leuten, welche Pläne sie für den Laden hatte, und führte sie herum, sodass sie die Pflanzen und Blumenarrangements begutachten konnten. An diesem Abend sollte offiziell noch nichts verkauft werden, aber Anna hörte, wie Roos einem Pärchen erklärte, dass auf jeden Fall Reservierungen vorgenommen werden konnten, und mehr als einmal sah sie sie mit Zettel und Stift hin und her huschen, sich eifrig Notizen machen und Post-its mit Namen darauf an Pflanzen und Blumenkübel kleben. Sie ging offensichtlich auf in der Rolle der eingeweihten Assistenz-Nachbarin.

Auch Ole hatte bald einen kleinen Kreis Menschen um sich, die er fröhlich mit seiner lauten Stimme unterhielt. Er hatte Harry auf dem Arm, der nun doch eine Schleife aus Geschenkbändern trug. Er wurde getätschelt und bewundert und sah mehr denn je wie ein kleiner König aus. Britt lief trotz Annas Ermahnungen hin und her und schenkte Champagner ein, um die Stimmung zu lockern, wie sie betonte, und Anna sah, wie die Augen vieler männlicher Gäste ihr folgten und an ihrem goldenen Haar oder ihrem blitzenden Lachen hängen blieben. Alle hatten etwas zu tun, nur Anna stand da, knibbelte an ihrem Ellbogen herum und klammerte sich hilflos an ihr Glas. Am Ende schnappte sie sich ein Tablett mit Häppchen und reichte es herum, so hatte sie wenigstens die Hände voll. Ihr Laden war wunderschön geworden, das zumindest beruhigte sie ein wenig. Im Innenhof standen kleine Sitzgruppen verteilt, Laternen flackerten, eine Lichterkette war um den Zaun gewunden, der ihr Grundstück von Roos' trennte. Anna hatte den ganzen Nachmittag lang kleine bunte Blumensträuße gebunden und sie überall im Laden und auf den Tischen im Hof verteilt. Im Hinterzimmer, wo die großen Pflanztische standen, auf denen sie in Zukunft Sträuße binden und Töpfe befüllen würde, hatte endlich eine Küchenzeile die Pappkartons abgelöst. Der kleine Kamin flackerte, und obwohl in den Regalen an den Wänden Blumenschalen und Flohmarktstücke zum Verkauf bereitstanden, erinnerte der Laden eher an ein gemütliches altes Wohnzimmer als an einen Verkaufsraum. Die alten Holzdielen schimmerten in neuem Glanz, und die Wände waren frisch verputzt und weiß angestrichen, sodass sie nun gar nicht mehr so schief wirkten. Im Vorderzimmer erstrahlte die Theke, die an diesem Abend als Bar diente, im selben Blau wie die Fassade des Hauses. Die ersten Schnittblumen warteten im Schaufenster darauf, Kunden heranzulocken, überall flackerten Kerzen, und ihr Schein fing sich in dem neuen Buntglasfenster über der Tür. Anna war glücklich und stolz über das Erscheinungsbild ihres Ladens, und sie war offenbar nicht die Einzige. Ole brachte im Laufe des Abends immer wieder Menschen dazu, bewundernd mit den Händen über die Dielen zu fahren und sich ganz genau die kleinen Girlanden aus Gänseblümchen anzusehen, die Anna auf die Tische gemalt hatte.

Als sie gerade eine weitere Runde Häppchen aufs Tablett lud, kam ihre Mutter herein, umringt von einer Schar Menschen, auf die sie laut einplapperte. Sie führte die Gruppe zu Anna, die schnell das Tablett verschwinden ließ und sich vorstellte. Sie konnte sich keinen einzigen Namen merken, aber sie lächelte tapfer und fand, dass sie sich in puncto Small Talk gar nicht so schlecht schlug. Plötzlich erschien ein großer Schatten in der Tür zwischen Laden und Hinterzimmer. Luuk trat ein, sah sich unsicher um und lächelte, als er Annas Blick traf.

»Hier, ein kleines Einweihungsgeschenk.« Er reichte Anna einen Korb voller Blumenzwiebeln. »Meine eigenen Züchtungen, sie sind tropischen Ursprungs, man pflanzt sie im Frühjahr. Du wirst überrascht sein, wenn sie blühen.«

Bevor Anna ihm danken konnte, war ihre Mutter schon zur Stelle. »Ahh, der Hahnendompteur.« Gloria Fischer hatte inzwischen auch schon das eine oder andere Gläschen verschwinden lassen und war milde gestimmt. Sie lächelte Luuk sogar an. »So gefallen Sie mir bedeutend besser. Sie sollten die dreckigen Overalls öfters mal zu Hause lassen.«

»Ich nehme das dann wohl als Kompliment?«, fragte Luuk mit hochgezogenen Augenbrauen.

»Das können Sie nehmen, wie Sie wollen!« Sie zwinkerte, und Luuk errötete leicht.

»Mama.« Anna packte ihre Mutter am Arm und zog sie zur Seite.

»Kannst du bitte den Champagner ab jetzt stehen lassen? Du benimmst dich peinlich!« Ihr fiel kein besseres Wort ein, aber das beschrieb es, fand sie, ganz treffend.

»Also, ich bitte dich!« Ihre Mutter plusterte sich empört auf, aber Anna blieb plötzlich stehen, als sei sie gegen eine unsichtbare Wand gelaufen. Sie blickte durch die Scheibe nach draußen und hatte das Gefühl, mit einem Eimer Eiswasser übergossen zu werden.

»Das gibt's nicht!«, keuchte sie. »Simon?«

»Was?« Ihre Mutter hatte bei ihrem seltsamen Tonfall überrascht innegehalten und sah nun ebenfalls durch das große Schaufenster auf die Gasse hinaus. »Horst?«, kreischte sie, und in ihrer Stimme schwang dieselbe entsetzte Überraschung wie zuvor in Annas.

Draußen auf der Gasse standen Annas Vater und Simon und blickten zu ihnen hinein. Als ihr Vater sie entdeckte, hob er die Hand und winkte freudig.

»Ich sehe das nicht wirklich, oder?«, krächzte Anna und packte ihre Mutter am Arm. »Sag mir, dass das nicht stimmt. Sie können nicht da sein.«

»Dieser …!« Ihre Mutter fletschte wütend die Zähne und stürmte los. Sie schwang die Ladentür so heftig auf, dass die kleine Glocke an die Decke geschleudert wurde. Ein bisschen Putz rieselte herunter und landete auf den Dielen. Anna stand noch einen Moment wie festgefroren da, dann folgte sie ihr mit weichen Knien.

»Gratuliere zur Eröffnung, mein Kind!« Ihr Vater gab Anna einen demonstrativ donnernden Kuss auf die Wange und drückte sie an sich. Über seine Schulter warf sie Simon einen Blick zu. Der lächelte zaghaft, zuckte bei den wütenden Blitzen, die aus Annas Augen schossen, aber zurück und setzte eine starre, leicht panische Miene auf.

»Horst! Woher …?« Annas Mutter war offensichtlich ebenso fassungslos wie Anna, ihn hier zu sehen.

»Woher ich davon erfahren habe?« Triumphierend wandte sich Annas Vater an seine Ex-Frau. »Von Simon. Er hat mich angerufen, um mich zu fragen, ob wir zusammen fahren wollen. Offensichtlich ist auch er davon ausgegangen, dass es selbstverständlich für einen Vater wäre, bei einer solchen Veranstaltung eingeladen zu sein.«

Plötzlich klackerten hinter ihnen auf dem Kopfsteinpflaster der kleinen Gasse Schritte auf sie zu. Alle drehten sich gleichzeitig um, und allen entglitten gleichzeitig die Gesichtszüge.

»Karin?«, riefen Simon und Anna wie aus einem Munde.

Mit schüchternem Gesicht kam Karin aus der Dunkelheit auf sie zu; auf den unebenen Steinen der Gasse schwankte sie leicht in ihren hohen Schuhen. Auch wenn sie so gar nicht in das Bild zu passen schien und beinahe wie eine Erscheinung wirkte, spürte Anna für eine Sekunde den gewohnten Impuls, ihr um den Hals zu fallen. Aber schnell besann sie sich und verschränkte die Arme vor der Brust.

Karin lächelte Anna schüchtern an, dann blickte sie nach rechts, gewahrte Simon, den sie offensichtlich bisher nicht bemerkt hatte, und das Lächeln erstarb. »Du bist hier?«, fragte sie schrill. Sie schien um Fassung zu ringen. »Du hast mich angelogen?«

Simon brauchte offensichtlich selbst ein paar Sekunden, um sich vom Schock zu erholen, dann rief er: »Und du? Was machst du bitte hier? Du hast doch gesagt, du bist bei deinen Eltern!«

»Und du hast gesagt, du bist bei deinem Bruder!«

Er trippelte nervös von einem Fuß auf den anderen und wusste offensichtlich nicht, was er sagen sollte.

»Ich wollte eben noch mal mit Anna reden, das konnte ich dir ja schlecht erzählen, oder?«, blaffte er dann. Aber eine schuldbewusste Röte hatte seine Wangen überzogen und strafte seinen harten Ton Lügen.

»Ich wollte auch mit ihr reden«, verteidigte sich Karin. »Wir kennen uns schließlich schon wesentlich länger als ihr euch.«

Anna und ihre Eltern blickten interessiert zwischen den beiden hin und her, als verfolgten sie eine spannende Fernsehserie. Anna verstand langsam, was sich hier gerade abspielte. Aber bevor sich einer der beiden erklärend an sie wenden konnte, ergriff ihr Vater wieder das Wort. Er schien zu entscheiden, dass Karin und Simon ihre Probleme unter sich ausmachen sollten. »Also, könnten wir jetzt kurz darauf zurückkommen, warum ich nichts von alldem hier wusste?«, fragte er und blickte entrüstet zu Anna. »Ich nehme mal an, dass das nicht dein Werk ist?«

Sie schüttelte schnell den Kopf und wollte sich erklären, aber ihre Mutter übernahm schon das Wort.

»Das hatte ganz einfach praktische Gründe«, schnappte sie. »Es gibt nicht genug Platz im Haus. Außerdem hast du gesagt, du hast eine Konferenz dieses Wochenende.«

»Konferenzen kann man ausfallen lassen, Gloria. Und das angebliche Platzproblem, von dem du sehr genau weißt, dass es reine Erfindung ist, haben wir auch sehr einfach und angenehm lösen können.«

»Wie?«, fragte ihre Mutter atemlos.

»Ich wohne bei der Femke«, verkündete ihr Vater, und es war offensichtlich, wie sehr er es genoss, seine Ex-Frau aus der Fassung zu bringen.

»Was?«, rief diese auch prompt, vollkommen empört. »Und sie hat mir nichts gesagt?«

»Ich habe sie angerufen und gefragt, wo genau sich die Räumlichkeiten des Ladens befinden. Sie hat gefragt, wo ich unterkomme, wie höfliche Menschen das nun einmal tun, und nachdem ich ihr meine missliche Lage erklärt hatte, mehr als großzügig angeboten, mich aufzunehmen. Ich habe keinen Grund gesehen, ihre Einladung abzulehnen. Und ich habe sie gebeten, dir vorerst nichts zu erzählen, denn ich wollte Anna überraschen.«

Anna konnte sehen, wie sich die Wangen ihrer Mutter immer röter färbten und eine kleine blaue Vene an ihrem Hals zu pulsieren begann. Es war lächerlich, auf dem Hof war natürlich genug Platz für ihren Vater. Ihre Mutter wollte ihn einfach nicht dabeihaben.

»Ich wohne übrigens auch bei ihr!«, schaltete sich Simon nun zaghaft von der Seite ein.

»Was?« Anna und ihre Mutter fuhren gleichzeitig zu ihm herum. Nun war auch Anna erschüttert.

»Sie … hat es angeboten … und da dachte ich …« Er stotterte, und als er merkte, dass es besser wäre, nicht weiterzusprechen, brach er ab.

»Also, ich wohne im Hotel!«, verkündete Karin fast stolz in die entrüstete Stille hinein, die auf seine Worte folgte, und alle blickten sie an, als seien sie überrascht, dass sie auch noch da war.

Anna holte tief Luft. Dann wandte sie sich an Simon. »Woher weißt du überhaupt von der Feier?«, fragte sie ihn, aber sie kannte die Antwort bereits.

»Äh … von deiner …« Er deutete mit den Augen nach links.

»Ich habe ihn eingeladen!« Annas Mutter schien nicht mal auf die Idee zu kommen, sich zu schämen. »Ich dachte, wenn es für euch beide noch eine Chance gibt, dann darf man sie nicht verschwenden. Schließlich war er so gut wie mein Schwiegersohn, das Ganze geht auch mich etwas an. Und so eine Feier ist doch ein guter Anlass, um noch einmal zusammenzukommen und über alles zu reden!«

Anna konnte nicht einmal wütend sein. Sie fühlte sich kraftlos und leer, als hätte jemand die Füllung aus einem Stofftier gezogen. Es war zu viel. Wie sollte sie all das entwirren und obendrein auch noch die Eröffnung des Ladens managen, die bisher ihre größte Sorge gewesen war und ihr mit einem Mal wie ein Klacks vorkam gegen die Probleme, die ihr hier gerade leibhaftig gegenüberstanden.

»*Sie* habe ich allerdings nicht eingeladen!« Gloria warf ihren abschätzigsten Blick in Richtung Karin, die vor Scham dunkelrot anlief. Trotz des allgemeinen Tumults fand Anna eine Sekunde, um sich zu fragen, warum ihre Mutter es in Ordnung fand, ihren untreuen Ex-Freund einzuladen, aber nicht ihre beste Freundin, mit der er die Untreue begangen hatte. Verrat von Frauen an Frauen wiegt einfach schwerer, dachte sie, während um sie her das Chaos ausbrach und sie Karins Blick auswich, der sich verzweifelt an sie klammerte. Von Männern erwartet man fast, dass irgendwann so etwas passiert, aber bei Frauen ist es unverzeihlich. Sie können sich nicht rausreden mit Biologie und Hormonen, bei ihnen ist es der reinste Egoismus. Genau so hatte sie es zumindest in den letzten Wochen empfunden, das wurde ihr in diesem Moment erst klar, als sie ihre beste Freundin ansah, die ihre Tasche umklammert hielt und schrecklich nervös aussah. Sie wusste nicht, ob das wirklich fair war, aber gerade kam es ihr wie eine brauchbare Erklärung vor. Ihre Mutter schien das genauso zu sehen. Wenigstens eine Sache, die sie gemeinsam hatten. Fast hätte Anna gelacht. Daran war natürlich der Champagner schuld, denn in der Situation gab es eigentlich überhaupt nichts zu lachen. Alle redeten wild durcheinander, bis Annas Vater die Arme ausbreitete und mit dröhnender Stimme für Ruhe sorgte.

»Leute! Contenance!«

Alle verstummten und blickten ihn an.

»Also, wie gehen wir nun weiter vor?«, fragte er geschäftlich.

Anna hob hilflos die Arme und gab ein Geräusch von sich, das ihre Verwirrung ausdrückte. Sie hatte keine Ahnung, was sie jetzt machen sollte.

Zum Glück übernahm ihre Mutter wie gewohnt das Ruder. »Also, wir können hier ja nicht ewig auf der Gasse rumstehen. Jetzt kommen erst mal alle rein und trinken etwas, und dann sehen wir weiter. Wo ihr schon mal hier seid, können wir euch ja schlecht wieder wegschicken.«

Alle blickten zu Anna, und nach ein paar Sekunden nickte sie grimmig.

Ihre Mutter hielt die Ladentür auf. Als Simon zögerlich an ihr vorbeiging, lächelte sie ihm aufmunternd zu. Anna sah es und knurrte. Ihren Vater, der Simon folgte, traf ein tödlicher »Unmöglich-deine-Aktion«-Blick, den er wohlweislich ignorierte. In den letzten Jahren ihrer Ehe hatte er ähnliche Blicke fast täglich kassiert, sie konnten ihn nicht mehr aus der Ruhe bringen. Stolz schritt er an seiner Ex-Frau vorbei in den Laden, die verächtlich die Nasenflügel blähte.

»Ja, du auch!«, sagte ihre Mutter unfreundlich zu Karin, die immer noch verloren dastand und offensichtlich erst nicht wusste, ob auch sie eingeladen war. Erleichtert lief sie daraufhin hinter den anderen her.

Nun stand nur noch Anna da. In ihren Augen lag ein »Ich-kann-nicht-glauben-dass-du-mir-das-antust«-Blick, den ihre Mutter mit ihrem besten »Jetzt-stell-dich-nicht-so-an-es-wird-schon-alles«-Blick konterte.

»Los! Auf jetzt!«, scheuchte sie, als Anna sich immer noch nicht rührte.

Und was sollte sie auch anderes tun? Anna holte tief Luft und betrat hinter ihrer Mutter den Laden.

❋

Zwei Minuten später erklärte Anna Britt in einer Ecke des Hofes flüsternd, was gerade passiert war. Ihre Mutter hatte die anderen an den Getränketisch geführt und versorgte sie dort mit Champagner.

»Was soll ich jetzt machen?«, fragte Anna aufgeregt.

»Deine Mutter hat ihn tatsächlich eingeladen?«, wiederholte Britt ungläubig, obwohl Anna es ihr schon zweimal bestätigt hatte.

Anna nickte grimmig.

»Und er hat Karin davon erzählt, und sie sind beide hergekommen, und keiner wusste vom jeweils anderen, dass er hier sein würde?«, fragte sie im selben ungläubigen Ton.

Wieder nickte Anna.

»Krasse Geschichte!«, schloss Britt und schüttelte den Kopf.

»Ich weiß! Jetzt hilf mir!«

Britts Blick ruhte auf Karin, die in ihren Pumps und ihrem Kleidchen viel zu schick war für den Anlass. Sie stand unsicher da und blickte sich nach Anna um. »Willst du, dass sie wieder gehen?«, fragte sie.

Anna dachte kurz nach. »Das wäre mir am liebsten, ja. Ich kann das heute nicht.«

»Lass mich das machen. Ich sage ihnen, dass sie noch ein Gläschen trinken und dann unauffällig verschwinden sollen.«

»Würdest du das tun?«, fragte Anna hoffnungsvoll.

»Es wäre mir ein Vergnügen.« Britt wollte schon losstürmen, einen beinahe genussvollen Ausdruck auf dem Gesicht, da hielt Anna sie noch mal am Arm fest. »Sag ihnen, dass wir uns morgen treffen können. Ich schreibe ihnen eine Nachricht. Bis dahin sollen sie mich in Ruhe lassen!«

Halb erleichtert, halb entsetzt beobachtete Anna, wie Britt erst zu Karin trat und ihr etwas ins Ohr raunte und das Gleiche dann bei Simon wiederholte. Beide blickten erschrocken auf, Karin wurde ein wenig blass um die Nase, aber dann nickten sie in ergebenem Einverständnis. Sie sahen zu Anna, die ihrem Blick auswich und feige in den Laden schlüpfte. Aber wenn sie geglaubt hatte, dort sicherer zu sein, wurde sie enttäuscht. Ihre Eltern standen neben den Regalen in einer Ecke und stritten ungeniert.

»Ich lasse mir nicht verbieten, mit meiner Tochter ihren beruflichen Erfolg zu teilen!«, hörte sie ihren Vater sagen, der ein Glas Champagner in der Hand hatte und es nach diesen Worten in einem Zug hinunterspülte.

Die gezischte Antwort ihrer Mutter verstand Anna nicht mehr, denn sie hatte auf dem Absatz kehrtgemacht, aber sie konnte aus dem Augenwinkel gerade noch erkennen, dass die Vene an ihrem Hals nicht kleiner geworden war.

Sie trat wieder auf den Hof und atmete einmal tief ein und aus. Gerade als sie dachte, dass der Abend nicht schlimmer werden konnte, kam eine Frau zur Tür herein. Ihr Blick war so giftig, dass es keine Verwechslung geben konnte. Es war die Evers.

Anna blinzelte entsetzt, aber bevor sie auf sie zugehen und sie fragen konnte, was sie hier verloren hatte, kam ihre Mutter, nahm die Frau beim Arm und führte sie zur Getränketheke.

»Was macht die denn bitte hier?« Britt war neben Anna aufgetaucht, zwei frisch gefüllte Gläser in der Hand.

»Ich weiß es nicht, aber es sieht so aus, als habe meine Mutter sie eingeladen!«, sagte Anna mit schwacher Stimme. »Der ganze Abend ist ein einziger Albtraum!«

Anna zog ihre Mutter unauffällig beiseite. »Was macht die denn hier?«, zischte sie und zeigte mit den Augen in Richtung Evers, die sich nun mit ein paar Gästen unterhielt. Sie hatte Anna noch keines Blickes gewürdigt, bediente sich aber bereits ausgiebig an den Häppchen.

»Hm? Oh. Na, ich dachte, es ist doch gut, wenn man die Konkurrenz kennenlernt.« Ihre Mutter zuckte mit den Schultern.

»Mama, sie war neulich hier und hat sich mir gegenüber furchtbar verhalten!«

»So?« Überrascht drehte Gloria sich um. »Was hat sie denn gesagt?«

»Dass sie auf der Insel keine Fremden brauchen, die

ihnen die Kunden wegnehmen, und dass ich wieder dahin verschwinden soll, wo ich hergekommen bin.«

»Ach, Anna, das hat sie sicher nicht so gemeint! Du musst das auch verstehen, die Arbeit hier ist knapp, und sie ist nicht mehr die Jüngste. Natürlich macht sie sich Sorgen um ihren Laden. Nimm doch nicht immer alles so schrecklich persönlich.«

Anna holte empört Luft. »Aber…«

»Oh, da sind ja die Groenewalds! Huhu, Anette!« Ihre Mutter winkte freudig, drückte Anna ihr leeres Glas in die Hand und verschwand, um ein älteres Pärchen zu begrüßen, das gerade in den Hof getreten war und sich neugierig umsah.

Ole, der beobachtet hatte, dass Anna alleine dastand, kam angeschlendert. Immer noch trug er Harry durch die Gegend, der es sich auf seinem Unterarm sichtlich bequem gemacht hatte. Er lag platt da wie ein Baby, ließ alle viere baumeln und blickte verschlafen in die Gegend.

»Ist das nicht die Pute von neulich?«, fragte Ole.

Anna nickte stumm.

»Was macht sie hier?«

»Ich habe nicht die geringste Ahnung, das musst du meine Mutter fragen.«

Ole zog eine Augenbraue hoch. »Ein bisschen geladen, was? Also, ich glaube, unsere kleine Fleischwurst hier hat langsam genug.« Er wechselte den Dackel geschickt vom rechten auf den linken Arm, wo dieser sofort die gleiche Position einnahm. »Und ich spüre meine Hand nicht mehr.«

»Ja, es ist lange nach seiner Schlafenszeit. Hoffentlich hält er noch ein bisschen durch. Dein Baby-Einschlaf-Tragegriff sieht übrigens sehr professionell aus.«

Ole nahm sich drei Häppchen von einem Tablett, legte den Kopf in den Nacken und stopfte alle auf einmal in sich hinein. »Na, sicher, hast du etwa an meinen väterlichen Qualitäten gezweifelt? Bei meiner riesigen Familie habe ich über die Jahre schon etliche Windelträger in den Schlaf geschaukelt«, erklärte er, während er genüsslich kaute. »Sag mal, diese Karin, ist sie …«, setzte er an, aber Anna fuhr ihm mit schneidender Stimme dazwischen.

»Wenn du sie anfasst, kastrier ich dich.«

»Wow, ganz ruhig.« Er hob überrascht die Hände und ließ Harry dabei in die Luft fliegen. »Nicht gleich übergriffig werden, ich frage ja nur.«

»Und ich antworte nur. Und ich meine das todernst.«

Er rückte in gespielter Angst ein Stück von ihr ab. »Verstanden, Boss.«

»Gut!«

Anna nahm mit Grabesmiene Harry von Oles Arm und wandte sich zur Tür. »Dann wäre das ja geklärt.«

18

»Also, das war mal ein echtes Desaster.«

Anna und Britt saßen im dunklen Laden auf dem Boden und tranken den Rest Champagner direkt aus der Flasche. Eine letzte tapfere Kerze leuchtete noch zwischen den Dahlien, und die runtergebrannte Asche glühte in dem kleinen Ofen und tauchte ihre Gesichter in ein sanftes orangefarbenes Licht. Neben ihnen lagen verstreut die Tabletts, auf denen die Häppchen serviert worden waren. Harry war bei Roos, damit er dort schon mal vorschlafen konnte. Ihm war das Ganze irgendwann zu viel geworden, und als er angefangen hatte, die Hosenbeine verschiedener Gäste anzunagen und gezielt Feinstrumpfhosen zu zerkratzen, hatte Anna ihn vorsichtshalber rübergebracht. Am liebsten wäre sie bei ihm geblieben und hätte sich neben ihm auf dem Sofa eingerollt.

»Das kannst du laut sagen.«

»Hab ich ja.« Britt kicherte. »Dein Vater wirkt eigentlich sehr nett«, sagte sie dann und nahm einen zu großen Schluck, der sie husten ließ. »Ein bisschen wie ein Bär.«

»Ist er auch«, seufzte Anna, als Britt sich wieder beruhigt hatte. »Nett, meine ich. Es tut mir leid, dass er nicht eingeladen war, das habe ich nicht gewollt. Aber ich wusste ja selber nichts von der Party.«

»Wie ist er an deine Mutter geraten?«

»Das frage ich mich auch manchmal. Die beiden üben eine seltsame, zerstörerische Anziehungskraft aufeinander aus. Eigentlich sind sie nur dann so wirklich glücklich, wenn sie sich so richtig fetzen können. Aber ganz ohne einander können sie auch nicht.«

»War deine Mum schon immer so?«

Anna überlegte einen Moment. »Nein«, sagte sie. »Früher war sie nicht so …«

»Herrschsüchtig? Furcht einflößend? Ein zweiter Voldemort?«, bot Britt an, und Anna nickte im Dunkeln.

»Sie war viel ruhiger, viel fröhlicher. Jetzt ist sie immer gehetzt, fast schon getrieben. Ihre Karriere ist ihr furchtbar wichtig, die Galerie ist ihr Tempel, sie ist Powerfrau durch und durch, immer auf dem Sprung, mischt sich in alles ein, redet viel zu viel und viel zu schnell, weiß immer alles besser. Manchmal glaube ich … Manchmal glaube ich, sie ist so geworden, damit sie nicht stillhalten und nachdenken muss. Verstehst du, was ich meine?«

Britt nickte langsam. »Damit sie ihren Gedanken davonlaufen kann?«

»Genau. So in der Art.«

Eine Weile waren sie beide still.

»Sie ist eigentlich ein toller Mensch«, sagte Anna. »Es war alles nicht leicht für sie.«

»Ich weiß. Man merkt schon, dass unter ihrer tyrannischen Schale eine klasse Frau steckt.«

Anna nickte.

»Erzählst du mir irgendwann, was mit deiner Schwester passiert ist?«, fragte Britt plötzlich leise.

Anna hielt kurz den Atem an, dann seufzte sie. »Auf jeden Fall«, sagte sie. »Nur nicht heute, okay? Ich fühle mich, als müsste ich hundert Jahre schlafen.«

Britt lachte. »Das glaube ich dir gerne. Das war heute besser als jede Seifenoper. Ich bin so gespannt, wie es morgen weitergeht.«

»Erinnere mich nicht daran!«, stöhnte Anna. »Ich

hatte einen Moment lang vergessen, dass morgen die Fortsetzung von alldem auf mich wartet. Dahinter verblasst völlig, dass ich eigentlich meine Eröffnung feiere.« Sie schüttelte den Kopf. »Ich kann's einfach nicht fassen, dass sie alle gleichzeitig hier aufgetaucht sind. Und dass meine Mutter Simon einfach eingeladen hat.«

Britt lachte ihr helles, glockenartiges Lachen. »Na, eine positive Bilanz können wir jedenfalls aus dem Abend ziehen«, sagte sie und schob sich ein letztes Häppchen in den Mund. Es war offensichtlich ein pinkes, denn sie spuckte es sofort wieder aus und pappte die klebrigen Reste zurück aufs Tablett.

»Ach ja, und die wäre?«

»Na, dieser Biobauer. Der heiße. Der findet dich ziemlich toll.«

Anna wurde rot und war froh, dass es im Laden so dunkel war. »Wovon sprichst du bitte?«

»Ach, komm, tu nicht so. Als ob du es nicht gemerkt hättest.«

»Isch abe keine Ahnung, wovon Sie schpreschen, Chérie!«, sagte Anna und lachte.

»Na, wenn du ihn nicht willst, ich nehm ihn mit Handkuss«, sagte Britt. »So, und jetzt räumen wir hier die Bude, ich hab morgen um neun meinen ersten Patienten.«

Anna stand auf und merkte erst, als sie sich an der Tischkante festhalten musste, wie viel Champagner sie getrunken hatte.

»Sag mal, wie komme ich jetzt eigentlich nach

Hause?«, fragte sie erstaunt und dachte, dass der Boden eben ganz sicher ein wenig geschwankt hatte.

»Äh … Ich würde sagen, mit einem Taxi?«

»Im Ernst? So was gibt's hier?« Erstaunt hielt Anna sich an Britts Arm fest, als der Boden plötzlich schon wieder näher war, als er eigentlich sollte.

»Hoppla. Schön vorsichtig. Gut, dass du keine hohen Schuhe anhast. Ja, das gibt's hier. Stell dir vor. Ganz hinterm Mond leben wir auch nicht. Ich rufe da jetzt an, und dann bringen sie dich schön nach Hause in dein Bettchen! Du musst dich nicht übergeben, oder? Das mögen sie nämlich gar nicht! Die Polster sind schwer zu reinigen.«

Anna horchte einen Moment in sich hinein und hickste leise. »Ich glaub nicht«, sagte sie. »Warum bist du eigentlich nicht betrunken?«, fragte sie dann, weil ihr jetzt doch klar geworden war, dass das Schwanken wahrscheinlich nicht am Boden lag. »Du hast doch locker mal fünf Gläser mehr weggekippt als ich.«

»Übung!«, erwiderte Britt trocken und pustete die Kerze aus. »Außerdem hab ich ein ganzes Blech Häppchen alleine gegessen. Von euch hat ja keiner was angerührt.«

Als Anna eine halbe Stunde die Treppe hinaufwankte, schlief ihre Mutter tief und fest. Sie hatte ihre Stoffmaske über den Augen und die Decke in einer Art Klammergriff an sich gerafft, sodass Anna erst wütend daran ziehen musste, um auch etwas abzukommen. Eine Weile blickte sie voller brodelnder Emotionen auf sie hinab. Wie konnte sie hier so seelenruhig schlafen, wo sie doch gerade die Welt ihrer Tochter komplett auf den Kopf gestellt hatte? Anna widerstand nur mühsam der Versuchung, ihr ganz aus Versehen gegen das Schienbein zu kicken, das natürlich auf ihrer Hälfte des Bettes lag.

Eigentlich hatte sie vorgehabt, sie gleich hier an Ort und Stelle zur Rede zu stellen. Aber angesichts des Dröhnens in ihrem Kopf und des leisen Schnarchens von der anderen Bettseite ließ sie es bleiben. Sie fiel kraftlos auf ihr Kissen, und gnädige Umnachtung umgab sie wie der dunkle Ozean und zog sie in eine traumlose Tiefe.

Als nur wenige Stunden später das Klingeln des Weckers durch das kleine Schlafzimmer hallte, stöhnte Anna laut. »Nein!«, rief sie. »Bitte nicht! Sei still!« Sie lag einen Moment lang mit geschlossenen Augen da, die Hände an die Schläfen gepresst, und überlegte, warum sie sich so fühlte, als habe jemand ihren Kopf mit einem Handmixer durchgequirlt. Plötzlich setzte sie sich mit einem Ruck auf. Die Bilder von gestern Abend fluteten zurück. Simon. Karin. Ihr Vater. Der Champagner. Dunkel sah sie eine verschwommene Menge fremder Gesichter zwischen Blumen und Häppchen auf weißen Spitzendeckchen. Sie stöhnte erneut. Dann blickte sie sich um. Das Bett neben ihr war leer, die Laken zerknautscht. Ihre Mutter war bereits geflüchtet.

»Typisch!«, knurrte Anna.

Als sie im Bademantel nach unten kam, saß Gloria fertig angezogen und geschminkt am Tisch. Ihr Batikschal leuchtete in knalligem Grün, und sie sah geradezu unverschämt frisch und munter aus, fand Anna. Sie las konzentriert die Zeitung, die Augenbrauen über der Brille leicht zusammengekniffen, und schien vollkommen zufrieden mit sich und der Welt, was Annas Nacken sofort dazu brachte, gefährlich zu kribbeln. Immerhin hatte sie den Tisch gedeckt und sogar Porridge gekocht, den sie selbst ablehnte und ähnlich wie Ole gerne als britischen Schneckenschleim bezeichnete. Es war ein klares Friedensangebot.

Doch davon wollte Anna nichts wissen.

»Guten Morgen, Schätzchen!« Ihre Mutter ließ die Zeitung sinken und lächelte, als könne sie kein Wässerchen trüben.

Wortlos setzte Anna sich ihr gegenüber. Demonstrativ schob sie den Porridge von sich und nahm sich eine Tasse. Langsam schenkte sie sich Kaffee ein. Dabei blickte sie ihre Mutter herausfordernd an.

Eine Weile hielt Gloria ihrem Blick stand.

Anna trank ein paar Schlucke und wartete.

Schließlich knallte ihre Mutter die Zeitung auf den Tisch. »Schön. Es tut mir leid. Ich wollte nicht, dass es so ein Chaos gibt.«

»Was hast du dir nur dabei gedacht?«, rief Anna und stellte ihrerseits die Tasse ab, bereit zum Kampf. Nun, wo sie schon einmal angefangen hatten, konnten sie sich eine vorsichtige Annäherung an das Thema sparen.

»Na, dass ihr zwei zusammengehört, das habe ich mir gedacht! Ich wollte helfen.« Gloria schürzte die Lippen. Auf ihrer Kaffeetasse hatte ihr violettstichiger Lippenstift einen verschmierten Kreis hinterlassen. Anna starrte ihn an und bemühte sich, nicht auszuflippen.

»Mama«, sagte sie, ruhig, aber sehr bestimmt. »Er hat mich betrogen. Mit meiner besten Freundin. Es war nicht nur ein Ausrutscher, verstehst du? Ich will ihn nicht sehen! Ich will sie beide nicht sehen. Ich will nicht mit ihm reden und ich will nicht mit ihr reden. Was meinst du denn, warum ich auf die Insel gezogen bin? Wenn es nur darum ging, dass wir noch mal miteinander sprechen müssen, hätte ich auch in Hamburg bleiben können, Herrgott.«

»Ich dachte, es ging dir bei deinem Umzug um Selbstverwirklichung! Das kannst du doch auch mit ihm zusammen machen!«

»Mama!«

»Schon gut, schon gut. Ich sehe ja ein, es war vielleicht ein bisschen vorschnell von mir. Und dass er gleich deinen Vater anschleppt und auch noch sein kleines Flittchen hier antanzt, konnte ich ja nicht ahnen.«

»Mit Papa hat das Ganze nichts zu tun, ich freue mich, dass er hier ist, und es war sowieso nicht richtig von dir, ihn nicht einzuladen. Und Simon hat mich genauso betrogen wie Karin. Ich kann's einfach nicht fassen, dass ich jetzt beide hier sitzen habe. Und Papa obendrauf.«

»Das war ja so auch nicht geplant!«, verteidigte sich ihre Mutter, aber Anna konnte sehen, dass ihr durchaus bewusst war, was sie angerichtet hatte. »Zum Glück hat dein Vater wenigstens sein dürres Blondchen daheim gelassen.«

Anna stöhnte. »Er ist mit Regina seit über zwei Jahren zusammen. Und sie ist inzwischen brünett.«

Ihre Mutter schnaubte. »Das ändert nicht das Geringste.« Plötzlich wurde ihre Stimme weicher. »Anna, überleg es dir doch noch einmal. Ihr wart immer so ein tolles Paar. Männer wie Simon wachsen nicht auf Bäumen, und hier schon gar nicht. Männer mit einer Karriere, einem Job, Intellekt, vollem Haar. Hier gibt es doch nur Landwirte und Schafzüchter.«

»Und was ist bitte verkehrt an Landwirten und Schafzüchtern? Solange sie mich nicht betrügen, kann mir das doch vollkommen egal sein«, schnappte Anna, entrüstet über die Überheblichkeit ihrer Mutter. »Und was nützt mir sein volles Haar, wenn er seine Hände nicht bei sich behalten kann?«

»Anna!«

»Nichts Anna!«

»Ich meine ja nur!«

»Gar nichts meinst du nur, du hast dich mal wieder ungefragt eingemischt, und ich darf es jetzt ausbaden!«

Gloria schüttelte den Kopf und seufzte. »Vielleicht ist es ja zu etwas gut. Jetzt gib der Situation doch eine Chance.« Sie stand auf und nahm ihre Tasse. »Ich muss jetzt jedenfalls packen, ich will die Zwölf-Uhr-Fähre erwischen.«

Anna verschluckte sich an ihrem Kaffee. »Was? Ich dachte, du bleibst noch bis morgen.«

Ihre Mutter blinzelte erstaunt. »Ach, habe ich das noch nicht erzählt? Ich muss früher zurück. Ein Notfall in der Galerie. Es hat sich gestern Abend ergeben. Nicht meine Entscheidung. Du weißt, wie unfähig sie da sind. Aber angesichts der Situation ist es ja vielleicht auch besser so. Dann hast du deine Ruhe und kannst alles regeln.«

Und damit verschwand sie, und Anna hörte, wie sie die knarzende Treppe hinaufstieg, in Gedanken wahrscheinlich schon wieder bei ihren Kunstwerken. Sie selbst blieb vor ihrem unangerührten Porridge sitzen und biss sich vor Wut auf die Lippen. Es sah ihrer Mutter ähnlich, ohne Vorwarnung hier anzubrausen, das größte nur erdenkliche Chaos in Annas Leben zu verbreiten und sie dann mit den Schäden alleine zu lassen und mit wehendem Schal wieder nach Deutschland zu verschwinden. Sie beschloss, nicht nachzufragen, welche unglaublich dringenden Notfälle es in einer Galerie geben konnte, die ihre Mutter dazu veranlassten, ihren Urlaub früher abzubrechen.

Mit grimmigem Gesicht aß sie zwei Schalen Porridge, zog sich an und holte ihren Vater ab, der schon vor dem Haus der Femke auf sie wartete. Simon würde sie abends zum Essen treffen, und sie hatte ihm dringend geraten, sich davor so rarzumachen, wie er nur konnte. Er schien sich an sein Versprechen zu halten, denn als ihr Vater zu ihr ins Auto stieg, war von ihm keine Spur zu sehen.

»Na, mein Kind, Ärger?«, fragte Horst fröhlich, als er die Grummelfalte zwischen ihren Augenbrauen sah, und drückte sie fest.

»Mama«, sagte Anna nur in seine Jacke hinein, und er nickte wissend.

Sie besuchten Tom im Strandpaal und aßen heiße, krustige Zwiebelsuppe, dicke Stücke Apfelkuchen mit Schlagsahne und würzigen Inselkäse auf warmem Brot, in dem man die Wiesenkräuter schmeckte, die die Schafe hier das ganze Jahr über fraßen.

»Fast hatte ich vergessen, wie schön es hier ist, mit dem Meer, dem Wind, dem weiten Strand! Das habe ich immer am liebsten gemocht, diese Weite. Sie öffnet einem das Herz, weißt du, was ich meine? Man fühlt sich plötzlich freier und leichter.« Ihr Vater leckte das letzte bisschen Sahne vom Löffel und blickte nachdenklich zum Horizont hinaus, wo die Wellen heute besonders weiß und wild schäumten und donnernd gegen den Sand krachten. Sie saßen draußen auf der großen Holzterrasse, die in die Dünen hineingebaut worden war. Die Luft roch nach Tang und Sonne. Es war ein außergewöhnlich schöner Tag, sogar das Geschrei der Möwen klang nicht ganz so klagend wie sonst. Über ihren Köpfen brummten ein paar bunte Plastikdrachen und – seltsamerweise – eine weiße Plastikratte an einer Schnur, die sie beide schon seit geraumer Zeit fasziniert beobachteten.

Anna lehnte sich über den Tisch und zupfte ihrem Vater einen kleinen Käsefaden aus dem Bart, den die Zwiebelsuppe hinterlassen hatte. »Jetzt, wo ich hierbleibe, musst du öfter kommen. Ich habe genug Platz. Es stimmt nicht, was Mama sagt, dass der Hof zu klein ist.«

Ihr Vater nickte. »Ich weiß.« Er blickte sie abwartend an.

»Was ist?«

Er schüttelte den Kopf. »Gar nichts. Es ist nur… seltsam, wieder hier zu sein.«

»Ja. Für mich auch am Anfang. Ist es immer noch, manchmal.«

»Aber es geht dir gut?«

Anna horchte einen Moment in sich hinein. »Na ja, im Moment ist die Situation natürlich alles andere als einfach. Aber ja.« Sie nickte. »Im Großen und Ganzen geht es mir gut.«

Ihr Vater lächelte. »Das ist alles, was zählt.«

Sie gingen eine Stunde spazieren, an der Nordspitze, wo man ganz klein noch Vlieland sehen konnte, und ließen sich vom Wind in Richtung Leuchtturm tragen. Dort tranken sie zum Aufwärmen einen Texelkaffee, ein alter Liebling ihres Vaters, der hauptsächlich aus Sahne und Alkohol bestand, und machten sich guter Dinge und leicht angeschwipst wieder auf den Heimweg. Anna hatte schon fast vergessen, dass ihr Vater nicht der einzige Neuzugang auf der Insel war. Als ihr im Auto wieder einfiel, was ihr an diesem Tag noch bevorstand, seufzte sie laut. Ohne den Blick von der

Straße zu nehmen, drückte ihr Vater aufmunternd ihren Arm. »Kopf hoch, du wirst das schon meistern.«

Sie lächelte ihm zu, aber trotzdem fühlte sie sich elend. Konnte sie nicht einfach nach Hause fahren, sich in ihrem schönen weichen Bett die Decke über den Kopf ziehen und warten, bis das alles vorbei war und die Insel wieder ihr gehörte?

Ihr Vater warf ihr einen Seitenblick zu, nahm ihre gequälte Miene wahr und sagte: »Ich finde es toll, dass du das hier machst, Anna.«

Überrascht sah sie ihn an, und er nickte zum Zeichen, dass er es ernst gemeint hatte.

»Erst dachte ich, du bist verrückt geworden, ich gebe es zu, aber nun, wo ich hier bin, sehe ich es anders. Ich glaube, dass du eine gute Entscheidung getroffen hast. Als du damals mit der Uni aufgehört hast, war das eine Enttäuschung für mich, das weißt du. Du bist schlau genug, um dich in der akademischen Welt zu behaupten, und ich fand, dass du dein Potenzial verschwendest. Aber nicht für jeden, der geeignet ist, ist es auch der richtige Weg.« Er blickte nachdenklich auf die Wiesen hinaus, die in sattem Grün leuchteten, und beobachtete einen Schwarm Wildgänse, der auf einem Acker nahe der Straße herumwuselte. Ihr Quaken übertönte sogar das Dröhnen des Motors. »Immer noch so viele Wildvögel hier, was?«, brummelte er. »Diese Insel ist ein wahrer Taubenschlag, es watschelt, wo auch immer man hinblickt. Ich liebe diese Gänse mit ihren fetten weißen Bäuchen.« Er summte einen Moment gedankenverloren vor sich hin, bevor er wieder zum

Thema zurückfand. »Ich habe in den letzten Jahren oft darüber nachgedacht, dass wir Menschen viel zu sehr nach Erfolg streben und zu wenig nach dem, was uns glücklich macht«, sagte er, wie zu sich selbst. »Natürlich, für viele Menschen bedeutet Erfolg Glück. Aber ich glaube, dass viele einfach immer davon ausgehen, dass beides gleichzusetzen ist, und wenn sie dann das eine haben und das andere ausbleibt, wissen sie nicht mehr, wohin mit sich. Du hast von Anfang an nach der richtigen Sache gesucht. Und du kannst alles schaffen, was du dir vornimmst, Anna. Lass dich nicht beirren auf deinem Weg! Und es tut mir wirklich leid, dass ich Simon mitgebracht habe, ich dachte, du wusstest, dass er kommt. Wirklich unverschämt von dem Kerl. Am liebsten würde ich ihn hierlassen, soll er doch sehen, wie er zurückkommt.« Bei den letzten Worten hatte der zuvor beinahe sentimentale Ton ihres Vaters sich gewandelt, und er hatte empört mit der Hand auf das Lenkrad geschlagen.

»Das geht nicht!« Alarmiert hatte Anna ihn am Anorakärmel gezogen. »Du musst ihn wieder mitnehmen, Papa!«

Ihr Vater tätschelte beruhigend ihren Arm. »Keine Sorge, Annakind. Ich hab ihn dir eingebrockt, ich schaff ihn dir vom Hals!«

»Eigentlich hat Mama ihn mir eingebrockt.«

Er nickte grimmig. »Ich wollte diese Tatsache galant übergehen. Das stimmt, dieses Schlamassel hast du deiner Mutter zu verdanken. Sie wird sich niemals ändern, glaubst du nicht auch?«

»Sicher nicht.«

»Nein. Wir können nur die Köpfe ducken und versuchen, sie über uns hinwegziehen zu lassen, wie einen Hurrikan.«

Anna unterdrückte ein Prusten. Das war ein treffendes Bild. »Sie meint es ja gut, das weiß ich«, sagte sie, und während sie es aussprach, fühlte sie, wie sich in ihr etwas löste. Plötzlich war sie nicht mehr ganz so sauer auf ihre Mutter wie zuvor.

»Gloria kann nicht aus ihrer Haut. Aber ihre Intentionen sind fast immer ehrenwert. Sonst hätte ich sie ja nicht geheiratet.« Er zwinkerte seiner Tochter gutmütig zu.

Annas Leben war immer von Frauen bestimmt gewesen. Ihr Vater und ihr Großvater fungierten im Spektakel von Annas und Anouks Jugendzeit nur als gutmütige Zuschauer, die oft etwas verwirrt an der Seite standen und nicht ganz mitzukommen schienen mit den Geschehnissen und Aufregungen der Frauen. Sie waren unentbehrlich, unersetzlich, von den Kindern abgöttisch geliebt und von ihrer Mutter und Großmutter respektiert und geachtet, aber ihre tiefen, brummenden Stimmen gehörten zur Hintergrundmusik. Um Rat gefragt wurden sie immer, aber nur, um das System in Balance zu halten, denn die wirklich wichtigen Dinge waren meist schon besprochen und entschieden, bevor sie überhaupt davon erfuhren. Sie agierten im Verborgenen, brachten Geld nach Hause, mähten den Rasen, führten Reparaturen aus, waren Spezialisten auf ihrem jeweiligen Gebiet, aber größtenteils unbrauchbar, wenn es um alltägliche Dinge und Entscheidungen ging. Ihr Vater verrichtete seine Arbeit unsichtbar im Büro, ihr Großvater in den Ställen und auf den Wiesen. Aber die Entscheidungen, die Annas und Anouks unmittelbares Leben bestimmten, die trafen die Frauen. Anna hatte damals immer das Gefühl gehabt, dass dies von allen Beteiligten gewollt und akzeptiert wurde. Doch nun dachte sie, dass sie ihrem Vater und auch ihrem Großvater damit vielleicht ein wenig unrecht getan hatte. Ihre Mutter war einfach zu dominant gewesen. Sie konnte alles besser, schneller und effizienter erledigen, also gab sie sich irgendwann keine Mühe mehr, ihren Vater überhaupt in die Dinge mit einzubinden. Er hatte ihr einmal erzählt, dass er sich jahrelang wie ein Fremder in seinem eigenen Haus gefühlt hatte. »An der Universität war ich geachtet, Menschen kannten meinen Namen, man wollte meinen Rat, beinahe wöchentlich fragten mich große Zeitschriften um Beiträge. Und dann kam ich nach Hause und hatte das Gefühl, selbst die einfachsten Aufgaben nicht richtig ausführen zu können«, hatte er mit eingefallenem Gesicht erklärt. Und sie hatte das erste Mal eine Ahnung davon bekommen, wie tief verletzt er war.

Anna blickte ihn von der Seite an, und als sie sein gutmütiges, ein wenig sorgenvolles Gesicht sah, überflutete sie eine Welle von Emotionen. Ihre Eltern hatten Simon vom ersten Moment an angehimmelt. Ihr Vater hatte zu Annas Geburtstag im Juni ein Grillfest ausgerichtet, zu dem ungewöhnlicherweise auch ihre Mutter gekommen war, obwohl ihre Eltern es normalerweise keine zwei Sekunden im selben Raum aushielten, ohne sich anzuzischen. Es war auch an diesem Tag nicht anders, aber im Garten war reichlich Platz, um sich aus dem Weg zu gehen. Anna wusste, dass sie sich zu Ehren ihres neuen Freundes zusammenrissen. Normalerweise war bei Familienfeiern der Fischers nur ein Elternteil anwesend, und zu Weihnachten wurde abgewechselt, aber an ihrem Geburtstag bestand Anna darauf, dass sich ihre Eltern wie zivilisierte Erwachsene verhielten. Meistens misslang das gründlich.

Diesmal hatte Anna unglücklicherweise die Gemüsespieße zu Hause vergessen, die sie für die – erfreulich große – Vegetarierfront ihrer Freunde vorbereitet hatte. Simon, der gerade von einem Seminar gekommen war und den Nachmittag damit verbracht hatte, gelangweilten Studenten die Texte Achim von Arnims und Clemens Brentanos über ihre Rheinreisen näherzubringen, hatte sein gerade geöffnetes Bier wieder abgestellt und sich ohne zu zögern hinters Steuer gesetzt, um die Spieße zu holen. Ihre Mutter befand, dass er gute Augen hatte, »treu und voller Persönlichkeit« *(tja, was sagst du jetzt, Mama? Falsch gelegen, würde ich mal sagen)*, und ihr Vater hatte ihn sofort in ein leidenschaftliches Streitgespräch über die »empörend unfähige« Fakultätsverwaltung verwickelt und ihr abends anerkennend auf die Schulter geklopft, als sei Simon ein Preis, den sie für besondere Leistungen erhalten hatte.

Deswegen war es ihr so schwergefallen, ihren Eltern zu erzählen, was passiert war. Es war ihr so vorgekommen, als müsste sie ihnen eine persönliche Niederlage gestehen. Sie hatte sich geschämt und Simon und Karin dafür noch mehr verachtet. Fast zwei Wochen vergingen, bevor sie ihre Mutter anrief, und noch einige Zeit, bis sie es ihrem Vater erzählte. Er und Simon hatten durch ihre Arbeit so etwas wie eine private kleine Freundschaft entwickelt, und wenn sie sonntags zum Essen kamen, verzogen sich die beiden jedes Mal stundenlang in sein Studierzimmer. Sie liebten es, zu diskutieren, sich gemeinsam aufzuregen und sich in einen sentimentalen Zustand zu trinken, in dem sie über die gute alte Zeit sprachen, als seien sie Kriegsveteranen, die einer lange verflossenen Ära nachtrauerten. Anna fühlte sich, als würde sie ihrem Vater etwas wegnehmen. Ihre Eltern hatten schon genug Verluste in ihrem Leben ertragen müssen, jede weitere Kleinigkeit, die sie verletzen konnte, auch wenn sie noch so unbedeutend schien, wog schwerer als bei anderen Menschen. Sie wollte es ihnen nicht sagen, sie fürchtete sich vor dem Ausdruck in ihren Augen, vor dem unausgesprochenen »Wie hast du das denn wieder hingekriegt?« ihrer Mutter und dem »Wie konnte das passieren?« ihres Vaters.

Letztlich hatten ihre Eltern sie natürlich doch zu hundert Prozent unterstützt, so sehr, dass Anna beide Male am Telefon angefangen hatte zu weinen. Aber sie wusste, dass sich beide insgeheim fragten, was Anna falsch gemacht hatte. Schließlich fragte sie sich das genauso.

Als sie in den kleinen Ort einbogen, stellte Anna

überrascht fest, dass der Flieder blühte. Sie hatte es nicht einmal bemerkt, so gehetzt gewesen war sie in letzter Zeit. Aber da war er, leuchtete in den Gärten und Gässchen der kleinen Steinhäuser. Bald beginnt der Sommer!, dachte sie überrascht. Wie immer musste sie an das alte Münchhausen-Gedicht denken, das ihr Vater ihr als Kind vorgesagt hatte, wenn sie abends spazieren gingen. *Naß war der Tag – die schwarzen Schnecken krochen, Doch als die Nacht schlich durch die Gärten her, Da war der weiße Flieder aufgebrochen, Und über alle Mauern hing er schwer.* Als Kind hatte sie immer nach den schwarzen Schnecken gesucht, und es hatte ihr Angst gemacht, dass die Nacht durch die Gärten schleichen sollte wie ein Dieb. Aber ihr Vater hatte ihr erklärt, dass es ein gutes Gedicht war, ein schönes Gedicht, ein Gedicht, das die Natur feierte. »Es ist eine ganz besondere Zeit, wenn der Flieder blüht. Riech nur, man kann es in der Luft spüren«, hatte er gesagt und sie hochgehalten, sodass sie ihre Nase in einem der Fliedersträucher versenken konnte. »Jetzt kommt die schönste Zeit im Jahr!« Als sie nun durch die kleinen Straßen rumpelten, wurde Anna zum ersten Mal in ihrem Leben bewusst, dass es ihr Vater gewesen war, der sie gelehrt hatte, auf die Blumen zu achten.

»Danke, dass du gekommen bist!«, sagte sie leise, und er blickte ein wenig zerstreut auf und lächelte.

Als er in Annas Einfahrt einbog, saß jemand auf der Schwelle vor der Haustür und stand hoffnungsvoll auf, als ihre Reifen auf dem Kies knirschten.

»O nein.«

»Tja, mein Schatz, da kommst du nicht drumherum.«

Karin winkte mit scheu erhobener Hand.

Anna fühlte einen Kloß im Hals und dachte, dass das ein Gefühl aus der Kindheit war, das man als Erwachsener nicht mehr haben sollte. Ich bin über dreißig, ich darf keine Klöße mehr im Hals haben, dachte sie wütend. Aber er war da, dick und heiß und stur und machte sich über sie lustig.

Sie fuhren wieder ans Meer zurück. Anna war das lieber, als in einem Café zu sitzen, denn wenn sie nebeneinander hergingen, musste sie Karin nicht in die Augen sehen. Eine Weile sprachen sie gar nicht. Sie beobachteten Harry, der wie immer die umherflitzenden Strandläufer ins Meer hineinjagte, und lauschten dem Donnern der Wellen. Das Kreischen der Möwen aus den grauen Wolken über ihnen schien ihr wie ein eigens für diese dramatische Situation komponierter Soundtrack. Anna hatte die Hände in den Taschen ihrer Windjacke vergraben, die Kapuze übers Haar gezogen und einen Schal ums Gesicht gewickelt, sodass ihr nur ein kleines Quadrat als Sichtfeld blieb. Wie eine Uniform, die sie vor den Dingen schützen sollte, die sie erwarteten.

Irgendwann begann Karin zaghaft zu sprechen. Sie fragte nach dem Laden, dem Hof, dem Leben hier, und Anna antwortete bereitwillig, wenn auch mit einem kalten Gefühl im Nacken. Sie merkte, dass ihr ganzer Körper angespannt war, und versuchte, ihre Glieder zu lockern. Es war so merkwürdig, wie verkrampft sie miteinander sprachen. Karin wusste alles über Anna und umgekehrt genauso. Sie waren schon so lange beste Freundinnen, dass es sich manchmal angefühlt hatte, als existieren sie in einer Art Symbiose aus Zuneigung und Vertrauen, die nichts durchbrechen konnte und ohne die sie als Individuum nicht überleben würden. Sie waren so sehr aufeinander bezogen gewesen, dass eine Existenz ohne die andere undenkbar schien. Zumindest bisher.

Anna musste an die ersten Begegnungen danach denken, als sie sich nur angeschrien hatten. Als sie nach einer Erklärung verlangt hatte und keine bekam, weil es offensichtlich keine gab. Nur Entschuldigungen bekam sie. Aber damit, das versuchte sie beiden immer wieder klarzumachen, konnte sie nichts anfangen. Sie wollte wissen, warum. Beide behaupteten eisern, nicht ineinander verliebt zu sein. Nicht richtig jedenfalls, nicht so wie Anna und Simon. Sie hatten sich nur sehr gern, seien sich eben mit der Zeit nähergekommen. Anna sah in ihren Gesichtern, dass sie tatsächlich nicht wussten, wie sie es erklären sollten.

Sie hatte ihre eigene Theorie.

Karin war schon lange heimlich in Simon verliebt gewesen, hatte es sich aber nicht einmal selbst eingestehen können, weil es einfach nicht ging, in den Freund der besten Freundin verliebt zu sein. Simon war einsam gewesen, verwirrt, gekränkt. Anna hatte ihn nur noch zurückgestoßen. Sie war nicht mehr sie selbst gewesen. Ihre Schmerzen waren ein unsichtbarer Feind, der sich jeden Tag zwischen sie geschoben hatte.

Karin erzählte von Hamburg, von ihren gemeinsamen Freunden, die Anna in den letzten Wochen vollkommen ausgeblockt hatte, und während sie sprach, sann Anna darüber nach, ob sie vielleicht erst aus der Verbindung zu Karin ausbrechen musste, um zu sich selbst zu finden. Vielleicht, dachte sie, und war selbst überrascht, vielleicht ist es gar nicht *nur* schlimm, dass das alles passiert ist.

Karin hielt inne, als sie merkte, dass Anna ihr nicht richtig zuhörte. Sie blieb stehen und fasste sie plötzlich am Ärmel, sodass sie gezwungen war, Karin anzusehen. In ihren Augen standen Tränen. »Es tut mir so leid, Anna!«, flüsterte sie. »Ich weiß nicht, wie oft ich es noch sagen soll…«

Anna sah aufs Meer hinaus. Sie atmete tief ein. »Habt ihr euch noch getroffen in den letzten Wochen?«, fragte sie, und Karin zuckte zurück.

»Na ja. Schon, ab und zu. Aber es bedeutet nichts, wirklich!«, rief sie erschrocken, als Anna ohne ein Wort weiterging. Das war alles, was sie hatte wissen wollen.

Wieder versuchte Karin, sie am Ärmel zu fassen, aber Anna schüttelte sie ab. »Es ist okay«, sagte sie und blickte ihre Freundin kalt an. »Es ist okay. Wirklich. Ich wollte es nur wissen.« Und dann ging sie weiter, mit so forschem Schritt, dass Karin fast rennen musste, um mitzuhalten. Sie sprachen nicht mehr viel, und auf dem

Weg zurück zum Hotel drehte Anna das Autoradio auf. Sie wollte nichts mehr hören.

19

Sie saßen beim Italiener an kleinen Tischen mit rot karierten Decken und schwiegen sich an. Keiner von beiden, weder Anna noch Simon, schien zu wissen, was man sagen oder fragen konnte, um das Ganze weniger schwierig zu machen. Das Essen war bereits gebracht worden, und trotzdem hatte sich noch kein wirkliches Gespräch ergeben.

Simon räusperte sich schließlich. »Also, wie ist es, auf dem Hof zu wohnen? Ist das nicht komisch für dich?«, fragte er. Anscheinend wollte er mit dem eigentlichen Thema noch warten. Vielleicht musste er erst Mut sammeln. Anna war das nur recht. Sie hatte ihm sowieso nichts zu sagen.

Sie dachte einen Moment über die Frage nach. »Es war schwer, am Anfang«, sagte sie dann ehrlich. »Alles hat sich sofort mit meinen Erinnerungen verbunden. Jedes Zimmer, jeder Geruch. Es war schwer, das abzustellen. Ich habe es auch gar nicht abgestellt, es ist irgendwann einfach weniger geworden. Die neuen Bilder haben die alten überlagert, und nun sind die Erinnerungen irgendwie blasser. Nicht mehr so sehr an die Gegenstände um mich herum gebunden. Ich wohne eigentlich gerne dort. Ja, wirklich gerne …«

Ihre Worte erstarben, als sie nachdenklich ihre Tortelli mit der Gabel hin und her schob. »So wird der Hof wenigstens nicht ganz vergessen, er erwacht wieder zu neuem Leben, auch wenn es sich manchmal falsch anfühlt. Ich ertappe mich oft dabei, wie ich denke: Halt, das gehört da nicht hin, oder du darfst das nicht so machen, das würde Oma nicht gefallen. Es fühlt sich immer so an, als müsste ich die alte Ordnung der Dinge beibehalten und dürfte nichts umstellen oder neu gestalten. Aber langsam komme ich besser klar damit. Und ich wollte schon als Kind immer hierherziehen. Es war mein Traum. Also sollte ich glücklich sein, oder nicht?«

Simon sah auf. »Bist du es denn?«, fragte er nach ein paar Sekunden, genau wie ihr Vater heute Morgen. Sein Teller war noch unberührt.

Anna blickte auf ihre Nudeln und nahm dann einen Bissen, um ein bisschen nachdenken zu können. Heute Morgen war die Antwort einfach gewesen, aber jetzt, im schummrigen Licht des Lokals, fand sie plötzlich, dass andere Worte sich ihren Weg bahnten. »Das ist die große Frage, nicht wahr?«, sagte sie. »Wofür mache ich das hier schließlich alles, wenn nicht dafür, glücklich zu werden? Ich weiß es nicht. Ich glaube, ich bin noch nicht glücklich. Aber ich könnte es hier werden. Ich könnte es wirklich werden. Ich fühle mich hier freier als in der Stadt. Und wenn ich morgens aufstehe, dann habe ich das Gefühl, etwas Sinnvolles zu machen, für mein Glück zu arbeiten, aktiver zu leben.«

Er schüttelte den Kopf. »Ich verstehe immer noch

nicht, warum es hier sein musste. Einen Laden konntest du doch auch in Hamburg aufmachen. Warum bist du hergekommen?«

»Ich bin hergekommen, um mich selbst zu finden«, sagte Anna schlicht, und obwohl es so banal klang, abgedroschen fast, war es die Wahrheit.

»Du musstest also abhauen, um dich zu finden? Ich hätte dir sagen können, wo du bist.«

Sie hob wütend die Augenbrauen, und er grummelte etwas in seinen Teller hinein.

»Aber du musst dich doch einsam fühlen…«, sagte er dann, in versöhnlichem Ton.

Sie zuckte mit den Schultern. »Nein, nicht wirklich. Am Anfang schon natürlich, aber ich kenne inzwischen ein paar Leute. Roos und Britt, Sem und Ole.«

»Und mit den Nachbarn scheinst du dich ja inzwischen auch schon ganz gut angefreundet zu haben…« Er hatte Luuk auf dem Fest genau beobachtet, und anscheinend hatte ihm nicht gefallen, was er gesehen hatte. Die Bitterkeit in seiner Stimme war so deutlich, dass Anna überrascht die Gabel sinken ließ.

»Du hast Glück, dass mir diese Nudeln so gut schmecken, sonst würde ich jetzt direkt wieder abhauen.«

»Sorry«, nuschelte er, sah aber gar nicht so aus, als würde es ihm leidtun, und begann ebenfalls, wütend in seinem Teller herumzustochern. »Ich meine ja nur.«

»Du hast nichts zu meinen. Verstehst du? Es geht dich nichts an.«

»Aber…«

»Nein! Kein Aber!«

Er räusperte sich. »Tut mir leid.« Sagte er fest. »Du hast recht. Es geht mich nichts an.«

Anna nickte grimmig. »Ganz richtig!«

»Trotzdem muss es mir ja nicht gefallen.«

»Es ist mir vollkommen egal, was dir gefällt und was nicht. Wie unverfroren bist du eigentlich, einfach ungefragt hier aufzukreuzen und dir zu erlauben, mein Leben zu hinterfragen?«

»Das mache ich doch gar nicht!«

»Natürlich machst du das!«

Sie funkelten sich einen Moment an.

»Anna!«, sagte er, und plötzlich schien er gar nicht mehr wütend, sondern verwirrt und traurig. »Ich vermisse dich doch nur.«

Anna schluckte. »Das hättest du dir ja mal früher überlegen können«, sagte sie leise und fühlte, wie sie plötzlich Tränen zurückhalten musste, von denen sie vor einer Sekunde noch nicht mal gemerkt hatte, dass sie im Anmarsch waren. Sie wollte ihm sagen, dass auch sie ihn vermisste, sehr sogar, so, so sehr. Aber das ging natürlich nicht.

»Ja.« Er seufzte.

Anna schüttelte den Kopf. »Ich weiß wirklich nicht, was du hier willst«, sagte sie dann und blinzelte. »Warum bist du hergekommen?«

Simon schluckte. »Na, weil ich dich zurückwill, Anna. Das weißt du doch.« Er schob seine Brille nach oben, und plötzlich waren diese so unglaublich vertraute Geste und sein hoffnungsvoller, verwundeter

Blick mehr, als Anna ertragen konnte. Warum musste er hierherkommen und sie so angucken? Hatte sie nicht genug Probleme? Wie sollte sie das aushalten? Sie schwieg und blickte erneut auf ihre Nudeln. Ohne es zu merken, hatte sie die Kapern beiseitegeschoben, die nun einen kleinen, klebrigen Haufen am Tellerrand bildeten.

»Willst du meine Kapern?«, fragte sie kühl und schob Simon den Teller hin. Wortlos schaufelte er sie auf seine Spaghetti, wie er es schon Hunderte Male gemacht hatte, ohne den Blick von ihr zu nehmen.

»Du musst wieder zurückfahren. Ich kann das jetzt nicht. Ich weiß nicht, was du erwartet hast, aber dir muss doch klar gewesen sein, dass du nicht einfach hier auftauchen kannst, dich entschuldigst, und dann ist alles wieder gut. Ich lebe jetzt hier. Ich werde nicht wieder nach Hamburg kommen, zumindest nicht in der nächsten Zeit.«

Als er laut seufzte, musste sie plötzlich daran denken, wie sie sich begegnet waren. Als sie Simon das erste Mal gesehen hatte, auf der Hochzeit einer Bekannten tanzte er gerade mit einer rundlichen Frau, die sich in ein grünes, viel zu enges Kleid gequetscht hatte. Anna saß an einem der zartgelb dekorierten Tische und aß hoch konzentriert und so langsam, wie sie nur konnte, ein Cremetörtchen. Sie hatte ihren besten Bitte-nicht-ansprechen-Gesichtsausdruck aufgesetzt und hoffte, dass sie damit nicht zu sauertöpfisch wirkte, sondern eher wie jemand, dem man ansah, dass er eigentlich sehr freundlich war, nur im Moment nicht auf Small Talk aus.

Die Band hatte mit den Standardtänzen begonnen, und sie wollte beschäftigt erscheinen, damit niemand sie aufforderte. Sie kannte die Menschen an ihrem Tisch nur flüchtig, und ihre einzige Freundin war, sobald die erste Walzernote erklang, von ihrem Freund aufs Parkett gezogen worden, wo die beiden nun in eleganten Schwingungen beneidenswert souveräne Bahnen zogen.

Anna hasste Standardtänze. Ihre Füße gerieten dabei durcheinander, sie fühlte sich unbeholfen und hatte das Gefühl, dass jeder sie anstarrte. Deshalb widmete sie sich dem schauderhaft süßen Törtchen mit so viel Konzentration, als müsse sie daran eine Notoperation durchführen. Obwohl die Tanzfläche brechend voll war und sich hochhackige Pumps und glänzende, schwarze Herrenschuhe wild durcheinanderbewegten, konnte sie nicht umhin, das seltsame Paar zu bemerken, das sich etwas ungelenk in der Mitte auf dem Fleck drehte. Die Frau war um die vierzig, sie hatte ein hübsches Gesicht, aber das grüne Kleid war ein Fehltritt, den sie spätestens dann bereuen würde, wenn sie die Fotos sah, die der Fotograf mit der Pomadenfrisur ununterbrochen knipste. Der schlaksige Mann, an den sie sich klammerte, tanzte so steif, dass es wirkte, als hätte er sich ein Holzbrett auf den Rücken geschnallt. Immer mal wieder durchfuhr ihn ein seltsames Zucken, wenn der Beat ihn erfasste und seinen Körper scheinbar zwang, ihm zu folgen. Anna erkannte erst nach einiger Zeit, dass es wohl cool wirken sollte.

Sie beobachtete die beiden eine Weile, während sie an ihrem fünften Champagner nippte. Sie sah bereits etwas verschwommen, aber die Cremetörtchen waren ein guter Magenpuffer. Der große Mann mit der runden Brille, der Harry-Potter-Frisur und den verzweifelten Augen berührte etwas in ihr. Trotz seines viel zu erwachsen wirkenden Anzugs war etwas Verwildertes an ihm, als hätte er es zwar geschafft, die passende Kleidung für den Anlass auszuwählen, nicht aber, den Rest auch noch der Illusion anzupassen. Später würde sie lernen, dass er ein Mensch war, den Äußerlichkeiten nicht nur nicht kümmerten, er nahm sie schlicht und einfach nicht wahr. Zumindest nicht an sich selbst.

Seine Arme waren sehr lang, er machte kleine, unbeholfene Schritte, und das aufgesetzte Lächeln auf seinem Gesicht hatte eine so panische Note, dass Anna gelacht hätte, hätte er ihr nicht so wahnsinnig leidgetan. An seinen Schläfen glitzerte es verräterisch. Es war klar, dass er Höllenqualen litt.

Jemand sollte ihn retten, dachte Anna und aß ein mikroskopisch kleines Stück von einer Zuckerblume. Sie überlegte, ob sie schon wieder auf die Toilette gehen könnte. Unauffällig blickte sie auf ihre Armbanduhr. Noch eine halbe Stunde, dann konnte sie verschwinden, ohne zu unhöflich zu sein. Partys, auf denen man niemanden kannte, waren schrecklich, aber wenn man auch noch an einem Tisch saß, der direkt an die Tanzfläche angrenzte, waren sie eine Zumutung.

Es war nicht so, dass Anna nicht gerne tanzte oder gar feierte. Im Gegenteil, sie war berüchtigt für ihre Liebe zu Cuba Libre, Karaoke und allseits verpönten Popklassikern. Wenn sie einen guten Tag hatten, waren sie und Karin schon auch mal bis zum Morgengrauen im Club geblieben. Sie liebten es, nach durchtanzten Nächten im Sommer barfuß nach Hause zu laufen und danach traditionsgemäß zum Katerfrühstück im Wassilis vorbeizuschauen, bei dem man auch um fünf Uhr morgens Pommes mit Käsesoße und cremige Milchshakes bekam, die genau wie die Cremetörtchen den Alkohol im Magen aufsaugten und oft schon Schlimmes verhindert hatten. Anna tanzte gerne, solange niemand sie sehen konnte, in einem dunklen, wummernden Club. Wenn dagegen Gefahr bestand, beobachtet zu werden, fand sie das höchst unangenehm. Sie wusste, dass es mit ihrem Bein zusammenhing. Die koordinierten Bewegungen machten ihr Angst. Vollkommen unbegründet, das war schon klar. Aber in ihrem Kopf hatte sich von klein auf die Überzeugung festgesetzt, dass sie nicht fürs Tanzen geeignet war, und die ließ sich nun nicht mehr abschütteln.

Unauffällig beobachtete Anna weiter die Paare auf der Tanzfläche. Außer dem Schlaks wirkten eigentlich alle, als würden sie sich ziemlich gut amüsieren. Sie blickte in leuchtende Gesichter und euphorisch strahlende Augen.

»Entschuldigung, möchtest du tanzen?«

Erschrocken blickte Anna auf und sah das Gesicht des Trauzeugen vor sich, dessen Augen ihr schon den ganzen Abend immer wieder interessiert gefolgt waren. Wie hatte er sich unbemerkt anschleichen können? Hatte er nicht gerade noch eine operierte Rothaarige im Arm gehabt? Wo war sie abgeblieben?

Anna lächelte tapfer. »Nein, vielen Dank, ich esse noch.« Würdevoll deutete sie auf die Überreste ihres Törtchens. Sie musste dringend für Nachschub sorgen, sonst flog ihre Fassade auf. »Später vielleicht.« In Gedanken fügte sie *Aber nur über meine Leiche* hinzu, als er nach einem Blick auf ihren Teller stirnrunzelnd zum nächsten Tisch weiterzog.

Anna seufzte tief.

Plötzlich scharrte es neben ihr, und jemand ließ sich auf den leeren Stuhl fallen. »Ich will wirklich nicht …«, begann sie genervt abzuwehren, da bemerkte sie, dass es nicht der Trauzeuge war, sondern der Schlaks. Völlig außer Atem sagte er: »Schnell, rette mich! Ich muss mit jemandem reden! Hey, bist du nicht Claudia aus Köln, die ich schon so ewig lange nicht gesehen habe und mit der ich ganz unbedingt etwas trinken muss?« Er blickte sie beschwörend und ehrlich verzweifelt aus großen Augen an und breitete die Arme aus.

Zwei Sekunden lang starrte Anna entgeistert zurück. Dann wurde ihr klar, was er von ihr wollte. Sie ließ klirrend ihre Gabel fallen: »Ja, Mensch, Alter, dich hab ich ja ewig nicht gesehen! Was treibst du so die Tage?«, rief sie. Sie umarmte ihn stürmisch, und er zischte ihr ein »O Gott, tausend Dank!« ins Ohr.

»Fantastisch, dich zu sehen!«, rief Anna, extra laut, damit man es über die Musik hinweg gut hören konnte, denn die Grüne näherte sich bereits ihrem Tisch. »Jetzt müssen wir aber erst mal was trinken. Auf der Veranda! Hier ist es zu laut!« Mit diesen Worten stand sie auf und zog ihn mit sich, mehr als froh über die Abwechslung und die Ausrede, endlich von ihrem Losertisch wegzukommen. Die Frau im grünen Presskleid blickte ihnen wütend hinterher.

Als Anna nun dasaß und Simon beobachtete, der nervös im Parmesankäse stocherte und ihr hinter seiner Brille, in der sich die Neonbeleuchtung des Restaurants spiegelte, immer wieder unsichere Blicke zuwarf, wurde ihr klar, dass sie ihn nicht mehr wollte. Sie wollte keine Fernbeziehung, sie wollte nicht nach Hamburg zurück und sie wollte ihn auch nicht auf der Insel haben. Es war vorbei. Schluss. Endgültig.

Diese Einsicht durchflutete sie plötzlich mit einem so lächerlich starken Gefühl der Erleichterung, dass sie beinahe lachen musste.

Sie drückte seine Hand, die gerade das Weinglas aufnehmen wollte, und sah ihm tief in die Augen. »Du musst nach Hause fahren, Simon«, sagte sie. Und an seinem Blick konnte sie sehen, dass er verstanden hatte.

Anna brachte Karin zur Fähre. Sie fühlte sich dazu verpflichtet. Auf dem Festland würde sie den Zug nach Hamburg nehmen. Sie hatte es abgelehnt, mit Simon und Annas Vater im Auto zurückzufahren. Es war wirklich ein unglücklicher Zufall, dass beide, Karin und Simon, ohne das Wissen des anderen gekommen waren, auch wenn Anna ein wenig Schadenfreude nicht unterdrücken konnte. Dennoch wäre es ihr wesentlich lieber gewesen, diese ganze Episode hätte nie stattgefunden. Sie war für alle Beteiligten schmerzvoll und unbefriedigend. Anna fühlte sich schuldig, weil sie den beiden nicht geben konnte, was sie sich wünschten, und gleichzeitig empfand sie Wut, dass sie so unter Druck gesetzt wurde. Nun war sie die Böse, weil sie sich nicht dazu durchringen konnte, Frieden zu schließen und das Ganze zu vergessen. Das war nicht fair.

Während der Fahrt schwiegen sie die meiste Zeit. Anna fühlte sich, als laste der Druck der ganzen Welt auf dem Autodach. Als sie ausstiegen, umarmten sie sich steif. Karin sah Anna lange an. Es war offensichtlich, dass sie auf ein letztes Zeichen der Versöhnung wartete, doch ihr blickte nur eine starre, verkrampfte Miene entgegen. Anna wollte ihr keine Hoffnung machen, sie wusste nicht, wie sie in Zukunft für sie empfinden würde. Eigentlich wusste sie nicht mal, was sie im Moment empfand.

Als Karin schließlich erkannte, dass sie vergebens wartete, seufzte sie. Anna konnte sehen, dass sie mit den Tränen kämpfte, und sie musste sich selbst die Fingernägel in die Handflächen bohren und starr geradeaus blicken, um den dicken Kloß, der sich schon wieder in ihrer Kehle bildete, zurückzudrängen. Schließlich erklomm Karin mit ihrem großen grünen Rucksack den Fußgängeraufgang. Dem Rucksack, den sie schon damals in Tunesien hatte, als sie zusammen diesen bunten, heißen, sandigen Urlaub verbrachten, der hundert Jahre zurückzuliegen schien. Sie winkte ein letztes Mal zaghaft und verschwand im dröhnenden Inneren des Schiffes.

Anna winkte nicht zurück. Sie stand auf dem Parkplatz, beobachtete, wie die alte »Dokter Wagemaker«-Fähre, auf der sie schon als Kind auf die Insel gekommen war, auf dem aufgewühlten Wasser schwerfällig ihren ewigen Weg nach Den Helder einschlug, und war mit einem Mal nur noch traurig. Sie blickte auf die weiße Spur, die die Fähre in das dunkle, wogende Blau grub, und hatte das Gefühl, dass das Meer auch ihr Leben in zwei Teile schnitt.

Kornblumen

20

An ihrem ersten Tag war Anna sogar schon vor Attila aufgewacht und stand bereits im Laden, als sich der Morgennebel aus den kleinen Gassen des Ortes verzog und die Sonne über das Kirchendach blinzelte. In ihren Adern brodelten vier Tassen Kaffee, sie war gestärkt und bereit zum Kampf. Frische Blumen strahlten in den Eimern, sie hatte Töpfe arrangiert, Kränze geschmückt, Sträuße gebunden, und das Schaufenster war auf Hochglanz poliert. Nun fehlten nur noch die Kunden.

Um zehn drehte sie das kleine Schild an der Tür von »Geschlossen« auf »Offen«, räumte die Blumenkübel nach draußen und arrangierte sie um die Treppe herum. Um halb elf hatte sie ihre fünfte Tasse Kaffee getrunken und trommelte mit den Fingern auf die Ladentheke. Um elf ging sie hinüber zu Leentje und fragte, ob heute ein holländischer Feiertag war, von dem sie nichts wusste. Um halb zwölf schließlich bimmelte das erste Mal die Glocke über der Tür.

»Hallo!«, rief Anna und lief der Kundin, die den Laden betrat, strahlend entgegen. »Guten Morgen. Sie sind meine erste Kundin. Wie kann ich helfen?«

»Oh, das ist mir aber unangenehm. Ich wollte eigentlich nur nach dem Weg zum Museum fragen.« Etwas verlegen blickte die Frau sich um. »Aber wo ich schon mal hier bin, nehme ich gerne einen Bund Tulpen mit.«

Anna trat wieder hinter die Kasse und wickelte die Blumen ein. Vier Euro. Ein niederschmetternder Verdienst für den ersten Vormittag.

Auch die nächsten Tage wurden nicht viel besser. Zwar tröpfelten immer mal wieder Kunden herein, aber es waren fast alles Touristen, die, wie sie vorhergesagt hatte, eigentlich keine Blumen brauchten und nur mal durch den Laden schlendern wollten. Ab und zu kauften sie einen ihrer Flohmarktfunde, die sie in den Regalen zwischen den Blumen ausgestellt hatte. Aber die wirklichen Kunden, die Menschen von der Insel, die blieben aus. Die erste Ladung Blumen begann langsam in den Eimern zu vertrocknen, und Anna band traurig Sträuße für ihre Freunde und fuhr abends mit dem Rad eine Runde, um sie zu verteilen.

Aller Anfang ist schwer, dachte sie. Aber es bedrückte sie sehr, dass der Laden so langsam anlief. Irgendwie hatte sie sich das anders ausgemalt. Ihr kleines Erbe hatte sie inzwischen fast vollständig aufgebraucht und war nun darauf angewiesen, dass Geld hereinkam. Wenn nicht bald etwas passierte, sah es nicht gut für sie aus.

Am vierten Tag verging der ganze Nachmittag ohne einen einzigen Kunden. Anna hatte zwei Stunden hinter der Theke gestanden und Löcher in die Luft gestarrt. Dann schloss sie den Laden ab.

Gedankenverloren setzte sie Harry in sein Körbchen und fuhr ans Meer. Sie brauchte jetzt salzigen Wind und donnernde Wellen, die ihre Gedanken übertönten. Sie fuhr so schnell sie konnte, dachte an gar nichts, konzentrierte sich nur auf den Weg, die Böen, ihre Füße auf den Pedalen. Bald liefen ihr die Tränen über die Wangen, weil der Fahrtwind sie in die Augen biss. Und vielleicht auch, weil sie traurig war, und durcheinander, und einsam.

Als sie am Leuchtturm ankam, ihr Rad in die Dünen warf und auf den Strand lief, empfing sie das dumpfe Grollen der Flut. Sofort spürte sie, wie das Tosen sie beruhigte, wie es alles andere leise und unbedeutend erscheinen ließ. Sie lief los, die untergehende Sonne im Rücken. Als sie sah, dass nur wenige Menschen am Strand waren, löste sie die Leine von Harrys Halsband, und er peste los, über den Sand auf die Wellen zu. Die Möwen, die eben noch entspannt im flachen Wasser herumgewatet waren und nach Krebschen gesucht hatten, stoben panisch auf und segelten eine nach der anderen in die Luft, während sie Harry voller Inbrunst verfluchten. Er bellte glücklich und gab noch mehr Gas, lief einen weiten Bogen, spritzte fontänenartig das Wasser auf und hätte fast einen fetten weißen Federhintern erwischt, der nicht schnell genug in die Luft kam. Anna sah, dass er absichtlich verlangsamte, bevor er bei dem Vogel ankam, und musste schmunzeln. Harry täuschte nur an, er wollte sie nicht wirklich fangen. Wahrscheinlich wüsste er gar nicht, was er mit einer Möwe anfangen sollte, wenn er erst mal eine in der Schnauze hatte. Er wollte sie nur aufscheuchen und sich ein paar Minuten lang wie der König des Strandes fühlen.

»Du Angeber«, rief sie ihm hinterher, und er bellte

zustimmend. Anna lächelte. Für Harry war der Umzug auf die Insel auf jeden Fall die richtige Entscheidung gewesen. Er schien hier viel lebendiger, konnte fast immer ohne Leine laufen, und wenn sie im Laden stand, war er bei Roos oder im Garten, und zu Hause verbrachte er mehr Zeit, als ihr lieb war, bei Luuk und wühlte im Mist herum, spielte mit den Hühnern oder sonnte sich im Hof.

Wie immer, wenn sie am Strand entlanglief, der Horizont mit den Wolken zu verschmelzen schien, und es wirkte, als sei sie im Inneren einer Schneekugel aus glitzernden Goldtönen, dachte Anna darüber nach, ob irgendwo da oben wohl jemand saß, auf sie hinunterblickte und sich kopfschüttelnd fragte, was sie da eigentlich so anstellte mit diesem Leben, das ihr geschenkt worden war. Wenn ja, dann würde dieser Jemand heute wahrscheinlich so etwas denken wie: »Frau Fischer, Frau Fischer, Sie sind mir ein echtes Rätsel.« Oder: »Frau Fischer, da haben Sie sich ein schönes Süppchen eingebrockt. Ich bin gespannt, wie Sie das wieder auslöffeln wollen.«

»Bin ich auch!«, sagte Anna zu den Wolken hinauf. »Bin ich auch!« Sie grub die Zehen in den Sand und ging nachdenklich am Wasser entlang. Sie beobachtete die Kitesurfer, die über die Wellen schossen. In einem anderen Leben hätte sie das vielleicht auch einmal ausprobiert.

Schon als Kind hatte sie es bedauert, dass man im Haus die Wellen nicht hören konnte. Das Meer erschien einem oft fern auf der Insel. Es versteckte sich hinter hohen, weiten Dünen, Marschland, einem ausladenden Strand, der bei Ebbe die Wasserlinie so weit zurückdrängte, dass an der Nordspitze nur ausdauernde Fußgänger den Weg dorthin antraten. Wer es dennoch auf sich nahm, wurde mit donnernden dunklen Wellen belohnt, weiß schäumender Gischt und einem einzigartigen Blick auf den Leuchtturm. An der Ostseite kam das Wasser dagegen ganz nah an den Deich heran, aber dort war Wattgebiet, und das zählte für Anna nicht. Keine Wellen, kein Meer, hatte sie immer gedacht und diese Seite der Insel gemieden. Man konnte dort zwar die Robben und Seevögel beobachten, aber dem Meer fehlte der Charakter. Sie mochte die wilden, schäumenden Wellen, den tanzenden Schaum der Westküste, der an manchen Tagen aussah, als hätten die Engel im Himmel ihr Badewasser ausgekippt. Abends spiegelte sich die untergehende Sonne in den Tausenden kleinen Rinnsalen, die wie ein Gemälde den Strand überzogen, und wenn man zur richtigen Zeit dort spazieren ging, war es, als würde man in schillernden Wolken laufen.

Nur ganz wenige Häuser auf der Insel kamen in den Genuss von Meerblick. Kurioserweise war er ein Luxusgut auf diesem vom Wasser umgebenen Stück Land. Man konnte auf Texel leicht vergessen, dass man sich überhaupt auf einer Insel befand. Nur das Gefühl war anders als auf dem Festland. Das Inselgefühl, zu wissen, dass man umgeben war vom Wasser, dass das Meer eine unsichtbare Grenze setzte, das hatte man auch hier, obwohl man erst den Deich überwinden oder die Dünen erklimmen musste, um es zu sehen. Der Geruch, der war immer da. Wenn man nachts das Fenster öffnete und tief einatmete, musste man nicht erst das einsame Licht des Leuchtturms über die Wiesen huschen sehen, um zu wissen, dass das Meer in der Nähe war. Irgendwie war es beruhigend, fand sie. Manche Menschen fühlten sich auf Inseln nicht wohl, sie brauchten wohl die Gewissheit, jederzeit verschwinden zu können, fühlten sich eingesperrt auf dem engen Raum. Simon war es so gegangen, auch wenn er es nie so richtig hatte zugeben wollen. Aber Anna hatte immer das Gefühl, dass das Meer sie beschützte. Dass es alles Böse von der Insel fernhielt. Früher zumindest war es so gewesen. Dann hatte sie gelernt, dass das nicht stimmte.

Plötzlich kam einer der Surfer, die sie schon seit einer Weile beobachtet hatte, ganz nah ans Ufer heran, und sein riesiger roter Drachen faltete sich auf dem Sand zusammen, als würde er sich schlafen legen wollen. Als der Mann auf dem Board ihr freudig zuwinkte, blieb sie überrascht stehen.

»Das gibt's doch nicht. Was machst du denn hier?«

Ole entstieg dem Wasser wie ein nordischer Poseidon, und sein Surfboard glitt mit einem Scharren elegant vor ihr auf den Strand. »Dass du das fragen musst, zeigt mir, dass du doch kein wahres Inselkind bist.« Er nahm Harry um die Mitte, warf ihn zur Begrüßung kurz in die Luft und setzte ihn sich dann auf die Schulter, wie er es sich angewöhnt hatte. Liebevoll leckte Harry ihm das Salzwasser vom Gesicht.

Ole wischte sich die nassen Haare aus der Stirn. »Willst du auch mal?« Er deutete auf den schlafenden Drachen.

Entsetzt schüttelte Anna den Kopf. »Bist du verrückt?«

»Es ist ganz einfach, ich halte dich.«

Sie betrachtete das rote Board und die langen Schnüre auf dem Boden. »Du weißt, das geht nicht. Ich würde sofort runterfallen, mich verwickeln und das ganze Ding mit mir in die Tiefe ziehen. Du hast selbst gesagt, dass ich ein wandelnder Unfall bin. Außerdem habe ich keinen Anzug.«

Oles riesiger Körper steckte in einem schwarzen Neoprenanzug, den er bis fast zum Bauchnabel offen gelassen hatte, sodass man wunderbar seine Brustmuskeln sehen konnte, was sicher nicht ganz unabsichtlich passiert war. Das sagten ihr schon die Blicke der anderen Frauen am Strand. Angeber, dachte Anna, aber sie konnte nicht anders, als selbst heimlich hinzugucken.

»Kein Problem, ich habe noch Britts Anzug im Auto, du kannst dich in den Dünen umziehen!« Enthusiastisch zog er sie am Arm in Richtung Parkplatz, aber Anna stemmte die Füße in den Sand.

»Lass mich! Ich will wirklich nicht!«, lachte sie panisch. »Und außerdem … mein Bein.«

Ole ließ ihren Arm los und sah sie durchdringend an. »Britt hat gesagt, dass du alles machen kannst, solange du vorsichtig bist und dich nicht überdehnst.«

»Ja, das stimmt schon.«

Er fing ihren Blick auf. »Na gut. Dann ein anderes Mal.«

»Aber …«

»Nächste Woche. Du wirst es lieben. Es gibt nichts Schöneres, als allein dort draußen mit den Wellen zu kämpfen.«

Anna kräuselte die Nase. Sie konnte sich durchaus Schöneres vorstellen. Doch schließlich willigte sie ein, aber nur weil Ole so begeistert aussah und sich so sicher war, dass Anna das Gleiche empfinden würde. Insgeheim aber nahm sie sich vor, baldmöglichst eine glaubhafte Ausrede zu erfinden.

»Und keine Ausreden!«, sagte Ole streng, und sie seufzte ergeben.

»Aber vielleicht will unser kleiner Prinz ja jetzt eine Runde fahren?« Ole schob das Board ins seichte Wasser, hielt es mit den Oberschenkeln fest, während er Harry um die Mitte packte und ihn daraufstellte. Als der kleine Dackel so plötzlich aus luftigen Höhen aufs Wasser hinabgesetzt wurde, machte er sich stocksteif und stand wie eine kleine Wachsstatue auf dem Brett. Aber als Ole es langsam anschob, begann er, euphorisch zu bellen, lief an die Spitze und hielt die Nase in den Wind.

Anna ging neben den beiden her, während Ole Harry im knietiefen Wasser langsam den Strand entlangschob. Harry bellte und bellte und fühlte sich offenbar vollkommen in seinem Element. Sie war nicht die Einzige, die das Spektakel beobachtete, einige Touristen blieben amüsiert stehen und machten Fotos von dem seltsamen Zweiergespann.

»Bist du sicher, dass du nicht doch willst?« Ole

lachte übers ganze Gesicht beim Anblick von Harry, glücklich wie ein Kind auf dem Jahrmarkt. »Wie du siehst, braucht man keine besonderen Vorkenntnisse.«

»Na, wenn du mich auch die ganze Zeit im seichten Wasser schiebst, dann bin ich dabei.«

»Klar! Hüpf rauf!«

»Doch nicht jetzt!«

»Feigling!«

»Ich hab doch nicht mal einen Badeanzug!«

»Ausreden!«

Anna musste herzhaft lachen, und sie merkte, wie gut ihr das tat.

Nach einer Weile musste Ole wieder zu seinem Drachen zurück. Anna lief weiter, immer an der Wasserlinie entlang. Der Leuchtturm zuckte alle paar Sekunden über ihre Kapuze hinweg, und immer mal wieder erschien der runde Kopf einer Robbe im Wasser, die sie aufmerksam beobachtete und dann leise wieder in die Dunkelheit abtauchte. Sie lief, bis sie nicht mehr konnte und ihr Bein pulsierte. Die Sonne war inzwischen untergegangen, und der Strand schimmerte im blauen Licht der Dämmerstunde. Ihr Kopf war leer, sie war erschöpft und müde, ihre Lippen schmeckten nach Salz, die Haare klebten ihr an der Stirn, und ihr Magen grollte, aber als sie wieder nach Hause kam, ging es ihr besser.

Sie ließ sich auf ihr kleines Sofa fallen und schloss für einen Moment die Augen. War das nicht ein anstrengendes Leben? Erbschaften mussten angetreten und verwaltet werden, Läden eröffnet, Hüften operiert, Freunde verlassen, Herzen gebrochen, Häuser renoviert, Hähne bekämpft, Städte verlassen werden. Aber zum Glück hatte sie ja Harry. Der war immer da. Und Bananeneis. Und Kaffee. Kaffee half einem durch alles.

21

Es war ein sonniger, aber sehr stürmischer Tag. Der Wind trieb die hilflosen Anoraktäger vor sich her, die lachend in die Strandpaale stolperten und sich bei Tom und seinen Kollegen an Pfannkuchen mit Sirup, großen Tassen heißer Schokolade mit Sahne und Karamellgebäck wieder aufwärmten. Aber gegen Abend schlug das Wetter plötzlich um. Roos hielt prüfend einen angeleckten Finger in den Himmel, dann nahm sie das gläserne Windspiel ab, das immer auf der Terrasse hing, und verstaute es im Wohnzimmer. »Die Luft riecht nach Ärger!«, sagte sie. Am Vormittag hatten sogar ein paar Kunden schon draußen bei Anna im Hof gesessen und Kaffee getrunken, aber nun holte auch sie vorsichtshalber alle Blumen in den Laden und stellte die Stühle hoch. Als sie nach Hause fuhr, fingen die Baumspitzen an, unruhig zu tanzen, und die Wolken ballten sich am Horizont in dunklen Schwaden zusammen. Wenig später prasselte der Regen auf das Autodach, und als sie ausstieg, riss es ihr fast die Tür aus der Hand. Sie presste Harry an sich, der schon kläglich jaunerte, und rannte ins Haus. Die wenigen Sekunden reichten, dass ihr die Haare nass an der Stirn klebten.

Sie rubbelte sich trocken und tauschte die feuchten Klamotten gegen ihren Schlafanzug. Als sie wieder nach unten kam, zog sie die Vorhänge zu. Die Farbe des Himmels gefiel ihr nicht. Es war fast dunkel, obwohl die Sonne noch nicht untergegangen war, und hinter den Wolken schimmerte es unheilvoll in einem seltsamen Lilaton. Sie versuchte, das Feuer in der Küche anzuzünden, aber die Luft wurde von oben in den Kamin gedrückt und konnte nicht abziehen. Nach dem zehnten Streichholz gab sie auf. Sie knipste alle Lampen an, die sie finden konnte, und lauschte auf das knarzende Haus, das leise unter der Last des Windes zu stöhnen schien. »Hoffentlich werden wir nicht weggeweht, Harry!«, sagte sie und holte die alte Pferdedecke aus der Wohnstube, in die sie sich gemeinsam einkuschelten. »Der Hof ist doch so alt. Ich weiß nicht, ob er das aushält.« Sie beruhigte sich mit dem Gedanken, dass das Haus und der Wind sich wahrscheinlich schon lange kannten und sicherlich im Lauf der letzten hundert Jahre einen Deal ausgehandelt hatten: Der Sturm durfte wüten und rütteln, aber er ließ das Haus stehen, solange es sich ihm nicht widersetzte.

Der Kamin sang ein einsames Lied in die Dunkelheit hinein, und eine Weile saßen Anna und Harry einfach da und lauschten. Es schien einer jener bösen Weststürme aus den Geschichten ihres Großvaters zu werden, vor dem sich die kleinen Inselhäuser niederduckten, wenn er über ihnen zu kreisen begann. Ein Sturm, der schreiend über dem Meer tobte und es zu einem tosenden Ungeheuer aufschäumte, das drohte, die Deiche zu überfluten und sich die Insel und all ihre Bewohner einzuverleiben. Wenn Unwetter heraufzogen, waren das für Anna die einzigen Momente, in denen sie es beunruhigend fand, dass sie komplett vom Meer eingeschlossen waren. Natürlich wusste sie nicht, ob die alten Stürme jemals wirklich so schlimm gewesen waren, wie ihr Großvater immer behauptet hatte. Aber die Insel war irgendwann vor vielen Hundert Jahren bei der Allerheiligenflut vom Festland abgetrennt worden, das hatte sie damals in der Schule gelernt. *Einen* schrecklichen Sturm hatte es also gegeben, und wer wusste schon, wann wieder einer kommen würde. Im Moment hörte es sich jedenfalls so an, als würde der Himmel in rasender Wut draußen in der Dunkelheit nach etwas suchen, das er nicht finden konnte.

Sie knabberte gerade ein paar Haferkekse, als das Licht ausging. Mit einem Mal war es stockfinster um sie her.

»Huch!«, sagte sie und verschluckte sich an einem Keks.

Harry fing an zu bellen, und hustend befahl sie ihm, sich hinzulegen, was er leise grummelnd auch tat. Vorsichtig stand sie auf und huschte zum Fenster. Auch der Nachbarhof lag schwarz in der Nacht, das Licht der zwei Straßenlaternen war ebenfalls verlöscht. Es war, als habe sich plötzlich eine dunkle Decke über die Insel gelegt.

»Na, super!«, sagte Anna und fröstelte. Schnell lief sie umher und sammelte ein paar Kerzen ein. Als sie die erste anzündete und der Schein unruhig durch die

Küche flackerte, klopfte es plötzlich zweimal laut an die Haustür, und sie zuckte zusammen.

»Anna, ich bin es, Sem!«

»Shit!« Anna fluchte leise und pustete das Streichholz aus. Dann hastete sie zur Tür. Sem kam in einem Wirbel aus Wind und Regen hineingestoben und brachte einen Geruch nach nasser Wolle und Gewitter mit sich.

»Ich dachte, ich sehe mal nach dir«, sagte er und rubbelte sich das Wasser aus den Locken. »Der Strom ist ausgefallen.« Es war eine lustige Bemerkung angesichts der Tatsache, dass sie sich gerade im stockdunklen Flur gegenüberstanden, und beide lachten.

»Das ist sehr nett von dir, aber bei uns ist alles okay«, sagte Anna und hoffte, dass das ausreichte, damit er wieder ging. »Ich habe Kerzen und …«

Plötzlich stolperte Sem über etwas auf dem Boden und fiel gegen sie. Anna wurde vom Gewicht seines Körpers gegen die Wand gedrückt.

»Huch!«, sagte sie. Sein Gesicht war mit einem Mal ganz nah an ihrem, sie konnte es zwar nicht sehen, aber sie spürte seinen Atem auf der Wange.

»Entschuldige!«, sagte Sem. Aber er wich nicht zurück.

Plötzlich durchfuhr Anna mit Entsetzen die Vorahnung, dass er sie gleich küssen würde. Sie stieß ihn hastig von sich und rappelte sich auf, indem sie sich an der Garderobe festhielt. »Geht schon, nichts passiert!«, sagte sie hastig und tat so, als habe sie sein Manöver nicht bemerkt. Zum Glück konnte er nicht sehen, dass ihre Wangen rot glühten. Sie hatte den Verdacht, dass er mit Absicht gestolpert war.

Sem sagte nichts. Sie sah nur seine dunkle Silhouette gegen die weiße Wand des Flures, aber sie wusste, dass er sie anstarrte.

»Warum ist denn das Feuer nicht an?«, fragte er dann plötzlich. Seine Stimme klang etwas höher als sonst, aber das bildete sie sich vielleicht auch nur ein. Er ging an ihr vorbei in die Küche.

»Ich habe es nicht anbekommen. Der Sturm.« Anna zeigte erklärend nach oben. Sem kniete bereits auf dem Boden und hantierte mit den Anzündern.

»Ja, das ist schwierig. Man muss den Abzug anders regeln. Warte, ich kriege das schon hin.«

»Du musst wirklich nicht…!«, versuchte Anna abzuwehren, aber er hörte gar nicht zu. Nach etwa zwei Minuten prasselte tatsächlich ein unruhiges, aber stetiges Feuer, und er wusch sich zufrieden die rußigen Hände im Waschbecken.

»Gut, dass ich vorbeigekommen bin«, sagte er.

»Ja…«, murmelte Anna nur. Sie überlegte gerade, ob sie ihm etwas zu trinken anbieten musste, da ging plötzlich die Verandatür auf, und Luuk polterte in die Küche.

»Der Strom ist ausgefallen«, sagte er statt einer Begrüßung.

»Ahhh, danke für die Info!«, erwiderte Anna.

Luuk schüttelte sich den Regen ab, dann bemerkte er Sem und hielt inne. »Hey. Ich bin Luuk. Der Nachbar.«

Sem nickte nur, erwiderte aber nichts.

»Das ist Sem!«, sagte Anna stattdessen. »Du kennst seine Mutter.«

»Freut mich!« Luuk beachtete Sem nicht weiter, der immer noch an die Spüle gelehnt dastand und ihn finster anstierte. »Ich dachte, ich sehe mal nach dir und Harry. Ein Heidensturm ist das! Hoffentlich kriegen die Autos nichts ab!«

»Ja. Sind die Tiere alle drinnen?«

»Natürlich!«

»Willst du was trinken?« Anna war sehr daran gelegen, ihn nicht gleich wieder gehen zu lassen.

»Gern. Ich dachte, ich bleibe hier, bis das Licht wieder funktioniert«, sagte Luuk. »Ist doch langweilig, alleine im Dunkeln zu sitzen. Und bei dir brennt immer ein schönes Feuerchen!« Er ließ sich auf das rote Sofa fallen und streckte die langen Beine aus. Anna warf ihm ein Küchenhandtuch zu, und er trocknete sich die Haare ab.

»Du auch, Sem?«, fragte sie und setzte Wasser auf.

Sem antwortete nicht, sondern sah sie nur durchdringend an. »Ist alles klar?«, fragte Anna, um ein Lächeln bemüht. Er ist so seltsam, dachte sie und schauderte innerlich. Sie war so froh, dass Luuk gekommen war, sie hätte ihm um den Hals fallen können.

»Nein, ich gehe dann wieder«, sagte Sem langsam. »Ich dachte, du wärst allein«, fügte er hinzu, und es klang fast vorwurfsvoll. Sein schmales Lächeln wirkte nicht echt.

»Ja, es war sehr nett von dir vorbeizukommen. Aber Luuk passt schon auf uns auf, nicht wahr?« Mit einem unbekümmerten Lachen ging sie zur Tür. Sie würde bestimmt nicht darauf bestehen, dass er noch blieb.

»Bist du mit dem Auto da? Soll ich dir einen Schirm leihen?«

»Nein«, erwiderte er nur. Im Flur war es immer noch so dunkel wie zuvor, und Anna drehte sich schnell um, damit sie sehen konnte, wo er war.

»Nein, danke«, verbesserte er sich. »Alles gut. Tschüss, Anna.« Bevor er sie umarmen konnte, machte sie schnell die Tür auf. »Huch, scheußlich dieser Wind. Also dann, mach's gut. Und vielen Dank noch mal!«, rief sie.

Sem ging ohne ein weiteres Wort hinaus.

»Ist er weg?«, rief Luuk aus der Küche.

»Ja!« Sie lief zurück und ließ sich neben ihm auf das Sofa fallen.

»Was ist denn das für ein komischer Typ?«, fragte Luuk. »Und warum ist der nachts bei dir im Haus?«

»Er wollte sehen, ob bei dem Sturm alles klar ist bei uns. Eigentlich ist er ja nett. Nur so… seltsam!«

Luuk nickte. »Das kannst du laut sagen!«, brummte er. »Er schien gar nicht erfreut über meinen Besuch.«

»Ja, das habe ich auch gemerkt. Aber ich war es dafür umso mehr. Du hast mich gerettet.«

»Ist meine Spezialität«, sagte Luuk augenzwinkernd. Dann wurde er wieder ernst. »Macht der dir Ärger?«, fragte er und wirkte plötzlich besorgt. »Ich kann mit ihm reden, wenn du willst.«

»Nein, nein!« Hastig wehrte sie ab, denn sie hatte das Gefühl, dass das gar nicht gut wäre. »Ich kriege das schon hin. Ich glaube… er wollte mich vorhin küssen. Aber es war so merkwürdig, er hat so getan, als ob er stolpern würde, und dann ist er gegen mich gefallen und …«

»Was?« Luuk schien entsetzt. »Sind wir im Kindergarten? Anna, du musst mit ihm reden. Ich finde, er wirkt nicht normal.« Plötzlich stockte er und blickte zum Fenster. Seine Miene versteinerte. Er sprang auf und rannte zur Tür. »Hey!«, rief er wütend und lief hinaus auf die Terrasse. Der Wind schlug die Tür gegen die Wand, und Anna zuckte zusammen.

»Was ist denn?«, rief sie verdattert.

Luuk kam wieder herein, sein Blick finster. »Ich habe ein Gesicht am Fenster gesehen.« Er warf die Tür hinter sich zu und schob den Riegel vor. »Hat hier reingestarrt. Aber jetzt ist niemand mehr da! Ich hab mich zu Tode erschreckt, plötzlich das Gesicht gegen die Scheibe gepresst zu sehen.« Seine Wangen waren gerötet, und er wirkte ungewohnt aufgewühlt. Er musste sich wirklich erschreckt haben.

Anna lief zum Fenster. Der Vorhang war einen Spalt geöffnet, obwohl sie sicher war, vorhin alles dicht zugezogen zu haben. Sie blickte in den dunklen Vorgarten, aber sie sah nichts, außer wogenden Büschen im Mondlicht. Mit einem leisen Schauder zog sie den Vorhang ganz zu.

»Vielleicht hatte Sem etwas vergessen?«, fragte sie.

»Ja.« Luuk sah sie nachdenklich an. »Kann sein. Es ist nur … Das Gesicht. Es sah aus wie eine Frau.«

Luuk bestand darauf, bei ihr zu übernachten, und Anna protestierte nicht lange, sondern machte ihm ein Bett im blauen Zimmer zurecht. Wie immer hatte sie das Gefühl, dass das Haus zu klein für ihn war. Er stieß im Dachgeschoss fast mit dem Kopf an die Decke, und seine laute, dunkle Stimme hallte in den Räumen wider und prallte an den Wänden ab. Sein Schatten wirkte im Kerzenlicht wie ein schwarzer, stummer Riese, der hinter ihnen die Treppe hinaufschlich. Auch das Bett war zu klein für ihn, aber er beruhigte sie damit, dass ihn nichts mehr schockieren konnte, seit er ein Jahr lang um die Welt getrampt war. »Gegen das, was ich erlebt habe, ist das hier der Himmel!«, sagte er. »Schlaf mal eine Woche in einem drittklassigen bolivianischen Reisebus!«

»Nein, danke!«, lachte Anna. »Das hört sich entsetzlich an!«

»War es auch. Und Bettwanzen gab es gratis dazu!«

»Ihh!« Sie wich erschrocken zurück. »Ich glaube, ich will doch nicht, dass du hier übernachtest!«

»Das ist vierzehn Jahre her, ich habe inzwischen geduscht!«, sagte er und warf ein Kissen nach ihr.

In der Nacht träumte Anna von Anouk. Aber es war nicht die Anouk, die sie kannte, sondern eine dünne, schattenhafte Gestalt. Sie schlich ums Haus, presste ihr Gesicht gegen die Fenster, lauschte in den Wind und versuchte, zu Anna hineinzukommen. Als es ihr nicht gelang, rief sie aus dem dunklen Garten ihren Namen und versuchte, sie zu sich zu locken. »Geh weg, ich will nicht«, murmelte Anna im Schlaf, drehte sich schwitzend um und raffte die Decke an sich. Einmal fuhr sie auf und glaubte, tatsächlich eine Stimme nachhallen zu hören, die nach ihr gerufen hatte. Sie zog sich das Kissen über den Kopf und war dankbar, Luuk in der Nähe zu wissen.

Als sie ganz gegen ihre Gewohnheit in den frühen Morgenstunden aufwachte, blickte sie gleich aus dem Fenster, in der Erwartung zu sehen, wie sich die Baumwipfel im Sturm bogen. Aber der Wind war lange vor dem Morgengrauen über das Meer verschwunden, und seine einzigen Spuren waren der klare Himmel und die abgerissenen Birkenzweige auf der Erde. Sogar der Strom funktionierte wieder. Verwundert betrachtete Anna das Blau. »Wie kann es sein, dass es nach einer so schrecklichen Nacht so schön draußen ist?«, fragte sie, als sie in die Küche kam. Luuk, der sich gerade die Stiefel anzog, lachte und erklärte, dass das fast immer so war. »Er hat sich ausgetobt«, sagte er. Und das stimmte wohl. Der Sturm schien gefunden zu haben, wonach er gesucht hatte, und war zufrieden abgezogen.

22

Als am Nachmittag die Glöckchen über der Ladentür bimmelten, sah Anna nicht auf. Sie schnitt gerade eine Ladung Gerbera zurecht, und ihre Blumenschere hatte sich verhakt. Ungeduldig stellte sie sich auf die

Zehen, verlagerte ihr Gewicht und drückte zu. Mit einem Ratsch fuhr die Schere durch die Stängel, und die abgeschnittenen Teile prasselten auf den Boden. Sie seufzte, zog die grünen Handschuhe aus und bückte sich mühsam, um sie aufzusammeln. Bücken war das Schlimmste, es funktionierte einfach noch nicht richtig und machte ihr jedes Mal ein bisschen Angst. Sie mochte Gerbera nicht mal, diese kleinen Spießer unter den Blumen, und hatte sie nur im Laden, weil viele Menschen sie gerne als Tischdekoration verwendeten. Als die Glöckchen bimmelten, war Anna unter dem Tisch verschwunden.

»Ich bin gleich da!«, rief sie in Richtung der braunen Schnürschuhe. Dann hob sie den Blick und wäre fast mit dem Kopf an die Platte geknallt.

»Guten Tag«, sagte die Evers steif. Sie sah sich mit verächtlich in die Höhe gezogenen Augenbrauen im Laden um. Ihre Nasenflügel waren gebläht, als wolle sie einen unangenehmen Geruch abwehren.

Anna hielt kurz den Atem an, als sie sich so vollkommen unerwartet ihrer feindseligen Konkurrentin gegenübersah.

Sie schälte sich unter dem Tisch hervor und starrte die Frau mit dem mausbraunen Dutt an. In ihr kämpften die Emotionen. »Frau Evers. Wie kann ich helfen?«, fragte sie schließlich und dachte, wenn sie ihrer Stimme einen etwas kühleren Ton gab, genügte das vielleicht, um zu zeigen, dass sie die scheußlichen Worte von damals nicht vergessen hatte. Trotzdem hatte sie das Gefühl, sich gerade selbst verraten zu haben.

»Ich brauche Lilien. Zwanzig Stück. Hast du welche da?«

Anna stockte. »Ja, habe ich … aber haben Sie die in Ihrem Laden nicht selbst?«

»Sie sind mir ausgegangen. Eine Fehlbestellung«, unterbrach die Evers sie kalt. »Eine wichtige Beerdigung findet statt. Die Blumen sind unerlässlich.« Anna konnte nicht sagen, ob es der Frau unangenehm war, sie danach zu fragen. Sie sah nicht danach aus. Immer noch musterte sie die Regale abschätzig. Wenn Anna in ihrer Situation gewesen wäre, hätte sie sich vor Scham gewunden. Es machte sie gleich noch ein bisschen wütender, dass der Evers diese Gefühle offensichtlich vollkommen abgingen.

Anna hätte ihr am liebsten gesagt, dass sie und ihr hässlicher Dutt sich ihre Lilien woanders besorgen sollten. Schließlich hatte die Evers noch vor wenigen Wochen sie und ihren Laden zum Teufel gewünscht. Aber sie brauchte das Geld und wollte das Konkurrenzfeuer zwischen ihnen nicht noch weiter anstacheln. Daher gab sie sich einen Ruck. Sie würde Größe beweisen und die Evers genauso freundlich behandeln wie andere Kunden auch. Schließlich war sie ein netter Mensch, ein guter Mensch, ein sachlicher, in sich ruhender Mensch, der über solchen Dingen stand. Auch wenn sie die Frau gerne am Hintern aus dem Laden getreten hätte.

»Aber sicher habe ich welche da«, flötete Anna mit ihr unbekannter Stimme. »Ganz neu hereinbekommen. Ich mache sie gleich zurecht. Soll ich sie auf eine bestimmte Länge schneiden?«

»Das kann ich wohl selber«, kam die dünne Antwort.

Anna biss sich kurz auf die Lippen, dann nahm sie den Eimer mit den Lilien und begann, die großen Blumen in Papier zu wickeln. Die Evers stand vor ihr und musterte sie. »Wenn du diese Sommersprossen mit Essig einreibst, werden sie blasser«, sagte sie auf einmal aus dem Nichts heraus.

Anna schnappte nach Luft. »Ich *liebe* meine Sommersprossen!«, stieß sie aus.

Ihr Gegenüber machte ein Gesicht, als sei das ein Beweis für ihren absolut schrecklichen Geschmack. »Natürlich!«, sagte sie verständig, als würde sie gütigst über einen schweren Fehler hinwegsehen, den Anna in ihrer Unwissenheit begangen hatte.

»Deine Sommersprossen sind zum Anbeten!«, schnaubte Britt, als Anna ihr an diesem Abend über einem großen Glas Wein von dem Gespräch erzählte. »Absolut entzückend sind sie. Ich kann es nicht fassen – diese Schnepfe! Essig, dass ich nicht lache. Na, wenn es eine wissen muss, dann die, die badet doch bestimmt jeden Tag darin.«

Anna dachte in diesem Moment hinter der Ladentheke genau dasselbe, aber sie senkte den Kopf und konzentrierte sich auf die Blumen.

»Die da nicht, die hat eine braune Stelle.« Die kleinen dunklen Augen der Evers hatten sie genau beobachtet, und ihre knochige Hand wies nun auf die Blume, die Anna gerade aus dem Eimer genommen hatte. Überrascht drehte sie sie hin und her, konnte aber keine braune Stelle entdecken.

Herausfordernd blickte die Evers sie an, als wartete sie nur darauf, dass Anna ihr widersprach und sie sich streiten konnten. Ohne ein weiteres Wort legte Anna die Blume zur Seite. Sie nahm die nächste hoch, aber kaum hatte sie sie angefasst, da fauchte die Evers: »Die auch nicht. Also wirklich, drehst du all deinen Kunden die Mangelware an? Denkst du, ich sehe das nicht?«

Anna holte empört Luft, aber die Evers sprach schon weiter. »Das kann hier ja offenbar noch eine Weile dauern. Während ich warte, nehme ich einen Cappuccino.«

Anna war so perplex, dass sie die Evers ein paar Sekunden einfach nur blinzelnd anstarrte.

»Was ist, ist die Maschine schon kaputt?«, fragte diese gehässig.

Wortlos drehte Anna sich um und begann, den Kaffee zu machen. Sie konnte nicht glauben, dass jemand so unfreundlich zu ihr war. Und noch weniger konnte sie glauben, dass sie sich das einfach gefallen ließ. Frau Fischer, Sie haben kein Rückgrat, kein winziges bisschen, schalt sie sich selbst. Als sie mit einem wütenden Prickeln im Nacken den Espresso durchlaufen ließ, sah sie mit einem Mal eine kleine tote Fliege bäuchlings auf der Milch schwimmen. Sie blickte in die Kanne und überlegte einen Moment. In ihrem Inneren rang die gute Anna mit der bösen Anna. Eine Weile lieferten sich die beiden ein hitziges Gefecht. Dann versenkte Anna die Fliege in einem Berg aus weißem Schaum und goss ihn in eine blumenverzierte Tasse. Sie gab den Espresso dazu, legte einen kleinen Keks auf den Unterteller neben den Löffel und reichte den fertigen Cappuccino mit einem Lächeln über die Theke. »So, bitte schön. Ich hoffe, er schmeckt!«, sagte sie strahlend. Die böse Anna hatte gewonnen.

Die Evers nahm den Kaffee wortlos entgegen. Sie ging mit der Tasse in der Hand durch den Laden und trank in kleinen Schlucken, während sie mit dem Finger prüfend über eines der Regalbretter fuhr. Anna ignorierte es. Genau wie sie es ignorierte, als sie eine ihrer Schalen hochnahm, den Preis am Boden betrachtete und ein abfälliges Schnauben von sich gab. »Zu stark«, war ihr einziges Urteil zu dem Cappuccino, dessen perfekte Dosierung Anna einen ganzen Abend lang geübt hatte.

»Der Kaffee ist aus einer Hamburger Rösterei. Ich liebe ihn schon lange und habe ihn extra für den Laden bestellt«, erklärte Anna im Plauderton, als habe sie eine ganz normale Kundin vor sich.

»Wir haben exzellenten Kaffee auf der Insel. Eine Verschwendung, extra welchen zu importieren.«

Sie hätte mit dieser Antwort rechnen müssen. Was versuchte sie auch, Small Talk mit dieser Essiggurke zu betreiben? Anna lächelte tapfer weiter und beeilte sich, die Blumen einzuwickeln. Sie wollte das Weib so schnell wie möglich aus dem Laden haben. Aber insgeheim freute sie sich diebisch über ihre kleine geflügelte Rache.

Plötzlich begann die Evers zu husten. Sie hatte gerade einen Schluck aus der Tasse genommen, und nun fasste sie sich an die Brust und röchelte leise. Anscheinend hatte sie etwas im Hals stecken.

Anna wurde blass. Sie hatte ihren Plan nicht richtig durchdacht. Wenn die Evers jetzt die Fliege in ihre Hand spuckte, dann würde sie auf der ganzen Insel herumerzählen, dass Annas Kaffee nicht nur zu stark war, sondern auch noch eine kostenlose Fleischbeilage beinhaltete. Das wäre schrecklich für ihren Ruf. Mit angehaltenem Atem beobachtete sie die Frau, die jetzt die Hand an den Hals gelegt hatte, als würde sie ersticken.

O Gott, dachte Anna hilflos. Sie stand stocksteif da. Wie sollte sie sich jetzt rausreden? Sie schwor sich innerlich, der bösen Anna nie wieder nachzugeben. Aber da hustete die Evers noch einmal kräftig, gab ein leises, würgendes Geräusch von sich, schluckte laut und atmete aus.

»Verzeihung«, sagte sie grantig mit einem Seitenblick in Annas Richtung.

Anna schüttelte es kurz. Die Fliege würde sie wohl nicht wiedersehen. Glück gehabt. »Geht es Ihnen nicht gut? Eine Erkältung vielleicht?«, fragte sie zuckersüß.

»Der Kaffee war einfach zu stark.«

»Oh, soll ich noch etwas Milch hinzufügen?«

»Zu spät, ich habe schon alles getrunken.«

»Ich merke es mir fürs nächste Mal!« Anna atmete innerlich aus und schob die Pakete mit den Blumen über die Theke. »So, schon fertig.«

Die Evers bezahlte wortlos, gab keinen Cent Trinkgeld und ließ sich eine Rechnung ausstellen, die Anna zweimal neu schreiben musste, weil die Evers angeblich ihre Schrift nicht entziffern konnte. Dann legte sie die Blumen in ihren Korb und ging ohne ein Dankeschön mit einem angedeuteten Nicken zur Tür.

»Bis bald!«, rief Anna ihr freundlich nach.

»Sicher nicht«, war die knappe Antwort, und dann verschwand der Dutt hinter der Scheibe.

Als Anna Ole ihre Fliegenrache schilderte, fiel er vor Lachen fast vom Stuhl. »Du bist ja richtig böse!«, sagte er zufrieden, als er sich wieder gefangen hatte und sich die Tränen aus den Augenwinkeln wischte.

»Eigentlich nicht.« Anna musste nun auch grinsen. »Als sie anfing zu röcheln, habe ich mir vor Panik fast in die Hose gemacht. Stell dir vor, sie wäre an meinem Cappuccino erstickt! Das ist keine gute Werbung.«

»Noch schlimmer wäre es gewesen, wenn sie die Fliege in der Tasse gesehen hätte, bevor sie sich daran verschluckt hat.«

»Ich habe ziemlich viel Schaum darübergetürmt«, sagte Anna ernst und brachte ihn damit erneut dazu, vor Lachen gefährlich nach hinten zu kippen.

23

Manchmal hatte Anna das Gefühl, dass die Menschen auf der Insel ganz bewusst das Licht von der Nacht fernhielten. Wenn der Mond sich versteckte – und das tat er gerne hier, denn das Meer mochte die

Wolken und türmte sie des Nachts über sich auf –, wurde es nach Sonnenuntergang stockfinster. Außerhalb der kleinen Orte blickte man aus den Fenstern auf eine schwarze, undurchdringliche Wand. Für die vielen Vögel, die hier lebten, war es ein Segen. Auf Texel wussten sie noch, wann sie des Abends die Köpfe unter das Gefieder stecken mussten, und irrten nachts nicht orientierungslos auf Futtersuche hin und her. Aber für die Menschen war es bisweilen ein bedrückendes Gefühl. Es schien Anna manchmal, als legte die Finsternis sich wie eine Haube über den kleinen Fleck im Meer. Aber sie war sich nicht sicher, ob sie ihn beschützte oder belauerte.

Es hatte den Vorteil, dass es nachts oft einen einzigartigen Himmel zu bewundern gab. Sogar die Sterne schienen hier anders, viel näher, viel heller. Als leuchteten sie nur für die Insel.

An manchen Abenden mochte Anna die Dunkelheit. Wenn sie im Auto heimfuhr und man die Häuser auf den Feldern nicht sehen konnte, nur den Schein einiger Kerzen im Fenster. Oder wenn sie mit einem Glas Wein auf der Hintertreppe saß, dem Garten zuhörte und auf Sternschnuppen wartete, wie sie es als Kinder immer mit ihrem Großvater gemacht hatten. Nur war das Glas Wein damals eine Tasse heiße Schokolade gewesen. Der Schaukelstuhl hatte leise geknarzt, und der Rauch seiner Pfeife war in blauen Schwaden durch den nächtlichen Garten gewandert, hatte sich auf ihre Haare und in die Fasern ihres Nachthemds gelegt und sich für immer unauslöschlich in ihr Gedächtnis eingegraben, sodass sie ihn auch heute an warmen Sommerabenden noch manchmal zu riechen glaubte.

An anderen Tagen, an Tagen wie heute, fand sie die Dunkelheit bedrohlich.

Anna stand im Flur neben der Badezimmertür und horchte. Sie wusste, dass sie sich wahrscheinlich getäuscht hatte, dass sie sich verrückt machte, dass jede Frau, die alleine in einem einsamen Haus lebte, nachts Geräusche hörte. Aber dennoch … Sie lauschte mit angehaltenem Atem. Sie war sich ganz sicher. Sie hatte ein Geräusch gehört. Von draußen, hinter dem Haus.

Sie überlegte, ob es sich um einen Waschbären handeln konnte, aber sie war sich ziemlich sicher, dass es auf der Insel keine Waschbären gab. Eine andere Erklärung fiel ihr nicht ein, und das war kein besonders gutes Gefühl. Sie dachte an die Worte ihres Großvaters, damals, als ihre Eltern sich gerade getrennt hatten. Anna war auf der Insel zur Schule gegangen, während ihre Mutter in Deutschland die Sache mit dem Haus regelte. Es war eine schwere Zeit für die kleine, ängstliche Anna gewesen. Ihre Eltern hatten ihr gefehlt, alles hatte sich verwirrend und bedrohlich angefühlt. Damals hatte sie ihre Großeltern nachts oft geweckt, weil sie sich zu sehr fürchtete, um schlafen zu können. »Das ist nur das Haus, Annakind«, hatte ihr Großvater immer gesagt und auf die alten Holzbalken über ihren Köpfen gezeigt. »Es träumt. Es knackt und knarzt im Schlaf, wie die Knochen eines alten Mannes. Aber es gibt hier nichts, wovor du dich fürchten musst.« Sie wünschte, er wäre jetzt hier, um ihr genau das noch ein letztes Mal zu versichern.

Während sie dastand und horchte, klingelte plötzlich ihr Handy im Schlafzimmer, und sie zuckte zusammen. Auf knarzenden Dielen eilte sie hinüber und griff danach. Es lag auf dem Waschtisch und klingelte nicht nur, sondern vibrierte auch laut und versetzte das dunkle Zimmer mit seinem Schein in ein geisterhaftes Zucken.

Die Nummer war unterdrückt.

Anna zögerte kurz. Es war bereits sehr spät.

Als sie abnahm, hörte sie zunächst gar nichts. »Hallo, wer ist da?«, fragte sie angespannt. Es blieb still, aber aus irgendeinem Grund wusste sie, dass am anderen Ende der Leitung jemand war. »Hallo? Die Verbindung ist schlecht!«, rief sie.

Plötzlich hörte sie jemanden atmen.

Ihr Nacken versteifte sich schmerzhaft. »Hallo!«, sagte sie noch einmal. Gerade als sie überzeugt war, dass die Person am anderen Ende sie nicht hören konnte, ertönte eine Stimme.

»Anna!«

Es war nur ein Hauch, ein Flüstern, aber er ließ sie mitten in der Bewegung erstarren. Die Stimme klang hoch und dünn, wie die eines kleinen Mädchens.

»Wer … ist da?«, fragte sie leise.

»Anna …« Diesmal war es ein klagender Laut, ein Seufzer fast. Es klang schauderhaft, verzerrt und unwirklich, und Anna hielt den Atem an. Ihr Herzschlag begann in ihren Ohren zu pochen.

»Verschwinde hier!« Ein Zischen, so hasserfüllt und kalt, dass sie mit einem erstickten Laut das Handy von sich schleuderte.

Es landete mit einem dumpfen Laut auf dem Teppich.

Als sie es nach ein paar Sekunden mit zitternden Fingern und pochendem Herzschlag wieder aufhob und ans Ohr hielt, war die Leitung unterbrochen. Sie hatte kaum Zeit, das Geschehen zu verarbeiten, denn nachdem sie ein paar schockerfüllte Sekunden einfach dagestanden und das Handy angestarrt hatte, fuhr sie herum. Sie hatte es wieder gehört. Kein Zweifel.

Da war jemand in ihrem Garten.

Sie schlich zum Fenster und zog mit den Fingerspitzen an der Gardine. Aber heute war die Nacht nicht auf ihrer Seite. Der Mond versteckte sich hinter einer Mauer aus undurchdringlichen Wolkenbergen, und sie sah nichts außer verschwommenen Umrissen. Doch plötzlich zuckte sie zurück. Ein Schatten hatte sich bewegt. Dort, unter dem Apfelbaum.

Jetzt hatte sie genug. Es war ja gut und schön, alleine zurechtkommen zu wollen, und sie hatte durchaus ihren Stolz. Aber es gab einen Punkt, ab dem es dumm war, sich keine Hilfe zu holen.

Mit pochendem Herzen rief sie Luuk an. Sie ließ es klingeln und klingeln, aber er nahm nicht ab. »Typisch«, murmelte sie wütend und wählte stattdessen Oles Nummer. Nach ein paarmal Klingeln meldete sich seine Mailbox: *Hier ist Ole, und wenn ich nicht rangehe, hat das sicherlich einen guten Grund*, rief seine fröhliche, dröhnende Stimme. Dann tutete es zum Zeichen, dass sie eine Nachricht hinterlassen konnte. »Toll, wie du nie zu erreichen bist, wenn man dich braucht«, sprach sie aufs

Band, vielleicht ein wenig zickiger, als sie beabsichtigt hatte, denn schließlich war es ein Uhr morgens, und er in keinster Weise dazu verpflichtet, um diese Zeit für sie da zu sein. Zu keiner Zeit, wenn man es genau nahm.

Sie überlegte, Sem anzurufen, aber etwas hielt sie davon ab. Sie wollte nicht in seiner Schuld stehen.

Schließlich gab es nur noch eine Option.

»Jaaa?«, meldete sich Britt verschlafen, und obwohl Anna sehr erleichtert war, endlich eine vertraute Stimme zu hören, hatte sie sofort ein schlechtes Gewissen, denn ihr fiel wieder ein, dass Britt morgen arbeiten musste. In hektischem Flüsterton erzählte sie ihr, was gerade passiert war.

»Bleib, wo du bist.« Plötzlich klang Britt hellwach und besorgt. »Schließ die Tür ab. Ich hole Ole und wir… ach, Shit! Er hat ein Date, und ich weiß nicht, wo sie hingegangen sind.«

Anna durchzuckte ein seltsames Gefühl. Sie war plötzlich wütend auf Ole, der wegen irgendeiner Tina oder Lara nicht zu erreichen war, wenn seine Freunde ihn brauchten. Und auch wenn sie wusste, wie ungerecht das war, konnte sie das Gefühl nicht abschütteln.

»Ich hab schon versucht, ihn anzurufen, er geht nicht ran«, sagte sie.

Britt überlegte einen Moment. »Ich komme!«, entschied sie dann. »Und ich rufe die Polizei an.«

»Nein, das…«

»Anna, dieser Anruf. Das ist kein Scherz.«

»Ich weiß, aber ich… und wenn ich mich nun irre, und da draußen ist nichts? Und nur wegen eines Anrufs werden sie wohl kaum mitten in der Nacht hier rauskommen.«

Einen Moment war es still.

»Ich kann Pa holen.«

»Auf keinen Fall!«

»Was ist mit Luuk?«

»Schläft.«

Sie stöhnte leise. »Toll, wie man sich auf die Männer verlassen kann. Okay. Ich sag dir was. Ich hupe so lange vor seinem Haus, bis er wach wird. Dann kommen wir zusammen zu dir. Und verscheuchen so hoffentlich auch, was immer sich da in deinem Garten befindet.«

Anna fand, dass sich die Idee lächerlich anhörte. Aber eine andere hatte sie auch nicht.

»Ich beeile mich. Zehn Minuten. Fünfzehn höchstens. Ruf mich sofort an, wenn du wieder was hörst.«

»Mache ich.«

»Und Anna?«

»Ja?«

»Öffne niemandem die Tür!«

Anna versprach es. Sie legten auf, und sie ließ sich auf die Bettkante sinken. Harry hatte während des ganzen Spektakels friedlich weitergeschlafen und nur kurz den Kopf gehoben, als das Handy klingelte. Als sich nun das Bett bewegte, schlug er schläfrig die Augen auf und krabbelte auf Annas Schoß. Sie kraulte ihn gedankenverloren und lauschte weiter in die Stille hinein.

Als sich ihr Herzschlag nach ein paar Minuten wieder beruhigt hatte, konnte sie klarer denken. Sie überlegte, was dieser Anruf bedeuten konnte. Es war ganz klar ein Streich. Aber die Stimme hatte ihren Namen gekannt... Es musste also jemand aus ihrem Umfeld sein. Andererseits hatte sie einen Laden hier. Sie hatte Zeitungsannoncen geschaltet. Viele Leute hier kannten inzwischen ihren Namen.

Plötzlich kam aus dem Garten ein lautes Krachen, gefolgt von einem Rumpeln. Anna sprang erschrocken auf, und Harry grunzte empört, als er auf dem Boden landete.

Diesmal hatte sie Glück, der Mond hatte sich einen kleinen freien Platz erkämpft. Sie starrte einen Moment lang aus dem Fenster. Dann blinzelte sie plötzlich überrascht. »Das gibt's doch nicht«, flüsterte sie. Sie war nicht sicher, ob sie richtig gesehen hatte. Sie rannte die Treppe hinunter, öffnete die Hintertür und stürmte in den Garten. »Was macht ihr denn hier?«, rief sie.

»Luuk! Hey, Luuk!« Anna trommelte mit einer Hand gegen seine Haustür, mit der anderen bearbeitete sie den Klingelknopf. Endlich ging im Haus Licht an, zwei Sekunden später sah sie durch die Scheibe, wie er die Treppe hinuntertaumelte und versuchte, sich eine Jeans anzuziehen.

»Anna?« Er blinzelte ihr entgegen, noch halb im Schlaf gefangen, aber gleichzeitig alarmiert, und rieb sich mit dem Unterarm über die verquollenen Augen.

»So, wachst du endlich auf, ja?«

»Was?«

»Ich hab versucht, dich anzurufen.«

»Wann? Warum?«

»Eben gerade.«

Er sah auf seine Armbanduhr und riss die Augen auf. »Weißt du, wie spät es ist? Ich muss morgen …«

»Deine Schweine sind bei mir im Garten.«

»Was?« Er starrte sie mit leerem Blick an, und es war klar, dass er nicht begriffen hatte.

»Tofu und Seitan. Sie sind in meinem Garten. Und sie haben mich ZU TODE ERSCHRECKT!« Die letzten Worte hatte sie ihm wütend entgegengebrüllt, und er zuckte kurz zurück. Dann schien ihre Nachricht zu ihm durchzudringen. Er gab einen grimmigen Laut von sich und zog seine Stiefel an.

»Bist du sicher?«, fragte er, als sie durch den Garten liefen.

»Da müsste ich mich schon schwer irren.«

»Aber das kann nicht sein …« Verwirrt blieb er stehen, als er die beiden Wollschweine sah, die Annas Komposttonne umgeworfen hatten und den Inhalt nun fröhlich mit ihren Rüsseln durchwühlten. Ihre Ringelschwänze tanzten im Mondlicht, und ihre großen, wolligen Hintern boten einen beinahe komischen Anblick. Harry hatte sich ihnen angeschlossen. Er wühlte fröhlich mit ihnen durch den Müll und schnaubte dabei fast genauso laut wie die beiden. Sein winziger, viereckiger Po reihte sich wundervoll in das seltsame Bild ein.

»Harry!« Anna packte ihn um die Mitte. »Das ist Müll. Also wirklich. Ein bisschen Anstand, wenn ich bitten darf!« Er grunzte und leckte ihr dann mit stinkendem Müllatem über das Gesicht.

»Ich verstehe das nicht.« Ratlos blickte Luuk sich um, als suche er im dunklen Garten eine Antwort auf seine Fragen. »Wie kommen sie hierher?«

»Ich würde mal scharf kombinieren und sagen, du hast das Tor nicht richtig zugemacht.«

»Das kann nicht sein!«

»Hm?«

»Das kann nicht sein. Es ist ein Spezialriegel, den kann man nicht offen stehen lassen. Ich habe ihn extra gekauft, weil die Schweine sehr schlau sind und alles aufkriegen.«

»Na, irgendwie sind sie rausgekommen. Ist ja auch egal, wie. Könntest du sie zurückbringen? Ich hab es versucht, aber sie ignorieren mich. Der Müll scheint sehr gut zu schmecken.«

Mit immer noch verwirrter Miene nickte er. »Sicher. Warte hier.«

Er holte ein Seil, schlang es Tofu um den Hals und zog ihn sanft zurück in Richtung Hof, während er beruhigend auf ihn einsprach. Behäbig, aber gehorsam kam das Schwein mit ihm mit. Seitan blickte auf, sah traurig auf den Müll hinunter und trabte dann mit einem ergebenen Grunzen hinter ihnen her.

»Ich bring das morgen in Ordnung!«, rief Luuk und deutete auf die umgestoßene Tonne.

»Nicht nötig, ich mach das schon. Aber ich glaube, sie waren auch am Gemüsebeet. Da solltest du vielleicht mal nachsehen.«

»Shit!« Luuk fluchte laut in der Dunkelheit. Eines der Schweine grunzte zustimmend, und Anna musste unwillkürlich lachen.

Sie ging ins Haus, rief Britt an und gab Entwarnung.

»Ich bin schon fast da, jetzt komme ich trotzdem noch kurz vorbei«, sagte sie, als sie fertig gelacht hatte, und zwei Minuten später stand sie in Schlafanzug und Regenjacke vor der Tür, eine große Schaufel in der einen und eine Taschenlampe in der anderen Hand.

»Ich hatte nichts anderes!«, erklärte sie, und Anna nickte verständnisvoll.

Sie parkten die Schaufel neben der Garderobe, holten die Bettdecken ins Wohnzimmer, setzten sich mit einem Tee auf das Sofa vor dem Kamin und sprachen über den seltsamen Anruf. Und obwohl sich die Geräusche als harmlos und lustig herausgestellt hatten, blieb die Sache doch ein wenig bedrückend. Anna war sich zwar mittlerweile sicher, dass gelangweilte Jugendliche ihr nur einen dummen Streich gespielt hatten, aber sie war trotzdem sehr froh, nicht mehr alleine zu sein. Und als Britt anbot, bei ihr zu übernachten, willigte sie dankbar ein.

Am nächsten Tag war Ole gleichzeitig wütend und sehr zerknirscht, und Anna ließ ihn schmoren.

Dass seine kleine Schwester mitten in der Nacht todesmutig zu einer Rettungsaktion anrücken musste und er nicht da gewesen war, um zu helfen, kränkte seinen männlichen Stolz erheblich. Auch wenn die Übeltäter sich nur als zwei friedliche Wollschweine herausgestellt hatten.

»Nächstes Mal, wenn du mir auf die Mailbox sprichst, erklärst du mir, was passiert ist, statt mich nur anzuzischen!«, sagte er vorwurfsvoll.

»Wann hast du sie denn abgehört?«

»Heute Morgen«, gab er unwillig zu.

»Das hätte also gar nichts genutzt!«, stellte Anna fest und freute sich heimlich über sein bedrücktes Gesicht.

»Tut mir leid!«, sagte er ernst, und sofort überfiel sie das schlechte Gewissen.

»Hey, du bist nicht da, um mich ständig zu retten. Du hattest ein Date, klar gehst du da nicht ran, wenn ich dich anrufe«, beschwichtigte sie. Sie hatte kein Recht, sauer auf ihn zu sein.

»Ich habe es nicht gehört!«, rief er. »Natürlich wäre ich rangegangen, Anna! Mein Handy war in meiner Hosentasche und meine Hose war ...«

»Alles klar!«, unterbrach sie ihn hastig und hob abwehrend die Hände. »Ich verstehe schon.« Plötzlich war ihre Stimme wieder eine Nuance kühler, was sie selbst ein wenig überraschte. So kannte sie sich gar nicht.

Ole hatte es ebenfalls wahrgenommen und sah sie jetzt eindringlich an.

»Meine Hose lag im Bad«, sagte er. »In meinem Bad. Bei mir zu Hause. Und ich habe geschlafen.«

»Oh.« Anna konnte ihre Überraschung nicht verbergen. »Mieses Date?«

»Nicht mies. Nur auch nicht toll.«

Sie wich seinem Blick aus. »Tut mir leid, dass ich dich überhaupt da hineingezogen habe. Es war ja gar nichts weiter.«

»Das würde ich nun nicht sagen! Dieser Anruf… Anna, das ist wirklich nicht normal. Du musst es der Polizei melden.«

»Die Nummer war unterdrückt. Das hat keinen Sinn. Sie können nichts machen.«

Er verschränkte die Arme. »Und was willst du jetzt tun?«

»Gar nichts.«

»Gar nichts?«

»Es war nur ein Streich, Ole. Ich bin sicher, dass es nicht wieder vorkommt.«

»Hm.« Er schien nicht zufrieden, protestierte aber auch nicht weiter. »Wenn wieder etwas Merkwürdiges passiert, dann rufst du so lange an, bis ich rangehe!«, sagte er, und es fehlte nur noch der erhobene Zeigefinger.

»Schön. Dann behalte deine Hose bei dir.«

Er überlegte kurz. »Das könnte allerdings schwierig werden.«

»Ist mir vollkommen klar«, erwiderte Anna trocken, und nach ein paar Sekunden, in denen sie beide versuchten, eine ernste Miene zu bewahren, prusteten sie gleichzeitig los.

24

Anna sah von ihrem Laptop auf. In ihrem Kopf schwammen die Zahlen, und eine unangenehme Schwere hatte sich hinter ihren Augenlidern breitgemacht. Bereits drei Stunden brütete sie nun über den Kalkulationen für den Laden, aber sie schien genauso viel zu wissen wie zuvor. Es war Sonntag, zu Hause war ihr die Decke auf den Kopf gefallen, und so hatte sie sich, wie häufiger in letzter Zeit, in Toms Strandpaal zurückgezogen. Hier hatte sie immer das Gefühl, in einer unbeschwerten Blase aus Kaffeeduft und gedämpftem Möwengekreisch zu verweilen, in der die Zeit stillstand. Müde rieb sie sich das Gesicht und blickte aus dem Fenster, wo das Graublau des Meeres mit dem Horizont verschmolz. Dann sah sie sich nach Tom um und bestellte einen neuen Kaffee. Während sie wartete und sich eine kleine Auszeit von den Zahlen gönnte, nahm sie die Atmosphäre des Cafés in sich auf. Sie wusste, dass Tom es selbst eingerichtet hatte, und bestaunte nicht zum ersten Mal die liebevollen Details. Die Wände waren mit Regalen vollgestellt, in denen sich alte Bücher und Schallplatten stapelten, die Dielen schimmerten schwach im Licht der vielen Kerzen, und es duftete nach Apfelkuchen und altem Holz. Die Front mit Blick aufs Wasser war verglast, und in der Ecke, in der sie heute saß, waren alte Sessel und ein kleines Sofa um einen Metallofen gruppiert, der leise vor sich hin bollerte und eine angenehme Wärme ausstrahlte. Sie seufzte, lehnte sich einen Moment zurück und genoss die sanfte Musik und den Geruch nach Holzfeuer. Verträumt beobachtete sie die Wellen und badete in dem Gefühl wohliger Behaglichkeit. Es hätte hier drinnen nicht gemütlicher sein können.

Tom kam um die Theke herum und balancierte ein Tablett mit Kaffee und Apfelkuchen in der Hand, das er vor sie auf den kleinen Tisch stellen wollte. Doch die Fläche war komplett mit ihren Zetteln und Notizbüchern bedeckt. Schnell machte Anna eine Lücke frei. »Tut mir leid, ich habe mich mal wieder breitgemacht.«

Er lächelte. »Kein Problem!«

»Den habe ich nicht bestellt!« Anna zeigte auf den Apfelkuchen und merkte im gleichen Moment, wie ihr Magen leise rumpelte.

»Nein, aber du kriegst ihn trotzdem!« Er zwinkerte und war schon wieder verschwunden.

Anna nahm das Geschenk dankbar an. Seit Ole sie das erste Mal hergebracht hatte, versorgte Tom sie gerne mit kleinen Köstlichkeiten, wann immer sie hier arbeitete. Er schien sich verantwortlich dafür zu fühlen, dass sie stets gut gefüllt war. Sie lehnte sich in dem knautschigen Ledersessel zurück und balancierte den Teller auf den Knien. Kaum hatte sie den ersten Bissen des köstlichen, matschigen Apfelkuchens in sich hineingeschaufelt, da begann Harry, der bisher vollkommen stumm neben ihr auf einem alten Schafsfell geschlafen hatte, die Nasenflügel aufzublähen. Er schnüffelte einen Moment mit geschlossenen Augen, dann setzte er sich ruckartig auf.

Anna rückte schnell ein kleines Stück von ihm ab.

»Ohhh, nein. Vergiss es, Kumpel!« Sie versuchte, ihn mit der Gabel abzuwehren, aber Harry hatte bereits die Vorderpfoten auf ihren Knien und wedelte euphorisch mit dem Schwanz. »Hey, du kennst die Regeln.« Sie schubste ihn zurück auf sein Fell. In der letzten Woche hatten sie viel an seinem Benehmen gefeilt, und er setzte sich gehorsam, winselte aber leise und verzweifelt. Sie konnte sehen, wie schwer es ihm fiel, nicht zu betteln, sein kleiner Körper zitterte, und er leckte sich immer wieder die Lippen.

Anna musste lachen, aber sie ließ sich nicht erweichen. Dies waren die Früchte harter Arbeit, und auch wenn es ein Herz aus Stein erforderte, sie wusste genau, wenn sie nun nachgab, könnte sie direkt wieder von vorne anfangen.

»Wie kannst du das nur aushalten?« Tom war hinter Anna aufgetaucht. Er hatte ein Geschirrtuch über der Schulter, stützte sich mit einem tätowierten Unterarm auf der Sofalehne ab und beobachtete Harry mitfühlend. Offensichtlich fand er auch, dass sie zu hartherzig zu dem kleinen Dackel war, der nun wie hypnotisiert den Kuchen anstarrte. Es hätte Anna nicht gewundert, wenn er zu sabbern angefangen hätte.

»Lass dich nicht von dem Gewinsel täuschen, das ist reine Show. Er hat erst vor ein paar Stunden eine Riesenportion Entenleber runtergeschlungen. Es ist nicht so, als ob er am Verhungern wäre«, versicherte sie Tom.

»Besonders satt wirkt er aber auch nicht«, gab dieser zu bedenken.

»Harry ist nie satt, diesen Zustand kennt er gar nicht.«

»Also, ich sag dir was. Wir haben gestern Suppe gemacht, und ich habe da eine Schüssel mit Knochen in der Küche. Wäre es schlimm, wenn mir davon zufällig einer runterfiele und Harry ihn finden würde? Sein Anblick bricht mir das Herz.«

Anna dachte kurz nach. »Wenn er zufällig runterfällt, durchkreuzt das ja nicht direkt meine Erziehungsmaßnahmen«, sagte sie dann ergeben.

Tom verschwand zufrieden in der Küche und kam gleich darauf mit einem dicken Markknochen wieder. Harry schnappte ihn sich glücklich und verschwand unter dem Sofa, wo er für die nächste halbe Stunde laut vor sich hin knackte.

»Danke. Irgendwie haben alle immer das Bedürfnis, ihn zu füttern, obwohl er so dick ist.«

Tom lächelte schuldbewusst. Er nickte mit dem Kinn in Richtung ihres Zettelwustes. »Kommst du voran?«

Anna schüttelte resigniert den Kopf. »Nicht wirklich.« Sie seufzte. »Aber eins ist klar, wenn nicht bald was passiert, kann ich den Laden wieder dichtmachen.«

Tom setzte sich neben sie auf einen Sessel und schob einen weiteren Birkenast in den kleinen Ofen. »Apropos, ich wollte dich etwas fragen.«

Überrascht blickte Anna auf.

»Hättest du Kapazitäten, um einmal in der Woche unsere Tischdekoration zu übernehmen? Wie du vielleicht sehen kannst, ist das nicht wirklich meine Expertise.« Anna betrachtete die Blumenarrangements auf den Holztischen und konnte nichts zu seiner Verteidigung sagen. Sie sahen kläglich aus.

»Ich würde dir jeden Sonntag die Vasen vorbeibringen. Einundzwanzig für die Tische und drei große für die Theke. Was sagst du?«

»Tom, du musst nicht… das ist wirklich sehr nett… ich komme schon klar…«, stotterte sie, peinlich berührt. Sie hatte das unangenehme Gefühl, dass Ole ihn dazu angestachelt hatte, ihr zu helfen, und bei dem Gedanken wand sie sich vor Scham.

»Aber ich nicht.« Er zeigte auf die Blumen. »Ich frage dich nicht, weil ich Almosen verteilen will, Anna.«

Ein paar Sekunden kämpften Dankbarkeit und Verlegenheit in ihr. Schließlich schluckte sie schweren Herzens ihren Stolz. »Bist du sicher? Natürlich habe ich Kapazitäten, ich habe Kapazitäten, um eine ganze Kleinstadt mit Blumen auszustatten!«

Tom brummte, dass er so viel nun auch nicht brauchte, dann schlugen sie auf den Deal ein.

Als Anna zwei Stunden später in die verwinkelte Burgwalgasse einbog, war die Freude über den Lichtblick, den ihr der Deal mit Tom beschert hatte, schon wieder verflogen. Es würde nicht reichen. Wenn nicht bald mehr Kunden kamen, würde sie das kleine Schild über der Tür wieder abhängen müssen. Sie stellte sich vor, wie sich ihr triumphales Leiterabenteuer in umgekehrter Reihenfolge noch einmal abspielte und sie dann voller Schande nach Hamburg zurückkehren musste, im Gepäck zerplatzte Träume, Schulden, eine ungewisse Zukunft und einen schwer übergewichtigen Dackel.

»Frau Fischer, das darf nicht passieren!«, murmelte sie in ihren Schal, aber sie hatte keine Ahnung, wie sie diesen Ausgang abwenden sollte.

Nachdenklich schob sie ihr Rad über das nasse Kopfsteinpflaster und winkte zerstreut ins Schaufenster von Anton, der gerade mit traurigem Blick seine Flaschen polierte. Seine Nase schien heute noch ein wenig röter als sonst. Ich will nicht von hier weg, dachte Anna, als sie ihm zuwinkte. Ich will hierbleiben, in der kleinen Gasse mit den bunten Häusern, mit Leentjes Streuselkuchen und Antons roter Nase und der Fischbude und Roos' Torten und meinem kleinen Schild über der Tür.

Gerade hatte sie ihr Fahrrad an die Laterne geschlossen, da öffnete sich über ihrem Kopf ein Fenster, und schlohweiße Haare und kleine blitzende Goldohrringe kamen zum Vorschein. »Anna, huhu. Prinz Harry, huhu. Ich habe eine Appletartje mit frischem Schwung gebacken, und brauche jemanden, der sie für mich kostet!«

»Mit frischem Schwung« hieß bei Roos, dass sie eines ihrer alten Rezepte neu interpretiert hatte. Wann immer es frischen Schwung gab, holte sie Anna, um sie probieren zu lassen, die dies jederzeit bereitwillig tat, obwohl sie langsam anfing, sich Sorgen um ihre Figur zu machen. Sie hatte sich angewöhnt, jeden Morgen nach dem Aufwachen als Erstes nach ihren Hüftknochen zu tasten, um zu sehen, ob man sie noch fühlen konnte. Wenn das noch ging, so hatte sie sich überlegt, bestand zumindest noch keine akute Gefahr. Roos hatte in letzter Zeit ziemlich viel frischen Schwung gehabt. Vielleicht lag das auch daran, dass es das erste Mal seit langer Zeit wieder jemanden gab, der diesen zu würdigen wusste.

»Roos! Das klingt ganz toll, aber ich habe eben erst einen Apfelkuchen gegessen. Bei Tom im Strandpaal«, sagte Anna entschuldigend.

»Na, dann hast du ja den direkten Vergleich!«, sagte Roos unbeeindruckt und machte das Fenster wieder zu, bevor Anna weiter protestieren konnte.

Genau wie Toms Strandpaal war Roos' Haus für Anna ein Ort in einer sicheren, ruhigeren Welt. Unter ihrem Reetdach war man beschützt wie unter einer Zauberglocke, die alles Böse fernhielt. Hier gab es nur das Knacken des Feuers im Kamin, die Stille der Bücherregale und den Duft nach Tee und Kuchen.

Anna legte die Blumen, die sie schnell noch im Laden geholt hatte, auf den Tisch, setzte sich auf das weiße Sofa und blickte in den Garten. Dieser hatte sich in den letzten Wochen zusehends verwandelt. Das Grau des Winters war verschwunden, ein Meer aus Tulpen wogte im Wind, und man konnte bereits erahnen, welch grüne Oase er im Sommer sein würde. Sie freute sich auf die Rosen und darauf, in der kleinen Laube mit Roos Kaffee zu trinken. Noch etwas, das ich nicht verlieren will, dachte sie, zog die Füße hoch und kuschelte ihre Beine unter eine der wolligen Decken. Harry war wie immer in der Küche verschwunden, sobald sie das Haus betreten hatten. Er wich Roos nicht von der Seite, und sie behandelte ihn im Gegenzug wie einen ernst zu nehmenden Gesprächspartner, dem sie in beständigem Plauderton alles erzählte, was ihr gerade so durch den Kopf ging. Manchmal brachte Anna ihn nachmittags zu ihr, wenn es ihm im Laden zu langweilig wurde und er anfing, die Blumen anzunagen und die Tischbeine zu zerkratzen. Dann saß er meist neben Roos auf der Küchenablage, beobachtete mit schiefem Kopf, wie sie Teig knetete oder mit grazilen Händen Marzipanblumen formte, die Ohren aufgestellt und die Augen wachsam, als lauschte er jedem ihrer Worte. Wenn Anna ihn abholte, lagen die beiden oft zusammen im Wohnzimmer vor dem Feuer, Harry auf Roos' Bauch eingerollt, ihr Strickzeug in einem Knäuel auf dem Boden. Beide schnarchten friedvoll, und im Radio dudelte meist leise eine Bachsonate oder ein Violinkonzert von Mozart, denn Roos schlief bei klassischer Musik sofort ein, und auch auf Harry schien sie eine hypnotisierende Wirkung zu haben.

Heute hatte Roos Harry wieder viel zu erzählen. Anna lauschte auf das leise Rumoren aus der Küche und rekelte sich auf dem Sofa wie eine Katze. Es war schön, zur Abwechslung mal in einem Haus zu sein, in dem die Geräusche anderer Menschen durch die Stille drangen und man das Ticken der Uhren und die Abwesenheit von Leben nicht mit lauter Musik übertönen musste. Wie so oft wünschte sie sich für einen Moment, dass Roos ihre Großmutter wäre und sie hier leben könnte. Es wäre schön, sich abends mit jemandem zu unterhalten, statt alleine auf dem Sofa zu sitzen.

Die Wärme des Kaminfeuers lullte sie ein, und sie lehnte den Kopf zurück und betrachtete die Bilder an der Wand. Auf dem Kaminsims standen mehrere gerahmte Fotografien. Ihre Tochter war nicht dabei, aber Roos' Sohn Theodor war auf mehreren zu sehen. Anna wusste, dass er seit vielen Jahren in Australien lebte und nicht mehr oft auf die Insel kam. Neben einem Bild von ihm bei einer Preisverleihung stand das Schwarz-Weiß-Porträt eines älteren Mannes. Seine klugen, wachen Augen fingen Annas Blick und hielten ihn fest. Sie hatte ihn schon oft betrachtet. Er schien wie ein Mann, der gerne Geschichten erzählte, und Anna stellte sich eine tiefe, rauchige Stimme vor und ein warmes, dröhnendes Lachen.

»Ist das dein Mann?«, fragte sie, als Roos aus der Küche kam, den Duft von warmen Äpfeln und Zimt hinter sich herziehend wie einen Hochzeitsschleier.

Die kleine, alte Frau putzte sich das Mehl an der Schürze ab und nahm dann mit leicht zittrigen Händen das Bild vom Kaminsims. »Ja, das ist mein Ewold«, sagte sie, und in ihrer Stimme schwangen Liebe, Stolz und etwas anderes, das Anna nicht sofort deuten konnte. Dann verstand sie, dass es Einsamkeit war.

»Du vermisst ihn wohl sehr«, sagte sie.

»Mehr, als ich mir jemals hätte vorstellen können, Anna. Manchmal habe ich das Gefühl, es wird nicht leichter, sondern schwerer. Am Anfang bemerkt man nur die alltäglichen Dinge, die einem fehlen. Jemand, der einem beim Frühstück gegenübersitzt, dem man erzählen kann, was einem durch den Kopf geht, oder der einem die Einkäufe ins Haus trägt. Aber dann, mit der Zeit, wird einem klar, dass man noch so viel mehr verloren hat. All unsere gemeinsamen Erinnerungen.« Ihr Blick verlor sich in der Ferne. »Mit den Erinnerungen ist es so eine Sache. Du bist noch zu jung, um es zu fühlen, aber mir wird es jeden Tag deutlicher. Alles, was du zu sein glaubst, steckt in deinem Kopf. Und auf meinen kann ich mich nicht mehr so richtig verlassen. Was wäre ich denn heute, außer einer zittrigen alten Frau, wenn ich nicht meine Erinnerungen hätte? Anna, ich kann bei meinem Leben nicht sagen, wann ich eigentlich so alt geworden bin. Wenn ich nicht wüsste, dass ich einmal blonde Haare hatte und tanzen konnte wie ein Maiteufel, ich würde es nicht glauben. Was haben wir alles zusammen erlebt, er und ich! Nun bin nur noch ich da, um die Erinnerungen zu pflegen, und ich werde jeden Tag vergesslicher. Es ist, als würde es einfach so davonfließen. Unser Leben. Und fast noch schlimmer sind all die Tage, die noch kommen, an denen er nicht da sein wird. Manchmal scheint es mir, als habe es ihn nie gegeben, als würde mir die Zeit einen Streich spielen. Es gibt nur noch so wenige Menschen, die ihn kannten, und meine Kinder …« Sie brach ab. »Er sieht nicht mehr, wie der Garten blüht, das tut mir am meisten weh. Es ist schon lustig, was man alles vermisst. Sogar seine Hemden würde ich heute gerne wieder bügeln, dabei habe ich das früher gehasst. Und langsam fange ich an, ihn zu vergessen. Ich weiß nicht mehr, wie sich seine Stimme angehört hat, Anna. Kannst du dir das vorstellen? Manchmal habe ich sie so deutlich vor mir, dass ich mich umblicke, um mich zu vergewissern, dass er nicht gerade doch gesprochen hat. Und dann verschwindet sie wieder in den Wirren meines alten, krausen Kopfes, und ich kann sie nur noch in meinen Träumen hören. Und seinen Geruch vergesse ich auch …«, ihre Stimme verlor sich, und sie brach ab.

Roos ließ sich in den Schaukelstuhl sinken, das Bild ihres Mannes noch in den Händen, einen gebrochenen Ausdruck auf dem Gesicht. Anna spürte ihre Trauer fast körperlich. Harry sprang auf Roos' Schoß und leckte ihr tröstlich über den Arm, als habe er genau verstanden, dass sie gerade Dackelküsse brauchte, um ihr schweres Herz zu lindern. Sie streichelte ihm über den Kopf und lächelte auf ihn hinunter, aber er konnte den traurigen Schimmer nicht aus ihren Augen vertreiben.

»Ich weiß, wie du dich fühlst«, sagte Anna, obwohl sie nicht sicher war, dass sie wirklich nachempfinden konnte, was Roos beschrieb. Auch sie hatte jemanden verloren, der ihr sehr wichtig war, aber Anouk war so früh aus Annas Leben verschwunden, dass sie nie ein richtiger Teil davon hatte werden können. Manchmal war es auch für Anna, als hätte es ihre Schwester nie gegeben. Dann musste sie alte Fotos hervorkramen oder ihre Mutter anrufen, um sie wieder aus der Vergessenheit zurückzuholen. Aber Anna hatte inzwischen mehr als die Hälfte ihres Lebens ohne sie verbracht. Sie hatte gelernt, dass Trauer etwas Flüssiges war. Sie kam in Wellen, und oft schlich sie sich in den unerwartetsten Momenten an und war plötzlich da, ohne dass sie sie hatte kommen sehen. Manchmal hatte sie das Gefühl, dass es nun vorbei wäre, dass sie es überwunden hatte und genug Zeit vergangen war und sie jetzt nie mehr diesen tiefen, leeren Schmerz empfinden würde. Und dann saß sie mit einer Freundin im Café oder beobachtete die Menschen um sie herum, und plötzlich wurde die Welt dunkel, die Welle überrollte sie und nahm ihr den Atem. Meistens waren es glückliche Augenblicke, in denen sie mit einem Mal die Erkenntnis traf, dass Anouk keine eigenen Momente dieser Art hatte. Seit sie nicht mehr da war, fühlte Anna sich wie ein halber Mensch. Etwas in ihr fehlte, ein großes, wichtiges Stück, und sie hatte bisher nichts gefunden, das die Lücke schließen konnte. Die Trauer um ihre Schwester war zu einem Teil von ihr geworden. Anouk fehlte ihr jeden Tag, auch wenn sie nicht mehr jeden Tag aktiv über sie nachdachte. Dazu war es zu lange her. Und trotzdem. Wann immer in ihrem Leben etwas Wichtiges passierte, etwas Trauriges, etwas Schönes, etwas Besonderes, dann stellte sie sich vor, was Anouk dazu sagen würde. Sie fragte sich oft, wie Anouk wohl wäre, als erwachsene Frau. Ob sie schon Kinder hätte, einen Mann, ein Haus, ob sie und Anna sich nahestehen würden. In ihrer Vorstellung war sie zu einer wunderschönen, starken Frau geworden, die all die guten Eigenschaften besaß, die Anna an sich selbst vermisste.

Plötzlich sprach Roos weiter, aber es klang, als habe

sie vergessen, dass Anna da war, und spräche mit sich selbst. »Für mich ist diese Insel voll von Menschen, die niemand mehr sieht außer mir. So viele sind schon gegangen. Aber er ist nicht wirklich fort. Für mich ist er in jedem bekannten Gesicht, an jeder Ecke dieses Ortes, auf allen Wegen, die wir gemeinsam gegangen sind, in jedem Gegenstand in diesem Haus.

Sie blinzelte. »So, aber nun genug der Traurigkeit!« Roos wischte sich über die Augen und war plötzlich wieder da. »Davon kommt er auch nicht zurück. Das Leben ist für die Lebenden, sagt man das nicht? Wir dürfen die Toten nicht vergessen, aber zu sehr dürfen wir ihnen auch nicht nachhängen, sonst halten sie uns davon ab, die Zeit, die wir haben, zu genießen. Sie sind sehr besitzergreifend. Und meist sind sie näher, als wir glauben.«

Anna schauderte kurz. Genau so hatte sie es empfunden, seit sie wieder auf der Insel war. Anouk schien ihr hier näher, präsenter, weniger vergessen als zu Hause in Hamburg. Sie schien sich immer wieder in ihr Bewusstsein zu drängen, ob Anna es wollte oder nicht.

Roos reichte Anna ein Stück des Kuchens, der zwischen ihnen auf dem kleinen Holztisch stand.

»Das war früher unser Verkaufsschlager. Ich hatte die ausgefallensten Torten im Angebot, aber an diesen Kuchen kam keine ran, alle wollten immer nur den einen kaufen, wie sehr ich mich auch bemüht habe, neue Kreationen zu erfinden«, sagte sie traurig.

Anna hatte sich ein riesiges Stück Apfelstreusel in den Mund gestopft – mit dem Toms Apfelkuchen tatsächlich nicht mithalten konnte, obwohl sie diesen vor einer Stunde noch für konkurrenzlos köstlich erklärt hatte –, daher konnte sie nicht sofort antworten. »Was meinst du damit?«, fragte sie mit vollem Mund. »Wo habt ihr denn Kuchen verkauft?«

Überrascht sah Roos von ihrem eigenen Teller auf. »In unserem Café. Sag nur, das habe ich noch nicht erzählt? Wir hatten doch ein Café, Ewo und ich. Genau wie du. Hier in der Stadt.«

25

Van der Meer Gebak stand in verwitterten blauen Buchstaben über dem trüben Schaufenster. Anna hielt mit dem Fahrrad vor dem Haus und sah sich zögerlich um. Roos' genaue Beschreibung hatte sie ohne Umwege von ihrem Laden direkt hierhergeführt: Zweimal rechts abbiegen, dann der langen, schmalen Gasse folgen, die am Friedhof vorbeiführt, einmal um die Kurve und schon fuhr sie über den kleinen Platz. Es war ein stiller Abend, die Vorgärten ringsum lagen verlassen da, nur eine Amsel sang im nassen Gras ein einsames Lied. Als Anna sich näherte, hüpfte sie aufgeregt unter einen Fliederbusch.

Das Stadthaus, das das Café beherbergt hatte, war sicher einmal liebevoll hergerichtet gewesen. Nun war es verfallen und baufällig, man sah sofort, dass sich lange niemand mehr darum gekümmert hatte. Das dunkle Reetdach war ausgefranst und schimmelig, der einst weiße Putz der Fassade grau und verblasst. Efeu rankte sich um die Fenster, im Garten bogen sich ein paar knorrige alte Apfelbäume gen Boden, und vergessene Holunderbüsche standen in weißer Blüte.

Ganz früher war es einmal ein Stall, mein Mann hat alles selbst renoviert. Um das Dach zu decken und die Fassade zu streichen, hat die halbe Nachbarschaft geholfen. Er hat sich um das Haus gekümmert und ich mich um den Garten. Die Menschen sind sogar vom Festland gekommen, um meine Rosen zu sehen, Anna, ich sage dir, wir hatten die schönsten Rosen weit und breit. Der ganze Garten war voll, und im Sommer trugen wir die Tische hinaus, und die Gäste aßen ihre Torte zwischen den Blüten. Zur Eröffnung gab es ein großes Fest, und wann immer ein Geburtstag anstand, eine Taufe oder eine Hochzeit, haben wir gefeiert und getanzt bis zum Morgengrauen.

Roos' sehnsüchtige Worte schienen die Luft zu erfüllen, als Anna das Haus betrachtete. Die Rosenstöcke waren wohl verwildert oder eingegangen, jedenfalls konnte Anna nur ein paar erkennen, als sie um die Ecke spähte und in den Garten blickte. Vielleicht hatte Roos sie auch mitgenommen und in ihren Garten umgepflanzt. Sie lehnte ihr Rad an den krummen Holzzaun, ging langsam näher, blickte sich um und wischte schließlich mit der Hand über die angelaufene Scheibe. Dann stellte sie sich auf die Zehenspitzen und spähte ins Innere. Sie fühlte sich, als würde sie etwas Verbotenes tun, irgendwo eindringen, wo sie nicht hingehörte.

Dunkel und verlassen lag der große Gastraum vor ihr. Ein paar Sonnenstahlen fielen schräg durch die hinteren Fenster, und sie sah den Staub in der Luft glitzern, als wäre soeben ein Geist durch den Raum spaziert. Hinten führten große Terrassentüren in den Garten hinaus, dazwischen standen Stühle und Tische. Manche waren mit weißen Tüchern verhängt, aber die meisten sahen so aus, als wären sie gerade erst verlassen worden. Einen Moment lang hatte Anna das Gefühl, das Stimmengewirr der Gäste zu hören. Fast konnte sie den Duft von frisch gebackenem Kuchen riechen, der in der Luft lag, und halb erwartete sie, gleich Roos zu sehen, wie sie jung und glücklich mit einer Schürze um den Bauch durch den Raum wirbelte und Torte an ihre Gäste verteilte, die von überallher angereist waren, um ihre Rosen zu sehen.

»Seltsam, nach so vielen Jahren steht hier noch alles«, murmelte Anna und ließ sich nachdenklich zurück auf die Fersen fallen, denn ihre Zehen begannen zu schmerzen. Harry winselte, er saß noch im Frontkörbchen und schien gar nicht erfreut darüber, dass man ihn einfach an den Zaun gelehnt und vergessen hatte.

Aber er würde noch ein Weilchen aushalten müssen, denn Anna hatte noch etwas anderes vor. Sie streichelte ihm kurz über den Kopf, überquerte dann den kleinen Platz und öffnete das knirschende Friedhofstor. Ein paar Raben krächzten über ihr in den Baumwipfeln, und sie fragte sich, warum diese schwarzen Brüder immer auf Friedhöfen herumhockten, wo sie die Stimmung mit ihren schaurigen Rufen untermalten.

Langsam schritt sie zwischen den Grabstätten entlang, den Blick gesenkt, konzentriert auf der Suche. Aber sie musste nicht lange warten, nach ein paar Minuten bereits hatte sie ihn gefunden. Genau wie Roos es beschrieben hatte, links stand eine kleine Eisenbank, rechts eine große Buche. Der Friedhof lag auf einem Hügel, und man konnte von dort über die Steinmauer hinweg das Rathaus sehen, dahinter die kleine Stadt und dann die vom Regen dunkelgrün vollgesogenen Wiesen. Irgendwo in der Ferne war der Deich. *Ewold van der Meer,* stand in klaren Buchstaben in den grauen Stein gemeißelt. *Liebender Ehemann von Roosalinda. Liebender Vater von Theo …* Aber die vollständigen Namen der Kinder konnte Anna nicht lesen, denn sie waren von einer Kletterrose umwuchert. Sie musste lächeln. Roos verteilte anscheinend überall in ihrem Leben Rosen. Das Grab wirkte sorgfältig gepflegt und war liebevoll bepflanzt. Wahrscheinlich kommt sie jeden Tag, dachte Anna. Und jedes Mal, wenn sie durch das Tor hinausgeht, sieht sie das verfallene Haus und wird an alles erinnert, was es nicht mehr gibt.

Sie ließ sich auf die kalte Bank gleiten, saß einen Moment einfach da, starrte in den Wind und dachte nach. Aber Anna dachte nicht an Roos und nicht an das Café oder an ihren Laden. Sie musste an ihre Großmutter denken.

Das Schlimmste war die Einsamkeit gewesen. Anna hatte zugesehen, wie ihre Großmutter daran verkümmert war. Ada de Brujin war immer eine tatkräftige Frau gewesen, ihre Hände hatten nie geruht, sie hatte einen Hof und ein Geschäft bewirtschaftet, drei Kinder großgezogen, im Garten das eigene Gemüse angebaut, Ordnung gehalten bei allem, was sie tat, und immer und zu jeder Zeit hatten Gäste in ihre Küche kommen können und waren mit frischem Kuchen und Kaffee bewirtet worden. Sie hatte ihr ganzes Leben auf der Insel verbracht, hatte immer einen Platz gehabt, immer eine Aufgabe. Und dann war es plötzlich ruhig geworden in ihrem hektischen, erfüllten Leben. Ihre Kinder waren eines nach dem anderen fortgegangen, aufs Festland, wo es mehr Arbeit gab, und nach Deutschland, wo sich Annas Mutter in Annas Vater verliebt hatte. Ihr Geschäft hatten sie schließlich aufgegeben, es hatte sich nicht mehr rentiert. Den Hof hatte ihr Großvater noch lange Zeit gehabt, aber dann war er gestorben. Er hatte die Sache mit Anouk nie wirklich überwunden, war nie wieder der Alte geworden nach ihrem Tod. Eines Tages war Ada ganz alleine gewesen. Dann war es nur doch der Garten, der ihr Beschäftigung brachte. Und irgendwann war sie auch dafür zu alt gewesen, und als ihr Geist immer unruhiger wurde, ihre Gedanken wirrer, sie nicht mehr immer wusste, wo sie war und wer ihr da morgens eigentlich aus dem Spiegel entgegenblickte, hatte sie den Hof verlassen müssen, und Annas Mutter hatte sie schweren Herzens zwar, aber ohne Erbarmen, in ein Pflegeheim gebracht. Zuvor hatte sich die Femke noch eine Weile um sie gekümmert, mehrmals in der Woche nach dem Rechten gesehen und dafür von Annas Mutter ein kleines Taschengeld erhalten. Aber irgendwann war das zu unsicher geworden, und das

Heim war die einzige Lösung gewesen. Dort hatte sie die letzten Jahre gelebt, eine kleine, gebückte Gestalt mit schlohweißen Haaren und verwirrten Augen. Ihr Zimmer hatte Blick auf einen kleinen Kiefernwald, und dort saß sie am Fenster und sehnte sich nach dem Meer, das nur ein paar Kilometer entfernt und für sie doch unerreichbar war, und nach den Menschen aus der Vergangenheit, mit denen sie noch immer sprach, die aber nicht mehr antworteten. Anna hatte sie in den letzten Jahren, sooft es ging, besucht, in dem kleinen Haus mit den roten Balkonen, wo es montags Spinatlasagne gab und mittwochs Gemeinschaftsbingo und wo in der Halle im Foyer ein großes Aquarium mit Zierfischen vor sich hin blubberte. Aber es waren keine schönen Besuche gewesen. Und besonders regelmäßig hatte sie ohnehin nicht kommen können. Es war ein weiter Weg bis hier hoch. Sie hatte während dieser Besuche nicht auf dem Hof gewohnt, den hatte sie vermieden, war nicht mal vorbeigefahren, denn ohne ihre Großeltern erschien er ihr seelenlos. Fast hatte sie Angst gehabt vor dem Anblick des Hauses. Und so hatte sie sich immer ein Zimmer in einer Pension genommen. Das war nicht billig, aber so war sie wenigstens in der Nähe ihrer Großmutter gewesen. Anfangs hatte ihre Mutter versucht, ein Pflegeheim in Deutschland zu finden, aber ihr war davon abgeraten worden. »Sie ist zu alt, um sie jetzt noch zu verwurzeln. Damit tut man ihr keinen Gefallen. Es wird sie nur noch mehr durcheinanderbringen«, hatten die Pfleger gesagt. Und vielleicht hatten sie sogar recht gehabt. Der Abschied von ihrer

Großmutter war ein langer gewesen. Eigentlich hatte sich ihr Sterben über viele Jahre hingezogen. Die Frau, die Anna gekannt und geliebt hatte, war ohnehin schon lange im Nebel der Erinnerungen verschwunden und hatte einer verwirrten Fremden Platz gemacht, die nur hin und wieder klare Momente hatte, in denen sie dem hinterhertrauerte, was sie verloren hatte. Und doch hatte ihr Tod Anna sehr getroffen. Mit ihm schien jede Verbindung zu ihrer Kindheit auf der Insel gekappt. Nun war niemand mehr hier. Der Hof, den ihre Großeltern zeit ihres Lebens gehegt und gepflegt hatten, stand leer. Ihre Mutter hätte sich schon vor vielen Jahren um den Verkauf kümmern sollen, aber sie hatte es nicht übers Herz gebracht, solange Ada noch am Leben war. Und dann stellte sich heraus, dass das rechtlich auch gar nicht möglich gewesen wäre, denn Anna hatte den Hof geerbt. Zusammen mit einer kleinen Summe Geld, von der niemand so genau wusste, wo sie plötzlich hergekommen war. Und nun war sie hier. Sie hatte in den letzten Monaten oft darüber nachgedacht, warum ihre Großeltern ihr und nicht ihrer Mutter und ihrem Onkel den Hof überlassen hatten. Vielleicht lag es daran, dass sie als Kind immer mit ihrem Großvater den Plan geschmiedet hatte, auf die Insel zu ziehen, sobald sie groß wäre. Vielleicht aber auch daran, dass ihre Mutter und Onkel Frans sich schon vor langer Zeit von der Insel abgewandt hatten.

Erst als Harrys leises Winseln an ihre Ohren drang, der kundtat, dass er seinen Korb endgültig satthatte, erwachte Anna aus ihren Tagträumen. Einer der Raben saß auf einem Ast in der Nähe und beobachtete sie. Dann glitt er plötzlich durch die Luft und landete vor ihr auf dem Grabstein. Sie starrten sich an, und Anna hatte das Gefühl, dass seine klugen, wachen Augen ihr bekannt vorkamen. Sie schienen ihren Blick festzuhalten und direkt in sie hineinzusehen.

Anna schauderte, dann stand sie auf. Sie nickte dem Raben zu, der den Kopf leicht zur Seite neigte, und verließ schnellen Schrittes den Friedhof.

Auf dem Heimweg radelte sie zügig vor sich hin, ohne die Landschaft um sie herum richtig wahrzunehmen, und als sie auf dem Hof ankam und in die Einfahrt bog, in der der Kies erneuert und das Unkraut von den Steinen entfernt werden musste, hatte sie einen Entschluss gefasst.

»Aber ich bin doch viel zu alt!« Roos sah Anna aus erschrockenen blauen Augen an.

»Du bist für gar nichts zu alt.«

»Aber wer würde sie haben wollen?«

»Jeder würde sie haben wollen. Du hast doch selbst gesagt, deine Kuchen waren legendär.«

»Aber das war früher, Anna. Jetzt ist alles anders.«

»Das bedeutet doch nicht, dass die Menschen nicht mehr gerne Kuchen essen. Wir machen das ganz exklusiv und gar nicht aufwendig. Fünf Kuchen die Woche. Mehr nicht. Damit fangen wir an. Wir hängen ein Schild auf: *Wieder da und nur hier: Original Van der*

Meer Gebak. Ich bin sicher, die Menschen auf der Insel wären überglücklich, deine Kuchen wieder aufleben zu sehen. Du backst doch sowieso die ganze Zeit. Du kannst ganz viele neue Kreationen ausprobieren, und wenn es dir zu viel wird, dann gibt es eben keinen Kuchen. Es bleibt ein Blumenladen, aber mit dem Zusatz, dass es eben manchmal auch Kuchen gibt. Man weiß nie, wann, und man weiß nie, welche Sorte genau, aber wenn man Glück hat und am richtigen Tag vorbeischaut, kann man zu seinem Kaffee vielleicht ein Stück Karamell-Himbeertorte genießen oder ein Stück Cointreau-Orange oder Mandel-Marzipan-Cranberry.«

»Oder Weiße-Schokolade-Kokos-Kardamom«, stimmte Roos nachdenklich in Annas Redefluss ein. Sie saß da und betrachtete ihre kleinen Hände, die sie im Schoß gefaltet hatte.

»Oder das! Gute Idee.«

Anna wartete in angespannter Stille. Aber plötzlich seufzte Roos und schüttelte den Kopf. »Es tut mir leid, aber ich kann das nicht. Ich bin einfach zu alt.«

Resigniert lächelte Anna. Sie durfte Roos nicht überreden; wenn sie es nicht selbst wollte, hatte es keinen Sinn. »Das verstehe ich«, sagte sie daher nur. »Wirklich.«

»Oh, aber jetzt fühle ich mich ganz furchtbar, dass ich dich nicht unterstütze!« Roos schlug bestürzt die Hände an die Wangen.

»Nein, nein, nein, bitte fühl dich nicht schlecht deswegen, es war nur eine Idee«, beruhigte Anna sie schnell. »Ich dachte, es würde dir vielleicht Spaß machen. Aber du hast recht, es war nicht richtig durchdacht von mir. Denk nicht weiter darüber nach!«

»Es tut mir leid, Anna. Es ist tatsächlich eine ganz herrliche Idee. Aber es geht einfach nicht.«

26

Anna parkte ihren kleinen roten Ford neben Oles Jeep und zog die Handbremse an. Es quietschte laut, und sie machte sich eine gedankliche Notiz, das untersuchen zu lassen, wusste aber bereits, dass sie es höchstwahrscheinlich aufschieben würde, bis es zu spät war.

»Hätte mal 'ne Generalüberholung nötig, dein Miniflitzer.« Oles Stimme drang durch das geöffnete Beifahrerfenster. »Oder gleich einen Austausch gegen ein neueres und weniger komplett schrottiges Modell.« Er saß hinten im Jeep und wachste sein Bord. Um ihn herum auf dem Boden lagen Teile seiner Ausrüstung verteilt, ein Handtuch hing über der offenen Fahrertür, und aus dem Radio dröhnte laute Musik. Als Anna ausstieg, hielt er inne, betrachtete sie von oben bis unten und machte ein sehr zufriedenes Gesicht.

»Und wer soll das bitte bezahlen? Außerdem habe ich Giovanni schon sieben Jahre, ich würde ihn nie aufgeben, wir haben schon zu viel gemeinsam erlebt. Er lässt mich fast nie hängen. Und würdest du bitte aufhören, mich anzusehen, als wäre ich ein Schinken im Schaufenster eines Metzgers?« Sie trug Britts Neoprenanzug, und offenbar stand er ihr nicht schlecht, nach seinem Blick zu urteilen.

»Weißt du, Menschen, die ihren Autos Namen geben, haben erwiesenermaßen psychische Probleme.«

»Dein Campingbus hat auch einen Namen.«

»Vollkommen andere Geschichte.«

»Pfff.« Sie warf die Tür hinter sich zu.

»Er passt dir also, ja?«

»Ja, geht eigentlich ganz gut.« An den Beinen war der Anzug ihr ein wenig lang, und sie hatte ihn aufkrempeln müssen, ansonsten passte er aber. Eigentlich hatte sie angenommen, dass sie darin wie ein Rollmops aussehen würde, aber dass er ein wenig eng anlag, hatte den erfreulichen Effekt, dass er ihren Körper gut in Form presste. Sie atmete zwar etwas flach, aber noch konnte sie das ganz gut ignorieren. Mit spitzen Fingern zupfte sie an dem Stoff, der sich während der Fahrt unangenehm in einige Körperritzen gequetscht hatte. Es war nicht die schlaueste Idee gewesen, ihn schon daheim anzuziehen, aber die Alternative wäre eine Peepshow auf der Rückbank gewesen.

»Tut mir leid, aber du bietest einen höchst erfreulichen Anblick am frühen Morgen.« Ole sah ihr fasziniert zu.

»Halt die Klappe«, sagte Anna freundlich und ließ Harry aus dem Auto, der sofort an Ole hochsprang und ihn ableckte, als sei er ein verloren geglaubtes Entführungsopfer. Sie hatten sich schließlich einen ganzen Tag lang nicht gesehen.

»Und, bereit für ein Abenteuer?« Ole pflückte Harry,

der ihm wild die Ohren abschleckte, von seinem Hals ab. Er setzte ihn auf den Boden und gab ihm einen kleinen Klaps. »Los, du bist frei, auf in die Dünen, mein Freund.«

Harry flitzte wie auf Kommando los in Richtung Wasser, und sie schulterten die Bretter und trabten hinter ihm her.

»Warum haben wir uns ausgerechnet hier getroffen?«, fragte Anna. Der kleine Parkplatz lag verlassen mitten in den Dünen der Westküste, und der kleine Sandweg führte sie zu einem Strandabschnitt, an dem sie noch nie gewesen war.

Ole blickte in den Himmel. »Windrichtung«, sagte er. »Gezeiten. Sandabfall. Wellengang. Ich habe heute Morgen alles online gecheckt und denke, hier ist es für den Anfang am besten.«

Anna blickte ihn verwundert an. »Kann man nicht überall surfen, wo Wellen sind?«

Er gab einen trockenen Laut von sich. »Ich schon. Du nicht.« Dann warf er Anna einen Seitenblick zu und musterte erneut ihren Anzug. »Ich hoffe, du bist darunter nicht nackt«, sagte er.

»Natürlich nicht! Ich hab meinen Bikini an«, zischte sie. Sie wurde rot, dann fragte sie sich, warum zur Hölle er hoffte, dass sie darunter NICHT nackt wäre. Jeder normale Mann würde doch das Gegenteil hoffen, oder nicht? Freundin hin oder her.

Leicht empört stapfte sie neben ihm über den Strand. Schließlich konnte sie nicht anders, sie musste es wissen. »Warum fragst du?«

»Damit ich nicht die ganze Zeit darüber nachdenke, natürlich«, antwortete er gelassen.

Jetzt wurde Anna richtig rot.

Ole schien es nicht zu bemerken. Er lief freudig auf die Wellen zu, den Blick aufs Wasser gerichtet. »Bevor du kiten kannst, musst du erst mal Wellenreiten an sich lernen und dich mit dem Board vertraut machen«, rief er über die Schulter. »Wir machen heute also zunächst Trockenübungen. Siehst du, wie ruhig und blau das Meer ist? Und doch gibt es ab und zu kraftvolle Wellen. Perfektes Anfängerwetter.«

Anna breitete für Harry ein Handtuch auf dem Sand aus. »Du guckst zu und bewachst das Wasser, okay?«

Er legte sich hin und schien seine Aufgabe sehr ernst zu nehmen, denn er beobachtete interessiert mit übereinandergeschlagenen Vorderpfoten, was vor sich ging.

Die Nordsee war eisig, und Anna quiekte, als sie hineinwateten. Sie schob Britts rosa Brett neben sich her und blieb immer wieder stehen, um jedem neuen Zentimeter Haut Zeit zu geben, sich an die Temperatur zu gewöhnen. Ole warf sich wie ein Seehund bäuchlings prustend hinein, schwamm ein paar Züge und zog sein Brett an einer Schnur hinter sich her, die er sich um das Fußgelenk gebunden hatte. Dann drehte er sich um, trieb auf dem Rücken und wartete, bis sie aufgeholt hatte.

»Weißt du, in zwölf Stunden wird es dunkel …«, rief er, als er sah, wie sie vorwärtskroch.

»Ich komme ja, ich komme ja. Ein Glück, dass es hier keine Haie gibt«, murmelte sie vor sich hin, beobachtete aber misstrauisch das Wasser um sie her.

Als sie bei ihm angekommen war, schlotterte sie bereits. »Sind diese Anzüge nicht dafür gedacht, einen warm zu halten? Ich glaube, meiner ist kaputt. Sind meine Lippen schon blau?«

»Rosig wie immer.«

»Haha.« Sie spritzte Wasser nach ihm, und er tauchte schnell unter.

»Wenn wir erst mal angefangen haben, wirst du ganz schnell warm. Heute Abend tut dir jeder Knochen im Leib weh, du bist hungrig und erfroren, hast Salz in der Nase, deine Haare sind verkrustet, und du musst dir den Sand aus jeder Körperritze spülen, aber du wirst auch unglaublich glücklich sein«, sagte er, als er wieder hochkam. »So, und jetzt rauf mit deinem hübschen Hintern.«

Anna zog grummelnd das Brett zu sich heran. »Keine Bemerkungen über meinen Hintern! Und ich glaube, ich muss von links hoch.«

»Mal wieder feministisch heute? Du darfst auch gerne Bemerkungen über meinen Hintern machen, wenn das die Sache ausgleicht. Und genau, du ziehst dich einfach mit dem gesunden Bein hoch. Das andere kommt wie von selbst hinterher, okay?«

»Wir reden einfach gar nicht über Hintern, wie wäre das?«

Als sie versuchte, auf das Bord zu hüpfen, glitschte sie sofort wieder hinunter. Peinlich berührt blickte sie starr geradeaus und biss die Zähne zusammen. Sie startete noch einen Versuch, aber das Board machte einen Satz nach vorne. »Ich fange an, dich zu hassen«, sagte sie zu dem Brett. »Siehst du! Ich komme nicht mal hoch. Ich kann das nicht«, rief sie Ole zu.

»Ich will jetzt kein Jaunern mehr hören!« Ole hielt das Brett in Position, und schließlich gelang es Anna, sich hochzustemmen, mit einem Platscher bäuchlings darauf zu landen und sich irgendwie in eine sitzende Position zu manövrieren. Sie keuchte, und ihre Wangen brannten, allerdings nicht nur vor Anstrengung. Das Ganze wurde zu einer echten Geduldsprobe für ihr Schamgefühl.

»Okay. Bin oben. Kann ich jetzt Pause machen?«

Sie erntete einen strafenden Blick. Er saß neben ihr auf seinem Board und ließ die Beine baumeln, als wäre er dort geboren. Sie hatte nicht mal gemerkt, wie er aufgestiegen war.

»Und jetzt? Wann surfen wir los?«

Ole schüttelte den Kopf. »Anna, Anna, Anna. Davon bist du noch meilenweit entfernt. Jetzt lernst du erst mal, wie man sitzt und auf die richtige Welle wartet. Und dann lernst du, wie man aufsteht. Und dann lernst du vermutlich, wie man am besten fällt. Und das war's dann auch für heute.«

Im Nachhinein hatte Anna das Gefühl, dass sie die meiste Zeit einfach rumgesessen und gewartet hatten. Das Wasser gluckerte ihnen um die Knie, die Wellen rauschten in der Ferne an den Strand, wo Harry lag und sie mit schief gelegtem Kopf beobachtete, über ihnen kreischten die Möwen, und in der Ferne tuckerten die Kutter vorbei. Es war schön, friedlich fast, und sie plauderten eine Weile belanglos vor sich hin. Als schließlich die ersten Wellen kamen, die Ole für geeignet erachtete, erklärte er ihr die Technik. Nachdem sie etwa hundertmal das Aufstehen geübt und sie dabei achtundneunzigmal die Balance verloren hatte und ins Wasser gefallen war, reichte es Anna. Aber gerade als sie Ole anschreien wollte, ob er denn nicht sah, dass sie fett und trantütig und vollkommen ungeeignet war für das, was sie hier machten, brüllte er: »Jetzt!« Und wie sie es schon die letzte Stunde über gemacht hatte, hievte sie sich auf Kommando hoch, und als die Welle das Board erfasste, ging sie leicht in die Knie, breitete die Arme aus und versuchte, die Balance zu halten – mit dem Unterschied, dass es ihr diesmal gelang. Ein paar Sekunden lang glitt sie mit dem Strom, ihre Füße und Arme glichen die Bewegungen des Boardes aus, und sie jauchzte vor Glück. Es war das schönste Gefühl der Welt, und es machte Anna sofort süchtig. Dann kippte sie zur Seite und landete halb fallend, halb springend kopfüber im Wasser.

Als sie prustend wieder hochkam und wild um sich spuckte, rief sie: »Ich kann es, hast du gesehen, ich kann es, ich kann es!«

Zwei Stunden später war sie hundemüde, ihr Körper schrie nach einer heißen Dusche und einer Woche Schlaf, aber ihre Wangen glühten, und in ihrem Herzen brannte eine neu gewonnene Leidenschaft. »Das machen wir nächste Woche noch mal!«, sagte sie, als sie zum Parkplatz liefen, und Ole lachte. »Ich bin fast jeden Morgen am Strand. Und manchmal auch abends. Wenn ich mich nicht vorher zu Tode geschuftet habe. Du bist jederzeit willkommen, mich zu begleiten.«

Sie sprang ihm von der Seite um den Hals. »Danke, dass du so geduldig warst. Ich weiß, ich bin ein Walross, und das Bein ist nicht gerade hilfreich. Aber es hat mir Spaß gemacht. Richtig Spaß. Auch wenn es schrecklich war.«

Ole hielt sie im Gehen einen Moment mit einem Arm an sich gedrückt. »Das wusste ich. Du bist ein Naturtalent«, sagte er großzügig und ließ sie wieder los.

Sie lachte, aber er schien es ernst zu meinen. »Du warst gut, Anna. Wirklich gut. Und dabei musst du alles auch noch andersrum angehen, als es dein Körper dir vorgibt. Surfen ist eine der schwierigsten Sportarten der Welt. Niemand kann an seinem ersten Tag gleich eine Welle reiten. Aber mit genug Training, weniger Kuchen und meiner professionellen Anleitung wirst du bald übers Wasser fliegen.«

»Weniger Kuchen wird schwierig. Aber du bist ein guter Lehrer, du kriegst das auch so hin«, erwiderte sie.

»Mal sehen, ob du das auch noch sagst, wenn ich dich das erste Mal um vier Uhr in der Früh aus dem Bett klingele. Morgens gibt es die wirklich magischen Wellen. Das Meer ist anders, bevor die Sonne richtig aufgegangen ist. Man kann es nicht beschreiben, man muss es sehen.«

Während er redete, schälte er sich aus seinem Anzug

und warf ihn über die Motorhaube. Anna fühlte sich plötzlich ein bisschen beklommen. Es war immer ein seltsamer Moment, wenn Menschen zum ersten Mal ihre Narben sahen. Meistens machten sie ein entsetztes Geräusch und sagten dann irgendetwas Mitfühlendes, und sie kam sich vor wie Frankensteins Monster.

»Wow, da haben sie dich ja nicht übel aufgeschnitten!« Interessiert kam Ole näher, ging in die Knie und betrachtete die Narben. Anna musste mit dem Drang kämpfen, ihre Hände darüberzudecken. Sie kickte den Anzug mit den Füßen herunter, wrang sich die Haare aus und sagte nichts.

»Beeindruckend.« Ole warf ihr ein Handtuch zu. »Wie aus Game of Thrones. Tut es noch weh?«

»Nein. Nur ab und zu die Hüfte. Und manchmal auch die andere Hüfte. Weil ich noch schief laufe und sie das ausgleichen muss. Aber Britt hat schon echte Wunder bewirkt.«

»Ja, sie ist ein unerbittliches Biest. Wenn sie dich nicht heilen kann, schafft es keine. Aber das Wasser wird auch seinen Part dazu beitragen.«

»Was meinst du?«

»Die Bewegungen auf dem Board sind die beste Therapie. Und wenn ich dich so sehe, würde ich sagen, du bist eher der Wellenreiter- als der Wind- oder Kitesurf-Typ. Obwohl wir natürlich alles ausprobieren werden. Aber du wirst Muskeln kriegen, von denen du noch gar nicht wusstest, dass sie existieren.«

»Wie lange surfst du eigentlich schon?«, fragte Anna und schlüpfte schnell in ihre Jeans.

»Schon immer.«

»Schon immer?«

»Ich weiß nicht, wann ich angefangen habe. Vielleicht mit sieben?«

»Mit sieben Jahren? Und da wurde es dir nie langweilig?«

Er lachte, als habe sie etwas wirklich Dummes, aber irgendwie Niedliches gesagt. »Nie. Es gibt nichts Besseres.« Plötzlich wurde er ernster, und seine Augen bekamen einen seltsam verträumten Ausdruck. »Es zieht mich jeden Tag neu dort hinaus. Einen Moment lang das Gefühl zu haben, den Ozean, dieses riesige, unzähmbare, blaue Monster besiegen zu können, eins zu sein mit dem Wasser. Wenn du schwimmst, kämpfst du immer gegen den Sog, aber wenn du surfst, bewegst du dich mit dem Wasser, nicht dagegen. Seine Kraft geht in deine über, und beide verschmelzen für einen Moment. Du fühlst dich frei. Du *bist* frei. Es ist schwer zu beschreiben. Wenn du allein dort draußen bist, wo der Himmel auf das Wasser trifft, wenn alles glüht in der Abenddämmerung oder im Morgendunst, wenn die ganze Welt noch schläft und nur die Robben dir zugucken, dann bist du verschmolzen mit den Elementen. Man muss sich so sehr konzentrieren, dass der Kopf komplett leer gefegt wird. Es gibt nichts außer dir, deinem Körper und der Welle. Wenn du nicht hundert Prozent da bist, kannst du es vergessen. Ich fühle mich niemals lebendiger. Außer vielleicht beim Sex«, fügte er hinzu, und Anna stöhnte genervt. Aber er sprach schon weiter, und seine Stimme wurde sofort wieder ernst. »Es gibt nichts Vergleichbares. Du stehst auf dem Board, und irgendwie… heilt dein Körper deine Seele. Anders kann ich es nicht beschreiben.«

Er blickte sie an, und zum ersten Mal, seit sie ihn kannte, sah sie so etwas wie Unsicherheit in seinen Augen. Sie hatten nie über das gesprochen, was Britt ihr über Sally offenbart hatte, aber sie wusste, dass er es ihr gerade auf seine Weise erzählte.

»Danke, dass du es mir zeigst«, sagte sie leise. »Meine Seele muss auch noch heilen.«

»Ich weiß.« Er lächelte auf diese Weise, die die kleinen sonnenverbrannten Fältchen um seine Augen dazu brachte, sich zusammenzuziehen. »Deswegen habe ich dich hergebracht.«

Dann holte er aus seinem Auto Brote, Äpfel und eine Thermoskanne, und sie setzten sich auf den warmen Beton des Parkplatzes und schlangen alles in sich hinein. Anna hatte noch nie etwas besser geschmeckt. Sie biss in das knusprige Baguette und fühlte sich glücklich, berauscht beinahe, und von einer tiefen inneren Ruhe beherrscht, von der sie nicht wusste, ob es die Erschöpfung war oder die heilende Kraft des Wassers, von der Ole ihr erzählt hatte. Vielleicht war es ein bisschen von beidem. Ihre salzigen Haare hatte sie in ein Handtuch gewickelt und einen Pulli über ihre kalten Schultern gezogen, und langsam taute ihr erstarrter Körper wieder auf. Und obwohl sie geglaubt hatte, auf der Stelle ohnmächtig zu werden, wenn sie erst mal wieder festen Boden unter den Füßen hatte, sagte sie sofort Ja, als Ole fragte, ob sie zum Aufwärmen etwas trinken gehen wollten.

❋

Bei Tom setzten sie sich an den kleinen Kamin. Er brachte ihnen Tee, und Anna bestellte Juttertje dazu, den alten texelschen Kräuterschnaps, der in einer Tonflasche serviert wurde und der Ole nur ein abschätziges Kopfschütteln entlockte. Er war eine Touristenattraktion und wurde von den Inselleuten ein wenig belächelt. Aber Anna mochte den Geschmack der Kräuter, der sie an die Wiesen hinter dem Hof denken ließ, und das dunkle, warme Gefühl, das einen erfüllte, wenn man ein, zwei Gläschen davon getrunken hatte.

Eine Weile saßen sie schweigend nebeneinander und blickten ins Feuer, jeder in seine Gedanken versunken. »›Jutten‹, kennst du das Wort? Es bedeutet ›Strandgut sammeln‹.« Ole deutete auf den kleinen dunklen Mann auf der Flasche, der am Meer vor dem Leuchtturm stand und ein Holzbrett in die Höhe hielt. Nachdenklich drehte er sein Glas hin und her. »Es ist auf der Insel eine alte Tradition. Man glaubt gar nicht, was hier alles angespült wird. Mein Großvater war ein leidenschaftlicher Jutter. Es ist eigentlich nicht erlaubt, nur der Strandvogt darf das Gut aufsammeln, aber wenn man schnell genug ist, kann man die unglaublichsten Dinge finden. Früher haben die Strandräuber Feuer in den Dünen gelegt. Die Schiffskapitäne dachten, sie wären bereits in Den Helder, und sind statt in den ersehnten

Hafen mit voller Fahrt in die Dünen gekracht. Aber natürlich ist das lange her. Es war ein Riesengeschäft auf den Inseln. Vielleicht ist es auch deshalb heute noch verboten, Strandgut mitzunehmen.«

»Ach, ist es das?«

»Theoretisch ja.« Er lachte verschmitzt. »Beinahe alle meine Möbel bestehen aus Strandgut, aber das musst du ja niemandem erzählen.«

»Hast du mal etwas Besonderes gefunden?« Anna kippte den bernsteinfarbenen Rest in ihrem Glas hinunter und leckte sich über die Lippen. Der Schnaps schmeckte nach Sonnenuntergang über den Dünen und raschelndem Wind im Heidegras. Hinter ihren Augenlidern machte sich eine angenehme Wärme breit, und ihre Ohren kribbelten.

»Vieles. Eine Flaschenpost mit einem Liebesbrief darin«, sagte Ole und goss sich ein weiteres Glas ein. »Einen zwei Meter großen Teddybären. Und eine Meerjungfrau. Aber sie war tot. Die Wellen hatten sie fast bis in die Dünen gespült.«

Anna sah ihn mit großen Augen an. »Was hast du mit ihr gemacht?«, fragte sie.

»Sie zurück ins Wasser geworfen. Sie gehören nicht an Land«, erklärte er schulterzuckend. »Ihre Haare sahen ein bisschen aus wie deine«, fügte er dann mit nachdenklichem Blick auf Anna hinzu. »Nur waren sie natürlich aus Algen.« Er kippte seinen Juttertje hinunter und winkte Tom zu. »So, wollen wir? Sonst schläfst du mir hier noch ein!«

»Hast du wirklich eine Meerjungfrau gefunden?«, fragte Anna ihn, als sie im Auto saßen. Giovanni hatte sie auf dem Parkplatz stehen lassen, denn der Inselschnaps war stärker als gedacht. Sie wusste natürlich, dass er Spaß gemacht hatte, aber in ihrem angenehm beschwipsten, schläfrigen Zustand, mit der dunklen Inselnacht vor den Fenstern und dem heulenden Wind, der das Auto gegen den Deich schubsen wollte, schien der Gedanke gar nicht so verrückt. Sie blickte auf das schwarze, tosende Meer hinaus. Kaum zu glauben, dass sie vorhin noch darauf gesurft war. Jetzt schien es ihr dunkel und gefährlich. Wer wusste schon, was darin alles hauste? Dann dachte sie an die kleine Meerjungfrau auf dem Hof, die für immer gefangen war in dem Scherenschnitt über ihrem Kinderbett. Sie hätte Ole zu gerne geglaubt.

»Es gibt viele davon hier im Meer«, antwortete er ausweichend. »Meistens auf der Nordseite. Sie mögen die schäumenden Wellen. Hast du noch nie ihre Köpfe aus dem Wasser lugen sehen, wenn du am Strand spazieren gegangen bist?«

»Das sind doch Robben!«, lachte Anna und hickste leise.

»So? Na, da muss ich mich wohl geirrt haben.« Sie hörte an seiner Stimme, dass er lächelte.

❋

Am nächsten Morgen tat Anna tatsächlich jeder Knochen im Leib weh. »Ich bring ihn um«, stöhnte sie, als sie die Treppe hinunterwankte. Aber nach einer heißen Dusche ging es schon ein wenig besser, und nach etwa zwei Stunden auf den Beinen fühlte sie sich tatsächlich ganz gut. Zwar noch ein wenig steif, aber lebendig und kraftvoll. Und es kam ihr auch so vor, als wäre ihr Hintern bereits ein wenig gestrafft. Es war unwahrscheinlich, aber Wunschdenken sollte ja auch magische Kräfte entfalten können. Sie dachte tatsächlich schon darüber nach, wann sie das nächste Mal surfen gehen konnte. Der Zauber des Wassers hatte sie voll und ganz erwischt.

Heute Morgen wollte ich dich am liebsten umbringen, solche Schmerzen hatte ich, schrieb sie Ole. *Aber … kann ich am Mittwoch vor der Arbeit wieder mitkommen?*

Er antwortete mit einem lachenden Smiley. *Wie gut, dass ich außer Reichweite war. Und jederzeit.*

Sie wartete, aber er war nicht mehr online. Eine Weile blickte sie auf das Display ihres Handys, doch er schien alles gesagt zu haben. Kurz dachte sie daran, was er wohl machte, an diesem Sonntagmorgen, und Helenas lange, braune Haare blitzten vor ihrem inneren Auge auf. Dann verdrängte sie den Gedanken. Er war ein Freund, und das war auch gut so, und sie hatte es selbst so gewollt. Sie wollte es auch immer noch. Es wäre ihr nur manchmal lieber, wenn er Single wäre. Warum genau, wusste sie aber auch nicht, denn eine Beziehung kam für sie nicht infrage. »Sie sind eifersüchtig, Frau Fischer, und wollen ihn ganz für sich. Das ist ganz schlecht fürs Karma!«, rügte sie sich.

Ich darf ihn nicht zu sehr vereinnahmen, sagte sie sich dann und nahm sich vor, ein bisschen auf Abstand zu gehen. Wenn ich seine Freundin wäre, würde ich nicht wollen, dass er ständig mit einer andern surfen oder essen geht oder irgendetwas für sie repariert.

Anna füllte frisches Wasser in die Vasen mit Pfingstrosen, dann machte sie sich ein Käsebrot und aß es an die Spüle gelehnt. Kauend sah sie die Post durch. Es war ein gutes Gefühl, den kleinen Stapel in der Hand zu haben, auch wenn es sich fast nur um Werbeprospekte handelte. Post bekam nur jemand mit einem festen Wohnsitz. Es war, als würde die Welt anerkennen, dass sie nun hier lebte. Der verrückte Traum war tatsächlich Realität geworden, und im Licht des Inselmorgens fühlte er sich gar nicht mehr so verrückt an.

Plötzlich klingelte ihr Haustelefon.

Verwundert blickte sie sich um. Es hatte in der ganzen Zeit, in der sie hier wohnte, noch nie geklingelt, und sie hatte es nur angeschlossen, weil es noch auf dem kleinen Tisch im Flur stand und die Fritz-Box einen Festnetzanschluss beinhaltete. Sie stellte ihre Kaffeetasse auf der Treppe ab und schlich sich misstrauisch an den riesigen Vorkriegsapparat heran. Harry kam ebenfalls herangetrabt, sprang an dem Tischchen hoch und schnüffelte. »Schon gut, das ist ein Telefon. Das hatte man früher so«, erklärte sie ihm.

»Hallo?«, sagte sie verwundert, als sie den schweren moosgrünen Hörer gegen ihr Ohr presste und automatisch die Schnur um die Hand wickelte.

»Annalein!« Am anderen Ende flötete ihr eine Stimme ins Ohr. »Kannst du kurz vorbeikommen? Es ist ein Notfall!«

Anna lachte. »Und warum hörst du dich dann so fröhlich an?«

»Es ist ein *guter* Notfall!« Roos klang tatsächlich über die Maßen glücklich. »Und bring die liebe Britt mit, ich brauche sie dringend!«

»So? Und wofür?«

»Das kann ich leider nicht sagen. Es ist geheim. Also, wann seid ihr hier?«

»Ich habe noch nasse Haare. Genügt es in einer Stunde?«

»Gut, aber nicht später!«, sagte Roos streng und legte auf.

Sie war schon in Den Burg angekommen, da fiel ihr wieder ein, dass sie Britt auch mitbringen sollte, und sie beschloss, direkt bei ihr vorbeizuradeln. Es war ein warmer Morgen, die Luft roch nach Tau und Sonne auf den Wiesen, und gut gelaunt holperte Anna durch die verschlungenen Gassen, die in morgendlicher Stille dalagen. Über den Schornsteinen der kleinen Stadt kräuselte sich der Rauch, und wenn sie an einem Bäcker vorbeikam, roch es nach frischem Brot und Croissants. Als Anna an der Kirchenmauer entlangfuhr, drang leiser Gesang zu ihr nach draußen. An der Fischbude klingelte sie fröhlich zum Gruß, dann schoss sie um die Ecke und bog in die

Ringstraße ein, die einen Bogen durch die Altstadt zog. Zwei Minuten später hielt sie mit einer gekonnten Vollbremsung vor Britts Haus und zog ihr Handy aus der Jackentasche. Als sich eine verschlafene Stimme meldete, rief Anna: »Huhu, ich bin's! Schau mal hinaus!«

Unter dem Dach öffnete sich gleich darauf klappernd ein Fensterladen, und eine verschlafen aussehende Britt lugte hervor. Als sie Anna und Harry sah, die mit dem Fahrrad unten auf der Gasse standen und zu ihr hinaufwinkten (Anna hatte Harrys Pfote genommen und ließ auch ihn winken, was ihn gar nicht erfreute und dazu brachte, ihr in den Finger zu zwicken), guckte sie erstaunt.

»Ihr wisst, dass es Sonntag ist, oder?«, fragte sie, und in ihrer Stimme hörte man noch den Schlaf nachklingen.

»Roos hat mich angerufen, sie meinte, dass es einen Notfall gibt und ich sofort zu ihr kommen soll. Und dich soll ich auch mitbringen.«

»So? Du wirkst aber nicht sonderlich besorgt.« Verwundert blickte Britt durch die rosa Geranien, die vor ihrem Fenster blühten, zu ihr hinab. Sie wohnte am Stadtrand in der kleinen Mansardenwohnung eines winzigen weißen Steinhauses. Mit ihren schwedischen Genen war Britt nicht gerade klein geraten, und aus Annas Perspektive wirkte sie wie Alice im Wunderland, die gerade von dem verwunschenen Trank genascht hat und nun aus dem Hasenhaus herauszuplatzen droht. Es überraschte sie, dass Britt nicht im Fensterrahmen stecken blieb.

»Sie klang auch nicht wirklich nach Notfall, sondern eher nach Überraschung. Wir sollen um elf da sein. Los, zieh dich an. Wir warten hier unten«, rief sie zu ihr hinauf.

»Quatsch. Kommt hoch. So schnell schaff ich das nicht.« Britt rieb sich die verquollenen Augen und machte dann das Fenster wieder zu.

Anna schob ihr Fahrrad in den Garten und lief zur Haustür, wo Britt bereits auf sie wartete. Frierend trat sie in der frischen Morgenluft von einem Fuß auf den anderen. Sie hatte sich eine Strickjacke über ihr Nachthemd geworfen, ihre blonden Haare waren verwuschelt, und sie gähnte herzhaft, als sie Anna umarmte. »Also, wenn das kein echter Notfall ist, muss ich mit Roos mal ein Wörtchen reden. Sie vergisst, dass ich zur arbeitenden Bevölkerung gehöre und meinen sonntäglichen Schönheitsschlaf dringend nötig habe«, klagte sie.

»Als ob. Du siehst doch immer aus wie eine Feenkönigin. Sogar mit diesen schwarzen Ringen unter den Augen.«

Britt gab einen empörten Laut von sich. »Vorsicht, meine Liebe! Ich mache gleich Kaffee. Du willst doch nicht auf dem Trockenen sitzen?«

Anna lachte und kletterte hinter ihr her die knarzende Holztreppe hinauf, die in das obere Stockwerk führte. Sogar sie musste in der Mitte der Treppe leicht den Kopf einziehen.

Anna liebte Britts Wohnung. So klein sie war, so gemütlich war sie auch. Die Küche war unter einen Giebel gequetscht und hatte keine einzige gerade

Wand. Sie blickte auf einen verwilderten Garten hinaus und dahinter auf einen kleinen Poldersee. An dem alten Holztisch hatten sie schon viele Abend gesessen und geredet, während die Kerzen auf dem Fenstersims herunterbrannten und der Mond sich auf dem Wasser spiegelte.

Genau wie Britt selbst hatte auch ihre Einrichtung einen ganz eigenen Charme. Sie kombinierte alte Möbel mit knalligen Farben, auf den knarzenden Dielen lagen bunte Teppiche, und in ihren Schränken gab es keine zwei Teller und Tassen, die zueinanderpassten.

»Ich mach den Kaffee, du ziehst dich an!«, befahl Anna und schob Britt in das kleine Bad, das einen grün gekachelten Boden hatte und eine golden bemalte Wanne unter dem schrägen Dachfenster. Gehorsam verschwand sie, und zwei Minuten später hörte Anna das Wasser rauschen.

Sie nahm die orientalische Vase, die Britt als Kaffeedose diente, und füllte die Espressokanne. Als es zu zischen begann und sich der Duft in der kleinen Wohnung ausbreitete, kam Britt herein. Sie trug jetzt eine helle Jeans, grüne Ohrringe, ein weißes T-Shirt und ein buntes Tuch in den Haaren. Obwohl ihr Outfit so einfach war, starrte Anna sie fasziniert an.

»Wie kann es sein, dass du zwei Minuten hinter dieser Tür verschwindest und danach aussiehst wie aus einem Katalog? Ist das ein Zauberbad?«

»Mit Style wird man eben geboren«, sagte Britt herablassend, dann lachte sie und stellte zwei Tassen auf den Tisch. »Ehrlich gesagt habe ich das eben aus einem Haufen Schmutzwäsche gezogen. Ich muss unbedingt waschen. Riech mal an mir, geht es noch?«

Anna schnupperte vorsichtig an ihrem Shirt. »Akzeptabel«, befand sie dann großmütig.

»Gut, das reicht mir. Ich knalle gleich noch ein bisschen Parfüm drauf. Karamellsirup?« Sie schenkte den Espresso ein, kippte Sahne dazu – was Anna als weiteren ungerechten Zug des Schicksals empfand, denn wer konnte so schlank bleiben, wenn er jeden Tag Sahne in seinem Kaffee trank? – und hielt ihr eine braune Flasche entgegen.

»Bloß nicht.« Anna verzog das Gesicht. Sie hasste Zusätze im Kaffee.

Britt zuckte die Schulter und goss sich selbst einen großzügigen Schluck ein. Zu dem Duft nach Espresso gesellte sich nun eine dunkle Haselnussnote.

Sie trugen die Tassen durch das Schlafzimmer auf den winzigen Balkon hinaus, der sich wie ein vergessenes Vogelnest an die Hauswand drückte, und tranken den Kaffee im Stehen, während die Sonne ihre Nasen kitzelte.

»Deine Wohnung ist einfach herrlich«, sagte Anna mit geschlossenen Augen.

»Ich weiß!« Britt klang ebenfalls wie eine schnurrende Katze. Es fühlte sich gut an, nach dem langen Winter und dem regnerischen Frühling endlich Sonne auf der Haut zu spüren. Sie rekelte sich und streckte quietschend die Arme aus. »Zu schade, dass ich bald ausziehen muss.«

»Was?« Erschrocken öffnete Anna die Augen. »Warum?«

»Habe ich das noch gar nicht erzählt? Ich weiß es schon länger. Die Willemsens verkaufen das Haus. Sie wollen in eine altersgerechtere Wohnung umziehen.«

»O nein!«, bekümmert sah Anna in den Garten hinunter. Das hutzelige Pärchen, dem das Haus gehörte, wohnte im Erdgeschoss. Sie waren so liebenswürdig, dass es Anna manchmal zu Tränen rührte. Aber sie konnte verstehen, dass sie nicht hierbleiben wollten. Ihre Wohnung, wenn auch bedeutend größer, war genauso krumm und verwinkelt wie Britts, und es schien, als hätten sie auch den Garten schon lange nicht mehr im Griff, in dem alles wild durcheinanderwuchs und man nur noch Spuren einer alten Ordnung erkennen konnte. Bestimmt war das alte Haus zugig und voller versteckter Stolperfallen.

»Ich werde schon etwas anderes finden«, sagte Britt, die zwar bekümmert klang, aber sich anscheinend schon mit der Situation angefreundet hatte. Den Sommer über wollen sie noch bleiben, ein paar Monate habe ich also noch.«

»Es ist eines der hübschesten Häuser, die ich kenne!«, sagte Anna traurig.

»Ich weiß.« Britt seufzte. »Manchmal denke ich darüber nach, ob das jetzt nicht eine gute Gelegenheit wäre …«, sie machte eine kleine Pause. »… um aufs Festland zu ziehen und mir etwas Eigenes zu kaufen.«

Anna fiel fast vom Balkon.

»Spinnst du? Du kannst doch nicht hier weggehen, was soll ich denn ohne dich machen?«, rief sie.

»Na ja. Ich weiß. Ich will hier ja auch nicht weg.

Aber Immobilien auf der Insel sind unerschwinglich. Und ich habe keine Lust mehr, mein hart verdientes Geld jeden Monat in die Miete zu stecken. Ich bin über dreißig, Anna. Irgendwann muss ich ja mal an die Zukunft denken.«

Anna blickte sie erstaunt an. Diese erwachsenen, vernünftigen Überlegungen schienen so gar nicht zu der stets unbesorgten und in den Tag hineinlebenden Britt zu passen.

»Du kannst meinen Hof haben. Ich mache dir einen Supersonderpreis«, schlug sie vor.

Britt lachte traurig. »Willst du mich in den Ruin treiben? Ein uralter, renovierungsbedürftiger Bauernhof! Außerdem spukt es doch dort.«

»Stimmt«, sagte Anna traurig.

Als Roos' blaue Augen im Türrahmen erschienen, konnten Anna und Britt es sofort riechen: Kuchen. Das Haus roch, als habe eine Backfee in der Küche eine Orgie gefeiert.

Roos hatte rote Wangen und Mehl in den Haaren und auf der Nase, aber sie strahlte. »Herein, herein!«, rief sie glücklich und wieselte dann schnellen Schrittes zurück in Richtung Küche. »Geht ins Wohnzimmer, dort steht alles bereit.«

Anna und Britt liefen durch den Flur, und als sie um die Ecke kamen, riefen beide gleichzeitig: »Nein, das glaub ich nicht!«

Der große Tisch vor dem Fenster, auf dem immer eine weiße Zierdecke lag und der, soweit Anna wusste, eigentlich nie benutzt wurde, war beladen mit Kuchen. Anna hatte noch nie so viele Streuselvariationen, Baiserhauben und Sahneschichten auf einmal gesehen.

»Das ist doch einfach…« Sie trat näher und zählte die Küchlein und Torten, die sich auf Tellern und Servierplatten türmten. »Siebzehn!«, sagte sie und schüttelte den Kopf. »Siebzehn! Kannst du das glauben? Du hast allen Ernstes siebzehn Kuchen gebacken?«, rief sie, als Roos im Türrahmen erschien und vorsichtig eine weitere kleine Sahnekreation vor sich hertrug.

»Achtzehn«, sagte sie stolz und stellte den Teller ab. »Eigentlich neunzehn, aber einen hat die Nachbarskatze erwischt. Sie standen auf der Terrasse. Ich bin selbst schuld, ich hatte die Haube vergessen. Man wird eben schusselig. Und jetzt, nehmt euch Teller und haut rein!«

»Aber, ich verstehe nicht, was ist das alles?« Schockiert blickte Anna auf die Gabel, die Roos ihr in die Hand drückte. »Hast du heute Geburtstag?«

Roos gluckste leise. »In meinem Alter sind Geburtstage kein Grund mehr zum Feiern, Annalein. Ein Jahr weniger bis zum Besuch von Gevatter Tod. Nein, nein. Ich habe mein altes Rezeptbuch wieder ausgegraben und alle meine besten Kuchen ausprobiert. Wir müssen doch sehen, was sich am besten verkaufen kann. Die Geschmäcker haben sich ja vielleicht geändert in den letzten zwanzig Jahren.«

Anna riss die Augen auf. »Du meinst…?«

Roos nickte. »Ich habe es mir überlegt. Ich steige mit ein!«, verkündete sie stolz. »Ich hatte eine kleine strenge Unterhaltung mit mir selbst. Roosalinda, habe ich mir gesagt, du bist vielleicht alt und verkalkt, aber backen kannst du, da kann dir niemand etwas vormachen. Und warum auch nicht, ich habe in den letzten Jahren so viel gestrickt, ich könnte die ganze Insel mit Socken versorgen. Es wird Zeit für etwas Neues. Wer rastet, der rostet, sagt man das nicht so? Und Ruhe habe ich im Grab noch genug.«

Anna fiel ihr um den Hals. »Ich freue mich so, ich weiß nicht, was ich sagen soll«, rief sie.

»Ich weiß nicht, wie lange ich es machen kann, Anna!« Roos sah plötzlich ernst aus. »Du darfst dich nicht zu sehr auf mich verlassen, hörst du? Es wird nur ein… Experiment!«

Anna nickte. »Natürlich!«

»Halt! Keine Tränen!«, befahl Roos erschrocken, als sie sah, dass Annas Augen gefährlich glänzten. »Jetzt nur nicht rührselig werden, sonst schmeckt der Kuchen nicht!«

»Ich versuch's ja, aber sie kommen einfach!« Anna wischte sich die Augen. »Und wie viel Arbeit du dir gemacht hast! Hast du heute Nacht überhaupt geschlafen?«

»Ein bisschen, auf dem Sofa.«

»Roos!« Missbilligend schüttelte Anna den Kopf.

»Ich weiß ja. Ich werde mich dafür heute Nachmittag gleich hinlegen. Aber es hat mir Spaß gemacht!« Und wirklich wirkte Roos so frisch und beschwingt, und ihre Wangen waren trotz des Mehlüberzugs so rosig, wie Anna sie noch sie gesehen hatte. Deswegen tadelte sie nicht weiter, sondern nahm sich einen Teller.

»Was für ein wunderbares Glück, dass ich heute noch nichts gegessen habe.« Britt, die der ganzen Unterhaltung still gelauscht hatte, schnitt beschwingt ein dickes Stück aus einer Schokotorte mit Eierlikörüberzug. Sie sah aus, als habe man ihr eben verkündet, dass von nun an Weihnachten viermal im Jahr stattfinden würde.

Schließlich holten sie noch Ole dazu, der zu Annas heimlicher Freude ohne Anhang erschien, sowie Anton und Leentje. Roos rief zwei alte Freundinnen an, die ebenfalls vorbeikamen, und es entwickelte sich eine gesellige kleine Kaffeerunde, bei der sich alle die Bäuche vollschlugen und sie am Ende auf einem Zettel über die besten Kuchen abstimmten. Anna war für einen Moment besorgt gewesen, Leentje könne ihre Idee vielleicht als Konkurrenz ansehen. Aber die winkte ab. Ihre Bäckerei war Teil einer Kette, und sie bekam ihr Festgehalt. Es sah so aus, als stünde einem Revival von Van der Meer Gebak nichts mehr im Wege. Nachdem sie eine Weile auf Roos' Sofa gelegen und sich die Bäuche gehalten hatten, packte Roos für alle Tupperdosen und Pappschachteln mit den Resten, und Anna lud ihren Fahrradkorb voll. »Tut mir leid, heute musst du laufen, Alter«, sagte sie zu Harry. Angesichts seines Kugelbauches war das ohnehin keine schlechte Idee. Seit sie auf der Insel waren, verrohten Harrys Sitten zusehends, woran Ole zu nicht unerheblichem Teil mit schuld war. Außerdem wurde er immer fetter, und sein Bauch näherte sich bedrohlich dem Boden. Er hatte die ganze Zeit neben Roos auf dem Sessel gesessen und mehr als einmal einen Finger voll abbekommen. »Wenn sie jetzt immer für uns backt, werden wir neue Sahne-Regeln für dich einführen!«, fügte Anna streng hinzu.

Sie fuhr langsam, damit Harrys kurze Beinchen mithalten konnten. Um ihm auf halber Strecke eine Pause zu gönnen, hielt sie kurz am Fahrradladen an und brachte dem netten Verkäufer eine Dose voll Kuchen. Er hatte, wie viele Läden auf der Insel, auch sonntags geöffnet, denn die Saison begann früh, und die Touristen wollten auch am Wochenende Räder ausleihen. Heute schliefen sie allerdings wohl alle noch. Alleine und ein wenig traurig saß der Mann hinter der Kasse und drehte sich auf seinem Stuhl hin und her. Er freute sich so sehr über ihren Besuch, dass er rote Ohren bekam. Sie plauderten eine Weile, und dann ölte er trotz Annas Protest die Kette an ihrem Rad und pumpte die Reifen neu auf.

»Keucht ja ganz schön, der Kleene!«, stellte er mit Blick auf den hechelnden Harry fest.

»Er musste dem Kuchen Platz machen«, erklärte Anna.

»Na, schaden wird's ihm nicht«, sagte er, und Anna musste zugeben, dass er damit recht hatte.

Sie beschloss, ihre Runde auszudehnen, und fuhr bei der Femke vorbei. Als sie ihr die Tür öffnete, blickte sie fast erschrocken auf die Dose, die Anna ihr reichte. Während Anna erklärte, warum sie hier war, hatte sie das Gefühl, dass die Frau regelrecht panisch wurde. Sie blickte sich mehrfach um, als habe sie ein Geräusch im Haus gehört, und bat Anna auch nicht hinein, was noch nie vorgekommen war.

»Ist… alles okay bei euch?«, fragte Anna irritiert.

»Ach, ich horche nur auf die Katze. Ihr geht es nicht gut, sie hat heute Morgen auf den Teppich gekotzt«, erklärte die Femke hastig. »Ich muss wohl zum Tierarzt mit ihr.«

Wahrscheinlich haben sie wieder Streit, dachte Anna, die das deutliche Gefühl hatte, dass hier wesentlich mehr im Busch war als eine magenkranke Katze. Aber sie fragte nicht weiter. Die Femke wirkte übernächtigt und schlecht gelaunt, deswegen wünschte Anna dem Patienten gute Besserung und verabschiedete sich eilig.

Luuk war wohl in den Ställen oder auf den Wiesen unterwegs, denn im Haus rührte sich nichts, als sie klingelte. Sie stellte ihm eine Dose auf die Fußmatte. Wahrscheinlich würde er den Kuchen gar nicht essen, denn er verzichtete nicht nur auf Alkohol und Koffein, sondern auch auf raffinierten Zucker, aber sie hoffte, dass er eine Ausnahme machen würde. Wenn sie den Kuchen selbst mit nach Hause nahm, würde das nämlich kein gutes Ende nehmen. Wahrscheinlich endet er im Schweinetrog, dachte sie bekümmert.

Als sie in die Küche kamen, rollte Harry sich sofort in sein Körbchen ein. »Du brauchst wirklich mehr Training. Von jetzt an läufst du öfter!«, sagte Anna, aber sie wusste schon, dass sie sein Fiepen nicht auf Dauer aushalten würde.

Der Nachmittag lag weit und offen vor ihr, wie eine Leinwand, die es zu bemalen galt. Sie beschloss, sich den Rest des Sonntags freizunehmen und sich nur um sich zu kümmern. Sie kuschelte sich mit einer Tasse Tee auf das Sofa, zündete das Feuer an und holte ihr Buch, das sie in letzter Zeit schwer vernachlässigt hatte.

Gerade war sie eingetaucht in die Geschichte, da piepte ihr Handy.

Ist der Kuchen von dir?

Natürlich. Oder hast du unsichtbare Nachbarn, von denen ich nichts weiß? Roos hat ihn gebacken.

Sie erklärte Luuk in wenigen Worten, dass sie ab heute eine neue Geschäftspartnerin hatte.

Gratuliere. Das hört sich toll an, schrieb er.

Irgendwie muss ich diese sturen Inselleute ja in meinen Laden kriegen, antwortete Anna.

Kann man den Kuchen einfrieren?, fragte er statt einer Antwort, und sie rollte mit den Augen. »Gesundheitsfreak«, murmelte sie vor sich hin, während sie weitertippte.

Ja, kann man. Aber man kann ihn auch einfach essen.

Dann fragte sie, ob er zum Abendessen kommen wolle.

Ich schulde dir noch eines, wegen der Zangenrettung. Und ich mache eine Gemüselasagne!

Sie wusste, dass sie ihn damit kriegen würde.

Bin um 7 da!, kam seine prompte Antwort.

»Hmmmm. Brutzel, brutzel!« Anna murmelte vor sich hin, als sie sich vor den Ofen kniete und zusah, wie die sahnige Masse sich in kleine Blasen wölbte. Ein wunderbarer Duft zog durch die kleine Küche.

»Sag mal, hast du mir nicht erzählt, dass ihr heute ein Tortenprobeessen hattet?«, fragte Luuk, der am Tisch saß und in der Zeitung blätterte, während Anna letzte Hand an den Salat legte.

»Ja, warum?«

»Und dass du elf Stücke gegessen hast?«

»Probestücke. Die waren kleiner als normal.«

»Und jetzt kochst du schon wieder?«

»Ich bin wie ein Hobbit, ich esse so viele Mahlzeiten am Tag, wie ich mag«, erklärte sie gut gelaunt. »Und um ehrlich zu sein, der viele Zucker hat meinen Appetit erst so richtig angeregt. Das kennt man doch, jetzt tu nicht so, als würde es dir nie so gehen.«

»Na, da kann ich nur sagen, du hast meinen Respekt!«

»Danke!« Anna grinste und nahm die Ofenhandschuhe. »Und jetzt räum mal den Tisch frei.«

»Wie bist du eigentlich zum Gemüse gekommen?«, fragte sie später, als von der Lasagne nur noch ein Rest dunkler Kruste übrig war. Dann lachte sie, weil es sich so komisch anhörte. »Also, ich meine, wie kommt man auf die Idee, Landwirt zu werden? Das ist doch so viel Arbeit, und es zahlt sich so wenig aus. Zumindest habe ich das gehört«, fügte sie schnell hinzu, denn eigentlich hatte sie keine Ahnung, wie rentabel sein Beruf war. Sie schnatterte einfach mal wieder vor sich hin, ohne richtig nachzudenken, und befahl sich sogleich innerlich, sich mehr zu konzentrieren.

Er lächelte. »Nein, das stimmt schon. Es ist harte Arbeit und wirft im Vergleich sehr wenig ab. Aber es ist einfach das, was ich schon immer machen wollte.«

»War dein Vater auch Landwirt?«

»Nein, er war Versicherungsvertreter.«

Als er merkte, dass sie auf weitere Erklärungen wartete, räusperte er sich. Luuk war kein Mann vieler Worte, doch Anna gelang es, ihn durch beständiges Nachfragen Stück für Stück aus der Reserve zu locken.

»Es macht mich einfach glücklich, mit dem Land zu arbeiten.« Er lehnte sich im Stuhl zurück. »Mit Erde, mit Pflanzen, mit Tieren. Früh aufzustehen, mit dem Tageslicht, immer draußen zu sein, sich an die Jahreszeiten anzupassen. Die Felder zu pflügen. Ich mag die Gerüche von Heu auf den Wiesen, von frisch umgepflügtem Acker. Ich mag das Gefühl, wenn ich selbst gepflanztes Gemüse aus der Erde ziehe. Nichts schmeckt besser als deine eigenen Radieschen, verstehst du, was ich meine? Es ist eine ursprüngliche Arbeit. Auch wenn wir natürlich heute ziemlich moderne Hightech-Methoden verwenden, um eine möglichst üppige und schmackhafte Ernte hinzukriegen. Es gibt immer wieder Bemühungen, alte Sorten neu zu beleben oder alte Anbaumethoden zurückzuholen, aber auch wenn ich ein sentimentaler Typ bin und gerne ohne den ganzen modernen Kram auskommen würde, muss ich sagen, dass es meist seine Gründe hat, wenn sich etwas durchsetzt.« Er lächelte, als er sah, wie aufmerksam sie ihm zuhörte. »Das ist doch alles langweilig für dich.«

»Überhaupt nicht!«, protestierte Anna vehement. »Genau deswegen arbeite ich ja auch mit Pflanzen. Ich weiß nicht, was es ist, aber es macht mich immer so…«

»Ruhig…?«, fragte er.

»Ja, genau. Ruhig.« Sie lächelten sich an. Anna dachte kurz, dass jetzt einer dieser Momente war, bei denen im Film die Musik romantisch werden würde.

»Warum ist das nur so?«, fragte sie schnell.

»Ich weiß auch nicht.« Luuk kratzte nachdenklich mit dem Finger an der Lasagneform entlang und aß ein Stück Käsekruste. Es verfing sich in seinem Bart, und Anna machte ihm ein Zeichen, dass er es wegwischen sollte. Er lachte und fuhr sich mit dem Handrücken über das Kinn. »Pflanzen leben, sie wachsen, sie brauchen Zuwendung und Pflege, aber im Gegensatz zu Menschen lassen sie dich in Ruhe, sie verurteilen dich nicht, du musst nicht mit ihnen reden – auch wenn es tatsächlich erwiesen ist, dass das manchen Pflanzen beim Wachstum hilft – und du kannst einfach… sein. Verstehst du, was ich meine?«

»Ganz genau«, sagte Anna leise.

Luuk sah sie nachdenklich an. Als er weitersprach und ihr von seinen Plänen für die Zukunft berichtete, fiel ihr auf, wie sehr er sich von Ole unterschied. Der eine liebt das Wasser, der andere das Land, dachte sie. Der eine ist laut und lustig und immer gut gelaunt, der andere still und eher in sich gekehrt. Eigentlich konnte man die beiden gar nicht vergleichen, aber ihr war plötzlich klar geworden, dass sie beide mochte, jeden auf seine ganz eigene Art. Nur dass Ole eine Freundin hatte. Und sie beide Britt versprochen hatten, die Finger voneinander zu lassen. Und sie Freunde geworden waren. Und er außerdem eine noch kompliziertere Geschichte hatte als sie, was das Ganze schrecklich schwierig machte.

Mit Luuk wäre es nicht schwierig, dachte Anna plötzlich. Sie beobachtete sein Gesicht, während er sprach. Er hatte den Teint eines Mannes, der seine Tage draußen verbrachte. Anna mochte die feinen Linien, die sich über seine Wangen zogen, wenn er lachte.

Als sie aufstand, um das Geschirr in die Spüle zu räumen, sah sie in der Fensterscheibe, dass er plötzlich ganz nah hinter ihr stand. Sie drehte sich langsam um, die eingeseifte Schüssel noch in der Hand.

»Hey«, sagte sie und lächelte.

»Hey«, erwiderte Luuk.

Dann küsste er Anna, langsam und sanft. Irgendwann rutschte ihr um ein Haar die Schüssel aus der Hand. Er fing sie auf, ohne das Küssen zu unterbrechen, und stellte sie hinter ihr in die Spüle.

Als sie schließlich die alte, knarzende Treppe hinaufgingen, war es für Anna anfangs nur ein bisschen komisch, dass er plötzlich nicht mehr Luuk, der Nachbar, war, sondern Luuk, der sie küsste und ihr das T-Shirt auszog. Aber dann gewöhnte sie sich ziemlich schnell an diese Veränderung.

In dieser Nacht fand sie heraus, dass sich die Pflanzen seines Tattoos nicht nur den Arm hinauf-, sondern weiter über die Schulter und den ganzen Rücken hinabrankten.

Als Anna am nächsten Morgen am Frühstückstisch saß, kam Luuk mit verwuschelten Haaren die Treppe hinunter und lächelte verschmitzt. »Morgen!«, sagte er. Dann erstarrte sein Gesicht.

Anna hatte schon befürchtet, dass so etwas passieren könnte. Sie seufzte und ließ mit einem Lächeln die Zeitung sinken. »Keine Panik, okay? Ich war nur schon wach und hatte Hunger, und da dachte ich, dass du vielleicht auch Hunger hast. Ich frühstücke immer so. Ich habe das nicht extra für dich gemacht. Ich zünde die Kerze jeden Morgen an. Einfach so, weil ich es schön finde. Das ist kein Candle-Light-Breakfast, und du sollst auch nicht hier einziehen. Du kannst gerne einen Kaffee mittrinken, wenn du magst, oder ein Müsli essen, aber wenn du es vorziehst, bei dir zu frühstücken oder überhaupt nicht zu frühstücken, ist das vollkommen in Ordnung. Ich bin nicht in dich verliebt und ich stelle keine Besitzansprüche und habe keinerlei Erwartungen. Okay?«

Er sah sie einen Moment lang verblüfft an und legte den Kopf schief, als würde er abwägen, ob er ihren Worten glauben sollte. Dann lachte er leise und fuhr sich mit der Hand über den Bart. »Du hast mich durchschaut. Schön, ich sag dir was. Ich füttere die Tiere und komme dann wieder. Ich brauche etwa zwanzig Minuten. Ist das okay?«

Anna nickte. »Ich halte den Kaffee warm«, sagte sie und wandte sich wieder ihrer Lektüre zu. Luuk blickte einen Moment lang nachdenklich die Zeitung an, hinter der nun nur noch Annas leicht verwuscheltes Morgenhaar zu sehen war, dann ging er zur Tür hinaus in den Garten.

Anna nahm einen Schluck Kaffee. *Männer*, dachte sie und schüttelte die Zeitung auf. Alle gleich. Alle einfach genau gleich.

27

Es war halb zehn morgens, Anna stand hinter der Kasse und sortierte Bestellungen – die wenigen, die sie hatte –, als die Ladenglocke bimmelte. »Wir haben noch …« *Geschlossen*, wollte sie sagen, aber im letzten Moment unterbrach sie sich. Sie brauchte jeden Kunden, den sie kriegen konnte, auch wenn er eine halbe Stunde zu früh kam. Als eine ältere Frau zögerlich den Kopf durch die Tür steckte, lächelte sie ihr daher freundlich entgegen.

»Auf dem Schild steht, dass noch geschlossen ist, aber ich habe das Licht gesehen, und da dachte ich …«

»Offiziell öffnen wir erst um zehn, aber da Sie schon mal da sind, kommen Sie ruhig herein!« Als Anna um die Theke herumging, merkte sie sofort, dass die Frau auf ihre Beine blickte. Jemand hat ihr von mir erzählt, dachte sie und runzelte ein wenig die Stirn, lächelte aber immer noch.

Die Frau schloss erleichtert die Tür hinter sich. »Vielen Dank, das ist sehr freundlich.« Sie stellte ihren Korb ab und nahm das Tuch vom Kopf, das sie um ihre dauergewellten Löckchen geschlungen hatte. Dann fiel ihr Blick auf die leere Kuchenvitrine auf der Theke, und Enttäuschung machte sich auf ihrem Gesicht breit.

»Ich habe gehört, dass du die Kuchen verkaufst. Die Van-der-Meer-Kuchen? Heute ist der erste Tag, richtig? Ich bin extra früh gekommen, damit ich welchen bekomme.« Erwartungsvoll flackerte ihr Blick zwischen Anna und der leeren Theke hin und her.

»Oh.« Verdattert starrte Anna sie an. »Ja, das stimmt. Sie sind noch hinten im Kühlschrank. Ich dachte nicht, dass…« Wieder unterbrach sie sich. Bei ihren Worten war ein breites Lächeln auf dem Gesicht der Frau erschienen. »Aber ich kann sie holen, wenn Sie möchten«, fuhr sie stattdessen fort.

Die Frau nickte eifrig. »Das wäre wundervoll!«

Verdattert ging Anna nach hinten in den Laden und holte die erste Torte aus dem Kühlschrank. Seltsam, dachte sie. Die muss ja ein eingefleischter Fan gewesen sein, wenn sie extra wegen des Kuchens so früh hier auf der Matte steht. Roos scheint ordentlich die Werbetrommel gerührt zu haben.

Sie trug eine dunkle Marzipan-Himbeer-Pistazientorte herein und balancierte das Kunstwerk vorsichtig auf die Theke. Ein wundervoller Duft stieg ihr in die Nase. Die Frau kam verzückt näher.

Anna erklärte die Geschmacksrichtung. »Wir haben

heute außerdem auch noch Baiser-Wildkirsch-Nougat und Birne-Mandel-Krokant«, fügte sie hinzu.

»Wundervoll. Wie früher! Ich nehme zwei Stück von jeder. Zum Mitnehmen, bitte.«

Anna blickte alarmiert auf. »Oh, also … die Torten gibt es leider nicht zum Mitnehmen.« Die Frau sah so bestürzt drein, als habe man ihr gerade mitgeteilt, dass ein Familienmitglied schwer erkrankt sei.

Anna beeilte sich, eine Erklärung hinzuzufügen. »Wissen Sie, wir haben ja nur zweimal die Woche Torte, und auch nur wenige. Wir möchten, dass die Kunden ihren Kuchen hier essen und dazu einen Kaffee trinken und die Blumen betrachten.«

Das Gesicht der Frau wirkte auf einmal ganz eingesunken. »Ja, das verstehe ich natürlich«, sagte sie langsam. »Da wird mein Mann so enttäuscht sein. Er konnte es kaum fassen, als er die Anzeige in der Zeitung gesehen hat. Wir hatten bei Van der Meer unsere Hochzeitsfeier. Vor fünfundvierzig Jahren. Und wir sind jeden Sonntag dort Kuchen essen gegangen, zwanzig Jahre lang. Es war so schön dort, die Rosen und das Tanzen …« Die Augen der alten Frau hatten einen verzückten Glanz angenommen. »Einfach etwas Besonderes. Seit sie das Café aufgegeben haben, hatten wir nie wieder etwas Vergleichbares auf der Insel. Noch heute reden wir manchmal davon …« Ihre Stimme erstarb.

»Aber dann bring deinen Mann doch einfach heute Nachmittag mit, und ihr esst ein Stück zusammen«, schlug Anna vor. Sie war nun auch zum Du übergewechselt, wie es die meisten Holländer machten.

Die Frau schüttelte den Kopf. »Egmont kann nicht mehr laufen. Ein Unfall mit dem Traktor vor ein paar Jahren. Mit dem Rollstuhl ginge es vielleicht, aber er wohnt jetzt im Pinienheim und das ist im Nachbarort… Er kommt nicht mehr oft raus.«

Ein Schauer überrieselte Anna. Das war dasselbe Heim, in dem auch ihre Großmutter bis zu ihrem Tod gewohnt hatte.

Die Frau hatte das Tuch schon wieder über ihre Dauerwelle gezogen und nahm ihren Korb.

Die Enttäuschung auf ihrem Gesicht war zu viel für Anna.

»Warte kurz. Ich habe eine Idee!« Schnell lief sie nach hinten in den Laden. Es stimmte, was sie gesagt hatte, sie waren auf Kuchen zum Mitnehmen nicht vorbereitet, hatten keinerlei Verpackungen oder Ähnliches da. Anna wühlte zuerst in ihrem Rucksack, dann in einem großen Jutebeutel, der neben der Spüle hing.

»Wusste ich es doch!« Triumphierend zog sie eine große Tupperdose hervor. Als sie sie öffnete, verzog sie das Gesicht und würgte kurz. Die alten Paprikastückchen von letzter Woche rochen inzwischen wie eine Klärgrube.

»Ich muss nur kurz etwas auswaschen«, rief Anna nach vorne in den Laden. Sie bearbeitete die Dose mit Schwämmchen und Spülschaum, und nach einer Minute bestand sie den erneuten Geruchstest, obwohl eine zarte Paprikanote nicht zu leugnen war. Schnell trocknete Anna sie ab, dann holte sie die anderen Kuchen aus dem Kühlschrank und schnitt aus jedem zwei große Stücke heraus. Kurz bedauerte sie, die perfekten Oberflächen zerstören zu müssen, aber dann kam ihr der Gedanke, dass sie nun den Laden noch einmal für eine Viertelstunde schließen und sich einen Kaffee machen könnte. Und dann selbst ein Stückchen Torte probieren. Eines von jeder, verstand sich. Man musste ja wissen, was man seinen Kunden so empfahl.

Nach kurzem Überlegen schnitt sie auch noch ein Stück aus der Pfirsich-Cointreau-Torte, die eigentlich nur als Reserve vorgesehen war. Sie brachte die Dose nach vorne und platzierte unter den verdutzten Augen der Frau noch ein Stück der Himbeertorte, die auf dem Tresen stand, in eine letzte Lücke. Dann klappte sie die Dose zu und reichte sie der Frau. »So. Bitte schön. Du kannst mir die Dose irgendwann wiederbringen, es ist nicht dringend. Aber hol die Kuchen lieber schnell raus, wenn du angekommen bist, sonst riechen sie vielleicht nach… Plastik.«

Die Frau nahm die Dose entgegen und starrte Anna fassungslos an. »Ich… aber…« Sie wollte in ihrer Jackentasche nach Geld suchen, aber Anna schüttelte den Kopf. »Das geht aufs Haus. Weil du meine erste Kuchenkundin bist. Und grüß mir deinen Mann. Wenn du eine Dose mitbringst, kannst du ab heute immer Kuchen für ihn mitnehmen. Aber das muss unter uns bleiben.« Sie lächelte. »Ich muss nämlich auch ein paar Blumen verkaufen. Sonst kann ich bald wieder zumachen.«

Die Frau bedankte sich überschwänglich. Dann wurde sie plötzlich ganz geschäftig. »Richtig. Blumen wollte ich auch kaufen.« Sie ging durch den Laden, ihr Blick konzentriert auf der Suche. »Ich nehme dieses Gesteck. Und ein Dutzend Päonien. Du brauchst sie nicht zurechtzuschneiden, das mache ich immer zu Hause, wenn ich die Vasen sehe. Und Tulpen. Zwei Bund. Und hast du auch ein paar Strauchblüten?«

Anna stand einen Moment verdutzt hinter der Theke, dann griff sie nach ihren Handschuhen und beeilte sich, die Anweisungen der Frau auszuführen. Ihren ruhigen Kaffee schaffte sie an diesem Morgen zwar nicht mehr, aber als die Frau schließlich glücklich den Laden verließ, vorsichtig die Tupperdose balancierend und den Korb voller Blumen über dem Arm, hatte Anna das Gefühl, ihr Tortenabenteuer hätte nicht besser anfangen können.

Als sie abends bei Roos in der Küche saß, waren beide vor Glück ganz berauscht. Der Kuchen war ausverkauft. Komplett und restlos ausverkauft. Den ganzen Tag waren Menschen in den Laden gekommen, die die Anzeige gesehen oder von der Aktion gehört hatten. Beide waren euphorisch über ihren Sieg über die sturen Inselbewohner. Roos hatte ihre Bücher auf dem Tisch ausgebreitet, schrieb Einkaufslisten und überlegte hektisch, was sie als Nächstes backen sollte, während Anna im Kopf die Einnahmen durchrechnete und zu dem Schluss kam, dass sie heute an einem Tag mehr verdient hatte als zuvor in zwei Wochen. Sie konnte es selbst nicht glauben, dass ihr Plan so schnell und so vollkommen aufgegangen war.

Sie stießen mit einem Gläschen Eierlikör an – denn so außergewöhnlich Roos auch sonst war, für Eierlikör schwärmte sie genau wie jede andere Frau in ihrem Alter – und dann noch mit einem zweiten und dritten, bevor Anna schließlich beschwipst und glücklich nach Hause radelte, wo sie zu Luuk in die Küche stürmte und ihm umgehend von ihrem Triumph berichtete. Seit dem Lasagneabend sahen sie sich fast jeden Tag, wenn auch oft nur kurz und immer unverbindlich. Und auch wenn für beide klar war, dass aus der Sache nichts Ernstes werden sollte, und Anna auch niemandem davon erzählt hatte, nicht mal Britt – denn die würde es Ole erzählen, und das wollte Anna nicht –, war es schön, dass sie jemanden hatte, mit dem sie ihre Freude teilen konnte.

Diesmal war er es, der sie zum Abendessen einlud, und während er in der Küche werkelte, zwischen den Töpfen hin und her sprang und immer wieder hinauslief, um Kräuter oder Gemüse zu holen, saß sie auf der alten Holzbank, sah ihm zu und war einfach nur zufrieden.

Gerade als sie sich hingesetzt hatten und Anna den ersten Bissen Risotto gekostet hatte, der ihr ein genüssliches Stöhnen entlockte, klingelte ihr Handy. Luuk zog die Augenbrauen hoch, und Anna wollte den Anruf schon wegdrücken, da sah sie, dass es eine Nummer von der Insel war. »'tschuldige kurz«, sagte sie und nahm ab.

»Anna? Anton hier!«

Überrascht ließ sie die Gabel sinken.

»Anton? Was gibt's? Ist alles in Ordnung?«

Er sprach hastig. »Ich war überhaupt nur so spät hier, weil ich eine Lieferung bekommen habe und im Keller rumgeräumt habe. Ich war gerade unten, als es passiert ist, weißt du. Aber ich habe die Polizei angerufen. Ich hoffe, das war richtig, wegen der Versicherung…« Er klang so aufgeregt, dass Anna die Hälfte der Worte gar nicht richtig verstand.

»Anton, wovon sprichst du?«, fragte sie alarmiert. Luuk hatte nun auch die Gabel weggelegt und sah sie besorgt an.

»Der Laden. Das Fenster wurde eingeschlagen. Ein wahnsinniger Knall war das. Ich habe zwei Flaschen fallen lassen vor Schreck. Bin sofort losgerannt. Aber ich habe nur Schuhe gesehen. Bin ja unten gewesen, im Keller.«

»Mein Laden? Du meinst meinen Laden?«, fragte sie schrill.

»An die Kasse kann keiner ran, mein Sohn steht Wache, solange ich telefoniere.«

»Ich komme sofort.«

Anna legte auf. »Mein Ladenfenster wurde eingeschlagen«, sagte sie dumpf.

»Ich fahr dich!« Luuk war schon aufgestanden. Sie nahmen ihre Jacken und rannten zum Auto.

❋

Stumm standen sie nebeneinander auf der kleinen Gasse. Roos, Anton, sein Sohn, Luuk, Anna und Harry.

Alle blickten auf das zertrümmerte Fenster. Es war nicht einfach nur ein Loch, die große Frontscheibe mit dem Schriftzug *Planten un Blomen* war komplett zerstört, nur noch Zacken ragten an den Rändern aus dem Holz. Innen hatte das Wurfgeschoss – ein Pflasterstein – die Eimer umgeschmissen, woraufhin sich Wasser und Blumen über die Dielen verteilt hatten.

»Das ist altes Glas. Es bricht anders als modernes«, stellte Anton fest, und Luuk nickte, als habe er das auch gerade gedacht.

Hinter ihnen zuckte Blaulicht durch die kleine Gasse, prallte an den Hauswänden ab und verlor sich im wolkenverhangenen Himmel über ihnen. Ohne die Sirene wirkte es seltsam fehl am Platz, die Gasse erschien dadurch noch stiller. Alles war wie ausgestorben, nur ab und zu bewegte sich eine Gardine, oder eine Haustür öffnete sich einen Spaltbreit, wenn neugierige Anwohner hervorlugten.

»Ich habe nichts mitbekommen, Anna. Ich hatte mein Hörgerät schon herausgenommen.« Bekümmert strich Roos ihr über den Arm.

»Die Tatwaffe haben wir gesichert.« Ein bärtiger Polizist trat aus der Ladentür und kam auf sie zu. »Wir haben an Spuren aufgenommen, was wir konnten. Aber viel ist es nicht…«, sagte er und kratzte sich unter der Mütze.

»Und nun?«, fragte Anna mit trockenem Mund. »Was machen Sie nun?«

»Na ja.« Wieder ein Kratzer. Dann nahm er die Mütze ab und hielt sie mit beiden Händen fest. »Heute können wir nicht mehr viel machen. Sie holen erst mal die Wertsachen aus dem Laden, und wir tackern Ihnen eine Plane drüber. Die hält den Wind ab. Und morgen sollten Sie sich schleunigst um eine neue Scheibe kümmern. Sind Sie versichert?«

»Ja … aber ich weiß nicht, ob sie bei Vandalismus zahlen«, sagte Anna kleinlaut. Wie alle Unternehmer mit knappem Budget hatte sie bei der Versicherung Abstriche gemacht.

»Das sollten Sie klären«, sagte der Polizist hilfsbereit, und sie warf ihm einen bösen Blick zu.

»Und was werden Sie tun, um den Täter zu finden?«

»Also, das wird schwierig!«, sagte er in einem Ton, der seine Überraschung darüber kundtat, dass er diese Tatsache überhaupt noch erklären musste. »Es gibt ja keinerlei Anhaltspunkte.«

»Sie unternehmen also nichts?«

»Anna!« Luuk fasste sie sanft am Arm.

»Haben Sie denn wirklich keine Ahnung, wer das gewesen sein könnte?«, fragte der Polizist, nun ein wenig unfreundlicher. Er hatte ihr die gleiche Frage schon bei seiner Ankunft gestellt.

»Na ja …« Anna war inzwischen ein Gedanke gekommen, aber sie wagte kaum, ihn auszusprechen. »Es gibt da jemanden. Aber eigentlich glaube ich nicht wirklich …«

»Also, Sie müssen uns schon ein wenig entgegenkommen, wenn Sie wollen, dass wir ermitteln«, rügte er.

»Ich will nur niemanden falsch verdächtigen.«

»An wen denkst du?«, fragte Luuk.

Sie zog ihn zur Seite, und als er sich zu ihr hinunterbeugte, flüsterte sie ihm ins Ohr: »Die Evers.«

Überrascht richtete er sich auf. »Die Fliegentussi?«

»Schhhh!« Sie schlug ihm auf den Arm. »Das weiß doch keiner!«

»Hey! Merkst du eigentlich, dass du Menschen ständig auf die Arme haust?«

»Nur, wenn sie etwas Dummes sagen!«

»Glaubst du wirklich, sie könnte etwas damit zu tun haben?«

»Ich weiß nicht. Eigentlich nicht. Aber… sie ist die Einzige, die etwas gegen mich haben könnte, oder nicht?«

Er überlegte einen Moment. Dann nickte er. »Sag es ihm! Du hast recht, sie hat ein Motiv. Andererseits könnte dein Laden natürlich auch rein zufällig ausgewählt worden sein, vielleicht war es einfach ein betrunkener Idiot. Aber vielleicht auch nicht.« Er schob sie in Richtung des Polizisten, der gerade mit Anton sprach. Anna erklärte ihm, wie sie zu ihrem Verdacht kam.

Er machte sich eine Notiz auf einem Block. »Wie alt ist die betreffende Dame etwa?«

»Äh… um die sechzig?«, mutmaßte Anna.

Als der Polizist die Stirn runzelte, seufzte sie. »Ich weiß, wie sich das anhört. Ich glaube ja auch nicht wirklich daran. Aber sie war wirklich schrecklich garstig zu mir.«

Der Polizist blickte kurz auf seine Notizen, als könne er sie nicht richtig entziffern, dann sagte er: »Na, wir werden es überprüfen.«

»Könnten Sie ihr vielleicht nicht sagen, dass ich es war, die sie verdächtigt hat«, bat Anna kleinlaut.

»Und wie stellen Sie sich das vor? Was sollen wir denn sagen, warum wir sie befragen?«

»Keine Ahnung.« Anna bereute es bereits, die Evers in die Sache hineingezogen zu haben. Es war lächerlich, und es würde ihr ohnehin schwieriges Verhältnis in offene Feindschaft verwandeln.

Am nächsten Tag um die Mittagszeit lief Anna durch den Garten zu Roos auf die Terrasse und brachte ihr einen Strauß Lisianthus.

»Wie schön! Danke, Anna, meine Zweitlieblingsblumen.« Roos roch an den Blüten und verdrehte verzückt die Augen.

»Ich dachte mir, Rosen hast du hier ja genug!«, lachte Anna. Tatsächlich konnte man nun sehen, dass der Rosenhain um das Haus herum sehr sorgfältig geplant und angelegt worden war, denn die ersten Rosen blühten bereits. An anderen Sorten bildeten sich gerade Knospen, während wieder andere Stöcke noch kahl dalagen. Der Garten würde den ganzen Sommer über duften und summen.

»Warum hast du denn so leuchtende Wangen?« Roos betrachtete Anna neugierig.

»Oh, ich war mit Ole surfen!«, erklärte sie. »Der Laden ist ja sowieso geschlossen, bis die Scheibe ersetzt ist. Ich bin wahnsinnig schlecht, und eigentlich falle ich alle zwei Minuten kreischend ins Wasser. Außerdem komme ich mit meinem Bein nicht schnell genug aufs Brett. Aber Ole meint, ich bräuchte nur noch ein wenig mehr Übung.« Sie lachte. »Er hat keinen Sinn für Realität. Aber es macht mir wirklich Spaß. Am Meer zu sein, das Wasser zu spüren, das ist es, was ich mag. Abends fühlt man noch die Wellen in sich, weißt du, was ich meine? Die Haut riecht nach Salz, die Nase ist frei gepustet und kribbelt, man hat wahnsinnig Hunger, aber es ist das beste Gefühl, und alles schmeckt einem zehnmal so gut, wenn man den ganzen Tag am Meer verbracht hat.«

»Ach ja, das Meer.« Roos seufzte. »Früher bin ich mit meinem Mann jeden Sonntag am Strand spazieren gegangen. Es war unser kleines Ritual, nach der Kirche und vor dem Sonntagsessen, das er dann für mich gekocht hat.«

Anna lächelte. »Das hört sich nach einem perfekten Sonntag an.«

Sie nickte. »Ich vermisse es. Und das Meer auch. Nun habe ich es über zwei Jahre nicht gesehen.« Die letzten Worte hatte Roos nur noch gemurmelt, sie waren nur ein Hauch, aber Anna hörte sie trotzdem.

»Was?« Sie fuhr auf. Erschrocken, entsetzt beinahe.

Bei Annas empörtem Ton zuckte Roos kurz zusammen. »Ich kann ja nicht mehr Auto fahren. Und ich bin so unsicher auf den Beinen«, verteidigte sie sich. »Die Inselhopper-Busse sind mir auch nicht geheuer. Was ist, wenn einer ausfällt oder ich ihn verpasse und nicht zurückkomme oder wenn ich am Strand bin und die Kraft verliere? Seit meine Tochter mich nicht mehr besucht, komme ich nicht mehr viel aus dem Haus, und wenn man älter ist, muss man sich seine Energie einteilen. Ich kann nicht einfach sehen, wohin der Tag mich führt. Irgendwann ist einfach Schluss und dann …«

»Aber das geht doch nicht!« Anna hatte sie so heftig unterbrochen, dass Roos sie erschrocken anblinzelte.

Sie fühlte Wut in sich aufsteigen. Fast musste sie mit den Tränen kämpfen. Da saß diese entzückende, liebenswürdige alte Frau keine drei Kilometer vom Strand entfernt in ihrem Haus fest und hatte das Meer, das sie so sehr liebte, seit Jahren nicht mehr gesehen? Sie lebte auf einer Insel, Herrgott noch mal. Wie konnte das sein? Erinnerungen an ihre eigene Großmutter drängten sich in Annas Bewusstsein. Sie kämpfte sie vehement zurück. Es war nicht dasselbe. Roos war nicht ihre Großmutter. Sie musste nichts wiedergutmachen. »Roos, morgen machen wir einen Ausflug ans Meer!«, sagte sie dann entschlossen. »Ich werde dich fahren. Du musst keine Angst haben, ich begleite dich.«

Roos lächelte, dann beugte sie sich zu Annas Überraschung vor und strich ihr sanft mit dem Finger über die Hand. »Wir können auch im Auto sitzen bleiben. Mir würde es schon reichen, das Meer noch einmal zu sehen«, sagte sie.

Anna dachte einen Moment nach. »Wie wäre es jetzt?«

»Was?«

»Jetzt? Lass uns gleich hinfahren. Wir haben noch ein bisschen Zeit, bevor es dunkel wird. Los, nur einen kleinen Blick. Wir schauen den Sonnenuntergang an.« Sie blickte kurz aus dem Fenster. »Wir könnten Glück haben heute. So wie der Himmel aussieht, wird es sicher ein tolles Schauspiel.«

Weiter musste sie Roos nicht überreden.

Sie fuhren an die Nordspitze, wo man vom Parkplatz aus das Meer sehen konnte. Hier hatte man den besten Blick auf die oft spektakulären Wolkenmuster, die sich abends im Wasser und auf dem nassen Sand spiegelten.

Als sie an den kleinen Häusern vorbeikamen, die sich Schutz suchend um den Leuchtturm kuschelten wie Küken an eine Glucke, richtete Roos sich auf dem Beifahrersitz auf. Sie fuhren über eine Bodenwelle, und als sie den höchsten Punkt der Straße passiert hatten, lag auf einmal rot glühend das Meer vor ihnen.

»Ich hab's gewusst. Man kann es an den Wolken sehen«, murmelte Anna triumphierend. Die Aussicht war atemberaubend.

An der westlichen Nordspitze war es immer ein langer Marsch bis ans Wasser, und bei Ebbe wurde er zu einer richtigen Herausforderung. Aber da der Blick von hier aus am schönsten war, hatte Anna für heute diesen Ort gewählt. »Das Wasser ist sehr weit weg, wir werden es nicht schaffen, an die Brandung zu laufen«, sagte sie. »Aber wie wäre es mit einem Abendtee auf der Terrasse des Paals?«

Roos nickte. »Gerne«, sagte sie leise. Sie öffnete die

Tür und kletterte aus dem Auto. Vorsichtig lief sie ein paar Schritte bis zum Ende des Parkplatzes, den Blick auf das Wasser gerichtet. Dann stand sie da, am Rand der Dünen, und blickte nach unten auf den weiten Strand. Eine ganze Weile bewegte sich nur ihr Schal, der sacht im Abendwind wehte.

Anna saß im Auto und beobachtete, wie die alte Frau und das Meer sich Hallo sagten. Es war klar, dass sie sich lange nicht gesehen hatten.

Auf der Heimfahrt war Roos wie verzaubert, sie blickte verträumt aus dem Fenster, anstatt wie sonst beständig vor sich hin zu plappern. Als Anna sie sicher wieder nach Hause gebracht hatte, fuhr sie zu Britt und parkte ihren Ford in der kleinen Gasse vor dem Haus.

»So, jetzt kannst du mal erleben, wie schrecklich es hier ist, wenn man abends ausgehen will«, sagte Britt fröhlich, als sie sich auf den Beifahrersitz fallen ließ und das Auto mit dem Geruch ihres Parfüms erfüllte. »Absolut tote Hose! Danach willst du wieder nach Hamburg zurück.«

Anna lachte. »Du verwechselst mich. Ich bin Miss Stubenhocker, schon vergessen?«

Sie gingen in eine schummrige Bar in De Koog, in der es nach Rauch und Whiskey roch. »Ich rufe mal Ole an und frage, ob er auch kommen will«, sagte Britt und schnappte sich Annas Handy vom Tisch.

»Geht nicht ran, typisch!« Sie runzelte die Stirn, während sie wartete, dann zuckte sie mit den Schultern. »Sag mal, warum hast du eigentlich immer noch ein Bild von Karin als Hintergrund?«, fragte sie dann und blickte auf das Handy.

Verblüfft nahm Anna es ihr ab. Tatsächlich. Ihren Sperrbildschirm zierte ein Bild von Harry, aber im Hintergrund waren Anna und Karin gemeinsam zu sehen. Sie benutzte das Foto schon seit so vielen Jahren, dass sie es gar nicht mehr wahrnahm. Einen Moment lang war sie richtig erschrocken, dass es ihr nicht aufgefallen war.

»Du hast recht, das muss ich gleich ändern.«

»Zeig noch mal.« Britt nahm ihr das Handy aus der Hand, bevor sie das Bild löschen konnte, und betrachtete aufmerksam Karins lachendes Gesicht.

»Sie sieht netter aus als neulich«, stellte sie dann fest. »Das schlechte Gewissen bekommt ihr nicht.«

»Sie ist nett«, antwortete Anna.

»Nett und schlampig.«

Anna wollte erst protestieren, aber dann klappte sie den Mund wieder zu. Es stimmte ja, auch wenn sie einen Moment lang das Bedürfnis unterdrücken musste, Karin zu verteidigen.

»Irgendwie siehst du anders aus.«

»Was meinst du?«, fragte Anna verwundert.

»Ich weiß nicht. So fröhlich und … bunt«, fügte Britt nach ein paar Sekunden hinzu, als sei sie nicht sicher, das richtige Wort gefunden zu haben.

Anna betrachtete nun ebenfalls das Foto. Es war alt, sie waren in Italien gewesen. Das Mittelmeer, Aperol

Spritz, Sonnenschein, lange Nächte, der Geruch von warmen, salzigen Handtüchern und Steinofenpizza. Es war wie ein längst vergangener Traum, an den sie sich kaum noch erinnerte. Das Foto war eines von Annas Lieblingsbildern, daheim in Hamburg hatte es am Kühlschrank gehangen, und ein kleiner Fettfleck hatte sich in Karins Bikini gebrannt, weil Simon meist vergaß, beim Braten einen Spritzschutz über die Pfanne zu legen. Britt hatte recht, sie sah anders aus auf dem Foto. Glücklich, gelöst, sonnengebräunt, jung. Nun ja, kein Wunder, es war vor fünf Jahren aufgenommen worden. Und sie strahlte tatsächlich auf eine Art und Weise, die ihr nun fremd vorkam. Unbekümmert. Als wolle ihr Gesicht auf dem Foto sagen: Wir sind jung und schön und sorgenfrei, und nichts auf der Welt kann uns etwas anhaben. Seht nur, wie gut es uns geht! Es schien unmöglich, dass die Anna mit der karamellfarbenen Haut und den strahlenden grünen Augen jemals die dreißig überschreiten würde.

Tja, damals warst du noch dumm und naiv, dachte sie und wollte ihrem gebräunten Ich auf dem Foto gerne erzählen, was es in den nächsten Jahren erwartete, damit es sich schon mal darauf einstellen und aufhören konnte, so selbstgefällig zu grinsen. War ich wirklich so viel glücklicher damals?, fragte sie sich. Sie konnte sich nicht erinnern. Hatte sie den Zustand so wenig zu würdigen gewusst, war sie nicht mal genug im Moment verhaftet gewesen, um die glücklichen Erinnerungen zu speichern? Hatte sie gedacht, dass es immer so bleiben würde? Dass es selbstverständlich war?

Vielleicht sah es nur so aus, überlegte sie. Alle Menschen wirkten glücklich auf Fotos. Sobald sich die Linse auf sie richtete, brachen sie in strahlendes Lachen aus, neigten die Köpfe zur Seite, reckten das Kinn vor und zogen ihre Augen blitzend zusammen, sodass sich Grübchen auf den Wangen zeigten. Wer wusste schon, was in der Sekunde passierte, nachdem der Auslöser gedrückt wurde? Fotos waren trügerisch. Sie brachten einen dazu, Erinnerungen zu erfinden, die so in Wahrheit nie stattgefunden hatten. Das Gleiche passierte, wenn man Bilder aus der Kindheit betrachtete und plötzlich das Gefühl hatte, wieder zu wissen, wie es damals war. Auch wenn man auf dem Foto ein wenige Monate alter, sabbernder Windelträger war.

Anna öffnete ihre Fotogalerie, den Ort, an dem ihr altes Leben versteckt war, und suchte nach einem geeigneten Bild, um das andere zu ersetzen. Lächelnd durchforstete sie ihre Lieblingsfotos, während Britt sich an ihre Schulter lehnte und kommentierte. Sie hatte die Bilder seit Monaten nicht mehr angesehen, und in diesem Moment wurde ihr auch klar, dass sie schon ewig kein Foto mehr gemacht hatte. Sie lächelte, als ein besonders süßes Bild von Harry als Baby erschien. Er war so klein gewesen, dass er in einer Teetasse sitzen konnte und verwirrt in die Gegend guckte. Britt quietschte begeistert.

Anna lachte und schickte das Foto an Ole. Als sie mit dem Daumen das Bild zur Seite wischte, erschien ein neues. Karin und Simon.

Sie saßen nebeneinander auf einer Bank im Biergarten, Simon hatte kumpelhaft den Arm um Karin gelegt, ihr Kopf ruhte auf seiner Schulter.

Ein gallenartiger Geschmack breitete sich in Annas Mund aus. Sie sahen so jung und unbedarft aus, Karin war rosig, frisch, wunderschön, Simon schien schon leicht beschwipst, zufrieden mit sich und der Welt, euphorisch beinahe. Es war während der WM gewesen, Anna selbst hatte das Bild gemacht. Hatten die beiden damals schon Gefühle füreinander gehabt und sie ihretwegen unterdrückt? Hatten sie sich gewünscht, dass sie nicht da wäre? Ihnen nicht im Wege stünde?

Gerade versank sie in einer eifersüchtigen Betrachtung von Karins perfektem Gesicht, da sagte Britt, die Anna für einen Moment ganz vergessen hatte: »Quäl dich nicht! Lösch es einfach.« Sie hob die Hand und bestellte zwei Schnäpse mit Tomatensaft. »Man kann die Vergangenheit nicht ändern«, sagte sie dann zu Anna und lächelte. »Aber jetzt können wir einen trinken. Und dann vielleicht noch einen. Und dann tanzen wir. Und dann denkst du einfach nicht mehr dran.«

Anna lachte. »Ich wünschte, alles wäre immer so einfach wie in deinem Kopf«, sagte sie und trank ihren Schnaps.

»Das ist es ja auch!«, sagte Britt, die schon wieder die Hand gehoben hatte. »Wenn du es willst.«

Anna löschte das Foto nicht. Aber sie änderte das Hintergrundbild auf ihrem Handy, sodass ihr nun Baby-Harry aus der Tasse entgegenblinzelte. An diesem Abend tanzten sie zwar nicht, aber sie blieben viele Stunden in der gemütlichen kleinen Bar und lachten und redeten. Und weil es auf der Insel keine Bude gab, an der man um fünf Uhr morgens Käsepommes und Milchshakes bekam, zauberte Anna schließlich in ihrem Mixer Bananeneis, und Britt schob zwei Tiefkühlpizzen in den Ofen. Dann saßen sie auf der Veranda und sahen zu, wie die Sonne aufging und der Nebel über die Wiesen zog.

28

Ein paar Tage später stand Anna im Garten und zupfte Unkraut. Sie hatte die Zwiebeln, die Luuk ihr zur Einweihungsparty geschenkt hatte, um die Terrasse herum gepflanzt, und hinter dem Haus erstreckte sich nun ein kleiner See aus gesprenkelten Tulpen mit leicht tropischem Einschlag. Anna betrachtete nachdenklich die Köpfe, die sacht im Wind wogten. Ihre ersten selbst gepflanzten Blumen auf der Insel. Sie merkte, wie sie sich hier mit jedem Tag mehr zu Hause fühlte. Auch wenn Britt sie regelmäßig damit aufzog, dass sie an den langweiligsten Fleck der Erde gezogen war. Anna fand das nicht. »Es reicht doch vollkommen, was man hier hat«, hatte ihr Großvater immer gesagt und seinen Blick über die Wiesen schweifen lassen. Auch wenn sie früher durchaus anderer Meinung gewesen war, inzwischen stimmte sie ihm zu. Es gab alles auf der Insel, was man brauchte. In Den Burg hatten sie sogar ein kleines Kino. Winzig zwar, und meist nur fünf Filme im Programm, Englisch mit holländischem Untertitel und ab und zu auch mal andersrum. Aber immerhin. Popcorn gab es auch. Das Kino befand sich ganz in der Nähe des Ladens, nur um drei Ecken musste sie rum, und wenn ein Film lief, der sie interessierte, schob sie abends mit erdigen Fingern ihr Fahrrad durch die kleinen Gassen, schmuggelte in ihrer Handtasche eine Miniflasche Rotwein und eine Tüte schokoladenüberzogene Kaffeebohnen hinein und verschwand für zwei Stunden aus der Welt.

Die Geschäfte waren mit der Zeit auch immer moderner geworden. Es gab inzwischen sogar einige große Modeketten, die sie aus Hamburg kannte, und auch wenn das den verwunschenen Zauber der Innenstadt ein wenig störte, so war sie insgeheim doch froh darüber. Es bedeutete einen Grund weniger, um aufs Festland zurückzukehren.

Sie blickte auf die wogenden Blüten. Die Tulpen hatten wirklich eine ganz besondere Färbung, Luuk hatte nicht zu viel versprochen. Außerdem waren sie aus der Erde geschossen, als gelte es, als Erste den Himmel zu erreichen.

Sie pflückte ein paar für die Vasen in der Küche und musste dabei daran denken, wie sie und Anouk sich als Kinder immer darüber gestritten hatten, wer die schönste Blumensorte sein durfte. Auch über die Charaktere aus Disneyfilmen waren sie in Streit geraten, manchmal hatten sie sich regelrecht geprügelt.

»Ich bin eine Sonnenblume!«, hatte Anouk gerufen

und ihr damit jede Chance genommen, sie zu übertreffen. »Und Arielle!« Anna wollte eigentlich gar nicht Arielle sein, sondern viel lieber Pocahontas, aber stets kam ihr das, was ihre Schwester wollte, verführerischer vor als alles andere, auch wenn sie zuvor noch gar nicht wusste, dass es existierte. Dass es zwei Sonnenblumen geben konnte, hatte Anouk meist noch eingesehen. Aber zwei Arielles, das war unmöglich. Und so hatten sie gestritten und sich angefaucht, bis ihre Mutter kam und sie trennte. Meist spielte Anouk dann von Sonntag bis Mittwoch die Meerjungfrau und Anna die restlichen Wochentage.

Zu Anouk hat die Rolle der Sonnenblume auch wirklich besser gepasst, dachte Anna nun und setzte sich einen Moment zurück, um ihrem Bein eine Pause zu gönnen, dem das Herumrutschen auf den Knien nicht guttat. Sie hat eigentlich immer alle überstrahlt.

Anna saß bei Roos auf der Terrasse, wie sie es in den letzten Wochen dieses Frühsommers schon hundert Mal gemacht hatte. Sie tranken eine Kanne Tee und genossen die Sonne. Es war Mittagspause und der Laden für zwei Stunden geschlossen. Da es sich für sie nicht lohnte, in dieser kurzen Zeit nach Hause zu radeln, verbrachte Anna sie meist hier, wenn sie nicht mit Ole oder Britt essen ging. Manchmal traf sie sich auch mit Sem, auch wenn sie lieber nicht zu oft auf seine Einladungen eingehen wollte. Seit dem Sturmabend war er zwar ein wenig auf Abstand gegangen, schlug aber immer noch regelmäßig Treffen vor oder stand unangekündigt vor ihrer Tür.

Roos hatte sich angewöhnt, ihren Mittagsschlaf auf den Nachmittag zu verlagern, sodass sie ihr kleines Schwätzchen halten konnten. Manchmal aßen sie Sandwiches, die Anna mitgebracht hatte, oder unternahmen einen kleinen Spaziergang. Doch heute saßen sie gemütlich nebeneinander in der alten Hollywoodschaukel, und Anna stupste sie mit ihrem großen Zeh am Boden ab, sodass sie sanft hin und her schwangen. Plötzlich zog Roos etwas unter einem Kissen hervor.

»Ich habe hier etwas. Mein altes Backbuch aus der Van-der-Meer-Zeit.« Sie reichte Anna ein fleckiges, in Stoff gebundenes Buch. Es sah aus, als habe Roos es über viele Jahre jeden Tag in der Hand gehabt, der Stoff war verblichen und abgegriffen, und als Anna es öffnete und vorsichtig die steif gewordenen Seiten umblätterte, schlug ihr ein seltsamer Geruch entgegen. Nach Mehl und Vergangenheit. Jedes Rezept war sorgfältig niedergeschrieben worden und oft mit kleinen Zeichnungen versehen. Außerdem hatte Roos an manchen Stellen etwas durchgestrichen und an den Rändern Änderungen und Tipps notiert, die sie wohl die Erfahrung gelehrt hatten.

»Das ist ja ein richtiges Stück Geschichte!«, sagte Anna. »Sind das alles deine berühmten Rezepte?«

Roos nickte. »Und noch ein paar mehr, die in den letzten Jahren dazugekommen sind. Ich habe immer alles aufgeschrieben. Das muss man, wenn der Kopf langsam weich wird.« Sie lächelte spitzbubenhaft. »Es ist für dich.«

»Was?« Anna sah sie überrascht an.

»Ich brauche es nicht mehr.«

Als sie Annas erschrockenes Gesicht sah, legte sie schnell ihre Hand auf ihre. »Jetzt werd nicht gleich weiß wie ein Schneemann. Ich meine nicht, dass ich aufhöre zu backen. Aber ich kann längst alles auswendig. Außerdem habe ich noch andere Notizen. Dies hier ist quasi meine offizielle Sammlung. Und ich dachte, du könntest vielleicht schon mal anfangen, dich als Konditorin zu versuchen. Schließlich werde ich nicht ewig hier sein, um für dich die Kunden zu verzaubern. Irgendwann mache ich vielleicht eine Kreuzfahrt in die Karibik, und dann stehst du da und verzweifelst.« Sie zwinkerte, und Anna umarmte sie lachend. »Jetzt hast du mich aber erschreckt.«

Roos klopfte ihr gutmütig auf den Rücken. »Das war auch meine Absicht«, sagte sie zufrieden.

Dann saßen sie wieder stumm nebeneinander und genossen es, einfach nichts zu tun.

»Diese lila Blumen – was ist das eigentlich für eine Sorte?« Anna deutete auf die vielen Kissen aus leuchtendem Violett, die die Ränder von Roos' Beet überzogen. Sie kannte die Sorte nicht und hatte sich schon lange vorgenommen, Roos danach zu fragen.

»Oh, die sind mit dem Wind gekommen. Kleine Zigeuner. Aber ich lasse sie stehen. Die wilden Blumen sind die schönsten Blumen, hat Ewo immer gesagt. Und trotzdem hat er für mich eine Rose gezüchtet, genau wie ich sie mag, aprikosenfarben, mit einem süßen, schweren Duft nach Sommernächten und Melancholie. Sie heißt Roosalinda, so wie ich.« Sie kicherte. »Nur ist sie um einiges prachtvoller und hat weniger Runzeln.«

Sie führte Anna zu einem großen, noch kahlen Rosenstrauch neben dem Haus. »Hier ist sie, die alte Dame. Sie blüht erst im Spätsommer. Ich wollte eine Rose, die mich bis in den November hinein begleiten kann, wenn sich alle anderen Blumen bereits davongemacht haben. Sie ist ein Ranker, irgendwann wird sie hoffentlich die ganze Terrasse überziehen und bis zu unserem Schlafzimmerfenster reichen, damit wir mit ihrem Duft in der Nase einschlafen können.« Plötzlich wirkte ihr Gesicht eingefallen, als wäre eine Wolke vor die Sonne gezogen. »Ich«, korrigierte sie. »Damit *ich* mit dem Duft einschlafen kann.«

Anna nahm ihre Hand und drückte sie leicht.

29

Anna stand vor ihrer Kommode und betrachtete sich in dem fleckigen Spiegel. Heute sah sie nicht mehr aus wie ein Zombie, sondern eher wie eine Vogelscheuche, die jemand zu lange auf dem Acker gelassen hatte. War sie wirklich so blass oder lag das an der schlechten Beleuchtung hier drin? Sie rubbelte über das Glas, und an ihrer Hand blieb eine graue Staubspur kleben. Ich wusste doch, dass es nicht nur an mir liegen konnte, dachte sie zufrieden. So scheußlich sehe ich nun auch wieder nicht aus.

Sie zog ihr Handy hervor und hielt das Foto der jüngeren, glücklicheren Anna vor sich, sodass ihr Spiegelbild und das digitale Bild einem direkten Vergleich standhalten mussten. Das Ergebnis war niederschmetternd. »Ich hab gar nicht gewusst, dass ich mal so schön war«, sagte sie traurig. »Oder besser, ich hab gar nicht gemerkt, dass ich jetzt so anders aussehe.« Sie nahm einen ihrer alten Lippenstifte hoch und drehte ihn nachdenklich hin und her. Dann legte sie ihn zurück in die Schublade und schob sie mit einem Ruck zu. Der Lippenstift würde ihr auch nicht helfen. Sie hatte nicht ihr Aussehen verloren, sondern das, was sie auf dem Bild wirklich schön gemacht hatte. Ihre Lebensfreude.

In den letzten zwei Jahren hatte sie sich zusehends verändert. Den letzten Stoß hatte ihr natürlich die Sache mit Simon und Karin versetzt, aber auch vorher schon war es langsam bergab gegangen mit ihr. Immer weniger hatte sie Lust gehabt, sich morgens zurechtzumachen. Alles war ihr zu viel gewesen. Wenn man jeden Tag Schmerzen hatte und alles zur Last wurde, waren Äußerlichkeiten das Letzte, woran man dachte. Und irgendwann, ganz schleichend, war diese neue Anna zu ihrer Identität geworden, und die bunte, glücklichere Anna war verschwunden. Sie betrachtete ihre alte Jeans im Spiegel, ihr einfaches blaues Shirt. Irgendwann in den letzten Jahren habe ich die alte Anna verloren, dachte sie. Sie war kein besonders eitler Mensch, aber sie hatte immer Spaß daran gehabt, sich hübsch zu machen. Dass sie nun meist in Regenjacken herumlief, war ein Zeichen dafür, dass sie sich nicht mehr so wertschätzte wie früher.

Sie wischte den Spiegel sauber, dann holte sie ihre kleine Kosmetiktasche wieder hervor. Viel beherbergte sie nicht. Früher hatte Anna ihre Lippen gerne mit Coral oder Pink verschönert. Und Nagellack hatte sie auch gehabt, eine richtige Sammlung, die farblich sortiert in ihrem Spiegelschränkchen stand. Von dieser Sammlung waren nun nur noch ein paar klägliche, eingetrocknete Reste übrig. Anna trauerte dem nicht nach. Ab und zu benutzte sie mal ein kräftiges Rot. Da man als Floristin immer braune Ränder unter den Nägeln hatte, war ein dunkler Nagellack keine schlechte Idee. Lippenstifte hatte sie auch nur noch den einen. Sie probierte ein bisschen an ihrem Gesicht herum und betrachtete sich dann unsicher.

»Einen Haarschnitt könnten Sie auch vertragen, Frau Fischer!«, sagte sie zu ihrem Spiegelbild. Aber eigentlich war sie fürs Erste ganz zufrieden. Man musste ja nicht gleich übertreiben.

»Was ist denn mit dir los?«

»Was soll los sein?« Anna strahlte Ole an und stellte das Fahrradkörbchen auf den Tisch, in dem Harry sich eingekugelt hatte. Sie hatte rote Wangen und war etwas aus der Puste vom Fahrradfahren, der Wind hatte sich heute mit aller Macht gegen sie gestemmt, und der Weg zum Laden war ein heftiges Wadenworkout gewesen.

»Du siehst anders aus!« Misstrauisch betrachtete Ole sie von oben bis unten wie einen Fisch auf dem Wochenmarkt.

»Anders oder besser?«, fragte Anna.

»Anders …«, sagte er langsam und schien sich nicht entscheiden zu können, was er von ihrer Veränderung hielt.

»Schlechter etwa?«, fragte Anna entsetzt.

»Das nun auch nicht.«

Sie seufzte. »Na, immerhin.« Auf ein Kompliment wartete sie hier wohl vergebens. »Ich dachte einfach, es wäre mal Zeit für etwas Neues.«

Anna merkte, dass Ole sie aus den Augenwinkeln betrachtete. Sie schälte Harry liebevoll aus der Decke, drückte ihm einen kleinen Kuss aufs Fell und setzte ihn auf den Boden, wo er verschlafen gähnte und dann freudig auf Ole zugewackelt kam. Der bückte sich und kraulte ihm den Nacken. »Und wie kommt es zu dem plötzlichen Umstyling? Heißes Date?«, fragte er beiläufig.

Anna machte ein abwertendes Geräusch. »Schön wär's. Woher soll ich das denn nehmen? Die Insel wimmelt nicht gerade von tollen Bachelors, falls es dir noch nicht aufgefallen ist. Außerdem sollten die mich gefälligst so nehmen, wie ich bin.«

»Tja, mit mir willst du ja nicht ausgehen. Selbst schuld, wenn du die besten verschmähst. Ich nehm dich auch ungestylt.«

Anna warf ihm einen finsteren Blick zu. »Um als dreihundertste Kerbe an deinem Bettpfosten zu enden? Nein, danke schön!«

»Du überschätzt mich. Dreihundert, um Gottes willen! Zweihundertsiebzig. Höchstens. Schließlich bin ich erst seit ein paar Monaten wieder hier.«

Sie haute ihm liebevoll auf den Hinterkopf, was nur möglich war, weil er immer noch bei Harry kniete, der sich inzwischen auf den Rücken geworfen hatte und sich gurgelnd den Bauch kraulen ließ. »Kaffee?«

»Bitte! Aber à la Ole, wenn's geht.«

Sie nickte und nahm die Blechdose aus dem Schrank. Inzwischen hatte sie sich an seinen ungewöhnlichen Kaffeegeschmack gewöhnt und sogar selbst Gefallen daran gefunden. Tatsächlich hatte sie das Gefühl, dass der Kaffee dadurch zwar körniger und bitterer, aber auch echter schmeckte, intensiver irgendwie. Und auch sie hatte nun jedes Mal, wenn sie ihn trank, unfreiwillig das Bild der Cowboys im Kopf, die an ihrem einsamen Feuer in der Prärie die Körner in ihre eingedellten Blechtassen rührten. Bei dieser Vorstellung schmeckte der Kaffee gleich noch besser. Aus dem gleichen Grund liebte sie Porridge. Jedes Mal, wenn sie den ersten dampfenden Löffel zum Mund führte, stellte sie sich einen britischen Farmer vor, der irgendwann im England von Dickens und der Brontë-Geschwister in seiner Holzküche saß und aus seiner Schale cremigen Porridge mit braunem Zucker aß, während neben ihm das Feuer im Ofen knackte und draußen der Morgennebel über die Wiesen zog. Ein kleiner, süßer Moment, bevor die harte Arbeit losging, wie ihn die Menschen in Großbritannien seit Jahrtausenden genossen.

Als sie Ole einmal von dieser Vision erzählt hatte, hatte er sie eine Weile seltsam angesehen und dann gesagt, Porridge schmecke wie ausgekotzter Babybrei, und die Menschen in England hätten ihn nur über Jahrtausende hinweg gegessen, weil es nichts anderes gab. Damit hatte er ihrem nostalgischen Bild zugegebenermaßen einen kleinen Dämpfer versetzt. »Wie kannst du so was sagen? Du hast einfach nur noch nie guten Porridge gegessen, er schmeckt himmlisch«, hatte sie beleidigt widersprochen. »Ich werde dir mal einen kochen.«

»Du meinst, wenn ich bei dir zum *Frühstück* bin?«, hatte er gefragt und sehr eindeutig gezwinkert. Auch damals hatte sie ihm einen Klaps verpasst, allerdings auf den Arm, weil sein Kopf, wenn er nicht kniete, in unerreichbaren Höhen schwebte.

»Ja, und wie kommt es nun zu dieser unerwarteten Wandlung?«, fragte er erneut und unterbrach Annas Porridge-Grübeleien.

Sie goss vorsichtig das dampfende Wasser in die Tassen und reichte ihm seine, nachdem sie umgerührt und so die Körner dazu gebracht hatte, sich in wildem Tanz zu drehen.

»Ach, ich habe mir neulich mit Britt alte Fotos angesehen, und sie hat festgestellt, dass ich mich sehr verändert habe in der letzten Zeit. Und danach dachte ich plötzlich, ich könnte wirklich mal wieder etwas Netteres anziehen als meine alten Dreckjeans und die Gummistiefel. Ich hatte schon ganz vergessen, dass ich eine Frau bin unter der ganzen Erdkruste.«

Ole brummte irgendwas Unverständliches, das man sowohl als Zustimmung als auch als Ablehnung hätte deuten können, und machte sich wieder daran, den neuen Deckenfluter zu montieren, der die Schränke ausleuchten sollte. »Lass dir von Britt nichts einreden. Du willst doch nicht zur neuen Inselbarbie werden.«

Anna gluckerte leise. »Keine Sorge, ich glaube, da besteht keine Gefahr. Außerdem kann ich auf hohen Schuhen nicht laufen.«

»Was hast du denn für ein Gebimmel an den Ohren?«, fragte Ole mit einem Seitenblick auf ihre großen Ohrringe.

Anna rollte mit den Augen. »Gebimmel. Also ehrlich. Gebimmel. Das nennt man Schmuck. *Ohrringe*. Noch nie etwas davon gehört? So was tragen Frauen.«

»Aber du doch nicht.«

»Was soll das nun heißen?«

»Ich meine ja nur, bisher hast du so was noch nie getragen. Warum jetzt auf einmal?«

Einen Moment schien Anna nachzudenken. »Früher habe ich immer Ohrringe getragen«, sagte sie dann. »Jeden Tag.«

Etwas in ihrer Stimme brachte Ole dazu, nicht weiter nachzuhaken. »Na, jetzt weiß man jedenfalls immer, wo du bist, bei dem Geklingel.«

Anna seufzte tief und trank einen körnigen Schluck Ole-Kaffee. »Na, schönen Dank auch. Jetzt fühle ich mich wie eine Almkuh.«

»Übrigens, hier!« Sie reichte ihm einen Umschlag, den er mit fragendem Blick entgegennahm. »Ein Liebesbrief? Du kannst es mir auch einfach direkt sagen, Anna, das spart Zeit.«

Sie rollte mit den Augen.

»Du hast *was*?«, fragte er, als er die Karte las, die in dem Umschlag steckte.

»Hüftgeburtstag!« Anna lachte über seinen Gesichtsausdruck. »Ein Jahr habe ich nun schon Metall im Bein! Es hat mir ein neues Leben geschenkt. Und das feiern wir! Nächste Woche Sonntag. Hier im Laden. Du bist herzlich eingeladen. Und komm ein bisschen früher, ich brauche dich zum Stühleschleppen.«

30

Am Hüftgeburtstag strahlte die Sonne über der kleinen Insel. Anna war schon den ganzen Tag über gut gelaunt. Ihre Mutter hatte ihr eine Karte geschickt, auf der eine alte Frau zu sehen war, die mit einem Rollator fröhlich über einen Kuchen flitzte. »Hip Hip Horaay! Auf dein neues Leben, mein Annakind!«, stand darunter, und sie hatte gelacht und ein bisschen geweint zugleich. Einfach, weil es so schön war. Ihr Vater hatte angerufen, und sie hatten lange geplaudert, dann war sie mit Harry ans Meer gegangen, ihre Yogamatte unter dem Arm. Es war der richtige Tag, um es wieder zu versuchen, das fühlte sie.

Sie hatte zaghaft begonnen, ein paar Sonnengrüße, ein paar einfache Asanas. Und nach einer Weile spürte sie, wie das alte Gefühl wieder zurückkam. Als sie merkte, dass es nicht wehtat, dass ihr Körper die Bewegungen noch kannte und wie von selbst die Positionen einnahm, sich ihr Atem anpasste, immer langsamer und intensiver wurde und sie die Energie fühlte, die aus ihrer Mitte in jede Zelle zu dringen schien, da dachte sie, wie dumm sie gewesen war, so lange zu warten. So lange Angst zu haben.

Als sie fertig war, setzte sie sich mit rot glühenden Wangen auf die Matte. Zwar nicht im Schneidersitz, das ging nicht und würde vielleicht auch nie wieder gehen. Aber zum ersten Mal seit der Operation war es ihr egal, sie war zufrieden mit dem, was sie erreicht hatte. Sie blickte aufs Meer hinaus und genoss den Augenblick und das Gefühl der Ruhe, das sie durchströmte. Hätte jemand Anna und die Zeit genau in diesem Moment eingefroren, sie hätte nichts dagegen einzuwenden gehabt.

Nun stand sie im Laden und mischte im Dämmerlicht noch mehr von der fruchtigen Bowle an. Von draußen klangen Stimmengewirr, Gelächter und gedämpftes Gläserklirren zu ihr herein, und der süße Duft der Rosen drang über den Zaun des Nachbargrundstücks und gab dem Ganzen eine unsichtbare Färbung, als wäre es ein Fest aus einem Sommernachtstraum. Das Licht der Fackeln und Lampions spiegelte sich in den Fensterscheiben und flackerte in der dunkelroten Bowle.

Anna fühlte sich glücklich, berauscht beinahe. Sie musste an das erste Fest hier im Laden denken, als alles noch so neu gewesen war, als sie sich einsam gefühlt hatte unter all den fremden Menschen und als plötzlich Simon, Karin und ihr Vater aufgetaucht waren. Eine Heimsuchung aus der Vergangenheit, wie die Geister aus Dickens' »Christmas Carol«. Wie anders sie sich damals gefühlt hatte. Unstet und durcheinander. Alles war in Aufruhr gewesen, ungewiss und erdrückend. Sie hatte nirgends dazugehört, war zwischen ihrem alten und ihrem neuen Leben geschwebt wie ein Blatt im Wind.

Ich bin angekommen, dachte sie und trat mit einem Glas Bowle in der Hand an die Tür, um heimlich zu beobachten, wie die anderen sich amüsierten.

Roos trug ein bodenlanges Kleid und schwebte über die Tanzfläche wie ein kleiner blauer Schmetterling, der nicht wusste, auf welcher Blume er zuerst landen sollte. Sie strahlte und wiegte sich zum Klang der Musik. Luuk saß mit Anton und Leentje beisammen und unterhielt sich über Landwirtschaft. Ole, der ein weißes Hemd und eine rote Fliege trug und damit aussah wie ein riesiger Michel aus der Suppenschüssel, tanzte abwechselnd mit Harry im Arm lustige Reigen, mit seiner Schwester, die er wild umherwirbelte, und mit Roos, die sich auf seine Zehen stellte und mit ihm sanfte Kreise übers Kopfsteinpflaster zog. Nur mit Anna tanzte er nicht. Aber er warf ihr im Laufe des Abends immer wieder Blicke zu, die etwas tief in ihrem Magen zum Beben brachten, sodass sie mehr Bowle trank, als gut für sie war, zu laut redete und rote, brennende Wangen bekam.

Auch Karl, der Fahrradverkäufer, und einige ihrer Lieblingskunden waren gekommen. Nur Sem und die Femke hatten keine Zeit gehabt, aber Anna war nicht traurig darüber. Es wurde ein rauschendes, glückliches kleines Fest, von dem sie alle noch lange sprechen würden. Über ihnen schwebten die dichten lila Büschel der Glyzinien, die Laternen leuchteten in den Bäumen, der kühle Gewürzwein ließ sie alle schwindelig und leichtsinnig werden, und ihr Lachen hallte bis spät in die Nacht hinein durch die Gassen der kleinen Stadt.

Rosen

31

Anna und Ole hatten einen ganzen Nachmittag auf dem Wasser verbracht und saßen nun salzverkrustet in seinem Jeep. Das Board unter den Füßen zu haben fühlte sich inzwischen schon fast gewohnt an, und wie immer nach dem Surfen war Anna nun müde, erschöpft, aber unheimlich zufrieden. Sie legte den Kopf zur Seite und blickte auf die Wiesen. Ole wollte ihr sein Haus zeigen, und so fuhren sie nicht nach De Waal zurück, sondern vom Leuchtturm aus in Richtung De Koog. Doch bevor die Stadt in Sicht kam, bog Ole plötzlich von der Straße in einen Feldweg ein, der so unscheinbar war, dass er kaum als solcher zu erkennen war. »Entführst du mich jetzt und verscharrst meine Leiche in den Dünen?«, fragte Anna überrascht und hielt sich am Türgriff fest, als es plötzlich holprig wurde.

»Noch nicht, vorher brauche ich noch deine Bankdaten und Wertpapiere«, erwiderte er, und sie musste lachen.

»Wertpapiere? In welcher Realität besitze ich Wertpapiere? Von so was kann ich nur träumen. Warum fahren wir hier lang?«

»Das ist der Weg zu meinem Haus.«

»Du wohnst mitten in der Polder? Aber… hier gibt

es keine Häuser! Hast du deinen Bus hier irgendwo geparkt? Mir wurde eine Dusche versprochen!«

»Du bist wirklich ganz schön high-maintenance«, brummte Ole, und Anna hatte nun tatsächlich Sorge, dass sie mit ihrer scherzhaften Bemerkung richtigliegen könnte.

Doch nach ein paar Minuten tauchten im Dämmerlicht die Umrisse eines Gebäudes auf.

»DAS ist dein Haus?« Begeistert lehnte Anna sich aus dem Fenster, um besser sehen zu können. »Ich dachte, die stehen unter Naturschutz?«

Es war eine jener alten, großen Schafsscheunen, von denen es noch viele auf der Insel gab. Vollkommen allein stand sie mitten im Nichts auf einem weiten Feld, wie ein Findling, den ein Riese auf die Wiesen geschleudert hatte. Ein einzelner sandiger Weg führte auf die Scheune zu, und die untergehende Sonne brach sich über den Poldergräben und glitzerte wie Tau auf einem Spinnennetz.

»Nicht alle.« Ole hielt Anna, die sich immer noch aus dem Fenster lehnte, von hinten an der Jacke fest und nahm schwungvoll die letzte Kurve in die Einfahrt, die eigentlich nur ein platt gefahrenes Stück Wiese war. »Allerdings war es nicht leicht, die Genehmigung zu bekommen, hier zu wohnen. Letztlich habe ich es meinem Vater zu verdanken, er kennt alle hohen Tiere auf der Insel und hat sich für mich eingesetzt. Die meisten der Ställe verfallen sowieso nur, auch wenn sie geschützt sind. Sie sind den Landwirten im Weg. Am Ende war ausschlaggebend, dass ich von der Insel stamme und meine Familie so ein ›wichtiger Bestandteil des öffentlichen Lebens‹ hier ist.« Er malte spöttische Gänsefüßchen in die Luft, packte sich Harry unter den Arm und schlug die Autotür zu. »Auch wenn es ein echtes Hindernis war, dass meine Mutter aus Schweden kommt. Dass sie schon ihr halbes Leben hier verbracht hat, zählt natürlich nicht.«

Anna konnte sich gut vorstellen, dass sich die Investoren nur so darum rissen, das Haus in ein ganz besonderes Feriendomizil für gut betuchte Touristen zu verwandeln. Es wirkte wie eine verlassene Burg, wie es da mit seinem dunklen Reet und den alten Holzwänden mitten im Nichts stand. Das Dach hatte drei Seiten, wie bei allen Scheunen dieser Art, und der First verlief nicht parallel zum Boden, sondern von West nach Ost ansteigend, sodass es aussah, als würde das Haus sich zur Seite neigen und für ein Schläfchen auf den Boden legen wollen. Die dem Westwind zugewandte Seite war lang und schief, die andere kerzengerade, als hätte es jemand in der Mitte durchgeschnitten. Über der gewaltigen alten Schiebetür aus Holz hing ein selbst gezimmertes Schild. *Stormvogel,* stand in grünen Pinselstrichen darauf. Ein passender Name für die Scheune, die gebaut war, um den Stürmen standzuhalten, die hier über die Deiche fegten, und den Wind über sich hinweggleiten zu lassen wie über die Flügel einer Möwe. Ole schob die Tür zurück, und Anna fiel auf, dass er keinen Schlüssel benutzte.

Als sie eintraten, blickte sie erstaunt nach oben. Die hintere Hälfte des Hauses war bis zum Giebel hinauf verglast, sodass es aussah, als wohne Ole mitten auf dem weiten, flachen Feld. Ganz in der Ferne sah man die ersten hügeligen Dünen, hinter denen De Slufter und De Muy begannen, die Naturschutzgebiete, die das Meer und das Festland voneinander trennten, und zu ihrer Rechten, winzig klein, den Leuchtturm auf seinem einsamen Hügel. Im Garten stand der rote Campingbus, in dem Ole in den letzten Monaten gewohnt hatte. Der einzige Farbfleck in einer Landschaft aus pastelligen Grün-, Violett- und Sandtönen. Sie betrachtete bewundernd das schimmernde Glas, das direkt mit dem Himmel zu verschmelzen schien.

»Daran hast du also die letzten Monate über gearbeitet?«, fragte sie.

»Jup.« Ole stellte die Tüte mit den Einkäufen auf den großen Holztisch und lächelte über Annas ehrfürchtigen Blick. Sie strich mit dem Finger über die geschliffene Holztheke der Küchenzeile.

»Hast du alles selbst gemacht?«

»Nicht alles. Tom hat viel geholfen und auch Kai, mein Kumpel vom Schiff.«

Anna fand, dass das Haus zu Ole passte. Es hatte etwas Geerdetes, Ursprüngliches, aber es war hell und gemütlich und vor allem, fand sie, strahlte es jene Ruhe aus, die sie immer empfand, wenn Ole in der Nähe war. Als wäre alles genau so, wie es sein sollte.

»Fühl dich wie zu Hause!«, sagte er und breitete mit einem jungenhaften Grinsen die Arme aus. Und das tat Anna. Sein Haus roch nach frisch geöltem Holz, nach Salz, Kaffee und Kaminfeuer. Und nach den würzigen

Kräutern der Wiesen, die es in alle vier Himmelsrichtungen umgaben. Das Handtuch, das er ihr gab, roch nach Zitrone und ein klein wenig nach Sand. Anna kuschelte einen Moment ihre Nase hinein, bevor sie unter die Dusche schlüpfte und unter dem warmen Strahl wieder zum Leben erwachte. Sie rubbelte sich trocken und betrachtete ihr Abbild in dem beschlagenen Spiegelschrank. Als sie nach dem Föhn suchte, fand sie in einem Schrank einen Lippenstift und eine Tube mit Abschminkcreme. Sie betrachtete beides einen Moment nachdenklich, dann schob sie die Tür wieder zu. Das ging sie nichts an.

Als sie aus dem Bad kam, in eine alte Jeans und eine riesige graue Schafwolljacke von Ole gekleidet, saß er draußen vor der Glastür und schichtete Treibholz in eine Metallschale. Auf einem verwitterten Tisch hatte er ein Baguette, Tomaten, eine Schale Oliven und Bier bereitgestellt. Anna spürte erst jetzt, wie hungrig sie war.

Sie machten ein Feuer auf der Steinterrasse, vor der sich in endloser Weite die Heidelandschaft erstreckte. Ole verteilte klein geschnittenes Gemüse auf einem Grillrost, und dann saßen sie unter dem Sternenhimmel, lauschten dem Knistern der Flammen, dem Zirpen der Grillen und schwiegen in vertrauter Einmütigkeit. Anna spürte in ihrem Körper jene zufriedene Schwere, die nur ein Tag auf dem Wasser hervorrufen konnte. Ihre Augenlider wollten immer wieder zufallen, und ihre Hüfte pulsierte schwach, aber sie wusste, dass das von der Anstrengung herrührte, von den ungewohnten Bewegungen auf dem Board, und sie sich keine Sorgen zu machen brauchte.

Das Licht des Leuchtturms glitt über die Wiesen und fing sich einen Moment in den Fenstern des Hauses. Erst in seinem Schein offenbarte sich die Größe des Nichts, das sie umgab. Wenn es wieder verschwand, war es, als wären sie auf ihrer kleinen, vom Feuer erleuchteten Terrasseninsel allein im leeren Raum, wo die Wiesen mit dem Himmel verschmolzen. Der Schein des Feuers hatte nichts, woran er sich festhalten konnte, und verschwand in tosenden Funken in der Dunkelheit. Anna musste an die Geschichten denken, die ihr Großvater ihr und Anouk erzählt hatte, als sie klein waren. Von den Gnomen, den Sommeltjes, die in mondhellen Nächten auf den Wiesen der Insel tanzten und zu Stein erstarrten, wenn sie nicht schnell genug vor Sonnenaufgang wieder unter der Erde waren. Der Großvater behauptete gerne, sie schon oft gesehen zu haben, wie sie sich leise kichernd zu den Klängen einer lautlosen Melodie bewegten. Vielleicht, überlegte Anna, war es die Melodie des Windes gewesen oder die des Meeres, der sie lauschten. Was auch immer es war, Anna war sich sicher, dass auch heute eine jener besonderen Nächte war, in der die Gnome tanzten. Sie kuschelte sich tief in die Decke, legte die Füße auf Oles Beine und genoss das kühle, dunkle Inselbier. Durch die Salze, die sich im Laufe der Jahre in das Treibholz gefressen hatten, flackerte das Feuer in blauen und lila Flammen, und Anna starrte wie hypnotisiert hinein und wünschte sich, dass diese Nacht niemals enden würde. Sie hatte etwas Magisches.

»Sag mal…« Plötzlich hielt sie inne und lauschte mit schief gelegtem Kopf. »Ist es möglich… kann es sein, dass ich die Wellen höre?« Überrascht setzte sie sich auf.

Ole lachte leise, als habe er sich schon gefragt, wann sie es bemerken würde. »Du hast Glück, Anna. Das passiert nur in vollkommen windstillen Nächten. Ich hatte mir schon gedacht, dass es heute vielleicht klappen könnte. Sie sind noch sehr weit weg, aber hier gibt es nichts zwischen uns und dem Meer, und der Schall wandert über die Heide. Seit ich hier wohne, ist es erst ein paarmal passiert. Es ist einer der Gründe, warum ich unbedingt dieses Haus wollte.«

»Bist du nicht manchmal einsam hier?«, fragte Anna und lehnte sich wieder zurück. Jetzt, wo sie wusste, dass sie das Meer hören konnte, hatte sie noch stärker das Gefühl, als läge ein besonderer Zauber über dieser Nacht. Oder vielleicht einfach über diesem Ort.

»Nie«, sagte Ole ruhig, und sie glaubte ihm. Ihr wäre es ähnlich gegangen. Es schien eines jener Häuser zu sein, in denen die Seele einfach zur Ruhe kam.

»Aber manchmal denke ich schon darüber nach, mir einen Hund zu kaufen«, fügte er hinzu und leerte seine Bierflasche mit einem großen Zug. »Besonders seit ich die kleine Wurst hier kenne.« Er hob vorsichtig einen Zipfel der Decke auf seinen Knien, unter der Harry sich eingerollt hatte.

Anna nickte. »Ohne Harry wüsste ich nicht, wie ich klarkommen sollte«, sagte sie ernst. »Manchmal würde ich ihn am liebsten in einen Karton packen und bei Ebay versteigern. Aber eigentlich ist er mein kleiner Held.«

Ole lachte.

»Ich meine es ernst, ohne ihn würde ich gar nichts schaffen. Ich brauche jemanden an meiner Seite, auch wenn es nur ein Dackel ist. Er hilft mir.«

Er sah sie nachdenklich an. »Du traust dir zu wenig zu, Anna.«

»Wie meinst du das?«

Er machte eine neue Flasche auf, bot ihr auch eine an, die sie kopfschüttelnd ablehnte.

»Ich meine, dass du immer so unsicher bist …«

Sie wollte ihm scharf widersprechen, aber er redete ruhig weiter. »Schau dich doch an. Ich verstehe nicht, woher das kommt, dass du immer denkst, du bist nicht gut genug.«

Annas Mund, den sie schon empört geöffnet hatte, klappte schnell wieder zu.

»Ich möchte mal wissen, wie du dich fühlst, wenn dich jemand einfach …« Sie brach ab. Sie wollte heute nicht daran denken. Wollte nicht zulassen, dass dieser Abend verdorben wurde durch ihre seelischen Abgründe.

»Jemand was?«

»Ach, nichts.«

Sie konnte es nicht erklären. Wie könnte sie ihm verständlich machen, dass sie sich ihr Leben lang nicht gut genug gefühlt hatte. Früher, weil sie anders war als alle anderen, weil sie humpelte, weil sie die Narbe hatte, die ihren Oberschenkel überzog. Und dann, weil sie seit Anouks Tod das Gefühl hatte, nicht auszureichen.

Weil sie eine Tochter war, wo eigentlich zwei sein sollten. Weil ein Platz am Tisch immer leer war und Anna die Stille füllen musste, die durch die Abwesenheit ihrer Schwester entstanden war, und doch in jedem traurigen Blick ihrer Eltern merkte, dass sie es nicht konnte. Und nun, seit der Sache mit Simon, fühlte Anna ständig die Berührung der alten Unzulänglichkeit, von der sie geglaubt hatte, sie endlich abgeschüttelt zu haben.

Das war der eigentliche Grund, warum sie Simon nicht verzeihen konnte. Durch ihn fühlte Anna sich wieder nicht gut genug. Sie reichte als Freundin nicht aus, war nicht fröhlich genug, nicht sexy genug, nicht unterhaltsam genug oder was auch immer es war, das ihn dazu gebracht hatte, in Karin plötzlich mehr zu sehen als zuvor. Sie hatte oft gedacht, dass es so viel leichter gewesen wäre, wenn es mit einer ganz anderen Frau passiert wäre, einer, die sie nicht kannte. So hätte sie eine gesichtslose Fantasie hassen können und hätte ihre Nächte damit verbracht, darüber nachzudenken, was diese Unbekannte hatte und sie nicht. Und sie hätte weiterhin in Karin ihre beste Freundin gehabt. Karin wäre sofort mit Pizza und Alkohol bei ihr aufgetaucht, und auch wenn es schrecklich kitschig gewesen wäre, es hätte Anna trotzdem geholfen, und es hätte sich dadurch angefühlt, als wäre das einfach etwas, das überall auf der Welt jeden Tag passierte, und nicht dieses eine, unfassbare, schreckliche Ereignis, das nur *ihr* Leben auf den Kopf gestellt hatte. Bei Männerproblemen gab es einen genauen Plan, wie man sich verhalten musste, und in diesem Plan spielten Sekt und Pizza und überteuerte Ben-&-Jerry's-Eiscreme eine große Rolle. Sie hätten gemeinsam geheult und gegessen und darauf getrunken, dass er Anna nicht verdient hatte und sie sowieso ganz schnell etwas Besseres finden würde. Aber nun verbrachte sie ihre Nächte in dem genauen Wissen, was die andere hatte und sie nicht, und vor allem verbrachte sie sie allein.

Nach dem Ereignis war sie wochenlang jeden Morgen mit einem schrecklichen Schwindelgefühl aufgewacht. Als wäre die Welt zur Seite gekippt, und jede Nacht im Schlaf vergaß sie es und musste sich morgens erst wieder daran erinnern, dass von nun an alles schief war, alles ein bisschen anders, alles irgendwie falsch.

Sie hatte immer gedacht, dass sie zusammen alt werden würden, und nun war sie alleine.

Anna hatte Simons Liebe zu ihr immer als eine Tatsache betrachtet. Eine natürliche Gesetzmäßigkeit, etwas, an dem nichts rütteln konnte, so selbstverständlich wie die Tatsache, dass jeden Morgen die Sonne aufging. Seit es passiert war, hatte sie sich mit der Frage gequält. Wann hatten sich die Naturgesetze verschoben, wann hatte sich ihre Welt geändert, ohne dass sie es gemerkt hatte? Wie konnte es sein, dass sie so vollkommen ahnungslos gewesen war, dass es sie so kalt und ohne Vorwarnung mitten ins Herz getroffen hatte? Hätte es nicht ein Flimmern in der Atmosphäre geben müssen, ein Summen in der Luft, das Anna zeigte, dass etwas ganz und gar schieflief in ihrem Universum? Was hatte den Ausschlag gegeben? Hatte sie ihn vielleicht irgendwann einfach gelangweilt?

Sie schloss die Augen und dachte an die Frühstückseier.

Jeden Sonntagmorgen hatte Simon Brötchen geholt. Nicht beim Bäcker in der Straße, sondern bei einem anderen, zwei Busstationen entfernt, weil es dort Walnussecken gab und weil Anna Walnussecken liebte. Wenn Anna irgendwann, vom Duft des frischen Kaffees geweckt, verschlafen in die Küche getaumelt kam, saß er am Tisch, vertieft in die Zeitung, alles stand für das Frühstück bereit, und unter den kleinen, gehäkelten Eierwärmern ihrer Uroma warteten zwei hart gekochte Eier, von denen er ihres immer schon für sie geköpft und die Schale dann vorsichtig wieder auf die Bruchstelle platziert hatte. Es war nicht so, dass Anna ihr Ei nicht hätte selbst köpfen können. Sie verlangte auch nicht von ihm, dass er jeden Sonntagmorgen wegen ihrer Walnussecken zwei Busstationen weit fuhr oder dass er mit dem Frühstück wartete, bis sie ausgeschlafen hatte, obwohl er selbst schon lange wach und hungrig war. Aber er tat es trotzdem. Weil er Simon war und weil Simon immer Dinge tat, die Anna glücklich machen sollten.

Warum bin ich eigentlich nie zum Bäcker gefahren?, fragte Anna sich und öffnete die Augen. Ihr Gesicht war in konzentrierte Falten gelegt, und sie sah aus, als blicke sie auf einen Punkt in der Ferne, den sie nicht richtig erkennen konnte.

Sie versuchte, sich zu erinnern, wann sie das letzte Mal für ihn Frühstück gemacht hatte, aber es fiel ihr kein einziges Szenario ein. Hatte sie es überhaupt jemals getan? Sicher hatte sie, aber sein Ei hatte sie bestimmt nicht geköpft, und zum Bäcker zwei Busstationen weiter war sie auch nicht gefahren.

Vielleicht ist das Ihre Antwort auf das Warum, Frau Fischer. Vielleicht waren Sie einfach eine ganz schlechte, miserable Freundin. Vielleicht hat er eines Sonntagmorgens von seiner Zeitung aufgesehen und gedacht: Wer ist eigentlich diese faule, verwöhnte Person mit den verstrubbelten Haaren und den Mascara-Spuren um die Augen, die mir da gegenübersitzt? Warum mache ich all diese kleinen, netten Dinge für sie, die sie nicht mal zu würdigen weiß? Kann ich nicht stattdessen ihre beste Freundin haben, die hübscher und dünner und perfekter ist und morgens nicht aussieht wie ein überfahrener Waschbär, die sich freut, wenn ich ihr Frühstück mache, und mich toll findet und zu würdigen weiß, was sie an mir hat? Doch, das kann ich!

Die Brötchen vom Bäcker in unserer Straße hätten vollkommen ausgereicht, dachte Anna traurig. Ich habe Simon einfach für selbstverständlich genommen. Ob er jetzt für Karin Eier köpfte? Der Gedanke ließ einen sauren Geschmack in Annas Kehle hochsteigen. Karin war schön, sie war lustig, sie war unkompliziert, sie hatte keine Schmerzen und keine tote Schwester, die nachts in ihren Träumen herumspukte. Anna wusste das, denn aus genau diesen Gründen mochte sie Karin.

Dieses Gefühl, nicht gut genug zu sein, lauerte nun schon seit Wochen in ihrem Herzen, irgendwo ganz dicht unter der Oberfläche. Und jeden Tag, jede Sekunde musste sie darum kämpfen, dass es nicht emporstieg und sie verschlang. Und darum konnte sie ihm nicht verzeihen.

Ole bohrte nicht weiter nach, aber Anna spürte seinen Blick auf ihr ruhen.

»Ich weiß ja nicht, was er mit dir gemacht hat, aber wenn du mich fragst, ist er ein verdammter Idiot.«

»Es ist nicht so einfach …«

Ole betrachtete Annas Profil, das vom Feuer in ein sanftes Glühen getaucht war. Er sah die Traurigkeit in ihren Augen und spürte das dringende Bedürfnis denjenigen, der dafür verantwortlich war, gegen die nächste Wand zu schleudern.

»Er hat euch nicht verdient«, sagte er, und es war eine Feststellung, die keiner weiteren Fragen bedurfte.

Danach lenkte er sie ab. Er erzählte ihr von seiner Kindheit auf der Insel, seiner lauten und schönen schwedischen Mutter, die mit ihnen um Walpurgisfeuer und Maibäume getanzt war und ihnen ihr weißblondes Haar und ihre seeblauen Augen vererbt hatte, und von seinem brummeligen, aber liebenswürdigen Inselvater, von dem er die Liebe zu Tieren und die Kunstfertigkeit des Handwerkens geerbt hatte. Und langsam vertrieben seine Worte die Traurigkeit aus Annas Augen und brachten ihre alte Fröhlichkeit zurück.

»Ich wollte schon immer nach Schweden«, sagte sie. »Elche zu sehen ist mein größter Traum.«

Ole nickte. »Es ist, als stünden dir plötzlich schnaubende Figuren aus einem Märchen leibhaftig gegenüber«, sagte er und bestätigte damit, was Anna sich immer vorgestellt hatte. »Ich werde bald wieder hinfahren. Und dann weiter noch Norwegen. Ich muss die Fjorde wiedersehen«, sagte er, und seine Augen hatten einen träumerischen Glanz angenommen.

Dann erzählte Anna ihm von Anouk, von den Jahren auf der Insel, von ihren Großeltern und dem Hof, und das erste Mal seit Langem, vielleicht sogar das erste Mal in ihrem Leben, fühlte es sich nicht schmerzhaft für sie an, darüber zu sprechen, sondern seltsam befreiend.

Anna und Harry blieben an diesem Abend im Stormvogel. Ole machte Anna sein Bett zurecht, eine einfache Matratze auf dem Boden oben unter dem verglasten Schrägdach der Scheune. Er selbst wollte im Campingbus übernachten. Als sie protestierte, sagte er: »Ich schlafe noch oft dort. Ich mag es, die Heckklappe offen zu lassen und morgens von den Möwen und den Gerüchen der Wiese geweckt zu werden. Es ist kein Problem, Anna.«

Sie nickte, dann küsste sie ihn auf die Wange und als sie sich kurz umarmten und Anna seinen vertrauten Geruch einatmete, wünschte sie für einen kleinen, winzigen Moment, dass sie einfach mitkommen könnte in den Campingbus. Aber Ole hatte sich schon umgedreht, und sie dachte an den Lippenstift und die Creme im Bad und ging wortlos nach oben in ihr Bett unter dem Sternenhimmel. Auf der Treppe fragte sie sich kurz, wie viele kleine blonde Inselmädchen wohl in den letzten Monaten in diesem Bus mit ihm übernachtet hatten, aber dann schob sie den Gedanken weg, denn er hinterließ ein bitteres Gefühl in ihrem Magen.

Harry stand einen Moment unschlüssig da, als sie auseinandergingen, dann folgte er Anna mit einem sehnsüchtigen Blick in Richtung Ole. Sie kuschelte sich unter die Laken, denen ebenfalls eine leichte Zitronennote anhaftete, und blickte in den Himmel. Hier oben fühlte man sich ein bisschen wie in einem Schwalbennest, das unter dem schützenden Reetdach hing. Verzückt stellte sie fest, dass sie auch von hier die Wellen hören konnte.

Anna wusste nicht, wann sie das letzte Mal so tief geschlafen hatte. Als sie in die Träume hinüberglitt, lauschte sie dem fernen Rauschen und dem Lied der Grillen. Eben noch hatte sie das Holz und den Duft der Wiesen gerochen und einen Moment lang gedacht, dass sie es sich immer so vorgestellt hatte, dieses Gefühl, wieder auf der Insel zu Hause zu sein. Dann war sie eingeschlafen.

Als sie im Morgengrauen aufwachte, war die kleine warme Mulde zwischen ihren Knien verlassen. Sie tappte nach unten, um Harry zu suchen, und schob die Türen der Veranda auf. Die Morgenluft lag kühl über den Wiesen, Anna trug nur ein altes T-Shirt, das Ole ihr gegeben hatte, und fröstelnd schlang sie die Arme um den Körper. Mit nackten Füßen ging sie durch das feuchte Gras. Es war noch dämmerig, über den Wiesen hingen Nebelfetzen, aber im Heidekraut zwitscherten schon die ersten Vögel. Die Heckklappe des Busses stand offen, und sie sah Oles hellen, wuscheligen Haarschopf und neben ihm auf den Kissen Harrys kleinen, dunkelbraunen Kopf. Ole hatte seinen Arm über den runden Dackelbauch gelegt, Harrys große Ohren ruhten zurückgeklappt auf Oles Nase, und beide schliefen tief und atmeten im gleichen Rhythmus. Anna stand einen Moment lang lächelnd da und betrachtete die beiden. Dann machte sie heimlich ein Foto auf ihrem Handy von diesem herrlichen Anblick, schlich zurück ins Haus, kochte sich einen Kaffee und beobachtete von ihrem Bett aus, wie die Sonne langsam über die Dünen kroch.

»Du wohnst tatsächlich in einer Schapenboet, Ole!«, rief Roos begeistert, als Anna ihr am nächsten Tag von Oles Haus erzählte. Sie saßen zusammen im Hof des Ladens in der Sonne und tranken Kaffee. Die anderen Tische waren alle belegt, und auch der Laden brummte, sodass Anna alle Hände voll zu tun hatte, aber für einen Moment setzte sie sich zu Ole und Roos, die beide ein Stück Torte vor sich hatten. Roos hatte eine neue Kreation entworfen und wollte sie an Ole testen. »Wie extravagant! Wo nehmt ihr jungen Leute nur all eure herrlichen Ideen her? Wirst du mit ihm dort einziehen, Anna?«

»Was?« Anna wurde rot bis unter die Haarspitzen. »Roos, was redest du denn da? Ole und ich sind nicht zusammen.«

»Papperlapapp«, sagte Roos nur und schien zu finden, dass damit alles gesagt war, was es zu diesem Thema zu sagen gab.

»Irgendwann lade ich dich zu mir ein, dann kannst du es selber sehen, Roos.« Ole lachte über Roos' strahlendes Gesicht und über Annas brennende Wangen. »Und du bist jederzeit willkommen, ich habe viel Platz«, raunte er Anna zu und brachte damit ihren Nacken dazu, wie unter Strom zu kribbeln.

»Auf dieses Versprechen nagele ich dich fest, junger Herr!«, sagte Roos freudig. Dann wandte sie sich an Anna und wollte wissen, warum sie auf einmal so rote Wangen hatte, was die Röte noch um ein paar Nuancen verstärkte.

Als Ole an diesem Abend nach Hause kam, empfing ihn der Stormvogel mit ungewohnter Stille. Normalerweise freute er sich auf den Moment, wenn er die Tür aufschloss und die Mischung aus neuem und altem Holz roch, und den zarten, kaum wahrnehmbaren Duft von Schafwolle vernahm, der geisterhaft mal auftauchte und mal verschwand. Es war immer, als würde sein Haus auf ihn warten und zum Leben erwachen in dem Moment, in dem er es betrat. Aber heute schien die Schwärze vor den Fenstern leer und das Haus seltsam hohl und stumm. Unter den hohen Giebeln hatte sich eine tiefe Stille eingenistet, und er verstand nicht, wo sie so plötzlich hergekommen war. Bisher hatte er nie wahrgenommen, wie sehr die Geräusche in den Zimmern hallten, wie schrill der Wind um die alte Scheune pfiff und wie nah die Dunkelheit an das Haus herankam.

Ole nahm sich ein Bier aus dem Kühlschrank und dachte an Anna. Als sie am Feuer zusammensaßen und schwiegen, jeder in seine Gedanken versunken, hatte die Stille eine andere Gestalt gehabt. Er hatte die Wahrheit gesagt: Bevor Anna hier gewesen war, hatte er sich nie einsam gefühlt. Nun starrte er in die schwarze Inselnacht hinaus und versuchte, das unruhige Ziehen zu verstehen, das sich seiner bemächtigte und an seinem Inneren rüttelte wie die Böen am Dach des Stormvogels.

»Verdammt, Anna«, sagte er leise in den Wind und trank einen Schluck aus der dunklen Flasche. »Verdammt.«

32

Am Sonntagabend durfte man früh ins Bett gehen, oder? Anna war keine langweilige alte Schachtel, nur weil sie sich um halb neun nichts sehnlicher wünschte, als mit einer Wärmflasche ins Bett zu schlüpfen und sich die Decke über den Kopf zu ziehen.

»Nein, du hast es dir verdient! Du bist jetzt Unternehmerin und hast viel um die Ohren, da ist das normal!«, sagte sie sich und dachte, wenn es niemand mitbekam, zählte es sowieso nicht.

Sie hatte einen harten Tag gehabt. Der Mann von der Immobilienfirma war endlich da gewesen, um sich den Hof anzusehen und ihn zu schätzen, nachdem er den Termin zwei Mal verschoben hatte. Sein endgültiges Urteil würde sie erst schriftlich in ein paar Wochen bekommen, aber die Art, wie er mit seinem Klemmbrett um das Haus gegangen, sich murmelnd Notizen gemacht und dabei die Augenbrauen immer enger zusammengezogen hatte, verhieß nichts Gutes. Luuk war bei dem Rundgang dabei gewesen und hatte viele wichtig klingende Fragen gestellt, auf die Anna nie im Leben gekommen wäre, und sie war dankbar für seine Unterstützung. Als der Mann in seinem BMW davongefahren war, hatte Luuk tröstend gesagt: »Ach, die sind immer erst mal negativ, das ist ganz normal. Sie wollen einem keine Hoffnungen machen. Aber der Hof ist solide, du wirst sehen.«

Anna teilte seinen Optimismus nicht.

Ein Blick auf ihre schwarzen Fingernägel ließ sie seufzen. Ein Bad, dachte sie. Ein richtig tolles, heißes Schaumbad. Damit fühle ich mich nicht mehr ganz so uromahaft, spare mir die Maniküre mit der Wurzelbürste, und vielleicht entspannt sich auch der fiese Schmerz im Nacken.

Sie gab Harry sein Futter, und während er schmatzte und anschließend für sein kleines Abendgeschäft kurz durch die Klappe in den Garten verschwand, ging sie ins Bad und ließ die Wanne volllaufen. Summend sammelte sie ein paar Kerzen zusammen und verteilte sie auf Fenstersims und Waschbeckenrand. Als alle angezündet waren, ähnelte das Bad einer Kapelle. Der kleine Raum wurde warm, in der Luft kräuselte sich der Dampf, und ein vergessenes Fliederschaumbad ihrer Großmutter türmte sich in verheißungsvollen Bergen über dem Wannenrand und schimmerte im Kerzenlicht. Anna wusste genau, dass Ada es nie benutzt hatte. Ihre Großmutter war einer der großzügigsten Menschen der Welt, wenn es um andere ging. An sich selber verschwendete sie keinen Cent, und ein luxuriöses Schaumbad hätte sie allenfalls am Tag vor ihrer Hochzeit genommen, und auch das nur unter Protest. Bestimmt hat sie die Flasche geschenkt bekommen, dachte Anna und drehte sie nachdenklich und ein wenig wehmütig in den Händen.

In ein Handtuch gehüllt, lief sie auf und ab und ordnete Kosmetikartikel, während sie darauf wartete, dass die Wanne sich füllte. Sie säuberte ihre Haarbürste und stellte den vollen Wäschekorb in den Flur. Irgendwie fühlte sie sich gut heute. Erfüllt von der vielen Arbeit. Müde zwar, aber auch beschwingt und zufrieden. Der Laden würde jetzt ein Erfolg werden, da war sie sich ganz sicher. Endlich hatte sie die schreckliche Anfangsphase überwunden, in der nichts voranging.

Harry kam klingelnd die Treppe herauf und gesellte sich zu ihr. Misstrauisch stemmte er sich am Badewannenrand empor und schnupperte am Schaum. Als er seine Nase hineintauchte, zuckte er erschrocken zurück.

Ein kleiner weißer Hügel glitzerte auf seiner Schnauze. Aufgeregt versuchte er, ihn mit den Pfoten zu beseitigen, und als das nicht klappte, warf er sich auf die Fußmatte und rieb unter viel Gemecker seine Schnauze daran ab. Anna lachte ihn aus und gab ihm einen Klaps auf den Po.

Als sie in ihr Schlafzimmer ging, um einen sauberen Pyjama herauszusuchen, fing Harry plötzlich an zu knurren.

Anna sah auf. »Was hast du denn?« Verwundert schloss sie die Kommodenschublade und beugte sich zu ihm hinunter. Aber Harry knurrte nur noch lauter. Seine Nackenhaare hatten sich aufgestellt. Er ignorierte ihre ausgestreckte Hand und sprang aufs Bett. Nun bellte er auch noch. Schrill, aufgeregt, wie er sonst nur bellte, wenn er eine Gefahr für Anna witterte.

Sie versuchte, ihn zu beruhigen, aber er ließ sich nicht festhalten.

»Harry, was ist denn los? Da ist doch nichts!«

Plötzlich bemerkte sie, dass die Bettdecke so ausgebeult dalag, als wäre ein Körper darunter verborgen. Sie lachte. »Ist es das? Oh, Harry, das ist nur die Decke, da ist niemand drunter!« Um ihm zu demonstrieren, wie dumm er sich verhielt, zog sie am Betttuch.

Und dann fing sie an zu schreien.

Sie schrie und schrie, bis ihr die Stimme versagte und sie nur noch röcheln konnte. Ein kaltes Gefühl stieg in ihr hoch, und sie rannte ins Bad und übergab sich in die Toilette. Dann schlich sie zurück, die Hand auf den Mund gepresst, am ganzen Körper zitternd.

Attilas Kopf lag genau in der Mitte des Kissens. Da, wo sonst ihr Kopf lag. Seine Augen waren offen und auch sein Schnabel klaffte in einem stummen Schrei auseinander. Aus dem abgehackten Rumpf war Blut gesickert und hatte sich flammend rot in das Betttuch gegraben.

33

»Heute Morgen hat er nicht geschrien. Das heißt, er war da schon tot! Ist dir etwa nicht aufgefallen, dass er sich den ganzen Tag nicht gerührt hatte?« Luuk stand verdattert vor Anna und ließ sich von ihr anschreien. Trotz ihrer Wut zitterte sie immer noch, fühlte sich seltsam taub und fremd in ihrem Körper. Es war einfach zu surreal, was hier gerade passierte. Sie war außer sich gewesen, hatte sich kaum beruhigen können, und als endlich, nach einer gefühlten Ewigkeit, die Polizei gekommen war, musste sie ihre Angst an jemandem auslassen. Es traf den armen Luuk, der den Schock über die Nachricht, dass man seinen Hahn zerstückelt im Bett seiner Nachbarin gefunden hatte, selbst noch nicht verdaut hatte.

Er sah sie an und wirkte einen Moment lang vollkommen bedröppelt.

»Nein! Du weißt genau, dass ich nicht aufwache, wenn er schreit. Aber natürlich habe ich gemerkt, dass er nicht da war. Ich habe ihn den ganzen Tag gesucht«, sagte er. »Ich dachte, er sei abgehauen. Anna, was denkst du denn, wie bescheuert ich bin, dass ich meinen eigenen Hahn abschlachte und in deinem Bett verstecke?« Er schien mit einem Mal nicht weniger zornig als sie. »Was soll mir das denn bringen?«, schrie er.

»Das weiß ich doch auch nicht!«, schrie sie zurück, aber noch während sie es aussprach, wurde ihr klar, dass es tatsächlich einfach keinen Sinn machte. »Ich … weiß doch auch nicht«, wiederholte sie, nun etwas ruhiger. »Aber es gibt keine Einbruchspuren, und du bist der Einzige, der einen Schlüssel hat.«

Luuk schnaubte nur, und sie sah selbst ein, dass das kein überzeugendes Argument war.

»Gab es in der Vergangenheit noch jemanden, der einen Schlüssel hatte?«, fragte einer der Beamten und hielt seinen Notizblock gezückt.

»Ja, sicher. Viele Leute. Meine Mutter, die Femke, der alte Mulders.«

»Der ist ja wohl tot«, sagte Luuk giftig. »Willst du den jetzt auch verdächtigen?«

»Ich sage ja nur«, fauchte Anna zurück, und sie funkelten sich einen Moment an.

»Diese Femke, wo finden wir sie?«, fragte der Beamte.

»Sie wohnt zwei Straßen weiter. Femke Hansen. Aber sie war es ganz sicher nicht«, sagte Anna.

»Aber vielleicht ihr Sohn.«

»Was?«

»Vielleicht war es ihr Sohn«, wiederholte Luuk nachdenklich. »Über den hört man übles Zeug. Und ist der nicht in dich verknallt?«

»Quatsch. Und was genau meinst du mit ›übles Zeug‹?«, fragte Anna. Aber sie war plötzlich alarmiert. Sem sollte in sie verknallt sein? Es war möglich, auch wenn er sie in letzter Zeit in Ruhe gelassen hatte. Und er hatte so etwas… etwas, das einen unruhig machte, auch wenn man nicht genau wusste, warum eigentlich.

»Dieser Sohn, wie alt ist er?«, unterbrach der Beamte ihre Gedanken.

»Ich weiß nicht genau, Mitte dreißig wahrscheinlich?«, sagte Anna. Sie glaubte wirklich nicht, dass Sem etwas mit der Sache zu tun hatte, aber es konnte ja nicht schaden, wenn sie es überprüften.

Der Beamte zog die Augenbrauen hoch, als hielte er es für unwahrscheinlich, dass ein Mann dieses Alters eine solche Tat begangen hatte. »Also, das sieht mir ehrlich gesagt mehr nach einem Dummejungenstreich aus«, sagte er. »Aber wir werden es sicherlich überprüfen.« Über Letzteres schien er nicht besonders enthusiastisch, und Anna fragte sich, warum er so gelangweilt wirkte. Auf der Insel war schließlich nicht wirklich viel zu tun, außer Parksünder und Kürbisdiebstähle zu verfolgen. Eigentlich müsste so ein blutiger Fall ihn doch vom Hocker kippen.

»Ich schlage vor, Sie rufen jemanden an, bei dem Sie heute übernachten können. Gibt es da jemanden?«, fragte der andere Beamte und leuchtete ihr versehentlich mit der Taschenlampe ins Gesicht, was sie kurz zurückzucken ließ.

Sie nickte. »Ich habe schon angerufen, sie werden gleich hier sein.« Luuk entglitten für eine Sekunde die

Gesichtszüge, und ihr wurde plötzlich klar, dass es ihn verletzen musste, dass sie nicht ihn gefragt hatte. Schließlich stand sie ihm auf eine gewisse Weise näher als allen anderen Menschen, die sie hier kannte. Sie öffnete den Mund, um es ihm zu erklären, doch da sagte der Polizist: »Gut, Sie können solange im Streifenwagen warten, wenn Ihnen das lieber ist. Wir werden noch eine Weile hier sein, bis die Beweisaufnahme fertig ist.« Auch darüber schien er nicht erfreut. »Es wird hoffentlich nicht allzu lange dauern.« An Luuk gewandt, fragte er: »Möchten Sie Anzeige erstatten, wegen des Hahns?«

»Natürlich«, sagte Luuk ruppig. »Es war ein Rassehahn. Und ein wirklich tolles Tier«, fügte er etwas leiser hinzu.

Anna konnte Letzteres nicht bestätigen, aber plötzlich tat Luuk ihr leid. Es war lächerlich, dass sie ihn verdächtigt hatte. Er liebte Attila. Sie wollte etwas Entschuldigendes sagen, aber da wandte der Beamte sich erneut an sie: »Und Sie, möchten Sie auch Anzeige erstatten?«

»Selbstverständlich.« Anna irritierte es, dass er überhaupt fragte. Jemand war in ihr Haus eingebrochen. Irgendwie schienen die Polizisten das noch nicht richtig verstanden zu haben.

»Gut.« Er seufzte. »Ihre Aussage nehmen wir morgen auf dem Revier auf. Und Sie möchte ich bitten, uns noch einmal zu begleiten, damit wir Ihre Personalien aufnehmen können«, sagte er zu Luuk.

Luuk protestierte schwach, aber als sie ihm erklärten, dass es zunächst nur um eine Zeugenaussage ging, zuckte er irgendwann mit den Schultern und folgte ihnen mit einem finsteren Blick in Annas Richtung. Anna setzte sich hinten in den Streifenwagen, als die beiden ihn ins Haus begleiteten. Harry hatte sie auf dem Schoß. Nachdem ihre Wut langsam wieder abgeebbt war, blieb nun hauptsächlich Verwirrung zurück. Sie blickte auf die dunklen Fenster des Hofes. Sie wirkten bedrohlich, und sie konnte sich nicht vorstellen, dass sie noch vor einer halben Stunde fröhlich und ohne Sorgen drinnen herumspaziert war. Wie sollte sie sich hier jemals wieder zu Hause fühlen?

34

Sie saßen im Stormvogel um den großen Holztisch herum. Der Kamin, in dem sonst immer ein Feuer brannte, war dunkel und stumm. Sie wirkten alle wie in einem Nebel aus Entsetzen gefangen. Keiner sagte viel, nur Ole stand immer mal wieder abrupt auf, als wäre ihm plötzlich etwas eingefallen, drehte eine ziellose Runde durchs Zimmer, schlug abwechselnd mit der Faust gegen einen Balken oder auf den Tisch, fluchte dabei laut und setzte sich dann wieder, einen seltsamen, verwirrten Ausdruck auf seinem kantigen Gesicht. Britt saß dicht neben Anna, beobachtete sie besorgt und strich ihr alle paar Minuten sanft über die Haare oder den Arm.

Anna selbst hielt eine heiße Teetasse umklammert, aber sie hatte noch keinen Schluck daraus genommen. Harry lag auf ihrem Schoß, die Schnauze auf der Tischplatte, und seine Augen wanderten aufmerksam zwischen ihnen hin und her. In Annas Kopf rauschten die Gedanken in einem stetigen Strom und wussten nicht, wo sie sich festhalten sollten. Sie starrte ins Leere und fühlte sich seltsam benommen, als wäre alles um sie herum gedämpft und weniger real als sonst.

»Du bleibst jetzt auf jeden Fall erst mal hier.« Ole stand energisch auf, ging zum Kühlschrank und holte sich ein Bier. Er knallte die Tür so heftig zu, dass ein Glas mit Besteck umfiel und sich der Inhalt scheppernd auf dem Boden verteilte. »Scheiße«, sagte er emotionslos und setzte sich wieder an den Tisch. »Auf keinen Fall bleibst du da alleine wohnen. Ich hole später deine Sachen, und dann schläfst du bei mir, bis das alles geklärt ist«, verkündete er.

»Ich glaube nicht, dass Sue das gefallen würde«, murmelte Anna tonlos, starrte aber immer noch aus dem Fenster.

Ole sah einen Moment so aus, als müsste er sich erst daran erinnern, von wem Anna sprach, dann zog er ein Gesicht, das deutlich machte, dass ihm die Meinung seiner neuesten Flamme zu diesem Thema herzlich egal war.

»Er hat schon recht, Anna, du kannst doch nicht alleine bleiben.« Britt schüttelte den Kopf und nahm einen Schluck Bier aus Oles Flasche. »Und hier ist ja wirklich genug Platz. Es ist einfach unfassbar. So etwas passiert hier doch nicht! Das Schlimmste, woran ich mich erinnern kann, ist die junge Frau, die vor zwei Jahren von ihrem Ex-Freund krankenhausreif geschlagen wurde. Aber das war ein Familienstreit. Und dann natürlich Anouk …« Sie sah Anna an und brach schnell ab. »Wer macht so was? Und warum? Das ergibt doch keinen Sinn«, sagte sie dann tonlos.

»Ein kranker Irrer!«, sagte Ole. »Ich hatte von Anfang ein schlechtes Gefühl bei dem Typen.«

Britt sah ihn mit einem merkwürdigen Ausdruck in den Augen an. »Du kennst ihn doch gar nicht.«

»Muss ich auch nicht. Mit dem ist irgendetwas faul. Ich will nicht, dass du noch mal in seine Nähe gehst, Anna!«

Anna blickte auf, als habe sie gar nicht richtig zugehört. »Er war es nicht«, sagte sie dann leise.

Die beiden starrten sie an.

»Was? Was meinst du? Woher willst du das wissen?«

Anna schüttelte den Kopf. »Ich weiß es einfach. Ich habe einfach … *gesehen*, dass er die Wahrheit sagt, versteht ihr? Er war vollkommen fassungslos, als ich es erzählt habe. Und außerdem … ihr wisst nicht, wie er ist, aber Luuk liebt Tiere. Er hat Wollschweine, einfach nur deshalb, weil er sie toll findet. Nicht zum Schlachten oder so. Und er ist Vegetarier, und alle seine Hühner haben Namen. Und Attila war …« Tränen traten ihr in die Augen, und sie blinzelte überrascht. »Attila war sein ganzer Stolz.« Sie schluchzte leise. »Ich kann nicht fassen, dass er tot ist.«

Ole schnaubte. »Ich kann nicht fassen, dass er in

deinem Bett lag. Sorry, Anna, aber nur, weil du so ein Gefühl hast, dass er unschuldig ist, beweist das gar nichts. Ich weiß einfach, dass mit dem Typen was nicht stimmt.«

Wieder sah Britt Ole nachdenklich an. »Du hast ja eine ganz schön starke Meinung über einen Mann, den du vielleicht zweimal in deinem Leben gesehen hast.« Sie stockte, holte tief Luft, und als sie weitersprach, klang ihre Stimme gequält, als müsse sie sich zwingen, die Worte auszusprechen. »Ole … du hast doch nicht … sag mir bitte, dass das nicht einer deiner komischen Scherze war!«

»Was?« Im ersten Moment schien Ole nicht zu begreifen. Dann sah er aus, als hätte man ihn geohrfeigt.

»Ich meine ja nur, es wäre nicht das erste Mal, dass du … du weißt schon, du und Kai, ihr habt schon oft Blödsinn angestellt. Weißt du noch, damals, als ihr alle Schafe vom alten Jonker über Nacht pink angemalt habt? Oder als ihr Pas Auto halb im Moor versenkt habt? Ihr seid auf der ganzen Insel bekannt für die bekloppten Dinge, die ihr macht, wenn ihr was getrunken habt.«

Ole brauchte ein paar Sekunden, bis er antwortete. »Wir haben sie angemalt, Britt. Angemalt. Wir haben ihnen nicht die Kehle durchgeschnitten und sie bei anderen Leuten ins Bett gelegt. Ich bin Tierarzt, Herrgott, kein Metzger!«

Britt sah zu Boden. »Tut mir leid«, murmelte sie, und mit einem Mal klang sie, als wäre sie über sich selbst bestürzt. Sie blickte ihren Bruder an. »Ich weiß, du würdest kein Tier verletzen, schon gar nicht für einen Streich. Das war bescheuert von mir.« Sie stand auf, schlang von hinten ihre Arme um ihn und vergrub ihr Gesicht in seinem Hals. »Tut mir wirklich leid, verzeih mir, okay? Ich hatte nur einen kleinen Moment diesen Gedanken in meinem Kopf, aber ich habe nicht zu Ende gedacht. Ich weiß, du würdest so was nicht tun. Ich dachte nur, dass du vielleicht …«

Eifersüchtig bist, hatte sie sagen wollen, aber sie verstummte, und die Worte verhallten ungesagt im Raum.

Anna sah echte Verletzung in Oles Augen. Sie selbst hatte bei Britts Worten versteinert innegehalten, und nun seufzte sie leise auf. Sie zweifelte keine Sekunde daran, dass Ole so etwas niemals tun würde. Auch sie hatte schon den Verdacht gehabt, dass er eifersüchtig auf Luuk sein könnte. Ole wusste zwar nicht einmal, dass sie inzwischen mehr waren als nur Nachbarn, aber vielleicht war es einfach eine Art Besitzanspruch auf Annas Freundschaft und ihre Loyalität.

Ole schien kurz mit sich zu ringen, aber nach einer Weile schüttelte er den Kopf und drückte Britt kurz, die immer noch ihren Kopf an seine Schulter lehnte und seine Brust umklammerte. »Schon gut. Wir sind alle ein bisschen durcheinander. Wir sollten versuchen, jetzt etwas zu schlafen. Wir können deine Sachen auch morgen holen, Anna.«

Britt und Anna gingen wortlos und erschöpft nach oben und legten sich unter dem Glasdach schlafen. Diesmal fühlte sich Anna nicht wie in einem behüteten Nest, sondern eher wie auf dem Präsentierteller, den Gefahren schutzlos ausgeliefert. Sie kuschelte sich neben Britt und versuchte, sich einzureden, dass sie hier oben sicher war, aber es gelang ihr nicht. Als sie das Licht gelöscht hatten, verschmolz das Zimmer mit der Dunkelheit draußen. Die Polder vor den Fenstern schienen in dieser Nacht angefüllt mit unsichtbaren Bedrohungen.

Ole ging mit müden Augen zu seinem Campingbus, aber als Anna mitten in der Nacht aus verschwitzten, blutigen Träumen hochfuhr, sich aufsetzte und aus dem Fenster blickte, sah sie, dass hinter den Vorhängen des Autos Licht brannte. Vielleicht hatte auch er schlechte Träume gehabt.

Sie legte sich zurück, lauschte dem Wind und versuchte, wieder einzuschlafen, aber es gelang ihr nicht. Neben ihr auf dem Kissen schlief Britt tief und fest und atmete ruhig. Anna dachte kurz, dass in einem anderen Leben wahrscheinlich ihre Schwester in vielen Nächten so neben ihr liegen würde, während sie ihrem Atem in der Dunkelheit lauschte. Auch heute wäre sie sicher hier, um ihr Trost zu spenden. Genau wie Karin, die sie in einer solchen Situation als Erste angerufen hätte.

Das Leben ist doch einfach seltsam, dachte sie. Dann lag sie wach, bis die Sonne über De Slufter aufgegangen war und die Dunkelheit vor den Fenstern vertrieben hatte. Harry war diesmal die ganze Nacht bei ihr geblieben und nicht wieder zu Ole entwischt. Er schlief eng an ihren Bauch gekuschelt, als spürte er, dass sie ihn heute besonders dringend brauchte.

Am nächsten Tag fuhr Ole Anna zum Hof. Er bestand immer noch darauf, dass sie vorübergehend bei ihm wohnen sollte, auch wenn sie sich nun im Tageslicht schon viel sicherer fühlte und das eigentlich für unnötig hielt. Die Angst war weg und hatte einer ratlosen Verwirrung Platz gemacht. Ein bleiernes Gewicht schien auf ihren Schultern zu liegen, als wäre etwas passiert, das die Luft um sie her ein wenig schwerer gemacht hatte.

Als Ole seinen Jeep in die Einfahrt lenkte, näherten sich schnelle Schritte über den Kies.

»Anna. Wie geht es dir? Ist alles okay?« Luuk kam auf sie zugeeilt, er wirkte übernächtigt und aufgewühlt, dunkle Schatten hatten sich unter seinen Augen eingegraben.

Ole ging mit schnellen Schritten um das Auto herum. »Hey! Halt dich von ihr fern!«, blaffte er. Seine Stimme war aggressiv, und er hatte einen angespannten Zug im Gesicht, den Anna an ihm noch nie gesehen hatte. Instinktiv fasste sie ihn am Ärmel.

Luuk blieb stehen. »Ich hatte nichts damit zu tun. Anna, du weißt, dass ich das nicht war, oder?«

Sie nickte und machte die Autotür hinter sich zu. »Ich weiß …«, sagte sie, aber Ole unterbrach sie, indem er sich zwischen sie und Luuk schob. Er packte Harry, der freudig an Luuks Beinen hochgesprungen war, und presste ihn sich mit Grabesmiene unter den Arm, wo er unwillig zappelte. »Also, ich weiß gar nichts«, sagte er scharf. »Die Polizei hat keinerlei Anhaltspunkte, und solange es keine neuen Erkenntnisse gibt, bleibst du gefälligst auf deiner Seite des Zaunes, ist das klar? Und du kannst sicher sein, dass ich dich ganz genau beobachten werde!«

Der Ausdruck in Luuks Gesicht wechselte von Sorge zu unterdrückter Wut. »Und du bist…?«, fragte er, ebenso scharf, obwohl er genau wusste, wer Ole war.

»Ein Freund«, erwiderte Ole knapp und gab zu verstehen, dass seine Beziehung zu Anna Luuk nichts anging.

»Genau wie ich!« Luuk trat einen Schritt näher. Anna war sehr froh, dass er nicht mehr sagte.

»Dass ich nicht lache.« Ole stand immer noch vor ihr wie eine Wand, und sie musste ihn energisch beiseiteschieben, um mit Luuk reden zu können.

»Ole, ich hab dir doch gesagt, er war es nicht!« Anna bemühte sich, ruhig zu sprechen. Nun stellte sie sich vor ihn, um ihn ein Stück zurückzudrängen. Sie hatte keine Lust auf noch mehr blutige Gemetzel. So wie sie die Lage einschätzte, könnten die beiden jede Sekunde aufeinander losgehen.

»Du weißt genauso wenig, wer den Hahn gekillt hat, wie ich, Anna!« Ole nahm seinen bohrenden Blick nicht von Luuk. Die Luft zwischen den beiden schien zu flimmern.

»Halt dich da gefälligst raus«, Luuks Stimme klang gepresst.

Bevor Ole etwas erwidern konnte, fuhr ein Polizeiauto auf den Hof und parkte hinter dem Jeep. Sie drehten sich alle drei gleichzeitig um, und Harry nutzte die Ablenkung, um sich Oles Klammergriff zu entwinden.

»Herr Jaan? Wir haben noch ein paar Fragen an Sie zu dem Vorfall von gestern Nacht.« Die Polizisten blickten ernst.

Luuk nickte mit steifem Gesicht. »Was wollen Sie wissen?«

»Wir würden das gerne unter vier Augen mit Ihnen besprechen.«

Luuk ging wortlos voran zu seinem Haus, die Beamten folgten, nachdem sie Anna aufgetragen hatten, auf sie zu warten.

Als sie sich abwandten, erklang plötzlich ein aufgeregter Schrei.

»Anna, da bist du ja!« Die Femke kam auf sie zugelaufen und schloss sie in die Arme. Sie wirkte aufgelöst und besorgt, ihr rotes Haar war ein wenig zerzaust, und sie sah aus, als habe sie zu wenig geschlafen. »Ich habe mir solche Sorgen gemacht! Niemand wusste, wo du bist, und die Polizei wollte mir nicht erzählen, was passiert ist.«

Anna nahm ihr Handy aus der Jeanstasche und wischte über den Bildschirm. Sie hatte fünfzehn verpasste Anrufe. Fünf waren von der Femke, die anderen von ihrer Mutter.

»Oje. Femke, hast du mit meiner Mutter gesprochen?«

»Natürlich. Ich habe doch eine Verantwortung! Und du warst nicht zu erreichen, ich bin fast krank geworden vor Sorge!«

Anna seufzte. »Entschuldigt mich kurz. Ich muss telefonieren.«

35

Es war seltsam. Nun, wo sie Attila nicht mehr hören konnte, fehlte er ihr fast ein bisschen. Anna drehte sich im Bett um. Sie war wach, aber noch nicht bereit, es mit der Welt aufzunehmen. Also umarmte sie ihr Kissen und lag eine Weile einfach da, sah zu, wie die Schatten der Morgensonne an der alten Blumentapete emporkrochen, und lauschte auf Harrys leises Schnarchen. Eine ganze Woche hatte sie bei Ole gewohnt, aber irgendwann war es an der Zeit gewesen, auf den Hof zurückzukehren. Er hatte extra starke Riegel im ganzen Haus angebracht, und alle ihre Freunde hatten versprochen, nachts die Handys angeschaltet neben dem Bett liegen zu lassen. Trotzdem fühlte sie sich nicht mehr sicher. Sie hatte die ganze Nacht wach gelegen und der Stille gelauscht, aber nichts war passiert.

Irgendwann stand sie auf. Ihr sonst so geliebtes gesundes Frühstück erschien ihr heute irgendwie falsch, alles, was sie wollte, waren Kaffee und Croissants. Also zog sie nach einem skeptischen Blick in den Himmel Gummistiefel und Mantel über ihren Schlafanzug, presste Harry in sein Körbchen und radelte durch leichten Nieselregen zum Bäcker, wo sie sechs Croissants kaufte. Sie hatte nicht mal ein schlechtes Gewissen deswegen. Drei davon aß sie auf der hinteren Veranda mit zwei großen Bechern Kaffee, wobei sie einen stetigen Krümelregen auf die Dielen prasseln ließ, den Harry glücklich aufschleckte. Die anderen nahm sie mit in den Laden und verschlang sie im Laufe des Nachmittags. Buttertherapie, nannte man so was wohl.

Am Abend bekam sie Halsschmerzen. Sie fühlte sich schlapp und müde. Als sie ins Bett fiel, spürte sie, dass sie krank werden würde. Sie schrieb eine Nachricht an Ole, eine an Britt, eine an ihre Mutter und eine an ihren Vater, die alle darauf bestanden hatten, dass sie sich ab jetzt alle paar Stunden bei ihnen meldete, und merkte, dass ihre Augen schmerzten und die kleinen Buchstaben verschwammen. Am nächsten Tag konnte sie kaum aufstehen. Sie entschied, Luuk anzurufen, mit dem sie sich inzwischen ausgesprochen hatte. Sie wusste, dass er nichts mit Attilas Tod zu tun hatte, und hatte sich bei ihm entschuldigt. Anna bat ihn, Harry zu sich zu nehmen. Er kam rüber und betrachtete sie besorgt. »Du siehst furchtbar aus!«, sagte er ungnädig, aber mitleidig und trat einen Schritt zurück. »Tut mir leid, als Landwirt kann man sich einen Krankheitsausfall nicht erlauben!«

Zwei Stunden später kam er zurück und brachte ihr einen hausgemachten Zwiebelsud im Glas. »Damit kommst du schnell wieder auf die Beine!«, versprach er und verschwand so schnell wieder, wie er gekommen war.

Anna trank den ganzen scheußlichen Sud. Sie nahm auch die Kräuter, die Britt ihr mit einem Gruß von Roos vorbeibrachte, und vor dem Einschlafen trank sie den

Whiskey, den Ole auf den Nachttisch gestellt hatte. Aber nichts half. Sie hatte sich eine Grippe eingefangen. Die nächsten beiden Wochen hütete sie das Bett und grübelte zwischen angstvollen Fieberträumen darüber nach, wer sie so sehr hassen konnte, dass er ihr einen toten Hahn ins Bett legen würde. Und vor allem, warum! Sie verstand einfach die Welt nicht mehr. Als sie danach wieder aufstehen konnte, lief sie wie ein Gespenst in ihrem Bademantel durchs Haus und musste sich immer wieder hinsetzen, damit ihr die schwachen Beine nicht wegklappten. Erst als ihr nach über drei Wochen der Gedanke an Marios Pizza das Wasser im Mund zusammenlaufen ließ, wusste sie, dass sie auf dem Weg der Besserung war.

»Pralinen und Erdbeeren für die Wiederauferstandene!«

Britt kam in den Laden gerauscht, wo Anna gerade den gröbsten Schaden beseitigte, der durch ihren Ausfall entstanden war. Dadurch, dass sie sonst alles alleine bewältigte, war natürlich auch niemand da gewesen, der sich um die Blumen hätte kümmern können. Sie hatte ihre Freunde gebeten, sich mit nach Hause zu nehmen, was sie haben wollten, und aus den restlichen Eimern das Wasser zu kippen. Das hatten sie auch getan, und nun kehrte Anna traurig das trockene Gestrüpp zusammen, das von ihren schönen Blumen noch übrig war. Nur ein paar Kakteen und Dickblattgewächse hatten ihre Grippe überstanden. Sie wollte gar nicht daran denken, was dieser Ausfall für ihre Kasse bedeutete.

»Na, du siehst wirklich schon besser aus. Nicht mehr so sehr nach Moorleiche!« Britt musterte Annas blasse Nase. »Deine Sommersprossen sind ja richtig durchsichtig geworden. Und deine Rippen stehen schon raus!«

Anna warf ihr einen finsteren Blick zu. »Vielen Dank für die aufmunternden Worte!«

»Immer gerne! So, und jetzt machst du uns einen schönen Kaffee, und dann essen wir die hier!« Sie hielt die Schokopralinen hoch und raschelte verführerisch mit der Tüte. »Und zwar jede einzelne!«

»Alles klar, du Nervensäge!« Anna lachte und nahm zwei Tassen aus dem Schrank.

»Und die hier musst du auch probieren, die sind unglaublich gut. Ich weiß nicht, warum sie um diese Zeit Erdbeeren verkaufen, sie waren auch sündhaft teuer, aber das war's mir wert!«

Britt schob sich eine rote Frucht in den Mund und hielt Anna eine unter die Nase.

Anna zuckte zurück und schwankte leicht. Es war nur kurz, dann hatte sie sich wieder gefasst, aber Britts Nase kräuselte sich verwundert.

»Ich kann keine Erdbeeren essen«, erklärte Anna.

Erstaunt hielt Britt inne. »Warum denn das? Bist du allergisch?«

»Nein... Ich mag sie einfach nicht.«

»Was? Wer mag denn keine Erdbeeren? Das hab ich ja noch nie gehört.«

Anna fühlte plötzlich eine starke Sehnsucht nach Karin

in sich aufwallen. Nach der Vertrautheit ihrer Freundschaft. Karin hätte Anna so etwas nie gefragt. Karin wusste, warum Anna keine Erdbeeren essen konnte.

An dem Tag, als es passierte, hatte die Sonne senkrecht am Himmel gestanden. Die Insel war erstarrt in ungewohnter sommerlicher Hitze, die Luft hatte sich nicht bewegt, alles schien langsamer als sonst, zäher, wie klebriger Sirup, der an einem Löffel hinablief. Sogar die Möwen hatten vor der Hitze kapituliert, und der Himmel war still, nur ab und zu brummte eine träge Biene vorbei, betrunken von Erdbeersaft und Sommerpollen. Die Erde hatte trocken gerochen, trocken und heiß, daran erinnerte Anna sich. Und an den süßen Duft der Früchte, der an ihren Schuhsohlen und Handflächen klebte und alles überlagerte, wie ein unsichtbarer Schleier. Ihre Knie waren rau und zerstochen von der harten Erde und dem Stroh, das in den kleinen Gängen des Beets verteilt war und sich immer wieder in ihre Haut bohrte. Neben ihren nackten Zehen stand der Korb, in dem die Erdbeeren landeten, die sie nicht nach dem Pflücken direkt in den Mund steckte, und wenn sie aufblickte, sah sie das bunte Tuch, das ihre Großmutter sich zum Schutz vor der Sonne um den Kopf gewickelt hatte, ihre Großmutter, die immer in der Nähe war, immer in Reichweite. Als im Haus das Telefon klingelte, nahm Anna es gar nicht wahr. Erst als Ada kurz den Kopf hob, stirnrunzelnd hochblickte und ihre Hände innehielten und nicht länger das Unkraut aus der Erde zogen, blickte auch Anna kurz zum Haus. Dann hob drinnen jemand ab, das Klingeln erstarb, und sobald sich der Kopf ihrer Großmutter wieder gen Erde wandte, pflückte auch sie weiter. Erst als der Schrei ihrer Mutter über den Hof und das Beet und die Wiesen gellte, als ihre Großmutter aufsprang, den Korb umwarf und das ausgerupfte Grün versehentlich mit dem Fuß vor sich her stieß, als sie losrannte, verstand Anna, dass es kein normaler Anruf gewesen war.

Sie hatte nie wieder eine Erdbeere angerührt.

❋

Anna und Roos gruben die Zehen in den Sand. »Es tut mir leid, dass wir so lange nicht ans Meer konnten! Dafür fahren wir diese Woche zweimal, okay? Und wir können ja bei Tom etwas zu Mittag essen.« Die Grippe hatte Anna vier lange Wochen in Schach gehalten, in denen die Besuche mit Roos am Strand ausfallen mussten.

Roos lachte unbekümmert und ließ sich zum Verschnaufen auf einem kleinen Holzpfahl nieder. »Ach, Anna, mach dir keine Gedanken um mich, ich war doch mit Ole hier. Er hat mich jeden Sonntag abgeholt und mich in einem dieser Strand-Rollstühle um den Leuchtturm geschoben. Ein Segen, dass man die hier leihen kann! Die frische Luft hat mich ganz betrunken gemacht. Wir haben die Nordspitze so oft umrundet, dass die Robben schon ganz misstrauisch wurden. An einem Tag haben wir zwölf Stück gesehen. Sie sind mit uns geschwommen, bis zu Kaap Nord. Kannst du das glauben? Sie haben die Luft durch ihre Nasen gepustet wie Wale.«

»Er hat was?«, fragte Anna. »Ole war mit dir am Meer?«

»Aber ja doch! Hast du das gar nicht gewusst? Ich dachte, du hättest ihn dazu gebracht!«

Anna schüttelte langsam den Kopf. »Nein, das war ich nicht«, murmelte sie.

Roos legte den Kopf schief und sah sie mit einem seltsamen Blick an. »Er ist ein Guter. Das weißt du, oder?«, fragte sie. »Einer von der ganz seltenen Sorte.«

Anna blickte nachdenklich aufs Meer. »Ja«, erwiderte sie nur.

»Ein wirklich Guter«, wiederholte Roos eindringlich.

Aber Anna antwortete nicht mehr, und so ließ auch sie das Thema fallen.

»Können wir kurz bei mir auf dem Hof vorbeifahren, ich muss noch ein paar Sachen holen?«, fragte Anna Roos auf der Rückfahrt. Sie wollte noch einmal in den Laden, denn in den letzten Wochen war viel liegen geblieben, und sie hatte bereits die Straße Richtung De Waal eingeschlagen. Sie wusste, dass Roos es liebte, im Auto auf der Insel unterwegs zu sein, denn es war ein seltenes und damit wertvolles Vergnügen für sie geworden. Sie rutschte dann auf dem Beifahrersitz ganz nach vorne, hielt sich am Armaturenbrett fest, kommentierte mit Begeisterung alle Attraktionen, an denen sie vorbeikamen, winkte Bekannten und Fremden gleichermaßen begeistert zu und erzählte Anna Geschichten von früher. Als sie am Haus der Femke vorbeifuhren, musste Anna an Sem denken. Er hatte sie während ihrer Genesungsphase oft besucht und ihr Essen von seiner Mutter gebracht. Es war schrecklich gewesen, ihn auf der Bettkante sitzen zu haben. Sie war noch so schwach gewesen und hatte es meist einfach nicht geschafft, ihn zum Gehen zu animieren. Die Unterhaltungen mit ihm waren gezwungen, sie fanden keinen natürlichen Rhythmus, und fast immer schien es ihr, als sei er gekommen, um ihr etwas zu sagen, das er dann doch nicht herausbrachte. »Hier wohnt ein Freund von mir. Also eigentlich kein Freund, ein Bekannter«, erklärte sie Roos nun und zeigte auf das Haus. »Früher haben wir immer miteinander gespielt. Er ist so alt wie Anouk, und die beiden waren als Kinder befreundet. Ich glaube, du kennst ihn nicht. Sem heißt er. Und er ist ein bisschen … merkwürdig. Ich glaube, er ist in mich verliebt. Jedenfalls will er sich ständig mit mir treffen. Aber ich mag ihn nicht besonders. Das ist eine schreckliche Situation, weißt du, was ich meine? Wenn jemand in dich verliebt ist und du es genau merkst, es aber nicht erwiderst und versuchst, distanziert zu sein und trotzdem höflich? Seine Mutter hat mir viel geholfen, wegen ihr habe ich überhaupt den Laden, wenn man es genau nimmt, und sie hat meine Großmutter eine Weile betreut, deswegen stehe ich in ihrer Schuld. Aber manchmal weiß ich wirklich nicht, wie ich ihn noch abwimmeln soll, ohne ihm direkt zu sagen, dass er mich in Ruhe lassen soll.« Sie lachte unbehaglich. Eigentlich erwartete sie, dass Roos ihr wie immer mit ihren klugen und manchmal seltsamen Ratschlägen zur Seite stehen würde, aber sie war plötzlich still geworden. »Meinst du, ich soll es ihm einfach mal klar sagen, damit er aufhört, sich Hoffnungen zu machen?«, fragte Anna daher und blickte sie von der Seite an. »Roos, ist dir nicht gut?« Erschrocken fasste sie sie am Arm. Roos war blass um die Nase und lehnte sich im Sitz zurück, sie schien Anna gar nicht zugehört zu haben. »Nein, nein, Anna. Mir ist nur auf einmal ein wenig schwindelig«, beruhigte sie und tätschelte ihre Hand.

»Du bist ja ganz kalt!« Anna ergriff ihre Finger. »Wir waren wohl zu lange am Meer. Ich fahre dich lieber direkt nach Hause! Oder musst du zu einem Arzt?«

»Es geht schon, es geht schon!«, murmelte Roos, aber ihre Stimme war dünn.

Anna fuhr Roos nach Hause und half ihr, sich auf die Couch zu legen. »Kann ich noch etwas für dich tun? Bist du sicher, dass du keinen Arzt brauchst?«

»Es geht schon wieder viel besser! Mach dir keine Gedanken um mich, ich bin eine alte Schachtel, und manchmal versagen mir einfach die Kräfte. Eine Tasse Tee wird es schon richten.«

Anna kochte Tee und brachte ihr eine Wärmflasche. Dann ging sie mit gemischten Gefühlen nach Hause. Aber als sie Roos zwei Stunden später anrief, um sich nach ihrem Befinden zu erkundigen, schien es, als sei nie etwas gewesen. »Es sind die alten Knochen. Da kann man nichts machen, nur abwarten, bis sie aufhören, sich zu beschweren.« Anna nahm diese Erklärung hin, aber sie hatte das Gefühl, dass Roos ihr etwas verschwieg. Sie hatte in letzter Zeit viel über Roos nachdenken müssen. Es war ihr immer, als wahrten ihre wachen blauen

Augen, die so gar nicht zu ihrem runzeligen Gesicht und dem gebeugten kleinen Körper passen wollten, ein tiefes Geheimnis. Als wüsste sie mehr als andere Menschen über die Welt, und sie beobachtete ihre Umgebung, als wolle sie herausbekommen, ob ihnen auch etwas aufgefallen war. Ob sie nun auch verstanden hatten, was sie selbst schon lange wusste. Manchmal war sie still, fast melancholisch und zog sich vollkommen in sich selbst zurück. Aber an den meisten Tagen blitzten ihre blauen Augen, und sie schien über das Leben und seine Unarten zu lachen, als beträfe es sie gar nicht richtig. Sie war eine einzigartige Frau, und manchmal hatte Anna das Gefühl, dass es Schicksal war, dass ihr Traum von einem eigenen Laden ausgerechnet neben Roos' reetgedecktem Häuschen seine Heimat gefunden hatte.

Die Grillen zirpten, und Anna saß im Innenhof des Ladens und hörte ihnen zu. Von diesem melancholischen Sommerlied konnte sie nie genug bekommen. Wie immer in letzter Zeit, wenn sie einen Moment inne hielt, dachte sie an Attila. Es gab keinerlei Spur, keine Erklärung. Manchmal schien ihr das Ganze wie ein verworrener Albtraum. Dann erinnerte sie sich wieder, dass es wirklich geschehen war, und ein Zittern erfasste ihren ganzen Körper. Sie hatte ein Glas Wein in der Hand und ihre Wange an seine tröstliche Kühle gelehnt. So fand Ole sie. Er machte sich nicht sofort bemerkbar, sondern lehnte eine Weile im Türrahmen und betrachtete Anna, wie sie dasaß, unter den Sternen, und in die Nacht hineinlauschte. Wieder spürte er jenes seltsame Ziehen in seinem Bauch, das er auch in seinem Haus gefühlt hatte, am Abend, nachdem sie bei ihm gewesen war. Immer noch konnte er sich nicht so recht erklären, wo es plötzlich hergekommen war. Er wusste nur, dass es ihm Angst machte. Ole kannte dieses Ziehen, er hatte es schon einmal gespürt. Das Ziehen hatte andere Gefühle mit sich gebracht, Gefühle, die ihn verwundbar gemacht hatten. Und er würde alles dafür tun, damit sich das nicht wiederholte.

»Hey«, sagte er, und Anna sah auf.

»Hey.« Sie lächelte, und etwas in seinem Herzen zog sich schmerzhaft zusammen.

»Na, hörst du wieder dem Sommer zu?«

»Du kennst mich zu gut.« Sie klopfte neben sich auf den Boden, und er faltete ein wenig mühselig seine langen Beine zusammen und setzte sich neben sie. Harry begrüßte ihn begeistert, aber müde, sprang in die Öffnung seiner Kapuzenjacke und rollte sich auf seinem Bauch ein. Anna hielt ihm das Weinglas hin, und er nahm einen tiefen Schluck.

»Harter Tag?«

»Nicht härter als sonst.«

»Bei dir?«

»Ziemlich gut eigentlich. Wir sind wieder ausverkauft, und die Blumen gehen inzwischen auch gut weg. Ich kann mich nicht beklagen.«

»Ich hab dir gesagt, du wirst sie alle abziehen. Bald expandierst du.«

Anna lachte. »Das ist noch ein weiter Weg. Im Moment reicht es mir, wenn ich meine Rechnungen bezahlen kann. Übrigens, diesen Monat kriegst du dein Geld!«

»Bist du sicher? Du weißt, es macht mir nichts aus zu warten.«

»Ich bin sicher. Danke noch mal. Es hat mir wirklich geholfen. Ich hoffe, du hast nicht gelogen, und es macht dir wirklich nichts aus.«

»Ach, na ja. Ich habe eben in den letzten Wochen den Gürtel ein wenig enger geschnallt. Konserven kosten ja nicht viel. Und Bohnen machen satt.«

Sie haute ihm auf den Oberschenkel. »Du Blödmann. Warum quälst du mich so?« Dann wurde sie wieder ernst. »Das war wirklich ein Scherz, oder?«

Er rollte mit den Augen. »Ja, Anna. Das war wirklich ein Scherz. Du weißt doch, ich habe Pizza-Credits bei Mario. Bevor ich verhungere, gehe ich zu ihm.«

»Ole!«

Er lachte und drückte sie kurz an sich.

»Du hast was gut bei mir!«, sagte sie. »Sehr, sehr viel!«

Er trank genüsslich noch einen Schluck direkt aus der Flasche. »Oh, glaub mir, das weiß ich! Du stehst für immer in meiner Schuld.« Dann stand er auf, vorsichtig, damit Harry nicht aufwachte, und ging in den Laden. Anna hörte, wie sich der Kühlschrank öffnete, es klirrte leise, und gleich darauf kam er mit einer neuen Flasche wieder. Er goss das Glas voll und reichte es ihr. Er selbst nahm die Flasche, von der noch die Tropfen abperlten.

Anna blickte Ole von der Seite an und spürte ein Ziehen in ihrer Brust. Schnell sah sie woandershin. Sie fühlte sich ruhig in seiner Gegenwart, vertraut. Als kannten sie sich schon ewig. Als würden sie zusammengehören. Aber sie hatte dieses Gefühl schon einmal gehabt, und dann war es ihr weggerissen worden, von einem Tag auf den anderen. Es war besser, es gar nicht erst zu haben, als es zu haben und es dann zu verlieren, dachte Anna. Das würde sie nicht noch einmal aushalten.

Sie erzählte ihm, dass Roos heute im Auto schwindelig geworden war.

Er nickte nachdenklich. »Sie ist in letzter Zeit ein wenig schwach auf den Beinen. Vielleicht solltest du sie etwas schonen mit der Kuchensklaverei.«

»Hey, sie liebt es zu backen! Und wir haben es schon auf zwei Tage die Woche reduziert!«

»Das war ein Witz, Anna. Du hättest dir nichts Besseres ausdenken können, um einer einsamen alten Frau wieder Freude am Leben zu schenken. Ich denke nur, sie ist nicht so stark, wie sie immer tut. Man muss darauf achten. Sie beobachten. Aber sie ist sehr stolz, lass es sie nicht merken.«

»Du warst mit ihr am Meer«, sagte Anna leise. Sie wusste, dass er es von sich aus niemals erzählen würde.

Er wand sich verlegen und grinste dann sein Ole-Grinsen. »Hat sie das erzählt, ja? Ich dachte, ein bisschen Bewegung würde mir guttun. Wir waren Robben jagen!«

»Ja, weil du ja auch so ein Stubenhocker bist, der nie rauskommt. Du hast schon richtig Speck angesetzt.« Sie lachte in ihr Weinglas. »Das war wirklich lieb von dir«, sagte sie dann ernster.

»Lieb …« Er wiederholte das Wort, als wolle er den ungewohnten Klang auf der Zunge ausprobieren. »Fürs Liebsein war ich bisher allerdings noch nicht bekannt.« Er sah prüfend in die Flasche und nahm einen Schluck. »Erzähl das bloß nicht Kai und Tom. Sonst ist mein Ruf als Draufgänger für immer ruiniert.«

»Ich verrate es niemandem«, versprach sie.

Aber *ich* weiß es, dachte sie dann. Sie betrachtete seine riesigen Hände, die vom Surfen und von den vielen Holzarbeiten rau und rissig waren. Roos hatte recht, er war einer von der ganz besonderen Sorte. War ihr das wirklich gerade erst klar geworden?

Er bemerkte, wie sie ihn anstarrte. »Was denn?«, fragte er freundlich. »Hab ich was im Haar?«

»Nein«, erwiderte Anna, nahm ihren Blick aber nicht von ihm. »Ich hab nur nachgedacht.«

»Über mich?«

Sie nickte.

Als er verstand, weiteten sich seine Augen überrascht. »Anna«, sagte er vorsichtig. Plötzlich war ihr Gesicht ganz nah an seinem. Anna spürte die Wärme, die von seinem Körper ausstrahlte, und sie roch seinen vertrauten Duft, der sich mit dem Geruch nach Farbe und Holz mischte, der an seinen Kleidern hing. Was machen wir nur?, dachte sie, aber der Gedanke schwamm irgendwo ganz am Rande ihres Bewusstseins und drang nicht wirklich zu ihr vor. Dafür waren Oles Augen zu blau und sein Geruch zu warm und gut.

Plötzlich sprang Harry auf und bellte freudig. Im selben Moment räusperte sich jemand, und sie fuhren herum, als hätte man sie bei etwas Verbotenem ertappt.

»Herzlichen Glückwunsch zum Hüftgeburtstag! Äh… nachträglich.« Simon stand mit einer Flasche in der Hand in der Terrassentür. Er blickte mit einem halben Lächeln und einem Stirnrunzeln auf sie hinunter und schien nicht zu wissen, was er von der Situation halten sollte, die er gerade beobachtete. Anna spürte, wie Ole sofort ein Stück von ihr abrückte.

36

»Ich kann's nicht glauben, dass du schon wieder hergekommen bist, ohne mich zu fragen!« Sie saßen im dunklen Auto und fuhren zum Hof. Ole war sofort verschwunden, als Simon aufgetaucht war, auf dem Gesicht einen Ausdruck, den sie nur schwer deuten konnte. Anna spürte eine kalte Wut im Bauch und etwas anderes, von dem sie nicht genau wusste, was es war. Sie drückte immer wieder viel zu stark aufs Gaspedal und musste sich dann gedanklich bremsen und langsamer fahren. Es fehlte noch, dass sie wegen Simon einen Unfall baute.

»Hättest du denn zugestimmt, wenn ich gefragt hätte?«

»Natürlich nicht!«

»Na also!« Er klang so selbstgerecht, dass Anna spürte, wie die Wut sich einen Weg in ihre Kehle bahnte und damit drohte, in sehr verletzten Worten aus ihr herauszubrechen. Nur mit größter Mühe konnte sie sich zusammenreißen. Sie sprach kein Wort mehr, bis sie beim Haus ankamen.

Schon von Weitem sah sie, dass Licht in der Küche brannte. Als sie durch die Terrassentür hereinkamen, saß Luuk am Tisch und schälte Kartoffeln. Anna hatte ganz vergessen, dass sie heute zusammen kochen wollten. Er sah freudig auf, dann ließ er erschrocken das Messer sinken. »Oh. Ich wusste nicht, dass du Besuch hast. Ich will nicht stören.«

»Du störst nicht! Simon ist überraschend gekommen«, erklärte Anna hastig, aber Luuk war schon aufgestanden. »Ihr müsst euch sicher aussprechen«, sagte er, warf die Zeitung mit den Schalen in den Kompost und klopfte sich die Hände an der Hose ab. »Ich komme morgen wieder!« Er umarmte sie schnell. Als er an Simon vorbeiging, nickte er ihm kühl, aber höflich zu. Simon erwiderte das Nicken nicht. Er stand immer noch an der Türschwelle, hielt seine Tasche fest und blickte Luuk mit gerunzelter Stirn hinterher.

»Du hast mit ihm geschlafen!«, sagte er, als die Tür zugefallen war.

»Was?«

»Du hast mit ihm geschlafen.« Simon stieß ein kaltes Lachen aus. »Gib es zu!« Er klang fassungslos und wütend, aber seine Stimme hatte einen gemeinen, beißenden Unterton, von dem Anna wusste, dass sie ihn nur annahm, wenn er sehr verletzt war. »Du brauchst es nicht abzustreiten.«

Perplex holte sie Luft. »Nein, ich brauche es nicht abzustreiten. Weil es dich überhaupt nichts angeht. Oder soll ich dich daran erinnern, mit wem DU geschlafen hast?«, fauchte sie, als sie ihre erste Überraschung überwunden hatte.

Das brachte ihn zumindest dazu, verlegen auf den Boden zu sehen. Trotzdem waren seine Wangen rot vor unterdrückter Wut.

Sie starrten sich einen Moment an, ohne etwas zu sagen. »Du übernachtest auf dem Sofa«, blaffte Anna schließlich ruppig. Sie lief nach oben und kam gleich darauf mit einer Decke zurück, die sie ihm in die Arme stopfte.

»Äh, ist das nicht … ein bisschen klein?«, fragte er mit einem Blick auf die schmale rote Couch, aber Anna war schon wieder auf dem Weg nach oben. »Krümm dich zusammen«, rief sie übers Treppengeländer. »Oder geh wieder zur Femke.« Dann stampfte sie in ihr Zimmer und warf die Tür hinter sich zu. Dort stand sie eine ganze Weile und zitterte vor Wut.

Am nächsten Morgen war sie sehr kurz angebunden. Anna hatte sich die halbe Nacht hin und her gewälzt und war erst im Morgengrauen eingeschlafen. Simon hatte offensichtlich gar nicht geschlafen, den lila Schatten unter seinen Augen nach zu urteilen. Das Sofa ist auch wirklich klein, dachte Anna und hatte einen Anflug von schlechtem Gewissen, als sie an die zwei leeren Betten im blauen Zimmer dachte. Aber als sie sich seinen Auftritt von gestern Nacht in Erinnerung rief, entschied sie, dass er eine ungemütliche Nacht mit ein paar Sprungfedern wirklich mehr als verdient hatte.

»Du fährst wieder!«, sagte sie, als sie den Kaffee einschenkte, und es war, als habe sie ein Déjà-vu.

»Wegen dem Nachbarn?«, fragte er trotzig und trank einen Schluck. Er verzog das Gesicht. »Gott, wie viel Pulver ist da drin? Und warum schwimmen die Körner in der Tasse, ist deine Maschine kaputt?«

Sie zuckte mit den Schultern und trank selber einen Schluck. »Ich mache ihn jetzt immer so.« Dann sagte sie: »Und nein. Nicht wegen dem Nachbarn. Weil ich es so will.«

Einen Moment sah er so aus, als würde er streiten wollen. Dann senkte er den Blick. »Was ist das zwischen euch?«, fragte er und klang dabei so verletzt, dass Anna sich gegen ihren Willen zu einer Erklärung genötigt sah. »Nichts. Es ist nichts. Wir mögen uns, aber wir wollen beide nicht mehr. Keine Beziehung jedenfalls. Niemand weiß davon. Es ist nur … Ablenkung, schätze ich. Ich weiß auch nicht. Er ist frisch von seiner Frau getrennt, sie hat ihn verlassen. Er redet nicht darüber, aber ich denke mal, dass es nicht unbedingt schön war für ihn. Und ich … na ja.« Sie lachte traurig. »Er ist einfach nett. Sehr nett. Ich mag ihn wirklich. Und ich war alleine. Aber da ist nicht mehr.« Und dann fügte sie hinzu, einfach, weil es noch mal gesagt werden musste: »Nicht, dass es dich was angehen würde.«

»Und der andere?«

»Der andere?«

»Gestern, als ich in deinen Laden gekommen bin …«

»Da ist nichts!«, wehrte sie ein wenig zu schnell ab, was er natürlich sofort bemerkte.

»Anna, ihr habt euch geküsst.«

»Haben wir nicht!« Tatsächlich war Simon etwa genau zwei Sekunden zu früh aufgetaucht. Aber sie hätten sich geküsst. Und sie wusste momentan nicht, ob sie dankbar oder sauer war, dass Simon sie unterbrochen hatte.

»Auch was Lockeres, ja?«, fragte er bitter. »So kenne ich dich wirklich nicht.«

»Ich habe mich eben zwangsweise ziemlich verändert in letzter Zeit«, sagte sie und merkte, dass sie genauso bitter klang wie er. Sie atmete tief ein und sagte etwas freundlicher: »Aber nein, nichts Lockeres, nichts Festes. Gar nichts!«

Simon wirkte überrascht. Er trank vorsichtig noch einen Schluck und verzog das Gesicht. »Warum mit dem Nachbarn und nicht mit ihm? Er sieht aus wie ein blonder Superman. Und er will dich, ganz offensichtlich. Das habe ich schon beim letzten Mal gesehen.«

»Weil …« Sie stockte. Es war absurd. Da saß sie mit ihrem Ex-Freund in der Küche, trank Kaffee und diskutierte nonchalant die Männer in ihrem Leben. »Weil ich ihn wirklich mag«, sagte sie langsam.

Wenn er schon fragte, konnte er auch die Wahrheit hören. »Wir sind inzwischen sehr gute Freunde. Aber er ist genau wie ich. Er wurde von jemandem sehr verletzt, den er geliebt hat und dem er vertraut hat.«

Ja, ich meine dich!, dachte sie, als Simon schuldbewusst seine Brille nach oben rückte. »Und wenn dir so etwas passiert, dann ist es nicht so leicht, wieder jemanden zu finden, dem du dich öffnest. Er könnte so jemand sein, für mich. Und ich für ihn«, fügte sie hinzu, und sie sah, wie er bei ihren Worten kurz zusammenzuckte und dann in seine Tasse blickte. »Aber es würde sehr schlimm enden, wenn wir es versuchen, und dann würden wir merken, dass es nicht geht. Außerdem hat er eine Freundin!«, erklärte sie und beobachtete seine Reaktion. Die Erleichterung in seinem Gesicht war fast bemitleidenswert. »Ich will mich auf jeden Fall erst mal auf mich konzentrieren. Es ist noch zu früh für mich, und für ihn ist es vielleicht zu spät, er ist ganz schön angeknackst. Es macht dich eben wirklich kaputt, wenn dir so was passiert.« Sie war heute in zerstörerischer Laune. Simon sah aus, als habe sie ihn getreten. Es tat ihr weh, aber es gab ihr auch eine tiefe, dunkle Genugtuung, von der sie bis eben nicht gewusst hatte, dass sie sie brauchte. Sie hatte immer gedacht, sie sei ein Mensch, der gut verzeihen konnte.

Er nickte stumm. »Also habe ich meine Chance wirklich versaut«, sagte er, und es war keine Frage.

»Ja«, sagte Anna leise.

Plötzlich hupte es draußen zweimal. Sie stand auf und blickte aus dem Fenster.

»Ole ist da. Wir gehen surfen.«

Simon machte runde Augen. »Du surfst? Mit deinem Bein?«

»Ja«, sagte Anna, ein wenig trotzig. »Es ist meine

Therapie!« Dann steckte sie den Kopf aus der Tür, zeigte auf ihre Uhr und hielt dann die Hand hoch als Zeichen, dass sie noch fünf Minuten brauchen würde. Ole hob den Daumen, aber sie sah, dass er Anstalten machte auszusteigen.

»Also, ich muss mich jetzt umziehen …«, sagte sie.

Simon stand langsam auf und schob den Stuhl zurück. »Okay. Ich gehe dann besser …«, sagte er und nahm wie in Zeitlupe seine Tasche. Sie wusste, dass er hoffte, sie würde noch etwas sagen. Aber sie blieb stumm. Er hatte in seinen Klamotten geschlafen und musste daher nichts packen, außer seiner Jacke, die er nun in die Tasche hineinstopfte.

Sie nickte. Dann trat sie auf ihn zu und umarmte ihn. Sie hatte es nicht geplant, aber es fühlte sich richtig an. Einen Moment lang lehnte sie ihren Kopf an seine Schulter und atmete seinen so unglaublich vertrauten Geruch ein, der ein seltsames Gefühl in ihr auslöste, eine Mischung aus Trauer, Wehmut und Abschied. Als hätte sie eine Box mit lange vergessenen Kindersachen geöffnet. Aber Simon gehörte ihrer Vergangenheit an, und sie wollte die Box schließen und vergessen. Er versteifte sich in ihrer Umarmung, und sie trat schließlich zurück. Sein Gesicht war kalt.

Dann ging er hinaus, ohne sie noch einmal anzusehen oder etwas zu sagen.

Durchs Fenster konnte sie erkennen, wie im gleichen Moment Ole über die Terrasse auf die Küchentür zukam. Die beiden hielten voreinander an. Kurz war es still, dann sagte Simon ohne ein Wort der Begrüßung:

»Hast du gewusst, dass sie mit ihrem Nachbarn schläft?«

Er ging weiter, ohne eine Reaktion abzuwarten.

Ole stand für einen Moment einfach da und schien zu perplex, um zu reagieren.

Vor Annas Augen flimmerte es. Dieser Bastard!, dachte sie. Sie hatte selten eine so alles verzehrende Wut empfunden wie in diesem Moment. Sie wollte hinter Simon herrennen und ihm jeden Knochen im Körper brechen. Aber als sie zur Tür hinausschoss, versperrte Ole ihr den Weg und hielt sie fest.

»Lass mich durch!« Sie stieß ihn zur Seite, aber er hielt auch ihre andere Hand fest, drückte sie mit dem Arm zurück und schüttelte sanft den Kopf. »Er ist einfach verletzt, Anna«, sagte er. »Lass ihn gehen.« Und er schob sie in die Küche und machte die Tür zu.

Sie gingen surfen, aber etwas fühlte sich seltsam an. Ole sprach wenig, er schien abwesend, und das machte Anna nervös. Sie kannte ihn nur fröhlich und unbeschwert oder wütend und aufbrausend, aber nicht ruhig und in sich gekehrt. Er korrigierte auch nicht wie sonst ihre Haltung oder machte fröhliche Bemerkungen über ihren Körper in dem zu engen Anzug oder ihr dummes Gesicht, wenn sie ins Wasser fiel. Nur ab und zu rief er ihr eine Hilfestellung zu oder sagte ihr, wenn eine günstige Welle für sie kam. Sie hatten nicht über das gesprochen, was passiert war, und sie war sich inzwischen unsicher, ob sie sich nicht nur eingebildet hatte, dass sie sich fast geküsst hätten. Wahrscheinlich war er froh, dass Simon gekommen ist, dachte sie und beobachtete, wie er eine Welle abpasste, elegant aufstand und sich dann in fast wütenden Schwüngen über das Wasser bewegte.

Es war das erste Mal seit ihrer Grippe, dass sie wieder surfte, und sie fühlte sich noch ein wenig schwach, deswegen war sie nicht wie sonst mit voller Begeisterung dabei, sondern saß oft einfach auf ihrem Brett und sah ihm zu, wie er seine Runden drehte. Anna wusste, dass ihm das Kitesurfen mehr Spaß machte, aber wenn sie dabei war, nahm er das andere Board und ließ den Drachen zu Hause. Man brauchte meist jemanden, der einem half, ihn in die Luft und wieder zu Boden zu befördern, und sie war dabei ziemlich unnütz. Außerdem sagte er immer, dass er sie besser korrigieren konnte, wenn er selbst auch das Surfboard benutzte. Heute fühlte sie sich das erste Mal schlecht deswegen. Vielleicht bereut er es, mich mitgenommen zu haben, dachte sie.

Auf der Heimfahrt im Auto herrschte eine angespannte Stille zwischen ihnen. Als Anna das Gefühl hatte, es nicht mehr aushalten zu können, sagte Ole plötzlich: »Du bist also mit Luuk …«

»Nein!«, unterbrach sie ihn heftig. »Wir sind gar nichts.«

»Die Sache mit dem Hahn …«

»Er war es nicht, das habe ich dir schon tausendmal gesagt.«

Er reagierte nicht.

»Es war nur …« Sie zuckte mit den Schultern. »Dasselbe wie bei dir. Er war eben da.«

»Wie bei mir?«

»Mit deinen Freundinnen.«

Er verteidigte sich nicht. »Warum hast du es nicht erzählt?«

Sie hatte gewusst, dass die Frage kommen würde, und trotzdem war sie nicht vorbereitet. Sie blickte auf ihre Knie. Dann zuckte sie mit den Schultern. »Ich weiß auch nicht. Es war mir unangenehm, glaube ich. Ich wollte nicht, dass ihr denkt … na ja. Ich mach so was normalerweise nicht. Nicht, dass ich es schlimm finde oder so«, setzte sie schnell hinzu. »Ich finde, jeder kann machen, was er will, solange er niemanden verletzt. Aber ich weiß auch nicht …«

Er nickte und runzelte gleichzeitig die Stirn, als würde er Teile von dem, was sie sagte, verstehen und andere nicht. »Ziemlich viele Männer, die sich um dich schlagen«, sagte er dann. Es sollte wohl lustig klingen, aber es hörte sich seltsam an.

»Luuk schlägt sich ganz sicher nicht um mich. Und ich habe Simon nicht gebeten herzukommen.«

»Ich weiß.« Er nickte langsam. »Und doch ist er hier. Bist du sicher, dass du ihn nicht noch liebst?«

Anna hielt einen Moment den Atem an. Sie wusste instinktiv, dass ihre nächsten Worte sehr wichtig waren. »Wir waren sehr lange zusammen«, sagte sie ruhig. »Und als es passiert ist, hat es mich wirklich schrecklich verletzt.«

Ole brummte etwas. Er wusste genau, wie sehr es sie mitgenommen hatte, denn er war schließlich da gewesen und hatte ihr geholfen, die Scherben aufzusammeln. »Aber jetzt bin ich sicher, dass es vorbei ist«, sagte Anna. »Irgendwann wäre ich gerne mit ihm befreundet, glaube ich.« Sie hatte das selbst nicht gewusst, bis sie es aussprach, und überrascht stellte sie fest, dass nun wohl eine neue Phase der Heilung angebrochen war. Noch vor ein paar Wochen hätte sie an so eine Möglichkeit nicht mal denken können. »Er ist ein guter Mensch, eigentlich. Auch wenn er sich gestern wie das größte Arschloch benommen hat. Und ich kann mir vorstellen, dass wir irgendwann gut miteinander auskommen«, setzte sie hinzu und probierte aus, wie sich diese Worte auf der Zunge anfühlten. »Ich habe das immer bewundert, wenn Menschen so etwas hinkriegen.«

»Das funktioniert nie, Anna!«

»Doch, das geht! Es kommt nur auf die Menschen an. Klar ist das bei dir anders, du bist ja auch nicht…«

»Was?«

»Ach, nichts.«

Mit einem Mal war die Stimmung im Auto gekippt.

»Er ist jedenfalls wieder weg«, schloss Anna und warf ihm aus den Augenwinkeln einen Seitenblick zu. Ole sah starr aus dem Fenster, sie konnte nicht lesen, was er dachte. »Ich meinte ja nur, du warst mit den meisten deiner Freundinnen nicht so lange zusammen. Da kann sich ja keine tiefe Freundschaft entwickeln«, versuchte sie, ihre Worte abzumildern.

Aber er erwiderte nichts, blickte nur weiter nach

draußen und lenkte den Jeep mit ungewohnter Heftigkeit über die verlassenen Straßen.

»Du willst also, dass er geht, aber du willst ihn auch weiter in deinem Leben haben?«, fragte er irgendwann, als Anna schon dachte, er würde nicht mehr mit ihr sprechen.

»Ich … na ja, so würde ich das nicht sagen. Ich weiß ja auch nicht, ich muss sehen, was die Zeit bringt.«

»Du hast also keine Ahnung, was du willst«, sagte er, und es klang wie eine endgültige Feststellung.

Sie waren jetzt bei ihrem Haus angekommen, und er hielt mit quietschenden Reifen auf der Straße. Normalerweise fuhr er in die Einfahrt und wartete, bis sie im Haus war, ehe er weiterfuhr.

»Vergiss Harry nicht«, sagte er. Es klang nicht unfreundlich, aber er sah sie auch nicht an.

Anna blieb noch einen Moment sitzen und hoffte, dass er noch etwas sagen würde. Dann seufzte sie kaum merklich. Sie löste den Gurt, stieg aus und holte Harry von der Rückbank.

»Wir sehen uns!«, sagte Ole, und kaum hatte sie die Tür zugeschlagen, war er auch schon weitergefahren. Anna sah dem Jeep nach, bis die Rücklichter in der Ferne verschwunden waren und nur noch das Brummen des Motors über die Wiesen hallte.

Sie stand eine Weile da, dann ging sie ins Haus und duschte eine halbe Stunde lang so heiß, dass ihre Schultern und Oberschenkel rot brannten. Als sie ihre Tasche auspackte, sah sie, dass sie aus Versehen Oles Pullover eingesteckt hatte. Sie nahm ihr Handy.

Ich hab deinen Pulli, schrieb sie.

Ist ok, ich brauche ihn nicht, antwortete er

Anna überlegte einen Moment. *Ich bring ihn dir morgen nach der Arbeit vorbei. Bist du daheim?*

Ja, schrieb er nur.

Er ist sauer auf mich, dachte sie traurig, aber sie hatte es eigentlich schon gewusst.

An diesem Abend ging sie in der Dämmerung an den Strand. Am Horizont verabschiedete sich der Rest des Sonnenuntergangs in einer goldenen Linie, die mit dem purpurnen Himmel verschmolz. Sie saß in den Dünen, bis der Mond aufging, und das Meer zu einem schwarzen Spiegel wurde. Harry hatte sich unter ihrer Jacke an ihren Bauch gedrückt, und sein schlafender Körper strahlte ein behagliches Glühen aus. Er atmete langsam und grunzte ab und zu leise im Traum. Anna beobachtete den Strahl des Leuchtturms auf dem Wasser. Die Vergangenheit und die Zukunft lagen irgendwo dort in der Dunkelheit und streuten Bilder in ihre Gedanken, die ihr keine Ruhe ließen.

Roos hatte die Angewohnheit, sich spätabends auf die dunkle Terrasse zu setzen, den Glühwürmchen zuzusehen und dem Raunen der Büsche zu lauschen. So zumindest hatte sie es Anna erzählt. Und tatsächlich war sie in der Laube, als Anna in den schlafenden Garten kam. Ohne Harry wäre sie einfach an Roos vorbeigelaufen, so versteckt saß sie da, aber er brauchte keine Augen, um die Dunkelheit durchdringen zu können, und sprang schnurstracks auf ihren Schoß.

»Anna, Liebes. Kommst du uns besuchen?« Roos' Stimme klang, als wäre sie gerade aus einem langen Traum erwacht. »Und mein kleiner Prinz ist auch da.«

»Stören wir?«

»Nie«, sagte Roos voll Überzeugung. »Ich sitze hier nur und erinnere mich.«

»Woran?«, fragte Anna.

»An alles. Und nichts. Eigentlich bin ich nicht sicher, ob ich mich erinnere oder mir im Kopf Geschichten ausdenke, die nie passiert sind. Aber das spielt ja auch keine Rolle, nicht wahr?«

Anna setzte sich zu Roos' Füßen auf die steinerne Treppe und blickte auf den Teich, in dem sich die Wolken spiegelten, die den Mond versteckten. Hinter sich hörte sie ein leises Gluckern, und kurz darauf drückte Roos ihr einen warmen Becher Tee in die Hand.

»Ich hatte so ein Gefühl, dass ich heute vielleicht noch Besuch bekomme, und habe gleich zwei Tassen mit hinausgenommen«, erklärte sie, und Anna nahm diese Wunderlichkeit wortlos hin. Bei Roos waren die Dinge manchmal einfach ein bisschen anders als bei anderen Menschen.

Sie saßen lange schweigend da.

»Ich weiß nicht, was ich machen soll«, sagte Anna schließlich in die Stille hinein, in der Erwartung, dass Roos bereits eingeschlafen war und sie keine Antwort bekommen würde.

Aber Roos' Stimme in der Dunkelheit war wach und klar, nur vielleicht ein klein wenig vorsichtig. »Mit der Liebe ist es so eine Sache«, sagte sie. Sie hatte sofort verstanden, wovon Anna sprach. »Man muss aufpassen, dass sie einem nicht entwischt. Dass sie nicht an dir vorbeiläuft und du gar nicht merkst, dass sie da war. Aber du musst auch aufpassen, dass du sie nicht verwechselst.«

»Mit was?«, fragte Anna.

»Mit der Angst vorm Alleinsein«, antwortete Roos.

Und dann saßen sie weiter stumm nebeneinander und lauschten in die Nacht hinein, jede mit ihren eigenen Gedanken beschäftigt.

Als Anna nach Hause kam, öffnete sie eine Flasche Wein und dachte über Roos' Worte nach. Sie ging nach draußen auf die Veranda und setzte sich auf die Stufen. Jetzt habe ich einen, der mich zurückwill, einen, der nicht weiß, was er will, und einen, der mich will, aber den ich nicht will, dachte sie. Und theoretisch einen, den ich wollen würde, wenn nicht alles so kompliziert wäre. Wahnsinn, Frau Fischer. Das kann so schnell keine toppen. Da haben Sie sich ja wunderbar reingeritten in das tollste Schlamassel! Und wie kommen Sie da jetzt wieder raus?

Anna hatte keine Ahnung, und sie hatte auch keine Energie, sich mit diesem Problem herumzuschlagen. Also beschloss sie, es zu ignorieren, bis es sich nicht länger ignorieren ließ, was spätestens der Fall sein würde, wenn einer der vier bei ihr auf der Matte stand.

Sie war gerade dabei, in tiefer Grübelei über ihr

Leben und ihre hirnrissigen Entscheidungen zu versinken, als Luuk aus der Dunkelheit auf sie zukam, ein fleckiges T-Shirt über den kräftigen Oberarmen, dicke Bauarbeiterboots an den Füßen und eine Hacke über der Schulter. Er sah aus wie aus einem Katalog für schnittige Landwirte, und wäre sie nicht in so depressiver Stimmung gewesen, hätte Anna seinen Anblick durchaus zu schätzen gewusst – und vielleicht auch ein klein wenig lächerlich gefunden.

Er winkte ihr zu. Na, das hat ja nicht lange gedauert, dachte sie resigniert und leerte ihr Glas in einem Zug. Sicher war sicher. Sie brauchte die Stärkung. Es schien ihr keine Verdrängungs-Gnadenpause vergönnt.

Als sie Giovanni in die sandige Einfahrt vor dem Stormvogel lenkte, stand Ole vor dem Campingbus. Die Motorhaube war geöffnet, und Werkzeuge lagen auf einer schmutzigen Decke auf dem Rasen ausgebreitet. Anna stieg aus und reichte ihm den Pulli.

»Danke. Ich brauche ja wohl nicht zu sagen, dass du nicht extra deswegen hättest herkommen müssen?«

»Nein, brauchst du nicht.«

Sie sahen sich einen Moment an. Er nickte und warf den Pulli auf den Beifahrersitz.

»Was machst du? Ist er kaputt?«

Er hielt inne und stützte die Hände auf dem Bus ab. »Nein«, sagte er langsam.

»Ole, ich wollte…«, setzte Anna an.

Er unterbrach sie hastig, als hätte er Angst vor dem, was sie sagen wollte. »Ich habe mir überlegt, dass ich vielleicht noch mal für ein paar Wochen abhaue. Bevor ich an die Praxis gebunden bin.« Er vermied ihren Blick und sah stattdessen in die Ferne, wo der Leuchtturm langsam in der blauen Dämmerung verschwand und ein Schwarm Wildgänse sich zum Schlaf auf einer der lilafarbenen Wiesen niederließ. »Den Bus noch mal flottmachen. Vielleicht nach Schweden rauffahren und dann die Fjorde entlang.«

Anna fühlte sich, als würde ihr plötzlich jemand den Boden unter den Füßen wegziehen. »Elche sehen?«, fragte sie leise, als sie wieder sprechen konnte.

Ole nickte. »Ich habe das Gefühl, mal rauszumüssen. Ich vermisse das Abenteuer, die Straße. Und hier hält mich ja nichts«, fügte er langsam hinzu. Für einen Moment schien eine unsichtbare Frage hinter den Worten mitzuschwingen. Aber dann war Anna sich sicher, dass sie sich getäuscht hatte.

»Ja …«, sagte sie langsam, und dabei hatte sie das Gefühl, dass etwas in ihr ein kleines Stück zerbrach. »Was ist mit Svenja?«, fragte sie dann, weil es ihr gerade erst eingefallen war.

»Das ist vorbei.«

»Tut mir leid.«

»Mir nicht.«

Er blickte zu Boden, und sie schienen beide nicht zu wissen, was sie sagen sollten. Zwischen ihnen hing die Schwere unglaublich vieler, unglaublich wichtiger unausgesprochener Worte.

»Wann fährst du?«, fragte Anna leise.

»Ich weiß noch nicht genau. Bald.« Er sah ihren Blick. »Keine Sorge, ich verabschiede mich schon. Ich hau nicht einfach ab.«

Sie nickte, aber sie konnte sein aufmunterndes Lächeln nicht erwidern.

Wenn wir zwei nicht so schrecklich feige wären, könnte er jetzt mein Ole sein, dachte sie. Plötzlich ertrug sie den Gedanken nicht, dass er nicht mehr da wäre, wenn auch nur für kurze Zeit.

»Ich muss dann!«, sagte sie hastig. Und bevor er etwas erwidern konnte, hatte sie ihn umarmt, sich ins Auto gesetzt und war losgefahren. Sie winkte ihm noch kurz zu, aber ihr Blickfeld war verschwommen, so heftig liefen ihr nun die Tränen übers Gesicht.

Ole stand an seinen Jeep gelehnt und sah ihr mit leerem Blick nach, bis ihr kleiner roter Ford in der Dämmerung verschwunden war.

37

Der Küchenboden war bedeckt mit Cornflakes. Harry wühlte wie ein Schaufelbagger darin herum. Als er Anna sah, die nichts ahnend um die Ecke kam und wie angewurzelt stehen blieb, beschleunigte er sein Tempo noch mehr und kaute so gierig, dass ihm seitlich kleine gelbe Brocken wieder aus dem Mund fielen.

»Das ist doch einfach unglaublich. Ein-fach-unglaub-lich!« Anna trippelte auf Zehenspitzen um die Cornflakes herum, und doch knirschte es bei jedem Schritt, als würde sie einen Haufen Käfer zertreten. Sie versuchte, Harry zu packen, der ihren greifenden Armen flink wie ein Wiesel auswich und währenddessen weitere Flakes vom Boden aufsaugte. Anna hob die nun leere Packung auf, die er von der Ablage gestoßen hatte, und knallte sie in den Mülleimer. Dann holte sie den Besen aus der Kammer und schwang ihn wütend in Richtung Harry. »Das wird Konsequenzen haben, mein Freund!« Empört begann sie, die Flakes zusammenzukehren. »Du kannst froh sein, dass es die ohne Schokoüberzug sind. Sonst könnten wir gleich zum Tierarzt und dir wieder die Kotzpastillen holen.«

Harry hatte in seinem kurzen Dackelleben schon mehrfach Bekanntschaft mit besagten Pastillen gemacht. Weihnachten vor zwei Jahren hatte er ihrer Tante Sofie eine Packung sehr teurer französischer Pralinen aus der Reisetasche geklaut und sie still und heimlich samt Papierchen unterm Sofa aufgefressen. Das teure Mitbringsel hätte eigentlich ein Geschenk für Annas Mutter werden sollen, und Tante Sofie war über den Diebstahl alles andere als erfreut gewesen. Seitdem machte sie gerne spitze Bemerkungen über die Unarten von Dackeln und ihren Besitzern. Ein anderes Mal hatte er sich einen frisch glasierten Schokokuchen einverleibt, den Anna dummerweise zum Abkühlen auf den Balkon gestellt und dort vergessen hatte. Die Pastillen hätten sie damals eigentlich gar nicht gebraucht, er hatte sich so überfressen, dass er zehn Minuten später von selber einen riesigen braunen

Haufen auf die Badematte kotzte (was überhaupt erst der Grund war, warum Anna sich wieder an den Kuchen erinnerte). Aber sie hatte ihn trotzdem zum Tierarzt gebracht. Als Lektion. Leider lernte Harry nur schwer dazu.

Anna grummelte vor sich hin und schob die Cornflakes in kleine Haufen zusammen, die Harry dann wieder auseinanderschnaubte, sobald sie ihm den Rücken zudrehte. Als sie sah, wie er gerade einen mühevoll errichteten Berg wieder über die Fliesen verteilte, schmiss sie den Besen hin.

»So, jetzt ist das Maß voll. Du denkst jetzt darüber nach, was du gerade getan hast, Mister!« Sie packte ihn um die Mitte und schubste ihn in den Garten, wo er zwei Minuten später einen kleinen gelben Haufen neben den Schaukelstuhl kotzte. Den bemerkte Anna aber nie, denn er leckte ihn sofort wieder auf und schlief dann zufrieden ein.

Anna hatte immer noch nicht alle Krümel beseitigt und kniete gerade unter dem Esstisch, als Harry plötzlich begann, wie verrückt zu bellen.

»Dieser Dackel bringt mich noch um den Verstand!«, sagte sie laut zu dem Kehrbesen. Dann ging sie nach draußen, um zu sehen, was es Dringendes gab.

Harry stand vor der Ligusterhecke und bellte sich die Seele aus dem Leib.

»Das ist eine Hecke. Hast du jetzt auch was gegen Hecken?«, fragte Anna ihn unfreundlich. Aber dann sah sie, warum er sich aufregte.

»Oh, wer bist du denn?« Sie bückte sich und betrachtete den kleinen Igel, der sich unter ein paar Zweige gekauert hatte. »Bist du eingeklemmt?« Eines seiner Pfötchen schien zwischen ein paar Ästen festzustecken. Sie zog es vorsichtig heraus, dann nahm sie den Igel behutsam in die Hand.

»Harry, du kannst jetzt aufhören. Keine akute Gefahr.« Sie überlegte kurz, ging ins Haus und bettete den kleinen Stachelball in eine Pappkiste. Dann betrachtete sie ihn, und da sie nicht recht wusste, was sie nun tun sollte, lief sie zu Luuk und hielt ihm den Karton unter die Nase.

»Du weißt schon, dass das ein Igel ist?«, fragte er.

»Ach, du liebes bisschen, tatsächlich? Ist das kein Katzenbaby?«

Luuk lachte sein tiefes, leises Lachen, das er speziell für Annas trockene Scherze reserviert hatte. »Ich meine ja nur, das ist ein Wildtier. Die kommen schon klar. Stell ihm eine Dose von Harrys Futter hin, das genügt. Und nicht mal das braucht er eigentlich, er hat hier Schnecken in Hülle und Fülle. Tatsächlich kann er sich nach Lust und Laune im Beet austoben, das wäre mir eine große Hilfe. Setz ihn einfach wieder in den Garten, das ist wie ein Schlaraffenland für ihn.«

»Aber sein Füßchen ist geknickt.«

Luuk zog skeptisch die Augenbrauen hoch, als sie ihm den kleinen Igel hinhielt. Er seufzte, und sein Blick schien zu sagen, dass Anna Theater machte. Dann nahm er den winzigen rosa Fuß zwischen zwei Finger. Der kleine Igel hatte sich halb eingerollt, beobachtete aber interessiert aus den Falten seines Bauchspecks heraus, was vor sich ging. Er zuckte nicht zusammen, als Luuk ihn untersuchte.

»Ich sehe keinen Knick.«

»Er war eingequetscht.«

»Jetzt scheint aber alles in Ordnung zu sein. Ihm tut nichts weh.«

»Das kann nicht sein.«

»Du willst ihn nur behalten.«

»Stimmt überhaupt nicht. Ich nenne ihn jedenfalls Bobby. Bobby Schulz. So hieß mal ein Nachbar von mir, der hatte ganz stachelige Haare. Ich finde, das passt. Weißt du, ob man Igel baden kann?«

Kopfschüttelnd gab Luuk ihr Bobby Schulz zurück in die Hand. »Als ob du nicht schon genug um die Ohren hättest. Man kann sie baden, aber es ist vollkommen unnötig. Und bestimmt hat er Flöhe. Fass ihn nicht weiter ohne Handschuhe an.«

»Jaja.« Anna hörte schon nicht mehr zu. »Na komm, Bobby. Wir gehen nach Hause.«

Eine Viertelstunde später saß sie auf der Hintertreppe und lauschte zufrieden dem phänomenal lauten Schmatzen, das Bobby Schulz von sich gab, während er eine große Portion von Harrys extrazartem Hundefutter runterschlang. Harry saß verwirrt neben ihm, den Kopf zur Seite geneigt, und beobachtete jede seiner Regungen. Anna hatte ihn zuerst gefüttert und ihm dabei besonders viel aufgehäuft, damit er nicht neidisch wurde, aber trotzdem schien er nicht genau zu wissen, was er von der ungewohnten Situation halten sollte. Immer mal wieder näherte er sich vorsichtig winselnd dem Napf, und Anna schob ihn jedes Mal energisch wieder zurück. Bobby Schulz schmatzte und schleckte ungeniert und sah Anna dabei aus seinen schwarzen Kugelaugen vertrauensvoll an, als wüsste er genau, wem er diesen Festschmaus zu verdanken hatte. Anna blickte verliebt zurück. Sie war ganz vernarrt in ihren stacheligen Neuzugang.

»Willkommen bei uns, Bobby. Jetzt habe ich einen Hund, ein Huhn und einen Igel. Fast ein richtiger Bauernhof.«

»Redest du mit dir selbst oder mit deinem Igel?« Luuk kam um die Ecke. »Na, der hat ja einen gesegneten Appetit«, stellte er mit Blick auf den Napf fest.

»Ich hab dir ja gesagt, er hing fest. Wer weiß, wie lange er schon nichts gegessen hat.«

»Hm.« Luuk setzte sich neben sie auf die Stufe und beobachtete nun seinerseits den schmatzenden Igel, der kleine Fleischbrocken um die Nase hatte und sich immer tiefer in den Napf hineinwühlte. »Sieht mir nicht unbedingt abgemagert aus. Pass auf, dass mit ihm nicht das Gleiche passiert wie mit Harry.«

»Was meinst du damit?«

»Schon gut.« Er räusperte sich, als er merkte, dass Annas Stirn sich gefährlich zusammenzog.

»Oh, ich fürchte, es ist bereits zu spät!« Plötzlich klang er alarmiert.

»Was?«

»Jap. Er hat sich überfressen.«

Tatsächlich hatte Bobby Schulz aufgehört, das Futter in sich hineinzuschlingen. Er lag bäuchlings, alle viere von sich gestreckt, im Napf und atmete schwer.

»Oje.« Bestürzt kniete Anna sich neben ihn. »Das ist meine Schuld, Bobby. Ist ja klar, dass du keine Selbstkontrolle hast, wenn du so ausgehungert bist.« Sie nahm den Igel behutsam hoch, der nur noch kläglich röchelte.

Luuk enthielt sich vorsichtig jeden Kommentars, schlug aber vor, den Napf erst mal wieder wegzustellen. Das war aber schon nicht mehr nötig, denn Harry hatte sich des Problems angenommen. Dann saßen sie eine Weile schweigend nebeneinander, Anna massierte Bobby vorsichtig den Bauch, und Luuk starrte vor sich hin und schien in Gedanken versunken.

»Ich wollte dich fragen, ob du nächste Woche für ein paar Tage meine Pflanzen und das Beet gießen kannst. Ich muss aufs Festland, um … etwas zu erledigen. Es wäre mir eine große Hilfe«, sagte er plötzlich, als sei ihm gerade wieder eingefallen, warum er hergekommen war.

»Klar, sicher. Kein Ding. Schreib mir eine Liste, was ich alles machen soll.«

Er nickte dankbar. »Ich bring dir dann den Schlüssel rüber. Und vielleicht kannst du morgen mal zuschauen, wenn ich das Beet gieße. Die Pflanzen brauchen unterschiedlich viel Wasser. Und wenn es regnet, brauchen sie gar nichts.«

Anna lachte. »Du weißt schon, dass ich in einer Gärtnerei gearbeitet habe und mit Pflanzen mein täglich Brot verdiene?«

»Mit Blumen«, sagte er, als sei das etwas völlig anderes.

Anna rollte mit den Augen. »Oh, ja, das sind natürlich keine Pflanzen!«

Er brummte etwas, aber sie unterbrach ihn. »Schon gut, klar schau ich zu, wenn es dein Gärtnerherz beruhigt. Es liegt mir schließlich auch etwas daran, dass uns die Radieschen nicht eingehen. Was machst du denn auf dem Festland?«

Bildete sie es sich nur ein, oder wurde er rot?

»Ich ähm … treffe meine Frau«, sagte er nach ein paar Sekunden Stille.

»Oh, ach so.«

Deine Ex-Frau, hätte Anna ihn fast korrigiert, aber sie biss sich auf die Zunge. Er schien die Trennung immer noch zu verarbeiten, und sie wollte auf keinen Fall die nörgelnde Affäre sein, die ihn auf solche Kleinigkeiten hinwies. Weil sie merkte, wie unangenehm ihm das Thema war, fragte sie nicht weiter.

»Wie lange bleibst du weg?«

Sie musste fast darüber lachen, wie erleichtert er aussah, als sie nicht weiter nachhakte. »Nur zwei Tage. Länger kann ich die Tiere nicht alleine lassen. Mein Freund Jure kommt, um sie zu füttern, darum brauchst du dir keine Gedanken zu machen. Aber ich wollte ihm nicht zu viel zumuten, er hat selbst alle Hände voll zu tun.«

Anna nickte. »Die Hühner versorgt er auch?«

»Ja.«

»Gut.« Sie fühlte sich immer leicht bedrängt, wenn sie es mit mehr als zwei seiner Federgeschöpfe auf einmal zu tun hatte.

Er lächelte, als er die Erleichterung in ihrer Stimme hörte. »Mit Enie hast du dich doch gut angefreundet.«

»Ja, aber die ganze Meute ist mir zu viel. Ich fühle mich immer wie Gulliver, wenn sie um mich herumwuseln, und ich habe das Gefühl, dass sie hinter meinem Rücken über mich reden.«

»Was sollen sie denn reden?«

»Ich weiß auch nicht. Aber sie planen irgendwas, da bin ich sicher.«

»Du bist verrückt«, sagte er und legte liebevoll einen Arm um sie. »Musst du morgen eigentlich früh raus?«, fragte er dann, und sein Bart kitzelte ihren Hals.

»Na ja, ich muss Bobby Frühstück machen«, sagte Anna, und er prustete leise.

»Igelfrühstück, ja? Bleibt für mich auch was übrig?«

»Das kommt darauf an. Wie wild bist du auf Dosenfutter?«

Sie küssten sich, und Anna blickte in seine grünen Augen, die die gleiche Farbe hatten wie die Blätter der Apfelbäume. Ich habe ihn gar nicht richtig wahrgenommen, dachte sie überrascht. Er war die ganze Zeit direkt vor meiner Nase. Ich schlafe mit ihm, ohne allzu viel über ihn nachzudenken.

Stattdessen, das wurde ihr jetzt erst klar, hatte sie die ganze Zeit unterbewusst darauf gehofft, dass Ole und sie ihre Schwierigkeiten einfach vergessen könnten. Als sie sich das eingestand, war es, als würde sie innerlich laut aufatmen. Es würde nie etwas werden mit ihnen beiden, schon gar nicht jetzt, wo Ole einfach abhaute. Er vertraute ihr nicht und hatte sich verschlossen. Stattdessen saß hier ein ziemlich toller Mann direkt neben ihr und vergrub gerade seine Nase genießerisch in ihrem Haar.

Vielleicht kann ich mich ja doch wieder verlieben, dachte sie. Irgendwann. Vielleicht kann ich ja heilen, indem ich einfach weitermache und mich nicht mehr vor meinen Gefühlen verstecke.

Ich werde jedenfalls nicht einfach davonlaufen wie Ole, dachte sie und vergaß für einen Moment, dass sie das bereits getan hatte.

Anna hätte Bobby Schulz am liebsten ein Nest in der Küche bereitet, aber sie wusste, dass man Wildtiere nicht im Haus halten sollte, daher setzte sie ihn trotz ihrer Vernarrtheit – und auch weil Luuk darauf bestand – abends vorsichtig draußen auf die Veranda. Sie konnte sich auch nicht mehr einreden, dass er humpelte, seinem Fuß ging es ganz offensichtlich bestens.

»Pass auf dich auf und klemm dich nicht wieder ein!«, gab sie ihm ermahnend mit auf den Weg. »Morgen um acht gibt's Frühstück. Gleicher Treffpunkt!«

Bobby warf ihr einen dankbaren Blick zu und watschelte dann in Richtung Ligusterhecke davon. Harry beschnüffelte ihn, bis er unter lautem Knacken verschwunden war. Dann setzte der Dackel sich vor das kleine Loch in der Hecke und winselte.

»Harry, er kommt ja morgen wieder. Typisch, erst kannst du ihn nicht ausstehen und jetzt vermisst du ihn.«

Zwei Tage später stand Anna im Laden und putzte die große neue Scheibe, die zwar besser isolierte als die alte, dafür aber auch nicht so schön war, da piepte ihr Handy auf dem Tresen. Sie ließ den Schwamm ins Wasser fallen und wischte sich die Hände am Hosenboden trocken.

Ich fahre morgen früh los. Hast du heute Abend Zeit, wir können zum Abschied was trinken gehen?

»Zum Abschied…«, murmelte Anna. Er geht wirklich weg, dachte sie dann. Bisher hatte sie es nicht wirklich geglaubt. Morgen würde er abreisen. Beim Gedanken daran fühlte sie sich, als rase sie mit dem Auto auf einen Abgrund zu und könne nicht anhalten. Sie wusste einfach nicht, wie sie es anstellen sollte.

Ich kann leider nicht, schrieb sie. Es war eine Lüge.

Aber ich wünsche dir eine tolle Reise. Wenn du Elche siehst, dann grüß sie von mir.

Eine Weile kam keine Antwort, dann schrieb er: *Alles klar. Bis bald, Anna.*

Sie blickte auf die Worte und biss sich so heftig auf die Lippen, dass sie zusammenzuckte. Dann schaltete sie das Handy aus und steckte es in ihre Tasche. Das war es also, dachte sie. Die Ladenglocke klingelte, und eine Kundin, die häufig vorbeikam, betrat mit einem Lächeln den Laden. Als sie Annas Gesicht sah, hielt sie erschrocken inne. »Was ist denn, ist dir nicht gut?«

Anna wischte sich über die brennenden Augen und lachte. »Nein, nein. Ich glaube, ich habe Heuschnupfen. Alles bestens!« Sie lachte und straffte die Schultern, aber die Frau sah sie weiterhin aufmerksam an. »Ich kenne diese Art von Heuschnupfen«, sagte sie. »Dagegen gibt es leider keine Pillen.« Sie lächelte ihr aufmunternd zu. »Aber mit der Zeit wird es besser.«

In dieser Nacht warf Anna sich unruhig im Bett hin und her. Sie träumte von sturmumtosten Fjorden, von dunklen Tälern, in denen Trolle im Mondschein tanzten, von schimmernden Seen und majestätischen Elchen, die durch neblige Wälder streiften. Als sie aufwachte, hatte sie ein Bild im Kopf. Von Ole, wie er alleine an einem Feuer saß, vor ihm der spiegelnde Ozean im Mondschein und um ihn herum die nachtschwarzen, kantigen Berge der Fjorde. Er war an seinen Bus gelehnt und trank Kaffee, den er direkt in der Tasse angerührt hatte, sodass die Körner im Mund knirschten. Sein Blick hing über dem Wasser, und ein seltsamer, unruhiger Ausdruck lag in seinen Augen, den Anna noch nie an ihm gesehen hatte, aber dennoch war er ihr vertraut, denn im Spiegel blickte er ihr jeden Morgen entgegen. Fast konnte sie den Wald riechen und die Wärme des Feuers spüren. Als sie blinzelte, war Ole verschwunden.

Es kam ihr falsch vor, dass er nicht mehr hier sein sollte. Die Insel schien plötzlich leerer. Sogar der Wind kam ihr leiser vor, als wäre er in den Hintergrund gerückt, um der Stille Platz zu machen. Als hätte Ole etwas mitgenommen, das Anna brauchte, um sich hier zu Hause zu fühlen.

Hatte er wirklich Sehnsucht nach der Ferne, fragte

sie sich, lehnte sich zurück und blickte aus dem Fenster, wo der gleiche Mond schien wie in ihrem Traum über dem Fjord. Oder Sehnsucht nach jemandem, den er nicht haben konnte. Aber sie kannte die Antwort bereits. Er ist gegangen, um mich zu vergessen, dachte sie. Und es tat weh, auch wenn sie es natürlich schon gewusst hatte. Sie fragte sich, ob er sich an seinem Fjord so alleine fühlte wie sie auf der Insel oder ob es ihm so gehen würde wie mit Svenja und Mia und all den anderen. Er hatte gelernt, sein Herz zu schützen. Er würde nicht lange brauchen, um über sie hinwegzukommen.

38

Anna lief mit einer kleinen Gießkanne durch Luuks Küche. Das Beet draußen hatte sie schon ausreichend getränkt, aber das Haus hatte sie sich für später aufgehoben, denn sie wollte sich ein bisschen umsehen.

Sie war so gut wie nie in Luuks Haus. Sie hatten sich von Anfang an immer bei ihr getroffen, als hätten sie es verabredet. Ab und zu aßen sie bei ihm zu Abend, aber dann waren sie fast immer nur in der Küche. Jetzt hatte sie das erste Mal die Gelegenheit, sich alles hier in Ruhe anzusehen. »Schnüffeln nennt man das auch, Frau Fischer«, sagte sie und goss einen Schwung Wasser in eine kleine Tomatenpflanze auf dem Fensterbrett über der Spüle.

Sie arbeitete sich durch die Zimmer. Viel Interessantes zu entdecken gab es nicht, aber ihr fiel auf, dass er die Bilder von sich und seiner Frau im Wohnzimmer noch nicht abgehängt hatte. Auch vom Kaminsims strahlte sie ihr entgegen. Anna musterte sie neugierig. Luuk sprach nie über sie, und Anna stellte keine Fragen, denn sie spürte instinktiv, dass es ein empfindliches Thema war. Ein bisschen ähnelten sie sich sogar, auch sie hatte dunkle Haare und helle Augen. Aber sie war älter und wirkte erwachsener. Das, dachte Anna, war aber auch wirklich nicht schwer.

Im Untergeschoss gab es nur den offenen Wohn- und Essbereich, den Flur und ein weiteres Zimmer, in dem Anna noch nie gewesen war. Luuk hatte die meisten Pflanzen, die sie gießen sollte – abgesehen von den ganz großen –, auf den Küchentisch gestellt, sie hatte also keinen Grund, in das unbekannte Zimmer hineinzugehen. Anna näherte sich der Tür, und ehe sie sich's versah, hatte sie auf einmal die Klinke in der Hand. Sie war selbst überrascht, als sie sie hinunterdrückte.

Es war abgeschlossen.

Anna war ein kleines bisschen empört. Wenn sie näher darüber nachdachte, war sie tatsächlich ziemlich empört. Sie schnaubte leise. Hatte er doch tatsächlich abgeschlossen! Er vertraute ihr also nicht. Wie unverschämt, nachdem sie ihn bei sich ein und aus gehen ließ. Hatte sie ihm je einen Anlass gegeben, ihr nicht zu trauen?

Nie! Außer jetzt gerade, und davon weiß er nichts!, dachte sie und schnaubte noch einmal.

Langsam wanderte ihr Blick an der Tür empor.

Hm, dachte sie und stellte sich auf die Zehenspitzen. Sie tastete sich oben auf dem Türrahmen entlang durch eine zentimeterdicke Staubschicht, und kleine graue Flocken rieselten wie schmutziger Schnee vor ihrer Nase auf den Boden. Und dann, ganz rechts außen, legten sich ihre Finger um etwas Kaltes.

»Wusst' ich's doch«, flüsterte sie triumphierend.

Sie musste an das Märchen vom Blaubart denken, das ihr als Kind solche Angst gemacht hatte. Das einsame Schloss im Wald, der böse König, eine Kammer voll von toten Ex-Frauen, die in verschiedenen Verwesungsstadien an die Wände genagelt waren, nur weil sie zu neugierig gewesen waren und den verbotenen Schlüssel ausprobiert hatten. Dabei war es doch vollkommen klar, dass keine Frau dieser Versuchung je widerstehen konnte. Die armen Mädchen hatten nie eine Chance gehabt. Auch Anna fühlte den unsichtbaren Sog der Versuchung an ihrem Ärmel zupfen. Sie wollte doch bloß kurz nachsehen, war das denn so schlimm? Schließlich hatte sie eine Verantwortung. Und wenn nun auch in diesem Zimmer Pflanzen waren und sie diese übersah und sie alle eingingen? Wäre das nicht grob fahrlässig?

Sie betrachtete den Schlüssel ein paar Sekunden lang nachdenklich. Klein und verführerisch lag er in ihrer Hand.

Ich sollte das wirklich nicht tun. Er wird schon einen Grund haben, warum er das Zimmer abgeschlossen hat, dachte sie. Es ist ein klares Zeichen, dass ich es nicht betreten soll. Den Schlüssel zu benutzen wäre ganz und gar falsch und ein Vertrauensbruch.

Dann steckte sie ihn ins Schloss und drehte um.

Ein kleiner Schauer lief ihr über den Rücken, als sie die Klinke hinunterdrückte. Die ungehorsame Königsfrau aus dem Märchen war von ihren drei Brüdern gerettet worden, die nützlicherweise gerade in der Nähe im Wald herumsaßen und rasteten und ihre verzweifelten Schreie hörten. Anna hatte niemanden, der sie retten würde. Allerdings glaubte sie auch nicht wirklich, dass sie Luuks an die Wand genagelte Ex-Frau in dem Zimmer vorfinden würde. Da hätten die Verwesungsgerüche sie sicher schon vorher alarmiert. Aber wer konnte es schon genau sagen?

Langsam stieß sie mit dem Fuß die Tür auf.

Dann stand sie an der Schwelle und nahm in sich auf, was sie in dem Zimmer sah.

»Oh«, entfuhr es ihr leise. »Oh, oh, oh.«

Als Luuk am nächsten Tag zurückkam und seinen Schlüssel holte, stellte sie ihn direkt zur Rede.

»Ich wollte mal mit dir sprechen.«

Luuk sah sie verwundert an. »So?«

»Setz dich. Zieh die Jacke aus. Willst du einen Tee? Ich hab schon welchen gemacht. Ich hab auch Kuchen da, von Roos. Er war übrig. Gut, nicht wirklich übrig, ich habe ihn zurückgestellt. Wenn ich nicht aufpasse, krieg ich nie etwas ab, er verkauft sich so schnell, dass wir jeden Tag vor Mittag keinen mehr dahaben. Ich esse immer heimlich hinter der Theke ein Stück. Aber es ist ja viel besser, wenn man ihn in Ruhe genießen kann, mit einem Tässchen Tee, und dazu ein wenig plaudern kann.« Sie quasselte nervös vor sich hin, stellte eine Tasse vor Luuk, goss ihm Tee ein, legte ein großes Stück Torte auf einen Teller und schob es ihm ihn.

»Iss. Er schmeckt himmlisch.«

»Okay …« Verwirrt nahm er die Gabel. Anna setzte sich ihm gegenüber und lächelte ihn an.

»Ist alles klar mit dir?«

»Sicher, warum?«

»Du, äh … benimmst dich seltsam.«

»Ach, echt?« Sie lachte. »Ich bin doch wie immer.«

»Seltsam, sag ich ja!« Er grinste. »Also, was gibt es?« Aufmerksam sah er sie an, den Kuchen hatte er noch nicht angerührt.

Was für eine Verschwendung, dachte Anna und zog den Teller zu sich heran. Sie nahm ein großes Stück auf die Gabel und stopfte es sich in den Mund. So hatte sie ein paar Sekunden Zeit, um darüber nachzudenken, wie sie anfangen sollte.

»Also, ich war ja, wie du weißt, in deinem Haus.«

Er nickte.

»Und da war dieses Zimmer. Es war abgeschlossen, aber der Schlüssel lag über der Tür. Und ich dachte, vielleicht sind da auch Pflanzen drin.«

Als er zuerst ein erschrockenes und dann ein wütendes Gesicht machte, sprach sie schnell weiter. »Es tut mir leid, wenn ich da nicht reingehen sollte, aber du hattest nichts davon gesagt und na ja …« Schnell aß sie noch ein Stück Kuchen. Luuk hatte sich inzwischen im Stuhl zurückgelehnt und die Arme verschränkt.

»Na ja, jedenfalls fand ich es … ein wenig erschreckend.«

Jetzt wirkte er ehrlich verblüfft.

»Wovon sprichst du?«

Sie seufzte und sah ihn an. »Die ganzen Sachen von deiner Frau, Luuk. Das Zimmer ist ja wie ein Schrein. Und im Wohnzimmer hängen auch noch die Bilder, und im Flur hängt sogar ein Mantel von ihr. Du hast alles noch dastehen, die Klamotten, die Fotos, ihre Nähmaschine. Wollte sie denn nichts davon mitnehmen?« Er öffnete erschrocken den Mund, aber sie ließ ihn nichts sagen, sondern sprach hastig weiter. »Aber ich wollte dir anbieten, also wenn du Hilfe brauchst, dann können wir das gemeinsam machen. Ich weiß, wie schwer es sein kann, so ein Projekt anzugehen. Ich habe immer noch die Sachen meiner Großeltern oben in den Schränken und lebe aus zwei Kommodenschubladen, weil ich es nicht über mich bringe. Hör mich nur an, ich bin eigentlich wirklich nicht in der Position, dir Hilfe anzubieten, ich krieg's ja selber nicht in.« Sie lachte. »Aber wir können bei dir anfangen und bei mir weitermachen. Zu zweit ist es leichter. Man darf nur nicht so viel drüber nachdenken.«

»Ich verstehe dich nicht. Wovon zur Hölle sprichst du?« Er sah sie leicht amüsiert an und aß ein winziges Stück Kuchen, und sie wusste genau, dass er es nur probierte, damit sie ihm nicht seinen Gesundheitstick vorhielt.

»Na, die Sachen von deiner Ex-Frau. Luuk, das ist nicht gut für dich, sie noch so sehr um dich zu haben. Du musst langsam anfangen, was wegzupacken. Dich davon zu befreien. Vielleicht kannst du ihr ja ein Paket schicken, wenn sie sie nicht abholen will. Nicht wegen mir, versteh das nicht falsch!«, verbesserte sie hastig, wie immer, wenn sie Angst hatte, etwas gesagt zu haben, das man als Klammern auffassen könnte. Sie achtete immer sehr darauf, sich nicht so anzuhören, als wären sie in einer Beziehung.

Luuk starrte sie an. »Anna«, sagte er und machte dann eine Pause. »Wovon sprichst du? Sie ist nicht meine Ex-Frau.«

Das hilfsbereite Lächeln auf Annas Gesicht fiel langsam in sich zusammen. »Wie meinst du das? Ist die Scheidung noch nicht durch?«

Wieder dieses merkwürdige Starren. Als sei er sich nicht sicher, ob sie gerade durchdrehte oder einen Scherz machte. Verunsichert sah Anna ihn an. Vielleicht war er wütend, weil sie sich einmischte?

»Ist doch egal, wie man es nennt, ich meine ja nur, um über sie hinwegzukommen, wäre es gut, sich vielleicht mal von ein paar Sachen zu trennen.«

Mit einem Mal schien bei Luuk der Groschen zu fallen. Die Farbe wich ihm aus dem Gesicht, und er sah plötzlich so aus, als wünsche er sich ganz weit weg. Er räusperte sich umständlich. »Anna, mir scheint, es gab da ein Missverständnis«, sagte er langsam. »Ich bin nicht geschieden. Und ich … bin auch nicht getrennt. Meine Frau und ich, wir sind noch zusammen.«

Anna blinzelte.

»Wie bitte?«, fragte sie und wollte schon loslachen, weil er offensichtlich gerade einen Scherz gemacht hatte. Doch an seinem Blick erkannte sie die Wahrheit. »Aber …«, krächzte sie. »Wie meinst du das?

»Ich … na ja. Ich dachte, du weißt das. Ich dachte, es sei dir egal.«

»*Egal*? Du hast gedacht, es ist mir *egal*?« Entsetzt starrte sie ihn an. In ihren Ohren rauschte es ein bisschen. »Weißt du überhaupt irgendwas über Frauen? Uns ist so was doch nicht *egal*!«

»Anna, ich trage doch sogar einen Ehering. Dachtest du, den habe ich nur zum Spaß an?«

Sie starrte ihn mit offenem Mund an. Es stimmte, er trug einen Ehering. Und sie war so naiv gewesen, das nie zu hinterfragen.

»Ich … dachte eben einfach, du konntest dich nur noch nicht davon trennen.« Plötzlich kam sie sich schrecklich dämlich vor. Sie hatte die Tatsache, dass er den Ring auch weiterhin trug, obwohl ihm augenscheinlich die Frau abgehauen war, immer ein wenig romantisch gefunden. Es hatte ihn in ihren Augen geehrt, dass er so sehr an einer verflossenen Liebe festhielt. Nun wurde ihr das Bild eines romantischen, liebeskranken Luuk um die Ohren geschmettert.

Er sah aus, als zweifele er ernsthaft an ihrem Verstand.

»Aber als du das erste Mal in mein Haus gekommen

bist, da hast du gefragt, ob das die Sachen von meiner Frau sind! Du wusstest von ihr!«

»Ja, von deiner EX-Frau!«, rief Anna aufgebracht. Sie konnte nicht glauben, dass sie gerade wirklich diese Unterhaltung führten. »Deiner EX-Frau, die du rausgeworfen hast und die abgehauen ist und ihre Sachen hiergelassen hat und jetzt eine Boutique betreibt.«

Luuk starrte sie an, die Verwirrung war ihm auf die Stirn geschrieben. Seine Augen waren zusammengezogen, als versuche er, ein besonders kompliziertes Rätsel zu verstehen. »Wie kommst du denn darauf?«, fragte er langsam.

»Na…« Anna ließ sich aufs Sofa sinken. Eben noch hatte sie laut geredet und wild in der Luft herumgestikuliert, aber bei Luuks ehrlich schockiertem Blick fühlte sie auf einmal, wie alle Wut verpuffte und nur Chaos zurückblieb. »Na… das hat mir die Femke erzählt.«

»Die Femke?« Luuk schnaubte. »Und warum glaubst du, dass eine Frau, die ich in meinem Leben ganze fünf Mal gesehen habe, qualifiziert ist, Aussagen über mein Privatleben zu machen? Meine Frau musste die Insel verlassen, weil es hier keine Arbeit für sie gab. Sie wohnt jetzt in Amsterdam und kommt her, wann immer es ihr Zeitplan zulässt. Das letzte Mal war sie hier, als du so krank warst, deswegen hast du sie nicht gesehen. Meistens fahre ich runter, weil sie nicht freibekommt, aber ich kann natürlich auch immer nur kurz vom Hof weg. Es ist nur eine Übergangslösung, irgendwann wird sie hierbleiben, und wir wollen… eine Familie gründen.«

Anna schüttelte den Kopf. Ihr Hirn kam nicht mit, bei dem was hier gerade passierte. Amsterdam? Übergangslösung? Familie gründen? Das Klingeln in ihren Ohren wurde lauter.

»Du hast deine Frau nie erwähnt!« Jetzt klang ihre Stimme leicht hysterisch. Sie musste sich beruhigen.

»Das stimmt nicht.«

Es stimmte, dass es nicht stimmte, aber das passte Anna gerade nicht in den Kram.

»Na, du hast jedenfalls nie erwähnt, dass sie bald wieder hier antanzen würde und ich dann so tun muss, als wärst du nur mein Nachbar.«

Das wiederum entsprach der Wahrheit, und es brachte Luuk dazu, kurz verlegen auf den Boden zu gucken.

»Na ja, ist doch klar, dass ich vor dir nicht viel über sie spreche…«, sagte er schließlich, und zumindest schien er ein wenig peinlich berührt. »Das macht man doch nicht.«

»Das macht man nicht? DAS macht man nicht?« Anna brauste auf. »Du hast sie also betrogen? Und das mal eben so nebenbei? Obwohl ihr Kinder haben wollt? Ich sag dir mal was, mein Lieber: DAS macht man nicht!« Entsetzt blickte sie ihn an. Plötzlich kam es ihr so vor, als sähe sie ihn zum ersten Mal. »Und mich hast du belogen!«

»Habe ich nicht!« Wütend blickte er auf. »Ich dachte, du weißt Bescheid!«

»Das kann doch nicht dein Ernst sein!«

Er wollte etwas erwidern, aber sie ließ ihm keine

Zeit. »Und wie hast du dir das vorgestellt? Wir wohnen einfach alle nebeneinander, und alles ist Friede, Freude, Eierkuchen, und wenn sie wieder weg ist, dann kommst du zu mir, und alles geht fröhlich seinen Gang, und der liebe Luuk bekommt zwei Frauen und ein Kind? Und auch noch mein Gemüse!« Das Letztere hatte mit der Sache eigentlich nichts zu tun, aber Anna war so empört, dass sie nicht anders konnte. Sie fühlte sich ausgenutzt.

Luuk fuhr sich mit den Händen übers Gesicht. Er wirkte müde und verwirrt.

»Ich dachte, du wärst anständig«, sagte sie leise und sie hasste den bitteren Ton in ihrer Stimme. »Ich dachte, du wärst ein richtig toller Kerl.«

Er seufzte. Plötzlich sah er traurig aus. »Anna …«, sagte er leise.

»Du weißt doch von Simon. Du weißt, wie schwer das für mich war.« Sie konnte es nicht glauben, dass es erneut passiert war. Ein seltsames Gefühl fraß sich in ihre Eingeweide, und ein paar Minuten lang sann sie darüber nach, ob sie sich jemals wieder so fühlen würde wie eine normale, begehrenswerte Frau oder immer so wie jetzt. Alt, hässlich, ungewollt, nicht genug.

»Anna. Ich … fand dich eben einfach so toll«, sagte Luuk sanft.

Anna antwortete nicht. Sie starrte ihn nur an. Was sollte sie dazu auch sagen? Mit diesem Satz hatte er ihr allen Wind aus den Segeln genommen.

»Es tut mir so leid, ich dachte wirklich, dass es okay für dich ist«, sprach er weiter, als er merkte, dass seine

Worte Anna aus der Fassung gebracht hatten. »Ich… weiß, dass es von mir nicht besonders anständig war, meiner Frau gegenüber. Aber es lief schon lange nicht mehr besonders gut, und sie fühlt sich manchmal so weit weg an. Nicht nur räumlich. Ich war eben einfach einsam. Und plötzlich warst du da, und du bist so schön und lustig und unkompliziert, und ich dachte, hey, wenn es sie nicht stört, muss es ja niemand erfahren. Ich dachte, du bist eben aus der Stadt, und da laufen diese Sachen anders, und ich war wirklich überzeugt, dass dir meine Situation klar ist.«

Immer noch sagte Anna nichts. Plötzlich war es, als habe jemand alle Energie aus ihr herausgesaugt. Sie dachte, wie ironisch das Ganze war. Nun war sie nicht die Betrogene, sondern die, die jemand toll genug fand, um wegen ihr seine Frau zu hintergehen. Oder lag es gar nicht an ihr, hätte er mit jeder geschlafen, die nebenan eingezogen war, nur um die Einsamkeit zu verdrängen?

»Anna?«, sagte Luuk jetzt, um ihre Aufmerksamkeit zurückzubekommen, immer noch mit dieser sanften Stimme, die sie ganz aus dem Konzept brachte. »Ich hab dich wirklich sehr gerne. Und du hast doch selber von Anfang an klargestellt, dass du keine Beziehung willst. Können wir nicht… einfach Freunde sein?«

Anna überlegte. Vor ein paar Sekunden noch hätte sie ihm auf diese Frage ein lautes »Natürlich nicht!« ins Gesicht geschleudert, aber nun wusste sie plötzlich nicht mehr, was sie denken sollte. Luuk hatte ihr so geholfen in den letzten Wochen. Er war ein guter Mann, das wusste sie. Jemand, der Tiere so sehr liebte, so leuchtende Augen bekam, wenn er von Gemüse sprach, der immer sofort vorbeikam, wenn sie ein Problem auf dem Hof hatte, der konnte nicht einfach ein gewissenloser Betrüger sein. Vielleicht stimmte es ja. Vielleicht hatte er wirklich gedacht, dass sie von seiner Frau wusste, dass sie auch einfach nur einsam war und sie einander etwas geben konnten in dieser Phase, die für sie beide so schwierig war. Schließlich lebten sie in einer Zeit, in der Untreue quasi gesellschaftsfähig geworden war. Nur weil sie da so traditionelle Ansichten hatte, hieß das ja nicht, dass ihr Umfeld diese teilte. Und sie hatte tatsächlich gesagt, dass sie keine Beziehung wollte. Und sie hatte ihn wirklich nach seiner Frau gefragt, sie hatte gesehen, dass ihre Sachen im Haus lagen, dass er einen Ring trug, und einfach nicht gefragt. Es war ein fieser, gemeiner Zug des Schicksals, aber es war durchaus möglich, dass sie die ganze Zeit aneinander vorbeigeredet hatten. Schließlich kannte er sie nicht besonders gut. Er konnte nicht wissen, dass Anna so etwas nie, nie, niemals egal wäre. Vielleicht hatte er einfach nur andere Moralvorstellungen als sie. Oder eine andere, wesentlich unromantischere Vorstellung vom Leben allgemein.

»Ich weiß nicht«, sagte sie schließlich hilflos. Sie fühlte sich heillos überfordert. »Vielleicht. Ich muss erst mal darüber nachdenken. Das alles verdauen.«

Luuk seufzte tief. Er blickte auf seine Hände. Dann räusperte er sich.

»Ich denke, es ist am besten, wenn ich vollkommen ehrlich zu dir bin, wo wir jetzt schon mal hier sitzen.«

Anna blickte erschrocken auf.

»Ich muss dir etwas sagen. Etwas anderes.«

»Was?«, flüsterte sie atemlos. Sie konnte sich beim besten Willen nicht vorstellen, was jetzt noch kommen sollte. Hatte er sie bestohlen oder Fotos von ihr im Internet verkauft? Was konnte es sein, das seinen Ehebruch mit ihr übertraf? Warum wirkte er plötzlich so nervös?

Luuk stockte, er drehte seine Finger hin und her, zog seinen Ehering aus und wieder an, als wüsste er nicht, wie er anfangen sollte.

Anna wurde immer ungeduldiger. »Jetzt sag schon!«, blaffte sie und war erschrocken über die Schroffheit in ihrer Stimme.

Luuk schien ebenfalls erschrocken, denn er blickte blinzelnd auf und war auf einmal recht blass um die Nase.

»Ich …«, fing er an und brach dann wieder ab. »Ich … äh … würde gerne deinen Hof kaufen.« Er stieß die Luft aus, als sei es eine große Erleichterung, die Worte endlich ausgesprochen zu haben.

Anna blinzelte. »Du willst was?«, fragte sie heiser. Ihre Zunge schien plötzlich am Gaumen festzukleben.

»Deinen Hof. Ich würde ihn gerne kaufen.« Schnell sprach er weiter. »Bitte versteh das nicht falsch. Das Ganze hat nichts mit uns zu tun! Anna, wirklich nicht! Ich wusste nicht, wie ich es trennen sollte, und irgendwann war es einfach zu spät, um unbefangen mit dir darüber zu sprechen, und dann …«

Plötzlich fiel in Annas Kopf ein Puzzleteil an seinen Platz.

»Seit wann?«, unterbrach sie ihn scharf.

»Was …?«

»Seit wann weißt du, dass du den Hof kaufen willst?«

In Luuks Augen erschien ein leicht panisches Flackern. Er wusste, worauf sie hinauswollte. »Ich … also … na ja, so genau kann ich das nicht …«

»Bei unserer ersten Begegnung. Im Garten, als ich dich angeschrien habe, wegen Attila. Wusstest du da, wer ich bin?«

Luuk hob resigniert die Hände. Er seufzte. »Ich dachte, du wärst eine Touristin«, gab er zu, seine Stimme kaum mehr als ein Flüstern.

Anna nickte. Nun ergab alles einen Sinn. »Und dann hast du erfahren, dass mir der Hof gehört, und hast entschieden, dass du einlenken musst, um die hysterische Kuh von nebenan zu besänftigen, und kamst mit deinem Huhn und deiner Lederjacke und deinem Bart und deinem Lächeln hier an, um mich einzuwickeln. Der Retter von nebenan, der stets zu Diensten ist und mich eigentlich nur ausnehmen will.«

»Also, so kann man das nun wirklich nicht …«, fing Luuk an, aber sie sah in seinen Augen, dass es genau so gewesen war.

»Hast du mir doch den Hahn ins Bett gelegt? Damit ich Angst bekomme und schneller hier abhaue? Den Hof so schnell wie möglich loswerden will?«, fragte sie schrill.

Luuk erwiderte mit großem Ernst in der Stimme: »Anna, es ist mir immer noch ein absolutes Rätsel, aber ich schwöre dir bei meinem Leben, dass ich das nicht war! So etwas würde ich niemals tun.«

Sie sah ihn an und forschte in seinem Gesicht nach der Wahrheit.

»Vielleicht war es deine Frau«, rief sie plötzlich.

»Was?« Ungläubig lehnte Luuk sich in seinem Stuhl zurück.

»Vielleicht war es deine Frau.« Aufgeregt stand Anna auf und lief auf und ab. Der Gedanke war ihr einfach so ins Hirn geschossen, aber wenn sie darüber nachdachte, machte er durchaus Sinn. »Vielleicht hat sie das mit uns beiden mitbekommen. Schließlich wusste ich nicht, dass es ein Geheimnis sein soll. Ich habe es natürlich nicht überall herumerzählt, aber sie könnte trotzdem irgendwie davon erfahren haben. Das ist für mich die einzige brauchbare Erklärung. Wenn du es nicht warst, wer soll es sonst gewesen sein? Niemand hier kennt mich. Ich tue niemandem etwas zuleide. Es gibt sonst keinen Grund.«

»Anna, das ist unmöglich.« Luuk klang sehr überzeugt. »Das würde Ines niemals tun!«

Ines. Plötzlich gab es also in Annas Leben eine Ines. Sie war selbst erstaunt, wie viel schlimmer es sich anfühlte, jetzt, da sie ihren Namen kannte.

»Deshalb hast du das Beet bepflanzt, obwohl ich dir gesagt habe, dass du es vielleicht bald wieder abgeben musst. Deshalb hast du die Apfelbäume beschnitten. Deshalb hast du mir mit allem so großzügig geholfen. Die Wiesen gemäht, das Haus begutachtet, mit dem Immobilienheini gesprochen.« Annas Stimme schwankte zwischen Hohn und zitternder Wut. Anklagend zeigte sie mit dem Finger auf Luuk. »Deshalb wolltest du dabei sein, als er kam. Hast du den Hof extra madig gemacht, um den Preis zu senken? Vielleicht ein paar Schäden erfunden? Ein bisschen Schimmelpilz im Reetdach, ein paar Wasserschäden im Gebälk?«

Luuk war bei ihren Worten blass geworden. Um seinen Mund zuckte es. »Natürlich nicht!«, sagte er leise.

»Steckt ihr beide unter einer Decke? Hast du heimlich mit ihm darüber gesprochen, wie man mir alles möglichst billig abluchsen kann. Ihm vielleicht einen Anteil versprochen, wenn er den Preis drückt?«

»Er weiß von nichts!« Luuk war jetzt auch aufgestanden und setzte sich empört zur Wehr. »Anna, jetzt beruhige dich doch wieder. Lass uns bitte ganz normal darüber reden.« Es war das erste Mal, dass seine Stimme lauter wurde.

Anna dachte nicht daran. »Warum sollte ich nicht in das Zimmer gehen?«

»Was?«

Sie standen sich nun gegenüber, der Tisch als Barriere zwischen ihnen. Luuk hatte die Arme verschränkt, Anna ihre wütend auf die Platte gestützt.

»Warum sollte ich nicht in das Zimmer? Wenn es nicht an den Sachen von deiner Frau lag, warum hast du dann abgeschlossen?«

»Einfach so.«

»Luuk.«

Er zögerte. Dann holte er tief Luft und schien dann zu entscheiden, dass nun auch schon alles egal war. »Die Entwürfe vom Architekten liegen auf dem Tisch am Fenster. Ich … wollte nicht, dass du sie siehst, bevor …«

»Entwürfe vom Architekten? Du hast *Entwürfe vom Architekten*?«

»Jetzt schrei doch nicht so!«

»Ich kann's nicht fassen«, flüsterte Anna. »Ich kann's einfach nicht fassen. Du willst also mein Haus umbauen in ein kleines Liebesnest und hier mit Frau und Baby wohnen, sobald ich aus dem Weg geräumt bin?«

»Anna, ich ...«

»Raus aus meiner Küche!«

Er blinzelte überrascht. »Was?«

»Raus. Aus. Meiner. Küche!«

Luuk stand langsam auf, schockiert, überrumpelt. Dann ging er mit leerem Blick zur Tür. Anna zitterte vor Wut. Als er die Klinke schon in der Hand hatte, hielt er inne, drehte sich um und öffnete den Mund, um etwas zu sagen, aber dann schlug er resigniert die Augen nieder. Mit gesenktem Kopf schlüpfte er zur Tür hinaus, und Anna hörte seine schweren Schritte, die sich über die Terrasse entfernten. Sie gab ein ersticktes Geräusch von sich und merkte erst in dem Moment, dass sie immer noch die Hand ausgestreckt hatte und mit dem Zeigefinger zur Tür zeigte. Sie ließ den Arm sinken. Dann fing sie an zu weinen.

39

Anna schlug die Augen auf und wusste, dass etwas nicht stimmte. Noch halb im Traum setzte sie sich auf und horchte in das dunkle Haus. Was hatte sie geweckt? Sie strich sich die Haare aus der Stirn und knipste das Licht an.

Die Schlafzimmertür stand offen.

Ein Schreck durchzuckte sie, aber fast im selben Moment fiel ihr ein, dass sie vorhin auf der Toilette gewesen war, und sie atmete erleichtert aus. Sicher hatte sie die Tür nicht wieder richtig hinter sich geschlossen, und die Zugluft hatte sie aufgestoßen.

Ganz abschütteln ließ sich ihr Unbehagen aber nicht. Das leere, dunkle Haus machte ihr noch immer ein wenig Angst. Benommen schwang sie die Beine aus dem Bett und erschauderte kurz, als ihre Zehen den kalten Boden berührten. Ein seltsames Gefühl beschlich sie. Irgendetwas war anders als sonst.

Anna nahm ihre Strickjacke vom Sessel und schlang sie um sich, während sie immer noch in das stumme Haus hineinlauschte. Ein Blick auf den Wecker sagte ihr, dass es bald hell werden würde, es war bereits nach fünf. Wäre Attila noch am Leben, würde er sicherlich bald krähen. Aber jetzt war der Himmel noch schwarz.

Als sie ans Fenster tappte und den Vorhang ein Stück zur Seite schob, blinkten noch ein paar Sterne in der Dunkelheit, und ein kleiner blasser Sichelmond schien mit dem Leuchtturm um die Wette. Keiner von ihnen vermochte es aber, die dunkle Inselnacht besonders zu erhellen.

Ihre Zähne schlugen aufeinander, und sie merkte plötzlich, dass sie zitterte. Auf ihren Armen und ihren Oberschenkeln hatte sich eine Gänsehaut gebildet. Ein prüfender Griff auf die Heizung ließ sie zurückzucken.

Eisig kalt.

Verblüfft zog sie den Vorhang ganz zur Seite. Kein Wunder, dass sie fror! Die Heizung war aus. Der Drehgriff stand auf null.

Anna starrte den angerosteten Knauf an, und in ihrem Kopf wirbelten die Gedanken. »Aber… ich habe sie nicht ausgestellt«, flüsterte sie in die Stille hinein. Das wusste sie ganz genau. Sie hatte die Heizung nicht angefasst. Sie war die Frostbeule Nummer eins. Sie hatte immer mehrere Decken auf sich gepackt und schlief auch jetzt im Spätsommer mit Heizung, weil die Nächte schon wieder kühler wurden. Sie musste sich doch daran erinnern, sie heruntergedreht zu haben, so etwas vergaß man doch nicht. Oder doch?

Verwirrt ließ sie sich zurück aufs Bett sinken. Tja, wenn man ehrlich war, bei ihr war das schon möglich. Wer wusste schon, was sie alles tat, wenn sie in Gedanken war?

Anna drehte den kleinen Knauf auf vier. Es knirschte, und sofort gluckerte es in den Rohren. Gleich würde es wieder warm werden, und ihre grüblerischen Gedanken würden verschwinden. Erleichtert darüber, dass die Heizung nicht kaputt war, aber immer noch ein wenig verwirrt, lief sie zur Tür, um sie zu schließen. Gerade hatte sie die Klinke berührt, da erscholl aus dem unteren Haus ein lauter Knall, gefolgt von einem Klirren, das sich anhörte, als hätte jemand eine Vase gepackt und mit aller Kraft auf den Küchenfußboden geschleudert. Anna erstarrte. Mit aufgerissenen Augen stand sie da, die Klinke immer noch in der Hand, stocksteif, als habe sie jemand mit Eiswasser übergossen. Im selben Moment, in dem sie realisierte, dass sie nicht allein im Haus war, wurde ihr klar, was nicht stimmte.

Harry.

Er war nicht da.

Anna lief zum Bett und riss die Decke hoch. Nichts. Nur ein paar braune Haare auf dem weißen Laken und eine kleine Delle, wo Harry zuvor gelegen hatte. Sie fasste auf das Bett. Es war kalt.

Ihr wurde übel. Harry ging so gut wie nie nachts auf Wanderschaft. Als er klein gewesen war, hatte er nachts oft spielen wollen oder war durch die Wohnung gegeistert und hatte heimlich den Teppich zerkaut und den Wäschekorb ausgeräumt. Aber seit er aus der Pubertät raus war, hatte sich seine spielerische Seite auf tagsüber beschränkt. Er schlief durch, und zwar so gut wie immer, außer wenn er abends einmal zu viel Wasser getrunken hatte. Doch dann weckte er sie, wenn er nach draußen wollte, oder er lief ins Bad und pinkelte in die Dusche. Aber er kam immer sofort zurück. Er wanderte nie einfach alleine nachts davon. Zitternd trat sie auf den Flur hinaus. Sie schlich auf Zehenspitzen mit angehaltenem Atem und lauschte nach unten, wo es jetzt ganz still war. Zu still.

»Harry!«, flüsterte sie gepresst, aber es kam nur ein raues Krächzen aus ihrem Hals. »Harry! Komm her!« Irgendetwas hielt sie davon ab, laut zu rufen. Sie wusste nicht, woher der Knall von eben gekommen war. Die einfache Erklärung wäre, dass Harry aufgewacht war, die offene Tür gesehen hatte und nach unten gelaufen war, wo er irgendwas umgeschmissen hatte. Aber ihr Gefühl sagte ihr, dass es anders war.

Sie setzte den ersten Fuß auf die Treppenstufe. Langsam verlagerte sie ihr Gewicht, um das Knarren zu verhindern. Dabei hielt sie weiter den Atem an. Der Flur unten war tiefschwarz, nur ein blasser, weißer Schimmer drang aus der Küche, das Mondlicht, das durch die offene Tür in den Gang fiel. Ihr wurde bewusst, wie alleine sie war. Niemand würde sie hören, wenn sie um Hilfe rief. Luuk vielleicht, aber ihre Erfahrung sagte ihr, dass er so tief schlief wie ein Bär. Außerdem hatte Attila jahrelang direkt unter seinem Fenster gekräht, und es hatte ihm nicht das Geringste ausgemacht. Die anderen Nachbarn waren zu weit weg. Niemand war hier. Keiner würde sie hören. Und sie konnte nicht wegrennen. Sie konnte überhaupt nicht rennen. Noch nie hatte sie sich so hilflos und allein gefühlt.

Mein Handy!, dachte sie und hielt inne, den Fuß in der Luft über der nächsten Treppenstufe schwebend. Sofort drehte sie sich wieder um. Es knarzte leise, und sie hielt den Atem an. Immer noch war es im unteren

Stockwerk totenstill. Kein Laut drang zu ihr. Das war viel schlimmer, als etwas zu hören, denn es sagte ihr, dass Harry nicht dort unten sein konnte. Ist er vielleicht doch nur raus zu Bobby gelaufen, dachte sie verzweifelt und huschte zurück ins Schlafzimmer. Sie ging zum Nachtschränkchen und streckte die Hand nach ihrem Handy aus. Dann blickte sie wie erstarrt auf die schwarze Schnur des Ladekabels neben der Lampe. Das Handy war nicht da.

Jetzt kam die Angst. Sie kam wie eine rote Welle und drohte Anna für einen Moment zu überwältigen. Sie wusste plötzlich, dass derjenige, der ihr den Hahn ins Bett gelegt hatte, der hinter den seltsamen Anrufen steckte, der wahrscheinlich auch ihr Ladenfenster eingeworfen hatte, jetzt gerade bei ihr im Haus war. Und er hatte Harry.

Sie schlich, so leise sie konnte, die Treppe hinunter. Bei jedem Schritt verfluchte sie die knarzenden Stufen. Aber sie wusste, dass es eigentlich egal war, denn wer auch immer hier war, wusste, dass sie wach war, wusste, dass sie ihn suchte. Er war bereits bei ihr im Zimmer gewesen. Und nun wartete er auf sie.

Als sie unten ankam, horchte sie mit klopfendem Herzen. Sie hatte das Gefühl, dass jemand sie anstarrte, irgendwo, aus den Schatten unter dem Dach oder dem Dunkeln unter der Treppe heraus.

Sie schlich zum Telefon und hob den Hörer. Die

Leitung war tot. Sie hatte es nicht anders erwartet, aber für einen Moment drohte die Panik sie wieder zu überrollen. Sie zwang sich, ruhig zu atmen, und dachte an Harry. Er brauchte sie, sie durfte jetzt nicht schlappmachen. Das Haus war so still. Es war, als würde alles nur darauf warten, was als Nächstes geschah. Fast war Anna ein wenig erleichtert. Vielleicht würde sich nun endlich herausstellen, was sich in den letzten Monaten auf dem Hof zugetragen hatte. Vielleicht würde sie endlich Antworten auf ihre Fragen bekommen.

Sie tappte langsam in Richtung Küche. Der Raum lag still da, nichts rührte sich, alles wirkte wie immer. Und doch meinte Anna, ein Flüstern in der Luft zu hören, ein leises Wispern, das die Nacht dazu brachte, unruhig zu pulsieren.

Sie drückte auf den Lichtschalter und war selbst überrascht, als die Küche plötzlich erstrahlte. Vor der Spüle lagen Scherben, ein Glas war heruntergefallen und auf den Fliesen zersprungen.

Als sie am Tisch vorbeikam, knarrte die Tür der Speisekammer.

Anna blieb stocksteif stehen und drehte sich dann langsam um. Die Tür war nur angelehnt, ein dunkler Spalt war sichtbar, und sie bewegte sich leicht im Luftzug. Wieder knarrte es, leise, kaum hörbar, aber ihr wurde vor Angst ganz schwindelig.

Sie trat einen Schritt auf die Tür zu und streckte zitternd die Hände aus. Dann machte sie einen Satz nach vorn und schob den Riegel vor. Sie schrie leise auf und erwartete halb, dass sich von innen etwas Riesiges,

Böses gegen die Tür werfen, sie aufschmettern und sich auf sie stürzen würde.

Aber es blieb still, in der Kammer regte sich nichts. Schwer atmend stand Anna da und starrte auf die kleine blaue Tür. Sie würde nicht herausfinden, ob etwas dahinter verborgen war oder sie eben gegen einen Luftzug gekämpft hatte.

Sie drehte sich um und wollte zur Küche hinausschlüpfen, da sah sie plötzlich aus den Augenwinkeln etwas, das ihr den Atem stocken ließ. Ihr Handy. Es lag auf dem Sofa.

Sie ging darauf zu und hob es ungläubig hoch. Als sie mit dem Finger darüberwischte, wurde es hell. Sie schluchzte leise auf und wählte Luuks Nummer. Als das Freizeichen ertönte, sank sie vor Erleichterung in die Knie.

Zwei Minuten später kam er zu ihr in die Küche gestürmt. Sie hatten nicht mehr gesprochen seit ihrem Streit vom Vortag, aber Anna flog ihm in die Arme und erzählte unter lauten, unkontrollierten Schluchzern, was passiert war. Er hörte stumm zu und durchsuchte anschließend im Schnelldurchlauf Haus und Garten. Harry war nirgends zu finden. Dann ging er in den Flur und holte ihre Jacke. Er brachte Anna zu sich in die Küche, setzte sie an den Tisch und drückte ihr das Handy in die Hand.

»Du bleibst hier, ich suche weiter. Ruf die Polizei und mach niemandem auf, außer du hörst meine Stimme!«

Sie nickte wie betäubt.

»Anna!« Er kniete sich vor sie und sah sie besorgt an. »Kommst du klar? Kann ich dich alleine lassen?«

»Ja! Ja, ich bin okay!«, versicherte sie, aber ihre Zähne klapperten unkontrolliert, und er betrachtete sie noch einen Moment durchdringend, als habe er Angst, dass sie gleich vom Stuhl kippen könnte. Dann ging er hinaus.

Anna hatte das Gefühl, dass die Sorge um Harry ihr buchstäblich die Kehle zuschnürte. Sie konnte nicht richtig atmen, nicht richtig denken, alles war ein Wirbel aus unkontrollierbarer, dunkler Angst. Sie hatte keine Ahnung, was sie tun sollte, wenn ihm etwas passierte. Er war ihr Baby, ihr Ein und Alles. Und sie hatte ihn nicht beschützt, und jetzt war er wer weiß wo, mit wer weiß wem und vielleicht… Sie presste sich die Hand vor den Mund und zwang sich, ruhiger zu werden. Sie durfte jetzt nicht darüber nachdenken, was alles passiert sein könnte, sie musste etwas tun.

Sie rief die Polizei an und erklärte in fast nüchternem, roboterartigem Ton, dass jemand in ihr Haus eingebrochen war und ihren Hund gestohlen hatte. Dann rief sie alle auf der Insel an, die sie kannte, auch Roos, obwohl es mitten in der Nacht war. Aber sie wollte nichts unversucht lassen. Britt versprach, sofort vorbeizukommen. Roos, die schrecklich aufgelöst war und am Telefon zu weinen anfing, versprach sie, dass sie sie informieren würde, sobald sie etwas Neues wusste. Als sie bei der Femke anrief, meldete die sich aufgeregt.

»Anna, so ein Zufall, ich wollte eben bei dir anrufen. Dein Hund ist bei uns!«

»Was?« Anna war aufgesprungen. »Was meinst du? Harry ist bei euch? Geht es ihm gut?«, fragte sie hysterisch.

»Ja doch, es geht ihm gut!« Die Femke klang ebenfalls deutlich aufgewühlt. »Wir haben schon alle geschlafen, und plötzlich war draußen ein lautes Bellen zu hören. Ich dachte erst, es wäre ein Hund aus der Nachbarschaft, aber dann bin ich doch aufgestanden, weil es einfach nicht aufgehört hat. Simon war schon wach, wir haben uns im Flur getroffen, und da stand Harry vor dem Wohnzimmerfenster. Kannst du das glauben? Du rufst bestimmt wegen ihm an, oder?«

Anna stand da und begriff nicht. »Was hast du eben gesagt?« Sie musste sich räuspern, weil ihr plötzlich die Stimme versagte. »Hast du eben ›Simon‹ gesagt?«, fragte sie und war sich sicher, dass sie sich verhört hatte.

»Ja doch, Simon. Und wo der Arme morgen so früh aufstehen muss, um die Fähre zu erwischen. Ausgerechnet an seinem letzten Tag hier. Kommst du vorbei, um Harry zu holen? Sonst schicke ich Sem, er ist jetzt ohnehin auch wach, bei all dem Lärm.«

Anna brauchte einen Moment, bis sie antworten konnte. »Nein«, sagte sie. »Bleibt, wo ihr seid. Ich komme.«

Anna und Luuk fuhren, so schnell sie konnten, durch den kleinen Ort. Als sie vor dem Haus der Femke hielten, war jedes Fenster erleuchtet. Anna rannte über den Kiesweg zur Haustür, aber nach zwei Schritten kam Simon ihr schon entgegen. Er hielt Harry auf dem Arm.

Anna blieb schockiert stehen. Sie hatte bis jetzt nicht glauben können, dass er tatsächlich hier war.

Sie ging ihm stumm entgegen und riss Harry an sich. Schnell untersuchte sie ihn, aber er schien fit wie ein Turnschuh und schleckte ihr freudig den Hals ab.

»Was machst du hier?«, fauchte sie Simon an, und er wurde blass.

»Ich bin noch ein paar Tage länger geblieben. Ich hatte mir ja extra Urlaub genommen und dachte, wir könnten uns aussprechen«, stotterte er. »Aber da du ja … na ja, ich hatte eben nicht damit gerechnet.« Er blickte zu Luuk, der hinter Anna aufgetaucht war und sich nun neben sie stellte. »Ich hatte mir Arbeit mitgenommen und dachte, ein paar Tage am Meer muss man ja nicht verschwenden. Und Femke hatte schon letztes Mal angeboten, dass ich jederzeit bei ihnen wohnen kann. Ich wollte dich nicht weiter nerven, also habe ich nichts gesagt …«, erklärte er und hob die Hände.

»Und warum ist Harry hier?«, fragte Anna.

»Das weiß ich doch nicht, er stand plötzlich draußen und hat gebellt.«

»Und das soll ich dir glauben?« Sie schrie jetzt fast. »Was willst du damit erreichen? Willst du dich an mir rächen?«

Simon wurde blass. »Anna. Was redest du denn? Denkst du, dass ich deinen Hund entführe oder was?« Er wollte beschwichtigend auf sie zukommen, aber da bewegte Luuk sich. Es war nur eine kleine Geste mit dem Arm, aber sie reichte aus, um Simon innehalten zu lassen. Luuk war bedeutend größer als er.

»Ich …« Anna wusste nicht mehr, was sie denken sollte.

»Anna, das kannst du doch nicht ernsthaft glauben? Er ist bestimmt abgehauen und hierhergekommen, es sind doch nur ein paar Straßen.«

Sie sah ihn an und wägte ab. Es klang plausibel. Es war theoretisch möglich. Aber trotzdem. Sie wusste einfach, dass es nicht so war. »Er hat neben mir im Bett geschlafen. Die Tür war zu. Er geht nie nachts alleine raus!«, beharrte sie.

»Du hast doch eine Katzenklappe, vielleicht ist er da durch!«, warf Simon ein und schien nun auch ernsthaft verwirrt.

Plötzlich kam die Femke aus der Tür, einen Mantel über ihr Nachthemd gezogen. Hinter ihr erschien Sem. Er lächelte zur Begrüßung, als er Anna sah.

»Er ist abgehauen!«, sagte er. »Du hast dir bestimmt schreckliche Sorgen gemacht!«

»Ja … sehr!« Anna war so durcheinander, dass sie nicht wusste, was sie anderes sagen sollte.

»Na, gut, dass er unser Haus kennt, nicht wahr?«, sagte Sem. Er trat auf sie zu und streichelte Harry, der ihm die Hand ableckte.

»Ja, das war … wirklich gut!«

»Du siehst ganz blass aus, Anna!« Die Femke betrachtete sie besorgt. »Kommt rein, dann mache ich euch einen Tee!«

»Nein, danke!«, sagten Anna und Luuk gleichzeitig. »Es ist doch schon so spät«, fügte Anna schnell hinzu. »Wir fahren besser wieder, jetzt hat sich ja alles aufgeklärt.«

Sie verabschiedeten sich, und Anna entschuldigte sich bei der Femke für den Aufruhr.

»Ich fahre morgen früh wieder …«, sagte Simon.

Anna nickte. Dann drehte sie sich um und ging wortlos davon.

Anna und Luuk saßen im dunklen Auto und blickten auf den Hof. »Jemand war im Haus«, sagte sie, und er nickte. »Ich glaube dir!« Sie wusste, dass er an Attila dachte, und drückte ihm dankbar den Arm.

»Ich bleibe heute bei dir. Im Blauen Zimmer«, fügte er schnell hinzu und öffnete die Wagentür. »Und morgen sehen wir weiter.«

Noch einmal durchsuchte er das ganze Haus und verriegelte sorgfältig alle Türen. Auch in die Speisekammer warf er einen Blick, bewaffnet mit dem Ofenstab. Sie war leer, der Riegel noch vorgeschoben. Anna hatte Gespenster eingesperrt.

Stumm und erschöpft gingen sie hinauf, und Anna fühlte sich plötzlich unendlich müde, so müde und kraftlos wie noch nie in ihrem Leben. Sie schloss die

Tür ab, nahm den Schlüssel mit ans Bett und vergrub ihren Kopf in Harrys Fell. Er leckte ihr übers Ohr, als verstünde er gar nicht, warum sie sich so anstellte. Sie hielt ihn die ganze Nacht an sich gedrückt, und als sie am Morgen aufwachte, lag er wie ein Baby in ihrer Armbeuge und schlief friedlich. Sie betrachtete ihn einen Moment, und dann konnte sie die erleichterten Schluchzer nicht mehr unterdrücken, die plötzlich aus ihrer Kehle kamen. Harry wachte auf, wedelte verwirrt mit dem Schwanz und leckte ihr die Tränen fort.

40

Als Anna die Treppe hinunterkam, klingelte im Flur das große grüne Telefon. Es war nie kaputt gewesen, jemand hatte den Stecker aus der Wand gezogen. Sie erwartete, die Stimme ihres Vaters oder die von Roos zu hören, die einzigen beiden Menschen auf der Welt, die das Festnetz benutzten. Deswegen war sie überrascht, als sich eine ihr unbekannte Stimme meldete.

»Guten Tag. Spreche ich mit Frau Anna Fischer?«

»Ja, genau, am Apparat.« Das Lächeln in Annas Gesicht erstarb, als die Frau am anderen Ende der Leitung mit sachlicher, aber eindringlicher Stimme weitersprach.

»Gut, dass ich Sie erreiche. Ich habe leider schlechte Nachrichten. Ich bin vom Krankenhaus Den Helder. Frau Roosalinda van der Meer ist soeben bei uns eingeliefert worden. Sie waren als ihr Notfallkontakt angegeben.«

»Ich war als ihr …?« Anna brauchte einen Moment, bis der Inhalt der Worte zu ihr durchdrang. Dann verstand sie. »O Gott. Was ist denn passiert?«

»Frau van der Meer ist anscheinend in ihrem Haus die Treppe hinabgestürzt. Eine Nachbarin hat sie gefunden und uns alarmiert. Sind Sie mit ihr verwandt?«

»Was? Nein …« Annas Herz pochte plötzlich so stark, dass es sich anfühlte, als würde es ihr gleich aus dem Körper springen. »Sie ist eine Freundin. Roos … wie geht es ihr?«

»Wie gesagt, ihr Zustand ist kritisch. Sie ist momentan noch im OP, und ich habe keine weiteren Informationen. Sie ist auf den Kopf gestürzt und hat viel Blut verloren. Als sie eingeliefert wurde, war sie nicht bei Bewusstsein.«

»O Gott …« Annas Stimme war nur noch ein Flüstern. Sie musste sich an der Wand abstützen. »Kann ich sie sehen?«

»Ich kann momentan nichts dazu sagen, ob und wann sie Besuch empfangen darf, das hängt vom weiteren Verlauf ab. Aber angesichts ihres kritischen Zustands wäre es keine schlechte Idee, wenn Sie schnell herkommen. Können Sie es übernehmen, weitere Angehörige zu informieren?«

Vor Annas Augen flimmerte es. Aufgeregt lief sie auf und ab. »Ich kenne die Angehörigen nicht«, rief sie panisch. »Ihr Mann ist tot. Sie hat einen Sohn in Australien. Und eine Tochter. Die wohnt wohl auf der Insel, aber sie sind zerstritten, und ich weiß nicht mal ihren Namen …«

»Okay, machen Sie sich keine Gedanken, das finden wir schon heraus.« Die Frau merkte offenbar, wie aufgeregt Anna war, und sprach nun beschwichtigend auf sie ein. »Nun bleiben Sie erst mal ganz ruhig, Frau Fischer, überstürzen Sie nichts und kommen Sie her.«

Anna ließ sich den Weg ins Krankenhaus beschreiben, dann legte sie auf und starrte einen Moment mit glasigen Augen vor sich hin ins Leere. Sie war noch nie in dem Krankenhaus gewesen, aber sie verband ungute Erinnerungen mit dem Namen. Anouk war damals dort eingeliefert worden. Aber Anna war nicht mitgekommen, sie war bei der Femke geblieben, wenn sie sich richtig erinnerte, während ihre Mutter im Krankenwagen mitfuhr und ihr Vater und ihre Großeltern mit dem Wagen hinterherjagten, die Gesichter bleich, die Münder auf eine seltsame Art zusammengekniffen, die Anna noch nie zuvor gesehen hatte. Später waren sie wiedergekommen, langsamer diesmal. Die Gesichter waren immer noch bleich, aber die Anspannung war daraus verschwunden. Nun lag etwas anderes darin. Etwas, an das Anna sich nicht erinnern wollte.

Sie merkte nicht mal, dass sie die Fingernägel ihrer linken Hand so stark in die Handfläche gebohrt hatte, dass diese die Haut durchschnitten. Ihre Gedanken rasten. *Angesichts ihres kritischen Zustands …* Die Worte der Frau hallten in Annas Kopf nach. Sollte das heißen, dass sie nicht mehr aufwachen würde? Dass sie sich beeilen musste, um Roos noch einmal zu sehen?

Ein Schreck durchfuhr sie, als sie an die Fähre dachte. Das Krankenhaus lag auf dem Festland. Anna warf einen Blick auf ihre Armbanduhr. Dann jagte sie los. Auf Socken schlidderte sie durchs Haus, packte Harry und ihre Tasche, fuhr in die Gummistiefel und war innerhalb weniger Sekunden zur Tür hinaus. Sie stürmte zu Luuk in die Küche und warf ihm Harry in die Arme.

»Nimm ihn. Keine Zeit. Muss die Fähre kriegen. Roos im Krankenhaus«, japste sie und war schon wieder zur Tür hinaus, bevor er auch nur irgendwas erwidern konnten.

»Anna!« Luuk war nach der ersten Schocksekunde hinter ihr hergerannt und hielt sie nun am Ärmel fest. »Du hast noch deinen Schlafanzug an!«

»Was? Oh, so ein Mist!« Anna guckte an sich hinunter. Sie trug tatsächlich ihren blauen Schlafanzug und darüber die Gummistiefel. »Shit!« Sie blickte kurz zum Haus hinüber. »Egal. Keine Zeit. Ich zieh die Jacke drüber«, rief sie und lief los. »Was ist denn passiert?«, rief Luuk, aber Anna blieb nicht stehen.

Sie sprang ins Auto und raste so schnell aus der Einfahrt, dass der Kies spritzte und zwei Hühner erschrocken zur Seite flatterten. Sie hatte noch genau vierzehn Minuten, bis die nächste Fähre ablegte. Und sie würde diese Fähre kriegen, auch wenn sie dafür ihren Führerschein verlor!

Grimmig trat sie aufs Gas. Sie umklammerte das Lenkrad, lehnte sich nach vorne und starrte abwechselnd auf die Straße und auf die Uhr. Noch nie in ihrem Leben war sie so schnell gefahren.

»Komm schon, komm schon, komm schon!« Sie haute wütend auf die Hupe, als sie an einer Ampel gezwungen war, mitten im Nichts anzuhalten, um zwei Radfahrer in Ganzkörper-Regenanzügen die verlassene Straße überqueren zu lassen. »Die ganze Insel habt ihr, und ausgerechnet hier müsst ihr rumtuckern!« Sie brauchte normalerweise zwanzig Minuten bis zum Hafen. Fünfundzwanzig, wenn viel Verkehr war. Es war eigentlich unmöglich, die Fähre noch zu erwischen.

Heute schaffte Anna die Strecke in zwölf Minuten.

Giovanni war das letzte Auto, das vom dunklen Bauch des Schiffes verschluckt wurde. Hinter ihr schloss sich fast sofort die große Laderampe. Als sie den Motor abstellte, atmete Anna erleichtert aus. Für einen Moment ließ sie erschöpft die Stirn auf das Lenkrad sinken. Dann wühlte sie ihr Handy aus der Tasche und lief an Deck. Die anderen Passagiere warfen ihr irritierte Blicke zu, als sie mit ihrem Schlafanzug in die Cafeteria kam, aber es kümmerte sie nicht. Sie zog ihre Jacke über und ging nach draußen auf die Aussichtsplattform, wo sie wegen des Nieselregens alleine war. Dort kauerte sie sich auf eine Bank in der Ecke und wählte Britts Nummer.

»Hey, Anna, rufst du an wegen unserer Kinopläne heute Abend?« Britt klang wie immer gut gelaunt. Sie kaute etwas Knuspriges, und Anna hörte, wie sie im Hintergrund auf ihrem Computer herumtippte.

»Britt. Ich bin auf der Fähre nach Den Helder. Roos ist im Krankenhaus.«

»Was? O mein Gott!« Sie klang genau wie Anna, als sie die Nachricht erfahren hatte. »Was ist passiert?«

Anna erzählte, was sie wusste. »Sie meinten, ich soll besser schnell kommen …«, sagte sie leise.

»Oh, Anna!« Ein paar Sekunden war es still. »Ich komme auch. Ich fahre sofort los, muss nur noch meinen nächsten Patienten wieder rauswerfen.«

»Danke!« Anna war erleichtert, dass Britt es von selbst anbot und sie nicht erst fragen musste. Sie wollte mit der ganzen Sache nicht alleine sein, und Krankenhäuser machten ihr Angst. »Aber sag mal, kannst du vielleicht vorher bei mir vorbeifahren und mir etwas zum Anziehen mitbringen? Ich bin sozusagen im Schlafanzug unterwegs.«

»Natürlich, kein Problem! Wo ist Harry?«

»Bei Luuk.«

»Oh.«

»Ja. Es ging nicht anders.«

»Soll ich ihn holen?«

»Nein, er darf sowieso nicht mit zu ihr hinein, und er liebt es bei Luuk. Er spielt mit den Hühnern. Es macht ihm nichts aus.«

»Okay, ich düse sofort los. Anna …«

»Ja?«

»Haben sie irgendwas gesagt, ob sie wieder …« Britt brach ab, und Anna konnte hören, wie sie den Atem anhielt.

»Nein. Sie konnten noch nichts sagen. Aber es hat sich nicht so gut angehört.«

»Oh. Okay.« Britt klang so fassungslos, wie Anna sich fühlte.

Danach rief sie bei Luuk an und entschuldigte sich für den Überfall. Auch er bot an, nach Den Helder zu kommen, aber sie lehnte ab. »Danke, es reicht, wenn du auf Harry aufpasst. Ich weiß nicht, wie lange ich hierbleiben muss.«

»Natürlich. Ruf mich an, sobald du etwas weißt, okay?«

Luuk mochte Roos sehr gerne, das wusste Anna und sie konnte in seiner Stimme hören, dass er sich ehrlich Sorgen machte. Sie versprach es und legte schnell wieder auf.

Einen Moment überlegte sie, ob sie auch Ole anrufen sollte. Er und Roos hatten schließlich in letzter Zeit eine ganz eigene Freundschaft entwickelt. Er würde es sicher wissen wollen. Aber war das wirklich klug? Er würde sich nur Sorgen machen, und sie würde ihm damit die Reise verderben. Auch wenn er nicht eigens zurückkäme, würde ihn die Nachricht trotzdem sehr treffen. Er konnte aus der Ferne nichts tun, also entschied Anna, ihn nicht zu kontaktieren.

Als Nächstes versuchte sie, die Femke zu erreichen. Sie hoffte auf einen Tipp von ihr, wie man den Namen oder die Nummer von Roos' verschollener Tochter herausfinden konnte. Schließlich kannte sie jeden auf der Insel, sollte sich ihr Lästernetzwerk doch mal bezahlt machen, dachte Anna. Aber bei der Femke nahm niemand ab.

Es wurde die schlimmste Überfahrt ihres Lebens. Die Fähre bewegte sich mit quälender Langsamkeit. Anna starrte in den weißen Wellenschaum, kaute an ihren

Fingernägeln und hatte das Gefühl, dass die Ungewissheit sie von innen auffraß.

Endlich ertönte das Signal, das die baldige Ankunft ansagte. Dass sie als letztes Auto aufgefahren war, bedeutete nun, dass sie auch als Letzte wieder runterfahren würde. Noch einmal musste Anna warten. In ihr kribbelte alles, sie wollte am liebsten Gas geben und die anderen Autos mit der Stoßstange vor sich herschieben.

Als sie endlich ins Foyer des Krankenhauses stürmte, das seltsam still und verlassen dalag und nach Kohlsuppe und Wandfarbe roch, stellte sich heraus, dass die Hektik der letzten Stunde ganz umsonst gewesen war. Roos lag auf der Intensivstation und durfte keinen Besuch empfangen. Die Schwester konnte Anna nicht sagen, wann und ob sich das ändern würde, und so hörte sie schließlich auf, sie mit Fragen zu löchern, und fügte sich in das Warten. Die Frau warf einen mitleidigen Blick auf ihren Schlafanzug und ihre Gummistiefel und gab ihr dann einen Kaffee.

Im Wartezimmer lagen jede Menge Zeitungen, aber Anna war nicht nach Lesen zumute. Sie setzte sich auf die Fensterbank, starrte in den grauen Himmel und versuchte nicht daran zu denken, wie ihre Eltern vor vielen Jahren vielleicht genau hier in diesem Zimmer gesessen und gewartet hatten, bevor sie die schlimmste Nachricht ihres Lebens erhalten hatten.

Als zwei Stunden später Britt hereinkam und sich suchend umsah, eine Tasche in der einen und Blumen in der anderen Hand, hatte Anna das Gefühl, erst seit ein paar Minuten hier zu sitzen, so sehr war sie in Trance versunken gewesen.

»Wie geht es ihr?« Britt umarmte Anna fest, und der vertraute Geruch nach ihrem Shampoo hatte etwas ungemein Tröstliches. Anna klammerte sich an sie. »Ich war noch nicht bei ihr. Niemand darf sie sehen. Sie ist noch nicht außer Lebensgefahr«, sagte sie in Britts Kapuze hinein.

»Das gibt's doch nicht!« Britt reichte Anna die Tasche und ließ sich mit grauem Gesicht auf den Stuhl neben ihr fallen.

Anna zog sich auf der Toilette Jeans und Pullover an. Dann saßen sie zusammen und schwiegen und warteten.

41

»Meinst du wirklich, das ist erlaubt?« Britt sah sich um, als erwarte sie, dass jeden Moment jemand mit erhobenem Zeigefinger auf sie zugeschossen käme.

»Na ja, erlaubt wohl eher nicht. Aber es wird schon keiner merken.« Anna öffnete die große Reisetasche, in der sie Harry versteckt hatte, und hob ihn vorsichtig heraus. Er grunzte empört, offenbar wenig erfreut darüber, wie ein Stück Gepäck behandelt zu werden, und strampelte mit den Beinchen.

»Geh mal Schmiere stehen«, sagte Anna, und Britt lief zur Tür und positionierte sich so am Eingang, dass sie sowohl ins Krankenzimmer blicken als auch den Flur überwachen konnte.

Roos hatte zwei Tage lang im Koma gelegen. Anna und Britt hatten sie abwechselnd besucht und bei ihr gewacht, solange es die Ärzte erlaubten. Niemand sonst war gekommen, um nach ihr zu sehen, und an ihrem Zustand hatte sich seit ihrer Einlieferung nichts geändert.

»So, mein Schlumpf. Jetzt musst du ganz, ganz lieb sein!«, flüsterte Anna Harry ins Ohr. Sie trug ihn zu Roos ans Bett, die regungslos dalag wie eine kranke Elfe, und setzte ihn so umsichtig neben sie auf das Laken, als könne sie allein durch eine Berührung zerbrechen.

»Ganz vorsichtig, Harry!«, ermahnte sie.

Und Harry schien zu verstehen. Er betrachtete einen Moment lang Roos' Gesicht, das in unruhige Falten geworfen war, als würde sie sich im Schlaf um etwas sorgen. Dann winselte er und leckte ihr über den Arm.

Hoffnungsvoll blickte Anna zwischen Roos und den Monitoren hin und her, die neben ihrem Bett aufgebaut waren.

Nichts geschah. Roos atmete ruhig und stetig, aber sie bewegte sich nicht, ihre Augen blieben geschlossen, und auch auf den Bildschirmen gab es keinerlei Veränderung.

»Komm schon!«, rief Anna bekümmert.

Plötzlich spürte sie eine Bewegung hinter sich. Britt war zum Bett gekommen und drückte ihr sanft den

Arm. »Anna«, sagte sie leise. »Harry ist der Beste. Das ist er wirklich. Aber er ist kein Zauberdackel, auch wenn es manchmal so scheinen mag.«

»Ich weiß ja. Aber ich dachte …«

»Hey! Was geht denn hier vor sich?« Eine scharfe Stimme unterbrach Anna. Erschrocken fuhren sie herum. Eine Schwester kam herein und blickte erzürnt auf Harry. »Das ist ein Krankenhaus! Man darf hier doch keine Tiere mitbringen!«, rief sie aufgebracht.

Anna stellte sich schützend vor das Bett. »Ich weiß ja. Es tut mir auch leid, ehrlich. Aber die beiden haben eine ganz besondere Verbindung. Ich dachte, wenn sie ihn spürt … dann wacht sie vielleicht auf!«, erklärte sie.

Die Augen der Schwester wurden milder. Sie blickte auf Harry und dann auf Roos. »Ich verstehe«, sagte sie. »Ein Koma ist immer eine sehr schwere Situation für alle Angehörigen. Aber Regeln sind Regeln. Der Hund hat hier nichts zu suchen.«

»Bitte, nur noch einen kleinen Mome…«, bat Anna, aber Britt unterbrach sie aufgeregt.

»Ich glaube, ihre Augenlider haben sich eben bewegt«, rief sie.

Anna, Britt und die Schwester traten gleichzeitig ans Bett und beugten sich über die Schlafende.

Roos' Gesicht zuckte leicht, und dann öffnete sie plötzlich die Augen. Ein Schleier lag über ihrem Blick. Unsicher sah sie sich um, als wäre sie gerade aus einem langen Traum erwacht. Dann gewahrte sie Harry, der schwanzwedelnd neben ihr stand, und ein zaghaftes Lächeln verwandelte ihre Züge. Sie legte ihm vorsichtig die Hand auf den Kopf, und dann schlossen sich ihre Augen wieder. Erschöpft ließ sie den Kopf zurück aufs Kissen sinken. Ihr Gesicht, das eben noch so verkrampft und sorgenvoll gewesen war, wirkte mit einem Mal gelöst und friedlich, und ihre Wangen hatten einen leichten rosa Schimmer angenommen.

»Ich hab's gewusst!«, flüsterte Anna mit erstickter Stimme. »Ich habe gewusst, dass es klappen würde!«

Britt antwortete nicht, denn sie kämpfte selbst mit der Fassung. Sogar die Schwester sah aus, als bewahre sie nur mit Mühe ihre professionelle Miene.

»Nun gut, das sieht doch sehr hoffnungsvoll aus!«, sagte sie und tupfte sich unauffällig die Augenwinkel. »Aber ich warne euch nur vor. Bei einer so schwer kranken Frau ist ein solcher Sturz fatal. Erhofft euch nicht zu viel; auch wenn sie kurz wach war, bedeutet das leider nicht, dass sie wieder auf die Beine kommt.«

»Einer was?« Anna hatte im ersten Moment gar nicht realisiert, was die Frau gerade gesagt hatte. »Wie haben Sie sie eben bezeichnet?«

Beinahe mitleidig blickte die Schwester sie an. »Krebs in einem so fortgeschrittenen Stadium schwächt den Körper nun einmal ungemein. Und dass sie jede Therapie ablehnte, hat natürlich nicht unbedingt geholfen.« Sie schüttelte den Kopf. »Sie sind oft so stur in dem Alter. Dabei hätte man ihr durchaus noch ein paar Jahre geben können. Aber dass es nun so enden soll, ist doch wirklich tragisch. Na ja, wie dem auch sei, ich hole den Arzt und sage ihm, dass sie kurz wach war.« Sie blickte streng in Richtung Bett. »Du hast fünf

Minuten!«, sagte sie zu Harry. »Mach was draus! Und bevor der Arzt kommt, muss er verschwunden sein. Am besten auf demselben Weg, auf dem er auch hineingekommen ist«, fügte sie hinzu, an Anna gewandt.

Anna nickte wie betäubt. Sie und Britt blickten sich stumm an.

Plötzlich ergaben viele Geschehnisse der letzten Zeit einen Sinn.

Auf einmal ertönte eine schwache Stimme vom Bett her, und sie schnellten herum.

Sie beugten sich über Roos, die die Augen noch geschlossen hatte, aber nun etwas vor sich hin murmelte. »Was hat sie gesagt?«

»Ich weiß nicht! Roos, kannst du uns hören?« Britt rüttelte sanft an Roos' Arm, aber sie hielt die Augen geschlossen.

»Anna!«, sagte Roos plötzlich, und Anna und Britt sahen sich erschrocken an.

»Roos, ich bin hier!« Anna beugte sich über sie.

»Meine Tochter?«, hauchte Roos und warf unruhig den Kopf hin und her.

»Sie fragt nach ihrer Tochter!«, sagte Anna bekümmert, auch wenn sie wusste, dass Roos nicht wirklich wach war.

Die Schwester war ebenfalls wieder ans Bett herangetreten. »Ach, das hatte ich ganz vergessen!« Sie blickte in ihre Akte. Wir haben den Namen ihrer Tochter herausgefunden. Wir werden versuchen, sie zu kontaktieren, vielleicht kann sie ihr ja helfen, wieder auf die Beine zu kommen. Eine gewisse Femke Hansen. Kennen Sie sie?«

42

Britt blieb bei Roos, während Anna zur Fähre zurückraste. Sie konnte keinen klaren Gedanken fassen, ihre Hände umklammerten das Lenkrad so fest, dass ihre Knöchel weiß hervorstanden. Unterwegs rief sie Ole an. Weil er nicht abnahm, hinterließ sie ihm eine gestotterte Sprachnachricht, in der sie erklärte, dass Roos im Krankenhaus lag, was mit Harry passiert war, was sie gerade über die Femke erfahren hatte und dass irgendwas auf der Insel ganz und gar nicht stimmte. Und weil sie danach das Gefühl hatte, dass er gar nicht verstehen konnte, was sie eigentlich wollte, schrieb sie: »Du musst zurückkommen!« Und dann schrieb sie es noch einmal, weil sie nicht wusste, was sie sonst sagen sollte. »Bitte, du musst zurückkommen!« Sie hoffte, dass es genügte. Sie hatte jetzt keine Zeit für weitere Erklärungen, und sie konnte auch nicht in einer Nachricht ausdrücken, was sie fühlte. Sie wusste nur, dass sie das nicht ohne ihn durchstehen konnte. Ole würde wissen, was zu tun war, er würde allein durch seine Anwesenheit alles weniger schlimm erscheinen lassen. Er musste einfach zurückkommen.

Anna hielt vor dem Haus und blickte an der Fassade empor. Es wirkte klein und harmlos, mit seinen Ziersträuchern und den Gartenzwergen vor der Tür. Aber als sie ausstieg, hatte sie das Gefühl, dass die dunklen Fenster sie belauerten.

Harry ließ sie im Auto. Sie hatte den Verdacht, dass sie vielleicht schnell wieder verschwinden musste.

Als wäre ich plötzlich in einem Krimi, dachte sie schaudernd, als sie abschloss und den Schlüssel in die Jackentasche steckte. Wie konnte ein Tag, der so harmlos und normal begonnen hatte, in so kurzer Zeit so surreal werden?

Als sie klingelte, blickte sie noch einmal zum Auto zurück. Harry stand auf dem Fahrersitz und sah ihr nach, die Ohren gespitzt, den Schwanz aufgestellt. Er winselte leise, als wolle er sie zu sich zurückrufen.

Der Glockenton verhallte dumpf im Inneren des Hauses. Nachdem sie ein paar Sekunden gewartet hatte, klingelte sie noch einmal. Entschlossen hielt sie den Knopf gedrückt, bis sie schließlich hörte, wie sich Schritte der Tür näherten. Durch die Milchglasscheibe sah sie rotes Haar aufblitzen.

»Anna! Was für eine nette…«

»Ich weiß es«, unterbrach Anna sie barsch.

Das Lächeln der Femke fiel sofort in sich zusammen, wie ein Kartenhaus, das jemand mit dem Finger angestupst hatte.

Eine Sekunde lang sah sie Anna mit leerem Blick an, als müsse sich die Information erst in ihrem Kopf festsetzen. »Komm rein«, sagte sie dann tonlos und hielt die Tür auf. Sie wirkte geknickt, war aber vollkommen ruhig, was bei einer Frau, die sonst ununterbrochen aufgeregt plapperte, verstörender war, als wenn sie angefangen hätte zu schreien.

Sie führte Anna in die Küche und schloss die Tür hinter ihnen. Dann drehte sie, sehr zu Annas Erstaunen, den Schlüssel um und steckte ihn sich in die Hosentasche.

Anna fühlte sich plötzlich sehr unbehaglich. Es ist die Femke, sagte sie sich, du musst keine Angst haben. Aber etwas an der ganzen Sache gefiel ihr überhaupt nicht.

Die Femke deutete auf die Küchenbank. »Setz dich!«, sagte sie. Es war etwas in ihrer Stimme, das Anna aufhorchen ließ. Ihr Magen war plötzlich auf eine seltsame Art verknotet, als wüsste sie, dass sie gleich etwas sehr Schlimmes erfahren würde.

»Ich mache Tee«, sagte sie und drehte sich in Richtung Spüle.

»Ich will keinen Tee.« Annas Stimme klang härter, als sie beabsichtigt hatte. »Ich will wissen, warum du mich belogen hast.«

Bei ihren Worten hatte die Femke erschrocken mitten in der Bewegung innegehalten. Jetzt drehte sie sich langsam wieder um. »Ich habe dich nicht …«

»Bullshit.« Anna spürte, wie sie wütend wurde und die Wut die Angst vertrieb. »Setz dich hin und erklär mir, warum du in all der Zeit nicht erwähnt hast, dass Roos deine Mutter ist. Du weißt, dass sie schwer verletzt im Krankenhaus liegt?« Sie war mit jedem Wort lauter geworden und holte nun tief Atem.

»Ja, das weiß ich«, sagte die Femke ruhig.

»Ich verstehe das nicht. Sie ist doch deine Mutter, was kann so schlimm sein, dass du sie sogar jetzt nicht sehen willst?«

Die Femke blickte sie zögerlich an, als überlegte sie, ob es noch eine Chance für sie gab, der Situation zu entkommen. Dann schien sie zu entscheiden, dass sie Ausflüchte nicht weiterbringen würden.

Sie setzte sich und presste nervös die Handflächen gegeneinander, sodass ihre Knöchel weiß wurden. »Anna, hör zu. Es gibt für alles eine Erklärung.«

»Das hoffe ich.«

»Ich verstehe, dass das für dich seltsam aussieht«, sagte sie. »Aber wenn meine Mutter gewusst hätte, dass du Kontakt zu uns hast, dann hätte sie dir vielleicht Dinge erzählt...« Sie brach jäh ab und schüttelte den Kopf, wie um sich selbst zu rügen für ihre Worte. »Sie hätte dich gewarnt und dir gesagt, dass du Sem nicht zu nahe kommen sollst. Und das hätte ihn... wütend gemacht. Und du hast ja nun gesehen, was passiert, wenn er wütend wird. Meine Mutter hätte es fast nicht überlebt.«

Anna holte scharf Luft. »Du meinst...?«

Die Femke nickte stumm.

Plötzlich verstand Anna.

»Du warst die Nachbarin, die sie gefunden hat! Ich hatte mich schon gefragt, wer es gewesen sein könnte. Niemand geht doch einfach so in ihr Haus!«

Wieder nickte die Femke. »Ich bin ihm hinterhergefahren. Aber ich war zu spät.«

»Und Sem hat... Roos ist gar nicht gefallen? War es... Absicht?«, hauchte Anna. Diese Möglichkeit war so entsetzlich, dass sie sie nicht laut aussprechen konnte.

Die Femke stieß einen tiefen Seufzer aus. »Ich weiß es nicht, Anna«, sagte sie. »Ich hoffe, nicht. Ich denke, nicht. Ich bin mir sicher, es war ein Unfall, ein Versehen. Aber wenn man ihn reizt, dann wird er manchmal so … ungehalten. Er kann sich nicht kontrollieren.« Wieder seufzte sie und fuhr sich mit den Händen über das erschöpft wirkende Gesicht. Anna konnte sehen, wie schwer es ihr fiel weiterzusprechen. »Er wird unberechenbar, von einer Sekunde auf die andere schlägt seine Laune um, und er wird furchtbar wütend. Meine Mutter und ich, wir sind sehr verschieden, wie du vielleicht gemerkt hast. Und sie hat schon vor langer Zeit den Kontakt zu uns abgebrochen. Sie findet, dass Sem, nun, dass er … nicht hierhergehört. Dass er behandelt werden muss. Sie denkt, dass er eine Gefahr für die Öffentlichkeit ist, so hat sie es zumindest damals ausgedrückt. Du wirst jetzt bestimmt die Geschichten lesen, die über ihn in den Zeitungen standen. Nicht mal die Hälfte davon ist wahr, ich versichere es dir, sie haben alles verdreht. Er ist kein Monster, er weiß nur nicht, wie er seine Emotionen kontrollieren kann. Aber es gab noch mehr Vorfälle, kleine Dinge. Wenn du seinen Namen im Internet suchst, wirst du einiges finden, du kannst es alles nachlesen. Aber es gab auch Dinge, die nicht in der Zeitung standen, die wir geheim halten konnten oder für deren Geheimhaltung wir bezahlt haben.«

»Ist er krank?«, fragte Anna.

Mit leerem Blick sah die Femke auf. »Ja. Ja, er ist krank, auch wenn ich nicht weiß, wie seine Krankheit heißt und ob man sie behandeln kann. Einer der Psychologen in der Schule damals nannte es ›antisoziale Persönlichkeitsstörung‹ und meinte, dass Sem nicht gemeinschaftsfähig sei, was auch immer das bedeuten soll. Ich kann ihn ja schließlich nicht wegsperren, oder? Er ist mein einziger Sohn, Anna.«

Anna nickte. Langsam begann sie zu begreifen.

»Wir haben uns so oft wegen ihm gestritten, meine Mutter und ich. Und irgendwann hat sie verkündet, dass sie nichts mehr mit uns zu tun haben will, wenn ich ihn weiter beschütze. Ich kann dir nicht alles erzählen, was zu unserem Streit geführt hat, aber sie verlangte, dass ich der Polizei alles sage, damit sie entscheiden können, was mit Sem passieren soll. Aber das kann ich doch nicht! Als ich mich geweigert habe, hat sie den Kontakt abgebrochen.« Mit Bitterkeit in der Stimme setzte sie hinzu: »Sie hat uns einfach fallen gelassen.«

Anna hörte den versteckten Schmerz in ihren Worten. »Es hat ihr das Herz gebrochen«, sagte sie leise. »Sie hat mir von euch erzählt. Glaub mir, sie hat sich nicht anders zu helfen gewusst. Aber einfach war es ganz sicher nicht für sie. Sie war sehr alleine.«

Plötzlich standen Tränen in den Augen der Femke. Sie schüttelte den Kopf. »Ich weiß!«, sagte sie. »Das war ich auch.«

Anna verstand nur teilweise, was ihr gerade erzählt worden war, aber sie spürte, wie viele verletzte Gefühle, wie viel Traurigkeit und Verzweiflung hinter den Dingen standen, die die Femke ihr offenbarte.

»Was sollst du der Polizei erzählen?«, fragte sie, vorsichtig, denn sie wusste, dass sie nicht zu sehr drängen durfte. Aber die Femke schüttelte nur stumm den Kopf als Zeichen, dass sie nicht weitersprechen würde.

»Und deswegen bist du jetzt nicht bei ihr? Weil du ihr nicht verzeihen kannst?«

Die Femke rieb sich mit den Händen über die Augen. Sie sah müde aus und plötzlich viel älter. »Nein. Das ist es nicht. Dass meine Mutter uns nicht mehr sehen wollte, war sehr schlimm für mich, aber ich habe es auch verstanden. Ich hatte Angst, auf die Sanitäter zu treffen, die sie abgeholt haben. Was, wenn sie herausbekommen hätten, dass ich gar nicht die Nachbarin bin, sondern die Tochter? Wie hätte ich diese Lüge erklärt? Und ich wusste, dass du dort sein würdest. Das Ganze ist so verworren, ich wusste nicht, was ich tun sollte.«

»Sie liegt auf der Intensivstation!«, sagte Anna eindringlich. »Sie ist schwer verletzt.«

»Ich weiß!«

»Was, wenn sie nicht mehr aufwacht?«

»Ich weiß, Anna.«

Anna blickte in das eingefallene Gesicht der Frau, und dabei wurde ihr klar, dass sie sie überhaupt nicht kannte. Zum ersten Mal nahm sie wahr, wie tief die Furchen waren, die sich um ihre Augen und ihren Mund eingegraben hatten, und wie leer und hoffnungslos ihr Blick. War das schon immer so?, fragte sie sich und überlegte, wie die Femke früher gewesen war. Ich glaube, ich habe sie noch nie lachen sehen, dachte Anna, und plötzlich schämte sie sich dafür, dass sie immer so schnell wie möglich wieder verschwinden wollte, wenn sie sie traf. Sie hat viel durchgemacht, dachte sie. Sie hatte das sichere Gefühl, gerade nur einen Bruchteil des

Geheimnisses erfahren zu haben, das die Familie umgab.

»Warum kam es zu dem Streit? Warum war Sem wütend auf Roos?«, fragte Anna, und zu ihrer Überraschung bekam sie eine Antwort.

»Wegen dir.« Die Femke sah sie an, und Anna zuckte zurück. »Vor einiger Zeit hat Roos herausgefunden, dass er Kontakt zu dir hat. Ich weiß nicht, wie. Ich hatte ihr versprochen, dass er keine Frauen mehr sehen darf, es ist einfach zu gefährlich. Du weißt ja nicht, was mit seiner letzten Freundin passiert ist.«

In Annas Kopf regte sich eine Erinnerung. Plötzlich hatte sie Britts Worte im Ohr… *Das Schlimmste, woran ich mich erinnere, ist die junge Frau, die von ihrem Ex-Freund krankenhausreif geschlagen wurde…*

»Aber wie sollte ich ihn aufhalten? Seit er dein Foto im Internet gesehen hat, war er geradezu besessen von dir«, sprach die Femke weiter, noch bevor Anna ihre Gedanken sortieren konnte. »Und gestern hat Roos hier angerufen, um mich zur Rede zu stellen. Sie hatte schon vermutet, dass Sem hinter all den Dingen steckt, die dir passiert sind. Sem hat den Anruf mitbekommen. Er hört immer mit, wenn ich telefoniere. Irgendwie hat er die Anlage manipuliert, sodass er auch oben abnehmen kann. Er ist gut in diesen technischen Dingen. Das hat ihn schon immer interessiert. Bevor ich sie warnen konnte, ist sie mit ihren Vermutungen herausgeplatzt. Und dann war es zu spät.«

Anna sank in sich zusammen. O Gott, dachte sie. Ich bin schuld. Ich habe es ihr erzählt, neulich im Auto.

Deswegen war sie so still auf der Rückfahrt, deswegen ist ihr schwindelig geworden.

Die Gewissheit, dass sie all das ausgelöst hatte, bohrte sich wie ein giftiger Stachel in ihre Gedanken.

»Ich habe es ihr erzählt«, flüsterte sie. »Wir sind an eurem Haus vorbeigefahren, und da habe ich erzählt, dass hier ein Typ wohnt, den ich kenne und der …«, sie suchte nach einer diplomatischen Formulierung, »mir immer ein wenig nachstellt. Ich wusste ja nicht …«

Plötzlich verbanden sich noch mehr rote Fäden in ihrem Kopf. »Deswegen wart ihr damals nicht auf meiner Einweihungsparty. Und nicht auf dem Sommerfest.«

»Ich bin immer nur bei dir im Laden vorbeigekommen, wenn ich genau wusste, dass sie nicht da ist«, bestätigte die Femke. »Und Sem genauso. Er hat es … mir so befohlen.«

»Befohlen?«

Als sie den Blick der Femke sah, wurde ihr mit einem Mal einiges klar. »Du hast Angst vor ihm«, sagte sie erschrocken. Plötzlich fragte sie sich, wo Sem eigentlich gerade steckte. Sie erinnerte sich mit Unbehagen daran, dass die Femke die Küchentür hinter ihnen abgeschlossen hatte. Nun wusste sie, dass es dafür einen guten Grund gab. Unauffällig blickte sie sich um. Sie entdeckte nur eine weitere Tür aus der Küche hinaus, und soweit Anna wusste, führte diese in den Keller. Zur Not müsste sie aus dem Fenster springen, aber das wäre nicht so leicht mit ihrer Hüfte. Es wäre sogar geradezu unmöglich. Sie tastete nach dem Handy in ihrer Jackentasche und fühlte einen Schauer der Erleichterung, als sich ihre Finger darum schlossen.

Ich kann nicht glauben, worüber ich hier gerade nachdenke, dachte sie. Ich sitze hier in dieser sonnigen Küche, in der es nach Spülmittel und Pfefferminze riecht, und überlege mir, ob ich aus dem Fenster fliehen kann.

»Aber ich verstehe immer noch nicht. Ich durfte also nicht erfahren, dass ihr mit Roos verwandt seid, weil sie mir dann Dinge über Sem erzählt hätte, die ich nicht wissen darf?«, fragte sie.

Die Femke nickte vorsichtig. »Sie hätte dich dazu verleitet, ihn als Gefahr zu sehen.«

»Und ist er eine?«

Die Femke antwortete nicht, aber an ihren Augen konnte Anna einiges von dem ablesen, was sie nicht aussprechen konnte.

»Und du kannst mir nicht sagen, was das für Dinge sind, die Roos mir vielleicht erzählt hätte?«

Die Femke schüttelte kaum merklich den Kopf.

»Warum ist Roos nicht selbst zur Polizei gegangen, wenn sie Dinge über ihn wusste, die ihn in Schwierigkeiten bringen konnten?«

»Genau das hat sie gestern ja angedroht. Wir hatten in den letzten Jahren eine Art unausgesprochene Verabredung. Ich halte ihn unter Kontrolle, und sie schweigt. Er hat sich wirklich gebessert, es ist schon lange nichts mehr vorgefallen. Ich dachte, wir hätten das Ganze hinter uns gelassen.«

Als sie Annas irritierten Blick sah, fügte die Femke

hinzu: »Du darfst nicht vergessen, dass er ihr Enkel ist, Anna. Sie liebt ihn, auch wenn sie sich gegen ihn gestellt hat. Sie weiß, dass er krank ist. Als er noch klein war, bevor er so schwierig wurde, waren sie unzertrennlich.«

»Ich verstehe«, sagte Anna langsam. Und sie verstand tatsächlich. Sie kannte Roos gut genug, um zu wissen, dass dieser Konflikt unerträglich für sie gewesen sein musste. Anna konnte ihr nichts vorwerfen. Roos hatte nicht gewusst, dass Sem ihr die ganze Zeit über nahe gewesen war. Als sie es erfahren hatte, hatte sie auf der Stelle eingegriffen. Und nun lag sie schwer verletzt auf der Intensivstation, und keiner wusste, ob sie jemals wieder aufwachen würde.

»Was soll ich jetzt machen?«, fragte Anna.

Die Femke holte tief Luft. »Ich weiß auch nicht, was wir ihm erzählen sollen. Aber wir müssen uns einen Grund ausdenken, warum du ihn ab jetzt nicht mehr sehen kannst. Einen Grund, den er verstehen kann, ohne wütend zu werden.«

»Ich soll mir also eine Lüge ausdenken, um ihn in Zukunft von mir fernzuhalten?«

»Ich denke, das wäre das Sicherste, ja.«

»Und dass du zur Polizei gehst, ist …«

»Ausgeschlossen!«

»Er hat deine Mutter die Treppe runtergestoßen!«, sagte Anna eindringlich. »Er hätte sie fast getötet, Femke. Er ist gefährlich. Du kannst doch nicht von mir erwarten, dass ich das einfach …«

»Das wissen wir nicht!«, unterbrach sie die Femke heftig. »Er sagt, sie ist bei dem Streit gestürzt. Solange wir ihre Version nicht kennen, gehe ich davon aus, dass es so war, wie er sagt.«

»Vielleicht werden wir ihre Version nie mehr hören können.«

»Er hat sie nicht gestoßen! Anna, das hat er nicht! Er ist kein böser Mensch.«

Anna ließ sich in den Stuhl zurücksinken und sah die Femke ungläubig an. »Ich denke, dass wir das der Polizei überlassen sollten«, sagte sie dann.

Die Femke schüttelte heftig den Kopf, als wolle sie diesen Gedanken nicht mal an sich heranlassen. »Er kann da nicht wieder hin, Anna. Es wäre sein Ende.«

»Er war also schon im Gefängnis?«, fragte Anna, aber sie musste das Nicken der Femke nicht abwarten, um die Antwort zu kennen. Nun wusste sie auch, warum er nicht gerne über sich selbst sprach.

»Aber er kann auch nicht hierbleiben!«

»Vielleicht, wenn wir umziehen …«

»Und was ist mit den Menschen dort? Was ist, wenn er sich wieder verliebt? Der Ort ist nicht das Problem, Femke. *Er* ist das Problem.«

Während sie das aussprach, wurde die Femke plötzlich weiß wie eine Wand. Alles Blut schien ihr aus dem Gesicht zu weichen, und sie starrte auf einen Punkt hinter Annas Kopf.

Langsam drehte Anna sich um.

Sem lächelte.

»Zweitschlüssel!«, erklärte er stolz und warf ihn in die Luft, als habe er gerade einen Trick vorgeführt.

»Nützlich, wenn man mit jemandem wie ihr in einem Haus lebt!«

Er bezog sich offensichtlich auf seine Mutter, auch wenn er sie beim Sprechen nicht ansah. Er blickte nur Anna an, seine Augen wichen keine einzige Sekunde von ihr ab, und sie fühlte sich plötzlich, als sei sie eine Maus, die jemand vor einen Schlangenkorb gesetzt hatte.

»So, ihr hattet also eine kleine Unterhaltung, ihr beiden?«, fragte Sem. »Hast du endlich alles herausgefunden? Ich muss ja sagen, ich hätte nicht gedacht, dass es so lange dauern würde.« Er lächelte jetzt, aber das Lächeln erreichte seine Augen nicht. Sie waren dunkel und hart. »Du musst wissen, ich hatte eigentlich damit gerechnet, dass du längst von hier verschwunden wärest, bevor du etwas merkst. Aber du bist zäh. Sehr zäh. Hut ab, Anna. Dich kann man nicht so leicht abschrecken!«

Verständnislos starrte Anna ihn an. »Was meinst du damit?«, fragte sie.

Er lachte. »Du musst doch gemerkt haben, dass es jemand auf dich abgesehen hat. All die Vorkommnisse. All die Ungereimtheiten. Der Hahn, das zerschlagene Fenster, der Anruf mitten in der Nacht, der entführte Köter. Das passiert doch nicht alles zufällig. Hast du gedacht, dass es auf der Insel spukt?«

»Das warst alles du?«, keuchte sie. Sie war so fassungslos, dass sie für einen Moment sogar ihre Angst vergaß. »Aber… warum?«

Er lächelte immer noch. »Es passt alles so gut, nicht

wahr?« Er kam jetzt einen Schritt auf sie zu. »Es ist so leicht. Ich bin ja schließlich verurteilt. Ich bin ein Straftäter. Ich habe schlimme Dinge getan. Natürlich würden alle sofort denken, dass ich es war. Jemand wie ich ändert sich nicht. Einmal böse, immer böse.«

Die Femke blickte ihren Sohn aus weit aufgerissenen Augen an, als sei er eine Bombe, die jeden Moment hochgehen könnte. Es wirkte, als würde sie ihn gerne am Ärmel zupfen, um ihn zum Schweigen zu bringen. Aber sie sagte kein Wort.

»Ich verstehe das alles nicht«, sagte Anna. Sie war aufgestanden und wich nun zurück, als er auf sie zukam. »Warum das alles?«

»Auf diese Frage gibt es eine sehr einfache Antwort«, sagte Sem ruhig. Und dann drehte er sich plötzlich um und blickte das erste Mal, seit er in den Raum gekommen war, seine Mutter an. »Aber nicht ich kann sie dir geben, sondern sie«, verkündete er und zeigte auf die Femke, die hinter ihm stand und die Hände rang. Bei seinen Worten wurden ihre Wangen sofort feuerrot.

»Was?« Verständnislos blickte Anna zwischen den beiden hin und her.

»Na, los, Mutter.« Er lächelte immer noch auf diese seltsame, freudlose Weise, die Anna mehr Angst machte als alles andere. »Erzähl ihr, wie der Hahn bei ihr im Bett gelandet ist. Ich habe schließlich keine Ahnung, wie du es angestellt hast.«

In Annas Ohren begann es zu rauschen. »Das warst … du?«, keuchte sie. Sie war so erschüttert, dass ihr Hirn keine weiteren Wörter formen konnte. »Du?«, krächzte sie nur noch einmal und schüttelte den Kopf, der dieses Bild einfach nicht verarbeiten konnte. Die gemütliche, dicke Femke, der Inbegriff eines Hausmütterchens, wie sie sich heimlich in ihr Schlafzimmer schlich und einen toten Hahn in ihrem Bett versteckte? Das war absolut lächerlich.

»Ich wusste mir doch nicht anders zu helfen!«, rief sie jetzt. Sie wirkte ehrlich verzweifelt. Ihre kurzen roten Haare standen wirr vom Kopf ab, und hektische Flecken zeigten sich auf Dekolleté und Gesicht. Panisch sprudelten die Worte aus ihr heraus. »Anna, ich wollte dir nichts tun, ehrlich. Ich … Ich dachte, wenn du dich auf dem Hof nicht wohlfühlst und wenn der Laden nicht läuft, dann bleibst du vielleicht nicht. Dann gehst du von selbst wieder, bevor …« Sie brach ab und blickte erschrocken zu ihrem Sohn.

»Bevor was?«, fragte er höhnisch. »Sag es nur, Mutter. Bevor ich gefährlich werde? Bevor ich ihr etwas antue? Der böse, böse, verrückte Sem? Wie damals ihrer Schwester?«

Anna musste sich an der Wand festhalten, plötzlich drohten ihre Knie jeden Moment nachzugeben. Sie blickte zwischen Mutter und Sohn hin und her. »Was meinst du damit?«, flüsterte sie.

»Sem, sag nichts, was dich …«, rief die Femke. Aber plötzlich fuhr Sem herum und versetzte seiner Mutter einen Schlag ins Gesicht. Seine Faust traf ihre Schläfe, ihr Kopf fuhr herum und knallte mit einem entsetzlichen, dumpfen Geräusch gegen die Wand. Sie sackte in sich zusammen wie ein Ballon, aus dem jemand die Luft gelassen hatte, und blieb in seltsam verrenkter Haltung auf dem Boden liegen.

Sem schüttelte kurz die Hand aus und drehte sich dann wieder zu Anna, ohne seine Mutter auch nur eines Blickes zu würdigen, aus deren Nase jetzt ein dicker Strom Blut floss, der sich auf die makellos glänzenden Fliesen ergoss.

Anna starrte auf das schreiende Rot. Sie war unfähig, sich zu bewegen oder auch nur zu atmen.

»Sie redet einfach zu viel.« Fast freundlich deutete Sem auf einen der Küchenstühle. »Das war schon immer ihr Problem. Setz dich, Anna. Du siehst bleich aus. Wir haben viel zu besprechen.«

Anna rührte sich nicht.

Als sie auf seine Geste nicht reagierte, zog er, immer noch lächelnd, den Stuhl hervor. »Setz dich!«, wiederholte er kalt. Jetzt war nichts Freundliches mehr in seiner Stimme. Er fasste sie am Arm und zog sie grob in Richtung Stuhl.

Sie befreite sich und schlug seine Hand weg. »Fass mich nicht an!«, zischte sie, selbst erstaunt, dass sie wieder sprechen konnte.

Er hielt inne.

»Oder was?«, fragte er. Langsam kam er auf sie zu, sodass sie gegen die Wand zurückweichen musste. Plötzlich war er so nah, dass sie seinen Atem auf ihrer Wange spüren konnte, wie damals, als er im Flur gegen sie gestolpert war. Ihr fiel auf einmal auf, wie groß er war.

»Ich sage es dir noch ein letztes Mal, Anna. Setz. Dich. Hin«, hauchte er, beinahe sanft. Aber obwohl er so leise sprach, ließ der Ton seiner Stimme sie zusammenzucken.

Sie antwortete nicht, aber sie setzte sich auch nicht hin. Sie stand gegen die Wand gepresst da und versuchte, ihren Gliedmaßen zu befehlen, etwas zu tun, wegzurennen, ihn zur Seite zu stoßen, irgendetwas. Aber sie konnte sich nicht bewegen.

»Du siehst genauso aus wie sie«, sagte Sem plötzlich, und seine Stimme veränderte sich. Er fasste eine Strähne von Annas langem Haar und drehte sie fast nachdenklich zwischen den Fingern hin und her. Anna widerstand nur mit Mühe dem Drang, sie ihm zu entreißen. »Ich konnte es nicht glauben, als ich das Foto von dir im Internet gesehen habe. Und als du dann hier bei uns im Flur standst. Es war wie eine Reinkarnation. Ihr seid beide so schön.«

Anna zitterte jetzt am ganzen Körper. »Wovon sprichst du?«, fragte sie, so ruhig sie konnte, obwohl sie genau wusste, was er meinte. Aber sie wollte Zeit gewinnen.

Er antwortete nicht, drehte nur weiter die Strähne hin und her, als würde er angestrengt über etwas nachdenken. »Es hat alles einfach gepasst«, sagte er. »Es sollte so sein, denkst du nicht? Erst finde ich dich wieder, und dann kommst du hierher. Ich musste ein bisschen nachhelfen. Aber ich hätte selbst nicht geglaubt, dass es so einfach werden würde.«

»Nachhelfen?«, fragte Anna dumpf.

»Der Laden ist wunderschön geworden. Du hast wirklich Talent. Und ich habe mich mehr als großzügig gezeigt mit den Fassadenarbeiten, findest du nicht? Alles hat sich bestens gefügt. Hätte meine Mutter nicht ständig versucht dazwischenzufunken, wäre alles gut gegangen.«

»Die Fassade?«, krächzte Anna. Plötzlich schossen ihr erneut Roos' Worte durch den Kopf. *Das Haus hat vor vielen Jahren einmal meiner Familie gehört. Meine Tochter hat es schon vor langer Zeit verkauft.*

»Ihr ... ihr habt es gar nicht verkauft? *Ihr* seid meine Vermieter?«

»Das Haus stand ohnehin leer. Meine Mutter konnte sich nicht davon trennen. Sie meint, Immobilien zu besitzen, ist eine Art Rentenversicherung. Dass diese Immobilien auch instand gehalten werden müssen, hat sie dabei gerne übersehen. Es war ein Klotz am Bein. Aber ich hatte immer das Gefühl, dass ich es für irgendeinen Zweck behalten sollte. Und dann höre ich eines schönen Tages, wie meine Mutter am Telefon über dich spricht. Über dein Problem mit der Arbeit. Du hattest ja schon früher immer gesagt, du willst auf der Insel leben. Du warst so wütend damals, als ihr nach Deutschland zurückgegangen seid. Ich wusste, die Chance, dass es tatsächlich klappt, war verschwindend gering. Aber zumindest versuchen musste ich es. Und plötzlich ging alles ganz einfach.« Er lächelte sie an, ganz normal, als hätten sie eine erfreuliche Unterhaltung über alte Zeiten. »Nur ein Anruf, und alles war ins Rollen gebracht. Es war Schicksal, meinst du nicht?«

Es war zu viel für Anna. Ihr Gehirn kam nicht nach beim Verarbeiten all dieser Informationen.

Sie wusste, dass sie damit alles riskierte, aber sie konnte nicht anders. Sie musste fragen, auch wenn sie die Antwort vielleicht nicht ertrug. »Was wolltest du vorhin damit sagen, dass ich genauso aussehe wie sie?«, flüsterte sie.

Seine Augen wurden plötzlich hart und dunkel, als hätte jemand eine Kerze ausgepustet. Anna wusste im selben Moment, dass es ein Fehler gewesen war.

»Deine Schwester…«, sagte er, jede Silbe betonend. »Deine schöne Schwester, mit dem schwarzen Haar wie Schneewittchen und den Sommersprossen und den Augen, die aussahen wie die Wellen an einem stürmischen Sommertag«, flüsterte er.

Er fuhr Anna, während er sprach, sacht mit dem Zeigefinger über die Wange.

»Du würdest gerne wissen, was damals passiert ist?«

Anna nickte.

Er sah sie lange an. »Warum fragst du nicht meine Mutter?«, sagte er dann plötzlich, seine Stimme so kalt und hart wie Eis.

Anna entschied sich wohlweislich dafür, ihn nicht darauf hinzuweisen, dass seine Mutter ohnmächtig und blutend hinter ihm auf dem Boden lag und momentan nicht befragt werden konnte. »Du hast doch gesagt, wir haben viel zu bereden«, sagte sie stattdessen und versuchte, ihre Stimme normal und ruhig klingen zu lassen. »Also, rede! Erzähl es mir.«

Er schüttelte den Kopf. »Du würdest es nicht verstehen.«

»Versuch es!«, bat sie, aber sie sah an seiner Körperhaltung, dass es keinen Sinn hatte.

»Nein«, erwiderte er schroff. Dann sah er sie plötzlich wieder so seltsam an. »Ihr seht euch so ähnlich. Manchmal denke ich…« Er unterbrach sich, sprach dann zögerlich weiter. »In der Nacht, als sie die Schweine freigelassen hat. Hast du mich da wirklich nicht gesehen?«

Anna schüttelte verständnislos den Kopf. »Was? Wann? Du warst im Haus?«

»Ich bin ihr nachgeschlichen und… wollte die Gelegenheit nutzen, als ich gemerkt habe, dass die Verandatür nicht abgeschlossen war. Ich stand im Flur. Du hast mich direkt angeblickt. Ich war so sicher… Du sahst so sehr aus wie sie, dass ich einen Moment dachte…« Wieder brach er ab.

»Ich war nicht in der Küche.«

Seine Augen wurden schmal. »Natürlich. Du warst direkt vor mir.«

»Nein. Ich war nicht unten. Ich habe ein Geräusch gehört und bekam Angst, also habe ich die Tür abgeschlossen und gewartet. Und als ich die Schweine dann durchs Fenster gesehen habe, bin ich direkt in den Garten gelaufen. Das weiß ich genau.«

Einen Moment lang wirkte er verwirrt, erschrocken beinahe. Dann grinste er. »Sehr lustig.«

»Sem, ich war wirklich nicht…«

Er unterbrach sie mit einer scharfen Geste, als habe er genug von ihren Geschichten.

»Die Frage ist, wie wir jetzt weitermachen.« Er sagte es ruhig, fast beiläufig, und warf ihr dabei einen Seitenblick zu.

Ich muss hier raus, dachte Anna. Sie wusste plötzlich, wenn sie nicht so schnell wie möglich von ihm wegkam, würde sie genau wie die Femke in einer Lache ihres eigenen Blutes auf dem Boden enden. Und als sie dies dachte, löste sich plötzlich die Starre in ihren Gliedern, und bevor sie wusste, was sie eigentlich tat, stürmte sie vor und versetzte Sem einen Stoß in die Rippen.

Er taumelte zurück, überrascht von ihrem Angriff, und Anna wollte sich an ihm vorbeidrücken und zur Tür laufen. Aber er reagierte blitzschnell, packte sie am Arm und drehte ihn ihr mit solcher Wucht auf den Rücken, dass Anna vor Schmerz aufschrie. Es fühlte sich an, als habe er die Schulter aus dem Gelenk gerissen. Dann stieß er sie brutal gegen die Wand. Sie spürte Blut im Mund, und gelbe Flecken tanzten vor ihren Augen. Sie stöhnte laut auf.

»Ich wusste, du würdest so reagieren!« Er packte brutal ihre Haare und zog sie in Richtung Küchentisch. »Ich wusste es, du bist genau so eine dumme Schlampe wie die anderen.« Er stieß sie auf den Stuhl, der quietschend über die Fliesen rutschte. »Hinsetzen! Ich muss nachdenken«, blaffte er.

Anna hielt sich zitternd an der Tischkante fest und rieb sich über den Mund. Blut und Speichel klebten an ihrer Hand. Noch immer war sie benommen, die Lichtflecken tanzten weiter vor ihren Augen wie brennende kleine Insekten, und ihre rechte Backe pulsierte.

Sie wagte nicht, sich zu bewegen. Vorsichtig tastete sie mit ihrer Zunge im Mund umher. Es schienen noch alle Zähne da zu sein, aber das Innere ihrer Wange fühlte sich seltsam locker und schwammig an, und als sie es mit der Zunge berührte, zuckte sie zusammen.

Sem lief im Raum auf und ab. Das überhebliche Lächeln war verschwunden. Er hatte beide Hände auf die Wangen gelegt und erinnerte mit seinem wilden, verzweifelten Ausdruck im Gesicht an Edvard Munchs »Der Schrei«. Seine Mutter, die noch immer am Boden lag, würdigte er weiterhin keines Blickes.

Langsam richtete Anna sich auf. »Sem«, sagte sie vorsichtig.

»Ich hab gesagt, du sollst dich hinsetzen!«

Annas Knie fühlten sich an, als würden sie jeden Moment einknicken. Aber sie blieb stehen. »Sem!«, sagte sie noch einmal eindringlicher. »Wir können das doch alles klären. Ich weiß, du hast das nicht gewollt. Es war ein Versehen, du würdest niemals deine eigene Großmutter die Treppe hinunterstoßen, nicht wahr?« Er sah mit einem Mal traurig aus, seine Schultern sackten nach unten, und sie meinte, echte Verzweiflung in seinem Blick zu sehen.

Er hat es tatsächlich nicht gewollt, dachte sie überrascht. Vielleicht stimmte es, und es *war* ein Unfall.

»Und deine Mutter… es war eben ein Ausrutscher, aber das kann man alles wiedergutmachen.« Sanft sprach sie weiter. »Sie würde niemals gegen dich aussagen. Aber wenn du jetzt etwas Unüberlegtes tust… dann kann dir niemand mehr helfen.« Als er nicht reagierte, sondern sie nur ansah und ihren Worten zu lauschen schien, wagte Anna es, einen Schritt auf ihn zuzugehen. »Wir kriegen das alles hin! Ehrlich, ich verspreche es dir!« Sie streckte die Hand nach ihm aus, und es gelang ihr sogar, ein Lächeln auf ihre Lippen zu zwingen, auch wenn es sich starr und verkrampft anfühlte und kein bisschen überzeugend. Wahrscheinlich habe ich überall Blut im Gesicht, dachte sie, und das Lächeln erstarrte.

Sem betrachtete ihre ausgestreckte Hand. Dann machte er einen Schritt auf sie zu. Gerade als sie dachte, es geschafft zu haben, als sie dachte, er würde ihre Hand nehmen und sich von ihr beruhigen lassen, huschte etwas über sein Gesicht, das sie zurückzucken ließ.

Aber es war zu spät.

Er schoss auf sie zu. Anna wich aus und versuchte, zur Tür zu gelangen, aber er packte sie von hinten am Haar und versetzte ihr einen Stoß. Anna landete hart auf dem Boden, ein glühender Schmerz fuhr von ihrem rechten Knie ihren Körper empor. Als sie sich stöhnend wieder aufrichtete, sah sie benommen, wie Sem einen Stuhl griff und damit auf sie zukam. Sein Gesicht war zu einer wütenden Fratze verzerrt. Sie hob entsetzt die Hand und versuchte, etwas zu sagen, aber er wuchtete den Stuhl hoch über den Kopf und ließ ihn dann auf sie hinunterkrachen. Direkt auf ihre Hüfte.

Die Welt um Anna herum wurde schwarz.

Als Anna wieder zu sich kam, blickte sie auf eine Hand, die in seltsam verrenkter Haltung am Boden lag. Sie blinzelte und starrte eine Weile die leblos scheinenden Finger an. Unter den Nägeln befand sich ein bisschen Erdkruste, und als sie langsam wieder klarer denken konnte, begriff sie plötzlich, dass es ihre eigene Hand war. Anna lag halb unter dem Küchentisch, ihr Kopf ruhte auf ihrem Arm, als würde sie schlafen. Als sie versuchte, die Finger zu bewegen, gehorchten sie tatsächlich, auch wenn es ihre ganze Kraft zu kosten schien. Plötzlich fühlte sie auch den Rest ihres Körpers wieder. Es war nicht erfreulich. Ihr Bein pulsierte wie frisch nach der OP, ihr Kopf dröhnte, und sie schmeckte Blut im Mund. Alle Gefühle schienen zur selben Zeit wieder zu erwachen, und ihr Gehirn schrie entsetzt auf. Jeder einzelne Knochen tat ihr weh.

Als das Gefühl zurückkam, waren plötzlich auch die Geräusche wieder da, und mit den Geräuschen kam die Erinnerung. Sie hörte ihren eigenen keuchenden Atem, sah erneut den Stuhl auf sich herunterkrachen und zuckte vor Schreck zusammen. Durch das Zucken bewegte sich ihr Körper – und auch ihr Bein. Es tat weh, so wie es eben wehtat, wenn jemand einen Stuhl auf einem zerschmetterte.

Sie schluchzte leise und bewegte den Fuß ein bisschen hin und her. Er gehorchte ihren Befehlen, und sie war so erleichtert, dass ihr für einen Moment wieder schwindelig wurde. Ihr Mund war auf einmal voller Galle, und sie spuckte eine kleine rote Pfütze auf die Fliesen. Erschöpft legte sie sich wieder hin, rollte sich herum und blickte nach oben zur Tischplatte. Als sie schwer atmend den Kopf drehte und ihre Stirn die kühlen Fliesen berührte, sah sie aus den Augenwinkeln stacheliges rotes Haar. Anna zog die Nase hoch und drehte sich ganz herum, sodass sie die Welt wieder gerade sehen konnte. Die Femke lag immer noch da, wo sie vorhin gestürzt war. Der Boden um sie her war rot, und jemand war augenscheinlich in ihrem Blut ausgerutscht, denn es war durch die ganze Küche verteilt. Mit gerunzelter Stirn blickte Anna auf die roten Schlieren. Es sah aus, als wäre jemand in dem Blut Schlittschuh gefahren. Dann suchte sie nach einem Lebenszeichen bei der bewusstlosen Femke. Erleichtert sah sie, dass sich ihre Brust unter dem Pullover ganz leicht hob und senkte. Aber ihr Atem war flach, und ihr Gesicht weiß. Sie musste so schnell wie möglich in ein Krankenhaus.

Mit einem Mal wurde Anna klar, in welcher Situation sie sich gerade befanden. Hektisch stützte sie sich auf die Unterarme und zog die Knie an. Sie wollte schreien vor Schmerz, aber ihre Angst erstickte jeden Laut. Durch ihre Benommenheit hatte sie wertvolle Minuten verloren. Minuten, die sie vielleicht hätten retten können.

Die Küche war leer, die Tür stand offen. Während sie dasaß, die Augen vor Angst weit aufgerissen, erklang plötzlich ein lautes Rumpeln aus dem Haus, und sie zuckte zusammen. Dann drangen seltsame Geräusche aus dem Wohnzimmer. Es hörte sich an, als wäre ein wildes Tier in einem Käfig eingesperrt und würde diesen gerade einreißen. Kalter Schweiß schien plötzlich ihren ganzen Körper zu überziehen. Es war wie in einem Albtraum, sie wusste, dass etwas ganz Schreckliches auf sie zukam und sie unbedingt sofort fliehen musste, aber ihr Körper schien wie in zäher Zuckerwatte festzustecken. Anna versuchte aufzustehen, doch ihre Knie waren noch zu schwach. Mit zusammengebissenen Zähnen robbte sie auf dem Bauch bis zur Wand und zog sich daran hoch. Es kostete sie ungeheure Kraft, ihre ganze rechte Seite tat weh, und sie musste die Fingernägel in die Tapete graben.

Zitternd presste sie eine Hand auf ihre schmerzende Hüfte und blickte sich um. Aber bevor sie einen Schritt machen konnte, schoss plötzlich etwas zu ihr in die Küche. Sie schrie auf und wich entsetzt zurück in Richtung Speisekammertür. Das Etwas sah aus wie ein riesiges Knäuel aus Haaren, Haut und Kleidung. Sie sah etwas Blondes aufblitzen, dunkle Locken, einen roten Pulli und hörte unterdrücktes Keuchen.

Sie stürzte auf die beiden zu, wich aber gleich wieder entsetzt zurück. Ole und Sem hatten ihre Arme ineinander verkeilt und rangen miteinander. Ole hatte eine Platzwunde auf der Stirn, und Sems Gesicht war kaum noch zu erkennen, so schlimm war er zugerichtet. Aber seine Augen glänzten verbissen, er hatte immer noch diesen wahnsinnigen Ausdruck im Gesicht und gab seltsame hohe, knurrende Laute von sich. Obwohl Ole deutlich kräftiger war, schienen sein Wahn und vielleicht auch seine Angst Sem stark zu machen. In einem verbissenen Tanz schlitterten die beiden durch die Küche, und auf einmal wusste Anna, warum das Blut überall verteilt war.

Sie überlegte fieberhaft, wie sie Ole helfen konnte. Vor Entsetzen hatte sie die Fingernägel in die Wangen gekrallt, und rote Striemen überzogen nun ihr Gesicht.

Plötzlich zupfte sie etwas an der Hose. Sie schrie auf und machte einen kleinen Satz. Die Femke hatte die Augen geöffnet und blickte Anna an. An den stummen Bewegungen ihres Mundes sah Anna, dass sie etwas sagen wollte, und sie ging in die Knie, was sie alle Kraft kostete, die sie noch hatte, und beugte sich über ihr Gesicht.

»Der Keller!«, flüsterte die Femke und deutete mit der Hand auf eine kleine Tür hinter der Spüle. Kaum hatte sie die Worte herausgebracht, da fiel ihr Kopf wieder auf den Boden zurück.

Sie wusste, dass sie es nicht schaffen würde zu laufen. Also blieb sie auf dem Boden und krabbelte auf allen vieren zu der Tür. Hinter ihr keuchten die beiden Männer immer noch in ihrem stummen, fast anmutigen Ringkampf. Als sie aufblickte, befreite Sem sich plötzlich aus der Umklammerung, wich zurück, packte den erstbesten Gegenstand, der ihm in die Hände kam – eine massive Keramikschüssel –, und schlug sie Ole mit aller Wucht ins Gesicht.

Anna schrie entsetzt auf.

Die Schüssel zerbrach, und die Scherben polterten auf die Fliesen. Ole taumelte und fiel gegen die Spüle. Verwirrt fasste er sich an den Kopf, und für einen

Moment sah es so aus, als würde er umfallen. Seine Platzwunde war nicht mehr erkennbar, alles war rot und verschmiert, und seine Haare klebten ihm an der Stirn.

»Ole!« Anna fing seinen Blick auf, dann deutete sie panisch mit den Augen zu der Tür neben sich.

Er sah sie einen Moment lang an, schien sie aber gar nicht richtig wahrzunehmen. Dann wurde sein Blick klar, und er nickte kaum merklich. Anna kauerte sich neben die Tür und hielt die Klinke umklammert.

Sem beobachtete sein Gegenüber einen Augenblick lang und schien abzuwarten, ob Ole in die Knie gehen würde. Er selbst sah auch aus, als würde er sich nur noch mit letzter Kraft auf den Beinen halten. Er stand vornübergebeugt, atmete schwer und hielt sich mit einer Hand an der Ablage fest. Als Ole stehen blieb, wischte er sich über den Mund, dann machte er einen Satz, packte wie vorhin bei Anna einen Stuhl, hob ihn über den Kopf und rannte mit einem animalischen Schrei auf Ole zu.

Der zuckte entsetzt zusammen, dann stieß er sich ab und sprang im letzten Moment zur Seite. Sem krachte mit voller Wucht in das Regal hinter ihm.

Ole wartete nicht ab, ob er sich wieder berappeln würde. Er packte ihn von hinten im Nacken, donnerte seinen Kopf einmal gegen die Wand, und fast im selben Atemzug zog er ihn in Richtung Keller. Anna hielt die Tür auf und presste sich gleichzeitig Schutz suchend gegen die Wand. Sie wusste, dass sie die Sekunden, die es dauerte, bis Sem unten angekommen war, in ihrem ganzen Leben nicht vergessen würde. Genau wie den Ausdruck auf Oles Gesicht, als er ihn losließ.

Es gab ein lautes Rumpeln und einen dumpfen Laut, als Sem in der Dunkelheit verschwand. Dann war alles still.

Ole stand eine Weile schwer atmend da und starrte in den schwarzen Abgrund hinter der Kellertür. Dann lief er die Treppe hinunter. »Du bleibst hier!«, befahl er, als Anna Anstalten machte aufzustehen, um ihm zu folgen.

Er war nur ein paar Sekunden unten, dann hörte sie zu ihrer Erleichterung seine Schritte die Treppe wieder hinaufkommen, langsamer diesmal.

»Ohnmächtig. Aber er wird es überleben«, sagte er dumpf, und es klang, als wäre er über Letzteres nicht sehr erfreut. Er knallte die Tür hinter sich zu, schloss ab und warf mit einer angewiderten Miene den Schlüssel in die Spüle. Dann ließ er sich schwer atmend auf einen der Küchenstühle fallen.

Anna, die inzwischen zu der wieder ohnmächtigen Femke gekrabbelt war und ihre Strickjacke unter ihren Kopf geschoben hatte, blickte auf. »Wie bist du denn überhaupt hier reingekommen?«, fragte sie.

»Hintertür eingetreten«, sagte Ole, immer noch keuchend.

»Ah.« Trotz der Situation musste Anna ein wenig lächeln. »Wie gut, dass du darin schon Übung hast.«

Ole grinste ebenfalls und wischte sich mit der Hand über die Schläfe. »Elender Bastard«, sagte er, fast erstaunt, als er das Blut an seinen Fingern sah, das sein blondes Haar bedeckte und ihm in einem dünnen Strom in den Hemdkragen sickerte.

Dann riefen sie die Polizei.

Zwei Stunden später klingelte Annas Handy. Es war das Krankenhaus.

»Frau van der Meer ist nicht mehr auf Intensiv und kann nun Besuch empfangen. Sie ist allerdings immer noch nicht bei Bewusstsein«, erklärte die Frau am anderen Ende.

»Ich verstehe«, sagte Anna.

»Wir konnten ihre Tochter bisher leider nicht erreichen. Wenn Sie eine Möglichkeit sehen, sie zu kontaktieren, dann versuchen Sie es bitte. Es kann ihr dabei helfen aufzuwachen, wenn sie vertraute Personen um sich hat.«

»Das mache ich …«, sagte Anna zögerlich. Wie sollte sie der Schwester auch erklären, dass sich Roos' Tochter gerade im selben Krankenhaus befand wie ihre Mutter, vielleicht nur ein paar Zimmer weiter, ebenfalls bewusstlos und schwer verletzt. Sie sagte nichts, die Polizei war bereits auf dem Weg und würde sicherlich bald das Personal über die Verbindungen informieren.

»Ich komme sofort«, sagte sie und legte auf. Dann stand sie auf, zog sich eine Jacke an, ging auf den Flur hinaus und lief von ihrem eigenen Krankenzimmer hinauf in den dritten Stock.

43

Als Anna am nächsten Tag das Krankenhaus wieder verlassen durfte, wartete Ole bereits im Foyer auf sie. Er hatte sich selbst entlassen, gegen den Rat der Ärzte, die ihn lieber noch etwas hierbehalten hätten. Sein Kopf war übel zugerichtet, sein rechtes Auge war zugeschwollen, und seine Lippe sah aus wie ein fleischiger Gummischlauch, aber die Haare würden die Nähte an der Stirn überdecken. Er war guter Dinge und bewunderte im Glas des Empfangstresens seinen Verband.

»Wie bei ›The Walking Dead‹, findest du nicht?«, fragte er, beinahe stolz, und nahm ihre Tasche.

»Sehr zombiemäßig, ja!«, bestätigte Anna, und es schien ihn zu freuen.

»Du selbst siehst auch nicht viel besser aus. Blau steht dir! Was haben sie zu der Hüfte gesagt?«

Anna hatte eine Krücke und humpelte etwas stärker als sonst, aber die Schmerzmittel betäubten sie, und sie fühlte sich ein bisschen wie in Watte gepackt. Ihr rechter Arm steckte aufgrund einer Zerrung in einer Schlinge. »Es ist alles gut. Die Krücke ist nur vorsorglich. Zum Glück haben mein Oberschenkel und mein Schienbein die größte Wucht abbekommen, weil ich instinktiv die Beine angewinkelt habe. Es wird eine Weile dauern, bis es nicht mehr wehtut, aber es ist nichts verschoben oder kaputt gegangen.«

Ole wusste, wie katastrophal es für sie gewesen wäre, wenn ihre Hüfte wieder hätte operiert werden müssen, und er nickte düster. »Er wird dafür bezahlen!«, sagte er, und sie wusste für einen Moment nicht, ob er die Gefängnisstrafe meinte, die auf Sem zukommen würde, oder ob er vorhatte, selbst noch mal Hand anzulegen.

»Ja, im Knast!«, sagte sie eindringlich, und er machte eine Miene, die offenließ, was er darüber dachte.

»Also, gehen wir?«, fragte er und warf sich Annas Tasche über die Schulter. »Wo ist eigentlich die kleine Wurst?«

»Bei Britt.«

»Was ist mit Luuk, warum kommt er dich nicht abholen?«

Sie erzählte ihm in knappen Worten, was passiert war. Ole bemühte sich nicht mal, sein Grinsen zu unterdrücken. Er wirkte auf einmal ungemein fröhlich und sprang sogar die zwei Stufen zum Parkplatz hinunter, was er aber sofort zu bereuen schien, denn er verzog schmerzhaft das Gesicht. »O Gott. Mein Rücken! Ich wusste, dass ein Kerl, der keinen Kaffee trinkt, nichts für dich sein kann«, sagte er, und Anna fragte sich überrascht, wie sie ein so bedeutsames Zeichen des Schicksals übersehen konnte. Deutlicher hätte man ihr die Tatsachen gar nicht präsentieren können. »Bier trinkt er auch nicht«, sagte sie erstaunt, als wäre ihr das erst jetzt klar geworden.

Sie erntete das höhnische Schnauben, mit dem sie gerechnet hatte.

Britt fuhr im Auto vor und winkte aufgeregt, als sie die beiden erspähte. Beim Einsteigen rief jemand Annas Namen. »Frau Fischer!« Eine Schwester rannte keuchend auf sie zu. »Frau Fischer. Gut, dass ich Sie noch erwische. Es geht um Frau van der Meer. Sie ist … es geht ihr sehr schlecht. Sie sollten besser mitkommen …«

❋

Sie versammelten sich erneut um Roos' Bett. Ole, Britt, Anna und die Femke, die ebenfalls sehr mitgenommen aussah und sich kaum auf den Beinen halten konnte. Sem durfte sein Zimmer nicht verlassen. Zwei Polizisten standen rund um die Uhr davor Wache.

»Ich will Ihnen nichts vormachen, es sieht nicht gut aus«, sagte die Ärztin, die ihren ersten Schock über den Zustand der Besucher überwunden hatte und nun interessiert, aber diskret ihre Verletzungen musterte. »Die inneren Blutungen sind schwer zu kontrollieren, und ihr Puls ist schwach. Niemand kann zu diesem Zeitpunkt sagen, ob sich das Blatt noch einmal wenden wird.«

Die Femke setzte sich neben ihre Mutter und nahm ihre Hand. Stumme Tränen rannen ihr über die Wangen, und sie streichelte ihr immer wieder über den Arm. Doch Roos blieb in ihrer Welt gefangen. Nur einmal öffnete sie ganz kurz dic Augen.

Alle versteiften sich und traten näher an das Bett heran, aber sie blickte nur für ein paar Sekunden in das Gesicht ihrer Tochter, und es schien, als sei sie gar nicht wirklich wach. Dann sah sie zu Anna, die ihren Blick auffing. Sie wusste, dass Roos sie sah. Wirklich sah. Ihre Augenlider zuckten, dann schien sie kaum merklich zu seufzen, als wäre sie über etwas erleichtert. Ihre Augen schlossen sich wieder, und die Femke senkte traurig den Kopf und unterdrückte ein Schluchzen. Anna hatte das Gefühl, dass Roos' Atem ein klein wenig ruhiger geworden war.

Lange standen sie da, keiner sprach, die Geräte piepten leise und unverändert vor sich hin. Als sie zwei Stunden später im dunklen Auto saßen und Richtung Fähre fuhren, war Annas Herz schwer.

Vor ihrer Haustür stand ein riesiger Korb mit Obst und Gemüse. Daneben lag eine Genesungskarte. Als Anna sie aufschlug, standen nur ein paar Worte darin. *Es tut mir leid. Ehrlich. Luuk*. Sie hob den Korb mit ihrem gesunden Arm hoch, trug ihn in die Küche und stellte ihn auf den Esstisch. Ganz oben lag eine kleine Schale mit dunkelroten Erdbeeren. Ihr schwerer Duft schien mit einem Mal den ganzen Raum zu erfüllen.

»Was ist, worüber denkst du nach?« Ole war hinter sie getreten. Einige Sekunden lang sog Anna seinen vertrauten Geruch ein und widerstand nur mit Mühe der Versuchung, sich gegen ihn zu lehnen.

»Hat wohl echt ein schlechtes Gewissen, der Idiot«, sagte er zufrieden und nahm sich eine Erdbeere.

»Süß.« Er kaute genüsslich. »Hier, probier auch mal eine!« Ole steckte sich selber noch eine der dicken Beeren in den Mund und hielt dann Anna eine unter die Nase.

Und mit einem Mal kam es Anna ganz einfach vor. Sie nahm die schwere, duftende Beere und biss langsam ein kleines Stück ab. Der lang vergessene, süße

Geschmack nach den Sommern ihrer Kindheit zog über ihre Zunge, und ein Kribbeln schien sie zu erfassen, wanderte vom Nacken den Rücken hinunter und setzte ihren ganzen Körper unter Strom.

Sie kaute langsam. »Gut«, sagte sie dann und lächelte erstaunt. »Wirklich gut.«

»Du siehst aus, als hättest du noch nie in deinem Leben eine Erdbeere gegessen«, lachte Ole.

»Nicht in diesem Leben.«

Er sah sie stirnrunzelnd an und schien zu dem Schluss zu kommen, dass das mal wieder eines der merkwürdigen Dinge war, die sie ständig von sich gab und die er nicht verstehen konnte.

»Ich dachte, du isst keine Erdbeeren.« Britt kam herein und blickte erstaunt auf die angebissene Beere in Annas Hand.

Anna sah zerstreut auf. »Was? Hm, nein. Das muss eine andere Anna gewesen sein.« Sie lachte, als sie Britts verwirrtes Gesicht sah, und gab ihr einen roten Kuss auf die Wange. »Ich liebe Erdbeeren.«

In der Nacht starb Roos. Niemand auf der kleinen Insel wusste es, aber in dem Moment, als sie aus ihren wirren Träumen ins Dunkel glitt, wo ihr Mann seit langer Zeit auf sie wartete, als ihre Brust sich unter dem dünnen Krankenhausnachthemd ein letztes Mal hob und mit einem fast erleichterten Seufzer wieder senkte, öffnete sich an dem Rosenstock neben ihrem Haus zaghaft die erste aprikosenfarbene Blüte, und der leiseste Hauch von Sommernächten und Melancholie erfüllte die Luft.

Sie ging alleine, niemand war bei ihr, aber als Anna den Anruf erhielt und weinend auf der Treppe zusammenbrach, da wusste sie doch tief in ihrem Inneren, dass es in Ordnung war. Dass Roos sich auf ihre Art bereits von ihnen verabschiedet hatte.

44

Anna und Ole verarbeiteten Roos' Tod auf ihre Weise. Sie trafen sich am Meer und gingen spazieren. Viele Meilen, ohne zu reden, bis Anna die Krücken nicht mehr halten konnte, die Schmerzmittel nicht mehr wirkten, ihr Bein schmerzhaft pochte und Harry nicht mehr herumsprang, sondern erschöpft neben ihnen herlief und die Müdigkeit die Trauer betäubte.

»Wie konntest du so schnell da sein?«, fragte Anna, als sie schon fast beim Leuchtturm waren. Ihr war tatsächlich erst im Krankenhaus aufgefallen, dass er eigentlich gar nicht hätte hier sein dürfen. Aber sie hatten seither noch keine Gelegenheit gehabt, sich in Ruhe zu unterhalten.

»Ich bin schon seit ein paar Tagen zurück. Ich war nur bis Dänemark gekommen, dann bin ich umgekehrt«, erklärte er nachdenklich.

»Warum das denn?«, fragte sie erschrocken. »Und warum hast du dich nicht gemeldet?«

»Ich musste dringend zurückkommen.«

»Ach ja, warum? Gibt es Probleme mit der Praxis?«, fragte Anna.

»Nein, das nicht.«

Er blieb stehen. Die Hände in den Taschen vergraben, blickte er fast nachdenklich auf sie hinunter. Hinter ihm donnerte das Meer an den Strand, und seine Augen verschmolzen mit dem unendlichen Blau. Und plötzlich wusste sie, warum er zurückgekommen war.

»Ich hatte vergessen, dir etwas zu sagen«, seine Stimme war leise und ungewohnt ernst.

»Mir?« Annas Hals fühlte sich auf einmal zu eng an zum Luftholen.

Er nickte langsam.

»Und was?«

Ole lächelte, und Anna musste plötzlich an den Tag denken, als sie sich das letzte Mal so gefühlt hatte wie in diesem Moment. Sie hatte mit Karin einen endlosen blauen Sommer lang in Italien bei der Olivenernte geholfen. Das kleine Steinhaus, in dem sie lebten, stand in einem Zitronenhain mit Blick auf das Mittelmeer. Sie erinnerte sich so genau an diesen Tag, an dem der Sommer frei und unberührt vor ihnen lag und sie noch keine Schmerzen hatte, sondern einfach lebte. Sie war aufgewacht, weil die Sonne sie an der Schulter kitzelte, das Bett hatte nach frischer Wäsche und Schlaf geduftet, sie hatte die Wellen gehört, die draußen an den Strand schlugen, der Geruch von Kaffee war durch das Haus gezogen, und Anna hatte plötzlich ein so intensives Glücksgefühl verspürt, dass ihr Herz sich fast schmerzhaft zusammenzog. Sie hatte sich damals gefragt, wie einen so kleine Dinge wie die Strahlen der Sonne auf dem Fensterbrett und der Geruch nach Kaffee so glücklich machen konnten. So vollkommen, endlos glücklich. Das Gefühl war einfach da gewesen, warm und dick wie goldener Honig auf einem Stapel Pfannkuchen. Und genau dieses Gefühl hatte sie jetzt, als Ole sie ansah. Und plötzlich war alles einfach richtig.

Sie atmete tief ein. »Du bist ein Idiot«, sagte sie mit erstickter Stimme, und er zog sie an sich und drückte sie so fest in seine Jacke, dass es ihr den Atem nahm.

»Du hast also *vergessen*, es mir zu sagen, ja?«, fragte sie, ein weniger später, als sie wieder sprechen konnte.

Er lachte. »Ich bin ein vergesslicher Typ.«

»Du bist ein Feigling«, sagte Anna liebevoll.

Er nickte ernst. »Ich weiß.«

»Gut, dass ich genauso bin. Dann können wir ab jetzt zusammen feige sein.«

»Das ist ein Deal«, sagte er.

Und dann küsste Ole Anna. Es war ein salziger, windiger Kuss, und später dachte Anna, dass die Möwen, kurz bevor sich ihre Lippen berührten, plötzlich lauter geschrien hatten und dann mit einem Mal alles still geworden war. Sogar das Donnern der Wellen.

Sie blieben lange Zeit am Meer. Als sie den Strand schließlich verließen, verschlang das Wasser ihre Fußabdrücke im Sand. Zwei große, breite, zwei schmale, ein wenig unregelmäßige, und vier winzige, pfotenförmige. Zurück blieben nur kleine Pfützen, in denen sich die Wolken spiegelten.

Epilog

Nur wenige Tage später wurde Roos beerdigt. Sie hatte bereits alles im Vorfeld organisiert, heimlich, wie es ihre Art war, und so hatte Anna nichts mehr zu tun, als ihr schweres Herz zum Friedhof zu tragen. Es war ein nebliger Tag, die Luft roch nach Regen, und das kleine, alte Van-der-Meer-Café sah verlassener und trauriger aus, als sie es in Erinnerung hatte. Im Garten bogen sich die vergessenen Holunderbüsche unter der Last der schwarzen Beeren. Sie blieb einen Moment lang stehen und blickte in die trüben Fenster. Erst als Ole sie sanft am Ärmel weiterzog, erinnerte sie sich, wo sie war.

Die Zeremonie war kurz, aber liebevoll, und Anna dachte, dass Roos sicherlich zufrieden gewesen wäre, wenn sie auch wahrscheinlich über die bitteren Gesichter gelacht hätte. Als sie in einer kleinen Prozession zum Grab gingen und sich ringsum aufstellten, spürte Anna ein Ziehen. Dass Trauer so schwer sein kann, dachte sie. So schwer wie ein Bleigewicht auf dem Herzen.

Ole stand neben ihr und rang sichtlich um Fassung. Seine Augen waren rot, und er hatte Annas Hand so fest umklammert, als hielte er sich an ihr fest. Britt stand an seiner anderen Seite. Auch in ihren Augen glänzten stumme Tränen.

Femke und Sem standen gleich neben dem Pfarrer.

Hinter ihnen, unauffällig im Hintergrund und doch mit aufmerksamem Blick, wachten zwei Sicherheitsbeamte der Polizei. Sem hatte die Genehmigung bekommen, bei der Beerdigung dabei zu sein, aber er war direkt an das Friedhofstor gefahren worden und wurde danach auch sofort wieder abgeholt. Seine Hände steckten in Handschellen. Anna hatte keine Angst mehr vor ihm. Roos hätte gewollt, dass er dabei war. Was Anna dagegen sehr fürchtete, auch wenn sie diesen Gedanken momentan nicht zuließ, war das Ergebnis der Ermittlungen zu Anouks Tod, die nach ihrer Aussage neu aufgerollt worden waren. Bisher gab es noch keine neuen Erkenntnisse. Annas Eltern würden am nächsten Tag auf der Insel eintreffen, und es würde neue Verhöre geben, aber die Ermittler hatten deutlich gemacht, dass es ohne Sems Kooperation sehr schwierig werden würde, in der Sache weiterzukommen. Schließlich hatte man damals schon jeden Stein umgedreht, war jedem Hinweis nachgegangen. Sie hoffte darauf, dass vielleicht die Femke nach allem, was passiert war, doch ihre Meinung ändern und gegen ihn aussagen würde. Aber sicher war sie sich nicht. Sie hatte an dem Tag in der Küche einen Einblick in die komplizierte Mutter-Sohn-Beziehung bekommen und wusste, dass sie nur hoffen konnte. Doch auf eine merkwürdige Weise war es Anna gar nicht so wichtig. Sie hatten alle so lange mit der Ungewissheit gelebt, dass sie ihnen vertraut geworden war, und sie hatte Angst, was es mit ihrer aller Leben machen würde, die Wahrheit zu kennen. Und wie die Sache auch immer ausgehen würde, Anouk würde nicht zurückkommen. Und Roos ebenso wenig. Vielleicht muss ich es auch gar nicht wissen, dachte sie nun.

Sie merkte, wie Sem immer wieder versuchte, mit den Augen ihre Aufmerksamkeit zu gewinnen. Sie wich seinem Blick aus. Die Femke sah sie nicht an, sie blickte starr geradeaus und schien Mühe zu haben, sich aufrecht zu halten. Beide wirkten bleich und umnebelt. Wahrscheinlich standen Mutter wie Sohn unter dem Einfluss von Medikamenten. Am Kopf des Grabes, mit ein paar Schritten Abstand zu Sem und Femke, sah Anna einen hochgewachsenen Mann in einem teuer aussehenden Anzug, der ihr schon in der Kirche aufgefallen war. In seinen Zügen erkannte sie Roos. Theodor van der Meer musste in aller Eile einen Flug von Australien genommen haben, um rechtzeitig hier zu sein. Er wirkte bleich, aber gefasst, und blickte mit starrer Miene geradeaus, nur ab und zu musterte er unauffällig Annas und Oles geschundene Gesichter, die genau wie Sems in den letzten Tagen eine lila Färbung angenommen hatten. Alle miteinander sahen sie aus, als wären sie gerade einer blutigen Schlacht entkommen. Er sagte ein paar Worte über seine Mutter, und es war ein seltsames Gefühl, jemanden so vertraut über Roos sprechen zu hören, der sie in den letzten Jahren kaum noch gekannt hatte.

Harry war ungewohnt still. Er saß aufrecht wie ein kleiner Zinnsoldat neben Annas Beinen. Die anderen Beerdigungsgäste warfen ihm immer wieder überraschte und zuweilen auch leicht empörte Blicke zu. Anna hatte verbittert darum gekämpft, dass er anwesend sein durfte. Und weil der Pfarrer Roos gut gekannt und sie ihm anscheinend oft von Harry erzählt hatte, hatte er schließlich zugestimmt. Als der Sarg hinabgelassen wurde, nahm Ole Harry auf den Arm und vergrub das Gesicht in seinem Fell.

Anna warf mit kalten Fingern den Zweig mit der aprikosenfarbenen Blüte in das Grab, den sie umklammert hielt, seit sie das Haus verlassen hatte. Dann war es vorbei.

Sie blickte nach oben und blinzelte ihre Tränen weg, denn sie wusste, dass Roos nicht gewollt hätte, dass sie weinte. Sie hätte gewollt, dass sie ihr Leben feierte. Halb erwartete sie, diesmal zwei Raben auf dem krummen Baum sitzen zu sehen. Einen großen, dunklen, mit klugen, wachen Augen, und einen kleineren, helleren, mit der königlichen Haltung einer Prinzessin. Aber die Äste über den Gräbern waren leer. Die Blätter hatten bereits einen orangen Schimmer angenommen, und erste Lücken zeigten sich in der Krone des Baumes.

Sie sind nicht mehr da, dachte Anna. Sie ist nicht mehr da, und bald kommt der Herbst.

Als die Gesellschaft sich auflöste und die Trauergäste langsam über den kleinen Kiesweg auf die Pforte zugingen, blieb Anna stehen und hob überrascht den Blick. Ihr war plötzlich, als schwebte der leiseste Hauch von frisch gebackenem Kuchen in der Luft. Auch Ole sah sich verwundert um und schnupperte. Er lächelte und wischte sich mit dem Handrücken über die roten Augen. Und Anna musste an das Buch mit den Rezepten denken, das in dem kleinen Schränkchen in ihrer

Küche lag, und an die Rose namens Roosalinda, von der zehn kleine Ableger bei ihr im Hinterhof standen. Sie lächelte nun ebenfalls, obwohl in ihren Augen Tränen standen. »Ich vermisse sie jetzt schon so«, sagte sie.

Ole nahm Annas Hand. »Ja, ich auch. Aber sie hat gewusst, dass sie nicht mehr lange hier sein würde. Manchmal denke ich, sie hat sich danach gesehnt. Ist dir aufgefallen, dass sie in Gedanken in letzter Zeit immer mehr in der Vergangenheit gelebt hat?«

»Manchmal hat sie von *wir* gesprochen, wenn sie nicht aufgepasst hat. So, als wäre er die ganze Zeit an ihrer Seite gewesen.«

Ole blickte in den Himmel. »Fahren wir noch mal ans Meer? Ich habe irgendwie das Gefühl, jetzt am Strand entlanglaufen zu müssen. Wir lassen uns vom Wind die Köpfe leer pusten und gehen dann zu Tom.«

Plötzlich war es Anna leichter ums Herz. »Hört sich gut an«, sagte sie. Irgendwie beruhigte sie der Gedanke, dass es in dem ganzen traurigen, verwirrenden Chaos der letzten Tage immer noch das Meer gab, und Tom mit seinem Seetangburger.

Nachtrag

Wer Roos kannte, der weiß, dass sie nur eines lieber mochte, als Kuchen zu backen, nämlich ihren Kuchen mit anderen zu teilen und zu sehen, wie es ihnen schmeckt. Das war es, was ihr neuen Schwung verlieh. Sie hätte nicht gewollt, dass ihre Rezepte in der Vergessenheit verschwinden. Deswegen haben wir ihre besten für euch zusammengestellt. So könnt ihr sie daheim für eure Lieben nachmachen. Und wenn dann der Geruch von Marzipan, Cointreau und Schokolade durch eure Küche zieht, ist es fast so, als würde Roos euch beim Backen über die Schulter blicken.

Oder vielleicht könnt ihr auch einen Ableger der Roosalinda kaufen, bei Anna im Laden. Wenn ihr in Den Burg auf den kleinen Platz kommt und die Kastanie seht, müsst ihr nur um die Ecke in die Gasse einbiegen, die aussieht, als habe Astrid Lindgren sie in eine Geschichte geschrieben, und dann seht ihr wahrscheinlich das kleine, blaue Haus. Das Schild mit den Blumen wird euch schon den Weg weisen. Wenn ihr darauf den winzigen Dackelkopf findet, der hinter einer Ranunkel hervorguckt, dann wisst ihr, dass ihr am richtigen Laden gelandet seid. Aber dann wird Anna euch bereits hinter der Scheibe erspäht haben und euch hineinwinken, auf einen frischen Cappuccino (ohne Fleischbeilage!) und ein Stück Original Van-der-Meer-Kuchen, den sie jetzt selbst backt. Und Harry wird wahrscheinlich um euch herumwitscheln und auch etwas abhaben wollen. Aber da müsst ihr streng bleiben, denn ihr wisst, sein Bauch nähert sich bereits gefährlich dem Boden, und überhaupt – er darf ja nichts Süßes!

Van-der-Meer-Rezepte

Appeltaartje met Slagroom

Teig

250 g Mehl
250 g Kartoffelmehl
200 g Zucker
½ Päckchen Backpulver
1 Prise Salz
1 Prise Zimt
130 g kalte, geschnittene Margarine
2 Eier

Füllung

1 Glas Apfelmus oder eingemachte Äpfel
Zucker
Rum-Aroma
250 g Quark
Zitronensaft
Puderzucker zum Verzieren

Schlagsahne

Alle oben genannten Zutaten zu einem festen Teig verarbeiten. Wenn noch Flüssigkeit fehlt, wird sie in Form von saurem Rahm oder Milch dazugegeben. Diesen gutgearbeiteten Teig rollt man aus zu 5–6 gleichgroße Platten, und backt sie bis sie lichtgelb sind.

Inzwischen rührt man ein Glas dicken Apfelmus mit genügend Zucker (je nach Geschmack) und Rum-Aroma zusammen mit einem kleinen Päckchen Quark und etwas Zitronensaft. Diese Mischung streicht man zwischen die fertigen Platten. Nun schneidet man den Rand gleichmäßig zu und überzieht das oberste Blatt mit Zuckerguss.

Mit einem Klecks Sahne genießen.

Gold und Silber Torte

Teig 1

100 g Butter
50 g Öl
180 g Zucker
5 Eigelb
1 Päckchen Backpulver
1 Tasse Milch

Teig 2

150 g Butter
250 g Zucker
250 g Mehl
1 Päckchen Backpulver
1 Tasse Milch
150 g Nüsse
5 Eiweiß

Guss

1 Süße Sahne
1 Prise Zimt
etwas abgeriebene Mokkabohne
1 Schnapsglas Eierlikör
Raspelschokolade

In zwei Schüsseln die verschiedenen Teige anrühren, dabei bei Teig 2 erst das Eiweiß mit dem Zucker steif schlagen und dann den Rest unterheben. In einer großen Form dann die Hälfte von Teig 2, darauf Teig 1 und darauf wiederum die andere Hälfte von Teig 2 schichten.

Bei 180 °C backen und immer wieder mit einem Holzstäbchen Stichproben machen. Er ist fertig, wenn kein Teig mehr am Stäbchen kleben bleibt. Den Kuchen abkühlen lassen, Sahne steif schlagen, Zimt und Mokka unterrühren. Auf den Kuchen streichen, den Eierlikör drüberkippen und zu guter Letzt Schokoraspeln verzieren.

3-lagige Mohntorte

1. Lage

140 g Butter
210 g Mehl
70 g Zucker
3 Dotter
etwas Zitronenschale

2. Lage

¼ Liter Milch
¼ Liter gemahlenen Mohn
1 Tafel Schokolade fein gestoßen
100 g Zucker
½ Zitronenschale

3. Lage

3 Eiklar,
3 Dotter
100 g Zucker
3 Esslöffel zerlassene kalte Butter
½ Esslöffel Mehl

Die Zutaten der ersten Lage zu einem Teig verarbeiten und bei 180 °C goldgelb backen. Für die zweite Lage die Milch aufkochen lassen, den Mohn einkochen. Die Schokolade fein zerstoßen, mit Zucker und Zitrone vermengen und alles auf die 1. Lage geben. Für die dritte Lage, die direkt auch aufgegeben wird, aus dem Eiklar einen festen Schnee schlagen, dann die 3 Dotter mit Zucker, zerlassener kalter Butter und dem ½ Esslöffel Mehl leicht verrühren und über die 2. Lage geben. Langsam vollends backen. Kann mit Schlagsahne verziert werden oder auch mit Puderzucker, je nach Geschmack.

Obsttorte mit Makronenaufleger

Mürbeteig

125 g Butter
300 g Mehl (gesiebt)
100–150 g Zucker
2 Eier
etwas Zitrone
2 Teelöffel Backpulver

Füllung

Kompott nach Wahl, eingelegtes Obst oder Apfelmus

Guss

4–6 Eiweiß (je nach Größe)
150–200 g Zucker
250 g Mandeln (abgezogene, geriebene oder halbe Mandeln)

Man knetet einen Mürbeteig, rollt ihn aus und drückt ihn in den Boden einer gefetteten Springform. Dabei den Teig an den Rändern gut in die Höhe ziehen. Alsdann belegt man die Form mit beliebigem hausgemachtem Kompott, eingemachten Stachelbeeren, Johannisbeeren, Rhabarber oder Apfelmus. Nun das Eiweiß mit dem Zucker steif schlagen und die Nüsse unterheben. Danach streicht man die Makronenmasse oben drüber und backt die Torte hellbraun bei 175 °C.

Lesen Sie weiter >>

Leseprobe

Die Inselblumen-Serie
geht weiter …

Band 2 ab Frühjahr 2021 im Handel
und als E-Book erhältlich.

Als das Schiffshorn blies und das Wasser um den Anlegesteg schäumte, winkte Anna glücklich den vielen Leuten an Bord, unter denen sich irgendwo ihre Eltern befanden, wahrscheinlich schon in den nächsten Streit vertieft, und dachte, dass doch gerade eigentlich alles ganz gut aussah. Der Besuch war überstanden, der Fall Sem war an einen Kommissar übergeben worden, der sich sicherlich gewissenhaft darum kümmern würde, und ihre Eltern hatten Ole kennengelernt und sie nicht blamiert. Augenscheinlich fanden sie ihn sogar toll. »Ein wenig unorthodox für einen Tierarzt, aber generell reizend«, waren die abschließenden Worte ihrer Mutter gewesen, und Anna fand, dass ihn das genau beschrieb.

Auf dem Nachhauseweg kaufte sie ein und holte zwei große Pizzen mit Ananas und Brokkoli von Mario, der ihr wie immer eine Gratis-Tüte Knoblauchbrot und eine Flasche Wein obendrauf legte. Nicht zum ersten Mal fragte sie sich, womit ihm Ole damals so aus der Patsche geholfen hatte, dass der Pizzabäcker ihm und seinen Freunden noch Jahre später das Essen hinterherwarf. Aber die beiden waren, was diese Sache anging, seltsam verschwiegen, und so bohrte sie nicht nach und freute sich einfach über ihr Essen.

Als sie Giovanni, ihren Ford, in die Einfahrt des Hofes lenkte, blockierte ihr ein Postauto den Weg. Auf der Motorhaube saß ein junger Mann und rauchte eine

Zigarette. Als er die Reifen knirschen hörte, drehte er sich um.

Anna kurbelte die Scheibe herunter.

»Wunderbar, dass Sie kommen. Hab mir gedacht, ich rauch schnell eine, vielleicht hab ich ja Glück, und es taucht noch wer auf«, rief er. Er blies weißen Rauch aus der Nase, kramte dann im Auto herum und hielt ihr schließlich einen Umschlag hin. »Hab ‚n Einschreiben!«

Anna kritzelte verwundert aus dem Autofenster heraus ihre Unterschrift auf sein elektronisches Pad und setzte dann zurück, damit er aus der Einfahrt fahren konnte. Der Brief sah wichtig aus, offiziell. Sie warf ihn auf den Beifahrersitz und blickte ihn misstrauisch an. Sie würde mit dem Öffnen noch bis nach der Pizza warten, denn sie hatte so ein Gefühl, dass er nichts Gutes verhieß. Wann bekam man schon jemals offizielle Post, in der etwas Positives stand. *Notariskantoor Mesman*, stand auf dem Absender.

»Ein Notariat… seltsam«, murmelte sie und nahm beim Aussteigen den Brief in den Mund, um die Hände freizuhaben. Sie klemmte sich die Pizzakartons unter den einen Arm, packte Knoblauchbrot, Wein und ihre Handtasche obendrauf und nahm die Einkaufstüte unter den anderen Arm, damit sie nicht zweimal laufen musste. Als sie abschloss, ließ ein lautes Bellen sie zusammenzucken, dem gleich darauf ein Winseln folgte. »Oh nein, Harry. Tut mir leid, ich hab dich ganz vergessen.« Sie wuchtete die Pizza auf das Autodach und befreite Harry, der beleidigt an ihr vorbeischoss und zum Nachbarhof rannte.

»Hey, es gibt gleich Abendessen!«

Er ignorierte sie und hielt auf den Hühnerpferch zu.

»Okay, eine halbe Stunde. Aber frag erst, ob sie Zeit zum Spielen haben!«, rief Anna und belud sich erneut mit ihren Einkäufen. »Und du musst heute auch baden!«

Der Postmann, der gerade bei Luuk etwas eingeworfen hatte, sah sie stirnrunzelnd an, als er in sein Auto stieg. Er schien zu denken, dass sie eine ziemliche Meise hatte.

In der Küche ließ sie Pizzen und Tüten auf das Sofa fallen und riss noch im Stehen den Brief auf. Plötzlich konnte sie keine Sekunde länger warten. Mit gerunzelter Stirn überflog sie den Inhalt. Dann griff sie zum Handy.

»Ich habe ein Einschreiben von einem Notar bekommen«, rief sie ohne Begrüßung ins Telefon.

»Ich auch!«, antwortete Ole verwundert.

»Was, und da rufst du mich nicht sofort an?«

»Habe ich, du bist nicht rangegangen!«

»Oh.« Anna sah auf das Handy und bemerkte jetzt erst die zwei verpassten Anrufe.

»Ups. Tut mir leid, nicht gehört. Was steht in deinem drin?«

»Eine Vorladung zur Testamentseröffnung von Roos«, sagte er, und sie konnte an seiner Stimme hören, wie sehr er sich darüber wunderte.

»Bei mir auch! Ist das nicht seltsam? Sie hat ein Testament? Und anscheinend sind wir darin erwähnt. Aber warum erfahren wir das erst jetzt? Ihre Beerdigung ist doch schon Wochen her.«

»Ich verstehe es auch nicht.« Ole klang so ratlos, wie sie sich fühlte. »Vielleicht dauert es, so etwas zu regeln. Ich habe damit keine Erfahrung. Ich schätze, wir werden hingehen müssen und es herausfinden.«

»Ja«. Anna hatte ein mulmiges Gefühl. »Es bringt wohl nichts, sich jetzt verrückt zu machen. Wann kommst du, ich habe Pizza geholt.«

»Oh.«

»Was?«

»Ich habe auch Pizza geholt.«

»Ernsthaft? Da hätte Mario ja ruhig mal einen Ton sagen können.«

»Er traut wahrscheinlich jedem von uns zu, locker zwei Pizzen zu schaffen, und hat sich nicht groß gewundert.«

»Das würde es erklären«, sagte Anna lachend.

Wie immer, wenn sie die Tür zum Laden öffnete und der Geruch nach altem Holz und Blumen in ihre Nase drang, überflutete Anna ein seltsames Gefühl. Den verrosteten Schlüssel ins Schloss zu stecken, die kleinen Glöckchen über der Tür bimmeln zu hören, als erstes die Kaffeemaschine anzuschmeißen und den Ofen zu befeuern, das alles war noch vor ein paar Wochen wie Nachhausekommen für sie gewesen. Ein kleines Ritual, auf das sie sich jeden Morgen gefreut hatte.

Nun versetzte ihr allein der Anblick des Hauses einen Stich ins Herz.

Früher war der Laden ihr kleines Refugium gewesen. An die Theke gelehnt einen Espresso zu trinken, über die Blüten nach draußen auf die kleine Gasse zu blicken, wo Anton im Schnapsladen seine Flaschen sortierte und Leentje frischen Streuselkuchen in die Bäckertheke legte, hatte ihr ein Gefühl von Wärme und Geborgenheit verliehen. Sie gehörte dazu, sie war ein Teil der kleinen Stadt, ein Teil der Insel. Und Roos nebenan zu wissen, nur darauf zu warten, dass sie anrufen oder an die Scheibe des Hinterzimmers klopfen würde, um einen Tee mit ihr zu trinken oder neuen Kuchen zu bringen, hatte dazu beigetragen, dass sie sich hier endlich zu Hause und nicht mehr einsam fühlte.

Anna seufzte tief. Sie stand an ihrem Pflanzentisch, aber ihre Hände ruhten schon seit beinahe zehn Minuten bewegungslos auf einem Strauß Levkojen. Traurig sah sie sich um. Die knarzenden Dielen und der kleine, mit Eis überzogene Hinterhof, der bollernde Ofen, Harry in seinem Körbchen… der Laden hätte in diesem Moment gar nicht gemütlicher sein können. Und doch fühlte es sich falsch an, fremd. Als habe sich etwas Unsichtbares verschoben und die Welt ein klein wenig aus den Angeln gerückt. Plötzlich war sie wieder einsam hier, auf der kleinen Insel inmitten des dunklen, kalten Meeres. Nicht nur Roos' Tod, auch die Tatsache, dass der Laden Sem gehörte, dass er ihn ihr jederzeit wegnehmen konnte, trug dazu bei, dass sie sich hier nicht länger sicher fühlte.

Außerdem wusste sie genau, dass sie auf der Insel das Gesprächsthema Nummer eins war, dass die Menschen über sie flüsterten, sie beobachteten. Niemand wusste genau, was geschehen war, aber alle wussten, dass Anna mit Roos' Tod und Sems Verhaftung zu tun hatte. Die Gerüchteküche brodelte.

Sie blickte auf ihre Hände und griff dann entschlossen nach der Blumenschere. Auch wenn sie nicht wusste, wie es weitergehen sollte, noch hatte sie einen Laden. Sie würde die Zähne zusammenbeißen und warten, was auf sie zukam.

Nur war das leichter gesagt als getan.

Bereits seit über einer Stunde hatte sie geöffnet, aber es waren bisher nur wenige Kunden hereingetröpfelt, und fast alle hatten nur über Roos sprechen wollen.

Aber Anna konnte nicht über Roos sprechen.

Deswegen war sie freundlich gewesen, hatte jedoch auch jeden Versuch einer längeren Konversation sofort abgeblockt. Viele meinten es gut, die meisten aber waren einfach nur neugierig.

Sie ging zu Harry, bückte sich und streichelte ihm über den Bauch. Er lag auf dem Rücken neben dem Feuer und schnarchte leise. Als er sie spürte, öffnete er ein Auge, leckte ihr liebevoll über die Hand und schlief sofort wieder ein. »Ich wäre auch gerne so sorglos wie du!«, flüsterte sie. Dann ging sie nach vorne zur Theke und schmiss die Kaffeemaschine an. In einer Stunde würde Britt sie zur Mittagspause abholen, und heute Abend wollten sie mit Ole, Viola und Henk zusammen im Stormvogel Käsefondue machen. Es war also nicht *alles* anders. Sie hatte noch ihre Freunde, sie hatte Ole und seine laute, lustige Familie, sie hatte den Stormvogel und den Hof, den Dackel Harry, ihren Garten daheim und ihre Blumen.

Erst mal einen Kaffee, dachte Anna und roch an den duftenden Bohnen. Kaffee macht alles besser.

*

Eine Woche später kehrte sie abends müde nach Hause zurück. Als sie die Haustür aufschloss und das Licht anknipste, durchflutete sie, wie immer beim Betreten des Hofes, jenes Gefühl, das sie verspürte, wenn sie den altvertrauten Geruch wahrnahm, der zwischen den Wänden hing. Heute schien der Geruch noch ein wenig stärker, das Gefühl ein wenig wehmütiger als sonst.

Wahrscheinlich, weil sie gerade der Vergangenheit begegnet war.

Sie kam von ihrem Gespräch mit Kommissar Neeson, und obwohl es gut verlaufen war, hatte es sie doch stärker mitgenommen als erwartet. Sie warf ihre Handtasche in die Ecke neben der Treppe, zog die Schuhe aus und tapste in die Küche, wo sie sich auf das rote Samtsofa ihrer Großeltern fallen ließ. Das Feuer war aus, aber sie hatte keine Energie, es anzuschüren.

So erschöpft hatte sie sich schon lange nicht mehr gefühlt. Der Tag war ihr ewig erschienen. War es wirklich erst heute Morgen gewesen, dass sie hier am Tisch mit Harry zusammen gefrühstückt hatte? Den ganzen Vormittag über hatte sie den Laden geputzt und dann den Rest des Tages nur von früher erzählt. Sie spürte eine tiefe Sehnsucht nach einem Teller Spaghetti und einer heißen Dusche. Und vielleicht einer Fußmassage. Für mindestens zwei dieser drei Wünsche brauchte sie aber eine andere Person, denn sie war viel zu müde, um noch Nudeln zu kochen, und ihre Füße selber zu massieren, war auch keine verlockende Aussicht. Leider war das Haus leer. Nicht mal Harry war da, sie hatte ihn bei Britt gelassen, um in Ruhe mit Kommissar Neeson reden zu können, und nun war es seltsam still um sie herum. Aber eigentlich war sie froh, dass sie seine wuselige Lebhaftigkeit jetzt nicht erwidern musste. Duschen werde ich gerade noch schaffen, dachte sie, stand wieder auf und schleppte sich die knarzende Treppe hinauf. Als sie unter dem heißen Strahl stand und die Augen schloss, merkte sie, wie sehr das Gespräch sie aufgewühlt hatte.

Ole hatte darauf bestanden mitzukommen, Neeson wiederum hatte darauf bestanden, sie alleine zu treffen. »Die Menschen öffnen sich mehr, wenn niemand an der Seite sitzt, vor dem sie vielleicht Hemmungen haben. Ich führe solche Gespräche grundsätzlich unter vier Augen.«

»Aber ich war ja gar nicht dabei damals, ich weiß nichts, was Sie nicht auch wissen«, hatte Anna eingewandt.

»Seien Sie sich da nicht zu sicher!«, hatte er gesagt und das Telefonat beendet.

»Warum sollte ich nicht mitkommen, ich war schließlich damals auf der Insel, vielleicht weiß ich ja auch was nützliches!«, hatte Ole sich beschwert. »Was will der denn mit dir besprechen, das ich nicht hören darf?«

Sie hatte ihm schließlich versprochen, sich mit dem Kommissar bei Tom im Strandpaal zu treffen, wo dieser »ein Auge auf das Ganze haben konnte«, wie Ole es ausdrückte. Er selbst hatte sich widerwillig damit abgefunden, sie »nur« hinzufahren. Aber natürlich hatte er es nicht dabei belassen und war dann doch mit hineingekommen, wo er Neeson, der schon an einem Tisch am Fenster saß und gedankenverloren auf das Wasser starrte, unverhohlen misstrauisch musterte und ihm dann so viele Fragen stellte, dass Anna ihn irgendwann den Ellbogen in die Seite rammte.

»Ole!«

»Was?«

»Musst du nicht was erledigen?«

»Nicht dass ich wü...«

»Raus jetzt!«, befahl sie streng, und sie sah, wie Neeson ein Lächeln unterdrückte.

Schließlich war Ole widerwillig gegangen, hatte aber an der Theke noch lange mit Tom geflüstert. Beide hatten ihnen immer wieder finstere Blicke zugeworfen, und Tom war danach im Verlaufe des Gesprächs so oft an ihren Tisch gekommen um zu hören, ob alles in Ordnung war, dass Anna irgendwann auf dem Weg zur Toilette zu ihm in die Küche ging und ihn beiseitenahm. »Er ist hier, um zu helfen. Ole hat das irgendwie in den falschen Hals gekriegt, ich weiß nicht, was er dir gesagt hat, aber Neeson ist in Ordnung. Ich brauche keinen Babysitter.«

Tom hatte ihr einen unbeeindruckten Seitenblick zugeworfen und dann den Bunsenbrenner angeschmissen, um eine Crème Caramel zu flambieren.

»Ich mache hier nur meine Arbeit, Meisje.«, sagte er. Er nannte sie immer liebevoll »het Meisje aus Deutschland«, das Mädchen aus Deutschland.

»Machst du nicht. Du schnüffelst.«

»Sag ich ja. Mache nur meine Arbeit. So und jetzt raus hier, du hast kein Haarnetz an!« Er schob sie aus der Küche und kam mit an den Tisch, wo er sich auf ihre Stuhllehne stützte. »Noch einen Kaffee?«, fragte er. Nicht unfreundlich, aber auch nicht in seinem gewohnt charmanten Wirts-Ton.

»Bin versorgt, danke«, antwortete Neesen ruhig.

Tom machte keinerlei Anstalten zu gehen. »Und, schon was rausgefunden?«, fragte er.

Falls Neeson genervt war, ließ er es sich nicht anmerken. »Noch nicht.«

Tom nickte. »Hätte mich auch gewundert.«

»Tom!« Anna wandte sich peinlich berührt zu ihm um.

»Meine ja nur. Ist ja schließlich schon ‚ne Weile her. Über ‚ner Tasse Kaffee wird er den Fall sicherlich nicht lösen. Sollten Sie nicht draußen sein und… ich weiß nicht… arbeiten?«

Um Neesons Mund zuckte es kurz, aber er blieb höflich, was Anna ihm hoch anrechnete.

»Arbeit hat viele Gesichter.« Er zeigte zu einem Tisch etwas weiter links, wo eine Frau schon seit geraumer Zeit versuchte, die Aufmerksamkeit der Kellnerin zu erhaschen, die an der Bar lehnte und auf ihr Handy starrte. »Vielleicht sollten Sie dieses Gespräch einmal mit Ihrem Personal führen…«

Tom sah hinüber zu der Frau, und sein Gesicht verfinsterte sich. »Sandra!«, bellte er, und die Bedienung zuckte zusammen, versenkte ihr Handy in der Schürze und beeilte sich, zu der Kundin zu laufen.

»Wie dem auch sei.« Tom räusperte sich. »Wenn du was brauchst, rufst du!«, sagte er zu Anna, und es war klar, dass er nicht das Essen meinte. Er klopfte ihr auf die Schulter und verschwand wieder in der Küche.

»Tut mir leid.«

Neeson schüttelte den Kopf. »Die meisten Menschen sind misstrauisch, was die Polizei angeht. Sie mögen es nicht, wenn man rumschnüffelt.«

»Du schnüffelst doch nicht rum. Das weiß er auch. Ich verstehe nicht, dass er so komisch ist.« Neeson hatte ihr von Anfang an das Du angeboten.

»Doch, ich schnüffele. Das ist nun mal mein Job.«

»Ja, aber du schnüffelst ja *für* uns!«

»Genau das ist es, was die meisten Leute nicht so ganz zu verstehen scheinen. Besonders auf Inseln sind die Menschen verschlossen. Sie reden nicht gerne, die Gemeinschaft ist enger als auf dem Festland. Wenn man nicht von dort kommt oder zumindest jemanden kennt, hat man keine Chance.« Er trank einen Schluck Kaffee. »Zum Glück bin ich ja von hier.«

»Ja … Vielleicht müssen wir Tom das nochmal sagen.«

Er lächelte wieder. »Ich fürchte, in diesem Fall macht das keinen Unterschied. Aber es ist gut, dass du hier so viele Freunde hast. Sie passen auf dich auf. Das ist beruhigend, besonders nach den jüngsten Vorkommnissen. Du solltest ihnen die Fürsorge nicht übelnehmen.« Neeson legte ein kleines Gerät auf den Tisch. »Ist es dir recht, wenn ich das Gespräch aufzeichne? So kann ich entspannter zuhören. Ich werde mir trotzdem ein paar Notizen machen, aber das sind nur Gedanken, die ich festhalten will.«

Anna war überrascht, aber schließlich nickte sie.

»Gut, dann erzähl einfach von vorne. Alles, was dir in den Kopf kommt. Ich habe Zeit.«

Und Anna erzählte. Die allgemeinen Fakten kannte er natürlich, sogar wesentlich besser als sie, wie ihr schnell klar wurde. Aber heute ging es um ihre Perspektive, darum, wie sie das Ganze erlebt hatte. Mit stockender Stimme, dann bald immer flüssiger, berichtete sie von damals. Von jenem Sommer, den sie seitdem zu vergessen versuchte und der doch immer in ihren Gedanken war, von jenem Moment im Erdbeerbeet, als der Schrei ihrer Mutter über die Wiesen hallte. Vom letzten Jahr, wie sie auf die Insel gekommen war, von ihrem Laden, von Sem, Roos, den ganzen merkwürdigen Dingen, die geschehen waren, und schließlich von jenem Tag in Femkes Küche, an dem alles endete.

Neeson hörte aufmerksam zu, unterbrach sie nur, wenn er etwas nicht verstand, und Anna fühlte sich in seiner Gegenwart seltsam wohl. Es war ein gutes Gefühl, die Verantwortung abzugeben. Nun war er zuständig, endlich nahm jemand die Sache in die Hand. Sie merkte erst jetzt, wie allein sie sich gefühlt hatte mit dem Ganzen, wie überfordert sie gewesen war.

Sie betrachtete ihn, während er sich Notizen machte. Er hatte Sommersprossen und helle Augen und wirkte wie ein Mann, der viel nachdachte und selten lachte. Einen Ehering sah sie nicht. Dafür aber bläuliche Schatten unter seinen Augen, die darauf schließen ließen, dass ihm der Job viel abverlangte.

»Warum bist du bei den Cold Cases gelandet?«, fragte sie, und er blickte überrascht auf, seine Hand, die eben noch über das Papier geflogen war, hielt inne. »Ist das nicht viel weniger spannend als die … *frischen* Verbrechen?« Ihr fiel kein besseres Wort ein.

Er lächelte milde. »Es ist eine ganz andere Arbeit. Ruhiger, ja. Aber dafür auch anspruchsvoller.«

Als sie ihn weiter fragend ansah, sagte er: »Man kümmert sich, wenn alle anderen aufgegeben haben. Man arbeitet gegen das Vergessen an. Und manchmal gegen die Kollegen, die natürlich nicht immer begeistert sind, wenn man einen Fall löst, an dem sie sich zuvor die Zähne ausgebissen haben.«

Das war ein neuer Gedanke, den Anna erst verarbeiten musste. »Schröder?«, fragte sie, aber er winkte ab. »Schröder ist anders, keine Sorge.«

Sie nickte. So hatte sie den Hauptkommissar auch eingeschätzt.

»Ich glaube, das Problem ist, dass man damals davon ausging, dass es ein Außenseiter war. Nichts hatte darauf hingewiesen dass deine Schwester den Täter kannte. Ein Zufallsverbrechen, wie es leider viel zu häufig geschieht. Irgendein Tourist oder ein Zeitarbeiter. Vielleicht auch einfach ein tragischer Unfall. Man hat zu wenig intern ermittelt. Durch die neuen Erkenntnisse sieht der Fall vollkommen anders aus. Deswegen wird er auch neu aufgerollt.« Er sah sie lange nachdenklich an. »Ich stelle dir jetzt eine Frage, und ich will, dass du sie so schnell wie möglich beantwortest, ohne nachzudenken, intuitiv sozusagen, rein nach Bauchgefühl.

Sie nickte überrascht. »Schieß los.«

»Glaubst du, dass Sem Anouk getötet hat?«

Anna durchzuckte ein kleiner Schreck. »Nein«, erwiderte sie dann, so schnell, dass sie selbst überrascht war.

Neeson zog die Augenbrauchen hoch. »Warum nicht?«

»Ich...« Diese Frage war schon schwerer zu beantworten. »Ich weiß nicht. Die Antwort war einfach intuitiv, wie du wolltest. Es ist nur so ein Gefühl. Ich glaube, dass er etwas weiß. Vielleicht war er dabei.

Oder er weiß, wer es war. Oder es war ein Unfall. Aber ich glaube nicht, dass er sie töten wollte. Er war in sie verliebt.«

Neesons nickte. »Liebe ist häufig ein Motiv.«

»Ja. Aber sie waren noch so jung. Und es war doch kein…«, sie stockte und holte tief Luft. »Es war doch kein Sexualverbrechen.«

Neeson schüttelte den Kopf. »Nein, den Befunden nach nicht. Aber wer weiß, was sich abgespielt hat und wozu es noch hätte kommen können…«

Als Anna sich jetzt das Shampoo aus den Haaren wusch, und an das dachte, was Neeson gesagt hatte, überlief sie trotz des heißen Wassers ein kalter Schauer. Einen Moment stand sie da und wischte mit dem Finger gedankenverloren kleine Muster auf die beschlagene Scheibe der Dusche. Nicht zum ersten Mal dachte sie, dass sie es vielleicht gar nicht so genau wissen wollte. Das, was damals passiert war.

Die nagende Ungewissheit war schrecklich, natürlich. Aber mit den Jahren hatte Anna sich daran gewöhnt, mit ihr zu leben. Sie war wie eine alte Verletzung, die so vertraut geworden war, dass man sie nur noch manchmal spürte. Wenn sie herausfanden, dass es ein Verbrechen gewesen war, würde ihnen allen dieses Wissen nicht mehr schaden als nutzen? Anouks Mörder musste gefasst werden, das war klar. Aber Anna fürchtete sich vor dem, was er ihnen erzählen konnte.